TOD AM PILATUS

Julia Koch, in Bremen geboren, verbrachte ihre Kindheit im Kanton Obwalden. Seit ihrem Studium an der Universität Bern unterrichtet sie Jugendliche in Sprachen und Kunst. Mit ihrer Familie lebt sie heute im Herzen der Schweiz.

Diese Geschichte ist frei erfunden, hätte sich aber durchaus so abspielen können. Ähnlichkeiten zwischen den Romanfiguren und real existierenden Personen sind zufällig. Die genannten Orte entsprechen der Wirklichkeit, wurden jedoch von der Autorin im Rahmen der künstlerischen Freiheit zugunsten des Erzählflusses teilweise abgeändert. Im Anhang befindet sich ein Glossar.

JULIA KOCH

TOD AM PILATUS

Kriminalroman

emons:

Bibliografische Information der Deutschen Nationalbibliothek
Die Deutsche Nationalbibliothek verzeichnet diese Publikation in der Deutschen Nationalbibliografie; detaillierte bibliografische Daten sind im Internet über http://dnb.d-nb.de abrufbar.

MIX
Papier | Fördert gute Waldnutzung
FSC www.fsc.org
FSC® C083411

Umschlagmotiv: mauritius images/Patrick Frischknecht/imageBROKER
Umschlaggestaltung: Nina Schäfer, nach einem Konzept von Leonardo Magrelli und Nina Schäfer
Umsetzung: Tobias Doetsch
Gestaltung Innenteil: DÜDE Satz und Grafik, Odenthal
Lektorat: Dr. Marion Heister
Druck und Bindung: CPI – Clausen & Bosse, Leck
Printed in Germany 2023
ISBN 978-3-7408-1876-0
Originalausgabe

Nous ne sommes pas seulement tenus responsables
pour ce que nous faisons,
mais aussi pour ce
que nous ne faisons pas.

Wir sind nicht nur verantwortlich für das,
was wir tun,
sondern auch für das,
was wir nicht tun.

Molière (1622–1673)

EINS

Die Wut. Ich kann sie spüren, seitdem ich auf der Welt bin.

Der Mensch kommt als nackte Leinwand auf die Welt. Er ist eine Tabula rasa, eine leere Tafel. Ein verschrumpeltes Häufchen Mensch, das an der Brust seiner Mutter die ersten Eindrücke der Umwelt aufnimmt. Der Herzschlag seiner Mutter, den es aus der inneren Perspektive her kennt und nun zum ersten Mal ausserhalb der schützenden Mutterhülle hört. Der leichte Schweissgeruch der Mutter. Die Wärme, die sie ausstrahlt. Kräftige Hände, die es von der Brust emporheben und mit einem rauen Leinentuch abreiben. Das Gefühl der Empörung, aus der behaglichen Höhle ins grelle Licht des Lebens gerissen worden zu sein.

Die Seele des Neugeborenen ist leer und wird erst im Verlaufe des Lebens gefüllt mit den Erfahrungen, die es später in seiner Kindheit machen wird. Das Streicheln der Mutter auf dem Rücken und das Gefühl der Geborgenheit, wenn man abends in die frisch gewaschene Bettwäsche schlüpft, der Geruch eines heissen Sommertages.

Der Kieselstein, der eine Stirn aufplatzen lässt. Der verwesende Frosch in der Streichholzschachtel, der Strick um den Hals der Henne. Die nassen Bettlaken, die einen frierend aufwachen lassen. Die Tafel des Lebens beginnt sich früh zu füllen. Bei einigen Kindern steht da bereits in jungen Jahren viel geschrieben.

Vor allem Worte prägten sich mir am tiefsten ein auf dieser Tabula rasa. Auf meiner befand sich schon vor meiner Einschulung eine präsentable Sammlung.

Kartoffelfresser, Verfluchter, Bastard, Teufelskind. Sohn einer Schwanzlutscherin.

Natürlich habe ich mich gewehrt, aber gegen ein ganzes Dorf kam ich nicht an. Die Bedeutung der Worte verstand ich damals noch nicht, aber ich spürte sehr wohl, wie sie gemeint waren. Ich wurde bereits am Tage meiner Geburt zum Aussenseiter gestempelt. Die Dorfbewohner haben bemerkt, dass meine Leinwand nicht rein weiss war. Ohne, dass sie es sehen konnten, bemerkten sie den roten Punkt. Er war noch winzig klein, und doch haben sie auf ihn reagiert.

Meine Tabula war beschrieben, bevor ich den ersten Atemzug nehmen konnte. Schon im Mutterleib wurde die Reinheit der Leinwand beschmutzt. Sie war keineswegs leer, wie das bei all den anderen Neugeborenen der Fall ist. Auf meiner war bereits ein Punkt, ein roter Punkt. Er war das Erbe meines Vaters.

Ich habe ihn gespürt, ohne zu wissen, dass er da war. Zwischen meinen Schläfen, inmitten meines Kopfes sitzt er. Je nach meiner Gemütsverfassung verhält er sich still, aber er ist da. So klein wie der Einstich einer Spritze, nicht einmal mit einer Lupe zu sehen.

Ein leises Sirren, das mir nur auffällt, wenn ich darauf achte. Unvermittelt kann er anwachsen, bis er meinen gesamten Kopf ausfüllt und ich das Gefühl habe, einen roten Feuerball unter meinem Schädeldach zu beherbergen. Müsste ich ihn beschreiben, den roten Punkt in meinem Kopf, dann ginge das am besten mit dem Wort Wut. Wut gepaart mit einem Heisshunger nach Leben, untermalt mit einem Grundton von Rache.

Ja, das kommt dem Gefühl am nächsten. Wut, Heisshunger und Rache.

Und da ist sie, die Frage, die sich die Menschheit seit Jahrhunderten stellt. Entwickelt sich das Böse in einem Menschen erst durch die gemachten Erfahrungen, oder steckt es bereits in seinen Anlagen? Mit anderen Worten: Wird ein Mensch böse geboren, oder machen ihn die Erlebnisse erst dazu? Die Gene meines Vaters waren stark genug, um diejenigen meiner Mutter zu überlagern. Der winzige rote Punkt auf meiner Tabula rasa ist er, mein Vater. Er sitzt in meinem Schädel.

Da ich ihn nie kennengelernt habe, sind meine Gefühle zwiegespalten. Einerseits will niemand mit diesem roten Punkt geboren werden, andererseits ist es das einzige Andenken an meinen Vater, das ich besitze.

Der rote Punkt und sein Tagebuch, das mir vierzig Jahre

nach meiner Geburt in die Hände gefallen ist. Endlich ergab alles einen Sinn. Der rote Punkt macht Sinn.

Sagt mir eine leise Stimme der Vernunft, dass ich vergessen und verzeihen soll? Dass ich die Vergangenheit begraben muss?

Nein, eine solche Stimme meldet sich nie, und wenn sie es täte, dann würde ich sie auslachen. In meinen Venen fliesst starkes Blut. Ich bin meines Vaters Nachkomme, ich kann nichts dafür.

Es war eine solche Erlösung, dies zu erkennen. Dass der rote Punkt schuld an meinem Verhalten ist. Ich kann nichts dafür. Es ist das Böse, das mein Vater mir vererbt hat.

***

Die Kamera schwenkte nach links, und der Zuschauer erhaschte einen Blick auf die Fassade des Kunst- und Kongresshauses in Luzern. Die drei Buchstaben KKL tauchten kurz auf, bevor das Bild wieder auf den Flüchtenden traf.

Der rennende Mann trug Turnschuhe, eine graue Trainingsjacke und, soweit man den verwackelten Filmaufnahmen entnehmen konnte, eine schwarze Kapuzenjacke.

«Geil! Mann, halt drauf!», war eine Stimme aus dem Off zu vernehmen.

Der Flüchtende zog etwas aus seiner Jackentasche, bekam es nicht recht zu fassen und liess es schlussendlich fallen.

«Der Mohrenkopf hat was verloren.» Die Stimme klang verzerrt, dann ertönte ein Ächzen. «Guck mal, ein Handy!»

Eine Hand erschien im Bild, die mit spitzen Fingern ein Telefon präsentierte.

Im Hintergrund sah man, dass der Flüchtende an Vorsprung gewann. Er blickte sich kurz um. Seine dunkle Haut glänzte im Licht der Strassenlampen. Die Augen waren weit aufgerissen, er hatte sichtbar Angst.

«Lass den Scheiss.»

Das Geräusch von Schuhen auf Asphalt ertönte, als mehrere Gestalten am Filmenden vorbeizogen. «Er entwischt uns!»

Das Handy verschwand aus dem Blick, und die Aufnahmen

wurden wieder wackelig, weil der Filmer ebenfalls zu rennen begann. Die anderen Männer grölten, als sie sahen, dass er weiterfilmte. Der Flüchtende hetzte an der geschlossenen Bar vorbei, sein Kopf schwenkte nach allen Seiten. Er suchte verzweifelt Hilfe.

Seine Verfolger waren ganz in Schwarz gekleidet, über die Gesichter hatten sie Sturmhauben gezogen. Nur zwischen Handschuhen und Ärmeln blitzte ab und zu ein kleines Stück blasse Haut des Handgelenks auf. Vom Filmer war ausser seinen behandschuhten Händen nichts zu sehen.

«Nummer eins, nach rechts», befahl eine verzerrte Stimme. «Nicht, dass die Kokosnuss in den Bahnhof läuft. Dort sind die Bullen.»

Vor der Pädagogischen Hochschule bog eine Person ab, streckte die Arme weit auseinander, als ob sie Kühe vor sich hertreiben wollte. Der Flüchtende sah den Weg versperrt und blieb einige Sekunden zögernd an Ort und Stelle stehen.

«No, please!», flehte er auf Englisch. Die Hände erhoben, blickte er direkt in die Kamera.

Der Filmer kam näher, blieb stehen, und das Bild fokussierte schärfer. Die gelbe Ampel des Fussgängerstreifens leuchtete in stetem Rhythmus auf, um den Autofahrern zu signalisieren, dass sie selbst auf Fussgänger zu achten hatten. Das gelbe Licht erhellte die Situation wie in einer perversen Theaterszenerie.

«Ja, Mann», wisperte der Filmer. «Das gibt Tausende von Klicks.»

Die anderen Männer kamen näher. Einer hielt einen Baseballschläger in der Hand, den er vor sich hin und her schwenkte.

«Zeit, die Kokosnuss zu knacken.»

Der Flüchtende ächzte auf, dann machte er unversehens einen Sprung nach vorne und preschte zwischen beiden hindurch in Richtung Dunkelheit. Die Kamera schwenkte, bis sie ihn wieder im Bild hatte.

«Fackeln wären jetzt geil», flüsterte der Mann hinter der Kamera.

Der Gejagte rannte über die Parkfläche, die tagsüber für

die Touristenbusse zur Verfügung stand, dann verschwand er zwischen den Bäumen in einem kleinen Park.

Dieselbe Stimme, die vorher Nummer eins befohlen hatte, den Weg in Richtung Bahnhof abzuschneiden, lachte heiser auf, bevor sie jedem Instruktionen gab, wo er hinzulaufen hatte. Schlussendlich drehte der Mann sich zur Kamera um, hielt einen Zeigefinger in die Höhe und sprach: «Lasst uns dieses Ungeziefer vernichten!»

Das Bild verlor sich in der Dunkelheit. Verwackelte Aufnahmen von Ästen, einem Gebüsch, untermalt von schwerem Atem. Dann ein Schnitt, neue Szene.

«Wartet mal, ich muss mit Licht filmen, sonst sieht man nichts», ertönte plötzlich die Stimme des Filmers wieder. Auf einmal wurde die Szenerie erhellt, und man sah, wie die Männer einen auf dem Boden knienden Mann umzingelten.

«Halt die Klappe und film weiter!»

Der grösste der Männer machte einen Schritt auf das Opfer zu. Die anderen taten dasselbe. Der Kreis wurde immer enger.

«Wieso bist du noch nicht im Flüchtlingszentrum? In deinem Käfig, wo Tiere wie du hingehören?» Der Anführer kam näher, während er sprach. Die anderen begannen aufgeregt zu lachen. Das Licht schwenkte über die Szenerie. Man erkannte feste schwarze Schnürstiefel mit weissen Schnürsenkeln, schwarze Hosen und die mit Kapuzen bedeckten Köpfe.

Ein heftiger Stoss in den Rücken liess das Opfer nach vorne taumeln. Der Mann fiel auf seine Hände, versuchte noch, sich an einem der Männer festzuhalten. Bekam nur glatten Stoff zu fassen, der ihm aus den Fingern rutschte. Hart knallte er mit dem Kopf auf den Boden. Kieselsteine zerschrammten die zarte Haut über der Wange. Man hörte ein Scharren, dann sah man einen Fuss, der sich in den Magen des Opfers grub. Instinktiv krümmte sich der Mann am Boden zusammen, schützte seinen Kopf mit beiden Armen. Erneut ein Tritt, diesmal in den Oberschenkel. Dann einer gegen die Stirn, dazwischen eine Stimme, die rief: «Nicht gegen seinen Kopf, du Idiot! Ich geh nicht wegen Mord ins Gefängnis.»

«Wieso, dann ist's ein Affe weniger.»

Die Tritte gegen den Körper nahmen zu. Es sah aus, als ob auf ein Bündel Kleidung eingeschlagen wurde. Das Opfer wehrte sich schon lange nicht mehr.

«Filmst du auch alles?»

***

Clara war tief in Gedanken versunken, als das Klingeln des Telefons sie aufschreckte. Sie legte das Messer beiseite, mit dem sie soeben Lauch, Champignons und etwas Chili klein gehackt hatte, und griff zum Handy.

«Gestern Abend wurde in Luzern ein Asylant zusammengeschlagen. Der Name des Opfers lautet Kidane Kudus. Ganz üble Sache.» Spichtig, der Chefredakteur der Obwaldner Zeitung, kam wie immer gleich zur Sache. «Die Täter haben das Video bereits ins Netz gestellt. Musst du dir ansehen, tut mir leid, die Bilder wirst du so schnell nicht wieder los.»

Clara klemmte das Handy zwischen Wange und Schulter ein und warf das Gemüse in die Bratpfanne, wo sie es mit Olivenöl andünstete.

«Bruno geht zur Pressekonferenz, die die Kantonspolizei Luzern einberufen hat. Regula ist unterwegs, um im Asylantenheim etwas über den Mann zu erfahren. Dich brauche ich, um die Stimmung am Tatort einzufangen. Du weisst schon. Wie sieht es da aus? Wer ist dort normalerweise unterwegs? Ist es da noch sicher? Was könnte die Stadt Luzern unternehmen, um solche Taten gar nicht erst zuzulassen? Et cetera pp. Um Fotos brauchst du dich nicht zu kümmern. Hanspeter, der neue Fotograf, ist schon unterwegs.»

Clara hörte Spichtig schlürfen, dann das Klirren einer Tasse, die auf den Unterteller zurückgestellt wurde.

«Was ich brauche, sind Zeugenaussagen und Meinungen. Ich weiss, du hast noch nicht viel Erfahrung, aber ich glaube, das kriegst du hin.»

Clara schaute sehnsüchtig auf die Tortellini, die sie sich mit der Gemüsesosse hatte zubereiten wollen. Seufzend sagte sie: «Gut, mach ich. Schick mir die Eckdaten per Mail. Ich bin schon auf dem Weg.»

Sie stellte die Pfanne zur Seite, steckte sich eine trockene Scheibe Brot zwischen die Zähne und suchte wider besseres Wissen mit ihrem Handy nach dem Video im Netz, von dem Spichtig gesprochen hatte. Es schien bereits wieder gelöscht worden zu sein, jedenfalls wurde sie nicht fündig. Frustriert seufzte sie auf, sie würde warten müssen, bis Spichtig ihr eine Kopie schickte.

Sie vergewisserte sich, dass sie Handy, Notizmaterial und ihren kleinen Laptop in die Tasche gesteckt hatte, bevor sie das Haus verliess.

Clara von Grünenstein schrieb zwischendurch für die Zeitung, wenn ihr ihre Arbeit als Restauratorin alter Spielsachen Zeit dazu liess. Obwohl sie keinen Wert darauf legte, aufzufallen, tat sie das allein durch ihre Körpergrösse. So überragte sie mit ihren fast eins achtzig die meisten Schweizer. Um die Aufmerksamkeit von sich abzulenken, bevorzugte sie Kleidung in dunklen Farben. Manchmal war es auch ihr Gemüt, das sie dazu greifen liess.

Sie parkte den Wagen im Bahnhofparking inmitten der Stadt Luzern, das unter die Erde gebaut worden war und dessen Ausgang für die Fussgänger direkt im Untergeschoss des Bahnhofs mündete. Linker Hand befanden sich einige Kleider- und Parfümgeschäfte. Auf der gegenüberliegenden Seite reihte sich ein Take-away-Angebot an das nächste. Vom waschechten arabischen Beefburger über Sushi bis zu veganen Mahlzeiten war alles verfügbar, was der hungrige Magen begehrte. Sogar ein berühmter Schweizer Schokoladenhersteller für anspruchsvollere Gaumen präsentierte seine farbenfrohen Schokoküsse in den Schaufenstern. Vorbei die Zeiten, als man dazu noch Mohrenkopf sagte, dachte Clara. Für sie stellte die Namensänderung der Süssigkeit kein Problem dar, im Gegenteil, sie konnte die Beweggründe dahinter sehr gut nachvollziehen und korrigierte jeden, der sie sich noch nicht angeeignet hatte. Sie beeilte sich, den Bahnhof zu durchqueren.

Eine Gruppe Jugendlicher mit schweren Rucksäcken sammelte sich mitten im Bahnhof, und der Leiter zählte alle durch, bevor sie in den Regionalzug stiegen. Der Grösste von ihnen hatte eine Fahne im Rucksack stecken mit der Aufschrift «Jungwacht Entlebuch». Eine Reisegruppe Asiaten fotografierte begeistert Kinder, die ihnen fröhlich aus den Zugfenstern zuwinkten.

Clara verliess den Bahnhof durch den Seitenausgang und ging entlang der Pädagogischen Hochschule bis zum Ufer des Sees.

Schon von Weitem sah sie ein rot-weisses Plastikband im Wind flattern. Sie versuchte, näher heranzukommen, aber das gesamte Areal war abgesperrt. Der Platz unter den Bäumen mit ihrem ersten Frühlingsgrün wirkte friedlich und lud zum Verweilen ein. Wenn da nicht die drei Kerzen gewesen wären, die jemand vor das Absperrband gestellt und angezündet hatte.

Zwei Männer in blauen Uniformhemden mit der Aufschrift «POLIZEI» am Rücken diskutierten lebhaft miteinander. Vergeblich versuchte Clara, sie auf sich aufmerksam zu machen. Entweder hörten die Beamten sie nicht, oder sie ignorierten sie bewusst. Clara streckte sich, um über das Gebüsch zu spähen, aber von hier aus konnte sie nichts erkennen. Frustriert marschierte sie die Absperrung entlang, vielleicht gab es weiter hinten etwas Spannendes zu sehen. Hinter ihr fuhr ein Reisebus heran, stoppte auf dem Parkplatz und öffnete die Türen. Müde Gesichter tauchten auf. Die Touristen machten den Anschein, als ob sie heute Morgen bereits eine andere Schweizer Stadt besichtigt und eigentlich eine Pause dringend nötig gehabt hätten. Träge richteten sie ihre Rucksäcke und hängten sich die Kameras griffbereit um den Hals. Spätestens vor der Kapellbrücke würden alle aus ihrer Lethargie erwacht sein, war Clara überzeugt. Kein einziger der Touristen realisierte, dass sich nur wenige Meter von ihnen entfernt ein Verbrechen abgespielt hatte.

Clara hatte das Areal weiträumig umgangen, jedoch nichts gefunden, was Spichtig zufriedenstellen würde. Sie war als Freelancerin bei der Zeitung angestellt und deshalb darauf angewiesen, dass der Redakteur ihr auch Aufträge zuschanzte. Wenn sie hier versagte, würde er sie in Zukunft vielleicht nicht mehr in Betracht ziehen.

Seufzend blickte sie sich um. Ein junger Mann rauchte gegen einen Baumstamm gelehnt und beobachtete das Geschehen. Sie ging auf ihn zu. Erst von Nahem erkannte sie, wie schmuddelig seine Aufmachung war. Die zerknitterte Kleidung war löcherig und bestimmt seit langer Zeit ungewaschen, was darauf schliessen liess, dass er auf der Strasse lebte. Auch dass eine prall gefüllte Plastiktüte neben seinen Füssen lag, bestätigte Clara den Verdacht.

«Entschuldige bitte», sprach sie ihn an. «Darf ich dich was fragen?»

Als der junge Mann träge den Kopf hob, sah Clara seine stecknadelgrossen Pupillen. Er musste vor Kurzem Drogen konsumiert haben. Ob ein Junkie als Zeuge taugte? Trotzdem wagte sie den Versuch.

«Hast du gestern Abend etwas gesehen?»

Der Mann blickte sie an, reagierte aber nicht weiter auf sie. Sein Blick schien durch sie hindurchzugehen.

Clara deutete auf das abgesperrte Terrain vor ihnen. «Es soll hier jemand zusammengeschlagen worden sein. Ein Asylbewerber. Hast du etwas davon mitbekommen?»

Nachdem Clara einige Augenblicke abgewartet hatte, ohne dass der Mann sich bewegte, wandte sie sich ab. Der Drogenrausch war zu stark, hier war nichts zu holen. Schade.

«Hab den im Vögeligärtli gesehen.» Der Mann beugte sich nach vorne, um umständlich seine Tüte zu greifen. Das Gleichgewicht zu halten, bereitete ihm grosse Mühe. «Sag, hast du mir einen Stutz?»

Clara suchte in ihrer Jackentasche vergebens nach Kleingeld. Schliesslich nahm sie ihr Portemonnaie heraus und streckte ihm eine Zehnernote hin. «Was kannst du mir sonst noch über ihn erzählen?»

Gierig griff der Mann nach dem Geld, aber Clara zog es zurück, bevor er es erwischte. «Sag schon, weisst du was?»

Er wischte sich mit dem Handrücken über den Mund. «Der ist oft im Vögeligärtli. Mit den anderen.»

«Mit welchen anderen?»

Es war das erste Mal, dass er sie direkt ansah. «Na, mit den anderen Ausländern. Die sitzen da den ganzen Tag auf den Bänken rum.» Er schniefte. «Sind eigentlich ganz nett. Reden nur und sitzen. Krieg ich jetzt den Stutz?» Er hielt ihr die offene Hand entgegen, und Clara legte die Zehnernote hinein.

«Bist ein liebes Schätzeli», brabbelte er, dann dackelte er mit seiner Tüte in der Hand auf dem Trottoir davon.

Clara sah ihm amüsiert hinterher. «Schätzchen» war sie schon lange nicht mehr genannt worden, und auch wenn sie sich sehr wohl bewusst war, dass dies seine Masche beim Betteln war, so hatte er ihr doch ein Schmunzeln entlockt.

Nun denn, wenn sie Spichtig mehr als eine Beschreibung eines kleines Parks am Seeufer liefern wollte, wo mittags die Studenten ihre Sandwiches vertilgten und nachmittags Mütter die ersten Schritte ihrer Dreikäsehochs beobachteten, dann würde ihr nichts anderes übrig bleiben, als sich dieses Vögeligärtli anzusehen. Vielleicht tat sich hier eine weitere Informationsquelle für die Zeitung auf.

Sie öffnete Google Maps auf ihrem Handy und startete die Suche. Das Vögeligärtli war in gut zehn Minuten Fussmarsch zu erreichen. Sie verzichtete darauf, sich das Gedränge im Bahnhof nochmals anzutun, und zog es stattdessen vor, um das KKL herumzuspazieren. Auf die wenigen Minuten mehr würde es auch nicht ankommen.

Vor dem Kunst- und Kongresshaus befand sich ein grosser Brunnen, auf dessen rundherum laufenden Stufen die Leute sassen und ihre Sandwiches verdrückten. Von hier aus hatte man einen wunderbaren Blick auf die Luzerner Bucht. Wie ein Finger stupste der Vierwaldstättersee an dieser Stelle in die Stadt hinein und zeigte sich von seiner schönsten Seite. Ein prunkvoll geschmücktes Dampfschiff näherte sich der Anlegestelle und liess laut ein heiseres Horn ertönen. Die Schwäne tauchten und streckten dabei ihre Hintern in die Höhe, was vor allem die

Asiaten begeisterte. Fotoapparate wurden gezückt. Am gegenüberliegenden Ufer standen stolz die prächtigen Hotels aus der Gründerzeit, die bestimmt einiges über ihre Gäste in den letzten hundert Jahren zu erzählen gehabt hätten.

Clara überquerte die Zentralstrasse, wo sich die Autokolonnen stauten, und bog beim grössten Fast-Food-Restaurant der Stadt nach rechts in eine Quartierstrasse ein. Sofort änderte sich die Stimmung.

Das Hirschmattquartier, nur durch einige Parallelstrassen von den sich kreuzenden Hauptstrassen der Stadt entfernt, wirkte seltsam friedlich und beschaulich. Eine wohltuende Oase im Stadtdschungel. Ein lang gezogenes Gebäude aus schlichten Steinquadern bestimmte die ganze Längsseite des Parks. «Zentral- und Hochschulbibliothek» prangte in Lettern an der Fassade, auf der zwei in Stein gehauene Figuren eingelassen waren. Ein Mann, der zu einer fliegenden Figur am Himmel blickte. Vielleicht ein Engel, rätselte Clara. Sie würde es zu Hause nachschauen, vielleicht ergab sich hier eine Nebenbemerkung für einen Bericht.

Sie drehte sich um und blickte auf den Park, der vor ihr lag. Er war kleiner als ein Fussballfeld und ähnelte tatsächlich eher einem kleinen Vogelgarten als einem Stadtpark. Ringsherum wurde er von hohen Bäumen eingesäumt, die Rasenflächen waren gepflegt und immer wieder von üppig bepflanzten Blumenbeeten unterbrochen. In der rechten Ecke befand sich ein kleiner Spielplatz. Sie schoss mit ihrem Handy ein paar Bilder, um sich besser daran erinnern zu können, dann schlenderte sie auf dem Kiesweg weiter und schaute sich aufmerksam um. Ausser einem alten Mann auf einer Bank und zwei Müttern, die ihre Kinder auf der Rutsche beaufsichtigten, war kein Mensch zu sehen.

«Spielen Sie Schach?»

Sie wandte sich der Stimme zu und sah, dass der alte Mann von der Bank aus zu ihr herüberwinkte. Die Beine gespreizt, damit der wuchtige Bauch beim Sitzen genügend Platz hatte, sah er sie begeistert an. Zu seiner Linken standen die kniehohen

Spielfiguren in Schwarz und Weiss auf einer auf den Boden aufgemalten Spielfläche parat.

«Sie bekommen den ersten Zug.»

«Nein danke.»

Clara näherte sich ihm. Schach spielen wollte sie nicht, aber vielleicht wusste er etwas über das Opfer zu berichten. Die Aussicht, unverrichteter Dinge nach Sarnen zurückfahren zu müssen, behagte ihr gar nicht. «Mit Schach kann ich nicht dienen. Da hätten Sie mich innert kürzester Zeit matt gesetzt.»

«Das bringe ich Ihnen gerne bei.» Mit einem Ächzen holte er Schwung und stand auf. «Ich bringe es allen bei, die hierherkommen.»

«Heute nicht. Vielleicht ein anderes Mal.»

Der Alte kicherte heiser. «Na, ich hätte ja Glück haben können.» Er deutete mit der Hand in den Park. «Heute ist so wenig los hier. Normalerweise finde ich immer jemanden, der eine Partie mit mir spielt. Ist bestimmt wegen dem Kidane. Der sitzt doch sonst immer mit seinen Freunden dort drüben. Die haben jetzt sicher Angst, wieder hierherzukommen.» Er zog ein kariertes Taschentuch aus seiner Hose und schnäuzte laut. «Der Kidane ist ein gescheiter Kopf. Das ist der Einzige, der mich schlagen kann im Schach.»

«Kidane?», fragte Clara nach.

Der Mann setzte sich wieder auf die Bank, glücklich, dass er ihr Interesse noch hatte wecken können. «Der Asylant, der zusammengeschlagen wurde gestern Abend. Das ist der Kidane. Jedenfalls haben das die anderen heute Morgen gesagt.»

«Die anderen?»

«Wir treffen uns jeden Morgen gegen halb zehn hier. In unserem Alter können wir nicht mehr so lange im Bett liegen, und unsere Frauen sind froh, wenn sie uns ein paar Stunden los sind. Wir treffen uns bei jedem Wetter. Auch wenn es regnet, aber wenn es unter null ist, dann nicht. Das ist dann nicht gut für unsere alten Gelenke, wissen Sie? Jedenfalls wusste der André, dass es der Kidane ist. Sein Schwiegersohn arbeitet bei der Polizei, und der hat es ihm heute Morgen bestätigt, als wir ihn angerufen haben. Der André hat sein Handy auf laut gestellt, sodass wir alle zuhören konnten.»

«Der Schwiegersohn hat bestätigt, dass es sich beim Opfer um Kidane handelt? Wissen Sie den Nachnamen?»

Der Alte spuckte auf den Boden. «Also bestätigt hat er es nicht. Der muss ja den Datenschutz einhalten. Ich denke, das sagt man so, nicht wahr? Datenschutz. Aber wir haben ihm die Namen der Afrikaner gesagt, mit denen wir hier immer wieder Schach spielen, und er sagte jedes Mal Nein. Ausser bei Kidane, da ist er einfach still geblieben.» Er zwinkerte ihr verschwörerisch zu. «Streng genommen hat er so nicht gegen den Datenschutz verstossen. Schlau, nicht wahr?»

Clara tat ihm den Gefallen und lächelte. «Sie spielen also Schach mit Kidane?»

Begeistert, eine Zuhörerin gefunden zu haben, begann der Alte zu erzählen.

«Also eigentlich mag ich die Afrikaner hier nicht haben. Wir haben in der Stadt sowieso viel zu viele Ausländer. Wissen Sie, die Kenianer, die sind ganz heimtückisch. Oder sind es die Algerier oder die Tunesier? Egal, sind ja alle vom gleichen Ort. Die lächeln dich freundlich an, und dann verkaufen sie den Kindern vor dem Schulhaus diese Drogen. Die Männer tragen so dicke goldene Uhren. Wenn die Neger in Horden zusammenhocken, dann kann man es schon mit der Angst bekommen, nicht wahr? Die schauen dann so finster. Wenn die mich überfallen würden, dann hätte ich keine Chance wegzurennen mit meinen alten Beinen.»

«Wurden Sie denn schon einmal überfallen?», fragte Clara.

«Nein, natürlich nicht. Das würde ich mir nicht bieten lassen. Aber wissen Sie, wer mir noch mehr Angst macht? Die Araber! Da könnte ein Terrorist darunter sein, der Bomben baut und dann in der Stadt explodieren lässt.»

Innerlich seufzte Clara auf, liess sich jedoch nicht anmerken, wie der offen zur Schau gestellte Rassismus sie ärgerte. Sie versuchte deshalb, das Thema zu wechseln. «Haben Sie sich auch vor Kidane gefürchtet?»

«Aber nein!» Der Alte scharrte mit den Füssen im Kies. «Der ist doch ganz anders. Nicht wie diese Kriminellen. Der Kidane kommt immer mit seinen beiden Kollegen vorbei, und dann spielen wir eine Partie. Der ist aus Eritrea, wissen Sie? Er hat mir erzählt, wie er von seiner Verwandtschaft ausgewählt wurde, um nach Europa zu reisen, um Geld zu verdienen. Alle Onkel haben geholfen, die Reise zu finanzieren. Der hat ganz schön Glück gehabt, dass er von dort wegdurfte. Ich meine, was würde er jetzt dort machen? Ziegen hüten und vor seiner Hütte hocken. Gibt ja nicht viel, was man dort unten arbeiten könnte. Ja, der Kidane ist wirklich ein spezieller Asylant. Der ist gescheit, wissen Sie?»

Clara griff nach ihrem Notizblock in der Tasche. «Darf ich Sie in der Zeitung zitieren?»

«Sie sind Journalistin?» Der Alte sah sie von der Seite her an. Plötzlich schlich sich ein misstrauischer Zug auf sein Gesicht. Offensichtlich behagte ihm die Situation nicht. Einerseits fürchtete er wohl die Veröffentlichung seiner Worte, andererseits war es ein gutes Gefühl, dass er als wichtig genug eingeschätzt wurde, um zitiert zu werden.

Eilig schob Clara nach: «Selbstverständlich nur, wenn Sie auch einverstanden sind. Die Leser interessieren sich immer sehr für Meinungen aus der Bevölkerung.»

Der Alte lächelte zögerlich und diktierte dann Clara seinen vollen Namen und seinen Wohnort. Friedrich, genannt Fredi, Kappeler aus Kriens, zweiundachtzig Jahre alt.

Für einen ganzen Bericht reichte es immer noch nicht, aber die Tatsache, dass Kidane mit den Einheimischen Schach gespielt hatte und diese ihn als «gescheit und ganz anders als die anderen Ausländer» beschrieben, fand Clara ziemlich interessant. Es sagte einiges über das Opfer aus und noch mehr über Fredi Kappeler. Sie verabschiedete sich von dem Mann, der auf seiner Bank sitzen blieb und darauf wartete, dass jemand vorbeikam, mit dem er eine Partie spielen konnte.

Während Clara durch den Park schlenderte, dachte sie darüber nach, dass Kidane Schach spielte. Was sagte das über einen

Menschen aus, dass er Schach spielte? Soweit sie wusste, galt Schach als das Spiel der Könige und war sehr anspruchsvoll. Strategische Spielzüge und taktisches Geschick waren ab einem gewissen Niveau unabdingbar. So auf die Schnelle liess sich das nicht erlernen. Kidane hatte das Spiel entweder bereits vor seiner Ankunft in Luzern beherrscht, oder er war ein äusserst gescheiter Kopf, wie der Alte vor wenigen Minuten bestätigt hatte.

Sie erreichte den Spielplatz, wo die Kinder eine Leiter auf den Spielturm hinaufkletterten, um danach die Rutschbahn hinunterzusausen. Sie waren mit Feuereifer in ein Spiel vertieft, bei dem es um Seemonster und Piraten ging. Die Mütter sassen nebeneinander auf einer Bank, blickten in ihre Handys und ignorierten einander.

«Verzeihung», sprach Clara sie an. «Ich schreibe für die Obwaldner Zeitung. Dürfte ich Ihnen eine Frage stellen?»

Synchron blickten beide Mütter von den Bildschirmen hoch und blickten sie erstaunt an. Eine von ihnen hatte tiefe Augenringe und wirkte ziemlich übernächtigt. Die andere strahlte Clara aus einem perfekt geschminkten Gesicht an. Das Aufmalen des Konturenstifts für die Lippen musste Stunden gedauert haben.

«Die Zeitung, oh mein Gott. Was will denn die Zeitung von uns?» Ihren Worten liess sie ein unsicheres Kichern folgen.

«Gestern Abend wurde hinter dem KKL ein Mann zusammengeschlagen. Haben Sie davon gehört?»

Die perfekt gestylte Frau griff mit gespreizten Fingern an ihre linke Brust, als ob sie sich vergewissern wollte, dass ihr Herzschlag nicht aus dem Rhythmus geriet. Clara sah, dass ihre Acrylnägel mit Glitzersteinchen verziert waren. Ein Wunder, dass sie mit diesen langen Nägeln überhaupt ein Handydisplay bedienen, geschweige denn einem zappelnden Kleinkind Kleidung überstreifen konnte.

«Hinter dem KKL sagen Sie? Und warum interviewen Sie uns hier, statt die Menschen dort?»

Clara lächelte ihr beruhigend zu. «Der Mann hält sich oft

hier im Vögeligärtli auf, um Schach zu spielen. Vielleicht haben Sie etwas davon gehört?»

«Oh mein Gott!» Die Frau war aufgestanden, das Handy noch immer in der linken Hand, und sprintete nun auf ihren schneeweissen Turnschuhen zur Rutschbahn, wo sie ihren verdutzten Sohn packte und ihn in den Kinderwagen steckte. Er wehrte sich vehement dagegen, dass sein Spiel so abrupt unterbrochen wurde, und seine Schuhe hinterliessen hässliche Spuren auf dem Bezug des Buggys. «Dann ist es hier nicht mehr sicher für Familien mit Kindern! Komm, Tristan, wir gehen woanders spielen.» Sie packte den Griff des Kinderwagens und rauschte mit dem brüllenden Kind davon. Fassungslos blickte Clara ihr hinterher.

«Die ist nicht ganz dicht», ertönte eine leise Stimme hinter Claras Rücken. «Machen Sie sich nichts draus.»

Clara drehte sich um und sah, dass die übernächtigte Mutter aufgestanden war.

«Das ist so eine *tigermom*. Sie wissen schon, eine, die alles perfekt macht und die ihre Kinder zu Königen erklärt hat. Die müssen sicherlich einmal die Besten im Sport und in der Schule sein. Mir tut der Kleine jetzt schon leid. Vorhin ist sie ausgeflippt, weil er einen Kieselstein in die Hand genommen hat, und bevor er die Rutschbahn hinunterdurfte, hat sie diese mit Desinfektionsspray sauber gemacht.»

Die Frau war jünger, als Clara gedacht hatte. Anfang zwanzig, vielleicht ein paar Jahre älter. Trotz der Müdigkeit im Gesicht sah sie Clara aufmerksam an.

«Sie sind also Journalistin. Was wollen Sie wissen?»

Wie schon zuvor beim alten Mann erzählte Clara, was gestern Abend mit Kidane geschehen war, und fragte nach, ob die Frau etwas davon mitbekommen hatte.

«Nein, es ist eigentlich immer alles ruhig, wenn wir hier sind, und wir sind jeden Tag hier.» Die Frau blickte zu ihrem Mädchen, das noch immer in das Spiel mit den Seemonstern vertieft war, und ein Lächeln schlich sich auf ihr Gesicht. «Allerdings sind wir ja nur tagsüber da. Die Alten dort drüben spielen ab und zu mit den jungen Männern Schach. Die sehen nicht wie Schweizer aus, wenn Sie wissen, was ich meine. Ich will ja politisch nicht unkorrekt sein, aber man sieht ihnen an, dass sie nicht von hier sind. Ihre Hautfarbe ist halt schon dunkler als unsere. Auf jeden Fall habe ich niemals mitbekommen, dass es zu einem Streit gekommen wäre. Im Gegenteil, die sind immer entspannt und grüssen höflich, wenn man an ihnen vorbeikommt.»

Clara stellte noch einige Nachfragen, aber die Frau konnte ihr nicht weiterhelfen. Clara bedankte sich für das Gespräch und verabschiedete sich von ihr.

Keine Spur davon, dass sich hier gestern Nachmittag etwas abgespielt hatte, das zum Überfall geführt hätte. Wohl oder übel musste Clara nach Sarnen zurückfahren und die wenigen Informationen, die sie hatte gewinnen können, Spichtig schicken. Der Chefredakteur der Zeitung würde nicht begeistert von dieser mageren Ausbeute sein. Hoffentlich gab es mehr Informationen auf der Pressekonferenz, zu der Bruno gefahren war. Die Sonne war mittlerweile hinter Wolken verschwunden und ein kühler Frühlingswind aufgekommen.

Zu Hause schickte Clara ihre Informationen an Spichtig. Da das Loch in ihrem Magen immer grösser wurde, öffnete sie den Kühlschrank und suchte nach etwas Essbarem. Das Gemüse, das sie klein geschnitten hatte, kurz bevor der Anruf von Spichtig gekommen war, lag schlapp in einer Tupperdose. Sie hatte keine Lust, sich etwas zu kochen, stattdessen schnappte sie sich Schlüssel und Portemonnaie und lief in ihren Finken zum Nachbarshaus, wo sich im Erdgeschoss eine Pizzeria eingerichtet hatte.

«*Ciao*, Clara, *come stai*? Wie immer?»

Clara setzte sich auf einen Barhocker und bestellte einen doppelten Espresso, während sie auf ihre Pizza Verdura mit «extra scharf» wartete. Sie liebte es, zuzusehen, wie der Pizzaiolo den Teig vorsichtig knetete, in die Luft warf, um ihn danach hauchdünn auszurollen. Der klein gewachsene Mann bediente sich aus den vielen Behältern, die er vor sich aufgereiht hatte, und zauberte den gewünschten Belag auf den Teigboden. Mit einer überdimensionalen Schaufel beförderte er die Pizza in den Ofen. Er schloss die Klappe und drehte sich mit einem Zwinkern zu Clara um.

«*Mmh, molto bene, carissima!*» Er wischte sich das Mehl an der Schürze ab, die stramm über seinen ausladenden Bauch gebunden war. «Wann heiratest du mich endlich?»

Clara verschluckte sich an ihrem Kaffee und antwortete lachend: «Hast du vergessen, dass du verheiratet bist?»

Er wackelte mit allen zehn Fingern vor seinem Gesicht. «Teigkneten gibt starke Finger, weisst du?» Dann brach er in schallendes Gelächter aus.

Die Ehefrau des Pizzameisters bediente an der Kasse einen Kunden und rief gleichzeitig Clara zu: «Heirate bloss nicht! Da siehst du Sachen, die du sonst niemals zu sehen bekommen würdest.»

Sie gackerte laut los, als ihr Mann mit einem Küchentuch über seinem Kopf herumwedelte und ihr scherzhaft drohte. «Warte nur, bis wir heute Abend allein sind. Dann kriegst du was zu sehen, das vergisst du dein Leben nie mehr.»

Seine Ehefrau griff theatralisch nach dem Kruzifix um ihren Hals. «*Dio mio*, wie habe ich das nur verdient!»

Wie gut die zwei sich verstehen, dachte Clara sehnsüchtig. Beide waren nahe dem Pensionsalter, arbeiteten aber immer noch fleissig in der Pizzeria und hatten ihren Humor im Alltag bewahren können. Irgendwann einmal wollte sie ebenfalls einen Mann an ihrer Seite haben, mit dem sie auch im Alter noch Scherze treiben könnte. Wie schön musste es sein, wenn man sich blindlings auf den anderen verlassen konnte.

Ihre Beziehungen hatten bislang nie länger als einige Monate gehalten. Auch das Verhältnis zu Valentin war aussergewöhnlich gewesen. In den einsamen Nachtstunden, wenn sie nicht schlafen konnte und deshalb rauchend auf dem Balkon sass, gestattete sie sich den ehrlichen Gedanken, dass diese Beziehung niemals eine Zukunft gehabt hatte. Nun sass Valentin im Gefängnis, und sie hatte sich langsam daran gewöhnt, dass er nichts mehr mit ihr zu tun haben wollte. Wenn er fand, dass es ihm leichter fiel, die Strafe als Single abzusitzen, ohne Sehnsucht nach jemandem zu haben, dann blieb ihr wohl oder übel nichts anderes übrig, als dies zu akzeptieren. Eine Beziehung funktionierte nur wechselseitig. Einer allein konnte sie nicht aufrechterhalten.

Clara drehte an dem massiven Ring an ihrem Mittelfinger, der ursprünglich für eine Männerhand geschmiedet worden war. Seit Valentins Verhaftung waren sechs Monate vergangen, und seine Reaktion auf ihren letzten Besuch schmerzte Clara noch immer so sehr, dass sie sich, wann immer möglich, den Gedanken daran verbot, was hätte sein können, wenn er dereinst aus dem Gefängnis käme. Zu viel Konjunktiv, als dass sich die Trauer über die verlorenen Möglichkeiten gelohnt hätte, redete sie sich ein.

Valentin war noch nie ein Mann vieler Worte gewesen, aber bei ihrem letzten Besuch hatte er ihr deutsch und deutlich gesagt, was Sache war.

«Du brauchst mich nicht mehr zu besuchen.» Die Worte waren wie ein nasser Lumpen in ihr Gesicht geklatscht. «Das mit uns, das engt mich ein. Es ist besser für mich, niemanden zu haben, der mich ans Leben da draussen erinnert.»

Anscheinend hatte er es geschafft, sich mit der Situation im Gefängnis zu arrangieren, er wirkte fitter als bei Claras letztem Besuch. War er damals noch ein Häufchen Elend gewesen, so sass er nun aufrecht am Tisch vor ihr, der Blick gnadenlos direkt. «Den Ring kannst du behalten, er bedeutet mir nichts.»

«Hör mal, Valentin», hatte sie ihm zu erklären versucht. «Unsere Beziehung konnte sich noch nie an normalen Massstäben messen. Jeder hat immer sein Ding getan, und keiner hat den anderen ausgebremst in seinen Entscheidungen. Du kannst definitiv nicht behaupten, ich hätte dich eingeengt. Aber du musst doch zugeben, dass wir einander guttun.» Noch während sie die Worte aussprach, merkte sie, wie lahm diese klangen. «Du brauchst doch jemanden, der für dich da ist. Jeder braucht einen Freund.»

Valentin hatte dankend abgelehnt, war aufgestanden und ohne ein weiteres Wort hinter der Tür und damit aus ihrem Leben verschwunden.

Entschlossen drehte sie den Ring von ihrem Finger und steckte ihn in die Tasche ihrer Jeans.

«Pizza Verdura extra scharf für die *bella donna*!»

Clara schreckte aus ihren Gedanken hoch und nahm den Karton mit einer Menge lieber Wünsche des Wirtepaars mit nach Hause.

Während sie am Küchentisch die Pizza direkt aus dem Karton ass, las sie auf ihrem Laptop die Obwaldner Zeitung und suchte darin den Artikel über Kidane.

Vier Unbekannte haben am gestrigen Mittwochabend einen zweiundzwanzigjährigen Mann in Luzern niedergeschlagen und ihm das Portemonnaie gestohlen. Ob dank des Zeugenaufrufs der Polizei bereits Hinweise auf die Täter eingetroffen sind, will der Luzerner Kripo-Chef aus ermittlungstaktischen Gründen nicht sagen.

Clara griff nach dem Glas Weisswein, das sie sich eingeschenkt hatte, und trank einen Schluck. Gespannt las sie weiter, was Bruno geschrieben hatte.

Der Überfall hat sich am Seeufer hinter der Pädagogischen Hochschule abgespielt. Tagsüber stellen hier Reiseunternehmen ihre Busse gegenüber dem Park ab. Der Uferbereich ist dann gut frequentiert von Studenten und Familien, abends und nachts ist jedoch nicht viel los. Das kann mit ein Grund sein, weshalb der Überfall hier stattgefunden hat.
Die Ermittlungen laufen auf Hochtouren, aber noch ist unklar, was das Opfer dort zu suchen hatte.

Clara erinnerte sich daran, wie es am Seeufer ausgesehen hatte, als sie am Nachmittag dort gewesen war. Sie konnte sich sehr gut vorstellen, dass sich hinter den hohen Hecken ein Überfall abgespielt hatte, von dem niemand etwas geahnt hatte.

Der Mann, der von hinten niedergeschlagen worden ist, konnte keinen der Angreifer erkennen. Er erlitt beim Überfall unter anderem schwere Kopfverletzungen und befindet sich noch immer in Spitalpflege. Die Polizei hat das Opfer bereits letzte Nacht kurz befragen können und dies in der Zwischenzeit nochmals ausführlich getan. Dass die Angreifer aus der Rechten Szene *stammen könnten, wollte die Polizei nicht bestätigen. Sie dementierte es aber auch nicht. Weitere Details kann die Polizei aus ermittlungstaktischen Gründen zu diesem Zeitpunkt nicht nennen.*

Der Weisswein war mittlerweile lauwarm geworden, trotzdem trank Clara das Glas aus und las dann weiter. Spichtig hatte es geschafft, ihre spärlichen Informationen in seinen kritischen Kommentar einfliessen zu lassen, in dem er die Frage stellte, wie sicher die Stadt Luzern nach zweiundzwanzig Uhr noch war. Clara zog die Augenbrauen hoch, es schien, als ob ihre Arbeit doch nicht ganz umsonst gewesen war.

Ihr Handy meldete den Eingang einer Mail. Spichtig hatte ihr wie versprochen das Video geschickt, das zeigte, wie Kidane verfolgt und anschliessend zusammengeschlagen wurde. Sie zögerte einen kurzen Augenblick, dann spielte sie es ab.

Nachdem sie es gesehen hatte, war ihr der Hunger vergangen. Sie hatte kaum die Hälfte der Pizza gegessen, und doch brachte sie keinen Bissen mehr hinunter. Verstört schaltete sie das Handy aus. Diese Bilder würde sie noch lange mit sich tragen, das hatte Spichtig ihr am Telefon prophezeit, und er würde recht behalten.

Ein lautes Gähnen neben ihr schreckte sie auf. Joker langweilte sich und versuchte, ihre Aufmerksamkeit zu erlangen. Ganz im Gegensatz zu Clara fühlte er sich pudelwohl und zu allen Schandtaten bereit. Wartend sass er neben ihrem Stuhl.

Der einjährige schwarze Labrador blickte sie mit einem schelmischen Blick an, den zerkauten Ball in seinem Maul. Seit er vor einigen Monaten angeschossen worden war, stand eines seiner Ohren senkrecht nach oben, während das andere in manierlicher Labradorart anständig nach unten hing. Nichtsdestoweniger war Joker der hübscheste Hund für Clara. Im Moment war er vor allem die willkommene Ablenkung vom grässlichen Video.

ZWEI

In Filmen erhält der Held an seinem achtzehnten Geburtstag eine Hinterlassenschaft seines verstorbenen Elternteils, wahlweise auch seiner Paten oder Grosseltern, und sein Leben verändert sich daraufhin zum Guten. Eine bildschöne Frau verliebt sich in ihn und schenkt ihm eine Handvoll Kinder, beruflich wird er erfolgreich Karriere machen und viel Geld verdienen. Den Rest seines Lebens geniesst er in seiner Villa, die lauschig am See gelegen ist, und schmeisst eine Grillparty nach der anderen für seine unzähligen Freunde. Friede, Freude, Eierkuchen.

Ich musste fünfundzwanzig werden, um eine Kiste mit Andenken an meine verstorbene Mutter in die Hände gedrückt zu bekommen, und dumm, wie ich war, stellte ich diese Kiste in die hinterste Ecke des Kleiderschrankes, wo sie in Vergessenheit geriet. Die Büchse der Pandora wartete unter Staubmäusen darauf, hervorgeholt und geöffnet zu werden.

Hätte ich sie damals schon geöffnet, wären mir viele harte Jahre erspart geblieben. Andererseits hätte der kleine rote Punkt vielleicht viel früher zu wachsen begonnen. Wer kann das rückblickend schon sagen?

Das Tagebuch meines Vaters ist eigentlich eher eine Ansammlung von Erinnerungen, niedergeschrieben in zwei alte Schulhefte, eine tägliche Notiz des Erlebten. «Memoro», lateinisch für: Ich erinnere mich. So betitelte er jedes Kapitel, dazu schrieb er jeweils eine Jahreszahl.

Die Buchstaben, zu Beginn noch gestochen scharf auf die Linien gesetzt, werden gegen Ende des zweiten Heftes krakeliger. Huschen mal hier über eine Linie, tauchen mal dort drunter. Ich setze mich auf den Sessel, dessen Bezug schon bessere Zeiten gesehen hat. Im Polster drückt eine verbogene Feder gegen mein Steissbein. Seine vier Beine sind kurz, weshalb meine Knie in die Höhe ragen. Ich lege das Tagebuch auf meinen Oberschenkeln ab, räuspere mich und sehe mein Gegenüber an.

«Ist es bereit?», frage ich. Mir ist es wichtig, dass es mir zuhört, sonst hat der ganze Aufwand, den ich hier betreibe, keinen Zweck.

Dieses Ding ist so unhöflich, nicht zu antworten. Vielleicht liegt das auch am Klebeband, das seinen Mund verschliesst. Es könnte wenigstens nicken oder mit den Augen zwinkern, damit ich weiss, ob ich beginnen kann. Da, ein kurzer Blick in meine Richtung, gut, es hat mich bemerkt. Ich kann beginnen. Endlich.

«Vielleicht erinnert es sich noch an ihn.» Prüfend blicke ich in seine Richtung und fahre dann fort. «An meinen Vater.»

Es wackelt mit den Beinen, das Bettgestell quietscht. Das Geräusch ist zu schrill für meine Ohren. Es verärgert mich. Es soll zuhören.

«Still jetzt!»

Ich stosse es mit meinem Fuss an, bis es endlich ruhig ist und mir zuhört.

«Es soll erfahren, wie ein roter Punkt von Generation zu Generation überleben kann.»

Gelblich gefärbte Augen blicken mich an. Was will es denn? Es durfte schon trinken, und gegessen hat es auch. In den Kübel hat es auch schon gemacht. Es hat alles, was es braucht. Nun muss es zuhören. Das ist wahrlich nicht zu viel verlangt.

Es begreift nicht, wie wichtig das ist, dass es die ganze Geschichte hört. Vom Anfang bis zum Ende. Das wird dauern, und wir haben nicht endlos Zeit. Nun ja, ich habe mehr Zeit als es.

Ich muss von vorne beginnen, und das ärgert mich. Seufzend beginne ich, die Sätze aus dem Heft vorzulesen, obwohl ich sie auch auswendig aufsagen könnte. Es soll merken, dass ich mir das nicht ausdenke. Das steht hier geschrieben. Das ist wichtig.

***

Das Wochenende über erledigte Clara alle anstehenden Arbeiten für ihre Puppenwerkstatt und brachte ihre kleine Wohnung im Dachgeschoss eines mehrstöckigen Hauses im Zentrum von

Sarnen auf Vordermann. Im Erdgeschoss befand sich ein Geschäft für Hörhilfen, das sonntags geschlossen hatte, was das Wohnen in diesem Gebäude noch ruhiger gestaltete. Auch die übrigen Nachbarn waren zurückhaltende Zeitgenossen. Seit die alleinerziehende Mutter mit ihren Zwillingen ausgezogen war, war es still im Haus geworden. An ihrer Stelle hatte sich ein junges Pärchen eingelebt, das entweder arbeitete oder seinen offenbar zahlreichen Freizeitbeschäftigungen nachkam. Ausser den sündhaft teuren Mountainbikes, die sie in ihrem Keller einschlossen, hatte Clara jedenfalls noch nichts von ihnen bemerkt. Auch Remo, der die Wohnung neben ihr bewohnte, war entweder auf der Arbeit, im Ausgang oder ging seinen beiden Leidenschaften nach. Einerseits war er ein begeistertes Mitglied der freiwilligen Feuerwehr, andererseits wanderte er des Nachts herum und guckte durch die Fenster. Mit ihm hatte Clara am meisten Kontakt, weil er sich liebend gerne als Hundesitter einspannen liess.

Das Video ging Clara immer noch nach. Wer schlug einen Menschen nur wegen seiner Hautfarbe halb tot? Wer schlug auf einen Menschen ein? Sie konnte die Tat nicht nachvollziehen. Wo die Intelligenz aufhörte, begann die Gewalt, hatte ihre Mutter immer gesagt.

Clara fuhr sich durch ihr schulterlanges Haar, das sie im Sommer noch raspelkurz getragen hatte. Entgegen dem Klischee, dass attraktive Frauen lange Haare haben mussten, war es bei ihr eher ihre spontane und vor allem selbstbestimmte Art gewesen, die die Männer angezogen hatte.

Vor einigen Wochen hatte sie ihren letzten Geburtstag vor der bösen Vier gefeiert. Nur mit Joker als Begleitung war sie wandern gewesen und hatte anschliessend die Nacht unter freiem Himmel verbracht. Sie mochte es mittlerweile ruhig, die wilden Zeiten, als sie nächtelang durchgefeiert hatte, waren vorbei. Von einigen Ausnahmen mal abgesehen. Damals wohnte sie noch mitten in der Stadt Bern und hatte gemeinsam mit ihren Freundinnen, allen voran Laetitia, regelmässig die Clubs unsicher gemacht. Nein, auch sie hatte damals nicht nur vernünftige Entscheidungen getroffen, aber hey, das Leben war ausgesprochen lustig gewesen.

Bis ihre Mutter innert kürzester Zeit an Brustkrebs erkrankt und schlussendlich daran gestorben war. Clara war auf die Bremse getreten, hatte sich zuerst um ihre Mutter und dann um deren Beerdigung gekümmert.

Ehe sie sich versah, hatte sich ihr einstmals so grosser Freundeskreis verabschiedet, da sie sich nicht mehr auf jeder Party blicken liess. Erst in dunklen Stunden realisiert man, auf welche Personen man bauen kann. Nur noch eine Handvoll lieber Menschen war ihr geblieben, und auch diese hatten sich nach und nach verabschiedet, nachdem Clara in die Innerschweiz, nach Obwalden, gezogen war. Einzig Laetitia hatte treu den Kontakt mit ihr aufrechterhalten.

Der Entscheid, ihre gut laufende Puppenklinik inmitten der Altstadt von Bern aufzugeben, war ihr nicht leichtgefallen, aber mittlerweile hatte sich bei ihren Kunden herumgesprochen, dass sie ihr Geschäft von Sarnen aus weiterführte, und die Anfragen fanden den Weg auch hierhin.

Zumeist trudelten sie per Post ein, und Clara machte sich dann auf den Weg, um ihre Patienten, wie sie die antiken Puppen und Stofftiere nannte, persönlich beim Besitzer abzuholen. Das war ihr allemal lieber, als die Kunden in ihrer eigenen Wohnung zu empfangen. Sie mochte es nicht, Fremde zu sich einzuladen. Wenn sie alles anfassten, ihr Klo benutzten, einen Blick ins Schlafzimmer wagten. Das fühlte sich für Clara falsch an. Dabei wurde eine Abstandsgrenze überschritten, und sie spürte, dass die Räume nicht mehr rein waren. Sie merkte selbst, dass sie im Begriff war, eine Schrulligkeit zu entwickeln, die nicht gesund war, aber wer sollte sich daran stören?

In den letzten Monaten war sie ab und zu als freie Mitarbeiterin bei der Obwaldner Zeitung eingesprungen, für die sie kurze Artikel schrieb. Das besserte ihr schmales Einkommen auf und brachte Abwechslung in ihren Alltag. Mit ihrer Arbeit über den verfolgten Asylbewerber schien Spichtig jedenfalls zufrieden gewesen zu sein, sonst hätte er sich bereits bei ihr gemeldet.

Das grösste Zimmer der Wohnung hatte sie als Werkstatt eingerichtet. Sollte sie Besucher empfangen, dann tat es ihre Küche ebenso, die sie mit viel Liebe gemütlich dekoriert hatte. Das Wohnzimmer wurde dominiert von einem langen Holztisch, dessen Platte von Kratzern und Brandspuren übersät war. Gerade diese Narben machten ihn zu Claras Lieblingsmöbel in ihrem Daheim, seit sie ihn bei einem Trödler entdeckt und nach Hause bugsiert hatte.

Was, wenn der Tisch reden könnte? Was würde er alles zu erzählen haben?

Entlang der Wand, stets in greifbarer Nähe, waren ihre Werkzeuge angeordnet. Sie brauchte nicht mehr hinzusehen, konnte blindlings danach greifen. Sosehr sie in gewissen Bereichen ihres Lebens eine Chaotin war, so strukturiert war sie bei ihrer Arbeit. Hier hatte jedes Ding seinen eigenen Platz, und sie konnte es nicht leiden, wenn Besucher etwas anfassten oder, noch schlimmer, verschoben.

Joker hatte seine Schmusedecke schon kurz nach seinem Einzug bei Clara unter den Holztisch geschleppt und schlief seitdem hier oder, verbotenerweise, im Schlafzimmer. Er mochte es besonders, wenn sie arbeitete und er auf ihren Füssen schlief. So entspannte sich auch Clara wunderbar, und während sie arbeitete, geschah es nicht selten, dass sie die Zeit vergass und die Nacht zum Tag machte.

Sie hatte sich eingerichtet hier in Sarnen. Und es könnte alles wunderbar sein, wenn da noch eine andere Person an ihrer Seite wäre, dachte Clara. Sie war nun bereit, mit einem Mann eine gemeinsame Zukunft zu planen. Aber wo sollte sie ihn finden? Die Zeiten, als sie gemeinsam mit Freundinnen die Bars unsicher gemacht hatte, waren längst vorbei, und sie hatte kein Interesse daran, diese nochmals auferstehen zu lassen.

Sie sah ihren Poststapel durch, sortierte die Werbung aus und hielt schliesslich einen rosa Briefumschlag in den Händen. Caroline, eine der wildesten Frauen aus ihrer einstigen Clique, lud Clara zur Trauung und zur anschliessenden Feier im Kanton Freiburg ein. Festliche Kleidung sei erwünscht, die Damen bitte schön in Pastelltönen. Die Vorstellung löste bei Clara mentalen Brechreiz aus.

«Komm, kleiner Mann, wir gehen ein paar Bälle werfen!»

Begeistert rannte Joker aus dem Zimmer und schlitterte auf dem Parkett um die Kurve, bevor er schwanzwedelnd vor der Wohnungstür auf sein Frauchen wartete. Sie wollte die Zeit mit ihm noch geniessen, denn morgen fing sie einen grossen Auftrag an, der sie zur Abwechslung ausser Haus führen würde.

***

Schon im Flur der Wohnung schlug Clara der bestialische Gestank entgegen, und sie wünschte, sie wäre zu Hause geblieben. Auch heftiges Ausatmen nützte nichts, die Partikel setzten sich in ihrer Nasenschleimhaut fest und würden dort für einige Zeit bleiben.

Die Deckenlampe war defekt, weshalb der enge Flur nur von dem Licht erhellt wurde, das spärlich durch die geöffnete Schlafzimmertür drang. Im schummrigen Licht tanzten die Staubpartikel in der Luft, bevor sie sich auf den vergilbten Tapeten oder auf eine der unzähligen Flaschen senkten, die praktisch den gesamten Fussboden bedeckten. Wie eine Seiltänzerin suchte sie sich einen Weg durch das Labyrinth der Bierflaschen und getraute sich nicht, sich an den Wänden abzustützen, zu sehr ekelte sie sich davor, etwas in dieser Wohnung anzufassen. Es schien, als ob alles hier drinnen mit einem schmierigen Fettfilm bedeckt sei.

Als ein Herr Gustav Balthasar aus Hergiswil sich vor zehn Tagen telefonisch bei Clara nach ihrer Arbeit als Gutachterin erkundigt hatte, hätte sie sich nicht träumen lassen, was da auf sie zukam. Die Wohnung seiner verstorbenen Schwester müsse geräumt werden. Da nicht auszuschliessen sei, dass sich Wertsachen in der Hinterlassenschaft fänden, musste jemand alles genau unter die Lupe nehmen und etwaige Kostbarkeiten aussortieren.

Einfach verdientes Geld, war Claras erster Gedanke gewesen, und sie hatte zugesagt, die Wohnung zu besichtigen. Nun bereute sie ihre Entscheidung aufs Heftigste.

Es half nichts, Clara musste Luft holen, wenn sie nicht ersticken wollte. Sofort roch sie den Gestank nach Erbrochenem, und wenn sie sich nicht täuschte, kam dieser von der eingetrockneten Pfütze, die treffsicher vor der Badezimmertür platziert worden war und dabei auch die Wände besprenkelt hatte. Schnell schritt sie bis zum Ende des Flurs, betrat das Wohnzimmer und hechtete zu einem der Fenster, um frische Luft hereinzulassen. Einen Moment lang hing sie nach Sauerstoff schnappend über der Fensterbrüstung und versuchte, sich zu sammeln.

Obwohl sie vorgewarnt worden war, hatte der Zustand der Wohnung sie überrascht. Sie stand inmitten eines hygienischen Alptraums. Langsam drehte sie sich um und verschaffte sich einen ersten Eindruck des Wohnzimmers. Die Raumhöhe war weitaus höher als in normalen Zimmern, und sogar Clara mit ihren fast einen Meter achtzig fühlte sich klein.

Links der Tür stand ein durchgesessenes Ledersofa direkt an der Wand, davor ein mit überquellenden Aschenbechern und Bierbüchsen übersäter Salontisch. Plastiksäcke, zerlesene Bücher und eine Menge undefinierbarer Kleidungsstücke. Alles war schmutzverklebt.

Die Wolldecken auf den Sitzflächen des Sofas wiesen gelbe Flecken auf, und Clara wandte den Blick schnell ab, um sich nicht vorstellen zu müssen, wessen Ursprungs sie waren. Auch im Wohnzimmer war der Fussboden vollgestellt mit leeren Bierflaschen, jedoch ragten hier langhalsige Schnapsflaschen wie kleine Leuchttürme aus dem Meer des grünen Glases empor. Wie konnte ein Mensch in diesem Chaos leben, überlegte Clara kopfschüttelnd.

Das Wohnzimmer war wie ein gleichförmiges L geschnitten, und sie spähte über die Flaschen gebeugt um die Ecke, um auch den Rest des Raums zu sehen.

Auf dem Esstisch türmte sich das schmutzige Geschirr gleich stapelweise, in der Küche war vermutlich kein einziger Teller und kein Besteck mehr sauber in den Regalen. Unter dem Tisch entdeckte sie mehrere mit Paketschnur zusammengebundene Aktenordner, die durchtränkt waren von einer gelben Flüssigkeit. Angesichts der ansehnlichen Sammlung Altglas lag der Gedanke nahe, dass es sich dabei um Bier handelte, das versehentlich ausgekippt worden war. Jedenfalls hoffte sie, dass es Bier war und nicht etwa Urin.

Die Wand gegenüber dem Sofa war zugestellt mit einer imposanten Wohnwand, die in den Sechzigern wohl ein Vermögen gekostet hatte, heute jedoch niemanden mehr interessierte. Dies war der einzige einigermassen saubere Teil des Raumes, wenn man von der hohen Staubschicht darauf einmal absah. Zum ersten Mal, seit sie die Wohnung betreten hatte, konnte Clara sich vorstellen, den Job tatsächlich auch anzutreten, zuvor war der Ekel zu gross gewesen. Doch bevor sie nur annähernd in die Nähe dieses Möbels kam, müsste sie stundenlang Flaschen in Kisten packen und nach draussen verfrachten. Das würde das Messer in ihrem Rücken, wie sie ihre chronischen Rückenschmerzen nannte, nicht dulden. Seit nunmehr zehn Jahren lebte sie mit ihrer Arthrose, die normalerweise typisch für über Siebzigjährige war. Das Messer und Clara, sie hatten sich aneinander gewöhnt.

Sie machte kehrt und stieg über die Flaschen im Flur hinweg bis zum Schlafzimmer, wobei sie aus den Augenwinkeln einen Blick ins Badezimmer warf. Okay, diesen Raum würde sie unter keinen Umständen betreten, wenn er nicht zuvor mit einem Hochdruckreiniger generalüberholt würde. Da konnte Balthasar noch so viel bezahlen, einen zweiten Blick würde sie nicht hineinwerfen.

Der Gestank nahm mit jedem Schritt zu, je näher sie dem Schlafzimmer kam. Hier musste die Frau gestorben sein. Wenn Clara es richtig verstanden hatte, war sie eines Morgens tot im Bett liegend aufgefunden worden. An eine Wiederbelebung sei nicht mehr zu denken gewesen, obwohl ihr Bruder noch den Notarzt gerufen hatte. Wenn man vom Zustand der Wohnung auf denjenigen der Bewohnerin schloss, hatte sie nicht gut auf sich geachtet. Mit grosser Wahrscheinlichkeit war die Frau schwer alkoholabhängig gewesen.

Das Bettgestell ragte wie eine bröckelige Ruine in den Raum, die Matratze war offensichtlich bereits aus dem Haus gebracht worden. Auch in diesem Zimmer öffnete sie als Erstes das Fenster und lüftete gründlich. Neben dem Bettrahmen stand ein einfacher Abstelltisch, darauf eine Lampe mit einem kostbaren Schirm aus farbigem Glas und mehrere Bierdosen. Ein raumhoher Schrank, Nussbaum, Echtholz, antik, registrierte ihr Gehirn. Er stand an der Wand, daneben eine hübsche kleine Kommode, deren Deckblatt unwiderruflich zerkratzt war. Auch hier war alles zentimeterhoch mit einer Staubschicht bedeckt.

Sie überschlug im Kopf die Arbeit. Die Wohnwand im Wohnzimmer und die Kommode im Schlafzimmer, das würde nicht allzu lange dauern. Aber alle restlichen Räume des Anwesens, zu dem die kleine Wohnung gehörte, zu durchsuchen, bräuchte seine Zeit. Mehr als zwei, drei Wochen, schätzte Clara. Zwar war sie keine Expertin, wenn es um Antiquitäten des Mobiliars ging, was sie Herrn Balthasar bereits am Telefon gesagt hatte, aber sie war Spezialistin in der Restauration von Stoffen, antiken Puppen, Teddybären und Spielsachen. Zudem traute sie sich durchaus zu, andere Antiquitäten von Wert zu erkennen und aussortieren zu können. Den genauen Frankenbetrag, der bei einem Verkauf erzielt werden könnte, müsste dann allerdings ein Schätzer bestimmen.

Herr Balthasar hatte Clara in den vergangenen Wochen mehrere Objekte zugeschickt und sie von ihr restaurieren lassen. Offenbar hatten ihre Arbeiten und die fairen Preise, die sie dafür verlangte, ihn überzeugt, und nun wollte er, dass Clara sich auf dem Anwesen mal umsah. Wenn Clara gewusst hätte, welcher olfaktorische Alptraum auf sie zukäme, hätte sie nicht einmal für die Besichtigung zugesagt.

Sie verliess die Wohnung, überquerte den Hinterhof und genoss dabei die frische Luft. Ihre Schritte knirschten im Kies. Auch hier stapelte sich der Müll, allerdings säuberlich in Säcke und Kisten gepackt und bereit zur Entsorgung. Balthasar hatte versucht, die Wohnung seiner Schwester selbst auszumisten, war an der schieren Menge der zu begutachtenden Güter jedoch gescheitert.

Die imposante Villa der Familie Balthasar stammte aus der Zeit um 1900 und wies den Grundriss eines lang gezogenen U auf. Die untersten Wohnebenen dienten der Repräsentation der Familie, so hatte es Balthasar Clara bei ihrer ersten Begegnung erzählt. Nun schien es aber, als hätte die Villa die letzten Jahrzehnte in einem Dornröschenschlaf verbracht.

Clara suchte nach dem Klingelschild und fand es an der mit Efeu zugewucherten Mauer. Die Glocke hallte im Innern des Gebäudes nach. Am Telefon hatte Balthasar erzählt, dass seine Schwester bis zu ihrem Tod in einem der beiden Seitenflügel gelebt habe, während er im anderen Flügel alles unter strengster Kontrolle gehalten habe. Die Mitte des Hauses, einstmals das Zentrum des Familienlebens, werde nur noch betreten, wenn man im Regen trockenen Fusses von einem Flügel in den anderen wollte.

Der Kontrast hätte nicht grösser sein können. Während die Wohnung der Verstorbenen mit Müll und Altglas vollgestellt gewesen war und vor Dreck gestarrt hatte, glänzte es im gegenüberliegenden Hausflügel des Anwesens vor Sauberkeit.

«Nun, ich nehme an, Sie haben sich einen ersten Eindruck verschafft, Frau von Grünenstein?»

Das Alter des rüstigen Mannes war schwer einzuschätzen, und er hielt sich kerzengerade. Er empfing sie an der Wohnungstür und stieg dann mit federnden Schritten die Treppe bis in die erste Etage hoch, wo er wartete, bis Clara nachgekommen war. Im Wohnzimmer wies er auf ein Sofa. Distinguiert liess er sich in einem Sessel gegenüber nieder. In dieser sauberen Umgebung beschlich Clara das Gefühl, den Gestank aus der Wohnung in ihren Haaren und den Kleidern mitgebracht zu haben, und sie schnüffelte peinlich berührt an ihrem Jackenärmel.

«Sie müssen sich nicht genieren, ich weiss, wie es dort drüben aussieht.» Balthasar räusperte sich, während er gleichzeitig mit der flachen Hand die pomadisierten Haarsträhnen nach hinten strich. «Und wie es dort riecht.»

Seine schlanke, fast schon asketisch magere Gestalt kleidete er im klassischen Stil. Den Knopf des Vestons hatte er geöffnet, bevor er sich hingesetzt hatte. Das Seidentuch in der Brusttasche wies dieselben dezenten Blautöne auf wie das faltenfreie Hemd.

«Ja, das war in der Tat eine Herausforderung», gestand Clara und fuhr gedankenverloren über den Stoff des Sofas, wobei das Wort «Sofa» dem edlen Möbel keineswegs gerecht wurde. Sie hatte viel eher auf einem Kanapee aus dem 19. Jahrhundert Platz genommen, das mit edlem Brokatstoff in Gold und Bordeauxrot bezogen war. Wenn sie sich in Balthasars Wohnzimmer umschaute, konnte sie eher nachvollziehen, weshalb dieser ihr den Job angeboten hatte. Hier legte ein Mensch Wert auf edles Mobiliar, das er zu pflegen wusste. Es war zwar nur schwer vorstellbar, lag aber durchaus im Bereich des Möglichen, dass die Wohnung der Schwester einstmals ebenso ausgesehen hatte, bevor die Räume unter Bergen leerer Flaschen und Unrat begraben worden waren.

Balthasar beugte sich nach vorne, um die beiden Teetassen aus feinstem Porzellan mit frisch aufgebrühtem Tee aufzufüllen.

So etwas Profanes wie ein Teebeutel wäre hier gänzlich fehl am Platz, dachte Clara und schmunzelte heimlich, und doch entdeckte sie unter einem Sessel versteckt einen Laptop.

«Ich will ehrlich zu Ihnen sein.» Balthasar hob mit abgespreiztem kleinen Finger die Teetasse in die Höhe und trank einen winzigen Schluck, bevor er sie wieder auf den Unterteller zurückstellte, ohne dabei ein Geräusch zu verursachen. «In diesem Haus lebten bereits mehrere Generationen, und alle haben ein Händchen für Kunst gehabt. Nach dem Tod meiner Eltern 1955, an die ich mich übrigens nicht mehr erinnern kann, sind nur noch meine Schwester und ich übrig geblieben, und da wir beide kinderlos sind, haben wir die meisten Räume des Hauses nicht mehr genutzt.» Er zog die Bügelfalten an seiner Hose glatt. «Ich meine, was soll ich mit all diesen Zimmern? Mir reicht meine Wohnung hier.»

«Eine sehr schöne Wohnung, wenn Sie mir diese Bemerkung erlauben. Sie haben einen exquisiten Geschmack.»

Clara sass aufrecht auf der Kante des Kanapees und getraute sich kaum zu atmen. Der ganze Raum war vollgestellt mit Kostbarkeiten, wie sie schon beim Betreten des Wohnzimmers bemerkt hatte. Während die Schwester aufgrund ihrer Sucht leere Bier- und Schnapsflaschen gesammelt hatte, war Balthasar offenbar auf der Suche nach weitaus Seltenerem gewesen.

«Ich habe mir gleich gedacht, dass Sie ein gutes Auge dafür haben, und nachdem Sie in den letzten Monaten die antiken Puppen meiner Mutter und die Krippenfiguren der Familie für mich restauriert haben – eine vorzügliche Arbeit, wie ich Ihnen gerne versichere –, bin ich zu Erkenntnis gelangt, dass Sie die richtige Frau für diese Arbeit sind.»

«Herr Balthasar, am Telefon sprachen Sie davon, dass ich die Wohnung Ihrer Schwester nach Antiquitäten durchsuchen soll, bevor die Entrümpelungsfirma alles entsorgt.»

«Es sieht schrecklich aus da drüben. Ich schäme mich so dafür.» Er seufzte tief. «Wissen Sie, einer Süchtigen kann man nur helfen, wenn sie sich auch helfen lässt. Ich habe wahrlich lange genug versucht, Charlotta unter die Arme zu greifen. Ich habe für Sauberkeit gesorgt, geschaut, dass sie regelmässig isst und die Kleidung wechselt, aber irgendeinmal kam der Punkt, an dem ich nicht mehr konnte. Mein Arzt hat ein Machtwort gesprochen und mich zur Kur nach Bad Ragaz geschickt. Ich habe mich wunderbar erholt und es sehr genossen, dass ausnahmsweise einmal jemand nach mir geschaut hat, aber als ich zurückkehrte, ging es meiner Schwester sehr schlecht. Ihre Wohnung war bereits in dem Zustand, in dem Sie sie heute gesehen haben. Charlotta weigerte sich von nun an, Hilfe von mir anzunehmen. Sie fand, sie sei eine zu grosse Belastung für mich, und hatte deswegen ein schlechtes Gewissen. Natürlich habe ich immer wieder versucht, sie umzustimmen oder sie wenigstens dazu zu bringen, Hilfe von einer Institution in Anspruch zu nehmen. Sie wissen schon, Essen auf Rädern, einmal die Woche eine Putzhilfe oder auch Krankenpflege. Aber sie hat alles abgeblockt. So blieb mir schweren Herzens nichts anderes übrig, als zuzusehen, wie sie langsam zugrunde ging. Zwei Monate, so lange hat es noch gedauert, bis ihr Körper den Kampf gegen den Alkohol endgültig aufgegeben hat.»

«Mein herzliches Beileid», murmelte Clara.

Balthasar nickte vornehm, winkte dann jedoch barsch ab. «Aber weshalb erzähle ich Ihnen das alles? Konzentrieren wir uns auf die Arbeit, die vor uns liegt. Ich möchte, dass Sie jede Schublade, jedes Regal und jede Ecke der Villa inspizieren, nicht nur Charlottas Wohnung. Sie müssen unter jeden Stuhl und auf jeden Schrank schauen, ob sich nicht irgendwo noch etwas befindet, das sich lohnt, aufbewahrt zu werden. Ich habe versucht, dies selbst zu tun, aber mein Zustand lässt es leider nicht zu.»

«Aber wie stellen Sie sich das denn vor?», fragte Clara vorsichtig. «Die Zimmer sind zugemüllt. Da brauche ich Tage, bis ich nur annähernd dazu komme, eine Schublade zu öffnen. Wäre es nicht viel sinnvoller, gleich eine Entrümpelungsfirma zu beauftragen? Soweit ich weiss, kennen diese Leute sich ebenfalls damit aus, Wertsachen auszusortieren.»

Dieses Mal klirrte die Teetasse heftig auf den Unterteller, als Balthasar sie abstellte. «Ach, papperlapapp, diese Leute haben nicht das Wissen, das Sie haben, Frau von Grünenstein. Ihre Arbeiten sprechen für sich. Keine Angst, ich möchte Sie nicht engagieren, damit Sie den Müll meiner Schwester entsorgen. Mein Gärtner wird Ihnen zur Seite stehen und alles aus dem Haus tragen, was Sie begutachtet und als Müll bewertet haben. Ich vertraue Ihnen da voll und ganz.»

«Ja, in diesem Falle übernehme ich die Arbeit gerne», sagte Clara. «Bleibt es bei dem von Ihnen am Telefon genannten Betrag als Bezahlung für die Arbeit?»

«Natürlich.» Balthasar blickte sie leicht verächtlich an. Er mochte es offensichtlich nicht, über Geld zu reden. «Ich stehe zu meinem Wort.»

«Da wäre allerdings noch mein Hund, den ich mitnehmen müsste, wenn ich hier arbeiten soll. Ist das ein Problem für Sie?»

Balthasar erhob sich und schritt in kerzengerader Haltung

durch das Wohnzimmer. «Keineswegs. Bringen Sie ihm bei, Gespenster zu jagen, davon haben wir hier eine Menge.»

***

Das Dorf Hergiswil, kaum mehr als ein schmaler Landstrich, eingezwängt zwischen dem scharfkantigen Pilatus und dem Ufer des Vierwaldstättersees, wirkte auf den ersten Blick unscheinbarer, als es tatsächlich war. Entlang der Hauptstrasse reihten sich die typischen Schweizer Geschäfte und Büros aneinander. Die fast sechstausend Hergiswiler konnten sich in ihrem Dorf mit dem Nötigsten versorgen, und wenn sie doch einmal in ein grösseres Einkaufszentrum oder in die Stadt fahren wollten, konnten sie dies mit der Zentralbahn tun, die mitten durch das Dorf fuhr.

Da Hergiswil durch See und Berge geografisch begrenzt war, konnte es nur noch den Hang hinaufwachsen, und teure Lärmschutzwände entlang der Autobahn garantierten auch hier eine angenehme Wohnatmosphäre. Dem Betrachter fielen vor allem die unzähligen Terrassenbauten ins Auge, es schien fast so, als ob Hergiswil diese Art, Wohnungen in den Hang zu bauen, erfunden hatte. Gegen den Schattenwurf des mächtigen Bergmassivs liess sich jedoch nichts unternehmen. Auch deshalb hatten sich die begüterten Einwohner die wenigen Bauplätze entlang des Sees gesichert, und nur Zweimetermauern und Überwachungskameras zeugten von ihrem Reichtum. Dem Normalsterblichen blieben wenige Meter öffentlicher Zugang zum Vierwaldstättersee, das restliche Ufer befand sich in Privatbesitz.

Clara hatte sich an diesem Tag einen kurzen Überblick über das Dorf verschafft, aber bislang noch nicht herausgefunden, wo der eigentliche Treffpunkt der Dorfgemeinschaft lag. War es der Platz am See vor der Hergiswiler Glasfabrik, wo eine riesige Murmelbahn Familien anlockte? Die Gegend um die Kirche, die in unmittelbarer Nähe zum Bahnhof gebaut worden war? Oder der kleine Hafen?

Die Schweizer zeigten in der Öffentlichkeit nicht gerne, wie vermögend sie waren. Im Gegenteil, Understatement war das Gebot der Stunde, was in Hergiswil perfekt funktionierte. Nicht nur die herrliche Lage lockte zahlungskräftige Einwohner an, auch die attraktiven Steuern waren ursächlich dafür. Seit Jahrzehnten propagierte Hergiswil seine Steuerpolitik und schien auch langfristig Erfolg damit zu haben, jedenfalls zeugten die florierende Wirtschaft und die stets wachsende Einwohnerzahl davon.

Am Abend zuvor hatte sich Clara in ihrer Wohnung mit dem Laptop im Schneidersitz auf den Boden gesetzt. Sie wollte versuchen, etwas über die Familie Balthasar in Hergiswil herauszufinden. In Anbetracht der prächtigen Villa und des riesigen Umschwungs in unmittelbarer Nähe zur Stadt Luzern und sündhaft teuer am Ufer des Vierwaldstättersees gelegen, ging Clara davon aus, dass die Familie über ein grosses Vermögen verfügen musste. Doch sie relativierte die Überlegung, als sie sich an den jämmerlichen Zustand der Villa erinnerte. Die Frage musste lauten: Wie war die Familie Balthasar ursprünglich an Geld gekommen, und weshalb war nichts mehr davon übrig?

Clara behauptete von sich, recht geschickt darin zu sein, Informationen im Labyrinth des Internets auszugraben, aber ausser der Todesanzeige von Charlotta Balthasar in der Luzerner Zeitung, in der ihr Bruder Gustav als einziger Hinterbliebener genannt wurde, fand Clara keine Informationen. Seltsam, heutzutage scheint es keinen Menschen zu geben, der nicht wenigstens eine kleine Spur im Internet hinterlässt, überlegte sie. Sie hatte die Suche schliesslich mehr oder weniger erfolglos aufgegeben und war schlafen gegangen.

DREI

Die Tür lässt sich nur schwer aufziehen. Der Luftdruck verursacht ein Geräusch, das wie das Wuschen des Windes tönt, wenn er durch Mauerritzen bläst. Es stinkt im Raum. Dabei wechsle ich den Eimer täglich und wische ihn aus, aber das scheint nicht zu nützen.

Es stinkt. Das Bündel vor mir. Es ist kein Mensch mehr. Ich habe ihm den Namen weggenommen. Es hat keine Rechte mehr. Ich bestimme, was es darf und was nicht.

Es darf leben. Essen und trinken auch. Und auf den Eimer darf es.

«Will es denn nicht endlich hier rauskommen?»

Ich stupse es mit dem Fuss an. Will es nicht berühren. Es ekelt mich.

Es dreht sich zur Wand, zieht die Wolldecke über den Kopf.

«Was muss ich denn noch tun, damit es mir endlich sagt, was ich wissen will?»

Unter der Decke bewegt sich nichts. Es spricht auch nicht.

«Ich könnte es hungern lassen oder verdursten.» Ein Kichern dringt meine Kehle hoch, als ich mir vorstelle, wie es auf Knien um ein Stück Brot bettelt und wie ein aufziehbares Häschen dabei in die Hände klatscht.

«Ich könnte auch die Lüftung abstellen», überlege ich laut. «Wobei es das womöglich nicht einmal bemerken würde. Es würde einfach einschlafen. Nein, das ist nicht das Richtige.»

Ich ziehe den Sessel heran und richte die Lampe auf dem Beistelltisch in Richtung der Bettstatt.

«Am besten ist es, ich warte einfach ab, bis es zu Sinnen kommt. Irgendwann einmal wird es die Sonne wieder sehen, das frisch gemähte Gras auf der Wiese riechen oder ein Bad geniessen wollen. Dann wird es mir sagen, was ich wissen will. So lange bleibt es mir nicht erspart, dieses Opfer zu bringen.»

Es schnaubt verächtlich. Ich habe erreicht, dass es eine Re-

aktion zeigt. Wenn ich so weitermache, werde ich schlussendlich an mein Ziel gelangen. Es hat einen stärkeren Willen, als ich angenommen hatte, aber ich werde gewinnen, denn ich habe recht.

***

Das Grundstück der Familie Balthasar befand sich ganz am Ende von Hergiswil auf der rechten Strassenseite, die zum See führte. Clara fuhr mit dem Auto vor das dunkelgraue Metalltor, liess auf der Fahrerseite das Fenster hinunter und klingelte an der in die Mauer eingelassenen Apparatur. Durch eine Kamera erkannte der Hausbesitzer, wer ihn besuchen wollte, und konnte so sicherstellen, dass niemand Unbefugtes das Grundstück betrat.

Das Tor öffnete sich elektronisch, und Clara fuhr den Kiesweg entlang, vorbei an hohen Hecken, die dick verwildert auf den Gehsteig hinauswuchsen. Nach einer kleinen Kurve tauchte die imposante Villa vor ihr auf. Mit ihren zwei Etagen, den raumhohen Fenstern und den Säulen beidseits des Eingangs und entlang der Balkone wirkte das Haus aus der Zeit gefallen. Viel eher hätte es in die Epoche vor den beiden Weltkriegen gepasst, nun machte es nur noch einen verschlafenen und ungepflegten Eindruck. Clara fuhr um die Villa herum und parkte den Wagen im Hinterhof.

Als Balthasar bei ihrem letzten Treffen vom Gärtner gesprochen hatte, der Clara helfen würde, die Wohnung der Verstorbenen auszumisten, war sie davon ausgegangen, einen älteren Mann in grüner Gärtnerschürze anzutreffen. Umso erstaunter war sie, als sie inmitten des Gestanks aus Kotze und Schnaps auf einen jungen Adonis traf.

«Morgen, ich soll Ihnen hier zur Hand gehen.» Beflissen streckte der Hüne seine Rechte aus, um sie zu begrüssen, und obwohl Clara ziemlich gross war, musste sie den Kopf in den Nacken legen, um ihm in die Augen zu blicken. Eine Strähne seiner blonden Lockenpracht war ihm ins Gesicht gefallen, und er pustete sie lässig zurück.

«Zweimeternullzwei.»

«Wie bitte?»

«Ich bin zwei Meter null zwei gross. Das fragen die Leute mich als Erstes, wenn sie mich sehen», lachte er. «Und nein, ich spiele kein Basket-, sondern Volleyball. Da ich die Fragen mittlerweile nicht mehr hören kann, gebe ich die Antwort lieber zum Voraus.»

In seinem jugendlichen Gesicht waren nicht einmal Lachfältchen zu erkennen, bemerkte Clara neidisch und schätzte ihn auf Mitte zwanzig, höchstens dreissig Jahre. Ein leckeres Kerlchen.

«Äh, ja, Entschuldigung. Clara von Grünenstein.» Sie schüttelte seine Hand. «Ich schlage vor, dass wir uns duzen. Nenn mich einfach Clara.»

«Sandro Gasser, freut mich.»

Er drehte sich um und zeigte auf den desaströsen Zustand der Wohnung hinter sich. «Nun, ich nehme an, da haben wir einiges zu tun. Wenn Sie mir sagen, was ich entsorgen soll, können wir gleich anfangen.»

Clara grinste. «Du sollst vor allem Du zu mir sagen.»

«Verzeihung, ich bin es nicht gewohnt, ältere Frauen zu duzen.»

Vor Verblüffung ob dieser verbalen Ohrfeige blieb ihr der Mund offen stehen. «Hör gut zu, Sandro. Du magst ein junger Schnaufer sein, deshalb lass ich dir diese Frechheit durchgehen, aber wag es niemals wieder, eine Frau ‹alt› zu nennen, wenn dir dein Leben lieb ist. Und wenn du es doch tust, dann renn. Renn schnell!»

Sandros Wangen färbten sich tiefrot, als er sein Missgeschick begriff, und er beeilte sich in den nächsten Stunden, Claras Befehlen beflissen nachzukommen. Um elf Uhr hatte er es endlich geschafft, das Wohnzimmer von sämtlichen Flaschen zu befreien und diese im Hinterhof zu stapeln. Joker wuselte draussen glücklich zwischen dem Gerümpel und den vernachlässigten Büschen herum und unterliess es nicht, jede einzelne Ecke zu markieren. Manchmal wunderte sich Clara, wie viel Flüssigkeit die Blase des Hundes fasste.

Clara sah sich im leer geräumten Wohnzimmer um, das ohne die Flaschensammlung gleich viel grösser wirkte.

«Haben Sie», Sandro blickte sie erschreckt an, «ich meine, hast du schon gemerkt, dass sich der Spannteppich an den Rändern zu lösen beginnt? Darunter kommt ein wunderschöner Holzboden zum Vorschein.»

Er kniete sich vor dem Fenster hin und begann, den ausgefransten Teppich vom Boden zu friemeln. Neugierig näherte sich Clara. Tatsächlich erblickte sie darunter ein fein ausgearbeitetes Muster aus verschiedenfarbigen Hölzern. Ein wunderschönes Parkett, das von Meisterhand gefertigt sein musste. Kein Vergleich zum Fischgrätenparkett in den Schweizer Wohnungen von Otto Normalverbraucher.

«Zieh den Teppich noch etwas weiter ab, damit wir mehr sehen», bat Clara und wartete, bis Sandro gut zwei Meter Spannteppich losgerissen hatte.

«Das sieht man heutzutage kaum noch», flüsterte sie.

Sie kniete sich ebenfalls hin und strich mit beiden Händen den Dreck vom Holzboden, bis ein etwa dreissig Zentimeter grosser Streifen, aus verschiedenen Hölzern gefertigt, unter dem Staub zum Vorschein kam, dessen Linien in den unterschiedlichsten Brauntönen strahlten. Darum herum war ein Rautenmuster zu erkennen, das sich fortsetzte, bis der nächste Streifen begann.

«Ein wahres Kunstwerk. Schade, dass es jahrelang versteckt gehalten wurde, aber angesichts des Zustands der Wohnung war dies vermutlich besser so. Eine ausgelaufene Schnapsflasche oder eine fallen gelassene Zigarettenkippe hätten hässliche Spuren darauf hinterlassen.» Sie stand auf und wischte sich die Hände an der Jeans sauber. «Lassen wir den Spannteppich liegen, solange wir arbeiten, dann bleibt das Parkett geschützt.»

Sandro sammelte die letzten Flaschen ein und polterte die Treppe hinunter in den Hof.

Versonnen blickte sie über den Boden der Stube. Welche Pracht darunter zum Vorschein kommen würde, wenn erst einmal der ganze Spannteppich abgezogen war! Sandro hatte bei seiner Einsammelaktion der Flaschen das Sofa zur Seite gerückt, sodass ein helles, erstaunlich sauberes Stück Teppich erschienen war. Nicht zu fassen, wie edel die Stube ausgesehen haben musste, bevor sie von der Alkoholikerin verwüstet worden war.

Irritiert hielt Clara inne und ging in die Hocke, um mit der Hand über das Teppichstück zu gleiten. Ja, sie hatte sich nicht geirrt. Da, wo das Sofa gestanden hatte, ertastete sie eine kleine Erhebung. Hoffentlich keine tote Maus, dachte sie. Wobei diese bei dem Gestank hier nicht mehr ins Gewicht gefallen wäre. Sie zog den Spannteppich nun auch auf dieser Seite des Raumes vom Boden ab, bis ein in Haushaltspapier eingewickeltes Päckchen zum Vorschein kam.

Treffer, jubelte sie im Stillen. Hoffentlich war sie hier auf einen Schatz gestossen! Sie griff danach und wickelte das Papier ab, bis sie einen Schlüssel in den Händen hielt. Um ihn nicht zu beschmutzen, zog sie die Handschuhe aus.

Bloss ein Schlüssel, dachte sie enttäuscht und betrachtete ihn genauer. Der Schlüssel war fast so gross wie ihre Handfläche und besass einen langen Bart. Das war mit Sicherheit kein moderner Schlüssel, so viel konnte sie sagen. Das dazugehörende Schloss war bestimmt nicht klein. Warum um alles in der Welt hatte Charlotta Balthasar den Schlüssel unter dem Teppich verborgen? Er musste so wichtig für sie gewesen sein, dass sie ihn in ihrer Nähe hatte haben wollen und deshalb in der eigenen Stube verborgen hatte.

Clara steckte ihn in ihre Tasche und sah sich entschlossen um. Das Chaos in der Wohnung begann sich tatsächlich langsam zu lichten.

Sie stemmte die Hände in die Seiten. Nun galt es, die Gegenstände im Wohnzimmer zu begutachten. Bei jedem einzelnen Stück musste sie entscheiden, ob es sich um Müll handelte, der entsorgt werden musste, oder aber um Dinge, die gewinnbringend verkauft werden konnten. Für Sachen, die zwar keinen Wert mehr besassen, die man aber noch gebrauchen konnte, gab es die Brockenhäuser. Balthasar schien Claras Hinweis darauf nicht gutzuheissen. Bei ihm hiess es «alles oder nichts». Wenn sich etwas nicht verkaufen liess, dann sollte es entsorgt werden.

Sandro kehrte in die Wohnung zurück. Stellte sich breitbeinig hin und dehnte seinen Rücken durch, bis die Wirbel knackten, wobei Clara einen Blick auf seine durchtrainierten Bauchmuskeln erhaschte. Mit einem heimlichen Lächeln wandte sie sich wieder ihrer Arbeit zu. Sandro sammelte weiter Abfall ein, wobei er sich langsam in Richtung Küche vorarbeitete. Clara schnappte sich einen Hundertzehn-Liter-Abfallsack und zog sich neue Handschuhe über, dann begann sie, den Esstisch freizulegen. Wenn sie die Schubladen und Türchen der Wohnzimmerwand leer räumen wollte, brauchte sie Platz, um die Sachen auszusortieren. Leider war es nicht möglich, den Tisch einfach zu kippen und alles in den Abfallsack zu schmeissen.

Clara wurde den Verdacht nicht los, dass Balthasar kein Interesse daran hatte, die Sachen zu behalten, sondern lediglich möglichst viel Geld damit verdienen wollte.

Auf ihrem kurzen Rundgang durch die übrigen Räume des Anwesens, den sie heute Morgen gleich nach ihrer Ankunft gemacht hatte, hatte sie eine Vielzahl an Möbeln, Bildern und Kunstobjekten entdeckt, die ein Vermögen einbringen würden. Warum verkaufte er *diese* Sachen nicht?

Clara schüttelte ein zerflattertes Strickheft aus, um sicherzugehen, dass sich zwischen den Seiten nichts Wichtiges versteckte, bevor sie es auf den Altpapierstapel warf. Die Kosten für das Anwesen mussten Unsummen verschlingen, überlegte sie, dies war vielleicht der Grund, weshalb Balthasar so erpicht darauf war, Geld zu verdienen.

Aber was wusste Clara schon davon? Sie wohnte in einer kleinen Wohnung, besass einen altersschwachen Opel und hatte keinerlei Verpflichtungen anderen gegenüber. Sie verdiente zwar nicht genug, um sich Luxusreisen leisten zu können, aber sie war zufrieden mit ihrem Auskommen.

Auch das nächste Magazin hatte eine klebrige Oberfläche, sie legte es angeekelt ab. Langsam löste sich ein Papier und segelte zu Boden. Clara bückte sich neugierig danach. Das Papier blieb zunächst an einem eingetrockneten Fleck auf dem Teppich kleben, löste sich dann aber, und sie hielt eine Glückwunschkarte in den Händen. Auf der Vorderseite waren zwei kitschige Herzen zu erkennen, die von einem weit geschwungenen Goldband umrankt wurden, und in hellgrüner Schnürschrift stand geschrieben: «Alles Gute zum Geburtstag». Sie öffnete die Karte. Die Innenseite war in kindlicher Schrift, aber durchaus sauber mit Füllfederhalter beschriftet.

Liebe Charlotta, ich wünsche dir zum 6. Geburztag viel Glük und das du den Schoggi Kuchen bekomst, der du dir wünst. Dein Bruder Gustav

Diese Karte legte Clara auf die Seite. Balthasar würde sich bestimmt freuen, eine Erinnerung an seine Schwester in den Händen zu halten. Wie alt war die Karte? Sie griff nochmals danach und entdeckte, dass Gustav in der rechten oberen Ecke das Datum notiert hatte: 25. Mai 1951. Die Verstorbene hatte diese Karte siebzig Jahre lang aufbewahrt. Sie musste ihr viel bedeutet haben.

«Ich bin nun mit dem Wohnzimmer und dem Flur durch», unterbrach Sandro ihre Gedanken. «Die Flaschen aus Schlafzimmer, Küche und Bad räume ich morgen aus. Sobald ich das Glas in den Anhänger geladen habe, bringe ich alles zur Entsorgungsstelle. Ich nehme nicht an, dass ich dich noch antreffe, wenn ich wieder zurück bin?»

«Das weiss ich noch nicht. Ich bringe Balthasar vorbei, was ich heute gefunden habe, bevor ich Feierabend mache. Wobei, viel ist es ja nicht, abgesehen von dieser alten Glückwunschkarte.» Clara hielt das Fundstück in die Höhe. «Dann kann ich ihn auch gleich danach fragen, was wir mit dem schönen Parkettboden anstellen sollen.»

Sandro schien sich nicht sehr für ihre Worte zu interessieren, denn er stand schon unter dem Türrahmen, als er ihr zurief: *«See you!»*

Clara verliess die Wohnung ebenfalls und pfiff im Hinterhof nach Joker. Der Hund kam glücklich aus einer Hecke geschossen, sein schwarzes Fell über und über mit Laub verdreckt. Nach einer Vollbremsung vor ihren Füssen schüttelte er sich ausgiebig und folgte dann seinem Frauchen erwartungsvoll.

Wieder wurde sie aufgefordert, auf dem zarten Kanapee im Wohnzimmer Platz zu nehmen, aber diesmal sass Clara wie auf Nadeln, da sie fürchtete, Joker wedelte mit seinem Schwanz eine der weiss glasierten Keramikfiguren vom Platz. Bei ihrem ersten Besuch war ihr nicht aufgefallen, wie viele dieser filigranen Kostbarkeiten Balthasar aufgestellt hatte.

Auf den Beistelltischchen waren sie ebenso zu finden wie auf den Kommoden, sogar auf der Heizung entlang der Wand entdeckte sie welche. Elegant geschwungene Frauenkörper, einen Athleten in Siegerpose und unzählige Tierfiguren. Sie liess Joker zu ihren Füssen Platz nehmen und klemmte seinen Schwanz zwischen ihren Beinen ein.

Clara hatte beim Betreten der Wohnung einen Blick in die Küche geworfen und dabei gesehen, dass dort bereits ein Tablett mit Teekanne, Tassen und Gebäck nur darauf wartete, an den Tisch gebracht zu werden. Obwohl ihr ein starker Espresso lieber gewesen wäre, nickte sie, als Balthasar ihr einen Tee anbot. Während er alles sorgfältig auf den Salontisch drapierte, plapperte er munter drauflos.

«Wie schön, dass das Wetter mitspielt, nicht wahr? Stellen Sie sich vor, es würde regnen, dann wäre die Arbeit noch viel mühsamer.»

«Ich arbeite ja nur in der Wohnung und nicht draussen auf dem Grundstück, aber für Sandro, den Gärtner, wäre es in der Tat etwas umständlich. Da haben Sie recht. Vielleicht wäre es gut, wenn wir einen Raum in der Villa als Zwischenlager für die wertvolleren Stücke zweckentfremden könnten?»

Balthasar nickte. «Dann schlage ich vor, dass wir sie in der Eingangshalle deponieren. Wir benützen den Vordereingang schon lange nicht mehr, sondern kommen alle durch die Hintereingänge hinein. Ich lasse den Boden von Sandro mit Karton auslegen, dann zerkratzt nichts das Parkett.»

«Apropos, wir haben im Wohnzimmer ihrer Schwester einen wunderbaren Holzboden freigelegt, als wir den Spannteppich ein Stück herausgerissen haben.»

«Ja?», fragte Balthasar erwartungsvoll.

«Das war doch eine echte Überraschung für uns. Wir hätten das nicht erwartet. Ich meine, die Wohnung ist alles andere als in einem guten Zustand.»

Balthasar deutete mit der ausgestreckten Hand um sich. «Frau von Grünenstein. Ich hätte von Ihnen etwas mehr Spürsinn erwartet. Ist Ihnen denn nicht aufgefallen, dass im ganzen Haus jeder einzelne Raum mit exquisitem Parkett ausgestattet ist? Schliesslich gründete auf diesem Handwerk der gute Ruf der Firma Balthasar.»

«Die Böden sind wahrlich wunderschön», versuchte Clara, sich zu rechtfertigen. «Aber in der Wohnung Ihrer Schwester war es tatsächlich ein überraschender Anblick. Es wird am besten sein, wenn wir den Spannteppich zum Schutz des Holzes liegen lassen, bis alle Räume restlos ausgeräumt sind. Natürlich nur, wenn Ihnen das recht ist.»

Er trank einen Schluck Tee. «Reden wir nicht mehr darüber. Wie Sie sich vielleicht vorstellen können, ist es mir sehr unangenehm, dass Charlotta in diesem Dreck hauste.»

«Ach, fast hätte ich es vergessen.»

Erfreut klatschte Balthasar in die Hände. «Haben Sie etwas Gutes entdeckt? So früh schon?»

Clara streckte ihm die Geburtstagskarte entgegen, die er entgeistert entgegennahm.

«Was soll ich denn damit?»

«Es ist eine Karte, die Sie Ihrer Schwester zum sechsten Geburtstag geschrieben haben. Ich dachte, Sie würden sich über ein Andenken freuen.»

«Überlassen wir diese Gefühlsduselei dem Fernsehen, Frau von Grünenstein. Bringen Sie mir nur Sachen, die wirklich wichtig sind oder Geld einbringen. Alles andere werfen Sie gefälligst weg. Die Instandhaltung des Anwesens ist furchtbar teuer, wie Sie sich denken können.»

Mit diesen Worten erhob er sich, eine stille Aufforderung für Clara, das Feld zu räumen.

Aber bevor Clara Feierabend machte, wollte sie noch einen kurzen Blick in die Räume werfen, die Balthasar ihr am Tag zuvor zugewiesen hatte. Sie durfte zwei Zimmer, inklusive Bad, im ersten Stock des Hauses für ihre Arbeit benutzen, hatte jedoch nicht vor, jemals hier zu übernachten. Sie zog es vor, Arbeit und Privatleben strikt zu trennen.

Clara stand unter der Tür und starrte fassungslos auf die weissen Leintücher, mit denen das Mobiliar abgedeckt war. Eine dicke Staubschicht hatte sich darauf niedergelassen. Hier sollte sie arbeiten?

Die beiden Zimmer dienten wohl ursprünglich als Schlaf- und Wohnzimmer der Eltern Balthasar und hatten eine Renovation ebenso nötig wie das Bad. Es schien, als wären die Zimmer seit dem Tod der Eltern nicht mehr benutzt worden. Alle Einbauten waren aus den erlesensten Materialien wie Tropenholz und Marmor hergestellt, im Verlaufe der Jahrzehnte hatte sich jedoch niemand mehr die Mühe gemacht, sich darum zu kümmern.

Sorgfältig zog sie die Leintücher vom Mobiliar, sodass sie möglichst wenig Staub aufwirbelte, dann öffnete sie die Fensterläden und liess die Abendsonne herein. Vielleicht würde sie es doch einige Tage aushalten können. Während sie für kräftigen Durchzug in den Räumen sorgte, um den angestauten Mief herauszubekommen, legte sie sich auf das Bett. Die Matratze hing zwar etwas durch, aber immerhin hatte Balthasar daran gedacht, frische Bettwäsche bereitzustellen. Zwar hatte sie nicht vor, hier zu übernachten, aber um ihren lädierten Rücken auszustrecken, würde es reichen. So hielt sich auch das Messer in ihrem Lendenbereich etwas zurück.

Joker wuselte in den Räumen herum, kontrollierte die Ecken, überprüfte die Bodendielen und legte sich zufrieden neben das

Bett. Clara blickte sich um. Auch hier waren die Böden mit einem wunderschönen Parkett belegt, das, obwohl es eine Politur nötig gehabt hätte, noch immer Eleganz ausstrahlte. Entlang der Wände standen mehrere zueinander passende Kommoden, die in der Ecke in einem Wandschrank mündeten. Welch elegante Art, Kleider und Schmuck aufzubewahren.

Clara besass sowohl vom einen als auch vom anderen zu wenig, um auch nur ansatzweise solche Schubladen zu füllen. Diese Möbel werde ich ebenfalls kontrollieren müssen, dachte sie. Wenn etwas Wertvolles zu finden war, dann doch eher in den Räumen, die die Eltern bewohnt hatten, als in der versifften Wohnung der Verstorbenen.

Clara setzte sich abrupt auf. Wenn sie sich recht orientierte, befand sie sich direkt ein Stockwerk über Charlottas Wohnung. Entsetzt schnupperte sie. Tatsächlich, hier roch es ebenfalls nach Erbrochenem, Bier und Tod. Angeekelt suchte sie in ihren Taschen nach ihrem Deo und sprayte damit mehrmals in die Luft, bewirkte jedoch nur, dass es im Zimmer roch, als ob jemand in eine Blumenwiese gekotzt hätte. Frustriert warf sie das Deo aufs Bett und stellte sich ans Fenster. Wahrscheinlich bildete sie sich alles nur ein, und der Gestank war bloss eine Erinnerung. Sie hielt es hier nicht mehr aus, packte ihre Sachen und ging mit Joker an die frische Luft.

Mittlerweile war die Sonne hinter den Baumwipfeln verschwunden, aber Clara konnte noch immer die grosszügige Rasenfläche hinter dem Haus erkennen. Die Familie Balthasar musste unglaublich reich gewesen sein, um sich ein so grossflächiges Anwesen in unmittelbarer Nähe der Stadt Luzern leisten zu können. Wunderschön am Vierwaldstättersee gelegen breitete sich vor der Villa eine grosse Rasenfläche bis zum Ufer aus. Hinter dem Haus, inmitten einer verwilderten Wiese, ragte ein Hügel empor, der vermutlich angelegt worden war, um die Sicht auf die dahinterliegende Holzfabrik zu verstellen. So konnten sich die Bewohner der Illusion hingeben, mitten im Grünen zu wohnen. Aus der Höhe der ersten Etage jedoch hatte Clara die einstmalige Fabrik und die Dächer mit den vielen Schornsteinen darauf gesehen. Sie würde in den nächsten Tagen mit Joker einen Spaziergang dorthin unternehmen, beschloss sie.

Gemächlich schlenderte sie mit Joker durch das hohe Gras, sodass der Hund sich austoben konnte. Der Geruch nach nasser Erde versprach üppiges Wachstum in den nächsten Tagen. Wieder einmal staunte sie über die Ruhe auf diesem Anwesen, obwohl sie sich eigentlich inmitten des lebhaften Hergiswil befand. Die Familie Balthasar hatte sich mit diesem Grundstück eine Oase der Einsamkeit bewahrt, umgeben von Industrie, Tourismus und Betriebsamkeit. Einzig die Verkehrsgeräusche liessen sich nicht durch Mauern aufhalten, dafür wäre eine Glasglocke nötig gewesen. Wahrscheinlich hätte die Familie auch diese erbauen lassen, wenn es denn möglich gewesen wäre.

«Mafurt.»

«Jesses, haben Sie mich erschreckt», japste Clara, als unvermittelt vor ihr eine magere Gestalt auftauchte.

«Mafurt», wiederholte die Person, wandte dabei das Gesicht ab und zeigte mit einem ausgestreckten Arm über den Hügel und die Wiese um sie herum. Die andere Hand hielt die Leine, an deren Ende eine fette Katze festgemacht war. Joker wuselte um die Katze herum, gewillt, sie einmal rund um den Erdball zu jagen. Diese fuhr seelenruhig die Krallen aus und haute ihm damit quer über die Nase, womit die Spielstunde beendet war, bevor sie begonnen hatte.

«Sie führen eine Katze an der Leine, wie haben Sie dieses Kunststück fertiggebracht?», erkundigte sich Clara lachend.

Die Frau war in lauter Textilien aus gehäkeltem Garn gehüllt, die sie sich sogar um den Kopf gewickelt hatte, sodass es schwierig war, ein Gesicht zu erkennen. Es war Clara unmöglich, das Alter der Frau einzuschätzen. Sie hätte zwanzig oder sechzig Jahre alt sein können. Alles an ihr war schmal und wirkte zerbrechlich. Die ausnahmslos weissen Kleider schlackerten um ihren Körper. Auf dem Kopf trug sie eine Art Turban aus einem ebenfalls gehäkelten Schal, unter dem ein Haarzopf in der gleichen Farbe wie das Fell der Katze herausragte. Feuerrot. Noch immer weigerte sie sich, Clara in die Augen zu sehen. Clara beugte sich etwas vor und schaute sie direkt an. Wer war sie?

Soweit Clara informiert war, sollten sich ausser Balthasar und dem Gärtner keine anderen Personen hier aufhalten, denn das Grundstück war Privatbesitz und stand der Öffentlichkeit für Spaziergänge nicht zur Verfügung.

«Gehören Sie zur Familie Balthasar?», erkundigte sich Clara deshalb. «Was machen Sie hier?»

«Mafurt.» Die Frau drehte sich um. «Mafurt. Komm Monsieur Neige.»

Die Frau setzte sich mit vorsichtigen Schritten in Bewegung, die Katze folgte ihr auf Schritt und Tritt, ohne dass sich dabei die Leine spannte.

Irritiert blickte Clara ihr nach. Sie hatte weder in Erfahrung gebracht, wie die Frau hiess, noch, was sie hier zu suchen hatte. Immerhin wusste sie den Namen des Katers, Monsieur Neige. Das feuerrote Tier wurde «Herr Schnee» genannt, die Frau hatte Humor.

Perplex beobachtete Clara, wie das eigenartige Gespann mit Tippelschritten zur Grundstückmauer lief und durch ein Loch in der von Thuja zugewachsenen Steinmauer aus ihrem Blick verschwand. Wäre Clara der Frau und ihrer Katze in der Nacht begegnet, sie hätte angefangen, an Gespenster zu glauben.

VIER

Ich lese ihm aus dem Tagebuch vor. Es scheint nicht richtig zuzuhören. Ich schüttle es an der Schulter, damit es sich konzentriert. Das ist wichtig.

Endlich schlägt es die Augen auf, das ist gut so. Es muss zuhören, damit es versteht.

Das Tagebuch ist ein altes Schulheft, die Seiten knistern trocken, wenn ich mit dem Zeigefinger unter den Buchstabenreihen entlangfahre.

Es muss hören, was ich zu sagen habe.

MEMORO – Sommer 1942
Ich erinnere mich noch so gut an die Begegnungen mit dem Sammler, als ob es erst gestern gewesen wäre. Wir waren aus demselben Holz geschnitzt. Mit Wehmut denke ich an unsere gemeinsame Zeit zurück, als ich ihm noch vertraut habe. Mit dem Wissen von heute wäre ich das Geschäft mit ihm niemals eingegangen. Damals war ich fasziniert von seiner körperlichen Reaktion auf das Schätzchen.

Ich beobachtete, wie er sich über seine neueste Errungenschaft beugte. An seiner Schläfe sah man das Blut heftig pulsieren. Ja, er war aufgeregt. Freudig erregt, wie jedes Mal, wenn ich ihm ein Neues lieferte. Seine Hände mussten feucht sein, er wischte sie an den Hosenbeinen trocken.

Das Rot leuchtete selbst im kalten Kellerlicht warm auf.

«Scharlachrot», sagte er. «Nein, eher blutrot.»

Er fuhr mit dem Zeigefinger vorsichtig über die Oberfläche, spürte die Linien, folgte ihnen. Ich weiss, wie er sich fühlte, denn mir ergeht es genauso. Im letzten Moment war es mir gelungen, das Rot vor den Regentropfen zu schützen, sonst wäre es womöglich noch ausgeblutet. Nicht auszudenken, was das für Folgen hätte haben können.

Der Sammler netzte mit seiner Zunge die trockenen Lippen,

ein Schauer liess ihn erbeben, als er das neueste Schätzchen genauer betrachtete. Sein Kopf warf einen Schatten nach unten, störte wohl seine Sicht. Er griff nach oben und richtete die Operationslampe neu ein. Nun lag es tadellos ausgeleuchtet, sein Schätzchen, das sich hier vor ihm auf der Liege präsentierte. Auf so etwas hatte er lange warten müssen. Oftmals hat er danach gefragt. Viele andere hatte er in Empfang genommen, begutachtet und dann in den Keller gesperrt, wo sie ihm allein gehörten.

Eigentlich war dieses Prachtexemplar zu schade, um es ihm allein zu überlassen, aber mir blieb nichts anderes übrig. Zwei Herzen schlugen auch in des Sammlers Brust, wie er mir bei unserem letzten Treffen verraten hatte. Einerseits liebte er es, sich allein den Schätzchen zu widmen, aber weil er sie verstecken musste, fehlten ihm die Anerkennung und durchaus auch die neidischen Blicke der anderen Kenner. Er wollte auf seine Schätzchen nicht verzichten. Weder auf diejenigen, die sich schon lange in seinem Besitz befanden, noch auf seine neuesten Errungenschaften.

Und ich war der Lieferant seiner Schätze.

Wenn die Sammlung ans Tageslicht käme, hätten wir beide grosse Probleme.

Mit der linken Hand hielt der Sammler den Griff einer Lupe, durch die er nun Zentimeter für Zentimeter sein Schätzchen untersuchte. Ich griff nach dem Weisswein und trank das Glas leer.

Auf einmal hielt der Sammler inne.

«Interessant, da steckt ein winziges Haar fest.»

Mit den Fingernägeln versuchte er, es herauszuzupfen, aber es gelang ihm nicht. Seine Finger waren zu klobig für das feine, braune Härchen. Seine Kleidung mochte noch so teuer sein, seine Hände verrieten den Emporkömmling. Neues Geld, würde man bei uns sagen.

Der Sammler langte nach der Pinzette, die hinter ihm in einer Nierenschale auf dem Beistelltisch bereitstand. Vorsichtig näherte er sich wieder dem störenden Haar, umschloss es und zog es raus. Mission erfolgreich abgeschlossen, sein Schätzchen war wieder makellos rein. Ich musste mir ein Grinsen verkneifen. Was die Schätzchen anging, war der Sammler ein echter Snob. Nichts durfte deren Schönheit stören.

Einzig seine Ehefrau wusste von seinen Schätzchen, wie er mir einmal erzählt hatte, schliesslich war sie es gewesen, die ihn auf den Geschmack gebracht hatte. Dank ihrer Verbindung zu unserem Reich war sie auf mich aufmerksam geworden. Man könnte sagen, wir haben dieselben Bekannten.

Ich erhob mich, es war Zeit zu gehen.

Für eine Weile würde der Sammler seine Freude mit dem neuen Schätzchen ausleben können, aber irgendwann einmal gewöhnt sich der Mensch an alles. Was zuvor noch besonders gewesen war, wirkte auf einmal profan und abgelebt. Dann war jeweils der Moment gekommen, um mit einem neuen Schätzchen im Kofferraum die Grenze zur Schweiz zu überqueren.

Der Sammler bedeckte das Schätzchen auf der Liege mit einem sauberen Leintuch. Mit der Hand griff er über seinen Kopf, tastete nach der Operationslampe und schaltete sie ab. Schlagartig war der Keller in schummriges Licht getaucht. Die Schatten in den Ecken breiteten sich aus, Einzelheiten des Labors verschwanden in der Dunkelheit. Es war kein Licht vonnöten, um das Schranktürchen auf Kopfhöhe zu öffnen. Seine Finger umschlossen den Hals der Flasche und zogen sie heraus. Er schenkte zuerst mir, danach sich selbst den Weinbrand zweifingerbreit in den Schwenker und liess dann die Flüssigkeit im Glas kreisen. Der Geruch nach der scharfen Süsse drang in meine Nase. Der Sammler schloss die Augen, prostete mir zu und trank auf seine neueste Errungenschaft.

«Ich weiss nicht, was spannender ist», erklärte er mir, als er mich zur Tür begleitete. «Das Warten auf ein neues Schätzchen oder der Augenblick, in dem ich es endlich in den Händen halte. Wenn man es so betrachtet, dann ist die Freude am grössten, wenn man es zum ersten Mal aus den Stoffhüllen wickelt. Danach lässt das Adrenalin bereits wieder nach.»

Ich trat aus der Tür ins Freie. Noch hatte die Abenddämme-

rung nicht begonnen, wenn ich mich beeilte, würde ich es bis morgen früh nach München schaffen.

«Ach, ich bringe es einfach nicht übers Herz, mich von den Schätzchen zu trennen.» Der Sammler zündete sich eine Zigarre an und folgte mir zum Wagen. «Es ist das Gefühl des Besitzens, das mir einen Energiestoss verleiht. Schliesslich bin ich der Einzige, der die Schätzchen betrachten kann.»

***

Die Hochzeit, wundervoll in einem verschlafenen Schlösschen abgehalten, fand in einem kleinen Dorf nahe Freiburg statt und gestaltete sich als genauso grauenhaft, wie Clara sich das vorgestellt hatte. Zumindest, was den ersten Teil der Feier betraf.

Was einige als das romantischste Liebesbekenntnis überhaupt bezeichneten, war für sie nicht mehr als ein kitschtriefendes Kostümtheater. Zwei lieben sich und wollten den Rest ihres Lebens gemeinsam verbringen? Schön und gut, aber weshalb reichte es dann nicht aus, dass das Brautpaar mit den Trauzeugen auf dem Standesamt die Unterschriften unter die erforderlichen Dokumente setzte und fertig?

Stattdessen stand Clara nun in mörderischen Stöckelschuhen, eingezwängt zwischen den anderen Hochzeitsgästen, in der Kirchenbank und wartete, bis der Pfarrer das Brautpaar auch vor Gott für verheiratet erklärte und die beiden aufforderte, sich zu küssen. Als ob es dafür eine Aufforderung für Verliebte brauchte, stöhnte Clara innerlich. Artig klatschte sie nach der Zeremonie und sehnte sich dabei nach dem Apéro. Sie hatte es nicht geschafft, über ihren Schatten zu springen und dem Wunsch der Braut entsprechend in Pastell zu erscheinen. Clara blickte sich verstohlen um. Selbstverständlich hatten sich ausnahmslos alle weiblichen Gäste daran gehalten, sogar die hochbetagte Grossmutter des Bräutigams hatte sich für ein Kostüm in Apricot entschieden, das perfekt zu ihren frisch getönten und in Wellen gelegten Haaren passte. Nur Clara fiel auf wie ein bunter Hund, beziehungsweise wie ein dunkelgrauer. Mit viel gutem Willen konnte die Farbe ihres Kleides als dunkles Silber durchgehen.

Caroline, die Braut, hatte bei Claras Erscheinen heute Morgen nur gelacht und sie dann begrüsst. Eine der Suiten des Hotels war als Garderobe für die Braut reserviert, und hier hatten sich die Freundinnen von einstmals getroffen, bevor es dann ernst werden würde. Der Raum war bereits brechend voll mit aufgeregt schnatternden Frauen gewesen, als Clara eingetreten war.

«Hab ich mir doch gedacht, dass du in Dunkel kommst», rief Caroline und drückte Clara an ihren durch ein Korsett hochgeschnürten Busen. «Seid ehrlich, könnt ihr euch Clara in Hellrosa vorstellen?»

Die Frauen brachen in Gelächter aus.

Clara grinste in die hochgesteckte Haarpracht der Braut und rückte eine verrutschte Rose zurück in den Knoten. Ein Gegacker breitete sich im Raum aus, als die Frauen ihre unterbrochenen Gespräche wieder aufnahmen.

«Du siehst bezaubernd aus, Caroline.» Clara hielt die Braut eine Armlänge von sich. «Bist du dir sicher in dem, was du tust?»

«Also bis gestern Abend war ich es noch», antwortete Caroline leicht hysterisch. «Aber nun habe ich doch ordentlich Muffensausen.»

Laetitia, in eine himmelblaue Tüllwolke gehüllt, drängte sich nach vorne und öffnete gleichzeitig ihre Clutch. Früher war sie die Anführerin der Partyclique gewesen und hatte stets dafür gesorgt, dass die Stimmung hochkochte.

«Was brauchst Du? Tranquilizer, Aufputschmittel, Allesscheissegal-Pillen? Ich habe von allem etwas dabei.»

«Das gibt es doch nicht», lachte Clara auf. «Du hast dich kein bisschen geändert! Du schleppst tatsächlich immer noch dein Arsenal an Glückmachern mit dir herum.»

«Na, hör mal, nur weil wir in Richtung Vierziger marschieren, heisst das noch lange nicht, dass wir auf gewisse Vergnügen verzichten müssen.» Mit einem Augenzwinkern griff sie in die Tasche und holte einige Päckchen heraus. «Wer will was? Ich schmeiss zur Feier des Tages eine Runde.»

Die Braut schüttelte den Kopf. «Nein, ich traue mich nicht, sonst sag ich vor dem Altar noch das Falsche.»

Auch die restlichen Frauen lehnten kichernd ab und brachten ein Sammelsurium an Ausreden hervor.

«Tut mir leid, ich bin schwanger.»

«Ich stille noch.»

«Ich muss Montag zu einem wichtigen Geschäftsmeeting und will dabei einen klaren Kopf behalten.»

«Nein, danke, ich stille auch noch.»

«Was, dein Kind ist doch schon zwei Jahre alt!»

«Weisst du, das ist ungemein förderlich für die Mutter-Kind-Beziehung. Ich kann das nur weiterempfehlen.»

«Ja, aber stört der Milchausfluss denn nicht beim Sex?»

Während die anderen Frauen sich hingebungsvoll der Diskussion über die körperlichen Veränderungen nach der Geburt eines Kindes und deren Folgen für das Sexleben widmeten, zogen sich Laetitia und Clara in eine ruhigere Ecke der Suite zurück und grinsten sich an.

«Nicht mein Thema.»

«Immer noch überzeugte Singlefrau?», fragte Clara.

«Nun ja, bisher ist mir weder der richtige Mann noch die richtige Frau über den Weg gelaufen.»

«Dabei hast du die doppelte Auswahl», kicherte Clara.

«Freche Zwetschge! Aber null plus null ist immer noch null», antwortete Laetitia und hielt ihr eine weisse Pille hin. «Hier, das lässt uns die Zeit überbrücken, bis wir uns am Buffet volllaufen lassen können.»

«Okay, aber eines musst du mir noch verraten.» Clara steckte sich die Pille in den Mund und schluckte. «Welcher Affe hat dich gebissen, dass du dir diese blaue Tüllwolke antust?»

Die weisse Pille verfehlte die Wirkung nicht, und Clara hatte den nervlichen Zusammenbruch der Braut, das erneute Auflegen des Make-ups und schlussendlich den Einzug in die Kirche mit äusserster Gelassenheit ertragen.

Nach der Messe hielt Clara Ausschau nach Laetitia, konnte

sie aber nirgends ausmachen. Das Brautpaar würde nun sicherlich für einige Stunden damit beschäftigt sein, allen Gratulanten die Hände zu schütteln, Geschenke entgegenzunehmen und für Fotos zu posieren. Der Apéro fand in einem Restaurant unweit der Kirche statt, und Clara schloss sich dem Zug der Gäste an, die sich langsam über den Kiesweg dorthin bewegten. Mit ihren hochhackigen Schuhen hatte sie ihre liebe Mühe, das Gleichgewicht nicht zu verlieren.

«Darf ich Ihnen meinen Arm anbieten?»

Clara drehte sich um und blickte in ein freundliches Augenpaar. Leider war der ältere Herr selbst auf unsicheren Beinen unterwegs, sodass Clara sich fragte, wer hier eigentlich wen stützen sollte. Der Mann hielt ihr den Arm jedoch so galant entgegen, dass sie es nicht übers Herz brachte, das Angebot abzulehnen.

Sie schwatzten über das Kleid der Braut, welches den Mann an dasjenige seiner verstorbenen Ehefrau erinnerte, und über die Notwendigkeit von Kissen auf den Kirchenbänken, damit man sich während der Messen die alten Knochen nicht wundsass. Beim Restaurant angekommen, suchte er sich sogleich einen Sitzplatz in der Nähe des Buffets und bot ihr ebenfalls einen Stuhl an.

«Gott sei Dank», stöhnte er auf und nahm dankbar das Glas Weisswein entgegen, das Clara ihm hinhielt. «Setzen Sie sich doch eine Weile zu mir.»

Clara nahm Platz und stiess mit ihm an. «Auf das Brautpaar.»

«Auf das Brautpaar», wiederholte er. «Möge ihm ein glückliches Leben beschieden sein.»

Er nahm einen Schluck Wein und räusperte sich. «Braut oder Bräutigam?»

«Bitte?»

Er lachte heiser auf. «Gehören Sie zur Braut oder zum Bräutigam? Ich bin der Onkel des Bräutigams. Sepp Kalbermatten.»

Clara stellte sich vor und sagte dann: «Ich bin eine Jugendfreundin von Caroline. Gehöre also zur Seite der Braut.»

«Ach, deshalb habe ich Sie noch nie gesehen. Darf ich fragen, was Sie beruflich machen? Wissen Sie, ich mache mir ein Spiel daraus, den Beruf der Leute nach ihrem Aussehen zu erraten, aber bei Ihnen tue ich mich schwer. Irgendwie kann ich Sie nicht einordnen. Bei Ihnen tippe ich in Richtung Kunst und Kultur.»

«Welch interessantes Hobby», antwortete Clara. «Nun, ich bin Restauratorin und arbeite im Rahmen dieser Tätigkeit auch als Gutachterin von Antiquitäten, allem voran für Textilien und Spielzeug. Ab und zu schreibe ich zwar für die Zeitung Berichte über das aktuelle Tagesgeschehen, aber mein Herz gehört eindeutig den alten Sachen. Gerade jetzt durchsuche ich die Räume einer alteingesessenen Luzerner Familie, ob sich nicht doch noch die eine oder andere Kostbarkeit darin findet.»

«Also diesen Beruf hätte ich niemals erraten», rief Kalbermatten erstaunt aus. «Wie heisst denn die Familie?»

Clara zögerte. «Streng genommen ist sie keine Luzerner Familie, sondern eine Nidwaldner. Obwohl Hergiswil nahe bei Luzern ist, gehört es noch zum Kanton Nidwalden. Ich denke nicht, dass ich ein Berufsgeheimnis verrate, wenn ich sage, dass ich im Auftrag der Familie Balthasar tätig bin.»

«Ach, die Balthasars! Na, das war eine reiche Familie, kann ich Ihnen sagen. Da gab es immer mal wieder Zeitungsberichte über sie. Vor allem für ihre Einladungen waren sie bekannt. Alles, was Rang und Namen hatte, ging bei denen ein und aus. Ja, ja, die alte Frau Balthasar war eine Schönheit in ihrer Jugend, was habe ich von ihr geschwärmt! Eine Nase hatte diese Frau, so gerade und elegant. Das sieht man ja heutzutage kaum mehr. Die kleistern alles mit Schminke zu, die jungen Frauen.» Kalbermatten lehnte sich zurück und blickte versonnen an die Decke. «Da war doch mal was in der Zeitung. Ach ja, ich erinnere mich wieder. Wirklich eine traurige Geschichte ist das gewesen. Die armen Kinder.»

«Was ist denn passiert?»

Er winkte an. «Ein schrecklicher Unfall, bei dem die Eltern ums Leben gekommen sind. Aber lassen Sie es gut sein. Eine Hochzeit ist nicht der richtige Ort, um sich an die dunklen

Seiten des Schicksals zu erinnern. Bringen Sie mir lieber noch etwas Weisswein, wenn Sie so gut sein würden.»

Clara stand auf, um ihm das Gewünschte zu holen. Als sie sah, dass eine Armada Senioren Kalbermatten zuwinkte und in seine Richtung spazierte, verabschiedete sie sich von ihm.

Die Feier nach der Trauung liess sich mit drei Adjektiven beschreiben: langweilig, bünzlig und überfressen. Die ersten zwei bezogen sich auf das Unterhaltungsprogramm und Claras Tischnachbarn, das letzte auf ihr Völlegefühl gegen zwei Uhr morgens.

«Lass uns von hier verschwinden.» Laetitia zog Clara am Arm, bis sich diese von ihrem Stuhl erhob. «Hier wird es nicht mehr besser.»

«Du hast recht. Ich höre schon mein Kopfkissen rufen.»

«Vergiss es, hier wird nicht geschlafen. Einige von uns feiern noch in der Hotelbar weiter.»

Laetitia tänzelte barfuss vor Clara durch den Empfang des Hotels bis zur Bar, wobei sie ihre ausgezogenen High Heels an einem Finger über ihrem Kopf kreisen liess.

«Jetzt geht die Party erst richtig los.»

Sie hatte wahrlich nicht untertrieben. Die Bar war im Jugendstil-Dekor gestaltet, und an der Wand hinter dem Tresen wurden indirekt mehrere Reihen Whiskyflaschen beleuchtet. Hier hatten sich bereits einige Hochzeitsgäste unter die anderen Besucher gemischt, aber es gab noch genügend Platz, um zu tanzen. Ehe Clara es sich versah, drückte ihr Laetitia ein Whiskyglas in die Hand.

Clara gefiel es ausserordentlich in dieser Gesellschaft, und zum ersten Mal seit vielen Monaten tanzte sie ausgelassen zur Musik, bis ihre Füsse so sehr schmerzten, dass sie eine Pause einlegen musste.

Der Barkeeper gab sich bis in die Morgenstunden die grösste Mühe, die Wünsche der Gäste zu erfüllen, was in der Tat auch dazu führte, dass er dem ziemlich angeschickerten Trauzeugen helfen musste, im Aufzug den Knopf für die richtige Etage zu drücken. Clara hatte im Hotel kein Zimmer für die Übernachtung gebucht, da die Preise sehr gesalzen daherkamen. Ursprünglich hatte sie vorgehabt, sich nach dem Essen frühestmöglich zu entschuldigen und zurück in die Innerschweiz zu fahren, hatte sich aber bereits nach dem Apéro entschieden, in ihrem Auto zu übernachten.

Gemeinsam mit Laetitia und einer Handvoll Hartgesottener trudelte sie gegen sieben Uhr früh in einen Tankstellenshop, um mit Kaffee und Gipfeli den Sonntagmorgen zu begrüssen. Mit Laetitias Bruder Benedikt, kurz Beni genannt, unterhielt sich Clara besonders gut. Von Laetitias Erzählungen wusste Clara, dass Beni als Polizist in Bern tätig war.

Er grinste sie an. «Bohnenstange mit Ponyfrisur und Zahnspange.»

Clara verbarg das Gesicht hinter den Händen. «Oh Gott, erinnere mich bloss nicht daran.»

«Du hast mich so was von genervt, wenn du bei meiner Schwester zu Besuch warst.»

«Dabei hast du uns gar nicht beachtet», wehrte Clara ab.

«Logo, ihr wart die Kleinen.» Er runzelte die Stirn. «Aber ich kam nicht umhin, euch doch zu bemerken.»

«Wie das denn?»

«Rosendornen in meinen Turnschuhen.»

«Niemals.»

«Senf auf meiner Zahnbürste.»

«Hätte ich niemals getan.»

«Schnecken in meinem Bett.»

Clara lachte laut auf. «Ja, das war wirklich lustig. Wir haben einige Schnecken im Garten gesucht und auf deinem Bett ein Rennen veranstaltet.»

Beni strich sich mit der Hand über das Gesicht. «Erinnere mich bloss nicht an das Gespräch mit meiner Mutter wegen der Schleimspuren auf meinem Leintuch. Das waren die peinlichsten Minuten meines Teenagerlebens.»

Clara verschluckte sich an ihrem Kaffee und hustete nicht sehr damenhaft in die Serviette. «Also daran haben wir damals sicherlich nicht gedacht. Wie alt waren wir? Acht, neun Jahre alt? So oder so ist die Tat längst verjährt.»

«Aber du könntest mich zu einer Wiedergutmachung auf ein Bier einladen», forderte Beni.

«Jetzt?» Sie blickte auf ihre Armbanduhr. «Es ist acht Uhr morgens.»

Ein Klingeln unterbrach ihr Geplänkel, und Beni begann, hektisch in der Innentasche seines Sakkos nach dem Handy zu suchen. Er lauschte angestrengt, schlussendlich antwortete er barsch: «Nein, ich bin nicht im Dienst.» Er hörte erneut einige Momente schweigend zu, dann verdrehte er die Augen und legte auf.

«Ich muss los.» Sie roch den Kaffee in seinem Atem, als er sich zu ihr beugte und ihr einen Kuss auf die Wange gab. «Melde dich mal.»

Clara blickte ihm durch das Fenster hinweg nach, als er im Laufschritt zu seinem Wagen eilte und davonfuhr.

***

Nur vier Stunden später weckte das Telefon Clara aus ihrem komatösen Schlaf. Spichtig klang aufgeregt, als er ihr sein Anliegen erklärte. Zwei junge Frauen mit Migrationshintergrund seien gestern an einem Mittelaltermarkt in Luzern angepöbelt worden, und das Video dazu sei bereits im Netz zu finden.

Clara gelang es knapp, Spichtig einen Korb zu geben, dann beugte sie sich über die Toilettenschüssel.

Etwas später sah sie sich ihre Mails an und bemerkte, dass Spichtig ihr das betreffende Video geschickt hatte, noch bevor er überhaupt zum Telefonhörer gegriffen hatte. Anscheinend war er sich sicher gewesen, dass Clara den Bericht darüber schreiben würde. Mit ihrem noch immer in Alkohol schwimmendem Gehirn hätte dies wahrlich keinen Sinn gehabt. Clara trank einen Schluck Wasser, mehr brachte sie momentan noch nicht hinunter, dann drückte sie auf Start und spielte das Video ab.

Die Kamera filmte eine Landschaft aus der Ferne, bis sie

einen fliegenden Drachen aus Stoff heranzoomte, der über einem blau-weiss gestreiften Zelt flatterte. Darunter befand sich ein grob zusammengehauener Wegweiser mit der Aufschrift «Mittelalterfest». Die Kamera schwenkte erneut über die Landschaft, dahinter ein dicht bewaldeter Hügel. Clara beobachtete, dass die Zuschauer in einer Ameisenkolonne zum aufgebauten Dorf strömten. Die Betreiber hatten Stoffzelte aufgespannt, die wie gross gewachsene Pilze auf der grünen Wiese standen. Aus der Ferne ertönte eine Schalmei, in die sich das Weinen eines Kleinkindes mischte. Die Situation wirkte friedlich und unbeschwert.

Schnitt, neue Szene. Nun machte es den Anschein, als ob der Filmende die Kamera in Brusthöhe vor sich hielt und dabei ebenfalls dem Weg in Richtung des Mittelalterdorfes folgte. Ein Mann in eng anliegender grüner Lederhose schwenkte seinen Arm und hielt mit der anderen Hand ein Trinkhorn in die Höhe. Mit voller Stimme hiess er die anrückenden Besucher willkommen, als sie ihn passierten: «Seid gegrüsst, werte Freunde des Mittelalters! Tretet ein und schaut, was euch feilgeboten wird.»

Nicht nur die Schausteller, auch viele Besucher waren dem Motto Mittelalter entsprechend gekleidet.

Die Kamera erfasste Männer mit Leinenhemden und Lederwesten und – trotz der Hitze – schweren Pelzen über den Schultern. Manche sahen zum Fürchten aus, aber die Schausteller waren allesamt friedliche Gesellen. Ausschliesslich in langen Kleidern waren die Frauen unterwegs, deren lange Haare kunstvoll geflochten auf den Rücken fielen oder unter weissen Hauben versteckt waren. Nur Disney-Prinzessinnengewänder *made in China* suchte man vergebens.

Der Filmende schritt durch die Menschenmassen, was bewirkte, dass die Bilder sehr verwackelt waren. Clara kam es vor, als ob sie selbst Teil der Menge wäre. Obwohl die Qualität des Filmmaterials erbärmlich war, zog das Video sie in den Bann. Es ähnelte in seiner Machart demjenigen vom Überfall auf Kidane.

Schnitt.

Die Szenerie wurde hektischer, die Bilder noch unsauberer. Der Filmende steckte im Getümmel fest. Rücken, Hinterköpfe, ab und zu ein Blick auf einen Marktstand, mehr war nicht zu sehen. Was sollte dieses Video?

Die Kamera konzentrierte sich nun auf zwei junge, dunkelhäutige Frauen, die Arm in Arm durch die Menge tummelten.

«Sarah, schau mal hier drüben», ertönte die Stimme einer der Frauen.

«Nur zehn Taler für die holde Maid.» Der Händler war hinter seiner Verkaufstheke aufgestanden und strahlte sie durch seinen wild gewachsenen Bart an. Die Kamera hatte die Szene perfekt eingefangen, ohne dass die Personen wussten, dass sie gefilmt wurden.

Die Frau lächelte zurück. «Ich schau mich zuerst um, aber vielleicht komme ich zurück.»

Der Händler verbeugte sich leicht und schmunzelte. «Es wäre mir eine Ehre, meine ehrenwerte Dame.»

Aus dem Off hörte man jemanden flüstern: «Oh nein, du wirst nicht zurückkommen.»

Auf dem Bildschirm war nur noch der Boden zu sehen, aber die Stimmen der beiden Frauen erklangen laut und deutlich.

«Hat der gerade geflirtet mit dir?», lachte die eine.

«Ich hab's dir doch gesagt, die Menschen auf dem Mittelaltermarkt sind anders!»

«Wie es sich wohl anfühlt, einen Mann mit so einem Gestrüpp im Gesicht zu küssen?»

Erneut hörte man die Stimme aus dem Off: «Wie es sich wohl anfühlt, einen Affen wie dich zu küssen?»

Die Frauen schienen die Worte nicht zu hören, jedenfalls erkannte Clara keine Reaktion. Der Filmende hob die Kamera wieder so weit an, dass er die Menschen vor sich im Bild hatte. Die beiden jungen Frauen gingen weiter, noch immer ohne zu bemerken, dass sie mit der Kamera verfolgt wurden, bis sich schliesslich eine zweite Männerstimme meldete. Der Mann sprach so laut, dass die Frauen ihn hören mussten.

«Nun schau mal an, wen wir hier haben.»

Erstaunt wandten sie die Köpfe, um zu sehen, ob die Worte ihnen galten. Clara erkannte den Schrecken in ihren Gesichtern, bevor die Frauen sich wieder umdrehten und davoneilten. Ihre Körperhaltung war eindeutig verkrampft.

Clara strich Gänsehaut über den Rücken. Sie sah lediglich, was die Männer gesehen hatten, nicht jedoch die Perspektive der Frauen. Nur zu gerne hätte sie gewusst, mit wem sie es hier zu tun hatten und weshalb die Frauen die Flucht ergriffen.

Erneut tönte die Männerstimme aus dem Off. «Weisst du, was die beiden Negerinnen hier zu suchen haben?»

«Kann mir beim besten Willen keinen Grund vorstellen», antwortete sein Kollege.

Zwei Männer, dachte Clara. Es sind mindestens zwei Männer beteiligt, und beide sprechen lupenreinen Schweizer Dialekt. Vielleicht gelang es ihr sogar, den Dialekt genauer zu verorten, aber dafür müssten die Männer länger sprechen.

Ein Schwenker, der Filmende musste kurz gestolpert sein, die Kamera erhaschte seine schwarzen Stiefel, die bis über die Knöchel hinaus geschnürt waren, dann schwenkte der Fokus schnell wieder zu den beiden Frauen.

«Vielleicht gibt es bei denen da unten keinen Mittelaltermarkt.»

Nun sahen sich die Frauen erneut um. Ihre Blicke wirkten unsicher. Obwohl sie sich inmitten einer fröhlichen Menschenmenge befanden, war ihnen anzusehen, dass sie Angst hatten. Erst jetzt bemerkte Clara, dass die zwei Frauen die einzigen dunkelhäutigen Menschen in der Menge waren. Weit und breit nur blasse, zum Teil sonnenverbrannte Gesichter.

Clara rieb sich mit beiden Händen über das Gesicht. Sie ahnte, was sie nun zu sehen bekommen würde. Bevor sie das Video weitersah, trank sie das Glas Wasser aus.

Die kleinere der beiden Frauen wandte sich nun direkt an die Männer. «Wenn Sie uns etwas zu sagen haben, dann nehmen Sie wenigstens diese albernen Ritterhelme ab, damit wir sehen können, mit wem wir sprechen.»

Perfektes Schweizerdeutsch, realisierte Clara, aber unmöglich, die Worte einem bestimmten Dialekt zuzuordnen. Die Frauen sprachen gepflegt und äusserst höflich. Und sie waren mutig, sehr mutig, da sie die Männer zur Rede stellten und nicht einfach das Weite suchten.

«Nee, bestimmt nicht», kicherte die Stimme aus dem Off, und sein Kollege provozierte weiter: «Ihr habt in Afrika doch auch Märkte. Da verkaufen sie Affen, die ihr dann zum Frühstück fresst.»

«Ja genau, Affenfresser!», johlte sein Kumpel.

Die grössere Frau zog ihre Freundin am Ärmel zurück. «Nein, sag nichts», flüsterte sie. «Ignorier diese Idioten einfach!»

«Wenn ich die Weiber vor mir so anschaue, dann sehen die auch aus wie Affen», ertönte die eine Männerstimme, gefolgt von einem blechernen Lachen. «Affengesicht und Affenarsch.»

Wütend zischte eine der Frauen: «Das dürfen die nicht! Ich bin genauso in der Schweiz geboren wie diese Typen. Ich habe jedes Recht, hier zu sein.»

«Für die haben wir einfach die falsche Hautfarbe», versuchte ihre Freundin, sie zu beschwichtigen, dann wandte sie sich an die Männer. «Echte Schweizer sind weiss, stimmt's? Dabei bin ich genauso eine Schweizerin wie Sie, obwohl meine Haut dunkel ist! Komm, Sarah, wir gehen heim. Die Typen sind es nicht wert, dass wir uns wegen ihnen den Tag verderben lassen.»

Clara spürte, wie Wut in ihr hochstieg. Was hatten die beiden Frauen den Männern getan, dass diese solche Worte vom Stapel liessen? Ob Schweizer oder nicht, das spielte keine Rolle, denn niemand hatte das Recht, so mit einem Menschen umzugehen. Wie primitiv die Männer sich hier gebärdeten! Warum griff denn niemand ein?

Die Kamera verfolgte, wie die Frauen versuchten, aus dem Getümmel zu fliehen, aber die Menschenmenge war so dicht, dass es ihnen nicht gleich gelang. Niemand schenkte der Szene Beachtung. Die Menschen lachten, prosteten einander mit Bierkrügen zu und waren viel zu ausgelassen, um zu bemerken, was sich vor ihrer Nase abspielte. Eine der beiden Frauen streckte einen Arm aus und versuchte, sich zwischen einem Ritter in Rüstung und einer Frau mit Kinderwagen und einem Kleinkind an der Hand hindurchzuzwängen.

«Ja, geht zurück, wo ihr herkommt! Zu den Affen in den Urwald.» Die Männer schienen mitbekommen zu haben, dass die beiden flüchten wollten. Noch immer hielt die Kamera auf die Frauen, die immer nervöser einen Fluchtweg suchten.

«Elendes Ausländerpack. Arbeitet nichts und liegt uns Schweizern auf der Tasche.»

Endlich schien die Frau mit dem Kinderwagen die Situation erkannt zu haben. Sie öffnete den Mund, um etwas zu sagen, als das kleine Kind an ihrer Hand ihre Aufmerksamkeit erregte. Das Bild wurde wieder wackelig, als der Filmer sich in Bewegung setzte, um näher an die Frauen heranzukommen. Die junge Mutter blickte die Frauen fragend an, dann hob sie das Kleinkind auf ihren Arm, zog den Kinderwagen näher zu sich, sodass sich eine Lücke auftat und die Frauen hindurchschlüpfen konnten. Schnell schob sie den Kinderwagen wieder nach vorne, womit sie den Männern den Weg versperrte, und tat dann so, als ob sie ihrem Kind die Nase putzen müsse. Die beiden Männer sahen im Gedränge keine Möglichkeit, den jungen Frauen nachzulaufen. Die Kamera schwenkte suchend durch die Menge, aber sie waren nicht mehr zu sehen.

«Mission erfolgreich beendet», prahlte der Sprecher aus dem Off.

Clara stoppte das Video und las, was Spichtig ihr dazu geschrieben hatte. Es war anscheinend gestern Nachmittag auf einer Wiese oberhalb der Stadt Luzern, wo der Mittelaltermarkt traditionell stattfand, gedreht worden. Noch vor Mitternacht tauchte es in den digitalen Medien auf. Obwohl es wegen seines rassistischen Hintergrunds inzwischen wieder gelöscht worden war, hatte jemand das Video kopiert und es der Zeitung zugespielt. Noch war die Identität der Frauen unbekannt, aber die Medien versuchten mit allen Mitteln, diese herauszufinden.

Spichtig schlug vor, dass Clara das Interview mit den Frauen machte, sobald man mehr über sie wusste. Clara schrieb zurück, dass sie den Auftrag nun doch gerne annehmen würde, sofern das inzwischen noch niemand anderes getan hatte.

Das war nun schon das zweite Video mit fremdenfeindlichem Inhalt, welches allem Anschein nach von einer Gruppe junger Männer gedreht worden war. Hier war es bei mündlichen Beleidigungen geblieben, im Fall von Kidane, dem jungen Mann, der hinter dem KKL zusammengeschlagen worden war, ging es vermutlich in Richtung versuchten Totschlags.

Clara hätte sich nur zu gerne sofort um die Sache gekümmert, fühlte sich jedoch noch immer hundeelend. Himmel, Arsch und Zwirn, weshalb hatte sie bloss so viel gesoffen?

***

Das Grauen wollte auch am Montagmorgen kein Ende nehmen. Clara war noch immer speiübel, obwohl sie seit mehr als zwanzig Stunden nur etwas Bouillon und einige Tabletten gegen Sodbrennen zu sich genommen hatte. Joker liess sich an diesem Morgen kaum bändigen und zerlegte in seinem Übermut Claras Strümpfe in Einzelteile, und zu guter Letzt schlug Balthasar vor, Clara möge sich einen ersten Überblick im Keller verschaffen, während das Putzinstitut die Wohnung darüber reinigte.

Nun stand sie vor der engen Aussentreppe, die vom Hinterhof der Villa in die Kellerräume hinunterführte. Die Stufen waren mit Moos überwuchert und teuflisch rutschig. Es roch nach feuchtem Laub. Laut Balthasar hatte es früher auch eine Treppe im Innern des Hauses gegeben, die ins Kellergeschoss hinabführte, aber als man für ihn und seine Schwester die Räume zu zwei Wohnungen umgebaut hatte, war diese zugemauert worden.

Sie stieg die Stufen hinunter, akribisch darauf achtend, keinen Regenwurm zu zertreten. Sie ekelte sich vor Würmern, Egeln und ähnlichem Getier. Die Treppe endete direkt vor einer massiven Holztür. Den Schlüssel dazu hatte sie heute Morgen von Balthasar bekommen. Sie musste ihn im Schloss etwas hin und her ruckeln, bis es endlich aufsprang. Nur mit einigen kräftigen

Stössen gelang es ihr, die verzogene Tür aufzubekommen. Sofort schlug ihr feuchte Kellerluft entgegen, die sich erstaunlich kühl anfühlte. Ein Schaudern überfiel sie, ob wegen der Kälte oder weil sie in ein dunkles Loch blickte, hätte sie nicht sagen können.

In ihrem Magen meldete sich die Säure zurück, sie musste aufstossen. Ob sie die Erforschung des Kellers mit einer Pause beginnen sollte, überlegte sie. Sich nur kurz etwas hinlegen, dabei den verpassten Schlaf nachholen und danach ausgedehnt frühstücken? Bevor sie sich entscheiden konnte, war Joker an ihr vorbei in den Keller geschlichen. Seufzend tastete sie linker Hand über den rauen Verputz der Wand, bis sie den Lichtschalter fühlte.

Wenn Charlotta Balthasars Wohnung ein Desaster gewesen war, dann entsprach der Keller einem Super-GAU.

Grösster anzunehmender Unfall, ja, das könnte in etwa hinkommen, dachte Clara. Der Raum wirkte, als ob eine Bombe darin hochgegangen wäre. Nur der Gestank nach Erbrochenem fehlte, was Clara dankbar zur Kenntnis nahm. Zweifelnd blickte sie sich um, sah aber auf den ersten Blick nichts Wertvolles. Sie konnte nur vermuten, dass Balthasar seit Jahren nicht mehr im Keller gewesen war, um überhaupt auf die Idee zu kommen, dass wertige Antiquitäten hier unten zu finden sein könnten.

Clara trat ein und versuchte, sich einen ersten Überblick zu verschaffen. Die Wände links und rechts waren hinter den vielen aufeinandergestapelten und zum Teil wieder umgekippten Kistenstapeln nicht mehr auszumachen. Dazwischen erkannte sie immer wieder Alltagsgeräte, die wohl jemand aus dem Weg haben wollte und deswegen in den Raum geworfen hatte. Einen handbetriebenen Rasenmäher, eine lange Gartenschlauchschlange, Bohnenstangen, ein kaputter Liegestuhl, und zwischen zwei Kisten lagen die einzelnen Körperteile einer zerbrochenen Marmorstatue. Wo sollte sie bloss anfangen?

Zwischen den beiden beinahe zwei Meter hohen Stapeln war ein schmaler Gang, kaum mehr als dreissig Zentimeter breit, frei gelassen worden. Joker schnüffelte ihn begeistert entlang, während Clara Christbaumkugeln auswich und einen zerbrochenen Ski zur Seite schob.

Wenn der Hund nur erzählen könnte, was er alles roch, überlegte Clara. Hunde waren in der Lage, Drogen, Waffen und teure Trüffeln zu erschnüffeln, dann müsste es doch auch möglich sein, Joker darauf abzurichten, Kostbarkeiten zu entdecken. Das würde ihre Arbeit definitiv erleichtern. Sie beobachtete, wie Joker sich hinsetzte und seinen Hintern zu lecken begann. Nun ja, dieses Exemplar war vielleicht nicht die ideale Besetzung dafür.

Während sie langsam durch den Gang in den hinteren Teil des Kellers schritt, blickte sie abwechslungsweise zu beiden Seiten, in der winzigen Hoffnung, den sprichwörtlichen Diamanten unter den Kohlestücken zu finden.

Ob die Gartengeräte im Wiederverkauf noch etwas einbrächten, müsste eigentlich Sandro wissen, schliesslich war er Gärtner. Die zerbrochene Marmorstatue, einstmals wohl als Brunnenschmuck gedacht, war unwiderruflich verloren. Ganz hinten in einer Ecke entdeckte Clara mehrere aufgerollte Teppiche, die musste sie unbedingt ins Freie bringen und bei Tageslicht einer genaueren Prüfung unterziehen. Allerdings war ein feuchter Keller kaum ein geeigneter Lagerort dafür gewesen. Clara befürchtete viele schadhafte Stellen in den Teppichen. Mit viel Glück fände sich ein echter Perser, bei dem sich eine Restauration lohnen würde.

Der Kellerraum endete vor einer Metalltür, zu der Clara ebenfalls einen Schlüssel ausgehändigt bekommen hatte. Dieses Schloss sperrte sich nicht gegen das Öffnen, und nachdem Clara den Lichtschalter betätigt hatte, fand sie sich in einer anderen Welt wieder. Alles glänzte frisch gereinigt und präsentierte sich in tadelloser Ordnung. Wenn sie sich nicht täuschte, umfasste dieser Raum den Teil des Hauses unterhalb der grosszügigen Festsäle. Ein Öltank thronte wie ein dicker König auf seinem Sockel und war der Villa entsprechend gross, darum herum waren die Leitungen des Hauses gezogen, alle säuberlich beschriftet. Abwasser, Heizung, Strom. Auch der Elektrikkasten war leicht zugänglich und glänzte sauber poliert. Ansonsten war der riesige Raum leer.

Clara erblickte auf der anderen Seite eine ähnliche Metalltür wie diejenige, durch die sie soeben den Raum betreten hatte. Sie musste zu den Kellerräumen unterhalb Balthasars Wohnung führen. Aus lauter Neugier probierte sie, auch diese Tür zu öffnen, aber keiner der beiden Schlüssel passte. Sie ging in die Hocke und besah sich das Schloss genauer. Nein, auch der Schlüssel, den sie in Charlotta Balthasars Wohnung unter dem Teppich gefunden hatte, würde hier nicht passen. Der alte Schlüssel hatte einen Bart, und dieses Schloss hier war viel zu modern dafür. Nun, wenn Balthasar ihr keinen Schlüssel zu dieser Tür geben wollte, dann lautete seine Devise wohl «Bis hierhin und nicht weiter». Erst jetzt realisierte sie, dass sie Balthasar noch nichts von dem Schlüssel aus Charlottas Wohnung erzählt hatte. Sie durfte nicht vergessen, ihn darüber zu informieren.

Da der grosse Kellerraum nichts Interessantes zu bieten hatte, brauchte sie sich nur durch den ersten zu wühlen, stellte Clara befriedigt fest. Trotzdem versprach dies eine mühsame Arbeit zu werden. Sie hielt inne, prüfte ihre Magensäfte, indem sie leicht den Bauch einzog. Passt, nichts schwappte und verursachte Übelkeit. Zeit, nach oben zu gehen, um etwas Leichtes zu essen. Dabei könnte sie auch gleich Sandro fragen, ob er ihr im Keller zur Hand gehen konnte.

***

Sandro hatte die letzten beiden Tage schwer geschuftet und sämtliche Flaschen, das Altpapier sowie die von Clara gefüllten Abfallsäcke zum Recyclinghof gebracht. Er war stets darauf bedacht, sämtliche Anordnungen unverzüglich zu erledigen. Vielleicht war sie anfangs doch etwas zu streng mit ihm gewesen, überlegte sie.

Sie war ebenfalls fleissig gewesen, hatte Schublade um Schublade des Wohnzimmerschranks durchgesehen und die Fundstücke nach ihrer Wichtigkeit auf dem Esstisch gestapelt. Der grösste Berg bestand aus alten Klatschheftchen, die ebenfalls ins Altpapier wandern würden. Daneben stapelten sich die Bücher. Einige Lexiken und Sachbücher, wenige Krimis, einfacher Lesestoff. Sie hatte sämtliche Seiten der Bücher durchgeblättert und insgeheim stets darauf gehofft, etwas darin zu finden, was ihre Suche ein wenig interessanter gemacht hätte.

Die kleinste Beige beinhaltete Dokumente und Rechnungen, aber ausser einigen Mahnungen hatte sie nichts entdeckt. Bislang musste sich Balthasar in Geduld üben, sie hatte noch nichts gefunden, was sich hätte zu Geld machen lassen.

***

Während einer ihrer abendlichen Besprechungen mit Balthasar erwähnte Clara die Frau, die ihr auf der Wiese hinter der Villa begegnet war.

«Vor ein paar Tagen hatte ich eine merkwürdige Begegnung auf dem Hügel, mit einer Frau ganz in Weiss. Kennen Sie sie?»

«Nein, sollte ich?»

«Nun, sie schien sich auf dem Gelände gut auszukennen, deswegen dachte ich, dass sie öfters hier spazieren geht.»

Balthasar wedelte mit der Hand vor seinem Gesicht, als ob er eine lästige Schmeissfliege verjagen wollte. «Ich weiss von keiner Frau hier. Wenn Sie sie noch einmal sehen, dann rufen Sie Sandro, der soll sich darum kümmern.»

«Das war wirklich ein spezielles Frauenzimmer, das kann ich Ihnen sagen. Sie führte eine Katze an der Leine mit sich.»

Balthasar verdrehte die Augen und wandte sich noch ein letztes Mal zu Clara um, bevor er den Raum verliess. «Tönt ganz nach einer übernatürlichen Erscheinung, wenn Sie mich fragen.»

Clara blieb allein zurück und fragte sich, was Balthasar damit meinte, als er vorschlug, Sandro solle sich um sie kümmern. Sie beschloss, wenn sie die Frau das nächste Mal sah, diese höflich aufzufordern, das Grundstück nicht mehr zu betreten. Da brauchte man nicht gleich den testosterongeschwängerten

Sturmtrupp loszuschicken. Clara seufzte laut auf und sah sich in der Wohnung um.

Bevor sie mit ihrer Arbeit weiterfahren konnte, meldete sich ihr Handy.

«Spichtig hier. Wir haben sie gefunden.»

«Wen?», fragte Clara verdutzt den Chefredakteur der Zeitung. Langsam sollte sie sich daran gewöhnt haben, dass er immer ohne Umschweife zur Sache kam.

«Die beiden Frauen aus dem Video.»

Er sprach schnell, im Hintergrund hörte Clara das Klappern einer Tastatur.

«Haben Sie nun Zeit für das Interview, oder kotzen Sie noch?»

«Nein, alles gut. Schicken Sie mir alle Angaben per Mail, dann mache ich mich an die Arbeit», antwortete sie.

Auf Wunsch der Frauen fand das Interview nicht bei ihnen zu Hause statt, da sie sich einen Rest an Privatsphäre bewahren wollten, wie sie Clara gleich am Telefon erklärten. Es sei schon schlimm genug, dass sie ungefragt gefilmt worden seien und das Video ins Netz gestellt worden sei.

Sie hatten abgemacht, sich um elf Uhr in der Stadt zu treffen. Clara wartete am Seeufer unter den ausladenden Platanen auf sie. Die Angestellten des Hotels National trugen blütenweisse Tischtücher nach draussen und begannen dann, für das Mittagessen aufzudecken. Joker hatte die kurze Strecke vom Bahnhof bis hierher jeden Pfosten, jedes Gebüsch und sämtliche Bäume beschnüffelt und lag nun erschöpft in seligem Schlummer.

Schon von Weitem erkannte Clara die Frauen, da sie die Einzigen waren, die sich nicht von dem Panorama der schneebedeckten Berggipfel und vom Türkis des Vierwaldstättersees beeindrucken liessen, sondern zügig in ihre Richtung schritten. Clara erhob sich und winkte ihnen zu.

Die kleinere der Frauen, die auf dem Video den mutigeren Eindruck hinterlassen hatte, machte auch jetzt den ersten Schritt und streckte Clara zur Begrüssung die Hand hin. Sie trug ein schulterfreies schwarzes T-Shirt mit aufgedruckten Rosen. Die

Haare hatte sie zu einem runden Afro frisiert, der ihr schmales Gesicht perfekt umrahmte. Was für eine wunderschöne Frau, war Claras erster Gedanke, als sie ihr die Hand schüttelte.

«Ich bin Sarah Nkosi, und das ist meine Schwester Diara.» Sie zeigte auf die Frau hinter sich.

Diara war einige Jahre älter, zumindest liessen ihre Gesichtszüge und ihre Kleidung darauf schliessen. Von der jugendlichen Leichtigkeit Sarahs war bei ihr nichts zu erkennen. Auf dem Kopf trug sie einen kunstvoll gewickelten Turban, der farblich mit ihrem dunkelblauen Blazer abgestimmt war. Beide Frauen blickten Clara aus ernsten Augen an, nachdem sie sich gesetzt und die Getränke bestellt hatten.

«Vielen Dank, dass Sie sich zu dem Interview bereit erklären», begann Clara und stellte die Aufnahmefunktion ihres Handys an, nachdem die Frauen ihr Einverständnis dazu gegeben hatten.

Als Erstes fragte Clara nach dem Alter, zweiundzwanzig und sechsundzwanzig, und nach ihren Berufen. Sarah studierte Architektur, und Diara arbeitete im Büro einer grossen Immobilienfirma. Sie legten Wert darauf, dass Clara ihre Namen in der Zeitung nicht nannte, aber betonten, dass sie den Schweizer Pass besässen. Ihre Eltern stammten aus Südafrika und waren noch vor der Geburt der beiden Töchter in die Schweiz gezogen, um hier in der Finanzbranche zu arbeiten.

Sarah war noch immer aufgebracht, sie stemmte die Ellenbogen auf den Tisch und sagte: «Wir sind waschechte Schweizerinnen, auch wenn wir eine dunkle Hautfarbe haben. Unsere Familie wurde offiziell 2011 eingebürgert. Das können Sie gerne so in Ihrer Zeitung schreiben.»

Clara nickte ihr beschwichtigend zu, dann fragte sie behutsam: «Ich nehme an, Sie haben das Video ebenfalls gesehen?»

Diara nickte, aber es war wiederum Sarah, die antwortete: «Ja, ein Bekannter hat es heruntergeladen und uns gezeigt. Ausnahmsweise scheinen die Kontrollfunktionen von YouTube gewirkt zu haben, denn es war bereits gelöscht, noch bevor wir Gelegenheit hatten, dies einzufordern.»

Mit leiser Stimme ergänzte Diara: «Hätten die Kontrollen tatsächlich funktioniert, wäre das Video gar nicht erst veröffentlicht worden. Aber der Film wurde auch auf anderen Social-Media-Kanälen verbreitet, Instagram und Snapchat zum Beispiel. Es ist unmöglich, dem Einhalt zu gebieten. Das Ganze ist sehr ärgerlich, und unsere Eltern haben sich furchtbar aufgeregt deswegen.»

«Über die Veröffentlichung oder darüber, was Ihnen widerfahren ist?», fragte Clara.

Die Getränke wurden serviert. Kaffee für Diara und Clara, eine Cola Zero für Sarah, die einen Schluck trank, bevor sie antwortete: «Unsere Eltern haben uns dazu erzogen, solchen Anfeindungen aus dem Weg zu gehen und, wenn dies nicht möglich sein sollte, den Kopf einzuziehen und es schweigend über uns ergehen zu lassen. Verstehen Sie, sie wollen, dass wir jede Konfrontation vermeiden, um uns zu schützen.» Mit einem Seitenblick auf Diara seufzte sie. «Aber das ist nicht meine Mentalität. Ich wehre mich. Ich will kein Opfer sein!»

Diara legte beruhigend eine Hand auf den Arm ihrer jüngeren Schwester. «Du hast ja recht, aber das kann manchmal auch gefährlich sein.»

«Erleben Sie solche rassistischen Vorfälle wie diesen öfter?», wollte Clara wissen.

Die Frauen lachten leise auf. «Da stellt sich wie immer die Frage: Ist es nur die Naivität der Menschen oder bereits Rassismus? Es kommt stets auf die Situation an.»

Clara fragte nach: «Könnten Sie dafür Beispiele geben, damit es klarer wird?»

Sarah zählte an den Fingern auf. «Wenn ein kleines Kind in meine Haare fasst, kichert und dann sagt, dass diese sich wie ein Teppich anfühlen, dann empfinde ich das nicht als beleidigend. Wenn aber eine Coiffeuse sich über mein Haar lustig macht, dann geht das zu weit.»

«Ah ja. Das ist einleuchtend. Aber ist das nicht einfach nur die Gedankenlosigkeit der Menschen?»

«Ganz genau, und trotzdem ist es nicht in Ordnung. Nichtwissen ist keine Entschuldigung für rassistisches Verhalten. Deutlicher wird es, wenn wir wegen unserer dunklen Hautfarbe zum Beispiel an der Theke einer Bar nicht bedient werden. Wenn die Verkäuferin in der Bäckerei uns einfach übersieht oder Leute in einem Gespräch mit uns in eine einfache Babysprache wechseln, weil sie das Gefühl haben, dass wir kein Wort Deutsch verstehen oder dass wir ungebildet sind. Das alles sind kleine, aber feine Stiche gegen uns. Solche lauten Beschimpfungen wie auf dem Mittelaltermarkt sind seltener, aber sie kommen durchaus vor.»

«Was denn?», fragte Clara.

«Nein, ich will diesen Vollidioten nicht auch noch vorschlagen, mit welchen Worten Sie uns beleidigen können.»

Beschämt blickte Clara auf die Tischplatte. «Das war eine blöde Frage von mir, bitte verzeihen Sie.»

Sarah winkte ab. «Sprechen wir lieber über den Vorfall vom Samstag, deshalb haben Sie uns schliesslich kontaktiert.»

«Im Video sind ausschliesslich Sie beide und andere Marktbesucher zu sehen, nicht aber die Täter. Können Sie die Personen beschreiben?»

Diara blickte Sarah an, dann antwortete sie: «Es waren zwei Männer, da bin ich mir ganz sicher. Vielleicht haben noch mehr zu dieser Gruppe gehört, die hätten in diesem Fall jedoch nur zugeschaut. Einer hat mit seinem Handy alles gefilmt, der andere schritt neben ihm her und pöbelte. Sie trugen solche Masken, wie Ritter sie haben.»

«Sie meinen Ritterhelme?»

«Ja, genau», ergänzte Sarah. «Aber nicht die echten aus Metall, die wären ja ziemlich schwer gewesen, sondern solche aus Plastik. Ihre Stimmen klangen dadurch zwar etwas verzerrt, aber trotzdem haben wir sie gut genug verstanden, um zu bemerken, dass das Gespräch in keine gute Richtung lief.»

«An was können Sie sich sonst noch erinnern?»

Beide Frauen bestätigten, dass die Männer in etwa die gleiche Statur hatten und schwarze Hosen und Springerstiefel trugen, dazu weisse Hemden mit scharfen Bügelfalten.

«Die sind uns aufgefallen, weil unsere Mutter immer alles perfekt gebügelt haben will», erklärte Diara mit einem verlegenen Achselzucken.

«Also könnte es jeder Mann gewesen sein. Das grenzt die Suche nicht wirklich ein», seufzte Clara frustriert auf.

«Ja, wir könnten jetzt mutmassen, dass sie einen speziellen Dialekt gehabt haben oder ein bestimmtes körperliches Merkmal, aber weil wir uns diesbezüglich nicht sicher sind, lassen wir es lieber sein. Wir wissen nur zu gut, wie es ist, wenn man alle in denselben Topf wirft», erklärte Sarah. «Zum Glück hat uns diese junge Mutter einen Weg frei gemacht, sodass wir ihnen entkommen konnten. Wer weiss, was sonst geschehen wäre.»

«Gestatten Sie mir noch eine letzte Frage.» Clara beugte sich nach vorne und sammelte die Kassenbelege ein, um zu signalisieren, dass die Rechnung der Getränke auf sie ginge. «Was hätten Sie sich von all den Menschen am Mittelaltermarkt gewünscht? Wie hätten sie Ihnen helfen können?»

Die Frauen waren bereits aufgestanden und griffen nach den Handtaschen, als Sarah antwortete: «Die anderen haben doch gar nicht mitbekommen, was sich vor ihrer Nase abspielte. Die hatten doch nur Augen für die Marktstände, deshalb sind sie schliesslich dorthin gekommen. Wie wir auch. Wissen Sie, wir hatten uns seit Wochen darauf gefreut.» Sie deutete auf die promenierenden Touristen. «Diese Menschen sind auch Fremde in der Schweiz, und doch sind sie gern gesehene Gäste, denn im Unterschied zu den Asylbewerbern und den Ausländern, die hier arbeiten, verlassen sie das Land auch wieder. Vielleicht denken Sie daran, wenn Sie den Artikel schreiben.»

Diara und Sarah verabschiedeten sich und marschierten strammen Schrittes zurück in Richtung Bahnhof, als ob sie die Stadt nicht schnell genug verlassen könnten.

Clara bestellte sich einen weiteren Kaffee und begann, die Grundzüge des Gesprächs in ihren Laptop zu tippen, solange sie alles noch frisch im Kopf hatte. Zu Hause hörte sie sich das Interview nochmals auf dem Handy an und ergänzte die fehlenden Details, bevor sie es Spichtig zuschickte.

Zu einem Foto hatten Sarah und Diara keine Einwilligung gegeben. Ihre Gesichter seien lange genug in der Öffentlichkeit zu sehen gewesen. Nun sei das Video auf YouTube gelöscht, und dabei sollte es auch bleiben. Die Zeitung würde ein Symbolbild verwenden müssen.

Bereits heute Abend sollte das Interview auf dem Online-Portal der Zeitung zu lesen sein, und morgen käme es in den Printmedien. Clara hoffte, dass die Frauen mit keiner weiteren Zeitung gesprochen hatten. Sie wollte das Interview exklusiv bringen.

Zum ersten Mal verspürte sie einen journalistischen Ehrgeiz, wie sie mit einem Lächeln feststellte. Wer hätte das gedacht? Vielleicht würde sie Spichtig doch noch nachgeben und diese Journalistenschule besuchen, wie er ihr vorgeschlagen hatte. Aber alleine der Gedanke, wieder die Schulbank zu drücken, jagte ihr einen Schauer über den Nacken. Das würde bedeuten, dass sie einem geregelten Alltag nachkommen musste. Nein danke, das passte definitiv nicht zu Clara von Grünenstein. Sie war und blieb ein Freigeist, der selbst bestimmen wollte, wann sie welche Arbeit zu erledigen hatte.

FÜNF

Ich halte ihm die Wasserflasche mit dem Strohhalm an den Mund. Seitdem ich ihm das letzte Mal vorgelesen habe, scheint es noch mehr geschrumpft zu sein. Es hat Mühe, sich aufrecht hinzusetzen.

Ungeduld befällt mich.

«Bitte, lassen Sie mich gehen!»

Es spricht. Aber es sagt nicht das, was ich hören will.

«Es soll nicht sprechen, es soll trinken.» Ich ziehe die Flasche zurück. «Oder hat es keinen Durst? Dann komme ich erst in einem Tag wieder. Vielleicht auch erst in zwei Tagen, drei, einer Woche. Wer weiss das schon?»

Sein Kopf schnellt nach vorne. Die Lippen umschliessen den Strohhalm. Es hat mächtigen Durst. Schnell zerre ich die Flasche an mich. Es darf nicht alles trinken, sonst wird es übermütig. Zuhören muss es. Zuhören und begreifen. Erst dann gibt es wieder Wasser.

Ich klebe seinen Mund wieder zu. Es wehrt sich mit heftigem Kopfschütteln, aber nach einem Schlag gegen seinen Hinterkopf hält es still. Ich setze mich in den Sessel, schlage das Heft auf und lese vor. Die Erinnerungen meines Vaters erfüllen den Raum.

MEMORO – Sommer 1942
Sie sass kauernd auf der Wiese. Ich musste nicht mehr hinschauen, um es zu sehen. Die Details kannte ich bereits auswendig.

Den Kopf gebeugt, den Blick nach unten in den Schoss gerichtet. Ihr Rücken war stark gekrümmt, und so wirkte sie in sich gesunken. Sie war müde, nein, schon fast verzweifelt. Vom Gesicht war kaum mehr als ein gelber Fleck zu erkennen.

Was mochte sie wohl denken? Wer war dieses junge Mädchen?

Ich sass in meinem Sessel, trank meinen Weisswein und sah dem Sammler zu, wie er sich über sein neuestes Schätzchen hermachte. Er beugte sich nach vorne, suchte nach Schatten und Li-

nien, die ihm etwas über die Gesichtsmerkmale verrieten. Nichts. Eine gelbe Fläche, mehr war da nicht zu erkennen. Daneben war eine Fabrikanlage, die sich in die Länge gestreckt in der Weite des Horizontes verlor. Ihre spitzgiebligen Dächer reflektierten die Abendsonne in einer wohligen Mischung aus Blau und Seegrün. Das Schätzchen auf der Liege wurde durch die Operationslampe grell beleuchtet, sodass man jedes Detail genau erkennen konnte. Wie ein nackter Patient lag es vor seinem Operateur. Präsentierte sich ihm in seiner Vollkommenheit. Ich hielt mich still zurück, nichts sollte den Sammler bei der Examination stören.

Dieser bereitete sich vor. Er schloss die Lederknöpfe seiner Strickjacke. Die hatte die besten Jahre hinter sich, ausgeleiert und schon mehrfach geflickt, wie sie war. Seine Frau wollte sie schon mehrfach entsorgen, aber er hing an diesem Stück. Seit seiner Heirat war er aus dem Leim gegangen, wie seine Frau mir einmal verraten hatte, als sie ihm neckisch in den Bauch kniff. Der Sammler strich sich die Haare aus der Stirn und wandte sich konzentriert dem Schätzchen zu.

Die kauernde Person trug einen Mantel. Leuchtend rot war er, rückte damit in den Mittelpunkt des Geschehens, obwohl der Maler die Figur an den linken Rand gemalt hatte.

«Das ist kein Magenta-Rot», hörte ich ihn murmeln, «eher ein Tizian-Rot, es ist wärmer. Wahrlich ein schöner Kandinsky, den Sie mir gebracht haben.»

Der Künstler, der aus Russland stammte und dessen Bilder immer teurer gehandelt wurden, bot Anlass zu Diskussionen. Wassily Kandinsky verstand es, meisterhaft den Pinsel zu führen, und zögerte nicht, die Farben da einzusetzen, wo die Natur sie nicht vorgesehen hatte.

Ein blauer Baum? Kein Problem für Kandinsky. Expressionismus hiess das neuerdings. Die herrschende Politik in Deutschland lehnte Kunstwerke dieser Art ab.

Der Sammler stellte das Gemälde auf die untere Rahmenleiste. Es zog ihn in seinen Bann, er hatte meine Anwesenheit vergessen. Ich konnte nachvollziehen, wie es ihm momentan erging. Das Schätzchen war neu, es war einzigartig. Es war seins.

Ich lehnte mich zurück und genoss für einen Moment die Ruhe. Deutschland war seit drei Jahren im Krieg. Auch zu Zeiten, da das Land nicht angegriffen wurde, waren die Menschen aufgeregt, nervös.

Der Expressionismus war eine Kunstrichtung, die offiziell nicht gerne gesehen wurde. Da hielt man sich besser an die arische Kunst, die mit den abstrakten Motiven und der freien Farbwahl Kandinskys nichts anzufangen wusste. Die Expressionisten zielten nicht darauf ab, die Dinge naturalistisch wiederzugeben. Es war ihnen einerlei, welche Farbe sie in der Realität hatten. Es zählte das Gefühl, das ausgedrückt werden sollte. Eine Einstellung, mit der sich die Nationalsozialisten schwertaten. Und genau da kam ich ins Spiel. Ich befreite meine Landsleute von der entarteten Kunst und tat gleichzeitig einem reichen Schweizer einen Gefallen.

Besser konnte es damals für mich nicht laufen. Wer hätte gedacht, dass mich meine schwache körperliche Konstitution einmal vor der Front retten würde, nur damit ich später dem Deutschen Reich Gelder in schwindelerregender Höhe verschaffte, mit denen wiederum die Kriegseinsätze bezahlt wurden? So war ich doch noch zu einem wichtigen Teil der Kriegsmaschinerie geworden, ohne Gefahr zu laufen, eine Kugel einzufangen.

Ähnlich wie Kandinskys Werken erging es damals auch den Bildern von diesem spanischen Maler namens Pablo Picasso, der sein Gemälde «Guernica» auf der Pariser Weltausstellung 1937 präsentiert hatte. Erst fünf Jahre waren seitdem vergangen, und doch gingen die Deutschen immer erbitterter gegen den Künstler vor, weil dieser gegen die Brutalität der europäischen Diktatoren anmalte, wie er es selbst sagte.

Mir war das einerlei. Es war ein Markt, der sich vor meinen Füssen auftat, und ich wäre ein Idiot gewesen, hätte ich die Lage nicht genutzt.

Wie viel ist seitdem geschehen. Dank Hitler hatte Deutschland seine Macht weiter ausgebaut, und seit er 1939 den Befehl gegeben hatte, in Polen einzumarschieren, herrschte Krieg.

Der Sammler hatte Glück, er lebte mit seiner Frau in der

Schweiz, einem Land, das im Krieg neutral blieb. Trotzdem waren die Auswirkungen des Krieges auch da deutlich zu spüren. Wer hätte gedacht, dass man die Freiflächen auf der Zürcher Sechseläutewiese und vor dem Bundeshaus einmal dazu nutzen würde, Kartoffeln anzupflanzen! Da kam der Hunger wohl vor der Architektur.

Die Frau des Sammlers hatte ebenfalls angeordnet, dass die Blumenwiese hinter dem Haus in einen Gemüsegarten umzuwandeln sei. Die Gärtner vollbrachten ganze Arbeit, und der Sammler ass stets hervorragend, wie er mir erzählte, und doch schmerzte sein Herz, dass er auf seinem Weg von der Villa, wo die Familie residierte, zur Fabrik nun Kartoffelstauden anstelle blühender Rosen zu sehen bekam. Nur ein wahrer Ästhet vermochte, solche Worte zu sprechen.

Ich litt seit dem Ausbruch des Krieges keine Not. Das Leben war durchaus komplizierter geworden, das liess sich nicht leugnen, doch die Geschäfte liefen hervorragend. Der Krieg regnete Münzen in die Staatskasse und einen gewissen Anteil auch in meine Tasche. Von mir aus konnte es so weitergehen.

Der Sammler teilte Picassos politische Meinung zwar nicht, trotzdem hatte er dessen künstlerisches Talent erkannt. Ich hatte ihm bereits drei Gemälde besorgt, die nun in seinem Keller darauf warteten, weiterverkauft zu werden. Jedenfalls war dies der Plan gewesen, hatte mir der Sammler gebeichtet, aber er hatte die Rechnung ohne die Leidenschaft gemacht, die er gegenüber seinen Objekten entwickelte. Es fiel ihm zusehends schwerer, sich von der Kunst zu trennen.

«Sie sind einfach zu schön. Und sie gehören mir, nur mir. Verstehen Sie?»

Natürlich pflichtete ich ihm bei, obwohl ich es nicht verstand. Käufer musste man bei Laune halten, und ich war Meister darin.

Der Sammler hob das Gemälde auf. Schwer war es mit seinen sechzig mal sechzig Zentimetern nicht. Mit einem Leintuch umwickelt, stellte er es zu den anderen in den Keller.

«Irgendwann einmal, wenn die Zeit dafür gekommen ist, hole ich alle Schätzchen hoch und lasse sie im grossen Festsaal

der Villa aufhängen. Dann kann ich jeden Tag in meiner persönlichen Kunstgalerie spazieren. Es bleibt nur zu hoffen, dass der Krieg noch ein Weilchen andauert, damit ich meine Sammlung vergrössern kann.»

«Lassen Sie uns darauf anstossen.»

Wir hoben die Gläser und tranken auf den Krieg.

***

Den nächsten Morgen wühlte Clara sich durch die Kellerräume der Balthasar-Villa und sichtete den Inhalt unzähliger Kisten, bevor sie sich zur Mittagszeit eine Pause gönnte. Mit einem Ächzen setzte sie sich auf die Holzbank im Hinterhof und ass ihr mit Käse belegtes Brot. Sie streckte die schmerzenden Beine aus, spürte, wie ihre Muskeln sich entspannten, und reckte die Nase in die Sonne. Eine wohltuende Schläfrigkeit schlich sich in ihre Knochen. Ohne einen starken Espresso käme sie heute Nachmittag kaum wieder in die Gänge. Ungestört liess sie ihre Gedanken in die Ferne schweifen.

Das Interview gestern hatte ihr Spass gemacht, und auch das Schreiben des Artikels war ihr leicht von der Hand gegangen. Ob sie Spichtig sagen sollte, dass sie mehr für die Zeitung arbeiten wollte, fragte sie sich. Sie käme auf diese Weise mehr unter die Leute, befasste sich mit den unterschiedlichsten Themen und konnte so ihren Horizont erweitern. Obwohl sie ihren eigentlichen Beruf liebte, war nicht von der Hand zu weisen, dass es eine einsame Tätigkeit war. Der Austausch mit den Kunden war zwar nett, aber auch kurz. Die Bären und Puppen, die sie instand setzte, erzählten ihr wohl ihre Lebensgeschichten, die man anhand der Spuren ablesen konnte, jedoch taten sie das stumm.

Clara steckte den letzten Bissen des Sandwiches in den Mund und wischte sich die Hände an ihrer Jeans ab. Noch konnte sie keine Entscheidung diesbezüglich treffen, aber sie hatte es auch nicht eilig damit.

Ein hysterisches Kreischen ertönte just in dem Augenblick,

als Clara beschlossen hatte, wieder mit der Arbeit zu beginnen. Alarmiert schoss Joker in die Höhe, begann zu bellen. Sie stand auf und blickte sich suchend um.

Wer hatte geschrien? Seit einigen Stunden hatte sie keine Menschenseele mehr gesehen, und doch hatte es so geklungen, als ob der Schrei aus nächster Nähe gekommen wäre. Sie lauschte. Nun war kein Geräusch mehr zu hören, sogar die Vögel hatten aufgehört zu pfeifen. Auf einmal ein Rascheln. Schritte im Gras.

Sie sprang auf die Bank, um einen besseren Überblick über die Wiese und den dahinterliegenden Hügel zu haben, als sie aus ihren Augenwinkeln eine Bewegung zu ihrer Linken wahrnahm. Eine Person wankte hinter dem Gartenschuppen hervor, taumelte, verlor das Gleichgewicht und fiel dann bäuchlings ins Gras. Da muss ein Unglück geschehen sein, dachte Clara, vielleicht hat sich jemand verletzt und braucht Hilfe. Schnell sprang sie von der Bank und lief der Person entgegen.

Sandro drehte sich auf die Seite und lag nun gekrümmt im kniehohen Gras. Er umklammerte mit beiden Händen seinen Bauch.

«Ist dir übel?», erkundigte sie sich besorgt. «Hast du dich verletzt?»

Sie wollte nach ihm greifen, um nach einer Verletzung zu suchen, als Sandro ihr sein Gesicht zuwandte. Er blinzelte heftig, auf seinen Wangen prangten rote Flecken, sein Atem war viel zu schnell. Sandro drehte den Kopf. Es schien, als wäre es ihm peinlich, dass sie ihn in dieser Lage sah. Clara beugte sich hinunter und legte ihm beruhigend die Hand auf die Schulter.

Er brachte kein Wort heraus. Mit dem Zeigfinger deutete er hinter das Gartenhaus.

«Nicht. Der Hund!» Ein weiteres Würgen unterbrach ihn.

Clara drehte sich um und sah, wie Joker um die Ecke des Gartenschuppens verschwand. Behände erhob sie sich und rannte ihm nach.

Das Erste, was ihr auffiel, war das Grün.

Es war eine Menge Grün, unterbrochen nur von leuchtend

gelben Sonnen. Dazwischen ein weisser Fleck, kaum zu erkennen.

Joker rannte aufgeregt im Kreis. Clara stand am Rande der Wiese und blickte in Richtung des Hügels, hinter dem die Schornsteine der Fabrik aufragten. Hinter ihr befand sich der Schuppen, wo Sandro sein Gartenwerkzeug aufbewahrte, und vor ihr schnüffelte der Hund in acht, vielleicht zehn Metern Distanz auf dem Boden herum. Sie betrachtete das saftige Gras, welches, mit Löwenzahnblüten gespickt, das Bild einer friedlichen Idylle abgab. Wenn da nur Sandros Schnaufen im Hintergrund nicht zu hören gewesen wäre.

«Joker», rief sie ihrem Hund zu. «Hier!»

Ihre wiederholten Befehle prallten an ihm ab. Die Spur in seiner Nase war zu verlockend. Clara beschlich ein ungutes Gefühl. Schliesslich gab sie sich einen Ruck und stapfte zwischen den hohen Gräsern in die Wiese hinein.

Ein Haufen alter Kleidung im hohen Gras, mehr erkannte sie nicht. Wer hatte hier seine Altkleidersammlung hingeworfen? Joker schnüffelte am Stoff herum, bis er schliesslich mit einer Pfote daran zu scharren begann. Der Stoff verschob sich und gab den Blick frei auf etwas Helles. Blasse Zweige ragten daraus hervor. Der Hund wurde immer aufgeregter und zog nun kräftiger. Ein kurzer Ruck, dann hatte er eine Hand freigelegt.

Eine zarte Hand mit langgliedrigen Fingern. Clara schnappte nach Luft.

Vor ihr lag ein Mensch, und Joker war drauf und dran, diesen über die Wiese zu ziehen. Erneut rief Clara ihn ab. Vergeblich, der Hund winselte, dann begann er, mit seiner Schnauze die Person zu schupsen. Es schien, als wolle er sie zum Aufstehen bewegen. Erneut verschob er durch seine Bemühungen etwas Stoff.

Clara konnte nicht erkennen, wer vor ihr auf dem Boden lag, das Gesicht der Person war in Richtung Boden gedreht. Eine Hand unter dem Kopf versteckt, die andere zur Faust geballt, die Beine leicht in Richtung Bauch gezogen, so lag die Person in einer vermeintlich friedlichen Position da. Ein Embryo im sicheren Mutterleib, dachte Clara unwillkürlich.

Endlich gelang es ihr, Joker am Halsband zurückzuziehen, während sie gleichzeitig versuchte, die Person zu wecken. Aber diese reagierte weder auf ihre Rufe noch auf die Berührung am Schienbein.

Clara zuckte zurück. Die Haut der Person hatte sich kalt angefühlt. Auf jeden Fall kälter als die Haut eines Menschen sein sollte, der in der Mittagssonne kurz eingenickt war. Ihr Herz pochte schmerzhaft in der Brust. In ihren Schläfen begann es zu kribbeln, ein Rauschen füllte ihre Ohren. Entsetzt ging sie rückwärts, bis sie an die Rückwand des Gartenschuppens stiess.

Claras Aufregung und der Geruch des Todes, den bislang nur eine Hundenase riechen konnte, liessen Joker allmählich durchdrehen. Aufgeregt hechelnd, versuchte er sich von der Leine zu lösen, und als ihm das nicht gelang, brach er in lautes Kläffen aus.

«Lebt sie noch?» Sandros Stimme drang zu ihr durch. Er war hinter sie getreten und schien seine Übelkeit in den Griff bekommen zu haben.

Clara zog die Schultern hoch und antwortete mit gebrochener Stimme. «Ich glaube nicht, aber ich habe nicht richtig hingesehen. Weisst du, wer das ist?»

Auf Sandros Kopfschütteln hin streckte sie ihm die Hundeleine entgegen. «Hier, binde Joker an der Bank vor dem Schuppen an. Ich rufe den Rettungsdienst.»

Erleichtert, eine Aufgabe zu haben, die ihn vom Tatort wegführte, ergriff Sandro die Leine und verschwand mitsamt Hund um die Ecke des Schuppens.

«Und informiere Balthasar!», rief ihm Clara noch hinterher, bevor sie sich wieder dem leblosen Menschen auf dem Boden zuwandte. Wer war das?

Nun wollte sie es doch genauer wissen und ging neben dem Kopf in die Hocke.

Die Frau trug dasselbe Kleid, das sie bei ihrer Begegnung vor einigen Tagen getragen hatte. Mehrere Schichten weissen

Spitzenstoffs, die sich überlagerten, was ein sehr individueller und somit unverkennbarer Kleidungsstil war. Das Leuchten der weissen Kleidung wurde getrübt durch Grasflecken und Schlieren von Erde. Der lange Zopf floss blutfarben auf ihren Rücken. Kein Zweifel, das war die geheimnisvolle Frau. Clara seufzte traurig auf und sah sich dann um. Wo war Monsieur Neige, die Katze?

Sie griff nach ihrem Handy und wählte den Notruf, dann drehte sie die Frau auf den Rücken, um mit den Wiederbelebungsmassnahmen zu beginnen, bemerkte jedoch schnell, dass es hierfür zu spät war. Der Körper fühlte sich seltsam steif an. Angeekelt wischte Clara sich die Hände am Gras ab und schämte sich zugleich ob ihrer Reaktion.

Während sie auf Ambulanz und Polizei wartete, nutzte sie die Zeit, um Fotos zu machen. Sie vermied es, weitere Fussabdrücke im Gras zu hinterlassen, und schoss deshalb die Bilder aus einiger Distanz. Wenn nötig, würde sie die Details immer noch heranzoomen können.

***

Selten war sie glücklicher gewesen, dass eine Nacht vorüber war, als an diesem Morgen. Es war ihr nicht gelungen, die Eindrücke des gestrigen Tages zu verdrängen. Jedes Mal, wenn sie die Augen geschlossen hatte, war ihr die Szenerie mit der Toten wieder vor Augen erschienen. Das Adrenalin in ihrem Körper verhinderte zusätzlich, dass sie schlafen konnte.

Sie war neben der Leiche geblieben, bis die Ambulanz erschienen war und die Rettungssanitäter mit Notfallkoffer angerückt waren. Nach kurzer Zeit hatte sich der Notarzt erhoben und verkündet, dass hier die Polizei gebraucht wurde. Sandro hatte Joker unterdessen in die Eingangshalle der Villa gesperrt und wartete, neben Clara auf der Steinbank sitzend, auf das Eintreffen der Polizei. Balthasar hatten sie den ganzen Tag über nicht zu Gesicht bekommen. Er hatte die Beamten in seiner eigenen Wohnung empfangen.

Als einer der Polizisten an sie herangetreten war, war Sandro endlich mit der Tatsache herausgerückt, dass er die Frau kannte. Clara war vor Überraschung der Mund offen geblieben. Warum hatte er das nicht gleich gesagt, als sie ihn danach gefragt hatte?

Der Polizist, der ihre Aussagen sorgfältig aufgenommen hatte, trug seine Uniform mit Stolz. Die Bügelkante des Hemdes war ebenso scharf geschnitten wie der akkurate Bart. Der Gurt, der mit Waffe, Handschellen, Taschenlampe und Funkgerät bestückt war, sass schwer auf der schmalen Hüfte.

«Das ist Rosa Kammer.» Sandro hatte etwas verlegen gelächelt. «Böse Mäuler nennen sie auch die ‹irre Rosa›. Sie macht jeden Morgen und jeden Abend einen Spaziergang über das Gelände. Ich habe sie öfters dabei gesehen. Rosa stört niemanden. Ich meine, sie störte niemanden, obwohl sie sich unerlaubt auf ein Privatgrundstück schlich.» Er hatte sich über die Stirn gewischt. «Meistens habe ich sie überhaupt nicht bemerkt. Ich wollte nicht, dass sie des Grundstücks verwiesen wurde, deshalb habe ich stets so getan, als ob ich sie nicht sehen und nicht kennen würde.»

Auch Clara hatte ihre Aussage gemacht, was sich in ihrem Fall jedoch auf die Nennung ihrer Personalien beschränkte, da sie über Rosa Kammer nichts weiter zu berichten gewusst hatte. Den Rest des Tages hatte sie damit verbracht, zu beobachten, wie die Kriminalpolizei angerückt war, um die Spuren zu sichern, bis schlussendlich, Clara war es wie eine Ewigkeit erschienen, die Leiche eingepackt und weggefahren worden war.

Kaum hatte sie das Einverständnis der Kriminalpolizei bekommen, packte Clara Joker und war mit ihm nach Sarnen gefahren, wo sie versucht hatte, sich während eines ausgiebigen Spaziergangs im Wald zu beruhigen. Zurück in ihrer Wohnung war es bereits später Abend, und obwohl sie äusserst müde gewesen war, gelang es ihr nicht zu schlafen. Gegen vier Uhr in der Früh hatte sie aufgegeben und sich stattdessen an den Computer gesetzt.

In einem kurzen Bericht über die Tote im Garten der Villa

Balthasar hatte sie notiert, was sich abgespielt hatte, und ihn Spichtig gemailt. Vielleicht zeigte er Interesse und liess die Sache veröffentlichen, was wiederum einen finanziellen Zuschuss für Clara bedeuten würde.

Um halb sechs fuhr sie zur Villa Balthasar in Hergiswil zurück, da sie in ihrer Wohnung nichts mehr mit sich anzufangen wusste. Wenn sie schon wach war, dann konnte sie genauso gut mit ihrer Arbeit weitermachen.

Noch war die Sonne nicht aufgegangen und die Luft in der Dämmerung dementsprechend kühl. Fröstelnd zog Clara die Strickjacke enger um sich, als sie im Hinterhof der Villa aus dem Wagen stieg. Sie spürte jeden einzelnen Muskel in ihrem Rücken, und das Messer in ihrem Lendenbereich stach zwar nur fein, dafür unerbittlich und pausenlos zu. Ein Zustand, der sie schnell ermüden liess, wenn sie keine Pausen einlegte.

In der Ferne hörte sie den Autoverkehr der Frühaufsteher, die zur Arbeit fuhren. Ein Rascheln aus dem Rhododendron links von ihr erschreckte sie. Ein Igel tapste durch das hohe Gras auf der Suche nach Futter. Mitten auf der Wiese hielt er an, streckte seine kleine Nase in die Luft und rief nach einem Artgenossen. Verzückt blickte sie dem Tier nach, bis es unter die Hecke schlüpfte. Die Wiese lag verlassen vor ihr, keine Menschenseele war zugegen. Kaum zu glauben, dass gestern an dieser Stelle eine Leiche gelegen hatte.

Sie erinnerte sich an ihre Begegnung mit Rosa Kammer. Die Frau hatte sie erschreckt, als sie beinahe geräuschlos in ihrer weissen Kleidung über die Wiese gewandelt war. Wie ein Geist, dachte sie. Hatte Balthasar nicht bei ihrem Einstellungsgespräch gesagt, dass es auf diesem Anwesen mehr als genug Gespenster gebe? Ob er dabei eine Anspielung auf Kammer gemacht hatte?

Clara hatte keine Ahnung, wie sie ums Leben gekommen war. Hatte ihr Tod eine natürliche Ursache, oder war sie umgebracht worden? Clara atmete tief ein und wieder aus, versuchte für einen Augenblick zu vergessen, was sie erlebt hatte.

«Clara, was machst denn du hier?»

Sie drehte sich um und blickte direkt in Sandros Gesicht. Der junge Mann stand so nah hinter ihr, dass sie unwillkürlich einen Schritt nach hinten machte, um der unangenehmen Nähe zu entkommen.

«Konntest du auch nicht schlafen?», fragte sie ihn.

Er deutete auf die Wiese hinter sich. «Nein, ich habe kein Auge zugetan. Ich habe eine Kerze hingestellt.» Verlegen zuckte er mit der Schulter. «Du weisst schon, wegen Rosa.»

«Das ist eine schöne Idee von dir, Sandro.» Clara lächelte ihn an. «Ich werde noch einen Blumenstrauss pflücken und danebenlegen.»

«Verstehe.»

«Sag mal, wie viel Uhr haben wir?», fragte sie.

«Kurz nach sechs.»

Sie wandte sich in Richtung Haus. Joker hüpfte aufgeregt neben ihr her, während sie den verpassten Schlaf in jeder Faser ihres Körpers spürte. Wenn sie nur ein Quäntchen seiner Konstitution hätte, würde sie sich nicht so elend fühlen.

Sandro deutete mit dem Daumen über seine Schulter in Richtung des Gartenschuppens. «Ich mach mich an die Arbeit.»

Clara betrat die Villa, wo sie sich einige Tassen Kaffee gönnte, bevor sie die Aufgabe im Keller in Angriff nahm. Sandro mochte kein Mann vieler Worte sein, und es war ihm offensichtlich peinlich gewesen, dass Clara ihn bei so etwas Emotionalem wie dem Deponieren der Kerze ertappt hatte, trotzdem beschlich Clara das Gefühl, dass ihm Rosas Tod naheging. Hatte er die Frau besser gekannt, als er zugeben wollte?

Obwohl Clara sie nur einmal gesehen hatte, fühlte sie eine Traurigkeit in sich hochsteigen. Um nicht im heulenden Elend zu versinken, begann sie mit der Arbeit und stieg in den Keller hinab.

Als Erstes trug sie die vielen Kisten hoch und reihte sie hinter dem Haus unter dem Vordach auf. Während der Schlepperei liess sie ihren Gedanken freien Lauf und rätselte, woran Rosa Kammer gestorben sein könnte. Weder der Notarzt noch die Polizei hatten ein Wort darüber verlauten lassen. Vielleicht war

Rosa chronisch krank gewesen und der Tod lediglich der logische Schluss einer langen Leidenszeit. Ein Schlaganfall oder ein Herzinfarkt kämen auch in Frage, aber dafür war Kammer wohl zu jung gewesen. Ein allergischer Schock als Folge eines Bienenstichs, das wäre durchaus denkbar. An die andere, viel weitreichendere Möglichkeit wollte Clara nicht denken: Rosa sei nicht eines natürlichen Todes gestorben, sondern umgebracht worden.

Nein, wenn sie ehrlich war, dann wollte sie gar nicht wissen, ob ein Mörder durch die Gegend schlich. Nicht, solange sie alleine die dunklen und einsamen Kellerräume der Villa betreten musste.

Die Kisten mochten Ramsch oder aber Kostbarkeiten in sich bergen, von aussen war dies mangels Beschriftung unmöglich zu erkennen. Solange sie noch verschlossen waren, übten sie einen unwiderstehlichen Reiz auf Clara aus und lenkten sie gleichzeitig von Rosas Tod ab.

Jede Kiste konnte denjenigen Fund beinhalten, der das Anwesen der Balthasars rettete, oder eine weitere Enttäuschung.

Der Morgen verging wie im Flug. Nach jeweils fünf Kisten machte Clara eine kleine Pause, um ihren Rücken zu strecken. Dabei liess sie ihren Blick über die Umgebung schweifen.

Das Anwesen war von einer etwa zwei Meter hohen Steinmauer eingefriedet, die von mit Efeu überwachsenem Thuja praktisch gänzlich zugewuchert war und so für eine grüne Grenze zwischen der Welt der Balthasars und derjenigen der anderen sorgte.

Linker Hand, gut fünfzig Meter vom Haus entfernt, stand der Schuppen, in dem Sandro die Gerätschaften für seine Gartenarbeiten lagerte. Der Schuppen war nur über einen schmalen Trampelpfad zu erreichen, kaum mehr als Fussspuren, die Tritte im Gras hinterlassen hatten. Rechts, der Steinmauer entlang, führte eine gepflasterte Strasse von der Villa bis zur Fabrik. Auch hier hatte der Zahn der Zeit genagt. Moos und Gras wuchsen zwischen den Steinen empor und hoben diese unregelmässig an.

«Brauchst du Muckis? Balthasar meinte, ich solle dir zur Hand gehen.»

Clara drehte sich um. Sandro stand hinter ihr, beide Fäuste in die Hüfte gestemmt. Der Kerl hat wahrlich Talent, sich lautlos anzuschleichen, dachte Clara.

Im Keller zeigte sie ihm, welche Kisten er nach oben tragen sollte, und machte sich unterdessen daran, die an die Wand gelehnten aufgerollten Teppiche einem ersten Blick zu unterwerfen.

Als Sandro das nächste Mal die Treppe herunterkam, sagte sie: «Die Familie Balthasar soll ja früher sehr bekannt gewesen sein.»

«Keine Ahnung. Ich bin per Zufall zu diesem Job gekommen. Der alte Gärtner hat hier jahrelang alle Arbeiten im und um das Haus erledigt, und als er zu alt dafür wurde, habe ich ihn abgelöst.»

«Dann bist du nicht nur für den Garten zuständig?»

«Ich bin gelernter Gärtner, übernehme aber auch andere Arbeiten, wenn der Alte mich darum bittet.»

Clara kickte eine kaputte Weihnachtskugel aus dem Weg. «Arbeitest du schon lange hier?»

«Nö, erst seit dem Herbst.» Er hob die nächste Kiste an. «Du bist ganz schön neugierig. – Diese Kiste ist verdammt schwer. Da sind bestimmt Steine drin.» Ächzend schleppte er sie die Treppe hinauf.

«Bücher», sagte Clara. «Es gibt fast nichts, was schwerer wiegt bei einem Umzug als eine Kiste voller Bücher.»

«Wer bewahrt denn Bücher auf?», schimpfte er.

Clara ersparte sich eine Antwort, stattdessen kletterte sie über den rostigen Rasenmäher und angelte nach der ersten Teppichrolle, bei der es sich jedoch nur um einige Laufmeter billigen Spannteppich handelte. Auch der zweite Teppich würde im Sperrgut landen. Dass der dritte von einer anderen Qualität war, erkannte sie bei der ersten Berührung. Sie rief nach Sandro, und gemeinsam hievten sie das Ungetüm ans Tageslicht, wo sie ihn ausrollten.

«Der ist doch nur noch Müll», befand Sandro, bevor er sich abwandte und aus seiner Jeans eine kleine Blechdose fischte. Darin lagen kleine weisse Säckchen, die mit Tabakpulver gefüllt waren. «Wer will dieses alte Ding in seiner Stube liegen haben?»

Höflich bot er Clara ebenfalls von dem Snus an, was sie dankend ablehnte. Wenn schon Tabak, dann nur rauchend.

«Da täuschst du dich gewaltig, mein Lieber, das ist kein Müll», meinte sie.

Sie ging in die Knie und strich mit der flachen Hand über den Teppich. Schnell entdeckte sie einige Mottenlöcher und in einer Ecke ein Brandloch. «Das Schätzchen braucht eine fachmännische Reinigung und etwas Ausbesserung durch den Profi, dann ist der Afghane wieder ein Prachtstück.»

Clara strahlte über das ganze Gesicht, endlich ein vielversprechender Fund.

Sandro lachte verschmitzt auf. «Ich kenne den Afghanen nur zum Rauchen.» Er imitierte mit den Händen das Konsumieren eines Joints.

«Blödmann!» Clara rammte ihm lachend den Ellenbogen zwischen die Rippen.

In der ersten Etage öffnete sich ein Fenster, und Balthasars Kopf erschien. «Haben Sie etwas entdeckt?»

Clara war erstaunt, wie schnell er gemerkt hatte, dass sie fündig geworden war. Ob er sie beobachtete?

«Wenn Sie herunterkommen könnten, dann zeige ich Ihnen, was wir im Keller gefunden haben», rief sie hoch.

Nachdem Sandro auch die letzten Teppiche aus dem Keller geschleppt hatte, riet sie Balthasar, den Afghanen sowie zwei weitere erfolgsversprechende Perserteppiche von einem Fachmann schätzen zu lassen. Balthasar konnte nicht schnell genug am Telefon einen Termin mit der Firma Bauer, einem renommierten Teppichhändler aus der Region, vereinbaren. Schliesslich wollte er wissen, ob es sich überhaupt lohne, die Teppiche zu restaurieren, um sie abschliessend mit Mehrwert verkaufen zu können.

Mit einem Nicken steckte er das Handy in die Innentasche

seines Vestons. «Packen Sie die Dinger ein, Sandro. Ich habe denen einige Bilder geschickt, und sie meinen, das könnte vielversprechend sein.»

Eigentlich schade, dass die Teppiche nicht wieder im Haus ausgelegt werden, dachte Clara, sie würden sich hervorragend darin machen.

Sandro stieg hinter das Steuer des Lieferwagens, und Balthasar liess es sich nicht nehmen, ihn persönlich zu begleiten. Clara blieb inmitten der aufgereihten Kisten aus dem Keller zurück. Erst jetzt bemerkte sie, wie viel Kraft sie die Schlepperei gekostet hatte, zudem hatte sie Hunger. Sie beschloss, mit Joker in die Stadt zu fahren, um dort am See einen Imbiss zu sich zu nehmen. Um vierzehn Uhr hatte sie einen Termin bei der Polizei, wo sie ihre Aussage machen sollte. Da war mehr als genug Zeit, um in Ruhe etwas zu essen.

Während sie dem davonfahrenden Wagen nachschaute, fiel ihr auf, dass Balthasar bei ihrem Gespräch kein Wort über die Tote im Garten verloren hatte. Ein eigenartiges Verhalten, fand Clara. Wenn auf ihrem Grund und Boden eine Leiche gefunden würde, dann wäre sie so aufgeregt, dass sie mit jedem darüber sprechen müsste. Das Erlebnis ging ihr noch immer nahe, und sie hatte das Gefühl, jeden Moment in Tränen auszubrechen, wenn sie sich nicht ablenkte. Seltsam, dass Balthasar dem Thema aus dem Weg ging.

Das Zugabteil von Hergiswil nach Luzern teilte sie sich mit einer Horde Schülern, die sich auf den Weg zum nächsten McDonald's machten und dabei über die aktuellen Tagesmenüs mit und ohne Schweizer Käse zwischen Fleisch und Essiggurke diskutierten. Die Jugendlichen trugen grosse Kopfhörer um ihre Hälse, die Rucksäcke hingen von ihren Schultern und stiessen nicht selten an die Arme der aufgebrachten Senioren auf den Sitzplätzen.

Es war alles wie immer. Nichts änderte sich. Schon vor zweitausend Jahren hatte Seneca von der «ungezogenen Jugend» berichtet. Sie selbst hatte während ihrer Jugendjahre in der Stadt

Bern gewiss den einen oder anderen Rüffel erhalten, weil sie sich nicht an die ungeschriebenen Gesetze der Gesellschaft gehalten hatte. Aber die Rucksäcke über beide Schultern zu tragen, wäre unmöglich gewesen, dann hätte man sich quasi als Verlierer positioniert. Nein, man trug ihn ganz lässig nur an einem Henkel, und den Reissverschluss der Jacke liess man gefälligst auch im Winter offen, auch wenn man dabei eine Lungenentzündung riskierte. Coolness kam vor Gesundheit.

Am Hauptbahnhof Luzern stieg sie aus und beobachtete amüsiert, wie sich die Touristen unter dem Europabogen zum Selfieknipsen in Pose warfen. Die Asiaten spreizten Zeige- und Mittelfinger zu einem V und grinsten breit in die Kamera. Die Reisenden aus dem Nahen Osten hingegen richteten vor der Linse lange ihre teuren Markenklamotten und Sonnenbrillen, und die Amerikaner posierten im Partnerlook in Shorts und Baseballmütze. In dieser Stadt bestätigte sich jegliches Klischee. Die Villa Balthasar und die Tote rückten in die Ferne. Clara kam es vor, als ob sie einen schlimmen Film im Kino gesehen hätte.

Sie verliess die Touristenmeile, in der sich Schmuck- und Uhrengeschäfte den knappen Platz mit hochpreisigen Kleideranbietern teilten, und bummelte mit Joker an der Reuss entlang. Hier reihte sich ein Restaurant an das andere. Sogar unter den Arkaden des Rathauses standen Stühle und Tische bereit. Sie beschloss, eine Pause einzulegen, und bestellte eine Cola Zero und einen Salat, um für die sommerliche Bikinifigur gerüstet zu sein. Während sie auf das Essen wartete, nutzte sie die Zeit, um die Touristen zu beobachten, als ihr Handy den Eingang einer Nachricht meldete. Laetitias Bruder Beni, der Polizist, mit dem sie auf der Hochzeit vom letzten Wochenende die Nummern ausgetauscht hatte, schrieb, dass er am Freitag wegen einer Tagung in Luzern sei. Ob sie Zeit und Lust auf einen Drink habe.

Die Bedienung stellte den Salat vor Clara auf den Tisch, platzierte einen Brotkorb daneben und wünschte ihr einen guten Appetit. Mit einem Lächeln bedankte sie sich, steckte sich eine

Gurkenscheibe in den Mund und machte Beni einen Vorschlag zum Treffpunkt. Er antwortete mit einem Daumen-hoch-Emoticon.

***

Die Kriminalpolizei Luzern hatte ihre Büros nicht im grossen Gebäudekomplex der Kantonspolizei und der Einwohnerdienste der Stadt Luzern, sondern etwas weiter entfernt in der Kasimir-Pfyffer-Strasse. Die Fassade des mehrstöckigen Hauses wurde von grünlichen Metallrahmen dominiert, welche die grosszügigen Fensterfronten umfassten. Die zusätzlichen senkrechten Streben nach oben wirkten, als ob sich das Haus in den Himmel streckte.

Clara blieb eingeschüchtert stehen und blickte nach oben. Hinter einem dieser Fenster musste sie in einigen Minuten erzählen, was sie gestern erlebt hatte. Die Vorstellung, dass hier auch mögliche Verbrecher hinein- und, bis zum Beweis ihrer Schuld, auch wieder hinausspazierten, liess sie frösteln. Hoffentlich schenkte die Polizei ihren Worten Glauben, nämlich, dass sie keine Ahnung hatte, weshalb Rosa Kammer ums Leben gekommen war.

Die Aussage selbst war eine nüchterne Angelegenheit. Clara hatte sich beim Pförtner angemeldet und war zu einem Büro begleitet worden. Im Gespräch stellte sie den Ablauf des Ereignisses so dar, wie sie es erlebt hatte, und dabei versuchte sie, sich an möglichst viele Details zu erinnern. Die Beamtin hörte ihr konzentriert zu und verfasste anschliessend ein Protokoll, das Clara am Ende unterschreiben musste. Natürlich war sie gleich zu Beginn darauf hingewiesen worden, dass sie zur Wahrheit verpflichtet sei. Dasselbe geschah nochmals, bevor sie die Korrektheit des Protokolls mit ihrer Unterschrift bestätigte. Eineinhalb Stunden später stand sie wieder auf der Strasse und schritt eilig in Richtung Bahnhof. Nichts wie weg von hier.

Das Wetter war in der Zwischenzeit umgeschlagen, und die warme Frühlingsluft hatte einer kühlen Brise Platz gemacht, die über den Vierwaldstättersee hinweg in Richtung Innenstadt wehte. Fröstelnd schlug Clara den Kragen ihrer Jacke hoch. Obwohl die Polizeibeamtin höflich mit ihr umgesprungen war und versucht hatte, ihr die Situation so angenehm wie möglich zu machen, fühlte sich Clara erschöpft. Sie war wohl doch aufgeregter gewesen, als sie gedacht hatte. Dass sie die letzte Nacht kaum ein Auge zugetan hatte, machte die Sache auch nicht besser.

Sie war froh, als sie im Zug zurück nach Hergiswil einen Sitzplatz fand. Schwer liess sie sich auf den Stoffsitz fallen und lehnte ihre linke Schläfe an das Fenster, etwas, das sie ansonsten tunlichst vermied. Seitdem sie gesehen hatte, wie viele Menschen ihre Köpfe an die Scheibe pressten, ekelte sie sich davor. Heute war sie zu müde für solche Gedanken.

Am späten Nachmittag verfluchte Clara die Tatsache, dass sie zu Mittag nur einen Salat gegessen hatte. Sie kam um vor Hunger, und bis zum Abendessen dauerte es noch eine ganze Weile. Frustriert und übermüdet setzte sie sich auf einen der grossen Steine, die den gekiesten Platz hinter der Villa der Familie Balthasar eingrenzten, und biss in einen Schokoladenriegel. So viel zum Thema Bikinifigur.

Der kühle Wind hatte an Stärke zugelegt, sie fror trotz Jacke. Ihre Laune sank ins Bodenlose. Was hatte sie sich dabei bloss gedacht, diesen Job zu übernehmen? Zwar war die Bezahlung ordentlich, aber die ganze Zeit Kisten aus dem Keller zu schleppen, war nicht das, wozu sie ausgebildet worden war. Das konnte man drehen und wenden, wie man wollte. Sie war kein Schleppesel, sondern eine Expertin für antike Spielsachen und eine hervorragende Restauratorin. Himmelherrgott noch mal, fluchte sie still vor sich hin. Wenn sie heute nochmals diese verfluchte Kellertreppe würde hinuntersteigen müssen, würde sie in Schreikrämpfe ausbrechen. War es denn zu viel verlangt, wenn sie vom Auftraggeber wenigstens mal einen Imbiss angeboten bekäme?

Hunger, Kälte und dazu Rückenschmerzen. Sie blickte auf

die Uhr, eigentlich hatte sie bis achtzehn Uhr arbeiten wollen, aber vielleicht machte sie heute früher Feierabend und gönnte sich zu Hause ein Bad und ein Glas Rotwein. Beides bis zum Rand gefüllt.

Sie blickte auf die auf dem Boden vor ihr ausgelegten Fundstücke aus dem Keller. In zwei Kisten hatte sie sorgfältig zusammengelegte Wäschestücke entdeckt. Die Leintücher und Tischdecken trugen handgestickte Monogramme, Buchstaben und Zahlen, und waren mit Spitze umfasst. Das war kein *made in China*, sondern qualitativ hochstehende Stoffe, die heutzutage leider keine Abnehmer mehr fanden. Hier hatte sich vermutlich eine Braut für ihre Aussteuer die Finger wund genäht und die Anfangsbuchstaben der Namen des Paares und das Hochzeitsdatum eingearbeitet. Finanziell war dies kein herausragender Fund, denn die Stoffe hatten sich im Verlaufe der Jahrzehnte gelblich verfärbt und waren Opfer der Motten geworden. Schade, dachte Clara, vielleicht konnte sie einige Spitze noch für die Restaurierung von antiken Puppen und Krippenfiguren wiederverwerten. Sie würde es nicht übers Herz bringen, alles in die Tonne zu schmeissen.

Alte Teppiche, defekte Spitzenstoffe und Leichen, mehr habe ich bei meiner Arbeit in der Villa Balthasar noch nicht gefunden, dachte sie missgestimmt.

Das Klingeln ihres Telefons riss sie aus ihren trüben Gedanken. Sie hatte keine Lust, das Gespräch entgegenzunehmen, und wollte schon über den Bildschirm wischen, um abzulehnen, als sie sich doch einen Ruck gab.

«Spichtig hier.» Der Zeitungsredakteur kam direkt zur Sache, ohne sich mit Höflichkeiten aufzuhalten. «In was für eine Geschichte sind Sie denn hineingeraten? Einfach so über eine Leiche zu stolpern, das macht Ihnen keiner nach.»

Er lachte viel zu laut über seinen eigenen Witz. Clara verdrehte die Augen, tat ihm jedoch den Gefallen, leise mitzulachen.

«Bekommen Sie mehr aus der Geschichte raus?», fragte Spichtig.

«Ich weiss nicht. Die Polizei hat noch nichts über die Todesursache gesagt», wehrte Clara ab und fuhr dann fort: «Vielleicht ist Frau Kammer eines natürlichen Todes gestorben, dann gibt es keine Geschichte zu erzählen. Ich habe jedenfalls keine Verletzung gesehen, die auf etwas anderes hindeuten würde. Allerdings bin ich keine Medizinerin, nicht wahr?»

Spichtig brummte leise ins Telefon, dann proklamierte er: «Der Name Rosa Kammer kam mir bekannt vor, weshalb ich mich im Internet schlaugemacht habe. Sie fertigte Kunst aus Stoff oder Wolle, so genau erinnere ich mich nicht mehr. Anscheinend war sie sehr erfolgreich damit. Frau von Grünenstein, Sie machen eine Reportage über diese Frau, immerhin soll sie eine bekannte Künstlerin gewesen sein. Was war sie für eine Person, welche Kunst hat sie gemacht, wo hat sie ausgestellt, wie teuer sind ihre Werke? Das könnte eine spannende Sache werden. So à la Homestory post mortem.»

Erneut lachte er keckernd in den Hörer, um unvermittelt ernst weiterzureden. «Und wenn nicht, dann machen wir einen schlichten Nachruf daraus. Kriegen Sie das hin? Die Adresse schicke ich Ihnen gleich zu.»

Clara versprach schliesslich, sich auf die Suche nach Informationen über die Frau zu machen. Sie verabschiedete sich von Spichtig und blieb nachdenklich stehen. Von Rosa Kammer und ihrer Kunst hatte sie noch nie etwas gehört.

Als Erstes würde sie herausfinden müssen, wie Rosa Kammer gewohnt hatte, was kein grosses Problem darstellen sollte, denn Sandro hatte der Polizei gegenüber erwähnt, dass sie in Hergiswil gelebt habe. Als Clara des Sammelsuriums auf dem Boden gewahr wurde, entschied sie jedoch, sich erst heute Abend weiter mit Rosa zu beschäftigen. Zuvor lieber noch zwei, drei Kisten durchsuchen und dann ab nach Hause. Sandro hatte versprochen, dass er gegen Abend alles in die Empfangshalle der Villa tragen würde, denn dort war Platz genug, und so konnte nichts nass werden.

Clara ging in die Hocke und öffnete die Kiste, die ihr am nächsten war. Darin befanden sich lediglich Bilder, die auf den ersten Blick nicht sonderlich wertvoll erschienen. Da begeisterten die Bilderrahmen Clara schon mehr, diese wollte sie später noch genauer untersuchen. Sie breitete ein Leinentuch auf dem Boden aus und legte die Bilder nebeneinander darauf. Der ursprüngliche Besitzer hatte keinen Wert auf Malerei gelegt, so viel stand fest. Hinter dem Glas erkannte sie ausschliesslich Fotografien in Schwarz-Weiss, manche sogar noch mit einem deutlichen Sepiaschimmer und den alten, gerundeten Kanten. Andere Rahmen beinhalteten Handzeichnungen und, in einem steckte eine einzelne Farbfotografie. Sie beugte sich darüber.

Es war eine Luftaufnahme, davon zeugten die Hausdächer und die fleckenartig angeordneten Grundstücke. Clara fiel es schwer, sich zu orientierten, und doch kam ihr die Gegend darauf seltsam bekannt vor. An der unteren rechten Ecke entdeckte sie einen See, in den ein Fluss mündete, der wiederum durch mehrere Brücken unterbrochen wurde. Der seltsam braune Wurm, der sich in einer geknickten Bewegung ebenfalls über den Fluss schlängelte, musste die Kapellbrücke sein. Sie fuhr ihm mit dem Finger nach.

Jeder in der Schweiz kannte die berühmte Brücke, die alljährlich Tausende von Besuchern nach Luzern lockte. Und hier sah sie den Wasserturm, den jeder Tourist in Luzern fotografiert haben musste, bevor er wieder nach Hause zurückkehrte. Die Aufnahme zeigte die Altstadt von Luzern in den frühen achtziger Jahren, mutmasste sie. Noch früher wäre das Bild wahrscheinlich in Schwarz-Weiss entwickelt worden.

Sie suchte auf dem Bild, bis sie am unteren Rand die Villa Balthasar entdeckte. Hergiswil war rund acht Kilometer von Luzern entfernt. Lediglich die Villa und nördlich davon die Fabrik waren zu sehen. Die Familie hatte diese Fotografie in einem besonders mächtigen, mit Blattgold besetzten Rahmen aufgehängt. Hier war jemand stolz auf seine Liegenschaft gewesen.

Clara stand auf und dehnte ihren schmerzenden Rücken. Aus heutiger Sicht war die Qualität des Bildes hundsmiserabel, trotzdem fand sie es bedauerlich, dass es in den Keller verfrachtet worden war. Nacheinander nahm sie die anderen Bilder in die Hand und realisierte, dass jedes mit dem Anwesen der Familie Balthasar zu tun hatte. Die Fotografien und Bilder liessen sich kaum verkaufen, aber sie hatten einen sentimentalen Wert für die Familie Balthasar, und so machte sie sich daran, sie aus den Rahmen zu lösen. Ein Geräusch schreckte sie auf.

Alarmiert hielt sie inne, lauschte. Sie drehte sich um, bemerkte jedoch nichts Aussergewöhnliches in der Umgebung. Joker schlief unter der Steinbank, er konnte es nicht gewesen sein. Balthasar und Sandro waren noch nicht wieder vom Teppichhändler zurückgekehrt. Da! Ein Rascheln hinter ihr.

Was, wenn der Mörder zurückgekehrt war? Sie ging in die Knie, griff nach der Schere, mit der sie die Bilder aus dem Rahmen gelöst hatte, und stand langsam wieder auf. Als das Rascheln sich wiederholte, diesmal lauter und weitaus energischer, wirbelte sie herum, die Schere zum Schutz vor sich haltend.

Kein Mensch war zu sehen! Aber sie hatte etwas gehört, da war sie sich ganz sicher. Vor sich sah sie lediglich die offene Kellertür. Schritt für Schritt schlich sie näher. Das Kratzen kam aus dem Keller.

«Hallo?», rief sie hinunter. «Ist da jemand?»

Ein klägliches Miauen war die Antwort.

«Eine Katze.» Clara lachte erleichtert auf und sprach sich selbst Mut zu. «Das ist bloss eine Katze!»

Sie stieg die Stufen hinunter. Im Keller machte sie schnalzende Geräusche mit der Zunge. Die Katze hatte bemerkt, dass jemand in ihre Nähe kam, und kratzte immer hektischer. Clara ging dem Geräusch nach, bis sie das Tier endlich hinter einem Stapel umgekippter Kisten entdeckte.

«Wie bist du denn hierhergekommen?» Sie schob die oberste Kiste beiseite und schaute in den Hohlraum hinunter. Eine feuerrote Katze blickte sie aus riesigen Augen an und bettelte geradezu darum, hochgehoben und in Sicherheit gebracht zu werden. Die rote Leine baumelte lose von ihrem Hals.

«Monsieur Neige!»

Das musste die Katze von Rosa Kammer sein, niemand sonst

ging mit einer Katze an der Leine spazieren. Sie konnte das Tier nicht einfach sich selbst überlassen, beschloss Clara. Vielleicht konnte ein Nachbar der Verstorbenen auf Monsieur Neige aufpassen. Spichtig hatte ihr nach dem Telefonat die Adresse der Frau per SMS geschickt. Clara bettete die Fellkugel bequem in ihre Arme und machte sich auf den Weg. Monsieur Neige schien glücklich darüber zu sein, dass sich jemand um ihn kümmerte, und kuschelte sich in ihre Armbeuge. Sie verliess das Grundstück der Balthasars durch das eiserne Tor und ging die Hauptstrasse entlang in Richtung Dorfzentrum.

Das vierstöckige Haus stand direkt an der Strasse und wirkte trotz seines Alters gepflegt und einigermassen gut in Schuss. Die Holzschindeln an der Fassade hätten zwar einen neuen Anstrich nötig gehabt, ebenso die hölzernen Fensterläden, aber die leuchtend roten Geranien in den Blumenkästen vor den Fenstern lenkten davon ab. Sie klingelte und wartete ab, vielleicht hatte Rosa Kammer mit jemand anderem zusammengelebt. Als niemand an die Tür kam, ging sie drei Schritte zurück und blickte die Fassade hoch. Nach einem kurzen Zögern drückte Clara nochmals die Klingel, diesmal weitaus energischer.

Mit einem Krächzen meldete sich der in die Mauer neben der Tür eingelassene Lautsprecher.

«Stellen Sie die Blumen einfach vor die Tür.»

Clara antwortete verdutzt: «Entschuldigung? Ich habe keine Blumen abzugeben.»

«Moment, ich komme herunter.»

Es dauerte kaum eine Minute, bis ein Mann die Tür öffnete und in den Türrahmen trat. Er mochte in den Vierzigern sein, trug ein zerknittertes Hemd, das halb aus der Jeans hing, und Pantoffeln aus grauem Filz. Sein Gesicht war aschfahl, die Haare waren ungekämmt.

«Ja, bitte?» Er blickte sie misstrauisch an. «Monsieur Neige? Was machen Sie mit Rosas Katze?»

Er hatte das Tier in ihren Armen entdeckt und streckte seine Hände danach aus. «Wir haben uns schon Sorgen um ihn gemacht.»

«Ich habe ihn in einem Keller gefunden», erklärte Clara, dann stellte sie sich vor und sprach dem Mann ihr Beileid zum Tod von Rosa Kammer aus. «Ich bin es gewesen, die sie gefunden hat. War sie Ihre Mutter?»

«Nein, sie war meine Schwester, hat aber bei mir und meiner Familie gewohnt.» Er blickte sie aus blutunterlaufenen Augen an.

«Verzeihung, das war wohl ein Missverständnis», versuchte Clara, ihren Patzer zu entschuldigen.

Der Mann lehnte sich an den Türpfosten, Monsieur Neige in seinen Armen. Die Katze hatte begonnen zu schnurren und rieb ihren Kopf an seinem Hals. Noch hatte Clara ihn nicht überzeugt, aber dass er ihr noch nicht die Tür vor der Nase zugeschlagen hatte, deutete sie als gutes Zeichen.

«Zurzeit begutachte ich bei der Familie Balthasar das Mobiliar und einige Antiquitäten, und dabei habe ich die Katze gefunden.»

Bevor Clara weitersprechen konnte, schnalzte Kammer mit der Zunge. Clara roch, dass der Mann sich die Zähne heute noch nicht geputzt hatte.

«Die Familie Balthasar, soso! Ein Wunder, dass die jemanden auf ihr Grundstück gelassen haben.»

«Äh, ja, das scheint eigentlich kein grosses Problem zu sein», antwortete Clara zögerlich.

«Nun ja, die letzten Jahrzehnte lebten die Geschwister Balthasar sehr zurückgezogen, das ist in Hergiswil jedem bekannt. Man bekommt sie nie zu Gesicht, und wenn sie etwas brauchen, dann lassen sie sich das liefern. Geld genug haben sie dafür. Sie sind sich wohl zu vornehm für unsereins. Die Balthasars wollen mit niemandem etwas zu tun haben.» Er kratzte die Katze hinter dem Ohr. «Sie haben wohl gewusst, dass Rosa über ihre Wiese spazierte, aber da Rosa kaum sprach, haben sie sie gewähren lassen. Aber vielleicht hat sich der alte Balthasar verändert seit dem Tod seiner Schwester. Wer weiss das schon?»

«Mag sein.» Clara räusperte sich. «Der Tod Ihrer Schwester geht mir sehr nahe, Herr Kammer. Ich habe noch den Notarzt gerufen, aber es war zu spät, wie sich herausgestellt hat. Es tut mir aufrichtig leid.»

Kammer richtete sich auf und blickte sie aufmerksam an. «In diesem Fall gehört es sich wohl, dass ich Ihnen einen Kaffee anbiete.»

Clara wischte ihre Schuhsohlen an der Sisalmatte ab, betrat das Haus und fand sich unvermittelt in einer riesigen Eingangshalle wieder. Sie schien gänzlich überdimensioniert zu sein im Verhältnis zur Hausfassade zur Strassenseite hin. Die Decke war drei Stockwerke hoch, und von ihrer Mitte hing ein dreidimensionales Kunstwerk aus gestärkter weisser und eisblauer Spitze herunter.

«Wunderschön, nicht wahr?»

Kammer liess die Katze auf den Boden, die sogleich in einen anderen Raum verschwand, und blickte voller Stolz auf das Kunstobjekt über ihren Köpfen. In sein Gesicht hatte sich ein wehmütiges Lächeln geschlichen.

«Rosa nannte es ‹Die Wolke›.» Er machte einige Schritte zur Seite und deutete nach oben. «Sie hat mehrere Monate daran gesessen und Kilometer von Garn verarbeitet.»

«Das ist gehäkelt?» Clara blieb mit offenem Mund unter dem Kunstwerk stehen und konnte sich nicht vorstellten, dass jemand mit einer schlichten Häkelnadel und Garn so etwas zu erschaffen vermochte. Die Frau musste ein gewaltiges Vorstellungsvermögen gehabt haben.

«Bleiben Sie genau hier stehen.»

Kammer ging zu der gegenüberliegenden Wand und drückte auf einen Knopf, worauf sich die weisse Wolke langsam zu drehen begann und so ihre Vielschichtigkeit erst richtig zur Geltung kam.

«Rosa hat ‹Die Wolke› für eine Ausstellung in einer New Yorker Galerie für Contemporary Art gefertigt. Aber es war ihr wichtig, dass das Objekt nach Ende der Ausstellung nach Hause kam. Sie hat sich immer wieder daruntergestellt, so wie Sie es jetzt gerade machen, nach oben geschaut und getanzt. Leicht wie eine Feder im Wind.» Seine Stimme brach, als er fortfuhr: «Sie ist ein ganz besonderer Mensch, unsere Rosa.» Er schluchzte auf und räusperte sich sofort peinlich berührt. «War, sie war ein besonderer Mensch. Ich habe mich noch nicht daran gewöhnt, dass sie nicht mehr bei uns ist.»

Er führte Clara durch eine weit geöffnete Flügeltür ins Wohnzimmer, das die gesamte Breite des Hauses einzunehmen schien und dem Doppelten, wenn nicht sogar Dreifachen einer durchschnittlichen Schweizer Stube entsprach. Die Front war aus Glas und gewährte einen uneingeschränkten Blick auf das Ufer und den Vierwaldstättersee. Das Seewasser, vom Wind aufgewühlt, leuchtete in einem dunklen Grün. In der Ferne begann sich eine Nebeldecke über dem Seespiegel bei der gegenüberliegenden Ortschaft Kastanienbaum zu bilden.

Überwältigt trat Clara ans Fenster und schaute nach draussen. «Wer hätte gedacht, dass sich hinter dieser Fassade solch ein Juwel verbirgt!»

Kammer lachte auf. «Unser Urgrossvater hatte ein goldenes Händchen für Immobilien, und dank Rosa können wir uns mittlerweile auch wieder die Instandhaltung leisten. Möchten Sie ihr Atelier sehen?» Kammer wirkte glücklich, dass er mit jemandem über seine Schwester sprechen konnte. Den versprochenen Kaffee schien er vergessen zu haben.

«Gerne, wenn Sie Zeit haben», antwortete Clara.

«Meine beiden Töchter sind noch nicht zu Hause, meine Frau fährt die Jungs ins Fussballtraining nach Luzern, und ich sollte eigentlich die Adressen zusammenstellen für Rosas Todesanzeigen. Glauben Sie mir, mit tut eine Abwechslung gut.»

Er öffnete die Terrassentür und führte sie auf einem Pfad aus Steinplatten über den weitläufigen Rasen bis an die linke Seite des Grundstücks, wo sich ein Pavillon dicht an die gemauerte Uferböschung drängte. Monsieur Neige tippelte selbstbewusst voran, als ob er genau wüsste, wohin sie wollten.

Das filigrane Rundgebäude war von allen Seiten verglast, und sogar die Decke des Gebäudes liess den Blick zum Himmel zu. Schon von aussen war zu erkennen, dass Rosa eine fleissige Künstlerin gewesen war. Das Atelier schien auf den ersten Blick belebt zu sein mit den ausserordentlichsten Geschöpfen, die von der Decke schwebten.

«Treten Sie ein und staunen Sie.»

Kammer lächelte ihr verschmitzt zu, als er ihr wie ein Zirkusdirektor die Tür öffnete und den Vortritt liess. Er wusste, welchen Eindruck die Kunst seiner Schwester auf jemanden machte, der diese zum ersten Mal sah. Clara realisierte, dass er mächtig stolz auf Rosa war.

Da gab es in der Bewegung erstarrte Flugsaurier, die an einem Fischerfaden von der Decke hingen, überdimensional grosse Libellen, deren Flügel in zartem Silber irisierten. Die schwarzen, von oben herabstürzenden Kolkraben faszinierten Clara ebenso wie der riesige Schwan im Sturzflug, der mit seinen ausgestreckten Flügeln in Lebensgrösse eine Menge Platz einnahm.

Der Raum war peinlich sauber und aufgeräumt. Ein bequemer Sessel stand einsam vor dem Fenster. Darauf lagen eine Häkelnadel aus Holz und ein Knäuel graues Garn. Rosas letzte Arbeit, die niemals beendet werden würde.

«Dieses Thema hatte sie soeben abgeschlossen, und ein Teil davon ist bereits eingepackt auf dem Weg nach Amsterdam, wo die nächste Ausstellung geplant ist.» Er deutete über ihre Köpfe. «Luft, darum ging es ihr. Schauen Sie, das ist das Meisterstück.»

Das etwa einen Meter hohe Objekt mit seinen zwei schwarzen Flügeln und der Röhre in der Mitte kam Clara seltsam bekannt vor.

«Wir wollten es dieses Wochenende miteinander für den Versand vorbereiten.» Seine Stimme brach. «Ich weiss gar nicht, wie es nun damit weitergeht.»

«Ich erkenne es, kann es aber nicht benennen. Was ist es?», fragte Clara.

«So wie Ihnen geht es den meisten Leuten. Man hat das Gefühl, zu wissen, was es ist, kommt aber doch nicht darauf», erklärte Kammer. «Es ist die Darstellung einer menschlichen Lunge. Einer Raucherlunge, um genau zu sein.»

Vorsichtig berührte Clara das Objekt, das sich sofort zu

drehen begann. Tatsächlich, auch dieses war aus Garn gehäkelt. Rosa hatte die Lunge, soweit Clara als medizinischer Laie erkennen konnte, anatomisch korrekt dargestellt. Luftröhre, rechter und linker Lungenflügel und darin die Bronchien, die sich wie filigrane Korallen in immer feiner werdende Ästchen verjüngten.

«Ich finde die Arbeit Ihrer Schwester unglaublich schön», flüsterte sie.

«‹Crochet Art› nennt sich diese Kunstform», erklärte Kammer. «Alles, was Sie hier sehen, hat Rosa gehäkelt. Meist hat sie Garn dazu verwendet, manchmal hat sie auch experimentiert und mit der Häkelnadel verarbeitet, was ihr gerade in die Finger kam. Die Amis sind fast ausgeflippt, als sie aus ihrem eigenen roten Haar ein Allerseelenlicht für den Altarraum einer Kirche gehäkelt hat.»

«Das alles sieht täuschend echt aus, und doch irritiert es das Auge!», staunte Clara und erinnerte sich im selben Moment an ihre grauenvollen Resultate, die sie im Handarbeitsunterricht hervorgebracht hatte. Nein, Schwester Lea hatte keine Freude an Claras schief gehäkelten Socken gehabt und ihr eine entsprechend schlechte Note gegeben.

«Ich habe noch gar nicht richtig begriffen, dass Rosa nicht mehr da ist.» Kammer rieb sich mit beiden Händen das Gesicht. «Sie ist fünf Jahre älter als ich, und solange ich denken kann, ist sie bei mir gewesen. Verstehen Sie?» Er blickte Clara verzweifelt an. «Ich weiss gar nicht, wie ich ohne sie leben soll.»

«Verzeihen Sie meine direkte Frage, aber als ich ihr im Garten der Balthasars begegnet bin, da hat sie auf mich den Eindruck gemacht, etwas …» Sie zögerte, dann sprach sie weiter. «War Ihre Schwester ein Mensch mit einer Behinderung?»

Kammer nickte. «Ja, sie ist mit drei Jahren vor ein Auto gelaufen, das sie dann erfasst hat. Rosa hatte sich von der Hand meiner Mutter losgerissen, weil sie einer Katze nachlaufen wollte. Der Fahrer konnte nicht mehr bremsen und hat sie frontal erwischt. Rosa überlebte, erlitt aber eine Gehirnblutung, deren Folgen fortan ihr Leben bestimmten. Sie konnte nie richtig sprechen und hat wohl deshalb gelernt, sich durch ihre Kunst auszudrücken.»

Clara sah, dass sich Kammers Augen mit Tränen füllten.

«Ich habe jedoch immer verstanden, was sie sagen wollte, denn sie war ja schon so, als ich auf die Welt gekommen bin. Verstehen Sie? Wir hatten unsere eigene Kommunikation entwickelt. Aussenstehende haben Rosa oftmals als behindert und dumm abgetan und sie deshalb unterschätzt, aber sie hat trotzdem genau mitbekommen, was um sie herum geschah. Sie war eine hervorragende Beobachterin.»

«Wissen Sie schon, was die Todesursache war?»

Kammer schüttelte wortlos den Kopf.

«Ich will ehrlich mit Ihnen sein», setzte Clara an. «Ich arbeite nicht nur als Gutachterin bei den Balthasars, sondern schreibe auch für die Obwaldner Zeitung. Wir hätten Interesse daran, eine Reportage über Rosa zu bringen. Ihr Leben und vor allem auch ihr Werk könnten wir den Lesern mit aussagekräftigen Fotos präsentieren. Ich sehe den Bericht schon vor mir, ein Porträt von Rosa und daneben zwei, drei Bilder von ihren Werken. Die Raucherlunge darf auf keinen Fall fehlen. Selbstverständlich dürfen Sie alles gegenlesen, bevor es in den Druck geht. Was meinen Sie dazu?»

Entgeistert starrte er sie an. «Sie schleichen sich mit Lügen in mein Haus, nur damit Sie einen Zeitungsbericht bekommen? Schämen Sie sich!» Er öffnete die Ateliertür. «Verschwinden Sie!»

Clara folgte ihm über den Rasen, immerfort beteuernd, dass sie keineswegs gelogen habe und dass es wirklich sie gewesen sei, die Rosa gefunden habe. Bevor sie durch die Haustür ging, drehte sie sich nochmals zu Kammer um und flehte: «Erkundigen Sie sich bei der Polizei, die wird es Ihnen bestätigen.»

Wortlos verschloss Kammer die Haustür hinter Clara.

SECHS

Diesmal bin ich schlauer und habe es länger warten lassen, bis ich es wieder besuche. Es ist mir so dankbar für das dargebotene Wasser, dass es vergisst zu widersprechen. Eine gute Taktik, allerdings muss ich aufpassen, dass es dabei nicht zugrunde geht.

In einem Anflug von Gnade lasse ich es die ganze Flasche austrinken. Ich biete ihm sogar an, während des Vorlesens auf den Klebstreifen über den Mund zu verzichten, solange es mich nicht stört. Es scheint schlau genug, dies zu begreifen.

Ich öffne das Schulheft und richte die Lampe auf dem Beistelltisch so aus, dass das Licht auf die Seiten fällt, dann beginne ich vorzulesen.

MEMORO – Sommer 1942
Der Stein, auf den ich mich gesetzt hatte, um in aller Ruhe die Zigarette zu Ende zu rauchen, trug noch die Kälte des Winters in sich. Ich wartete auf den Sammler, der noch in der Fabrik zugange war. Die Fahrt von München bis Lindau, wo ich die Grenze passiert hatte, bis hierher nach Luzern war lang und kräfteraubend gewesen, und ich fühlte mich entsprechend müde. Etwas Ruhe tat mir gut.

Ich wusste, dass der Sammler jeweils wartete, bis alle Arbeiter ihr Tageswerk beendet hatten und die Fertigungsräume verliessen, dann stieg er die Treppe von seinem Büro in der ersten Etage ins Erdgeschoss hinunter, wo der Werkstattleiter bereits auf ihn wartete. Einmal hatte ich ihn dabei begleiten können und war damals in den Genuss der vorzüglichen Schweizer Arbeitsmoral gekommen. Qualität kam nicht einfach so um die Ecke spaziert, wurde ich belehrt, sie ging mit strenger Kontrolle einher.

Der Sammler besprach mit dem Werkstattleiter die Arbeitsleistung der Männer und die Qualität der hergestellten Parkett-

hölzer. Ich konnte beobachten, wie der Sammler alles inspizierte, wobei er von Zeit zu Zeit ein Murren von sich gab. Der Werkstattleiter kannte seinen Chef wohl lange genug, um dieses als Zustimmung oder Missfallen interpretieren zu können. So etwas wie ein Lob habe ich niemals gehört.

Das Holz aus den Schweizer Wäldern war zwar noch immer von tadelloser Qualität, allerdings hatte die Auftragslage merklich nachgelassen. Auch die begüterten Bauherren sassen lieber auf ihren prall gefüllten Taschen, um in der Not über genügend Devisen zu verfügen, als sich einen neuen Parkettboden zu leisten. Der Krieg machte auch vor der neutralen Schweiz nicht halt. Ich spickte meine Zigarette auf den Boden und trat sie aus.

Über den letzten Winter war das Verhältnis zum Sammler immer vertrauter geworden. Ich versorgte ihn mit seinen Wünschen, und er geizte nicht mit Dankbarkeit mir gegenüber. Eines Abends hatte er mir anvertraut, dass die Wirtschaftslage in der Schweiz immer angespannter wurde. Wären die deutschen Verwandten seiner Frau nicht, käme auch er in finanzielle Enge. Erst letztens sei eine Anfrage aus Bayern gekommen für die Herstellung eines wunderbaren Parketts in einem wichtigen Sitzungszimmer. Den Auftraggeber hatte er namentlich nicht genannt, aber ich ahnte, dass der Boden für einen Mann in einer wichtigen politischen Position gedacht war. Wer sonst hatte in Deutschland zurzeit genügend Geld, um ein solches Kunstwerk aus Holz zu bestellen?

Deutschland war seit Kriegsbeginn ein arg gebeuteltes Land und steckte die finanziellen Reserven in die Waffen, aber eben auch in Prestigebauten, mit denen die Regierung dem Volk aufzeigte, wie mächtig sie war. Es brauchte nicht viel Phantasie, um sich vorzustellen, wo der Schweizer Parkettboden zu liegen kam.

Der Sammler hatte das Muster als Prototypen im Gästezimmer der Villa verlegen lassen, um die Wirkung zu testen. Mir hatte es die Sprache verschlagen, als ich dieses Meisterwerk sah. Das könnte der Höhepunkt seiner beruflichen Karriere werden.

Technisch äusserst knifflig, in der Tat, aber auch mit einer unschlagbaren Wirkung. Schweizer Qualitätsware halt.

Endlich kam der Sammler aus Richtung der Fabrik marschiert. Er wirkte sehr zufrieden. Ob wegen eines Auftrages oder weil er wusste, dass ich etwas Schönes für ihn im Kofferraum liegen hatte, war nicht zu erraten. Mir war es kommod, denn mit einem gut gelaunten Käufer war leichter Geschäfte machen. Er begrüsste mich herzlich und führte mich in seine Räume im Untergeschoss der Villa, wo er mich kurz warten liess, um ein leichtes Abendessen zu organisieren.

Wir setzten uns gegenüber an den Tisch, als seine Frau Elfriede herunterkam, den Tisch mit einem weissen Tuch bedeckte und das Porzellan auftat.

Der Sammler tätschelte liebevoll den Arm seiner Frau. «Mit ihr habe ich das grosse Los gezogen, das wusste ich schon, als ich sie das erste Mal bei einem Empfang gesehen habe.»

Elfriede errötete und wandte sich verlegen ab.

«Doch, doch! Sie ist allen aufgefallen in ihrem flammend roten Kleid.»

Sie kicherte. «Das war keine Kunst, mein Liebster. Luzern war so provinziell damals. Nun, in gewisser Weise ist es das noch heute.» Ihr Hochdeutsch wirkte neben der Dialektsprache ihres Mannes äusserst kultiviert.

«Die Haare hatte sie an jenem Abend zu einer blonden Tolle eingedreht und hochgesteckt getragen. Ihr Gesicht hat in einer gesunden Blässe geleuchtet. Sie sieht aus wie eine englische Rose, habe ich damals gedacht und sie den Rest des Abends nicht mehr aus den Augen gelassen. Sie war der Mittelpunkt des Empfangs, die Männer schwirrten um das hübsche Fräulein aus München wie die Motten um das Licht.»

Ich schmunzelte über das Geplänkel des Ehepaares. Der Sammler war schon immer empfänglich gewesen für optische Reize. Irgendwie musste er genug Eindruck auf das Fräulein Elfriede Hermann gemacht haben.

«Sie hat mir ein Brieflein geschickt am nächsten Tag», lachte der Sammler dröhnend. «Nur mir.»

Sie hatte sich für den schönen Abend bedankt und durchblicken lassen, dass sie einem weiteren Treffen mit ihm nicht abgeneigt wäre.

«Fast zehn Jahre ist dies schon her. Die ersten nervösen Schmetterlinge haben sich verabschiedet und Platz gemacht für eine innige Liebe, die eine Ruhe ausstrahlt, die ich nicht mehr missen will», brummte der Sammler etwas verlegen.

«Ah geh, Liebster, du machst mich ja ganz verlegen», kicherte Elfriede verschämt.

Ihr Mann lehnte sich im Sessel zurück und strich zufrieden über seinen vorgewölbten Bauch. «Mein Vater hat mir die Schreinerei übergeben. Nach zwölf Monaten der Umstrukturierung entstand daraus die Firma Balthasar Parkett. Im Verlaufe der Jahre hat sie stetig an Gewinn zugelegt. Nun gut, die Kontakte meiner Schwiegereltern waren, ehrlich gesagt, äusserst hilfreich, um auch im Deutschen Reich Fuss zu fassen. Balthasar Parkett ist nicht das einzige Unternehmen, das Parkettböden herstellt, keineswegs, aber wir sind für besonders hohe Qualität bekannt und dafür, Sonderwünsche zu ermöglichen.»

«Schatz, du hörst dich an wie ein Werbeprospekt.» Elfriede tischte eine Platte mit kaltem Braten und dampfenden Salzkartoffeln auf. «Nun lasst's euch schmecken. Wein habt ihr ja noch.»

«Eine Sonne, eingelegt in den Holzboden, wer bitte schön kommt schon auf diese Idee?» Der Sammler griff zur Gabel und legte sich drei Scheiben Braten auf den Teller. «Aber für uns gibt es keine Probleme, nur Herausforderungen.»

Ich beende für den heutigen Tag die Lesung aus dem Tagebuch. Es scheint mir, ich tauchte aus einer anderen Welt auf. Mein Vater hat seine Erinnerungen so aufgeschrieben, dass der Leser das Gefühl bekommt, dabei zu sein. Fast meine ich, das Prickeln des Weines auf meiner Zunge zu spüren.

Nur langsam werde ich mir meiner Umgebung bewusst. Das feuchte Kellerloch, das nur spärlich beleuchtet wird. Am auffälligsten ist der unsägliche Gestank, der von diesem in Lumpen gehüllten Ding ausgeht.

Ich wende mich an es: «Es muss mir zuhören!»
Es hat den Kopf gesenkt, das Kinn berührt sein Brustbein.
«Ist es tot?»

***

Für diesen Abend hatte Clara ihren Hund bei ihrem Nachbarn Remo abgegeben, der sich sichtlich darüber gefreut hatte. Der junge Mann war sogar so weit gegangen, seine Verabredung abzusagen, damit er sich ganz dem Vierbeiner widmen konnte. Zurück in ihrer Wohnung sah Clara die Post durch und wusch ihre Wäsche. Dazwischen stellte sie sich immer wieder vor den Kleiderschrank und zog ratlos ein Stück nach dem anderen heraus, nur um es danach doch wieder zurückzulegen. Was sollte sie bloss zu dem Treffen mit Beni anziehen?

Sie weigerte sich standhaft, diesen Abend als ein Date anzusehen, das hätte ihr nur noch mehr Kopfzerbrechen bereitet. Schlussendlich entschied sie sich für eine schmal geschnittene schwarze Jeans und eine hellgraue Bluse mit interessantem V-Ausschnitt. Nicht zu viel und nicht zu wenig zeigen, wie ihre Mutter stets zu sagen pflegte.

Da sie nicht auf ein Glas Wein verzichten wollte, nahm sie den Zug nach Luzern. Eingequetscht zwischen Teenagern, die bereits am frühen Abend in die Stadt fuhren, um sich in einem der unzähligen Fast-Food-Tempel vollzustopfen, bevor sie einen Club aufsuchten, verbrachte Clara die zwanzig Minuten Fahrzeit damit, auszurechnen, wie lange ihr Auftrag bei Balthasar wohl noch dauern mochte.

Zwei Wochen, überschlug sie, dann hätte sie alle Räume, Kisten und Schränke kontrolliert und die Gegenstände auf ihren Wert geschätzt. Wenn Balthasar allerdings verlangte, dass sie die Wertgegenstände meistbietend verkaufte, noch länger. Diese Arbeit würde sie jedoch von zu Hause aus erledigen können. Das Zimmer, das sie auf dem Anwesen nutzen konnte, war zwar in Ordnung, aber Clara hatte ihre Meinung geändert, nachdem sie realisiert hatte, dass eine Etage darunter die Wohnung der

Verstorbenen lag. Ihr war es wohler in den eigenen vier Wänden. Jedenfalls hatte sie das Zimmer bislang nur für kurze Pausen gebraucht, obwohl Balthasar zunächst darauf bestanden hatte, dass sie darin übernachtete.

Beni wartete vor dem Kaufhaus Globus auf sie. Schon von Weitem erkannte sie ihn, als sie mit der Rolltreppe von der Bahnhofsunterführung hochfuhr. Er war ein gross gewachsener Mann Mitte vierzig und wirkte trotz der grauen Strähnen an seinen Schläfen verflixt attraktiv, wie sich Clara eingestehen musste. Noch hatte er sie nicht entdeckt. Suchend blickte er in die andere Richtung, während er sich mit der linken Hand durch die braunen Locken fuhr. Genau wie Valentin, erinnerte sie sich. Eindeutig ein ungünstiger Moment, um an ihren Verflossenen zu denken.

«Da bist du ja», begrüsste er sie mit einem schiefen Grinsen und empfing sie mit drei Küsschen auf die Wangen. «Grossartig, dass es gepasst hat.»

«Wie war dein Kurs?», erkundigte sie sich, während sie gemeinsam die Pilatusstrasse entlangliefen, um dann nach rechts abzubiegen, bis sie an die Reuss kamen.

Er winkte ab. «Ehrlich gesagt besser, als ich erwartet hatte.» Er strich sich mit der Hand über den Bauch. «Ich sterbe vor Hunger. Zu Mittag hatte ich nur ein labbriges Sandwich. Wie wäre es mit einem richtigen Essen anstatt einem Bier? Ich könnte etwas Anständiges vertragen.»

«Gerne, dann weiss ich ein schönes Lokal für uns.»

Clara führte ihn an der Kapellbrücke vorbei, auf der sich die Touristen in emsigen Ameisenstrassen vorwärtsbewegten. Aus dem Augenwinkel bemerkte sie, dass Beni sie von der Seite her musterte, bevor er fragte: «Wo führst du mich denn hin?»

«Wir nehmen die Spreuerbrücke», antwortete sie. «Sie ist eigentlich viel älter und, wie ich finde, auch schöner als die Kapellbrücke.»

Sie liefen am Historischen Museum vorbei, bis sie die kleine Holzbrücke vor sich sahen. Diese konnte tatsächlich nicht mit ihrer «grossen Schwester», der Kapellbrücke, mithalten, wenn es darum ging, ein möglichst eindrückliches Fotosujet darzustellen. Kenner jedoch erkannten sofort ihren historischen Wert. Hier tummelten sich weit weniger Personen, und sie konnten entspannt nebeneinandergehen.

«Spreuerbrücke», überlegte Beni halblaut. «Was das wohl einst bedeutete?»

«Nur von der Spreuerbrücke durfte man früher Spreu und Laub in den Fluss werfen», lachte Clara.

Er stiess sie mit dem Ellenbogen leicht in die Seite. «Streberin.»

«Wohl eher *déformation professionelle*. Berufskrankheit!»

Sie stiegen die alte Holzstiege hinauf, und Beni bestaunte die Konstruktionsweise des Brückenbaus, dann deutete er nach oben. «Schau an, nicht nur die Kapellbrücke hat die berühmten dreieckigen Bilder unter den Dachspitzen.» Er sah sich die Gemälde schweigend an. «Wenn du so viel weisst, kannst du mir sicher erklären, weshalb hier immer der Tod zu sehen ist.»

«Die Darstellungen des sogenannten Totentanzes sollen uns daran erinnern, dass er überall zu Hause ist.»

«Würde auch ins Polizeigebäude passen», murmelte er so leise, dass Clara ihn fast nicht verstanden hätte. Sie verkniff sich eine Antwort.

Die Temperaturen liessen es zu, dass sie den Apéro auf dem Platz vor dem Restaurant Blätterteig einnehmen konnten. Neben ihnen verlief die Reuss, die das Schmelzwasser aus den Innerschweizer Bergen mit sich führte und entsprechend laut rauschte.

Entgegen Claras Befürchtungen verlief der Abend äusserst angenehm, und niemals trat einer der berühmten peinlichen Schweigemomente ein. Als es zu kühl wurde, wechselten sie ins Innere des Restaurants und bestellten sich Abendessen. Beni schien mit einem nie enden wollenden Appetit gesegnet zu sein, und Clara fragte sich, wie er es schaffte, so schlank zu bleiben. Satt schob sie ihren Teller zurück, und während er die letzten Reste seiner Luzerner Chügelipastete verdrückte, die sie ihm als Lokalspezialität angepriesen hatte, hatte sie Zeit, ihn unauffällig zu betrachten.

Seine rechte Braue wurde von einer hauchdünnen, weissen Narbe unterbrochen, die von seiner Stirn fast bis zu seinem Auge führte. Was immer diese Wunde verursacht hatte, war vor langer Zeit passiert, und er hatte Glück gehabt, dass sein Auge erhalten geblieben war. Sie beobachtete amüsiert, wie er sich abmühte, die letzten, in weisser Sosse schwimmenden Erbsen aufzuspiessen. An seinem linken Ohr entdeckte Clara winzige Löcher in der Haut, wo er wohl einstmals gepierct gewesen war. Ob er den Schmuck aus beruflichen Gründen herausgenommen hatte?

«Hab ich was in den Haaren?» Verlegen strich er sich mit der Hand über den Kopf.

«Nein», lachte sie. «Ich habe mich bloss gefragt, weshalb du deine Ohrstecker herausgenommen hast.»

«Ach so!» Er spiesste triumphierend die letzte Erbse auf. «Das sind die Erinnerungen an meine Jugendsünden. Wir haben uns die Löcher damals selbst gestochen, mit einer im Feuer aufgeheizten Nadel. Wir fanden uns echt cool. Aber beim Kampfsport ist die Gefahr, sich deswegen zu verletzen, dann doch zu gross, und immer alles mit Tape abzukleben, war mir zu mühsam. Welchen Sport machst du?»

Clara schluckte verlegen. Beni hatte nicht gefragt, ob sie Sport treibe, sondern welchen. Er ging wie selbstverständlich davon aus, dass sie welchen machte. Von ihrem kaputten Rücken und dem Messer in ihrem Lendenbereich wollte sie nichts erzählen. Das war kein Thema für das erste Treffen.

«Ach, dies und das. Ich habe meinen Hund, der hält mich ganz schön auf Trab. Dann noch Pilates, Frauensport halt.»

Entgeistert lachte er sie an. «Mach dich nicht klein! Ich habe nur einmal Pilates gemacht und dann nie wieder. Danach tat mir eine Woche lang jeder einzelne Muskel weh!»

Wenn er lachte, erschienen neben seinen Augen Lachfältchen, die Clara gefielen.

Mädel, pass auf, schalt sie sich, und halt deine Hormone im Zaum. Du bist schlimmer als ein Teenager mit rosa Brille.

Betont locker antwortete sie ihm: «Pilates ist halt nur was für

Hartgesottene. Nein, im Ernst, wenn du Muskelkater hattest, dann hast du alles richtig gemacht. Na ja, im Moment komme ich aber nicht wirklich zum Trainieren, da mich der Auftrag der Familie Balthasar vollauf beschäftigt.»

Er legte das Besteck in den leeren Teller. «Ich habe an Carolines Hochzeit mitbekommen, wie du Laetitia davon erzählt hast. Eine steinreiche Familie, die nun alles verkaufen will, nicht wahr?»

«Also reich waren sie bestimmt mal, wobei ich bezweifle, dass auf den Konten noch viel übrig ist. Das Vermögen beschränkt sich wohl eher auf die Liegenschaft, die Gebäude und das Mobiliar. Balthasar, als letztes verbleibendes Mitglied der Familie, will so viel wie möglich verkaufen.»

«Warum das denn?»

«Das hat er mir nicht gesagt. Vielleicht sitzen ihm die Steuern im Nacken, oder ihm ist nach dem Tod seiner Schwester alles zu viel und er will lieber in einer Wohnung leben, anstatt sich um das riesige Grundstück und die Villa zu kümmern. Wer weiss?»

Clara wollte eben davon erzählen, wie sie Rosa Kammer tot aufgefunden hatte, aber in diesem Moment summte Benis Telefon.

«Entschuldige, da muss ich schnell ran.»

Er las die Nachricht und schnalzte verärgert mit der Zunge.

«Ärger?»

«Eigentlich habe ich mir den Abend anders vorgestellt, aber ich muss nochmals ins Büro.» Er winkte dem Kellner und verlangte die Rechnung, dann wandte er sich an Clara. «Darf ich dich in den nächsten Tagen anrufen?»

***

Zwei Stunden später lag Clara zu Hause in ihrem Bett. Allein. Nicht einmal der Hund war bei ihr. Auch sie hatte sich den Abend anders vorgestellt.

Wenn es nach ihr gegangen wäre, sässe sie mit Beni noch in einem der unzähligen Lokale in Luzerns Innenstadt und liesse sich einen guten Rotwein kredenzen. Das war zumindest der Plan gewesen, bis sein Handy sich gemeldet und Clara den Zug nach Sarnen genommen hatte. Damit war sie wie Aschenputtel um Punkt zwölf Uhr zu Hause gewesen. Sie drehte sich im Bett auf den Bauch, wickelte die Beine um die Bettdecke und starrte die Wand an. Ihre aufgeweckte Libido liess sie nicht schlafen.

Sie griff nach ihrem Laptop, surfte gelangweilt im Netz. Bei ihrer ersten Recherche vor einiger Zeit hatte sie ausser der Todesanzeige für Charlotta Balthasar nichts Spannendes ans Tageslicht gebracht. Nun wollte sie gründlicher ans Werk gehen, und anstatt nach den Personen suchte sie diesmal nach Einträgen über die Holzfabrik Balthasar und deren Parkettherstellung.

Sie schien bei der letzten Suche auf der langen Leitung gestanden zu haben, denn jetzt erschienen zahlreiche Berichte über die Firma. Clara las und markierte die Artikel mit Lesezeichen, um sie morgen wiederzufinden, bevor ihr die Augen vor Müdigkeit zufielen.

***

Da der nächste Tag ein Samstag war, liess sie sich beim Frühstücken Zeit. Mit einem doppelten Espresso und dem Laptop setzte sie sich an den Tisch, um sich die markierten Artikel von gestern Abend durchzulesen. Nur kurz erlaubte sie sich ein kurzes Bedauern über den abgebrochenen Freitagabend. Sie trank den Kaffee auf ex, verbrannte sich dabei die Kehle und kippte ein Glas Leitungswasser hinterher.

Clara fand einen Artikel im Tagesanzeiger aus den siebziger Jahren, der die Geschichte der Parkettfabrik Balthasar seit ihrer Gründung minutiös auflistete. Gertrude und Wilhelm Balthasar gründeten 1923 die Schreinerei unter ihrem Namen in Hergiswil, unweit der Stadt Luzern, auf einem Anwesen, das seit mehreren Generationen der Familie gehörte und das durch geschickte Landkäufe stetig vergrössert worden war. Dem Unternehmen und der Familie schien es recht gut zu gehen. Das Paar bekam zwei Kinder, einen Sohn und eine Tochter, und konnte es sich im Verlaufe der Jahre leisten, ein grosses Haus bauen zu lassen.

Von der Tochter erfuhr Clara nichts Weiteres. Ob sie geheiratet hatte, früh verstorben oder ausgewandert war, blieb unbekannt. Anscheinend war sie für den Familienbetrieb nicht weiter wichtig gewesen, um in den Bericht aufgenommen zu werden. Ganz anders der Sohn August, dieser schien am künftigen Erfolg des Unternehmens massgeblich beteiligt gewesen zu sein. Nachdem er seine Frau Elfriede, eine Deutsche aus gutem Hause, geheiratet hatte, strukturierte er die Schreinerei um und verlegte den Schwerpunkt des Unternehmens auf die Produktion von edlem Parkett.

Im Laufe der letzten hundert Jahre war aus dem Grundstück in Hergiswil am See eine exquisite Immobilie geworden. August und Elfriede führten ein mondänes Leben, was in den Bildern des Artikels bestens zur Geltung kam. Ein Bild zeigte die Aussenfassade der frisch renovierten Villa mit den vom Gärtner meisterhaft gepflegten Grünanlagen und dem auf den Millimeter genau geschnittenen Rasen bis zum Seeufer. Kein Vergleich zur verlotterten Erscheinung des Hauses und dem zugewucherten Garten von heute, dachte Clara.

Die nächsten Informationen fand Clara in einem Artikel in der Schweizer Illustrierten. Heute würde man dazu wohl Homestory sagen, schmunzelte sie. Auf dem gross aufgezogenen Foto in Schwarz-Weiss in der Mitte der Doppelseite erkannte Clara das Ehepaar August und Elfriede Balthasar, die im mit silbernen Kerzenleuchtern erhellten Empfangsaal die Gäste für den Weihnachtsball begrüssten. Ihre Kinder Charlotte und Gustav, Claras Auftraggeber, waren auf keinem der Bilder zu sehen. Ansonsten sei alles anwesend gewesen, was in der Innerschweiz Rang und Namen hatte, las Clara im Text. August und Elfriede genossen es sichtlich, im Mittelpunkt zu stehen. Sowohl der Stadtpräsident mit Gattin als auch der für die Fasnacht immens wichtige Fritschivatter, der die Ehre hatte, die Fasnacht zu eröffnen, waren erschienen, nebst einer ansehnlichen Anzahl damaliger Stars und Sternchen.

Clara betrachtete amüsiert die Mode dieser Zeit, die durchaus farbenfroher und gewagter dahergekommen war, als es heute der Fall war. Die Damen trugen äusserst tiefe Dekolletés und hochgetürmte Föhnfrisuren, die Herren, wenn sie denn mutig genug waren, den Anzug mit Karree. Die abgebildeten Personen blickten gelöst in die Kamera, was wohl auch dem einen oder anderen Glas Champagner zuzurechnen war.

Schwierig vorzustellen, dass die Familie Balthasar einstmals ein gesellschaftliches Leben in Saus und Braus geführt hatte, überlegte Clara. Alles, was sie bislang von ihr gesehen hatte, waren Elend und Einsamkeit. Die völlig verwahrloste Wohnung von Charlotta Balthasar, Tochter von August und Elfriede, die sich zu Tode getrunken hatte, sah sie noch immer vor sich. Auch an den Gestank, der zu Beginn ihrer Arbeit in der Wohnung geherrscht hatte, erinnerte sie sich.

Gustav Balthasar repräsentierte in keiner Weise das mondäne Leben seiner Eltern und Grosseltern. Soweit Clara das beurteilen konnte, verbrachte er seine Zeit zurückgezogen auf dem Anwesen. Jedenfalls hatte sie nicht mitbekommen, dass er sich mit Freunden getroffen oder diese eingeladen hätte. Sein einziger Kontakt bestand zu Clara und Sandro, dem Gärtner. Nicht einmal Rosa Kammer war ihm bekannt gewesen. Aber was wusste sie schon über ihn, sie bekam ihn ja kaum zu Gesicht.

Clara fasste das Gelesene in wenigen Stichworten zusammen und tippte es in ihren Laptop, vielleicht liess sich daraus mal etwas für die Zeitung machen. Die erste Generation der Familie hatte die Schreinerei gegründet und zum Laufen gebracht. Die zweite Generation, Elfriede und August, entwickelte daraus ein äusserst erfolgreiches Unternehmen, während die dritte Generation in Person von Charlotte und Gustav finanziell und sozial kläglich versagte. Was hatte den Ruin der Familie herbeigeführt?

Ihr Handy klingelte und unterbrach ihren Gedankengang.

Am Telefon war eine der beiden jungen Frauen, die sie vor einigen Tagen über den Vorfall beim Mittelaltermarkt interviewt hatte. Diara bedankte sich bei Clara für die respektvolle

Berichterstattung, die in keine Schlammschlacht gegenüber dem Mittelaltervolk ausgeartet sei.

«Ich rufe an, weil mir noch etwas in den Sinn gekommen ist, das ich bei unserem Gespräch vergessen habe zu erwähnen», fuhr Diara fort.

Wie elektrisiert setzte sich Clara aufrecht hin. «Ja, bitte?»

«Wir haben immer nur von den zwei Männern gesprochen, die uns bedrohten, dabei war da noch ein dritter Mann. Ganz bestimmt war da ein Dritter.»

Der Rest ging in Hintergrundgeräuschen unter.

Clara hörte Menschenstimmen, Gesprächsfetzen, eine Sirene. Sie bat Diara, die letzten Worte zu wiederholen.

«Einer hat alles gefilmt, verstehen Sie?»

«Stimmt.»

«Meine Schwester und ich haben logischerweise nie auf ihn geachtet, da wir ja nicht wussten, dass wir gefilmt wurden, aber wir haben versucht, uns an die Menschen zu erinnern, die um uns herumstanden.»

Im Hintergrund gab ein Lautsprecher die Zugverbindungen durch.

«Wir glauben, dass da ein Mann gewesen ist, der die beiden angeleitet hat. Der ihnen Anweisungen gegeben hat. Verstehen Sie, was ich meine?»

«Ein Anführer, der so schlau ist, nur hinter der Kamera zu agieren, meinen Sie?»

«Ja, ganz genau. So muss es gewesen sein.»

Diara verabschiedete sich mit den Worten, dass sie sich nun sputen müsse, um den Zug zu erreichen, und Clara blieb mit der Frage zurück, was sie mit dieser Information anstellen sollte. Das Telefon meldete sich schon wieder, und ein aufgeregter Spichtig war am anderen Ende.

Da Clara als freischaffende Journalistin arbeitete und selten an fixe Arbeitszeiten gebunden war, war sie die perfekte Anlaufstelle in Notfällen. Dies schien einer zu sein.

Die für den Einsatz geplante Berichterstatterin, Regula, lag, wie der Grossteil der Redaktionsbelegschaft, mit einer akuten

Magen-Darm-Geschichte im Bett und konnte den anstehenden Auftrag nicht zu Ende führen. Anscheinend hatte ein schlecht gekühlter Eiersalat am Geschäftsabend zu dieser Misere geführt.

Clara liess sich am Telefon breitschlagen, das Verfassen des Berichts zu übernehmen, zumal die Recherche, das Sammeln von Fakten, bereits erledigt worden war. Spichtig mailte ihr diese zusammen mit den Eckdaten, wie Zeilenlänge und Abgabetermin.

Einen Bericht über ein Streetfoodfestival in der Luzerner Lindenstrasse zu schreiben, da konnte Clara sich wirklich Schlimmeres vorstellen. «Ein Ess- und Trinkfest für Fleischliebhaber, Vegetarier und Veganer» sei es, las sie in den Akten, die Spichtig ihr geschickt hatte. Sie solle darauf achten, ob es zu Unstimmigkeiten zwischen den diversen Interessengruppen käme. Wenn möglich, solle sie beide Parteien dazu interviewen. Vielleicht einen Veganer, der wütend über den Wurstverkauf debattierte, oder einen überzeugten Fleischesser, der zum ersten Mal Tofu probierte und darüber einen Kommentar abgab. Streit und Wortgefechte verkauften sich schliesslich besser als heiter Sonnenschein, meinte Spichtig.

Die Lindenstrasse bildete den Übergang von der Stadt Luzern zur Agglomeration Reussbühl, obwohl ein Ortsunkundiger dies kaum bemerkt hätte. Wie in vielen anderen Städten waren die Vororte im Laufe der Zeit mit der Stadt zusammengewachsen und bildeten nun einen interessanten Mix aus Nationalitäten, Interessengruppen und Geschäften. Kein einfaches Unternehmen für die Stadtverantwortlichen, hier eine friedliche Einheit zu erschaffen. Das Streetfoodfestival schien sich allerdings genau das zum Ziel gesetzt zu haben.

Clara brauchte nur hinzufahren, sich durch die Stände zu futtern, für die Zeitung einige Fotos zu schiessen und Passanten zu interviewen. Dafür würden zwar ein, zwei Stunden draufgehen, allerdings war dies gleichzeitig ein Auftrag, der ihr auch Freude bereitete und für den sie Lohn kassierte. Sie packte ihre gute Kamera ein, dazu Handy und Notizmaterial, dann weckte sie Joker und fuhr mit ihm nach Luzern. Nur mit einiger Mühe gelang es ihr, einen Parkplatz unweit des Festivals zu finden. Auf der gesperrten Lindenstrasse sammelte sich bereits eine bunte Mischung an Neugierigen, hungrigen Mäulern und Partyvolk.

Die Essensstände erstreckten sich beidseits der Strasse und boten für alle Geschmäcker etwas an. Meistens wurde in offensichtlich teuren Foodtrucks, Fahrzeugen mit integrierter Küche und Theke, gekocht, und der Geruch des Essens lockte die Kunden an. Ab und zu pries ein Wirt mit lauter Stimme die Vorzüge seiner Kulinarik an.

Vor Clara schlenderte eine Gruppe junger Leute her, die auf den ersten Blick nicht hierherzugehören schien. Sie trugen das Schwarz ihrer Kleidung mit einer Würde, die man ansonsten nur bei militärischen Ordensverleihungen zu sehen bekam. Die engen schwarzen Hosen wurden an der Hüfte von den ebenfalls schmal geschnittenen Hemden überdeckt. An den Manschetten, um die Hälse und an den Fingern, über und über blitzte Silberschmuck auf, der das Sonnenlicht matt reflektierte. Die Piercings in den Ohren waren teuer, das erkannte Clara sofort. Die Gruppe wirkte gut gelaunt und diskutierte lebhaft, wie viele Mahlzeiten sie ausprobieren konnten, ohne dass die Knöpfe von den Hemden sprangen.

Clara wurde unsanft in den Rücken gestossen. Sie drehte sich um und blickte in das lachende Gesicht eines sabbernden Kleinkindes, das ihr ein Stück Brot entgegenhielt, an welchem es die letzte Stunde gelutscht haben musste. Das Kind steckte in einer Tragetasche am Rücken eines Mannes, der just in diesem Moment den Kopf in den Nacken legte, um sein Bierglas zu leeren. Danach wischte er sich den Schaum aus seinem Bart. Das Kleinkind wurde durch die Bewegung des Vaters durchgeschüttelt und strampelte dabei fröhlich mit den Beinchen. Somit erklärte sich der Stoss in den Rücken. Clara lächelte dem Kind zu und hoffte inständig, dass der Vater den Heimweg antrat, bevor er das Gleichgewicht verlor.

Die veganen Kichererbsen-Bällchen mit Mango-Chutney hatten den Festivalbesuchern bislang am besten geschmeckt, wie Clara bei ihrer kleinen, keineswegs repräsentativen Umfrage feststellte, allerdings dicht gefolgt von den Wildschweinbratwürsten an einer Curry-Senf-Sosse. Das Festival zeigte sich vielseitig und, wie Clara bemerkte, erstaunlich tolerant. Bislang war ihr weder ein militanter Veganer noch ein ebensolcher Fleischvertreter über den Weg gelaufen, obwohl sie fest damit gerechnet hatte. Sie schoss einige Fotos und hatte bereits genügend interessante Personenaussagen beisammen, um den Artikel heute Abend termingerecht abliefern zu können. Einen handfesten Skandal oder einen ebensolchen Streit würde sie Spichtig leider nicht bieten können.

Nach einem Blick auf die Uhr entschied sie, dass genügend Zeit blieb, um ebenfalls etwas zu essen. Sie wählte einen Hamburger im schwarzen Brötchen inklusive Sellerie-Kraut-Salat und einem Apfel-Orangen-Topping. Am Stehtisch vor dem Grill packte ein Hipster-Pärchen soeben seine Stoffbeutel zusammen und brach auf zum nächsten Stand. Clara nutzte den freien Platz und stellte sich zwischen die anderen Gäste.

Der Hamburger war so gross, dass sie ihn mit beiden Händen halten musste, die Sosse tropfte zwischen den Fingern auf den recycelbaren Pappteller. Sie biss hinein und schloss unvermittelt die Augen. Der Geschmack explodierte in ihrem Mund. Die jungen Frauen neben ihr lachten auf, als sie Claras genüsslichen Seufzer hörten. Sie bestätigten ihre Vermutung, dass an diesem Stand der beste Hamburger der Strasse serviert werde.

Die Frauen, allesamt in den Dreissigern, erzählten Clara ungefragt, dass sie hier eine *hen night*, einen Junggesellinnenabschied, feierten und sich deshalb einen Boden für die alkoholischen Getränke anfuttern wollten. Die angehende Braut, mit einer pinken Plastikkrone auf dem Kopf und einer zu einem Schleier umfunktionierten Papierserviette im Haar, prostete Clara zu. Prompt kreischten die Frauen schrill auf, was über den ganzen Platz zu hören war. Obwohl das Gebaren für einen frühen Nachmittag ziemlich unangebracht zu sein schien, lächelten die vorbeiziehenden Leute nachsichtig. In Luzern hatte man sich längst an Junggesellenabschiede, egal ob von Männern oder Frauen, gewöhnt. Die nächste halbe Stunde liess sich Clara von der guten Laune der Frauen mitreissen, und Joker schwebte im siebten Hundehimmel. Wann wurde er schon von so vielen Acrylnägeln gleichzeitig gekrault?

Nach einem letzten Stösschen Prosecco verabschiedete sich die Braut mitsamt Anhang, und Clara liess sich von den Massen durch die Strasse treiben, bis sie an einem ihr bekannten Stand mit Kaffeespezialitäten stehen blieb. Die zwei Frauen hinter der Theke betrieben einen erfolgreichen Kaffeehandel in Sarnen, und nun standen sie mit umgebundenen braunen Schürzen hinter den Espressomaschinen, die fauchend Dampf abliessen. Erfreut bestellte Clara ihr Getränk, einen Flat White, als sie auf eine ihr bekannte Stimme aufmerksam wurde. Suchend blickte sie um sich.

Er trug dieselbe Lederjacke wie bei ihrem Treffen gestern Abend. Erstaunt hielt sie ihre Kaffeetasse vor dem Mund, ohne daraus zu trinken. Am nächsten Stand, kaum zehn Meter entfernt, hatte sie Beni entdeckt, der sehr vertraut mit einer jungen Frau in ein Gespräch vertieft war. Beide steckten die Köpfe nahe zusammen und bedienten sich von demselben Teller. Die Frau trug eine knallenge Jeans mit Rissen an den reizvollen Stellen, dazu ein goldglänzendes Jäckchen, dessen Ausschnitt mehr offenbarte als versteckte. Die muss nur einmal tief einatmen, und ihr Busen purzelt auf den Pappteller, dachte Clara missmutig.

Da hatten Clara und Beni erst gestern Abend einige schöne Stunden zusammen verbracht, und nun sah sie ihn mit diesem billigen Flittchen flirten. Sie hätte ihm mehr Niveau zugetraut. Frustriert trank sie ihren Kaffee in einem Schluck aus und musste prompt aufstossen. Der Geschmack des Hamburgers füllte ihren Mund und widerte sie plötzlich an. Weshalb war sie zuvor noch so begeistert davon gewesen? Eigentlich wäre ein Stück Rindfleisch in einem normalen Brötchen, mit einem Zwiebelring und etwas Sosse, völlig ausreichend gewesen. Wer brauchte schon all den Firlefanz im Essen?

Noch einmal drehte sie den Kopf und beobachtete das Pärchen. Beni hatte nur Augen für seine Verabredung, die ihn aus

Augen mit aufgeklebten Wimpern anhimmelte. Wenn der mich nur nicht auf die gleiche Stufe stellt wie diese Tusse, dachte Clara leicht beleidigt.

Sie machte sich auf den Heimweg, um zu Hause ihre Reportage über das Streetfoodfestival in der Lindenstrasse zu schreiben, die keineswegs so positiv werden würde, wie sie noch vor einer Stunde gedacht hatte.

***

Was von der Fabrik übrig geblieben war, liess nichts mehr vom ehemaligen Erfolg erahnen, den die Familie Balthasar mit der Parkettherstellung hier erwirtschaftet hatte. Clara stand vor den traurigen Überresten. Sie wollte sich einen kurzen Überblick verschaffen, mehr erhoffte sie sich nicht davon.

In der Villa war sie immer wieder auf stumme Zeitzeugen wie Gemälde und Fotografien der Firmengeschichte gestossen, sodass sie nun auch dem Fabrikgebäude einen Besuch hatte abstatten wollen. Sie hatte die gekieste und von Unkraut überwucherte Privatstrasse benutzt, die von der Villa zur Fabrik führte, bis sie vor einen hohen Zaun aus Drahtgitter gekommen war. Balthasar hatte ihr einen Schlüssel zum Zaun mitgegeben, obwohl die Durchsuchung der Fabrik eigentlich nicht zu ihrem Aufgabenbereich gehörte. Das Eingangsschloss war wider Erwarten leicht zu öffnen gewesen, und es wirkte blank poliert. Offenbar wurde es noch immer benutzt.

Die Zubringerstrasse von der Hauptstrasse zur Vorderseite der Fabrik war von hohem Gras zugewuchert, nur zwei von Autoreifen ausgefahrene Spuren waren noch erkennbar. Um zu verhindern, dass Unbefugte auf das Grundstück gelangen konnten, versperrte ein rostiges Eisengitter den Eingang. Eine dicke Metallkette hielt die beiden Torflügel zusammen. Feiner Regen rieselte auf die Pappeln, die einmal die Zufahrt der Fabrik gesäumt hatten.

Missmutig strich Clara sich über den Bauch. Der Hamburger hatte ihr den ganzen Samstag wie ein Stein im Magen gelegen.

Die Nacht hindurch hatte sie sich von der einen zur anderen Seite gewälzt, um ein wenig Linderung zu erlangen. Um sechs Uhr hatte sie aufgegeben und war schlecht gelaunt zur Arbeit gefahren, trotz des Sonntags.

Das zweistöckige Fabrikgebäude aus rotem Backstein zeugte von einer einstmals gut gehenden Firma, wies nun allerdings die eine oder andere Vernachlässigung auf. Die Eingangstür war zwar ebenfalls durch ein grosses Schloss versperrt, aber Balthasars Schlüssel öffnete es.

Sie band Joker vor dem Haus an einen Baum, da sie nach einem ersten Blick ins Innere der Fabrik fürchtete, er könne in der Ruine auf Glasscherben oder rostige Nägel treten. Gleich hinter dem Eingang öffnete sich ein weiter Raum. Die Verfärbungen am Boden wiesen darauf hin, dass hier einstmals grosse Maschinen gestanden haben mussten. In einer Ecke tropfte Regenwasser von der Decke und sammelte sich am Boden in braunen Pfützen. Winzige Abdrücke von Pfoten führten davon weg. Clara ging in die Knie, um sie besser betrachten zu können. Ein unförmiger Kreis in der Mitte, darum drei kleinere Kreise, das mussten die Spuren von einer Katze sein, mutmasste Clara. Vielleicht war Monsieur Neige hier herumspaziert. In diesem Fall wäre Rosa Kammer ebenfalls in der Fabrikruine gewesen. Was hatte sie an diesem unwirtlichen Ort zu suchen gehabt?

Vorsichtig, um nicht in die Pfütze zu treten, schritt sie in die Mitte des Saals und erfasste erst jetzt dessen wirkliche Grösse. Sie versuchte sich vorzustellen, wie hier noch vor einigen Jahrzehnten die Arbeiter die Holzbretter in Empfang genommen, sie gesägt, gehobelt und veredelt hatten, bis daraus diejenigen Teile entstanden waren, die für das Parkett gebraucht wurden. An den Wänden hingen noch immer auf Karton aufgezogene Plakate, die für die Firma warben. «Balthasar Parkett gibt Ihrem Zuhause den letzten Schliff» oder «Die Krönung der guten Stube: Balthasar Parkett». Darauf abgebildet Vater und Sohn in Sonntagskleidung auf dem Kanapee sitzend, den Parkettboden selig anlächelnd, während die Mutter mit umgebundener weisser Spitzenschürze Kaffee und Kuchen servierte. Die gute alte

Zeit stand im krassen Gegensatz zur leer stehenden Fabrikhalle, wo die Plakate hingen. Irgendwelche Halbstarken hatten mit grüner Farbe «fuck the police» und «no future» an die Wände gesprayt.

Der durch eine undichte Fensterscheibe wehende Wind hatte allerlei Müll in die Ecken getrieben. Clara vermutete, dass die Ruine für die eine oder andere illegale Party hatte herhalten müssen. In einem Kreis aufgestellte Holzkisten standen rund um eine winzige Brandstelle, in der eine zerbrochene Bierflasche lag. Clara ging in eine Ecke und zog ein Hölzchen aus einem Laubhaufen, mit dem sie anschliessend in der Asche herumstocherte. Einige Zigarettenstummel, die hellgrüne Verpackung einer Süssigkeit, ansonsten war nicht viel zu finden. Als sie mit dem Hölzchen ein gebrauchtes Kondom in die Höhe hielt, wandte sie sich angeekelt ab.

Am anderen Ende der Halle führte eine Metalltreppe hinauf. Ob es sich lohnen würde, auch dort einen Blick zu riskieren? Sie testete probehalber die Standfestigkeit. Sollte sie es wagen? Die Stufen quietschten, als sie darauf trat, und das ganze Gerüst wackelte bedenklich, aber sie schaffte es bis nach oben.

Eine massive Holztür mit eingelegtem Fensterchen auf Kopfhöhe versperrte ihr den Weg. Sie drückte die Klinke nach unten, aber die Tür war verschlossen. Neugierig putzte sie das staubige Fensterchen mit ihrem Ärmel sauber und blickte durch das Glas. Der Raum dahinter war von beachtlicher Grösse. Hier war der Boden mit Parkett ausgelegt. An den Fenstern hingen lange rote Samtvorhänge, die nur wenig vom Tageslicht hereinliessen, und von der Decke in regelmässigem Abstand goldfarbene Hängelampen, die den langen Holztisch beleuchteten, der sich mehrere Meter in den Raum hineinstreckte. Vier leere Bierflaschen, eine davon umgekippt, standen auf dem Tisch, daneben ein gefüllter Aschenbecher und mehrere heruntergebrannte Kerzen. Mehr konnte sie im schummrigen Licht nicht ausmachen.

Hatte die Fabrikhalle heruntergekommen, baufällig und schmutzig gewirkt, so strahlte dieser Raum eine behagliche Wohnlichkeit aus. Gerade so, als ob er noch immer in Gebrauch wäre. Clara rüttelte noch einmal an der Tür, aber sie bewegte sich keinen Millimeter in der Angel. Sie probierte den Schlüssel von der Eingangstür aus, jedoch ohne Erfolg. Schade, hier wäre die Chance bestimmt gross, auf etwas Wertvolles zu stossen, das sich zu Geld machen liess. Sie musste unbedingt Balthasar nach dem Schlüssel zu dieser Tür fragen.

Als sie zurück zur Villa spazierte, begegnete sie ihm auf dem Parkplatz hinter dem Haus. Er stieg soeben aus seinem Auto.

«Sie haben den rechten Riecher gehabt, Frau von Grünenstein», rief er ihr zu.

Sie strich die Kapuze zurück und schüttelte seine ausgestreckte Hand. «Guten Morgen! Dann haben Sie also gute Neuigkeiten wegen der Teppiche?»

«Ja, die Teppiche wurden begutachtet und für wertvoll befunden, obwohl sie über Jahre hinweg nicht korrekt gelagert wurden und deshalb einige kleinere Schäden aufweisen. Mal schauen, wie teuer ich sie verkaufen kann.»

«Darf ich fragen, weshalb Sie die Teppiche nicht wieder in die Villa Balthasar legen? Schliesslich wurden sie zu diesem Zweck angeschafft.»

Er räusperte sich etwas verlegen. «Nun, die Villa ist ein Fass ohne Boden, wenn Sie mir den Vergleich gestatten. Kaum ist eine Renovation abgeschlossen, steht schon die nächste an. Das kostet eine Stange Geld. Gerade Sie sollten darüber Bescheid wissen, nicht wahr?»

Wie kam es, dass sie sich in Gegenwart Balthasars jedes Mal wie ein Schulmädchen fühlte, das vom Lehrer gerügt wurde, ärgerte sich Clara.

«Wäre nicht übel, wenn Sie noch weitere solche Schätze wie diese Teppiche finden würden», fuhr Balthasar nahtlos fort.

Clara nickte. «Ich werde mir Mühe geben. Ach, bevor ich es vergesse, Herr Balthasar, haben Sie einen Schlüssel zu den oberen Stockwerken der Fabrikhalle?»

Er runzelte die Stirn. «Was haben Sie dort zu suchen?»

«Ich wollte mich dort umsehen, so wie wir das ausgemacht hatten», antwortete sie.

«Ich habe es mir anders überlegt. Begrenzen Sie Ihre Arbeit wieder auf die Villa. Die hat mit den zwei Stockwerken und den Kellerräumen genug zu bieten. In der Fabrik ist nichts zu finden.»

«Aber ...»

«Die Villa, sonst nichts, Frau von Grünenstein.»

SIEBEN

«Ist es tot?», frage ich das Lumpenbündel auf dem Bettgestell noch einmal.

Ein Ruck geht durch den Körper. Na endlich!

Der Kopf hebt sich ein wenig an, unter den flackernden Lidern tauchen Pupillen aus der Tiefe der Bewusstlosigkeit auf. Oder ist es Schlaf gewesen?

Ich muss achtgeben, dass es mir nicht für immer einschläft. Es muss das Ende der Geschichte hören. Schliesslich mache ich das hier nicht zum Vergnügen.

Ich habe ein Ziel.

Ich löse den Blick von ihm, schaue die rau verputzte Wand hinter ihm an. Ein roter Punkt hüpft darauf herum. Wandert mit, wenn ich den Kopf drehe.

Er ist ein treuer Begleiter, der rote Punkt. Mal kleiner, mal grösser. Mal in meinem Kopf drin, mal tanzend auf einer Wand. Ich kenne ihn gut. Er ist gewachsen im letzten Jahr, sodass es in meinem Kopf keinen Platz mehr gibt für ihn. Er muss immer wieder hinaus, wenn er meinen Schädel nicht zerbersten soll.

«Ist es nun wieder bereit, zuzuhören?»

Die Antwort ist kaum mehr als ein Räuspern, aber ich rede mir ein, dass es mir zustimmt.

«Es hört zu, dann lernt es etwas.»

MEMORO – Sommer 1942

«Können Sie es reparieren?»

Der Sammler beugte sich über das Schätzchen und brummte dabei etwas Unverständliches. Im mannshohen Spiegel erkannte ich meine Gestalt, die sich synchron bewegte, als ich mir die blonde Mähne über den Kopf nach hinten strich. Die Haarpomade, die ich morgens aufgetragen hatte, verlor ihre Stärke. Ich fand, dass ich für einen Dreissigjährigen eine stattliche Figur bot, zumal ich meinen besten Herrenanzug, komplett mit Gilet,

Krawatte und Veston, trug. Durch die lange Autofahrt hatten sich hässliche Knitterfalten in den Stoff eingegraben, was mich ärgerte.

Nach dem Termin beim Sammler musste ich noch nach Luzern, um die Bank aufzusuchen, und da wollte ich anständig gekleidet erscheinen. Allerdings sollte allein die Tatsache, dass ich zu der Zeit nicht an der Front kämpfte, deutlich genug sein, dass ich eine bedeutende Stellung innehatte. Im Deutschen Reich wäre jedem klar, dass ich Beziehungen nach oben haben musste, wenn ich vom Dienst im direkten Kampfgeschehen befreit war. Ob die Schweizer das ebenfalls begriffen, war fraglich.

Der Sammler nahm das Paket entgegen, das ich vorsorglich in ein weisses Leintuch gewickelt hatte. Es wies eine handbestickte Bordüre auf.

«Möchten Sie das Tuch zurück?», fragte der Sammler, der gute Qualität erkannte, wenn er sie vor sich sah. «Das ist teurer Damast, und sehen Sie, in der Ecke sind Monogramme eingearbeitet.»

Ich winkte ab und lehnte mich erschöpft gegen die Schränke, die sämtliche Wände des Kellerraumes bedeckten. «Nicht doch. Ich habe meiner Mutter schon so viele davon geschenkt, die merkt gar nicht, wenn eines fehlt. Und wenn, dann wird sie dafür die verdammten Juden verantwortlich machen. Die haben schliesslich alles gestohlen, was ihnen in die Hände gefallen ist. Wie gut, dass Hitler sich dieses Problems angenommen hat.»

Ich erinnerte mich an einen Zeitungsartikel, der nicht nur die Juden an den Pranger gestellt, sondern weitere Staatsschädlinge genannt hatte, wie die Kommunisten und die Schwulen, die Debilen und die Russen, die Frauenrechtler ebenso wie die Krüppel.

Uns war an jenem Abend nicht nach Politik. Streng genommen konnte man sagen, dass wir niemals über Politik sprachen. Der Sammler konzentrierte sich auf seine Schätzchen, und ich genoss die Momente der Ruhe in diesen stürmischen Kriegszeiten. Meine Arbeitstage waren vollgepackt mit Aufträgen, die ich erfüllen sollte, und so waren die kurzen Reisen in die Schweiz immer ein wenig wie Urlaub für mich.

Endlich lag das Gemälde ausgepackt vor uns auf der Liege. Wie ein Arzt vor einem Eingriff richtete der Sammler die Operationslampe über seinem Kopf aus. Was als Erstes ins Auge fiel, war der gesprungene Rahmen, der die Leinwand schmerzlich auseinanderzog. Dies musste so schnell wie möglich behoben werden, ansonsten würde das Kunstwerk ebenfalls entzweigerissen. Ich ärgerte mich masslos über den Schaden, weil er den Wert des Schätzchens erheblich minderte. Der Sammler würde nun einige Zeit herumlamentieren, wie schwierig es sei, dies zu reparieren, und wie viel Zeit und Geld er investieren müsse dabei.

«Welche Schande», begann er prompt in weinerlichem Ton. «So kann ich das nicht weiterverkaufen.»

Mein Kopf schmerzte, und ich hatte seit Stunden nichts gegessen, weshalb ich beschloss, die Verhandlung abzukürzen. «Wenn Sie sich unverzüglich an die Arbeit machen, wird der Schaden nicht so gross sein. Ich bitte Sie, mich nicht zu beleidigen, indem Sie meine Fachkenntnisse in Frage stellen.»

Aus den Augenwinkeln konnte ich beobachten, wie der Sammler das Gesicht zu einem Grinsen verzog.

Ich fuhr fort: «Der Rahmen entspricht keineswegs dem Wert des Gemäldes, denn da muss ein Laie am Werk gewesen sein, der ihn aus massivem Buchenholz gezimmert hat. Er ist zwar mit einem dezenten Rankenmuster versehen und mit Blattgold überzogen, trotzdem stammt er nicht von Meisterhand.»

Der Sammler nickte mir zu. «Der Rahmen wird wohl in den Wirren des Krieges separat zu Geld gemacht worden sein. Von wem haben Sie das Bild, wenn ich fragen darf?»

«Dürfen Sie nicht. Sagen wir einfach, es hat seinen Besitzer verloren.»

«Tja, der Rahmen ist nicht mehr zu retten.» Der Sammler begnügte sich mit dieser Antwort und stellte stattdessen fest: «Der hätte Ihnen ohnehin kein Sümmchen eingebracht, in diesem Zustand jedoch taugt er nur noch als Feuerholz. Der zerbrochene

Rahmen hat zudem die Leinwand verzogen, weshalb das Öl der aufgetragenen Farbe gesprungen ist. Sehen Sie selbst.»

«Nun, dies wird kein Problem für Sie sein, nicht wahr?»

«Wie ich immer zu sagen pflege, es gibt keine Probleme, es gibt nur Herausforderungen.»

Er nannte mir einen anständigen Betrag, ich erhöhte um einige Tausender, dann trafen wir uns in der Mitte. Wir betrieben diese Feilscherei friedlich, denn wir wussten beide, dass wir aufeinander angewiesen waren, wenn wir mit dem Schätzchen ein Vermögen verdienen wollten.

«Ja, die Schweiz ist ein wunderbares Handelsland, nicht wahr?» Der Sammler deutete in Richtung Tür und liess mich vorgehen. «Wenn Sie bitte im Nebenraum Platz nehmen würden, während ich das Geld aus dem Tresor hole.»

Ich konnte mir ein Lachen nicht verkneifen. «Ach, die Schweizer mit ihrem Bankgeheimnis. Welch ein Theater ihr immer darum macht. Und doch wissen wir Deutschen es zu schätzen, nicht wahr?»

Mit einem Augenzwinkern ging ich in den angrenzenden Raum und machte es mir auf einem mit grünem Leder bezogenen Sessel bequem. Die Frau des Sammlers hatte für mich freundlicherweise eine Flasche gekühlten Walliser Weisswein auf den Salontisch gestellt. Ja, die Schweizer wussten, wie man Geschäfte machte.

***

Die Woche war wie im Flug vergangen, und die Arbeitstage waren lang und anstrengend gewesen, weshalb Clara sich am Wochenende eine Auszeit gönnen wollte. Am Samstagabend zog sie deshalb mit Laetitia in Luzern um die Häuser, und die Stimmung stieg entsprechend dem Alkoholpegel an. Gegen Mitternacht standen sie auf der Kapellbrücke, beide eine Flasche Bier in der Hand, und beobachteten die Menschen, die auf der Flaniermeile am rechten Ufer der Reuss entlang von Bar zu Bar schlenderten. Die einen machten sich laut lachend und offensichtlich alkoholisiert auf den Weg in die nächste Bar, die anderen starteten erst in die Nacht. Diese Partygänger waren leicht an der Parfümwolke zu erkennen, in der sie sich bewegten. Noch rochen sie frisch. Die Kleider ebenso faltenfrei wie die Gesichter, die Frisuren perfekt mit Haarklammern oder Gel in Form gepresst, das Auftreten von einer Coolness, die wahlweise von Alkohol, Drogen oder Sexualhormonen im Verlaufe der Nacht zunichtegemacht werden würde.

Laetitia und Clara teilten gedanklich die Flaniermeile in Sektoren ein und spielten Bingo. In welchem Feld kam es zuerst zu einem Kontakt zweier Interessierter? Eine verbale Anmache gab einen Punkt, körperliche Berührungen zwei, und ein Kuss gab drei Punkte. Laetitia führte nach einer Viertelstunde mit vier zu zwei. Diese Ausgangsmeile kannte sie noch nicht, sie bevorzugte die Clubs in Zürich, fühlte sich laut ihren Worten aber überraschend wohl inmitten der spontanen Innerschweizer.

«Sag mal», fragte sie Clara. «Was läuft da zwischen meinem Bruder und dir?»

Clara verschluckte sich am Bier und hustete verlegen. «Was meinst du?»

«Ach, tu nicht so scheinheilig.» Laetitia brach in lautes Gelächter aus, das die Aufmerksamkeit einer Gruppe Männer auf sie zog. «Hier gibt's nichts für euch zu holen, Schätzlis. Einfach weiterlaufen», rief sie ihnen zu.

Verdutzt suchten die Männer das Weite.

«Beni rief mich gestern an und fragte nach dir. Er wollte wissen, ob du in einer Beziehung bist. Die Lage abchecken, du weisst schon», erzählte Laetitia. «Das hat er noch nie gemacht!»

«Wir waren gemeinsam essen. War nett.»

Laetitia rollte theatralisch mit den Augen. «‹War nett›. Was soll denn das bitte schön bedeuten?»

«Was ich gesagt habe. Wir haben uns getroffen, gemeinsam zu Abend gegessen und uns dabei ziemlich gut unterhalten, aber dann bekam er einen Anruf und musste gehen.»

«Ja, seine Arbeit macht ihm das Leben manchmal ganz schön schwer.»

Clara zögerte, dann gab sie sich einen Ruck und erzählte, dass sie Beni am Streetfoodfestival mit einer Frau gesehen hatte. «Sie wirkten sehr vertraut miteinander.»

«Hmmm, ich kenne meinen Bruder. Er ist nicht der Typ, der zweigleisig fährt. Er hätte sich nicht nach dir erkundigt, wenn er gleichzeitig etwas mit einer anderen laufen hat. Da verstehe einer die Männer!»

«Magst du auch noch ein Bier?», fragte Clara und schwenkte ihre leere Flasche in der Hoffnung, das Thema wechseln zu können.

«Ja, aber zuerst muss ich pinkeln.» Laetitia trank ihr Bier aus und machte sich auf den Weg. «Das Gesöff fliesst wie Wasser bei einem Durchlauferhitzer.»

Sie verliessen die Brücke, gönnten sich auf der kurzen Wegstrecke bis zum irischen Pub eine Zigarette und schoben sich durch das Gedränge der Gäste ins Innere des Lokals.

«Bestell mir ein Guinness, Clara, ich stell mich schon mal in die Schlange vor der Toilette. Das kann sich hier nur um Stunden handeln.»

Geduldig wartete Clara, bis sie beim Barkeeper bestellen konnte, und sah ihm zu, wie er mit der Konzentration, die eines Gehirnchirurgen angemessen gewesen wäre, das dunkle Bier in die Gläser füllte und schlussendlich mit dem Schaum ein Kleeblatt formte.

Mit den Getränken in den Händen suchte sie nach einem freien Platz, als sie unsanft angerempelt wurde und sich das Bier über die Hände schüttete. Seufzend stellte sie die Gläser auf einem Tisch ab und wischte sich mit einer Serviette sauber.

«Entschuldige meinen Kumpel, er hat schon ziemlich einen sitzen.»

Ein Mann um die dreissig stellte sich vor Clara hin und bot ihr eine weitere Serviette an. Was ihm an Körpergrösse fehlte, machte er mit seinem muskulösen Körper wett. Er trug ein enges weisses Hemd, dessen Ärmel er nach oben gekrempelt hatte.

Der Stoff war über seinen Muskeln zum Zerreissen gespannt. Seine zahlreichen Tätowierungen waren nicht zu übersehen.

«Darf ich dir noch eins ausgeben?» Er zeigte auf das Guinness, das nur noch zur Hälfte gefüllt war.

«Tönt fair», antwortete Clara. «Aber vergiss nicht, bei deinem Kumpel einzukassieren.»

Prompt drehte er sich um, klopfte seinem Freund heftig auf die Schulter und raunte ihm etwas ins Ohr. Der fasste nach seiner Gesässtasche und zog seinen Geldbeutel hervor.

«Bier kommt gleich.» Mit diesen Worten verschwand der Kleinere der beiden.

Clara drehte sich um, in der Hoffnung, dass Laetitia bald auftauchte, sah sie aber immer noch in der Schlange vor der Toilette stehen. Anscheinend amüsierte sie sich prächtig, ihr raues Lachen war über den ganzen Lärm hinweg zu hören.

«Hat Basti dir gesagt, ich sei betrunken und hätte dich deshalb angerempelt? Und jetzt will er dir unbedingt ein neues Getränk bezahlen, nicht wahr?» Vor Clara stand der vermeintliche Übeltäter, Sandro, und sah alles andere als angeschickert aus.

Kritisch zog Clara eine Augenbraue nach oben. «Und wenn es so wäre?»

«Dann hat er mit seiner Masche zum wiederholten Mal Erfolg gehabt. Er konnte nicht wissen, dass wir uns schon kennen.»

Bei einem Blick über die Schulter stellte sie fest, dass noch immer zwei Frauen vor Laetitia in der Schlange standen, da konnte sie sich die Wartezeit verkürzen und mit Sandro sprechen.

Basti kehrte mit einer Ladung Bier für alle zurück, und als sich auch noch Laetitia zur Runde gesellte, entwickelte sich eine lustige Truppe.

«Und ihr seid wirklich in einer Guggenmusik?», kicherte Laetitia. «So richtig mit Tröten und Rasseln?»

Basti zog empört die Luft ein. «Man merkt, dass du nicht aus der Innerschweiz kommst!»

Clara schmunzelte vor sich hin. Sie wusste, dass Fasnacht in Luzern ein heikles Thema war, das man nicht ungestraft belächeln durfte. Die lustigste Zeit des Jahres war eine todernste Angelegenheit.

Die Luzerner Fasnacht war der grösste Festanlass des Jahres in der ganzen Innerschweiz und mit rund zweihunderttausend Besuchern und fünfzig Guggenmusiken eine organisatorische Meisterleistung für alle Behörden. Gestartet wurde am sogenannten Schmutzigen Donnerstag um fünf Uhr morgens mit einem gewaltigen Knall und dem Fötzeliregen. Fünf Millionen Papierschnipsel, die auf die feierwütige Masse herunterregneten. Bis am darauffolgenden Dienstag reihten sich in den katholischen Kantonen Anlässe, Partys und Umzüge aneinander, und lediglich ein grosses Unwetter oder ein aggressives Virus vermochten die Fasnacht zu stoppen. Die wenigsten wussten, dass die Fasnacht entstanden war, weil die Christen vor der vierzigtägigen Fastenzeit bis zu Ostern noch einmal in der Völlerei baden wollten. Aus der Zeit vor dem Christentum stammte das heidnische Ritual, mit Krach und Lärm den Winter zu vertreiben, weshalb heutzutage mit lauten und gerne auch schrägen Tönen musiziert wurde.

«Wir Bergmannen proben zweimal in der Woche, und da sind auch noch die Registerproben. Nur einfach so in die Trompete tröten, das war vielleicht früher einmal, heute sind wir ernst zu nehmende Musikgruppierungen», erklärte Basti. «Wir haben siebzehn Perkussionisten. Du weisst schon, Schlagzeug, Pauke und andere Rhythmusinstrumente. Der Bläsersatz besteht aus neunzehn Trompeten, ebenso viele Posaunen und noch acht Sousaphons.»

Sandro berührte Basti am Unterarm. «Nun lass mal gut sein.»

Aber dieser legte sich erst recht ins Zeug. «Uns Bergmannen aus Hergiswil zum Beispiel gibt es bereits seit vierundfünfzig Jahren, und wir pflegen mit Stolz unsere Kultur! Jedes Jahr lassen wir einen Maskenbildner unsere Grinden, die Masken, designen, und professionelle Schneiderinnen nähen die Kostüme. Wir wollen schliesslich etwas darstellen, und die Konkurrenz ist nicht ohne.» Er hob das Glas und trank das Bier auf ex.

Clara wandte sich an Sandro, bevor sie die Todsünde beging und provokativ fragte: «Und wer ist die beste Guggenmusik?»

Basti atmete tief ein, streckte sich und antwortete erregt: «Natürlich wir! Aber da gibt es noch die Tobelgeister aus Emmen, die Hexenbesen aus der Stadt Luzern und natürlich die Warmduscher, eine Gruppe, die sich aus der ganzen Innerschweiz zusammenstellt. Wobei die Warmduscher eher eine neue Brassband ist, die das ganze Jahr hindurch Auftritte hat und an Wettbewerben teilnimmt. An der Fasnacht geben sie sich einfach als Guggenmusik aus, um mitmachen zu können. Nicht ganz fair für die anderen Guggenmusiken, aber was soll's? Ich habe das nicht zu bestimmen. Aber die Tobelgeister, die Hexenbesen und natürlich die Bergmannen sind allesamt hochkarätige Gruppierungen. Die einen vielleicht ein bisschen extremer in ihren Aufnahmebedingungen als die anderen.»

Laetitia löste für einen Moment ihre Augen von Sandro und fragte: «Was muss man denn da als Anwärter machen? Aus Totenschädeln das Blut einer Jungfrau trinken?»

Sandro antwortete lachend: «Nein, ganz so schlimm ist es nicht. Eigentlich ist es sogar sehr harmlos. Die Bergmannen Hergiswil nehmen nur Schweizer Männer in ihre Runde auf, die von jemandem aus ihrer Gruppe persönlich empfohlen wurden. Ein Club, den es schon sehr lange gibt. Wir pflegen die helvetische Tradition und legen Wert darauf, diese aufrechtzuerhalten. Aus diesem Grund sind Frauen nicht einmal als Begleitung auf einer Veranstaltung erlaubt.»

Er zwinkerte Laetitia zu, die angesäuert das Gesicht verzog und erwiderte: «In diesem Fall wohl eher altbacken als traditionell, nicht wahr?»

Als der Barkeeper die letzte Runde einläutete, machten sie sich auf den Weg nach Hause. Beim Bahnhof verabschiedete sich Clara und stieg gemeinsam mit einem Dutzend Partygängern in den Nachtbus, der in Richtung Obwalden fuhr. An der Tür drückte der Chauffeur jedem Fahrgast einen Spuckbeutel in die Hand.

Das übrig gebliebene Trio wollte noch für einen Absacker in die nächste Bar.

***

Die darauffolgenden Tage verbrachte Clara damit, weitere Schachteln aus den Kellerräumen zu sichten, aber mehr als Briefe, verblichene Fotos und den einen oder anderen silbernen Kerzenständer förderte sie nicht zutage. Wenn sie nicht bald etwas Wertvolles fände, war die ganze Aktion umsonst gewesen. Einzig mit dem Fund der Afghanen, den Teppichen, würde Balthasar wohl nicht zufrieden sein.

Sie warf ein weiteres Paar alte Schuhe auf einen Haufen im Hinterhof der Villa und blickte sich um. Für das Entsorgen war Sandro zuständig. Mit ihm hatte sie ein System ausgearbeitet, damit die Verwertung speditiv und nutzbringend war. Altmetall, Glas, Karton und Papier sorgsam getrennt auf der einen Seite des Hofs und auf der anderen der Trödel, der sich vielleicht noch verkaufen liess. Alles, was finanziell lohnender war, verwahrte Clara in der Eingangshalle der Villa, die leider immer noch enttäuschend leer war.

Sie drehte sich um und stieg zum gefühlt tausendsten Mal an diesem Tag die Kellertreppe hinunter, als sie hinter sich ein Geräusch hörte. Suchend blickte sie sich um und sah in einiger Entfernung Sandro, wie er über den Grashügel aus der Richtung Fabrikgebäude herangelaufen kam, bis er den Hinterhof erreicht hatte. Was er wohl in der Fabrik zu suchen gehabt hatte, fragte sie sich. Soweit sie wusste, hatte er dort nicht viel zu tun. Einzig der Saal in der ersten Etage wurde noch benötigt, jedenfalls mutmasste sie das. Sie hatte den Raum zwar nur durch ein Fensterchen in der Tür sehen können, aber er hatte ausgesehen, als ob er noch immer benutzt würde. Sie erinnerte sich an die Bierflaschen und die heruntergebrannten Kerzen. Ob Sandro von den Treffen in diesem Raum wusste?

«Bist du schon auf Gold gestossen?», rief er ihr zu. «Oder hast du diesmal einen Afghanen gefunden, den ich rauchen kann?»

Clara verdrehte die Augen. So ein Kindskopf. «Komm mal her, Jungspund, ich brauch deine Muckis.»

Er lachte laut auf und sah dabei unverschämt gut aus. Wenn er nur nicht so viel Blödsinn erzählen würde. Laetitia schien dies am letzten Wochenende nichts ausgemacht zu haben. Clara vermutete, dass Sandro sie mit zu sich nach Hause genommen hatte, wollte ihn aber nicht darauf ansprechen.

«Zu Befehl!» Er salutierte grinsend vor ihr. «Soll ich mein Shirt ausziehen, damit du meine Muskeln bewundern kannst?»

Clara schnappte sich eine alte Zeitung, rollte sie zusammen und haute sie Sandro über den Kopf. «Ab mit dir in den Keller. Da ist eine alte Kommode, die ich allein nicht verrücken kann, und ich will kontrollieren, ob sich dahinter noch etwas befindet.»

Sie drückte sich mit dem Rücken an die feuchte Mauerwand, als er sich auf der Kellertreppe an ihr vorbeizwängte und dabei bereits die Ärmel nach oben schob. Keine Frage, er war ein Mann, der es liebte anzupacken.

Der erste Kellerraum, den sie vor einigen Wochen noch kaum hatten betreten können vor lauter Gerümpel, war weitestgehend ausgeräumt. Einzig die leeren Regale an den Wänden waren übrig geblieben.

«Es ist im nächsten Raum.» Sie deutete auf die offen stehende Kellertür am anderen Ende des Heizungsraums.

«Och nein, da spukt es.» Er grinste sie an. «Hast du das Balthasar-Gespenst noch nicht gesehen?»

«Nein, ein Gespenst nicht», antwortete sie. «Aber Rosa hatte in ihrer weissen Kleidung doch ziemlich viel von einem Gespenst, findest du nicht auch?»

«Erinnere mich bloss nicht an die irre Rosa.» Sandro stöhnte auf. «Sie verfolgt mich noch immer in meinen Träumen.»

Ob Rosa auch hier unten herumgestreift ist, fragte sich Clara. Vorstellen konnte sie sich das gut, die Frau war so leise aufgetreten, dass sie von niemandem bemerkt worden wäre. Vielleicht hatte Balthasar Rosa in ihrem weissen Kleid gesehen und sie für ein Gespenst gehalten?

Sandro betrat den Heizungsraum ebenfalls. An der linken Wand befand sich die Kellertür, die zu demjenigen Teil der Villa führte, den Balthasar bewohnte. Die einzige Tür, zu der Clara keinen Schlüssel besass. Und zu der Tür auf der ersten Etage der Fabrik, erinnerte sie sich.

«Und wo steht nun diese Kommode?», fragte Sandro und blickte sich suchend um. «Hier ist ja schon alles ausgeräumt.»

«Stimmt, aber diese Arbeit habe nicht ich geleistet. Ich glaube, Balthasar hat mit diesem Keller angefangen und dann gemerkt, dass er Hilfe dabei brauchte.»

Sie deutete in Richtung Heizung. «Von hier aus ist sie nicht zu sehen, aber daneben steht noch eine Kommode. Sie muss sich zwischen der Heizung und dem Mauerwerk verkeilt haben. Auch die Schubladen haben sich verzogen, ich bekomme sie keinen Millimeter auf. Nun kannst du zeigen, was in dir steckt.»

Das liess sich Sandro nicht zweimal sagen. Die annähernd eineinhalb Meter lange Kommode war hüfthoch und besass drei übereinanderliegende Schubladen. Zuerst begutachtete er fachmännisch das Möbelstück von allen Seiten und versuchte dann, es sorgfältig zu bewegen. Als er keinen Erfolg hatte, setzte er auf vollen Körpereinsatz.

Claras Handy meldete sich just in dem Moment, als sie ihm zu Hilfe kommen wollte. Da der Empfang im Keller denkbar schlecht war, begab sie sich nach draussen.

«Also, ich habe ihm einen Tritt in den Hintern gegeben, nicht nur verbal, wenn du weisst, was ich meine.» Die Anruferin hielt sich nicht mit der Begrüssung auf, sondern begann gleich zu sprechen.

«Laetitia?», fragte Clara und schaltete das Telefon auf Lautsprecher.

«Ja, natürlich bin das ich.» Clara hörte, wie Laetitia an einer Zigarette zog und dann den Rauch ausblies. «Beni sollte sich in den nächsten Tagen bei dir melden.»

«Oh Gott, was hast du bloss angestellt?» Clara stand im Hinterhof inmitten des aufgetürmten Gerümpels aus dem Keller und blicke entgeistert auf das Telefon in ihrer Hand.

«Ich habe gar nichts gemacht, Schätzchen, aber Beni hat mich heute bereits zum zweiten Mal über dich ausgefragt, und da konnte ich natürlich mein hübsches Schnäuzelchen nicht halten und habe ihm unter die Nase gerieben, was du mir erzählt hast.»

«Laetitia, warum kann ich mir das sehr gut vorstellen?»

«Also, die Schnepfe, mit der du ihn an diesem Strassenfest gesehen hast, das war beruflich.»

Clara schwieg verdutzt, dann sagte sie: «Nun, das wirkte aber sehr vertraut»

«Er wird dir alles selbst erklären können, wenn er dich heute Abend abholt. Er wird etwa um acht Uhr bei dir sein.»

«Warte, hast du gerade ein Date für mich arrangiert?», empörte sich Clara.

«Nun sag nicht, dass du schon ein anderes Rendezvous geplant hast.» Im Hintergrund hörte man jemanden nach Laetitia rufen. «Ich muss auflegen, Schätzchen. Erzähl mir morgen, wie das Date gelaufen ist. Nein, warte, das ist ja mein Bruder. Dann will ich doch nicht alles wissen. Tschüssi.»

So ein verrücktes Huhn, dachte Clara. Es war erst später Vormittag, sie hatte genügend Zeit, ihre Arbeit zu erledigen, danach nach Hause zu fahren und sich aufzubrezeln.

«Du machst mich echt fertig!»

Clara drehte sich um. Hinter ihr stand Sandro, das nass geschwitzte Shirt ausgezogen und in die Gesässtasche seiner Jeans gestopft. Die Adern auf seinen Armen stachen prall hervor. Das gerötete Gesicht wirkte angespannt, und er atmete noch immer schwer.

«Aber ich habe die Scheisskommode gebodigt. Nun brauch ich erst mal einen Eiweiss-Shake.» Er winkte ihr zu und verschwand in Richtung Gartenhäuschen.

Clara rief ihm ein Danke hinterher und beeilte sich, in den Heizungskeller zu kommen. Endlich konnte sie ihre Neugier befriedigen.

Eine halbe Stunde nachdem sie die erste Schublade geöffnet hatte, wünschte sich Clara, dies niemals getan zu haben.

***

Ihr war speiübel. Sie hatte die drei Schubladen mitsamt Inhalt in die Eingangshalle der Villa geschleppt, weil im Keller das Licht für eine seriöse Begutachtung zu schlecht war und sie die Funde nicht unter freiem Himmel lassen wollte. Alle Schubladen waren bis obenhin gefüllt und der Inhalt mit bestickten Stoffen abgedeckt, sodass man nur den weissen Bezug sah, wenn man sie öffnete. Clara hatte sie herausgenommen und ausgebreitet. Die Tischtücher und Servietten waren von Meisterhand mit zarten Ornamenten, Buchstaben und Zahlen bestickt. Zuerst hatte Clara vermutet, dass es sich hier um eine weitere Aussteuer einer Braut handelte. Vermutlich hatte die Frau die Geburtsdaten von sich und ihrem Zukünftigen eingestickt.

Doch dann war Clara ein Zeichen ins Auge gestochen, das seit dem Zweiten Weltkrieg auf der ganzen Welt traurige Berühmtheit erlangt hatte: ein Hakenkreuz.

Bitte nicht, dachte Clara entsetzt, als sie die Stoffe wieder zusammenfaltete und dann auf den Boden hinter sich legte. Lass die Kommode bitte nicht mit dieser Schweinerei gefüllt sein. Sie wollte damit nichts zu tun haben. Ihr Wunsch ging nicht in Erfüllung.

Der Inhalt der Schubladen erwies sich als ein Sammelsurium an Nazi-Devotionalien, Gegenständen, mit denen man seine Begeisterung für das Dritte Reich und den Nationalsozialismus kundtat. Bei einigen Objekten, wie der etwa zwanzig Zentimeter hohen Messingglocke, war der Zusammenhang nicht gleich ersichtlich, denn die Buchstaben HH, die Abkürzung für «Heil Hitler», waren in die Innenseite der Glocke gepunzt. Bei anderen Objekten hingegen prangte das Hakenkreuz oder ein deutlich nationalsozialistischer Spruch gut sichtbar auf der Oberfläche. «Meine Ehre heisst Treue» oder «Gott, Ehre, Vaterland» waren auf den ersten Blick nicht unbedingt als anstössig zu erkennen. «Gebären für Führer, Volk und Vaterland» war eine deutlichere Ansage.

Gläser, Teller, ja ein ganzes Porzellanservice sowie Taschenmesser, Postkarten und Bücher. Die Vorderseite der Postkarte zeigte die Fotografie eines lachenden Soldaten, der seinen Wehrmachtshelm keck aus der Stirn geschoben hatte. Seinen rechten Arm streckte er dem Fotografen ausgestreckt zum «Deutschen Gruss» entgegen.

Clara drehte die Karte um und las die Nachricht, die in gestochen scharfen Buchstaben mit einem Bleistift niedergeschrieben war. «Liebstes Schwesterherz, ich sende die innigsten Grüsse von der Front. Bald ist der Kampf vorüber, und wir können uns wieder in die Arme schliessen. Hab Dank für das Paket mit den Leckereien.» Die Unterschrift konnte sie nicht entziffern, aber die Karte war adressiert an Frau Elfriede Balthasar. Das musste die Mutter des jetzigen Villenbesitzers gewesen sein.

Die Sammlung in der Eingangshalle der Villa nahm einen Charakter an, den Clara nicht hatte vorhersehen können.

Da hatte sie wochenlang nach einem Schatz gesucht und war stattdessen auf diesen Schund gestossen. Sie rang mit sich, ob sie Balthasar überhaupt davon erzählen sollte. Was, wenn er diese Funde auf dem Schwarzmarkt verkaufen wollte? Bestimmt fand sich irgendwo ein Interessent, der gutes Geld dafür zu zahlen bereit war. Sie deckte alles mit den Tüchern ab, mochte es nicht mehr ansehen.

Als sie gegen siebzehn Uhr auf der Autobahn von Hergiswil in Richtung Sarnen fuhr, war sie noch immer nicht zu einer Entscheidung gekommen, was sie mit dem Fund aus der Kommode machen sollte. Ihr altersschwacher Opel wurde durchgeschüttelt, als ein Sattelschlepper sie überholte. Irgendwann muss ein neues Auto her, dachte sie, froh über die Ablenkung. Der Auspuff tönte definitiv ungesund, und beim Beschleunigen machte ihr sogar eine Schnecke Konkurrenz. Zum Glück wurde sie heute Abend von Beni abgeholt und musste nicht selbst fahren.

Sie blickte auf die Uhr, noch drei Stunden, das liess ihr genügend Zeit, um mit Joker eine kurze Runde zu drehen. Er flitzte zwar den ganzen Tag auf dem Grundstück der Balthasars umher und war abends entsprechend müde, aber nach diesem Job musste sie mit ihm wieder beginnen zu trainieren, sonst verwilderte er noch gänzlich. Er hatte die unleidige Angewohnheit angenommen, erst beim zweiten oder dritten Rufen zu gehorchen. Wenn überhaupt.

***

Das Aufeinandertreffen mit Beni fiel zunächst eher peinlich aus, keiner wusste so recht, wie sie sich begrüssen sollten. Mit Küsschen, Umarmung oder einfach mit Worten. Erst als sie nebeneinander im Auto sassen, begann Clara sich etwas zu entspannen. Sie blickte aus dem Fenster, sah zu ihrer Rechten den Wichelsee. Ein winziger See entlang der Autobahn, auf dem sich zur Freude der Spaziergänger und zum Leidwesen der angrenzenden Bauernbetriebe eine grosse Anzahl Schwäne tummelte. Vor allem Ornithologen liebten das Ufer um den See, und öfter sah man eine mit Feldstecher bewaffnete Horde Vogelfreunde die Vögel beobachten.

«Du warst also beim Streetfoodfestival?», fragte Beni in die Stille hinein. Mut hatte er, das musste Clara ihm zugestehen. Sie hätte um das peinliche Thema am liebsten einen weiten Bogen gemacht.

«Ja, ich habe einen Bericht für die Zeitung darüber geschrieben.»

Beni schaltete einen Gang runter. Vor ihnen tuckerte ein blank polierter Mercedes. Clara sah einen weissen Haarschopf hinter der Nackenstütze. Überholen war auf dieser mehrere Kilometer langen Strecke verboten, seitdem es zu mehreren tödlichen Unfällen gekommen war, und so blieb ihnen nichts anderes übrig, als geduldig hinterherzufahren.

«Dann warst du wegen deiner Arbeit dort?», fragte er, und als Clara ihm nicht antwortete, fuhr er fort. «Das war ich auch.»

Sie blickte ihn von der Seite her an und schmunzelte. «Ich

wusste gar nicht, dass die Polizei auch einen Escortservice anbietet.»

«Touché.» Er grinste sie von der Seite her an. «Wenn du wüsstest, was wir alles machen!»

«Erzähl!»

Er winkte ab. «Nein, lieber nicht. Lass uns darüber sprechen, wo wir essen wollen. Dieses Mal habe ich mein Telefon ausgeschaltet, und ich bin nur für dich da.»

Clara fühlte, wie die Hitze in ihre Wangen schoss, und ärgerte sich darüber. Schlimmer als ein Teenager, schimpfte sie sich selbst.

ACHT

Heute muss ich es zuerst aufpäppeln, bevor es in der Lage ist, den Erzählungen zu lauschen.

Es benutzt den Topf, um sich zu erleichtern, und während ich den Inhalt entsorge, wäscht es sich. Ich ertrage den Gestank so schlecht, wenn es mir während des Vorlesens gegenübersitzt.

Erst nachdem es etwas Zwieback und Orangensaft zu sich genommen hat, ist es in der Lage, mir zuzuhören.

Netterweise nimmt es heute Rücksicht auf mich und erspart mir dieses ekelhafte Gejammer. Wahrscheinlich beginnt es zu begreifen, welche Lehre ich ihm beibringen will.

«Hört es zu?»

Ich warte nicht auf die Antwort, sondern fahre dort fort, wo ich gestern Abend aufgehört habe. Abend für Abend erfährt es so ein wenig vom Leben meines Vaters.

Es soll begreifen.

Das Leben meines Vaters und der rote Punkt in meinem Kopf, sie hängen zusammen. Und es ist schuld daran.

Es soll meine Rache spüren, dann wird sich der Druck unter meiner Schädeldecke wieder verringern. Das ist das Ziel des ganzen Aufwandes, den ich hier betreibe.

MEMORO – Herbst 1944

Die Pakete auf meinem Arm wogen zwar nicht schwer, waren jedoch unhandlich zu tragen. Dummerweise stellte ich den linken Fuss auf die Stossstange des Wagens, während ich sie auf meinem Knie stapelte. Fast gerieten die Pakete in Schieflage, im letzten Moment gelang es mir, sie aufzufangen.

Heute hatte ich eine besonders schöne Lieferung dabei. Mit der rechten Hand knallte ich den Kofferraum zu. Nicht mehr lange und ich bekäme endlich ein grosszügiges Glas Weisswein zu trinken. Ich fühlte mich in der Villa Balthasar schon fast wie zu Hause, so oft, wie ich schon hier gewesen war. Jedenfalls in den Räumen des Untergeschosses, die Wohnräume der Familie hatte ich noch nie betreten. Sei's drum, solange ich aus dem Regen und der Kälte kam, sollte es mir recht sein.

Der Herbst hatte seinem Namen bislang alle Ehre gemacht. Nachmittags hatte ich bei Sonnenschein die Grenze passiert, und nun regnete es in Strömen. Im fahlen Dämmerlicht konnte ich meinen Atem erkennen, der kleine Wölkchen vor meinem Mund formte. Die letzten Monate waren besonders anstrengend gewesen, und eine lästige Erkältung hatte sich eingenistet, sodass jedes Luftholen beschwerlich war.

Die Fahrt durch das vom Krieg zerfledderte Deutschland wurde immer mühsamer. Zum Glück kannte ich einige Schleichwege, um den Kontrollen zu entgehen. Nicht dass mein Wagen oft angehalten wurde, dafür sorgten die rot-schwarzen Wimpel beidseits des Kühlers, die besagten, dass ich in offiziellem Auftrag unterwegs war.

Den Beruf des Mediziners hatte ich nie ergriffen, stattdessen hatte ich mich für ein Kunststudium entschieden, was meine Eltern im ersten Moment nicht gefreut hatte. Sie hätten es lieber gesehen, wenn ich in die Fussstapfen meines Vaters getreten wäre, Medizin studiert hätte und dann in die Forschung eingestiegen wäre. Aber mein Herz schlug für die Kunst, und im Zuge der Pogrome, also der Vertreibung dieser Juden, wurde meine Arbeit wichtig für das Deutsche Reich.

Es galt, die entartete Kunst von der einzig echten, der arischen, zu trennen und für das deutsche Volk sichtbar zu machen. Während Maschinisten, Schreiner, Ärzte und Maurer an der Front gebraucht wurden, war ein Kunsthistoriker dort gänzlich ungeeignet. Im Rahmen der Säuberung war er jedoch von grosser Wichtigkeit.

Unerwünschte Kunstwerke aufstöbern und sie im Ausland zu Geld machen, so reinigte man das Deutsche Reich vom optischen Geschwür und brachte gleichzeitig willkommene Devisen zurück. Wie gesagt, ich war zwar noch blutjung und stand nicht an der Front, trotzdem leistete ich für das Dritte Reich meinen Beitrag.

Ich trug die Pakete über die Auffahrt in Richtung Eingangstür. Wie sauber es hier war! Kaum ein Blatt lag auf dem Boden, obwohl der Wind das Laub von den Bäumen blies. Sie achteten penibel auf jede Kleinigkeit, die Schweizer!

München hingegen war eine sterbende Stadt, seitdem sie von den Bomben der amerikanischen Streitkräfte heimgesucht wurde. Tiefe Löcher frassen sich in Gebäude. Schulen, Krankenhäuser und Strassenbahn, nichts funktionierte mehr.

Was für ein unzivilisiertes Volk mussten die Amerikaner sein, wenn sie Schulen bombardierten! Und dann die vielen Toten! München roch nach Verwesung, Müll und Rauch. Nein, daran wollte ich jetzt nicht denken. Einige Stunden in der Schweiz, in diesem Land des Friedens, ohne die allgegenwärtige Angst vor den Angriffen der Alliierten, das wollte ich geniessen.

«Mein liebster Besucher», rief mir der Sammler mit ausgestreckten Armen entgegen. «Welch Freude, Sie zu sehen.»

Wir durchschritten die Eingangshalle, ohne dass der Sammler mir angeboten hätte, die Pakete abzunehmen. So blieb mir nichts anderes übrig, als diese auch die Stufen hinunter in den Keller auf den Armen zu balancieren.

Der Sammler hatte den Raum wie immer bestens vorbereitet. Die Liege war mit einem sauberen Leinentuch bedeckt, die Operationslampe sorgfältig darauf ausgerichtet. Im Vorraum stand für mich bereits der Weisswein auf dem Salontisch parat. Daneben ein Plättli, so nannten die Schweizer das kleine Schneidebrett, auf dem Trockenfleisch und einige Tranchen Hobelkäse arrangiert waren. Echter Sbrinz, mir lief das Wasser im Mund zusammen.

«Bedienen Sie sich. Sie müssen nach der langen Fahrt ganz ausgehungert sein», lachte der Sammler, ohne dabei den Blick von den Paketen zu nehmen, die ich auf der Liege abgelegt hatte. «Ich kümmere mich unterdessen um diese Schätzchen.»

Ich liess mich in den Sessel fallen, griff nach dem Glas und trank. Es galt, den Wein einige Momente in der Mundhöhle seinen Geschmack entfalten zu lassen, bevor man ihn schluckte. Der Féchy war vorzüglich. Endlich hatte ich die Reise hinter mich gebracht, so beschwerlich wie dieses Mal war sie noch nie gewesen. Ich fragte mich, wie lange ich mir diese Strapaze noch antun wollte. Durch den Türspalt beobachtete ich, wie der Sammler die sechs Pakete nebeneinander auf der Liege drapierte. Seine Finger griffen zitternd nach dem Bindfaden, um den Knoten des ersten Paketes zu lösen.

Ich langte nach einem kleinen Stück Sbrinz und liess es mir auf der Zunge zergehen, spürte die salzige Schärfe. Nur ein so wunderbares Land wie die Schweiz mit ihren saftigen Almen vermochte diese Intensität in seinen Käse zu bringen.

Wenn nur die immer anstrengendere Reise hierhin nicht wäre. Vor dem Krieg waren die Strassen noch intakt und die Kontrollen weitaus weniger gewesen, heute glich die Fahrt einem Spiessrutenlauf. Allerdings liess sich nicht von der Hand weisen, dass diese Besuche äusserst lukrativ waren. Im gleichen Aufwasch konnte ich einen Teil der Einkünfte auf mein Privatkonto der Schweizer Bank einbezahlen. Wer wusste schon, was die Zukunft brachte, und ich ging lieber auf Nummer sicher, obwohl ich nicht daran denken mochte, was im Falle einer Kapitulation Deutschlands eintreten würde.

Die Möglichkeit, dass die Bauerntrampel und Scheisskommunisten die Führung übernehmen könnten, verursachte mir Brechreiz. Eine Elite musste das Land führen, nur so waren weiterhin Erfolge garantiert. Das Schwache musste ausgemerzt, das Starke gefördert werden.

Ich war müde, meine Augen wurden schwer. Aus den Augenwinkeln betrachtete ich den Sammler. In den letzten Jahren hatten wir viele Geschäfte miteinander gemacht und beide kräftig daran verdient. Nie hatte der Sammler danach gefragt, woher die Bilder kamen, und nie hatte ich gefragt, wohin die Bilder gingen. Jeder kannte nur den Start beziehungsweise das Ende der Reise.

«Hab ich Ihnen zu viel versprochen?», rief ich ihm zu.

Der Sammler schnalzte mit der Zunge. «Ach ja, Sie haben mir schon schönere Schätzchen gebracht.»

Leise lachend trank ich den Wein aus. Es war wie immer.

Der Sammler mäkelte über die Bilder. Entweder war der Rahmen in schlechtem Zustand, das Motiv uninteressant oder die Malerei stümperhaft, dabei konnte ein Blinder erkennen, dass der Mann begeistert von den Bildern war. Der Sammler seinerseits wusste ebenfalls, dass ich ihn längst durchschaut hatte. Das Geplänkel war unser Ritual. Nicht mehr als ein Spiel zweier Gleichgesinnter. Eigentlich war es schon fast Freundschaft. Ich wurde etwas wehmütig bei diesem Gedanken.

***

Kammer, der Bruder der verstorbenen Rosa Kammer, erwartete Clara mit weit mehr Begeisterung als beim letzten Mal, wobei ihr Verhalten damals nicht gerade rühmlich gewesen war, musste sich Clara eingestehen. Sein Hemd und seine Hose waren perfekt gebügelt und in dunklen Farben, dazu trug er einen schwarzen Blazer. Er schien den ersten Schock über den Tod seiner Schwester überwunden zu haben, trotzdem erkannte Clara noch immer dunkle Ringe unter seinen Augen, und die Schultern sackten nach vorne ab. Eine Körperhaltung, die eine Traurigkeit des Menschen erkennen liess.

Nachdem er sich bei der Polizei vergewissert hatte, dass es wirklich Clara gewesen war, die Rosa gefunden hatte, hatte er sich doch noch dazu durchgerungen, einem Interview zuzustimmen, unter der Bedingung, dass er den Text vorher durchlesen dürfe. Rosa solle den Menschen in guter Erinnerung bleiben.

Sie begrüssten einander per Handschlag, und Clara stellte ihm Hanspeter, den Fotografen der Zeitung, vor. Kammer bat sie ins Wohnzimmer, das in der Mittagssonne lichtdurchflutet war. Staubpartikel tanzten in der Luft. Durch das Fenster sah man den Vierwaldstättersee als eine blank polierte Spiegelfläche, die das Azurblau des Himmels duplizierte. Kaum hatte Hanspeter von Kammer die Erlaubnis erhalten zu fotografieren, begann er, das Licht zu überprüfen und die besten Winkel für die Bilder zu suchen.

Kammer bot Clara einen Stuhl an, er selbst setzte sich auf das Sofa, nachdem sowohl Clara als auch der Fotograf ein Getränk abgelehnt hatten. Kammer schien das recht zu sein. Er sass mit durchgestrecktem Rücken an der Sitzkante, gerade so, als ob er jeden Moment wieder aufstehen wollte.

«Nun, was wollen Sie wissen?», fragte er mit nervöser Stimme.

Clara zog ihr Handy hervor. «Ist es recht, wenn ich das Gespräch aufnehme? So geschehen weniger Fehler, wenn ich den Bericht zu Hause schreibe.» Als Kammer nickte, fragte sie nach den Eckdaten in Rosas Leben.

«Rosa wäre im nächsten Monat einundfünfzig Jahre alt geworden.» Kammer lächelte, als er weitersprach. «Sie liebte Katzen über alles. Monsieur Neige, ihr roter Kater, war ihr steter Begleiter. Er war einen Tag lang verschwunden, aber seitdem schläft er die ganze Zeit auf Rosas Bett. Eigentlich erstaunlich, dass Rosa Katzen noch immer so gerne hatte, obwohl eine Katze schuld daran war, dass damals der Autounfall geschah. Sie ging mit unserer Mutter spazieren, als sie auf der anderen Strassenseite eine Katze sah und sich von der Hand der Mutter riss. Der Autofahrer hatte keine Chance, ihr auszuweichen. Ihr Schädel war mehrfach gebrochen, und sie erlitt deswegen eine Hirnblutung. Für die Ärzte war es ein Wunder, dass sie überlebte. Aber das wissen Sie ja schon.»

«Was hat Rosa den Tag hindurch gemacht ausser der Kunst, auf die ich gerne später eingehen würde?», fragte Clara.

«Sie war stets allein unterwegs. Rosa hatte keine Freunde, mit denen sie sich traf. Ihr Unvermögen, deutlich zu sprechen, hat es ihr erschwert, Kontakt zu anderen Leuten herzustellen. Ich hatte aber nie den Eindruck, dass sie deswegen gelitten hat. Wissen Sie, einsam war sie nicht. Sie lebte zuerst mit meinen Eltern zusammen, und seitdem sie im Altersheim sind, mit mir und meiner Familie. Rosa war keine Belastung für uns, im Gegenteil, wir waren gerne mit ihr zusammen. Eigentlich ist sie die ganze Zeit in ihrem Atelier gewesen, oder sie hat lange Spaziergänge in der Umgebung gemacht. Sie war eine sehr genaue Beobachterin ihrer Umwelt. Das hat sie in ihren Werken verarbeitet.»

Clara nickte. «Bei einem solchen Spaziergang ist sie mir auf dem Grundstück der Balthasars begegnet.»

«Wenn Sie es sagen.» Kammer verbarg seinen Abscheu über die Familie Balthasar nicht.

Einer Eingebung folgend fragte Clara: «Haben Sie jemals mitbekommen, dass Rosa etwas gesehen haben könnte, das mit dem Nationalsozialismus zu tun hat?»

Die entgeisterten Blicke von Kammer und dem Fotografen hätten Clara fast aus dem Konzept gebracht, trotzdem fuhr sie fort: «Ich spreche von Symbolen, welche die Nazis verwendet haben.»

«Nein, einen solchen Schweinekram hat Rosa bestimmt nicht verarbeitet. Sie wäre intellektuell auch gar nicht in der Lage dazu gewesen. Ich habe gedacht, wir machen ein Interview über Rosas künstlerische Werke.» Er stand auf. «Ich finde es verwerflich, dass Sie ihr faschistische Interessen anhängen wollen.»

Clara gelang es schliesslich mit gutem Zureden, Kammer zu beruhigen, und spätestens, als sie zu dritt ins Atelier hinüberwechselten und der Fotograf in Begeisterungsrufe ausbrach, war er wieder besänftigt.

Der Rest des Interviews verlief konstruktiver, und Kammer wusste eine Menge über die Kunstwelt zu berichten, da er es gewesen war, der Rosa vermarktet hatte. Seine Schwester hatte die Kunst hergestellt, und weil sie selbst nicht in der Lage gewesen war, mit Galerien zu verhandeln, hatte er als ihr Manager dies übernommen.

Sie waren ein gutes Team gewesen, und da Rosa äusserst produktiv gewesen war, befanden sich im Atelier eine Menge Arbeiten, die noch nicht veröffentlicht worden waren. Kammer würde laut eigener Aussage noch Monate damit zu tun haben, diese ansprechend zu präsentieren, und wenn man davon ausging, dass nach dem Tod der Künstlerin der Preis ihrer Werke in die Höhe stieg, würde er einen beachtlichen Betrag daraus generieren können. Wer dies alles erben würde, war allerdings nicht klar. Da hatte Rosas Beistand, den sie von Rechts wegen hatte, bestimmt auch noch ein Wörtchen mitzureden. Vielleicht würde man auch eine Stiftung gründen, die junge Künstlerinnen in ihrem Schaffen unterstützte. Das stand aber noch in den Sternen.

Den Nachmittag verbrachte Clara in den Räumen der Villa, die Balthasar ihr zur Verfügung gestellt hatte, wo sie das Interview verschriftlichte. Hanspeter hatte gelungene Bilder geschossen, die ihren Text unterstützten. Befriedigt schickte sie Text und Bilder Spichtig zu. Um den Kopf freizubekommen, wollte sie noch vor dem Abendessen mit Joker eine Runde gehen und dabei gleichzeitig das Anwesen der Balthasars erkunden.

Sie verliess die Villa durch den Hinterausgang und spazierte durch das hohe Gras. Der Versuch, hier einen englischen Rasen anlegen zu wollen, war wohl schon lange aufgegeben worden, dafür wuchs eine von Blumen übersäte Magerwiese. Zwischen dem hohen Gras blitzten die farbigen Blüten kaleidoskopisch auf. Clara strich beidhändig über die Halme, wich einer ungeschickten Hummel aus, atmete den noch dezenten Blütenduft ein. Im Spätsommer musste der Ort eine olfaktorische Offenbarung sein. Einzig die Verkehrsgeräusche irritierten in diesem grünen Paradies. Und die Erinnerung, dass Rosa hier zu Tode gekommen war.

Joker schnüffelte dem Pfad entlang, der in einer leichten Kurve von der Villa bis zum Gartenschuppen führte. Clara hatte einen Blumenstrauss gepflückt, den sie an die Stelle legte, wo Rosa Kammer gelegen hatte. Von Sandros Kerze war nichts mehr zu sehen, vielleicht hatte er sie bereits wieder entfernt.

Sie erinnerte sich an ihre einzige Begegnung mit der Frau. Rosa hatte in ihrer durchwegs weissen Kleidung einen zerbrechlichen Eindruck gemacht. Wieso sollte jemand dieser Frau etwas Böses antun? Rosa hatte kaum mit Fremden gesprochen, lebte zurückgezogen und konzentrierte sich auf ihre Häkelkunst. Clara konnte sich beim besten Willen keinen Grund für einen Mord vorstellen. Rosa hatte Kunst aus Garn hergestellt, harmloser konnte man sein Leben nicht führen. Verdammt, sie hatte doch nur gehäkelt!

Clara wischte sich eine Träne von der Wange, dann seufzte sie tief auf. Die Umgebung wirkte so friedlich an diesem frühen Abend, und doch lief vielleicht irgendwo noch ein Täter frei herum. Zwar hoffte sie noch immer, dass Rosa eines natürlichen Todes gestorben war, aber tief im Innern fürchtete sie das Gegenteil. Von der Pressestelle der Kantonspolizei war noch immer keine Meldung eingegangen, was die Todesursache gewesen war. Rosas sterbliche Überreste lagen demnach weiterhin in der Gerichtsmedizin in Zürich.

Sie bekam eine Gänsehaut. Des Nachts würde Clara nicht hier sein wollen.

Ein leises Bellen unterbrach ihre Gedanken. Joker sass vor der Tür des Gartenschuppens und blickte sie erwartungsvoll an. Was seine Hundenase wohl erschnüffelt hatte?

Neugierig blickte Clara durch das verstaubte Fenster neben der Tür, erkannte jedoch nur einzelne Flecken Tageslicht, das durch die Scheibe ins Innere fiel. Ansonsten war in dem dunklen Raum nichts zu erkennen. Balthasar hatte wiederholt betont, dass sie sich nur auf die Villa konzentrieren solle, der Rest des Anwesens gehe sie nichts an, aber ihre Neugier siegte über den Anstand. Balthasar hatte schliesslich nicht konkret verboten, dass sie den Schuppen betrat.

Was, wenn ausgerechnet hier der Fund des Jahres auf sie wartete? Sie blickte sich verstohlen um, niemand war zu sehen. Mit einem Fuss schob sie Joker zur Seite, um sich Platz zu verschaffen, dann drückte sie die Klinke herunter.

Das Äussere des verwitterten Schuppens hätte vermuten lassen, dass auch die Tür in einem ähnlich schlechten Zustand war, doch sie liess sich problemlos und ohne ein Geräusch öffnen. Clara trat ein und schaute sich um. Die Gartengeräte hingen an Haken an den Wänden. Sie hatte schon gesehen, wie Sandro sie benutzt hatte. Anscheinend legte er nicht besonders viel Wert auf die Sauberkeit der Rechen, Schaufeln und Pickel. An ihnen klebte eingetrocknete Erde, dazwischen blitzten rote Rostflecken durch. Sie fragte sich, wo sein Berufsethos geblieben war. Mit ihren Werkzeugen ging sie gewissenhafter um.

Joker stürmte begeistert herein, presste sich zwischen Schubkarre und Blumenkübel vorbei an die gegenüberliegende Wand. Clara sah einen Schatten vorbeihuschen, der ihr einen gehörigen Schrecken einjagte. Eine Ratte! Der Jagdtrieb des Hundes war geweckt, und er stürmte zwischen den Geräten hindurch, ungeachtet des Chaos, das er damit verursachte. Clara versuchte, ihn abzurufen, aber der Labrador hatte seine Ohren auf Durchzug gestellt. Endlich entwischte die Ratte durch die offene Tür. Mit einem Hechtsprung ergriff Clara das Halsband des Hundes und hinderte ihn somit daran, dem Tier nachzurennen. Sie leinte Joker an einer Kiste an, die in einer dunklen Ecke stand, und zeigte sich angesichts seines empörten Gewinsels ungerührt. Erst nachdem sie einen alten Jutesack, den sie im Gerümpel gefunden hatte, auf den Boden legte, beruhigte er sich. Sie kraulte ihn einige Minuten hinter den Ohren. Joker gähnte ausgiebig, drehte sich dann mehrmals im Kreis und legte sich zu einer Kugel gerollt hin. Clara staunte immer wieder, wie schnell sich das Tier entspannten konnte. Wenn er schlief, weckte ihn so schnell nichts. Joker war das Gegenteil eines Wachhundes.

Er hatte ganze Arbeit geleistet, bemerkte sie, als sie sich umdrehte und die Unordnung sah. Sie begann, die Geräte wieder in die Halterungen an den Wänden zu stecken. Stellte Kisten, Kübel und Töpfe erneut ineinander und hoffte, dass Sandro nichts bemerken würde. Als sie glaubte, alles wieder in Ordnung gebracht zu haben, setzte sie sich auf die Truhe, an die sie Joker angeleint hatte. Das Holz knirschte unheilvoll, und sie war mit einem Satz wieder auf den Beinen, bevor der Deckel unter ihrem Gewicht nachgeben konnte. Die Kiste reichte bis über ihr Knie und mass ungefähr einen Meter in Länge und Tiefe. Was sich wohl darin verbarg? Die Verriegelung liess sich mit etwas Kraft öffnen, und so hob sie mit beiden Händen den Deckel hoch.

Welch eine Enttäuschung, dachte Clara im ersten Moment. Die Truhe war gänzlich leer. Aber nachdem sich ihre Augen an die Dunkelheit gewöhnt hatten, bemerkte sie, dass der Boden der Truhe fehlte. Stattdessen erblickte Clara Treppenstufen, die in die Tiefe führten.

Erfreut gluckste sie auf – genau wegen solcher Geheimnisse liebte sie alte Häuser! Ein jedes hatte Verborgenes, das es zu entdecken galt. Sie öffnete die Taschenlampenfunktion ihres Handys und stieg die hölzerne Stiege hinab, bis sie sich in einem Gang wiederfand, in dem sie nur knapp aufrecht stehen konnte.

Der Deckel schloss sich von alleine, es gab nichts, an dem sie ihn hätte festmachen können. Ein unangenehmes Engegefühl beschlich sie. Der Gang war schmal, kaum einen Meter breit, und ein Ende war nicht in Sicht. Abgesehen von dem Licht ihres Handys war es stockdunkel. Sie befand sich unter der Erde, begriff sie und bekämpfte die aufkommende Platzangst. Behutsam machte sie einen Schritt nach vorne, dann noch einen. Vorsichtig, um sich nicht den Kopf zu stossen, drehte sie sich um die eigene Achse und versuchte, sich zu orientieren, hätte aber nicht sagen können, wohin sie lief. Der Gang verlor sich auf beiden Seiten in der Dunkelheit. Sie entschied sich schliesslich für eine Richtung und lief los.

Wie viele Meter war sie bereits gegangen? Zwanzig, dreissig oder doch erst fünf? Unter der Erde verlor sie jegliches Gefühl für Entfernung. Alles sah gleich aus hier unten. Der Gang war grob ausgehauen worden, sie erkannte noch die Spuren an den Wänden, die die Werkzeuge hinterlassen hatten. In kurzen Abständen befanden sich hölzerne Stützen, die verhinderten, dass alles in sich zusammenfiel. Trotzdem fühlte Clara sich alles andere als sicher in diesem Gang. Das Holz sah alt aus, bestimmt war es schon morsch.

Endlich gelangte sie in einen Raum, in dem ebenfalls ein Durcheinander an Möbeln, Teppichen und Kisten vorzufinden war. Es schien, als ob er von der Familie vollgestellt und dann vergessen worden wäre. Sie versuchte, einen Jubelschrei zu unterdrücken. Das konnten endlich die lange gesuchten Wertgegenstände sein!

Bevor sie sich den Fundstücken näherte, fiel ihr Blick auf

den massiven Schrank an der gegenüberliegenden Wand. Sie leuchtete mit der Taschenlampe seine Vorderseite von oben nach unten ab. Massive Eiche, schnörkellos, kein Möbel, das man sich in die gute Stube stellen wollte. Das Licht fiel auf den Boden, wo sich eine bogenförmige Linie tief in den Stein gefressen hatte. Ob der Schrank bewegt worden war und so die Spuren auf dem Boden hinterlassen hatte? Sie fasste das hölzerne Ungetüm an der rechten Seite und zog. Langsam, ganz langsam begann er sich von der Wand zu lösen. Aufgeregt spürte Clara ein Kitzeln in Bauch. Was sich wohl dahinter verbarg?

Als sie den Schrank genügend weit aufgezogen hatte, dass sie durch die Öffnung schlüpfen konnte, fand sie sich unvermittelt vor einer zweiten Tür wieder, diese jedoch war aus Eisen und sass bombenfest im Rahmen. Sie tastete das Türblatt ab und erschrak über die Kälte, die davon ausging. Kein noch so kleiner Spalt, durch den sie einen Blick ins Innere hätte erhaschen können. Sollte sie es tatsächlich wagen, allein weiterzugehen, oder doch besser Sandro zu Hilfe holen? Clara fuhr sich durch die Haare, kratzte mit ihren Fingernägeln die Kopfhaut. Noch einmal berührte sie die Tür. Ja, sie hatte es sich nicht eingebildet, das Eisen fühlte sich deutlich kühler an. Die Kälte kam eindeutig von der anderen Seite der Tür.

Was soll schon schiefgehen, dachte Clara und griff beherzt in ihre Gesässtasche, wo sie den Schlüssel aus Frau Balthasars Versteck hervorholte, den sie auf all ihren Streifzügen durch die Villa bei sich getragen hatte. Schliesslich konnte man nicht wissen, wann man das Schloss dazu finden würde. Vielleicht war nun der erhoffte Moment gekommen? Er musste einfach passen! Sie hatte alle anderen Schlösser auf dem Anwesen durchprobiert, nur diese eine Eisentür noch nicht.

Sie steckte den Schlüssel ins Schloss und drehte. Geschmeidig folgte der Schlüssel ihrem Druck, und ein leises Klicken erklang. Endlich, dachte Clara triumphierend.

Sie hatte erwartet, dass das Schloss in all den Jahren eingerostet war, aber es funktionierte noch immer tadellos. Zweifelsfrei eine Qualitätsarbeit, wie so vieles auf dem Anwesen. Mit einer letzten Umdrehung öffnete sie die Tür und zog sie auf. Die Kälte drang zuerst an ihre Beine. Was immer sich dahinter verbarg, musste so delikat sein, dass Frau Balthasar den Schlüssel unter ihrem Spannteppich aufbewahrt hatte. Ob sie ihn gestohlen hatte? Oder wollte sie sichergehen, dass niemand den Raum dahinter betreten konnte?

Ein finster gähnendes Loch, von eisigem Atem begleitet, empfing Clara. Sie konnte ein Schaudern nicht unterdrücken, es liess sie einen Schritt zurückweichen. Ein fremdartiger und zugleich vertrauter Geruch drang in ihre Nase. Es roch nach Winternacht, Keller und nach etwas, das sie an ihren Chemieunterricht am Gymnasium erinnerte, das sie aber nicht benennen konnte.

Mit dem schmalen Lichtstrahl ihres Handys leuchtete sie in die Schwärze, die sich vor ihr ausbreitete. Die gegenüberliegende Wand war nicht zu erahnen, der Raum musste sehr gross sein. Sie schwenkte nach oben, erkannte lange Metallrohre an der Decke, die sich anscheinend quer durch den Raum zogen. Clara machte einen Schritt nach vorne, betrat zögernd den Raum, leuchtete in alle Ecken. Links standen graue Schränke, ebenfalls aus Metall, an den Wänden. Die Türen und Schubladen alle fest verschlossen, wie sie feststellte. Die Oberflächen reflektierten den Strahl des Lichts, blendeten sie. Sie schwenkte in die Mitte des Raums und erkannte ein Bett mit Metallgestell. Nein, kein Bett.

Ihr Herz setzte für einen Moment aus. Sie hatte genug gesehen, das reichte. Oh Gott, auf was war sie hier bloss gestossen? Sie liess den Strahl noch einmal, diesmal etwas langsamer, auf das Objekt im Zentrum des Raums leuchten. Ein Metallfuss mit Pedalen zum Heben und Senken, darauf eine silberglänzende Liegefläche. Eigentlich mehr eine Schale als eine Liege. Definitiv nicht dafür gedacht, um bequem darin ruhen zu können. Im Gegenteil. Clara kannte diese Liegen nur aus dem Fernsehen, hatte so etwas noch nie in echt gesehen. In den Filmen sezierten die Ärzte auf solchen Tischen Verstorbene. Tote Menschen. Leichen.

Der dicke Kloss in ihrer Kehle liess sich nur mühsam schlucken. Nun wusste sie auch, weshalb ihr der Geruch bekannt vorgekommen war. Unter den Gerüchen von Chemikalien und Verlies hatte sich der Gestank von Tod gemischt. Warum stank es hier so gottserbärmlich? Der Brechreiz überfiel sie so unvermittelt, dass sie sich nur knapp beherrschen konnte. Einige Sekunden stand sie still im Raum, Augen geschlossen, und konzentrierte sich darauf, den Mageninhalt bei sich zu behalten.

Was tat sie da bloss? Erschreckt drehte sie sich um und kontrollierte den Gang hinter sich. Niemand zu sehen, Gott sei Dank! Weshalb war der Raum so klinisch sauber, und warum war es hier so kalt? Sie lauschte, hörte jedoch keine Lüftung, keine Klimaanlage, nur Stille und ihren eigenen, hektischen Atem. Wurde der Raum noch immer benutzt? Aber von wem und vor allem, wofür?

Die Gedanken, die sich in ihr Hirn schlichen, waren zu grausam, als dass sie sie weiterverfolgen wollte, doch sie gab sich einen Ruck und leuchtete den Rest des Raumes ab. Sämtliche Wände waren vollgestellt mit Metallschränken und Regalen, auf denen dunkelbraune Glasgefässe standen, einige davon waren mit Etiketten beklebt. «Aurum», «pingere penicillo», «linteum», «spatula». Claras Lateinstunden waren bereits zu lange her, sie hatte keine Ahnung, um was es sich dabei handeln konnte. Geistesgegenwärtig fotografierte sie die Etiketten. Entschlossen rüttelte sie noch einmal an den Schubladen, keine gab nach. Auch die Schränke waren verschlossen, und der Schlüssel, mit dem sie die Eisentür geöffnet hatte, war viel zu gross dafür.

Da ihr die Kälte langsam zu schaffen machte und sie sich im Raum unbehaglich fühlte, beschloss sie, ans Tageslicht zurückzukehren. Vielleicht war es besser, wenn sie niemals erfahren würde, zu welchem Zweck der Raum eingerichtet worden war, redete sie sich ein. Zur Herstellung von Parkett – die Kernkompetenz der Familie Balthasar – war er auf alle Fälle unnötig.

Sie verliess den Raum, verschloss die Eisentür wieder und schob den Schrank zurück. Mit einem letzten Blick vergewisserte sie sich, dass sie auf dem Boden keine Fussabdrücke hinterlassen hatte, als sie plötzlich innehielt. Bocksteif stand sie still und lauschte. Tatsächlich, sie hatte sich nicht getäuscht: Erneut drang ein Knirschen aus dem finsteren Gang. Noch einmal und diesmal deutlich lauter als zuvor. Schritte! Jemand war auf dem Weg hierher!

Sie hatte nichts Unrechtes im Schilde geführt, könnte ihre Schnüffelei damit erklären, dass sie getan hatte, wozu Balthasar sie angestellt hatte. Auf dem ganzen Anwesen nachzusehen, ob nicht doch noch die eine oder andere Kostbarkeit aufzufinden sei.

Der Anblick des Stahltisches erschien vor ihren Augen. Wie er geglänzt hatte im Lichtstrahl. So kalt und trotz oder gerade wegen seiner perfekten Glätte mit einer brutalen Ausstrahlung. Das Knirschen wurde lauter. Jemand lief eiligen Schrittes in ihre Richtung. Nein, sie hatte den Mut nicht, sich mit ihren durchsichtigen Ausreden der Person zu stellen.

Sie schirmte den Lichtstrahl mit der Hand ab, suchte nach einem Versteck. Die aufgerollten Teppiche standen zu dicht an der Wand, dahinter fände sie keinen Platz. Der schiefe Kleiderschrank war zu nahe an der Tür, sie würde es kaum bis dahin schaffen, bevor die Person den Raum betrat. Hinter ihr stapelten sich Holzkisten, in denen der Gärtner wohl einst seine Gerätschaften transportiert hatte. Schnell kauerte sie sich dahinter. Der Geruch nach trockener Erde, der von den Kisten ausging, kitzelte in ihrer Nase. Sie hielt sie sich zu, um ein Niesen zu unterdrücken. Ein Tastendruck auf ihr Handy, und das Licht schaltete sich aus. Sofort war es stockfinster im Raum. Helle Lichtimpulse tanzten noch vor ihren Augen, bis diese sich endlich an die Dunkelheit gewöhnt hatten.

Einer der Punkte verschwand nicht, im Gegenteil, er wurde immer grösser. Nun waren neben den Schritten auch tiefe Atemzüge zu vernehmen. Clara machte sich so klein, wie sie nur konnte. Ihre Brüste wurden schmerzhaft an ihre Knie gepresst. Jede Faser ihres Körpers war gespannt wie eine Feder, und sie befürchtete, dass ihr heftiges Herzklopfen zu hören war. Unbewusst hielt sie sich die Hand vor den Mund, um sich am Schreien zu hindern. Jemand betrat den Raum.

Sie blinzelte, versuchte verzweifelt, einen Blick auf den Eindringling zu erhaschen, sah aber nichts als den Lichtstrahl, der auf den Schrank gerichtet war. Dann wurde dieser beiseitegeschoben. Ein Schlüssel wurde ins Schloss gesteckt und gedreht. Die Tür glitt wie auch einige Augenblicke zuvor geräuschlos auf. Die Person betrat den Raum mit dem Seziertisch und zog die Tür wieder hinter sich zu. Anders, als Clara dies getan hatte, verschloss die Person die Tür hinter sich wieder. Endlich wagte Clara, wieder einzuatmen, und richtete sich vorsichtig auf.

Was, wenn die Person zurückkäme und sie hier entdeckte? Nichts wie weg!

Mit grösster Willenskraft konnte Clara die Panik so lange zurückhalten, bis sie den Keller verlassen, durch den Gang, die Treppenstufen hoch in den Gartenschuppen und mit Joker im Schlepptau schlussendlich ins Freie geeilt war. Dann setzte sie sich unter einen Baum ins Gras und beschäftigte sich damit, Herr über das Adrenalin in ihrem Körper zu werden. Joker lag neben ihr im Gras und betrachtete sie verwirrt.

Auf was war sie da bloss gestossen? Erst jetzt realisierte sie, was sie bereits unter der Erde erahnt hatte. Der Raum war ein perfekt eingerichtetes Untersuchungszimmer. Was hier untersucht wurde, wagte sie nicht auszudenken. Welche Familie war so krank und baute sich einen eigenen unterirdischen Autopsiesaal?

***

Nach ihrem Ausflug unter die Erde hatte sie Beni per SMS angefragt, ob er Zeit für ein Gespräch per Skype habe, und er hatte ihr stattdessen vorgeschlagen, sich im Raum Luzern auf einen Kaffee zu treffen. Für einen Polizeibeamten, der in Bern arbeitet, ist er sehr oft in der Innerschweiz anzutreffen, dachte Clara.

Das letzte Date war erheblich angenehmer verlaufen als das

erste. Die Gespräche während des Essens waren kurzweilig gewesen, zuweilen sogar ausnehmend amüsant. Anstatt eines Schlummertrunks in einer überfüllten Bar hatten sie es vorgezogen, einen Spaziergang an der Flaniermeile am Seeufer zu machen. Beni hatte sich den ganzen Abend wie ein echter Gentleman verhalten.

Sie liess ihren Wagen im Hinterhof der Villa stehen und begab sich zu Fuss zu ihrem Treffpunkt, einem Café im Zentrum von Hergiswil, das weitum für seine Patisserie bekannt war. Sie öffnete die Tür, machte zwei älteren Damen Platz, die beide selig im Zuckerschock zu schweben schienen. Das Café war gut besucht, an den Tischen sassen Familien mit Kindern, deren Köpfe hinter riesigen Eisbergen verschwanden, und Senioren, die sich Neuigkeiten von den Enkelkindern erzählten. Die Stimmen bildeten einen entspannten Geräuschteppich, nur ab und zu unterbrochen vom Fauchen der Kaffeemaschine, wenn das Personal Milch aufschäumte. Clara fand noch einen kleinen Tisch am Fenster und setzte sich hin. Den stattlichen Kerzenständer aus Hotelsilber schob sie zur Seite, um sehen zu können, wer das Lokal betrat.

Statt den Weg in die Stadt auf sich zu nehmen, hatte sie Beni vorgeschlagen, ob er nach Hergiswil kommen könne. Vermutlich verwehrten ihm einige rote Ampeln ein pünktliches Erscheinen. Clara versüsste sich die Wartezeit mit einem Cappuccino und einer Crèmeschnitte. Das Blätterteiggebäck war mit Konditorcrème gefüllt, die auf den Seiten herausquoll, wenn man mit der kleinen Gabel hineinstach. Es war kaum möglich, die Köstlichkeit zu essen, ohne dass man eine Sauerei auf dem Teller veranstaltete.

Plötzlich ertönte eine bekannte Stimme vor ihr. «Entschuldige, ich habe es nicht eher geschafft.»

Beni zog die Sonnenbrille von seinem Gesicht, als er sich hinunterbeugte, um sie auf die Wange zu küssen. Clara spürte seinen Dreitagebart, roch seinen Duft. Der letzte der drei Wangenküsse war verdächtig nahe an ihrem Mund gelandet.

Sie deutete auf den Stuhl gegenüber, verlegen wischte sie

etwas Crème aus ihrem Mundwinkel. «Setz dich doch und bestell dir etwas zu trinken. Du siehst erschöpft aus.»

Dankbar liess er sich auf den Stuhl fallen und bestellte beim herbeigeeilten Kellner ein Mineralwasser mit einer Zitronenscheibe.

«Das nennt man bei uns ein Schnitzwasser», lachte Clara. «Das geht schneller.»

«Schön, dich zu sehen.» Beni lehnte sich entspannt nach hinten und strich sich dabei die Haare aus dem Gesicht. Er war ein Mann, der viel Platz beanspruchte und der sich diesen auch nahm, realisierte Clara auf einmal.

Beni streckte den Arm aus und legte seine Hand auf die ihre. Sie spürte seine Wärme, als er seine Finger um ihr Handgelenk schloss. Einige Augenblicke sassen sie beieinander, ohne dass ein Wort hätte gesagt werden müssen, dann unterbrach der Kellner die intime Situation. Sie plauderten entspannt über die letzten Tage, wobei Clara bewusst vermied, auf den versteckten Kellerraum in der Villa zu sprechen zu kommen. Mittlerweile fühlte es sich beinahe an wie eine Schnitzeljagd in ihrer Kindheit, wo am Ende eine Kiste Süssigkeiten gefunden werden konnte. Sie war nun weniger panisch als vielmehr neugierig, wofür der Keller gebraucht wurde oder ursprünglich angelegt worden war. Und solange sie nicht mehr wusste, wollte sie die Sache für sich behalten. Aber eine andere Sache brannte ihr doch noch unter den Fingernägeln.

«Darf ich dich etwas Berufliches fragen?» Sie nippte an ihrer Kaffeetasse und blickte ihm über den Porzellanrand hinweg direkt in die Augen.

«Kommt darauf an.» Er verschränkte die Unterarme auf der Tischplatte und beugte sich leicht vor. «Über gewisse Dinge darf ich nicht sprechen. Wenn du Fragen allgemeiner Natur hast, dann nur zu.»

Sie nickte und gab sich einen Ruck. «Also, wenn jemand eine Kiste findet mit Objekten darin, die nicht ganz geheuer sind, was kann diese Person dann tun?»

«Da musst du schon ein bisschen mehr ins Detail gehen,

fürchte ich, sonst kann ich dir nicht helfen. Was meinst du mit ‹ungeheuren Objekten›? Pornografie, Drogen?»

Sie schüttelte den Kopf. «Nein, das ist es nicht. Aber es sind Sachen, von denen der Finder nicht weiss, ob sie illegal sind.»

Benis Stimme wirkte monoton, als er antwortete, wie wenn er diese Frage bereits unzählige Male zuvor beantwortet hätte: «Als illegal werden gewisse Waren oder Produkte gewertet, die zur Einfuhr in die Schweiz, ebenso zur Ausfuhr und zur Durchfuhr verboten sind, oder sie dürfen nur beschränkt beziehungsweise nur mit einer Bewilligung über die Grenze gebracht werden. Dies betrifft zum Beispiel Betäubungsmittel, geschützte Tiere und Pflanzen oder Waffen.»

Clara dachte nach. «Nein, es ist nichts davon. Die Objekte haben eindeutig einen Bezug zum Nationalsozialismus. Du weisst schon, Hakenkreuze und die Schwarze Sonne zum Beispiel. Ich habe im Internet nach den Symbolen gesucht und war erstaunt, wie viele es davon gibt.»

Beni trank einen Schluck Mineralwasser. «Das Strafgesetz in der Schweiz sagt, dass der blosse Besitz dieser Symbole nicht strafbar ist. Mit anderen Worten, wenn etwas die Angehörigen einer Rasse, Ethnie oder Religion herabsetzt, dann ist dies immer noch legal, solange du dies in deinen eigenen vier Wänden tust. Übrigens ganz im Gegensatz zu Deutschland und den meisten anderen Ländern, wo rassistische Symbole verboten sind. Aber du darfst auch in der Schweiz nicht mit einer Hakenkreuzfahne durch die Strassen spazieren und Parolen grölen. In Deutschland sind die Gesetze rigoroser und somit auch klarer umsetzbar. In der Schweiz ist die Rechtsprechung schwieriger, weil unsere Gesetze einen gewissen Spielraum zulassen. Sag mal, sprechen wir hier immer noch von einem theoretischen Fall, oder hast du in der Villa etwas dergleichen gefunden?», fragte er sie nun direkt.

«Rein theoretisch, vermute ich.» Ihre Stimme schwankte, und Clara spürte, wie sich eine verräterische Röte auf ihre Wangen strich. Sie war eine ausgewiesene Pfeife im Lügen.

«Verstehe. Sei bitte vorsichtig, Clara.» Beni griff nach seinem

Schnitzwasser. «Sag mal, wie lange arbeitest du noch bei diesem Balthasar?»

«Nun, meine Arbeit ist fast getan. Ich werde diesen Freitag, spätestens anfangs nächster Woche, alles erledigt haben und bin ehrlich gesagt nicht unfroh darüber. Es war zwar spannend, so ein altes Haus mit Geschichte zu durchsuchen, aber Balthasar ist doch eher ein komischer Kauz.»

«Inwiefern?»

«Er lässt sich kaum blicken, und wenn, dann ist er so kurz angebunden, dass es unfreundlich ist.» Sie lachte auf. «Ich bin bestimmt nicht traurig, wenn wir in Zukunft keinen Kontakt mehr haben.»

Beni trank sein Wasser aus, bevor er sie etwas unterkühlt fragte: «Hast du mich heute nur wegen dieser Nazi-Fundstücke angerufen?»

«Rein theoretisch habe ich das wohl.»

«Und praktisch?» Noch immer blickte Beni in das Glas.

Clara schwieg, dann flüsterte sie: «Praktisch wohl eher das Gegenteil.»

«Gut.»

Schweigend warteten sie auf den Kellner, bis sie bezahlen konnten, dann verliessen sie gemeinsam das Café.

«Ich fahre über den Brünig-Pass, um nach Bern zu gelangen. Da komme ich an Sarnen vorbei.» Beni spielte mit dem Autoschlüssel in seiner Hand. «Soll ich dich mitnehmen?»

«Gerne.»

Während der zwanzigminütigen Fahrt in den Kanton Obwalden sprachen sie kaum ein Wort miteinander, bis Beni den Blinker setzte und die Autobahn bei der Ausfahrt Sarnen Süd verliess. Im Gegenzug zu Luzern, das regelmässig im abendlichen Stossverkehr unterzugehen drohte, war es in Sarnen kein Problem, ins Zentrum zu gelangen. Vor Claras Haus parkte er den Wagen.

Das Geschäft im Parterre, das Hörgeräte verkaufte, hatte bereits geschlossen und die Abendbeleuchtung im Schaufenster angestellt. Die Lichter erhellten das Armaturenbrett des

Wagens, auf welchem kein Stäubchen zu sehen war, wie Clara feststellte. Ganz im Gegensatz zu ihrem eigenen Wagen, der nur zweimal im Jahr gereinigt wurde. Wenn die Sommer- beziehungsweise die Winterreifen aufgezogen wurden. Wie blöd, jetzt darüber nachzudenken, schalt sie sich und gab sich einen Ruck.

«Möchtest du mit hochkommen?»

NEUN

Es stinkt immer mehr im Keller. Die Besuche bei ihm fallen mir immer schwerer. Aber es hilft nichts, ich muss mich überwinden und ihm gegenübersitzen, wenn ich vorlese. Nur so kann ich sicher sein, dass es mich versteht. Dass es begreift, weshalb ich alles seit Monaten geplant und schliesslich in die Tat umgesetzt habe.

Es konnte fast nicht glauben, dass es mir auf den Leim gegangen ist. Immerzu hat es von einem Missverständnis gesprochen.

Nein, nein, nein.

Kein Missverständnis.

Der rote Punkt rotiert zwischen den Schläfen hin und her.

Links, rechts, links.

Wie bei einem Tennisspiel. Heute ist es besonders schlimm.

Das ist kein Missverständnis. Der Druck ist real und kaum auszuhalten. Am liebsten würde ich mir den Zeigefinger in das Auge drücken, da, wo die Tränen herauskommen. In diese kleine Ecke würde ich drücken. Weiter und weiter hinein, um mit meinem Finger einen Kanal bis zum roten Punkt zu schaffen. So kann der Druck heraus. Stattdessen links, rechts, links. Mir wird übel. Ich drücke den Finger stärker hinein.

Ich setze mich in den Sessel, dem Ding gegenüber. Ein Platschen, dann noch eines. Rote Punkte sind auch auf der Seite des Tagebuches, die ich ihm heute vorlesen will. Ich wische sie mit der Hand fort. Aus roten Punkten werden rote Sternschnuppen.

An meinem Zeigefinger läuft Blut hinunter. Ich stecke ihn in den Mund und lecke ihn sauber.

MEMORO – 23. April 1945
Wie ein Dieb kauerte ich hinter dem Busch, etwas abseits des Eingangs. Es war arschkalt an diesem Abend. Ich war über die zwei Meter hohe Steinmauer geklettert und hatte mich im Dunkeln bis zur Rückseite der Villa vorgearbeitet, von Schatten zu Schatten. Wie ein Dieb eben.

Dieses Mal kam ich nicht als angekündigter Besucher, im Gegenteil. Ich sah mich genötigt, um Asyl zu bitten. Meine Schuhe versanken im Kartoffelacker, der einstige Blumengarten der Hausherrin und ihr ganzer Stolz. Von da beobachtete ich die Fenster des ersten Stockwerkes, wo die Familie wohnen musste.

Vielleicht erkannte ich hinter einem der beleuchteten Fenster den Sammler, dann könnte ich ihn auf mich aufmerksam machen. So weit mein Plan. Ich bückte mich, um einen Kieselstein aufzuheben. Zu rufen getraute ich mich nicht. Es galt, so wenig Aufmerksamkeit wie möglich zu erregen.

Meine Fingerspitzen spürte ich schon längst nicht mehr. Kälte hatte mein Innerstes erreicht.

Aus dem Nieselregen wurden schwere Tropfen. Die Lichter in der Villa gingen aus. Ich musste mir etwas einfallen lassen, wenn ich nicht erfrieren wollte. Der Kieselstein fiel aus meinen klammen Fingern auf den Boden. Suchend betrachtete ich die Rückseite der Villa, in der Hoffnung, doch noch ein Licht zu entdecken. Oder wenigstens ein offenes Fenster. Vergeblich, die Villa war eine Trutzburg gegen die Witterung.

Die Luft war eisig. Meine Lunge brannte. Der Winter war dieses Jahr besonders kalt und heftig gewesen und die Milde des Frühlings noch nicht in Sicht. Mühsam lockerte ich die Muskeln. Von den Haaren tropfte der Regen. Hinter mir entdeckte ich einen Schatten. Das musste ein Gebäude sein, ein Schuppen vielleicht.

Mit steifen Gliedern schritt ich in diese Richtung, meine einzige Möglichkeit, ins Trockene zu kommen. Ich kam zu einem kleinen Häuschen, das gänzlich aus Holz gefertigt war. Vor der Tür blieb ich stehen und lauschte. Aus dem Innern drang kein Laut. Zaghaft drückte ich die Klinke herunter, die Tür war verschlossen. Wie hätte es auch anders sein können, bei dem Pech, das mich in den letzten Monaten verfolgte.

Missmutig schlich ich um die Ecke des Schuppens. In Kopfhöhe der Seitenwand war ein Fenster in die Holzwand eingelassen. Endlich eine Möglichkeit hineinzukommen. Die Sprossen vor der Scheibe waren morsch, sie liessen sich leicht entfernen. Ein schneller Blick in die Runde, nichts regte sich. Mit dem Ellenbogen schlug ich kurz, aber heftig gegen das Glas, das mit einem leisen Klirren sprang. Den Jackenärmel über die Finger gezogen, sodass ich mich nicht schnitt, löste ich die übrigen Scherben vom Rahmen. Beide Hände aufgestützt, mit Schwung hoch, den Kopf zuerst. Die Landung zwischen Rechen und Sensen, ein Wunder, dass ich mich nicht verletzte dabei. Vielleicht war da doch noch ein Quäntchen Glück. Das Atmen fiel mir schwer.

Schnell rappelte ich mich auf, blickte mich im Raum um. Ich befand mich in einem Gartenschuppen. An den Wänden war Holz für den Kamin aufgestapelt. In der Ecke lagen mehrere Lagen Jutesäcke. Doch, hier würde ich eine Nacht verbringen können. Wäre ich in Deutschland geblieben, ginge es mir schlechter.

Die Angriffe der Amerikaner vor zwei Tagen hatten München dem Erdboden gleichgemacht. Kaum ein Haus, das noch stand, und wenn, dann war es arg beschädigt. Die gesamte Infrastruktur war zum Erliegen gekommen. Überall lagen sie, die Toten, unter den Trümmern von eingestürzten Häusern, auf den Strassen und in den Schutzgruben. Die Überlebenden plagte der Hunger. Alle hatten Hunger.

Auch ich hatte Hunger, aber als erwachsener Mann konnte ich besser umgehen damit. Jedenfalls redete ich mir das ein. Aber die Kinder! Ihre Augen lagen mittlerweile tief in den Gesichtern, die Schatten darunter waren von einem bodenlosen Grau. Ich hatte beobachtet, wie sie auf den Strassen darauf warteten, dass Kartoffeln von einem Karren fielen. Dann prügelten sie sich darum, wer das verfaulte Stück Gemüse mit nach Hause nehmen konnte.

Erschöpft liess ich mich auf die Jutesäcke nieder. Nur ein kurzes Nickerchen, damit ich ein wenig zu Kräften kam.

Das Atmen verursachte ein Pfeifen, hoffentlich hörte mich niemand.

***

In ihrem Rücken knackste es bedrohlich, als sie sich auf der Matratze ausstreckte, um sich zu dehnen. Beschämt dachte sie an den letzten Abend zurück.

Schon im Café in Hergiswil war ihr aufgefallen, dass Beni ein Mann war, der gewohnt war, Platz einzunehmen. Ein Anführer, der nicht dominierte, um andere zu erniedrigen, sondern rücksichtsvoll darauf achtete, dass auch sie auf ihre Kosten kamen. Zumindest hatte sie angenommen, dass er so war. Jedoch war sie gestern Abend jedenfalls nicht auf ihre Kosten gekommen.

Clara setzte sich auf und blickte auf das Chaos im Schlafzimmer. Ihre Kleidungsstücke lagen auf dem Fussboden verteilt, gerade da, wo sie sie gestern Abend hingeworfen hatte. Ein Kopfkissen hatte es aus unerfindlichen Gründen zwischen Kleiderschrank und Stehlampe geschafft. Die Träume waren wild gewesen diese Nacht. Ächzend erhob sie sich, öffnete das Fenster und liess frische Luft hinein. Joker schleppte eine alte Socke an, die er im Garten des Nachbarn gefunden und heimlich in die Wohnung gebracht und versteckt haben musste. Sie schaffte es noch nicht einmal, einen Hund richtig zu erziehen.

Sie seufzte wehmütig auf und rieb sich mit beiden Händen das Gesicht. Vielleicht war das der Grund, weshalb keine ihrer Beziehungen hielt. Nein, sie war definitiv keine Frau, die dem typisch schweizerischen Klischee entsprach und mit dreissig heiratete, ein bis drei Kinder in die Welt setzte und das Kunststück vollbrachte, Teilzeitpensum und Kindererziehung unter einen Hut zu bringen.

Fertig mit der Jammerei, schalt sie sich. Es war ein nettes Treffen mit Beni gewesen, nicht mehr, aber auch nicht weniger.

Er hatte sie bis vor die Haustür gefahren und dann den Motor abgestellt. Obwohl dies sonst nicht ihre Art war, hatte sie spontan gefragt, ob er mit nach oben kommen wolle.

«Besser nicht», war seine Antwort gewesen.

Keine Erklärung. Einfach nur die beiden Worte «besser nicht». Sie erinnerte sich ungern an die Hitze, die ihr in diesem Moment zu Kopf gestiegen war. Peinlich berührt hatte sie eine

Verabschiedung gemurmelt und war dann aus dem Auto gestiegen.

Den Rest des angebrochenen Abends hatte sie gemeinsam mit einem Glas Whisky auf dem Balkon verbracht. Je tiefer der Pegel im Glas, desto höher die Trostlosigkeit, die sie umgab. Als das heulende Elend sich auf ihre Seele legte, beschloss sie, dass es die Nacht nicht wert war, noch länger wach zu bleiben.

Ein letztes Krachen in ihrer Wirbelsäule, als sie sich dehnend nach hinten beugte. Ihre Rückenschmerzen hielten sich noch vornehm zurück. Nun hatte der Alkohol sich zwar aus ihrem Kopf verzogen, aber das unangenehme Gefühl der Scham war geblieben. Hier half alles Lamentieren nichts, da musste sie durch.

Eine Stunde später stand sie gemeinsam mit Balthasar in der Eingangshalle der Villa und betrachtete die Fundstücke aus der Kommode. Clara hatte Leintücher auf den Boden gelegt und die Objekte vorsichtig darauf platziert.

«Wo haben Sie diese Sachen gefunden?», fragte Balthasar, der fassungslos die Auslage betrachtete.

«Im Heizungskeller stand eine Kommode.»

Clara bückte sich, um einen Zinnbecher aufzuheben.

«Nicht möglich, ich habe mich selbst dort umgeschaut, noch bevor ich Sie engagiert habe! Ich hätte die Kommode sehen müssen.»

Der Becher war mit einem feinen Muster ziseliert. Nur wenn man genau hinschaute, erkannte man die Kreuze mit den Häkchen an den Enden der Linien wieder, die Hakenkreuze. Sie seufzte auf und legte den Becher auf das Tuch zurück.

«Die Kommode stand zurückversetzt an der Wand und wurde vom Heizungskessel fast gänzlich verdeckt. Ich musste Sandro um Hilfe bitten, um die Schubladen zu öffnen, allein hätte ich es nicht geschafft. Das Holz muss sich in den letzten Jahren verzogen haben.»

Balthasar, beide Hände in die Seiten gestützt, schritt die Leintücher entlang und schaute entgeistert auf die Objekte.

In der Halle war es erstaunlich kühl, ganz im Gegensatz zur Aussentemperatur, die auf fünfundzwanzig Grad gestiegen war. Joker hatte sich wie ein Seestern bäuchlings auf die kalten Steinplatten gelegt und genoss die Kühle, die davon ausging.

«Damit lässt sich ein Vermögen machen», flüsterte Balthasar.

Er beugte sich über das Geschirr. Clara beobachtete, wie seine Augen zu leuchten begannen.

«Sie wollen diesen Schund ernsthaft verkaufen?», fragte sie entsetzt.

Balthasar richtete sich auf und sah sie streng an. «Warum denn nicht? Ich will diese Sachen nicht behalten, und es gibt bestimmt kaufkräftige Interessenten dafür.»

Clara zögerte. «Ist der Verkauf von Nazi-Devotionalien nicht verboten?»

«In Deutschland schon, soweit ich weiss. Die Schweiz ist da zum Glück liberaler eingestellt.»

«Darüber lässt sich streiten.» Clara war nicht einverstanden mit Balthasars Vorschlag. «Finden Sie es nicht unmoralisch, den Kult rund um die Nazis aufrechtzuerhalten? Ich würde die Sachen verbrennen oder einschmelzen lassen. Immerhin waren die Nazis schuld am Tod von sechs Millionen Menschen in ganz Europa.» Sie hob entgeistert die Arme in die Luft und liess sie wieder fallen. «In der Schweiz sind wir gerade einmal achteinhalb Millionen Einwohner! Stellen Sie sich diese Relation mal vor!»

Balthasar blickte sie verärgert an. «Das ist doch schon längst aus und vorbei. Ich bin damals nicht dabei gewesen und kann deshalb mit den Sachen machen, was ich will, ohne mich deswegen schlecht fühlen zu müssen. Sehen Sie sich die Objekte doch an. Es sind nur Teller, Tischtücher und anderer Haushaltskram mit Symbolen darauf.»

Claras Stimme überschlug sich fast, als sie dementierte: «Darauf sind Hakenkreuze, Herr Balthasar! Das sind seit dem Zweiten Weltkrieg nicht einfach nur noch unbedeutende Zeichen. Sie stehen symbolisch für den Mord an Millionen Menschen. Das dürfen Sie nicht weiterverkaufen. Das geht nicht.»

«Na gut, wenn Sie darauf bestehen, das ausdiskutieren zu wollen ...» Seufzend nahm er einen Teller in die Hand und fuhr die Muster mit den Fingern nach, dann antwortete er belehrend: «Die Kombination der zwei Doppelwinkel, einfacher als Hakenkreuz betitelt, ist ein uraltes Symbol aus Asien, manche Funde stammen übrigens auch aus Afrika und Amerika. Im Buddhismus zum Beispiel sind es sogenannte Swastika, Glücksbringer. In Indien gilt es noch heute als das Rad des Lebens. Durchaus positiv, nicht wahr?»

Er legte den Teller wieder zurück und steckte die Hände in die Hosentaschen, dann fuhr er fort: «Die ältesten gefundenen Symbole sind über zehntausend Jahre alt. Das müssen Sie sich mal vorstellen, Frau von Grünenstein! Die Historiker haben herausgefunden, dass die zwei gekreuzten Linien mitsamt ihren Füssen auch als laufende Beine gelesen werden können.» Balthasar lachte auf. «Ja, einer ging sogar so weit, aufzuzeigen, dass es die einfachste Darstellung des Geschlechtsakts zwischen Mann und Frau darstellte.»

Verstimmt unterbrach ihn Clara. «Mir scheint's, wir kommen hier vom Thema ab.» Sie war fassungslos über diese Diskussion. Der Fund gehörte entsorgt, Punkt. Mehr gab es ihrer Meinung nach nicht zu sagen.

«Die Nationalsozialisten suchten nach einem Beweis dafür, dass die Indogermanische Rasse sehr alt sei und die Arier, die dazugehören, deshalb ein Vorrecht vor den anderen Menschenrassen hätten. Von einer ihrer vielen Forschungsreisen nach Vorderasien haben sie schlussendlich die Swastika mitgebracht. So erzählt man es sich, aber in Wirklichkeit war das Hakenkreuz schon seit Beginn des 20. Jahrhunderts ein Zeichen, das rechtsextreme Gruppierungen trugen.»

«Können wir bitte auf das Wort Rasse verzichten? Wir sprechen hier nicht von Tieren.»

Balthasar stockte kurz, dann fuhr er fort: «Das ist bloss Wortklauberei.» Er liess seinen Blick über die Fundstücke gleiten. «Wenn ich mich recht erinnere, dann soll dies der Beweis dafür sein, dass die arische Rasse oder, wenn Sie darauf bestehen, das arische Volk, sehr alt ist und damit rein gehalten und nicht vermischt werden soll. Vielleicht bringe ich hier auch etwas durcheinander. Wenn Sie es genauer wissen wollen, dann müssen Sie sich selbst darüber informieren.» Er wedelte mit der Hand in der Luft, als ob ihm dieses Gespräch lästig zu werden begann. «Mir ist die Bedeutung des Hakenkreuzes nur wichtig, wenn es den Wert der Ware steigert. Von mir aus kann es auch ein grüner Struwwelpeter sein oder eine dreibeinige Giraffe. Hauptsache, die Ware bringt Geld ein.»

«Sie vergleichen jetzt aber nicht etwa die Geschichte der Judenverfolgung mit einem Kinderbuch?»

«Ich war daran nicht beteiligt, also muss ich auch kein schlechtes Gewissen haben», antwortete er.

Clara fehlten die Worte. In ihrem Magen hatte sich ein fester Knoten gebildet. Sie suchte nach Argumenten, die sie Balthasar an den Kopf werfen konnte, aber sie wusste, dass sie bei ihm auf Granit beissen würde. Dieser geldgierige Sack!

«Wie gut, dass die Sachen nicht Ihnen gehören, Frau von Grünenstein, sonst bekämen Sie womöglich noch Gewissensbisse.»

«Die habe ich jetzt schon», erwiderte sie. «Ehrlich gesagt bin ich fassungslos.»

Balthasar lachte auf, dann drehte er sich um und ging in Richtung Haustür, wo er sich umdrehte. «Packen Sie alles in eine Kiste und überlassen Sie mir den Rest. Ich kümmere mich um einen Käufer, und Sie haben mit den Sachen nichts mehr zu tun. Dann plagt Ihr Gewissen Sie auch nicht mehr.»

Er hatte bereits nach seinem Handy gegriffen, als er die Halle verliess.

Bestürzt sah Clara ihm hinterher. Balthasar war der rechtmässige Besitzer und konnte mit den Funden tun und lassen, was er wollte. Ihr blieb nichts anderes übrig, als seinen Wünschen Folge zu leisten. Sie musste die Gegenstände, wie von ihm verlangt, sicher verpacken und die Tatsache akzeptieren, dass ein Käufer mit nationalsozialistischer Einstellung sich daran erfreuen würde.

Sie brauchte eine Pause, um sich zu beruhigen, und stieg die Treppe in den ersten Stock hinauf. Jokers Krallen kratzten über den Marmorboden, als er ihr die Stufen hoch zu ihrem vorübergehenden Zimmer folgte.

Was sollte sie bloss tun? Die Fundsachen eigenständig zerstören? Sie hätte die grösste Lust dazu, und mit einem Hammer sollte dies machbar sein. Allerdings war sie sich der Rechtslage nicht sicher, und wenn sie Pech hatte, käme so eine saftige Klage auf sie zu.

Am einfachsten wäre es, sie könnte Beni danach fragen, aber nach der gestrigen Peinlichkeit im Auto hatte sie keine Lust, mit ihm zu sprechen.

Was hatte er im Café erklärt, als sie ihn nach den Gesetzen in Bezug auf die Symbolik der Nazis gefragt hatte?

Sie stellte sich ans Fenster und liess ihren Gedanken freien Lauf. Die Gesetze in Deutschland seien viel strenger, und in der Schweiz bestehe zumindest ein gewisser Spielraum. Solange die Objekte und das damit einhergehende Gedankengut in den eigenen vier Wänden blieben, konnte die Polizei nicht dagegen vorgehen. Erst, wenn man nationalsozialistische Statements in der Öffentlichkeit proklamierte, kam man mit dem Gesetz in Konflikt. Wenn sie es recht verstand, dann durfte Balthasar die Stücke verkaufen, und sie konnte nichts dagegen tun.

Das Fenster ging auf den Hinterhof der Villa. Clara sah von hier aus den Gartenschuppen und die Wiese, auf der Sandro die Tote, Rosa Kammer, gefunden hatte. Noch immer hatte sie von der Polizei keine weiteren Informationen über die Todesursache erhalten.

So viel hatte sie auf der Suche nach Antiquitäten entdeckt, womit sie niemals gerechnet hätte. Einen verschlossenen Sitzungsraum in der ersten Etage der Fabrik, zu dem Balthasar ihr keinen Zutritt gewährte, überfüllte Kellerräume und geheime Gänge, die Nazi-Andenken aus der Kommode. Natürlich übertraf der Tod von Rosa alles, aber Clara grübelte darüber nach, was sie eigentlich in den Kellerräumen, in die sie durch den versteckten Gang gelangt war, gesehen hatte.

Eine Metallliege für Operationen, also ein Seziertisch, warf definitiv Fragen auf. Eigentlich wollte sie sich noch einmal in diesem Raum umsehen, denn sie hatte noch lange nicht alles unter die Lupe genommen, zugleich hatte sie eine Heidenangst davor.

Wie pervers musste ein Mensch sein, um im Keller einen Seziertisch aufzustellen? Welche Schweinereien waren dort geschehen oder, und der Gedanke verstörte Clara weitaus mehr, geschahen noch immer?

Sie hoffte inständig, dass Rosa nicht auf dem kalten Metalltisch ihr Leben gelassen hatte. Auf dem harten Untergrund liegend in das gleissende Licht der Operationslampe blicken zu müssen und zu ahnen, dass der eigene Tod bevorstand – Clara grauste es bei dem Gedanken. Rosas letzte Momente waren hoffentlich schöner gewesen, obwohl Clara insgeheim fürchtete, dass Rosas Tod nicht friedlich vonstattengegangen war.

Es war eher ungewöhnlich, dass eine Frau in diesem Alter so plötzlich verstarb. Eine Spätfolge des Autounfalls, den Rosa als Kind erlitten hatte, erschien Clara da schon plausibler. Doch es hatte keinen Zweck zu grübeln. Rosas Bruder hatte versprochen, Clara zu informieren, sobald die Todesursache bekannt war. So lange musste sie auf eine Antwort warten.

Hinter der Wiese sah Clara die Schornsteine der ehemaligen Parkettfabrik Balthasar in den Himmel ragen. Die Ruine stand im krassen Gegensatz zur verschlafenen Eleganz, die die Villa noch immer ausstrahlte, obwohl die meisten Räume nicht mehr genutzt wurden. Wie hatten die Balthasars es geschafft, mit Holzböden zu solchem Reichtum zu gelangen?

Soweit Clara im Internet herausgefunden hatte, besass die Familie zuerst eine florierende Schreinerei, die sich dann auf exquisites Parkett spezialisiert hatte. Aber ob das reichte, um in eine prächtig ausgestattete Villa mit grossem, äusserst gepflegtem Garten zu investieren, war mehr als fraglich. Es war nicht nur das Grundstück, das auf ein dickes Portemonnaie schliessen liess, da war noch die exquisite Einrichtung in Form von silbernen Kerzenständern, afghanischen Teppichen, Meissner Porzellan und der Marmorausstattung in den Bädern. Derjenige, der die Räumlichkeiten eingerichtet hatte, musste definitiv ein hervorragendes Gespür für Qualität und Stil gehabt haben.

Die strahlend weisse Villa der Familie, aus deren erstem Stock man eine gute Aussicht auf die Fabrik hatte, die mit grob gemauerten Backsteinen wie die hässliche, dafür umso fleissigere Schwester wirkte. Wie die beiden Mädchen Goldmarie und Pechmarie im Märchen von Frau Holle.

Der Knoten in ihrem Magen hatte sich noch immer nicht gelöst. Sie rieb mit der Hand beruhigend über ihren Bauch. Vielleicht war es an der Zeit, Balthasar mitzuteilen, dass sie ihre Arbeit in der Villa beenden wollte.

Hinter ihrem Rücken ertönte ein Schnarchen. Sie drehte sich um und erblickte Joker, der ihre Unaufmerksamkeit ausgenutzt und sich heimlich ins prächtige Doppelbett geschlichen hatte. Womöglich sollte sie sich zuerst neben den Hund legen und etwas ausspannen, bevor sie eine Entscheidung traf, die sie im Nachhinein vielleicht bereuen würde.

***

Picassos auffliegende Friedenstaube prägte das Stadtbild an diesem Samstagnachmittag ebenso wie die unzähligen Regenbogenfahnen. Die Demonstranten in den ersten Reihen hielten gespannte Leintücher vor sich, die mittels dicker Pinsel beschriftet worden waren.

«Stopp Rassismus», stand auf einem, «Luzern ist eine Stadt für alle», auf einem anderen.

Clara hielt die Kamera vor die Nase und filmte die Szenerie. Sie würde keine perfekten Bilder abliefern müssen, dazu hatte die Zeitung Hanspeter zur Demonstration geschickt. Ihr Part war es, Stimmung und Meinung der Menschen einzufangen. Die Bildaufnahmen halfen ihr dabei, sich beim Schreiben an die Details zu erinnern. Zum Beispiel, dass die Organisatoren der Demonstration alle einen Anstecker in Form eines roten, durchgestrichenen Kreises trugen, in dessen Mitte eine Faust prangte über dem Schriftzug «no racism».

Die Demonstration war von der Stadt genehmigt worden. Die uniformierte Polizei stand zwar in unmittelbarer Nähe bereit, beobachtete jedoch das Geschehen relativ entspannt. Ihre Aufgabe bestand momentan darin, den Zug durch die Gassen der Altstadt bis zum Bahnhofsplatz zu lotsen, wo ein kleines Podium aufgebaut worden war. Einzig, dass der Schwarze Block der Alternativen Linken noch auftauchen könnte, hielt den Adrenalinpegel der Polizei hoch.

Was Clara interessierte, waren jedoch nicht die schwarz gekleideten Pöbler, die nur zu gerne friedliche Demonstrationen nutzten, um ihrer Zerstörungswut freien Lauf zu lassen, sondern die Menschen, die es nicht gewohnt waren, auf die Strasse zu gehen und so ihre Meinung kundzutun. Sie wollte über den Menschen schreiben, der gegen Rassismus und Gewalt protestierte. Wo sollte sie bloss anfangen? Die Auswahl an möglichen Interviewpartnern war gross.

Die Menge war bunt gemischt. Einige trugen Kleinkinder auf ihren Hüften oder schoben sie in Buggys vor sich her, sogar Senioren mit Gehstöcken waren zugegen, aber die jungen Erwachsenen stellten den grössten Teil der Demonstranten. Anlass für diese Veranstaltung waren die beiden Videos gewesen, die die Täter anonym in die sozialen Netzwerke gestellt hatten.

Die Rechnung war für die anonymen Filmer nicht aufgegangen. Ein regelrechter Shitstorm war der Veröffentlichung des rassistisch motivierten Videos gefolgt, das den Überfall auf Kidane zeigte, bevor es von YouTube gelöscht wurde. Die Emotionen waren dann noch mehr hochgekocht, als das Video von der Belästigung der zwei jungen Frauen auf dem Mittelaltermarkt erschien. Bevor YouTube auch dieses löschen konnte, wurden beide Videos zusätzlich auf Instagram hochgeladen, wo sich vornehmlich die jüngeren Generationen tummelten.

Ab dann explodierten die Meldungen der sozialen Medien, wobei von Gewaltverherrlichern bis zu den Friedensaktivisten alles dabei war. Die Mehrheit der Kommentatoren jedoch verurteilte die Gewalt an Kidane, Sarah und Diara, auch wenn sie sich zugleich vor einer Überfremdung des Landes fürchteten.

Eher selten waren Kommentare, welche die Fälle differenzierter betrachteten.

Clara sah einen jungen Mann ein Pappschild hochhalten, auf dem stand: «We are Kidane» – «Wir sind Kidane». Das erste Mal hatte sie diese Art von Solidarität nach den terroristischen Anschlägen in Paris gesehen, die auf die Redaktionsräume der Satirezeitschrift Charlie Hebdo und das Ausgangslokal Bataclan verübt worden waren. Damals zeigten Menschen auf der ganzen Welt ihre Solidarität mit den Opfern, indem sie «Je suis Charlie» oder eben «I am Paris» posteten.

So ganz konnte Clara den Vergleich zwischen den rassistisch motivierten Gewalttaten in Luzern und den Attentaten in Paris, bei denen über hundert Menschen ums Leben gekommen waren, nicht nachvollziehen. Es war wohl der Wille, der zählte. Sie ging auf den Mann mit dem Pappschild zu, bat ihn um ein kurzes Interview, was er ihr liebend gerne gestattete. Sogleich drängten sich Neugierige um sie und lauschten den Worten des Mannes.

«Ja, es ist doch so», begann er ein wenig übereifrig, als er sich der Anzahl Menschen, die ihm zuhörten, bewusst wurde. «Ähm, das geht doch nicht, dass man einfach Leute zusammenschlägt, verstehst du, was ich meine?»

Clara nickte ihm aufmunternd zu, und ein Mann klopfte ihm anerkennend auf die Schulter. «Mensch ist Mensch. Es macht keinen Unterschied, ob ein Eritreer, ein Schweizer oder einer aus Nidwalden verkloppt wird.»

Die Menge begann zu johlen, nachdem sie den Seitenhieb gegen die Nidwaldner begriffen hatte.

Clara nahm seine Worte mit ihrem Handy auf und versicherte sich, dass sie Namen und Wohnort hatte, bevor sie sich dankend von ihm verabschiedete. Diejenigen, die dem Interview gelauscht hatten, wandten sich an den Mann und begannen, über die Filme im Netz zu diskutieren.

Clara begleitete den Zug über die Seebrücke bis zum Bahnhofsplatz, als sie bemerkte, dass sich die Haltung der Polizisten zu ändern begann. Sie wirkten auf einmal angespannter, hoch konzentriert und schienen die Menge abzusuchen. Alarmiert tat Clara es ihnen nach, vermochte jedoch keine Änderung wahrzunehmen. Noch immer verhielten sich die Demonstranten friedlich. Obwohl sie aus den unterschiedlichsten Interessengruppen zu kommen schienen, was sich an der Kleidung unschwer erkennen liess, teilten sie doch die Meinung in dieser Angelegenheit.

Clara wurde nervös, sie wollte auf keinen Fall etwas verpassen. Was hatte das Interesse der Polizei geweckt? Sie stellte sich auf die Zehenspitzen und suchte nach einer Gegendemonstration. Nichts dergleichen. War es der klein gewachsene Mann im Businessanzug, der mit seiner Aktentasche merkwürdig fremd in der farbigen Truppe wirkte, oder die Musikgruppe, die es für gescheit hielt, den Rhythmus auf ihren Trommeln immer schneller zu schlagen, was die Stimmung aufzupeitschen begann?

Die Menschenmenge sammelte sich inzwischen auf dem Bahnhofsplatz, eingeklemmt zwischen dem Kunst- und Kongresshaus und den Bushaltestellen des Verkehrsbetriebs Luzern. Ein Kleinkind begann zu schreien, als es von einem Transparent unsanft am Kopf getroffen wurde. Sein Vater versuchte es zu trösten und wetterte zugleich auf den Verursacher des Missgeschicks ein. Die Trommeln wurden schneller. Ein Mikrofon kreischte auf, eine tiefe Männerstimme rief die Worte «Test, Test», dann begrüsste eine junge Frau die Anwesenden.

Sie stand auf einem Holzpodest, die goldene Eulenbrille war ihr auf die Nasespitze hinuntergerutscht, die Haare hatte sie zu einem wilden Knoten am Hinterkopf geschlungen. Sie sprach sich in markigen Worten gegen den in der Schweiz grassierenden Rassismus aus, dem man unverzüglich einen Riegel vorschieben müsse. Zivilcourage und Mut zur Gegenwehr seien das Gebot der Stunde. Clara notierte eifrig mit. Das Publikum reagierte begeistert und quittierte die Worte mit Jubelschreien.

Einer der beiden Polizisten neben Clara hielt sich unvermittelt die Hand ans Ohr, lauschte mit ernstem Gesicht. Er war nicht besonders gross gewachsen, kaum grösser als Clara, wirkte aber in seiner Uniform und mit dem Gurt um seine Hüften eindrücklich genug, dass die Menschen um ihn herum einen Mindestabstand einhielten. Er nickte seinem Kollegen kurz zu, dann sprinteten beide zwischen den Reihen nach vorne. Was hatten sie erfahren?

Clara stellte sich auf die Zehenspitzen, um über die Personen vor sich sehen zu können, erkannte aber trotzdem nichts. Die Menschenmenge vor ihr war zu dicht. Sie schaltete die Kamerafunktion ihres Handys ein und hielt es über die Köpfe der Demonstranten. Das Mikrofon kreischte erneut, als die junge Frau zu Ende gesprochen hatte und die Trommeln die Stimmung wieder hochheizten. Die Organisatoren verteilten Luftballone in allen Farben mit der Aufschrift «Kein Mensch ist illegal». Clara wechselte den Standort, vergeblich.

Sie hatte für einen Moment die Polizisten aus den Augen verloren und konnte deshalb nicht eruieren, was die Beamten in Alarmbereitschaft versetzt hatte. Eifrig suchte sie weiter die Menge ab, die politischen Aktivitäten der Demonstranten interessierten sie nicht mehr. Ein Ellenbogen wurde ihr schmerzhaft in die Seite gedrückt, sie stöhnte auf. Einer der Organisatoren hatte nun das Mikrofon ergriffen und zählte den Countdown von zehn rückwärts. Die Menge schrie die Zahlen begeistert mit, und bei null wurden alle Ballone auf einmal in den Himmel gelassen. Einige überlebten die Oberleitungen der Busbetriebe nicht und gingen mit einem Knall kaputt. Zwei, drei Kleinkinder brüllten empört auf.

Clara entfernte sich ein wenig von der Masse und lehnte sich zwischen dem Brezelstand und den Fahrradständern an die Mauer des Bahnhofsgebäudes. Neben ihr strömten die Zugreisenden ein und aus. Der Geruch nach frisch aufgebackenem Brot liess ihr das Wasser im Mund zusammenlaufen. Sie kontrollierte, ob sich auf der Filmaufnahme von vorhin etwas Spannendes befand, dem sich nachzugehen lohnte.

Das Bild war verwackelt. Zuerst waren nur die Hinterköpfe der Demonstranten zu erkennen, die vor ihr gestanden hatten. Dann hatte sie die Kamera etwas weiter in die Höhe gehalten, und der Winkel des Bildes weitete sich. Clara sah die Bühne, darauf die junge Frau, von der jedoch nur die geblümten Doc Martens zu sehen waren. Plötzlich sprintete der Polizist, der neben Clara gestanden hatte, durch das Bild. Mitten in der Menge hielt er inne und blickte sich suchend um. Er hielt die Hand ans Kinn. Sprach er in ein Mikrofon? So richtig konnte Clara das nicht deuten. Ein zweiter Mann kam hinzu, von dem sie nur den breiten Rücken in schwarzer Lederjacke sah. Im Gegensatz zu seinem Gesprächspartner in Uniform trug er Zivil. Als er den Kopf drehte, war es Beni, der direkt in die Kamera blickte.

Clara schnappte sich ihre Tasche und eilte zurück in die Menge, das Handy noch immer in ihrer Hand. Wenn sie Beni erwischte, könnte sie ihn fragen, was sich hier gerade abspielte. Denn so viel war klar, es waren nicht die friedlichen Demonstranten, auf die es die Polizei, und somit auch Beni, abgesehen hatte.

Ein älterer Mann in grauem Anzug und blauer Krawatte mit dem Wappen des Kantons Luzern darauf war vor das Publikum getreten und versuchte aufzuzeigen, dass auch seine Partei gegen den Rassismus anzugehen gedachte. Seine Worte vermochten das Publikum nicht mehr zu packen, das Feuer der Begeisterung ging langsam aus. Abseits der Bühne spielte ein Trio Gitarre und Querflöte. Der Dritte trommelte mit seinen Händen auf eine Holzkiste ein, die ihm zugleich als Sitz diente. Vor Clara flitzte ein Rudel Kinder vorbei, die Fahnen wie Drachen hinter sich herzogen, auf denen die Friedenstaube in Regenbogenfarben abgebildet war. Der Platz vor dem Bahnhof glich einem Ameisenhaufen.

Clara sah sich um, konnte Beni jedoch nirgends entdecken. Wäre auch zu schön gewesen, dachte sie. Das war es wohl, was eine gute Journalistin ausmachte. Zur rechten Zeit am rechten Ort zu sein. Da hatte sie noch ein gutes Stück Arbeit vor sich, bis sie dies verinnerlicht hatte. Sie schickte Beni eine Nachricht, in der sie ihn um Informationen bat, obwohl sie sehr wohl wusste, dass er sie ihr nicht geben durfte.

Der Wind hatte aufgefrischt und blies kalte Luft vom Seebecken über die Köpfe der Menschen hinweg. Weder der Schwarze Block der Linken noch eine der rechtsradikalen Gruppierungen hatte sich eingefunden. Clara beeilte sich, einige Statements der Teilnehmer einzuholen, bevor die Demonstration sich aufzulösen begann.

Die Organisatoren hielten vor einigen Journalisten eine improvisierte Pressekonferenz, bei der auch Clara zugegen sein wollte, bevor sie nach Hause fuhr, um den Bericht zu schreiben.

***

Sie war bereits wieder zurück in Sarnen in ihrer Wohnung und tippte den Bericht für die Obwaldner Zeitung, als die Nachricht von Beni eintraf.

«Wieso fragst du nach demo?» Beni kam direkt auf den Punkt. Kein «Hallo», kein «liebe Grüsse».

«hab dich gesehen», schrieb sie zurück. «Habt ihr jmd gesucht?»

«no comment».

«Habt ihr jmd verhaftet?»

«no comment».

Clara musste grinsen. Beni verhielt sich wie ein Profi, von ihm würde sie nichts erfahren. Na ja, einen Versuch war es wert gewesen.

Eine weitere Meldung traf ein: «denkst du nur deswegen an mich?» Er hatte ein Zwinkersmiley hinzugefügt.

Clara lachte laut auf und antwortete: «no comment».

ZEHN

Wenn ich stehe, sieht es so klein aus.

Es liegt auf dem Boden, die Haare verdecken eine Gesichtshälfte. Seine Lippen sind blass.

Blutleer.

Es darf nicht sterben. Zuerst muss es mir noch etwas sagen. Ich stupse es mit einem Fuss an. Es bewegt sich.

Ich beuge mich zu ihm hinunter, hebe seinen Kopf an und tröpfle etwas Wasser in seinen Mund. Seine Zunge schnellt nach vorne und saugt an den Lippen.

Ich dummer, dummer Mensch.

Ich muss besser nach ihm schauen. Es darf nicht sterben. Es muss am Leben bleiben.

Umständlich hebe ich es auf, dann lege ich es auf die Liege, die ich ihm bereitgestellt habe. Ein Sessel für mich und ein Beistelltisch für die Leselampe, viel mehr ist nicht in diesem Raum. Ein Kessel für die Notdurft. Eine nackte Glühbirne an der Decke. Unter der Erde gibt es keine Fenster.

Auf dem Bett beginnt es, sich zu regen. Seine Lider flackern, als ich seine Wangen tätschle.

Nicht zu fest, ich will es nicht verletzen.

«Es soll aufwachen.»

Ich halte ihm die Flasche nochmals an die Lippen. Eine Hand zuckt nach vorne, packt sie und gibt sie nicht mehr her. Das Käsebrot lege ich auf seinen Oberschenkel, den Apfel daneben, er rollt von der Liege auf den Boden.

Ich muss gut nach ihm schauen. Vielleicht habe ich das die letzten Tage vergessen.

Es sieht nicht gut aus.

«Es soll trinken und essen, während ich erzähle», sage ich und greife nach dem Tagebuch meines Vaters. Dann lasse ich mich in den Sessel fallen und räuspere mich, bevor ich anfange zu lesen.

MEMORO – 24. April 1945
«Nee», weckte mich eine Kinderstimme. «Nee.»

Die schwache Wintersonne schien durch das zerbrochene Fenster. Ich hatte länger geschlafen, als ich vorgehabt hatte, verärgert begann ich mich aufzurichten. Meine Finger waren leichenfahl und liessen sich kaum mehr beugen. Ich hustete leise. Das Atmen fiel mir schwer, in meiner Brust brannte ein Feuer. Nicht ungefährlich, mit nassen Kleidern in dieser Kälte einzuschlafen.

«Nee», erklang erneut die Kinderstimme.

«Schätzchen, das ist kein Schnee», erklärte eine Frauenstimme geduldig. «Das sind Gänseblümchen. Blume, sag: ‹Blume›.»

«Mee, mee!»

Mit steifen Gliedern erhob ich mich. Es gelang mir erst im zweiten Anlauf, mich aufrecht hinzustellen. Mein Körper schien eingefroren, und gleichzeitig brannte jedes einzelne der Gelenke. Durch das zerbrochene Fenster konnte ich die Situation draussen überblicken. Auf der schmalen Schotterstrasse stiess eine gross gewachsene Frau in elegantem Mantel einen Kinderwagen. Um den Hals trug sie einen prächtigen Fuchspelz. So einen hätte ich jetzt auch gerne gehabt! Aus dem Wagen blickte ein dick eingemummeltes Kleinkind. Daneben tanzte ein Junge, er mochte zwei oder drei Jahre alt sein, im feuchten Gras und bückte sich unentwegt, um die Köpfe der Blumen abzureissen. Seine dicken Wangen leuchteten im selben Rot wie die Bommelmütze. Wie gesund die Kinder aussahen.

«Mee, mee!»

Die Frau liess sich von der Freude des Kindes anstecken, pflückte ebenfalls Gänseblümchen und liess sie auf den Kopf des Jungen regnen. «Blume, sag: ‹Blume›, mein Schätzchen.»

Sie strahlte es mit einer Intensität an, die von inniger Mutterliebe zeugte. Wie schön, wenn Kinder in Sicherheit und Geborgenheit aufwachsen durften. Mir wurde bei diesem Anblick warm ums Herz, und ich wollte diesen Moment nicht mit meinem Auftauchen zerstören, indem ich sie erschreckte. Ich sah wahrlich zum Fürchten aus nach meiner mehrtägigen Flucht, bei der ich unter freiem Himmel geschlafen und keine Gelegenheit gehabt hatte, mich zu waschen.

Geduldig wartete ich, bis die drei nicht mehr zu sehen waren, dann verliess ich das Gartenhäuschen und pinkelte an dessen Rückseite gegen die Holzwand. Der Urin dampfte in der kalten Morgenluft.

Bevor ich mir einen Plan überlegt hatte, wie ich an diesem Morgen den Sammler kontaktieren könnte, kam ebenjener dahergeschlendert. Er folgte seiner Familie in einiger Entfernung und rauchte dabei eine Zigarre. Wenn er ausatmete, legte er den Kopf etwas in den Nacken und blies kleine Wolken in die Morgenluft. Wie zufrieden der Mann wirkte!

Es schien mir, als wäre ich in einer anderen Welt aufgewacht. Noch vor einigen Tagen hatte ich mich inmitten eines Infernos befunden, in der Hölle auf Erden, und nun stand ich auf einer Blumenwiese, und alles um mich herum wirkte friedlich und unberührt. Es fiel mir schwer, dies zu begreifen.

«Guten Morgen.» Meine Stimme klang heiser. Ich erkannte sie selbst kaum wieder.

Der Sammler schrak heftig zusammen, als ich hinter dem Gartenhaus hervortrat.

«Es bin nur ich, keine Angst», versuchte ich ihn zu beruhigen.

Der Sammler sah mich entsetzt an. «Sind Sie nicht bei Trost, hierherzukommen? Sie bringen mich in Teufels Küche!»

Ich musste wohl einen verwahrlosten Eindruck machen, wie ich da verfroren und mit kaum mehr als in Lumpen gewickelt vor ihm stand. Ein Häufchen Elend und doch schien der Sammler Angst vor mir zu haben.

«Bitte, Sie müssen mir helfen.»

«Ich muss gar nichts», entgegnete der Sammler, die Stimme nur mühsam zurückhaltend. Man merkte ihm an, dass er mich, den Eindringling, am liebsten angeschrien hätte. «Sie sind ein gesuchter Kriegsverbrecher! Machen Sie, dass Sie fortkommen, oder wollen Sie, dass ich die Polizei rufe? Dann sitzen Sie ratzfatz hinter Gittern. Ihre Zeit ist vorbei!»

«Glauben Sie, im Moment wäre das in meiner Lage durchaus eine Option.» Ich versuchte, höflich zu bleiben. «Ich erbitte lediglich eine Tasse Tee, ein Stück Brot und zehn Minuten Ihrer Zeit. Ich habe Ihnen ein Angebot zu machen, das Sie kaum ausschlagen werden.»

Kaum hatte ich die Worte ausgesprochen, sackten meine Beine ein, und es wurde dunkel.

***

Ihre Zeit in der Villa Balthasar neigte sich demnächst dem Ende zu, und sie hatte ihrem Auftraggeber einige schöne Fundstücke aufzeigen können. Damit würde Balthasar nicht reich werden, sodass er für immer ausgesorgt hätte, aber um die anstehenden Rechnungen begleichen zu können, müsste es genügen. Was er mit den Objekten machen würde, die einen klaren Bezug zu den Nazis hatten, wusste Clara nicht. Noch immer war sie unschlüssig, ob es richtig gewesen war, ihm davon zu berichten. Laut Gesetz war sie sehr wohl dazu verpflichtet gewesen, schliesslich hatte sie die Sachen auf seinem Grundstück gefunden. Die moralische Seite hingegen sah ganz anders aus. Am liebsten hätte sie den Krempel gepackt und entsorgt. Wenn er sich allerdings entschloss, die Sachen zu verkaufen, erhielt er dafür bestimmt einen ansehnlichen Frankenbetrag.

Den gestrigen Sonntag hatte sie damit verbracht, Wäsche zu waschen, und während die Maschine lief, hatte sie im Internet nachgeschaut, zu welchem Preis Nazi-Gegenstände verkauft wurden.

Ein Libanese erwarb Hitlers Zylinder für sechshunderttausend Franken, damit dieser nicht in die Hände von Rechtsextremen fallen konnte. Das war ja schön und recht, überlegte Clara, aber bei der Menge an Nazi-Devotionalien, die noch immer kursierten, war der Nutzen kaum grösser als ein Tropfen auf den heissen Stein. Ein Amtsschild aus der Hitlerzeit mit der Inschrift «Ortsbauernführer» und dem Abzeichen des Reichsadlers, der sich an den Worten «Blut und Boden» festkrallte, wurde auf der

Handelsplattform für siebenhundertneunundneunzig Franken angeboten. Es war tatsächlich so, wie Beni dies im Café erklärt hatte: Das Verkaufen und Kaufen von Nazi-Gegenständen war in der Schweiz erlaubt. So war es möglich, Hitlers Buch «Mein Kampf» zu erwerben. Öffentlich daraus vorlesen durfte man allerdings nicht, das war ein Strafbestandteil, die sogenannte Diskriminierungsstrafnorm.

«Verbrennen, einschmelzen, einstampfen», schimpfte sie laut, während sie die Kartons mit den Nazi-Gegenständen begutachtete. «Das ist die Menschheit den Opfern der Nationalsozialisten schuldig.»

Sie hatte noch eine Menge Papier zu sichten, das sich ebenfalls in der Kommode aus dem Heizungskeller befunden hatte. Sie besorgte sich aus der Küche einen Hocker, um nicht auf dem kühlen Plattenboden der Eingangshalle sitzen zu müssen, und blätterte die Dokumente in ihrer Hand durch. Auf dem Tisch waren in den letzten Tagen die einzelnen Stapel in die Höhe gewachsen.

Auf den kleinsten legte sie offizielle Dokumente, Quittungen und Wertpapiere. Daneben Briefe und andere persönliche Notizen. Da sie sich daran erinnerte, wie wenig Balthasar von der Geburtstagskarte, die er als Kind seiner Schwester geschrieben hatte, begeistert gewesen war, ging sie davon aus, dass dieser Stapel ungelesen in den Müll wandern würde.

Auf den grössten Berg kamen die Papiere, die bereits von ihr selbst als Altpapier bewertet worden waren. Alte Zeitungsseiten aus den dreissiger bis in die achtziger Jahre hinein, die als Verpackungsmaterial für Glaswaren und Porzellan verwendet worden waren. Interessant und teilweise auch amüsant zu lesen, jedoch samt und sonders keinen Rappen wert.

Sie blickte auf einen vergilbten Zahlungsbeleg aus dem Jahr 1944 für das Saatgut von Kartoffeln. Der kam zum Altpapier, ebenso wie die Werbung für das Heilmittel Nikotin als Arznei gegen Asthma. «Besonders für Frauen und Kinder geeignet». Kurz überlegte sie, ob sie das Kuriosum aufbewahren sollte, aber wo käme sie da hin, wenn sie begann, die Sachen zu sammeln? Was ein Messie anrichten konnte, hatte sie in der Wohnung von Balthasars Schwester gesehen.

Clara war keine sentimentale Frau. Wenn sie Post bekam, die Geburt, Hochzeit oder Todesfall bekannt gab, dann stellte sie die Karte einige Zeit auf den Küchentisch, bevor sie sie entsorgte. Sie konnte die Leute nicht verstehen, die alles aufbewahrten. Im Verlaufe eines Lebens kamen so Berge an Erinnerungen zusammen. Seit dem Verlust ihrer Mutter und ihres Bruders war sie nicht gut auf Erinnerungen zu sprechen. Die Trennung von ihrem letzten Freund, Valentin, verstärkte diese Haltung noch. Was vorbei war, war vorbei.

Sie streckte die Arme aus, dehnte ihren Rücken und blickte sich um. Noch ein, zwei Tage Arbeit, bevor hier alles erledigt war. Die letzten Kisten durchschauen, mehr war nicht zu tun. Ein glücklicher Fund war kaum wahrscheinlich, und trotzdem musste sie alles durchsehen, bis auch das letzte Blatt kontrolliert war. Sie stand auf, machte einige Schritte in der Halle auf und ab, vertrat sich so die Beine. Der Staub juckte in ihrer Nase. Sie blickte auf die Kisten zu ihren Füssen. Eigentlich hatte sie geplant, schon vor dem Wochenende damit durch zu sein, aber dann war sie doch langsamer vorangekommen als gedacht.

Aber wem wollte sie etwas vormachen? Es gab zwei Räume, die sie noch immer nicht betreten hatte. Den einen, den kleinen Saal in der ersten Etage der Fabrik, hatte ihr Balthasar höchstpersönlich verboten. Nun, es war auch nicht dieser Raum, der sie interessierte. Ein kleines Teufelchen in ihrem Nacken flüsterte ihr zu, dass sie noch einmal in den Gartenschuppen sollte, um von dort durch den unterirdischen Gang bis in die Kellerräume zu gelangen. Bestimmt war da der letzte, ultimative Fund zu machen! Das Gefühl von unbändiger Neugier, gepaart mit Ehrgeiz, drängte sich in den Vordergrund, obwohl die Stimme der Vernunft das Gegenteil rief: Es geht dich nichts an, Clara! Jemand, der in seinem Keller einen Seziertisch aufstellt, führt nichts Gutes im Schilde.

Am liebsten hätte sie alles stehen und liegen gelassen und wäre sofort auf die Suche gegangen. Aber Geduld und vernünftige Entscheidungen waren noch nie ihre Stärke gewesen. Noch diese Schachtel, bremste sie sich, dann würde sie sich auf den Weg machen.

Voller Vorfreude und gleichzeitig mit einer gehörigen Portion Angst vor der geplanten Aufgabe wollte sie sich wieder an die Arbeit setzen, als ein Schatten das grosse Fenster neben der Vordertür verdunkelte. Ein Besucher?

Seitdem sie hier arbeitete, hatte sie ausser Balthasar, Sandro und den zwei Männern von der Entrümpelungsfirma keinen Menschen auf dem Grundstück gesehen. Die Vordertür hatte in dieser Zeit niemand genutzt. Wer konnte das sein? Da der Besucher bestimmt gleich klingelte, ging sie in Richtung Eingang. Das Schloss liess sich nur mit viel Kraft öffnen, es schien schon lange nicht mehr benutzt worden zu sein. Mit einem leisen Quietschen ging die massive Tür auf, und Clara streckte den Kopf hinaus.

Kein Mensch zu sehen. Sie musste sich getäuscht haben. Es war merklich kühl draussen, und mit verschränkten Armen vor der Brust ging sie unter der Tür hindurch und blieb auf der obersten Treppenstufe stehen. Hier beugte sie sich über das Geländer, um hinunter in den Garten und die davorliegende Einfahrt blicken zu können. Kein Besucher in Sicht. Bestimmt war es nur der Schatten eines Vogels gewesen, den sie im Fenster gesehen hatte. Sie zuckte mit den Schultern und wandte sich ab, um wieder hineinzugehen, als etwas sie innehalten liess. Sie machte kehrt und schritt die Treppe hinab. Da war doch jemand! Das war die Bewegung eines Menschen gewesen, der sich in gebeugter Haltung vorwärtsbewegte. Die Art und Weise, wie sich die Person bewegte, machte sie misstrauisch. Wer schlich hier herum?

Sandro konnte es nicht gewesen sein, den hätte sie sicherlich erkannt. Der letzte Mensch, der auf diesem Grundstück ohne Bewilligung herumgeschlichen war, lag nach wie vor in der gekühlten Schublade der Gerichtsmedizin in Zürich und wartete darauf, dass endlich auch die letzte Untersuchung zur möglichen Todesursache abgeschlossen sein würde.

Die Gestalt war hinter einer dichten Hecke verschwunden.

«Sandro, bist du das?», rief Clara wider besseres Wissen.

Kein Geräusch war zu hören. Das konnte Clara nicht auf sich sitzen lassen, sie wollte sehen, wer sich hier herumtrieb. Behände sprang sie die Eingangstreppe hinunter.

Schwarzes Gesicht, weisse Augen. Ein dunkles Loch, wo der Mund sein sollte.

Erschreckt schrie sie auf und nahm die Hände als Schutz hoch. Ein Mann ohne Gesicht kam schnell auf sie zu. Trotz ihrer Panik begriff sie, dass sie eine Sturmhaube vor sich hatte.

Dann kam die Erinnerung an das Video, in dem sich Männer mit Sturmhauben auf dem Kopf über Kidane hermachten. Wie sie mit ihren Füssen brutal in seinen Brustkorb getreten hatten. Bevor sie um Hilfe schreien konnte, wurde sie von dem Fremden an der Taille gepackt. Sein Griff war so stark, dass es ihr die Luft aus den Lungen presste. Eine Hand drückte sich auf ihren Mund. Sie wurde nach hinten gezerrt, verlor das Gleichgewicht, verlor die Kontrolle. Mit Schwung wurde sie an die Hausfassade gepresst, ihr Hinterkopf prallte schmerzhaft auf. Dunkelheit vor ihren Augen.

Der Druck um ihre Brust gab ein wenig nach, sie konnte wieder besser atmen. Als sie aufblickte, sah sie einen Mund, der sich in unregelmässigen Abständen öffnete und wieder schloss. In ihren Ohren nichts als ein Sausen. Sie rieb mit ihrer Hand die schmerzende Stelle am Kopf, kein Blut zu sehen.

Der Mund vor ihrem Gesicht öffnete sich wieder. Auf und zu, wie ein Fisch, der an Land nach Luft schnappte. Was wollte der Mann von ihr?

Weg, sie wollte nur noch weg hier. So flink sie trotz ihres hämmernden Schädels konnte, schoss sie zur Seite fort, um davonzurennen. Der Arm gab sie nicht frei, hielt sie mit eisernem Griff fest. Ihre Augen waren weit geöffnet, trotzdem sah sie wie durch einen Tunnel nur die schwarze Haube vor sich. Eine Hand strich den Stoff von unten hoch, entblösste ein schlecht rasiertes Kinn. Einen Mund, dann eine Nase, bis schlussendlich auch die Augen zu sehen waren. Und eine Narbe. Eine lange Narbe.

«Hör mir zu!» Die Stimme drängte in ihr Bewusstsein, obwohl sie kaum mehr als ein Raunen war. Drängend und bekannt. Wieso kannte sie diese Stimme?

Der Tunnelblick löste sich auf, und sie sah klarer.

«Halt endlich still.»

Sie beruhigte sich immerhin so weit, dass ihr Fluchtreflex ein wenig nachgab und sie ihm zuhören konnte.

«Fuck, was machst du hier?»

ELF

Sieh an, sieh an. Es ist wach.

Es sitzt auf der Liege und blickt mich herausfordernd an. Es wird den Schlüssel im Schloss gehört haben. Mir soll's recht sein. So komm ich schneller an mein Ziel.

Das hingeworfene Brot kann es nicht auffangen, seine Bewegung ist zu langsam. Es steigt mit einem leisen Stöhnen von der Liege und hält sich mit einer Hand an der Matratze fest, als es sich nach dem Essen bückt.

Ist es bereit, mir zuzuhören?

Nachdem es sich wieder aufgerichtet hat, nickt es. Gierig beisst es ins Brot, der Käse quillt zwischen den Scheiben hinaus auf seine Hand. Seine Fingernägel sind schwarz, an der Haut erkenne ich blutende, entzündete Stellen.

Es ekelt mich, das anzusehen. Meine Nase kann ich verschliessen, meine Augen nicht.

Heute geht es mir gut. Der rote Punkt ist klein wie eine Erbse und rollt vergnügt unter meiner Schädeldecke herum. So können wir gut miteinander leben.

Das Problem ist, dass dies ein seltener Tag ist, seitdem ich angefangen habe, das Tagebuch zu lesen.

Es sieht mich verständnislos an, aber ich habe keine Lust, mich zu erklären.

Es hat sich auf die Liege gesetzt und sieht auf das Essen. Das Brot isst es nun langsam, jeden Bissen will es geniessen. Dann schaut es mir ins Gesicht.

Welcher rote Punkt, fragt es mich mit heiserer Stimme.

Heisse Wut, ich spüre sie an meinen Schläfen.

Da, wo der Puls nun heftig dagegenpocht.

Warum, warum hat es gesprochen, es darf nicht sprechen.

Ich nehme das Klebeband, reisse einen Streifen ab und verschliesse damit seinen Mund. Die Handgelenke binde ich ihm auch zusammen. Das belegte Brot lässt es fallen.

Sei's drum. Sollen es die Maden fressen, die hier überall herumkriechen.

Ganz ekelhaft ist das.

Es soll nur sprechen, wenn ich es erlaube. Jetzt muss es hören. Zuhören soll es. Nicht sprechen.

MEMORO – 24. April 1945

«Sagen Sie, was Sie zu sagen haben, und dann verschwinden Sie», befahl mir der Sammler, doch ich hatte kein Gehör für seine Worte. Ich sah nur den Teller, der vor mir stand.

Der Sammler hatte mich aus meiner Ohnmacht geholt. Mich unter den Armen gestützt und mir so geholfen, die Kellertreppe hinunterzusteigen. Dort hatte er mich warten lassen, bis er mit einem Frühstück zurückgekehrt war.

Auf dem Teller lag eine dicke Scheibe Schinkenspeck, daneben Kartoffelsalat mit einem grosszügigen Klecks Mayonnaise und dazu eine Tasse heisser Kaffee.

«Das sind die Reste des gestrigen Abendessens», brummte der Sammler. «Was anderes habe ich nicht gefunden in der Küche, und die Köchin wollte ich nicht darum bitten. Die wundert sich sonst nur über meinen unbändigen Appetit. Wir wollen keine Aufmerksamkeit erregen, nicht wahr?»

«Das ist mehr, als ich mir erhofft hatte.»

Ich konnte den Blick nicht vom Teller nehmen, Tränen sammelten sich in meinen Augen. Meine Rührseligkeit war mir peinlich. Der erste Bissen Speck war eine Offenbarung. Zu lange ungenutzte Geschmacksnerven erwachten aus tiefem Schlaf, das Leben meldete sich zurück. Den zweiten Bissen tunkte ich in die Mayonnaise. Der Magen rebellierte mit einem feinen Krampf. Schon viel zu lange lebte ich von der Hand in den Mund. Mal hier eine verschimmelte Scheibe Brot, mal da eine Schüssel Maissuppe. Die Nahrungsknappheit in Deutschland war gnadenlos. Und dann tischte mir dieser Schweizer Mayonnaise auf! Kein Wunder, dass mein Magen überfordert war.

Der Duft von frisch aufgebrühtem Kaffee drang in meine Nase. Der Sammler hatte zwei Tassen mitgebracht. Richtiger

Kaffee, nicht der grauenhafte Kaffeeersatz aus Buchecker. Langsam trank ich einen Schluck und spürte, wie die Hitze des Getränks von meinem Mund die Speiseröhre entlang bis hinunter in den Magen wanderte. Ich fühlte mich schon fast wieder wie ein Mensch.

Nur zu gerne hätte ich mir nach der Mahlzeit eine Zigarette gegönnt, aber erstens hatte ich mein letztes Päckchen auf dem Schwarzmarkt gegen ein Paar warme Wollsocken eingetauscht, und zweitens drängte der Sammler auf ein klärendes Gespräch.

Der sass mir nun gegenüber und wartete ungeduldig darauf, bis ich zu Ende gegessen hatte. Seinen Mantel hatte er ausgezogen, den Hut auf den Operationstisch im Nebenraum gelegt. Er trug einen Anzug aus brauner Wolle mit einer farblich entsprechenden Krawatte. An seinen Hemdsärmeln prangten goldene Manschettenknöpfe.

«Warum sind Sie ausgerechnet zu mir gekommen?», fragte er unverblümt.

Ich stellte den Kaffeebecher bedächtig auf den Salontisch, bevor ich antwortete. «Sie sind der Einzige, der mir noch helfen kann.»

«Bin ich das?» Der Sammler verzog angewidert den Mund und schien sich gleichzeitig auch gebauchpinselt zu fühlen.

«Ich komme zwar in grosser Not, aber ich komme nicht mit leeren Händen, Herr Balthasar», antwortete ich mit einem verzweifelten Rest an Würde.

«Die Zeit, um mit Ihnen Geschäfte zu machen, ist vorbei.» Balthasar fuhr erregt aus seinem Sessel.

«Glauben Sie mir, es kommt nicht darauf an, mit wem Sie Geschäfte machen. Wem sollte ich denn davon erzählen?», antwortete ich.

Der Sammler stützte sich auf dem Tisch ab.

Jetzt, wo ich den Bauch gefüllt hatte, fühlte ich mich ein wenig selbstsicherer.

«Sie, verehrter Herr Balthasar, sind nicht in Gefahr, aber ich bin es. Der Boden in Deutschland ist für mich zu heiss geworden, verstehen Sie? Alle meine Kontakte sind entweder in den letzten

Monaten gefallen oder reden sich ihre Vergangenheit schön, damit ihnen niemand etwas anlasten kann. Alle anderen sind auf der Flucht vor den Alliierten.»

«Die Herren von einst sind die Flüchtlinge von heute.»

Der Sammler hatte sich wieder so weit beruhigt, dass er erneut auf dem Stuhl Platz nahm und eine Zigarre aus der Innentasche seines Vestons zog. Er bot mir ebenfalls eine an, was ich jedoch ablehnte. Den Geschmack der Mayonnaise wollte ich so lange wie möglich im Mund behalten.

Die Zigarre wurde an einem Ende abgeschnitten, dann befeuchtete Balthasar sie mit seinen Lippen, bevor er sie anzündete und paffte. Angeekelt hörte ich dem schmatzenden Geräusch zu.

«Ich brauche frische Kleidung, Proviant für einige Tage und eine neue Identität.»

Balthasar lachte auf. «Kleidung und Essen sind kein Problem, aber eine Identität? Wie stellen Sie sich denn das vor?»

«Sie haben mich missverstanden. Von Ihnen brauche ich nur etwas in den Magen und frische Kleider. Der neue Pass liegt bereits seit Wochen für mich in meinem Schliessfach der Schweizer Bank in Bern bereit. Wir haben unsere Kontakte, wissen Sie? Einige treue Schweizer haben mir und einigen auserwählten Kameraden geholfen, eine neue Identität zu erlangen, und sie helfen uns noch immer.»

Ich wischte mir den Mund mit einer gestärkten Stoffserviette ab. «Solange wir genügend bezahlen, versteht sich. Ich bin nicht der Einzige, der das Land verlassen muss. Wir sind viele, und wir können gut bezahlen.»

«Wohin soll denn die Reise gehen?»

Ich überlegte einen Moment, ob ich ihn über das Reiseziel aufklären sollte, und kam zum Schluss, dass dabei nichts zu riskieren war. Im Gegenteil, so konnte ich Balthasar zeigen, dass ich ihm vertraute und dieser dasselbe mir gegenüber tun konnte.

Ich gab mir einen Ruck und antwortete: «Südamerika, genauer gesagt Argentinien.»

«Das wird teuer. Wie wollen Sie das bezahlen?»

Ich wusste, nun hatte ich ihn am Haken. Trotz meiner misslichen Lage konnte ich mir nur mit Mühe ein Grinsen verkneifen. Ich stand auf und ging in das nebenan liegende Zimmer, in welchem sich der Seziertisch mit der Operationslampe darüber befand. Dann begann ich mich auszuziehen.

«Skalpell!»

***

«Beni?»

Clara sah fassungslos in sein Gesicht. Er hatte die Sturmhaube endlich bis zur Stirn hochgezogen, sodass sie erkennen konnte, wer vor ihr stand. In diesen Augen hatte sie sich schon verloren, als sie nach der Hochzeit von Caroline gemeinsam in einer Raststätte gefrühstückt hatten. Beni beugte sich zu ihr hinunter, sodass sein Dreitagebart an ihrer Wange kitzelte. Er roch dezent nach Leder und seinem Aftershave.

«Verdammt, warum bist du noch hier?» Beni stand der Ärger ins Gesicht geschrieben, als er sich umdrehte und die Umgebung prüfend überblickte. «Bleib genau hier stehen und rühr dich nicht vom Fleck.»

Endlich liess er sie los und schlich die Hausmauer entlang bis zur Ecke. Erst jetzt sah Clara, dass er eine schwarze Weste trug, auf deren Rückseite das Wort «Polizei» in grossen Lettern prangte. Er war im Einsatz! Auf Balthasars Grundstück fand just in diesem Augenblick ein Polizeieinsatz statt, und sie war anscheinend mitten hineingestolpert. Clara sah, wie er die Hand zum Ohr führte und zu sprechen begann. Er musste ein Mikrofon tragen.

«Erledigt.» Er war in gebückter Haltung zu ihr zurückgerannt.

Clara hatte ihre Sicherheit wiedererlangt, obwohl ihr der Schreck noch immer in den Gliedern sass und sich ihre Knie merkwürdig wackelig anfühlten.

Breitbeinig stellte Beni sich vor sie hin. «Ich bring dich hier weg. Je schneller, desto besser.»

«Ich denke ja gar nicht daran!», protestierte Clara. «Joker ist noch im Haus.»

«Deinem Hund geschieht nichts, versprochen. Aber du bist hier im Weg!»

Er packte sie am Oberarm, wollte sie mit sich ziehen. Da hatte er die Rechnung ohne Clara gemacht, die es nicht ausstehen konnte, wenn sie Befehlen gehorchen sollte. Wie ein bockiger Esel stemmte sie sich dagegen und schaltete auf stur.

«Zuerst will ich wissen, warum die Polizei hier ist. Hat es etwas mit den Nazi-Gegenständen zu tun, von denen ich dir erzählt habe?» Sie redete sich in Rage. «Das habe ich dir im Vertrauen erzählt, Beni. Das war keine Aufforderung, die Villa zu stürmen!»

Beni liess sie los und blickte sie inständig an. «Können wir das bitte zu einem späteren Zeitpunkt besprechen? Jetzt ist es wirklich sehr, sehr ungünstig.» Unvermittelt hielt er inne und lauschte dem Knopf in seinem Ohr. «Du musst gehen, Clara. Jetzt! Ich verlasse mich auf dich.»

Clara sah ihm an, dass er am liebsten zurück zum Einsatz geeilt wäre und sich nur mühsam beherrschen konnte.

«Okay, aber du bist mir danach eine Erklärung schuldig», willigte sie endlich ein. «Ruf mich an, wenn ich meinen Hund abholen kann.»

Erleichtert liess Beni sie stehen und ging zu seinen Leuten zurück. Während Clara sich beeilte, die Einfahrt hochzulaufen, um das Grundstück zu verlassen, grübelte sie darüber nach, weshalb die Polizei hier war.

Ausserhalb des Eingangstors lehnte sie sich gegen die Mauer und blickte den Autos nach, die die Hauptstrasse entlangfuhren. Sie hatte unglaublich Lust auf eine Zigarette, aber da sie nur abends rauchte, lag ihr Päckchen zu Hause auf dem Balkon. Der Kaugummi, den sie sich stattdessen einwarf, war nur ein lahmer Ersatz für das beruhigende Nikotin. Etwas versetzt zur Einfahrt stand ein Kastenwagen ohne Beschriftung, der ihre Aufmerksamkeit erregte. Hier hatte bislang nie ein Fahrzeug geparkt.

Neugierig schlenderte sie in seine Richtung, und als sie

auf der Höhe der Fahrertür angekommen war, versuchte sie, einen Blick ins Innere zu erhaschen. Auf dem Sitz lag ein zerknautschtes Taschentuch, ansonsten war nichts Interessantes zu erkennen. Aber wenn sie schon mal unterwegs war, dann könnte sie auch gleich die Mauer des Grundstücks ablaufen und versuchen, so einen besseren Einblick zu gewinnen. Beni hatte ihr schliesslich nicht verboten, von aussen in das Grundstück hineinzublicken. Sie wollte unbedingt wissen, weshalb die Polizei vor Ort war.

Sie joggte die Mauer entlang, die ärgerlicherweise auf der gesamten Länge über zwei Meter hoch war. Immer wieder stellte sie sich auf die Zehenspitzen, hüpfte in die Höhe und versuchte auf diese Weise, etwas zu erkennen. Aber sie hatte keine Chance. Die Mauer erfüllte ihren Zweck hervorragend. Frustriert kickte Clara einen Kieselstein weg, der vor ihr auf dem Trottoir lag.

Von der anderen Seite der Mauer klangen Geräusche herüber. Stimmen, die Kommandos riefen, dann ein Krachen und lautes Geschrei. Auf einmal war wieder Ruhe.

Claras Nerven waren zum Zerreissen gespannt, sie wollte wissen, was sich da abspielte. Sie suchte eine niedrige Stelle der Mauer, wo sie darübersteigen konnte. Sie war schon einige Schritte weitergerannt, als ihr Gehirn eine Unregelmässigkeit in der gemauerten Grenze registrierte. Abrupt bremste sie ab, unter ihren Sohlen knirschten die Kieselsteine. Sie kam ins Straucheln, stützte sich mit der linken Hand auf dem Boden auf und schürfte sich dabei die Haut auf. Schnell wischte sie die Hand an der Jeans ab und zuckte vor dem scharfen Schmerz zusammen. Langsamer ging sie einige Schritte zurück und tastete mit der Hand über den Vorhang aus Thuja und Efeu, der die Mauer an dieser Stelle bedeckte. Da, eine Lücke! Nur erkennbar, wenn man unmittelbar davorstand.

Mit einem Arm hob sie das Immergrün nach oben und sah, dass herausgefallene Steine eine Öffnung in der Mauer hatten entstehen lassen, gerade gross genug, damit eine schlanke Person hindurchschlüpfen konnte. Sie hob das rechte Bein an und streckte es durch die Öffnung. Auf der anderen Seite verschwand ihr Fuss im hohen Gras. Sie spürte die Feuchtigkeit der nassen Halme an ihren Knöcheln. Bevor sie ganz hindurchkroch, kontrollierte sie die Lage. Kein Mensch zu sehen.

Sie drängte sich mit dem ganzen Körper hindurch, dann befand sie sich auf der Wiese zwischen der Villa Balthasar und der Fabrikruine. Sie senkte den Arm, und das Gestrüpp zog sich an seine ursprüngliche Lage zurück. Auch von dieser Seite der Mauer deutete nichts darauf hin, dass hier im Verlaufe der Jahre ein zweiter Ausgang entstanden war.

Eine erboste Männerstimme erregte ihre Aufmerksamkeit. Sie horchte, versuchte, etwas zu verstehen, aber sie war zu weit weg. Vorsichtig schlich sie entlang der Mauer in Richtung der Stimmen, die von der Fabrik her zu kommen schienen. Sie wollte auf keinen Fall, dass Beni sie zu sehen bekam.

Das Geschrei wurde lauter, energischer. Wenn das mal keine Geschichte für die Zeitung war, jubilierte Clara innerlich. Sie holte das Handy aus ihrer hinteren Hosentasche und hielt es griffbereit. Ein Wagen raste mit Blaulicht die Fabrikstrasse herauf, bremste unvermittelt vor dem verlotterten Eingangstor. Zwei Beamte stiegen aus. Clara schlich gebückt näher, hockte sich hinter einen Lorbeerbusch und begann zu filmen.

Das blinkende Licht des Einsatzfahrzeugs reflektierte auf der Fassade der Fabrik und in den Pfützen, die der Regen von letzter Nacht übrig gelassen hatte. In der Mitte des Platzes standen drei Männer und eine Frau in schusssicheren Westen beieinander. Vor ihnen lag ein Mensch auf dem Boden, die Arme von sich gestreckt. Er schrie erbost auf, als ein Polizist in Uniform sich über ihn beugte und ihm die Arme hinter dem Rücken mit einem Kabelbinder zusammenband.

«Das werdet ihr bereuen.» Der Mann keuchte auf, als sich der Polizist auf seiner Schulter abstützte, um aufzustehen. «Polizeigewalt ist das. Ich zeige euch alle an.»

Niemand von der Polizei ging auf seine Worte ein. Im Gegenteil, sie sprachen hektisch miteinander, bevor sie sich suchend umsahen.

Die Frau beugte sich zu dem Gefangenen hinunter und fragte: «Wo ist sie? Sagen Sie uns, wo sich Frau Moser befindet. Wir wissen, dass sie mit Ihnen verabredet war.»

Der Mann lachte hämisch. «Ich habe keine Ahnung, wovon Sie sprechen.»

Hinter Clara krachte ein Ast, sie drehte sich um, schwenkte die Kamera automatisch mit und blickte überrascht ins Gesicht einer jungen Frau. Über ihre linke Wange zog sich ein frischer Kratzer, das Blut war noch nicht geronnen. Ihre Augenbrauen blieben Clara am besten im Gedächtnis. Sie hätte weder über die Figur noch über Haarfarbe oder Grösse der Frau etwas sagen können, aber die perfekt gezupften und schwarz gefärbten Balken über den Augen mussten jedem Betrachter auffallen.

Wie ein scheues Reh blieb sie erschrocken stehen, bevor sie zur Mauer rannte, das Efeu in die Höhe hob und durch die Lücke verschwand.

«Was zur Hölle?», murmelte Clara.

Verblüfft stand sie auf und vergass ihre Deckung. Sie kannte diese Frau! Sie hatte sie schon einmal gesehen, die Frage war nur, wo. Ihre Schuhe glitten auf dem nassen Gras aus, als sie zum Sprint ansetzte und der Flüchtenden folgte. Als sie den Kopf durch die Lücke streckte, durch die die Frau verschwunden war, konnte Clara sehen, wie diese schnellen Schrittes den Gehweg entlangeilte. Behände kletterte Clara ebenfalls zwischen den Steinen hindurch und rannte ihr hinterher. Die Verfolgte schien ihre Schritte gehört zu haben, denn sie drehte sich alarmiert um. Clara hörte, wie die Frau einen frustrierten Schrei ausstiess, bevor sie ebenfalls zu rennen begann.

Noch zwanzig Meter, dann bog die Strasse um die Ecke. Clara spürte, dass sie langsam aus der Puste geriet. Noch zehn Meter, der Abstand zwischen ihnen blieb frustrierend gleich. Clara gelang es nicht, aufzuholen. Fünf Meter, drei, dann verschwand die Frau um die Ecke, und Clara verlor sie aus dem Blick.

Sie legte an Tempo zu, wollte unbedingt wissen, wer die Unbekannte war. Clara schlitterte und kam mit einem Fuss über den Trottoirrand, als sie um die Ecke bog. Ihr Knöchel knickte ein, und sie kam ins Stolpern. Nur mit Mühe gelang es ihr, das Gleichgewicht zu halten. Das Messer in ihrem Lendenbereich stach unvermittelt zu, weil die Wirbel die Bandscheibe zusammenpressten. Clara sackte zusammen und musste nach Atem ringen, um dem Druck im Rücken beizukommen. Der Schmerz war schneidend und erbarmungslos. Langsam nur gelang es ihr, sich wieder aufzurichten. In ihrem Rücken hebelte und säbelte das Messer.

Nach der Biegung ging die Strasse in eine lange Gerade über. In nur fünf, sechs Metern Entfernung stand die Frau und blickte sie herausfordernd an. Kein Wort kam ihr über die Lippen, und doch hatte sie ihrem Gegenüber etwas Wichtiges mitzuteilen. Gebannt verfolgte Clara, wie sie den ausgestreckten Zeigefinger an den Mund hob und gleichzeitig die andere Hand in die Jackentasche steckte.

«Was?», flüsterte Clara, die sich keinen Reim auf das Verhalten der Frau machen konnte. Sie hatte es geschafft, sich aufrecht hinzustellen, musste sich jedoch mit den Händen im Rücken abstützen, um nicht wie ein Taschenmesser zusammenzuklappen.

Ihr Gegenüber trug eine sehr enge Jeans, die ihre schlanke Figur bestens zur Geltung brachte. Die glänzende Jacke war an der Taille eng geschnürt, der halb geöffnete Reissverschluss gab den Blick auf ein prächtiges Dekolleté frei. Ein Mann brauchte kaum Phantasie, um zu wissen, was sich unter dem Shirt verbarg. Auf einmal wusste Clara, wo sie die Frau schon einmal gesehen hatte: Vor ihr stand die Tusse vom Streetfoodfestival. Damals war die Frau in ein inniges Gespräch mit Beni vertieft gewesen.

Verblüfft sah Clara ihr ins Gesicht und wollte zu einer Frage ansetzen, als die Frau den Kopf schüttelte. Den Zeigefinger immer noch auf den Lippen, blickte sie betont auffällig nach unten links, die Augenbrauen zogen sich dabei in die Höhe. Als sie die Hand langsam aus der Jackentasche zog, erblickte Clara den Gegenstand, den sie damit herausholte. Clara kannte sich mit Waffen nicht aus, aber wenn sie eine Pistole sah, dann wusste sie, dass sie stillhalten musste. Sie machte einen Schritt nach hinten, nickte der Frau zu. Sie hatte verstanden und würde ihr nicht mehr folgen. Das war das Risiko nicht wert. Ausserdem schaffte sie es kaum, einen Schritt vor den anderen zu setzen, geschweige denn zu rennen.

Die Waffe verschwand wieder in der Jackentasche, dann drehte sich die Frau um und eilte davon.

Mit weichen Knien liess sich Clara auf dem Bordstein nieder. Als sie der Frau nachgerannt war, hatte sie keinen Augenblick damit gerechnet, mit einer Waffe bedroht zu werden. Das geschah nur in Filmen, vielleicht noch in Zürich, aber doch nicht in der Innerschweiz. Der Schweiss brach ihr aus allen Poren, und sie spürte, dass ihr Herz heftig gegen den Brustkorb pochte. Das war nicht nur der Rennerei geschuldet, nein, das Adrenalin durchflutete ihren Körper, und sie hatte Mühe, sich zu beherrschen.

Neben ihr hielt ein SUV, dessen Karosserie tiefschwarz glänzte. Surrend senkte sich die elektrische Fensterscheibe.

«Alles klar? Brauchen Sie Hilfe?» Die Fahrerin, eine Frau mittleren Alters mit einer rot gefärbten Strähne im Haar, beugte sich über den Beifahrersitz und sah sie besorgt an. Auf der Rückbank sass ein Kleinkind, das mit einem Schnuller im Mund schlief.

«Vielen Dank, ich habe mich nur beim Joggen verausgabt», flüchtete sich Clara in eine Lüge. «Ich muss nur etwas zu Atem kommen, dann geht es wieder.»

Die Fahrerin verabschiedete sich, dann setzte sie ihre Fahrt fort. Clara blickte dem Wagen nach. Vielleicht hätte sie doch einsteigen und sich nach Hause fahren lassen sollen. Dann könnte sie sich den Rest des Tages in die Badewanne legen, eine Flasche Rotwein leeren und die Welt um sich herum vergessen. Vogel-Strauss-Taktik à la Clara von Grünenstein eben. Das wäre nicht das erste Mal, und bislang hatte die Taktik durchaus funktioniert, zumindest bis zum nächsten Morgen, wenn sie mit schrecklichen Kopfschmerzen aufzuwachen pflegte.

Sie erhob sich ächzend vom Bordstein, wischte den Strassendreck von ihrem Hosenboden und streckte dann den Rücken durch. Mist, die Muskulatur begann bereits zu verkrampfen. Wenn sie nicht schnell genug ihre Tabletten einwarf, würde sich das mit tagelangen Schmerzen und einem ausgeprägten Hexenschuss rächen.

Frustrierend, wenn laut Arzt der Rücken eine ganze Generation älter war als der Rest des Körpers. Also nichts wie zurück in die Villa Balthasar, wo sie heute Morgen ihre Handtasche mit den Tabletten auf den Stuhl geworfen hatte.

Langsamen Schrittes schlurfte sich zurück zu der Lücke in der Ecke. Als sie sich bückte, um langsam wie ein Faultier unter den Steinen hindurchzukriechen, musste sie sich mit der Hand auf dem Knie aufstützen, um nicht zusammenzusacken. Dabei fiel ihr auf, dass sie immer noch ihr Handy in der Hand hielt. Sie hatte es die ganze Zeit hindurch nicht losgelassen. Zurück auf der Wiese der Balthasars sah sie sich den Bildschirm genauer an. Tatsächlich, das Gerät hatte die ganze Verfolgungsjagd aufgenommen!

«Wer sind Sie?»

Clara drehte sich um und sah, dass die Polizistin mit langen Schritten auf sie zuging. Einen Augenblick lang war Clara in der Versuchung wegzurennen, weil sie sich ertappt fühlte, blieb dann aber doch stehen, da sie körperlich einfach nicht mehr konnte.

Noch einmal wurde sie nach ihrem Namen gefragt. Die Polizistin war mittlerweile bis auf eine Armlänge an sie herangetreten, und Clara konnte ihren Namen, S. Jordi, auf dem Schild lesen, das auf Brusthöhe an der Weste angebracht war.

«Ich heisse Clara von Grünenstein, und ich arbeite für die Familie Balthasar», antwortete sie leise.

Sie wollte nur noch ins Haus und ihre Tabletten nehmen. Der Gedanke, dass sie nun noch lange mit einer Polizistin sprechen sollte, passte ihr überhaupt nicht. Schmerzen, sie hatte Schmerzen. Ihr Hirn sandte alarmierende Botenstoffe aus, die alle anderen Gedanken überlagerten.

«Ah, Frau Grünenstein.» Jordi drehte sich kurz um, schien nach einem Kollegen zu suchen, bevor sie sich wieder an Clara wandte. «Meines Wissens sollten Sie heute gar nicht hier sein.»

«Wie bitte? Kennen wir uns?» Clara blickte die Polizistin entsetzt an.

Aus der Nähe wirkte sie wesentlich älter. In ihren Augenwinkeln sammelten sich Krähenfüsse, die Stirn wurde in der Mitte getrennt von einer tiefen Falte, aber sie strahlte trotzdem eine fitte Jugendlichkeit aus. Clara fühlte sich neben ihr unzulänglich und eingeschüchtert.

Jordi winkte ab. «Haben Sie auf dem Fabrikareal etwas Ungewöhnliches beobachtet?»

«Was meinen Sie mit ‹ungewöhnlich›?», fragte Clara unwillig, sie wollte nur noch weg.

«Nun ja, Fremde, die sich hier treffen, zum Beispiel.»

«Nein», antwortete Clara. «Einmal habe ich in der ersten Etage der Fabrik durch das Fenster der Tür geblickt und Überreste einer Party auf den Tischen stehen sehen. Bierflaschen, Aschenbecher, solche Sachen halt. Aber ich habe keinen Schlüssel zu diesem Raum und habe auch niemanden gesehen.» Sie blickte erstaunt zum Fabrikgebäude und fragte sich, was sich hinter diesen Mauern abgespielt hatte. «Was ist denn passiert? Weshalb rückt die Polizei mit einem Grossaufgebot an?»

«Dazu können wir im Moment nichts sagen.» Jordi schien gewohnt zu sein, in kurzen Sätzen zu sprechen.

Nun siegte Claras Neugier doch noch, und sie fragte weiter: «Hat dies etwas mit dem Tod von Rosa Kammer zu tun? Immerhin ist die Frau nur etwa hundert Meter von hier verstorben.»

Jordi hatte sich bereits wieder umgedreht, um zu ihrer Mannschaft zurückzugehen, als sie noch einmal stehen blieb, sich zu Clara umdrehte und antwortete: «Nein, mit dem Totschlag an Frau Kammer hat das nichts zu tun. Bitte bleiben Sie noch einen Augenblick hier, damit ich Ihre Personalien aufnehmen kann.»

«Ja, mach ich.» Clara hielt inne. «Moment, haben Sie ‹Totschlag› gesagt? Steht nun also definitiv fest, dass sie nicht eines natürlichen Todes gestorben ist?»

«Ja, als Todesursache wurde Ersticken festgestellt. Die Familie wurde gestern Abend darüber ...» Jordi brach ab und verzog das Gesicht. «Ich wäre froh, wenn Sie diese Tatsache noch für sich behalten würden, denn die Pressekonferenz hat noch nicht stattgefunden.»

Verwirrt strich Clara sich die Haare aus dem Gesicht, die nass an ihrem Kopf klebten. Sie hatte in der Aufregung nicht gemerkt, dass es zu regnen begonnen hatte. Totschlag, Rosa war tatsächlich umgebracht worden! Wer tötete eine Frau, deren Lebensinhalt es war, Kunst zu häkeln?

Clara war so in Gedanken vertieft, dass sie Jordis letzte Frage beinahe überhört hätte.

«Bitte?»

«Ob Sie in den letzten Minuten eine Frau gesehen haben», wiederholte Jordi ungeduldig.

«Ja, die ist soeben an mir vorbeigerannt und durch die Mauerlücke verschwunden.»

«Warum haben Sie mir das nicht gleich gesagt?», schrie Jordi auf.

***

Ein Knallen riss Clara aus dem Tiefschlaf, in den sie gefallen war, nachdem die Tabletten endlich gewirkt hatten.

«Bist du verletzt?»

Verschlafen setzte sie sich im Bett auf, versuchte, die Gegenwart auf die Reihe zu bekommen. Die übliche Dosis Schmerzmittel hatte nicht genügt, um dem Krampf im Rücken beizukommen, weshalb sie eine zusätzliche Tablette eingeworfen hatte. Den leichten Nebel in ihrem Kopf hatte sie empfangen wie einen alten Freund, denn mit ihm nahm automatisch auch die Intensität der Schmerzen ab. An Autofahren war in diesem Zustand allerdings nicht zu denken, sie wäre eine Gefahr für sich und alle anderen Verkehrsteilnehmer. Also war sie in die erste Etage der Villa gestiegen und hatte sich im Gästezimmer auf das Bett gelegt. Kurz bevor sie eingeschlafen war, hatte sie bemerkt, dass Joker es sich auf ihren Füssen bequem gemacht hatte.

«Sag doch, geht es dir gut?»

Beni beugte sich über sie und schüttelte sie unsanft an der Schulter, was sie wohl aufgeweckt hatte. Sie wehrte seine Hand ab.

«Ja, doch.» Sie strich verlegen über ihre Haare. «Was ist denn los?»

Beni setzte sich auf die Bettkante und stützte sich neben Claras Bauch auf der Matratze ab, die unter seinem Gewicht nachgab. Ihr Rücken reagierte bereits auf dieses Ungleichgewicht der Unterlage mit Schmerzen. Sie stöhnte leise auf, als sie versuchte, sich aufzurichten. Endlich hatte sie es geschafft und sass mit einem Kissen im Rücken einigermassen bequem. Es war ihr unangenehm, dass Beni sie in dieser Verfassung zu sehen bekam. Sie fühlte sich schwach, und der Medikamentennebel war noch nicht aus ihrem Gehirn verschwunden. Bestimmt sah sie auch schrecklich aus, und sie schämte sich für ihren Gully-Atem.

«Meine Kollegin sagte, du hättest Nicole Moser getroffen?», begann Beni.

«Wen?»

«Nicole Moser. Eine junge Frau, die wir suchen.»

«Augenbrauen mit hochgebundenen Titten?», flachste Clara und konnte ein Kichern nicht unterdrücken.

Beni schaute sie perplex an. «Ja, das trifft in etwa den Nagel auf den Kopf.»

«Ich beobachtete euer Tun bei der Fabrik, da ist sie mir entgegengelaufen. Ich habe versucht, ihr zu folgen, aber ich habe einen Misstritt gemacht und mir dabei den Rücken verdreht.»

«Als Jordi mir sagte, du seist mit einem Hinken davongelaufen, befürchtete ich das Schlimmste», sagte Beni erleichtert. «Moser hätte dich angreifen und dabei verletzen können.»

Er reichte ihr eine Flasche Wasser, die sie dankbar entgegennahm.

«Nein, die Frau hat mir nichts getan», erklärte Clara zwischen zwei Schlucken Wasser. «Allerdings hat sie tatsächlich eine Waffe aus der Jackentasche gezogen, und da habe ich sie ziehen lassen.»

Die Tatsache, dass sie sowieso keine Chance gehabt hätte, ihr zu folgen, verschwieg sie lieber.

«Fuck!» Beni wirkte kein bisschen erleichtert, im Gegenteil. Schnell griff er nach seinem Handy, tippte eine Nummer ein und wartete, bis sich jemand am anderen Ende meldete. «Ja, Frau Grünenstein geht es so weit gut. Ihre Verletzung hat nichts mit Moser zu tun.»

Clara hörte eine Frauenstimme, verstand die einzelnen Worte jedoch nicht. Bestimmt war es Jordi, die Beni rapportierte, was unterdessen geschehen war.

«Ich habe soeben erfahren, dass Moser bewaffnet ist», erklärte Beni weiter. «Gib das den anderen durch. Ich melde mich später noch einmal.»

Er legte auf und sah Clara an. «Und nun zu dir. Was zum Teufel hattest du auf dem Grundstück zu suchen? Hatte ich dir nicht gesagt, dass ein Zugriff der Polizei erfolgen würde und du verschwinden sollst?»

«Nun, das Haus habe ich ja verlassen», wich Clara aus.

Beni runzelte verärgert die Stirn. «Nicole steht in Verbindung mit einer rechtsradikalen Gruppierung, die wir seit Längerem im Auge haben. Mit denen ist nicht zu spassen. Du hast Glück gehabt, dass dir nichts passiert ist. Das nächste Mal rennst du ihr nicht mehr nach, das könnte schief ausgehen. Komm, Clara, ich fahr dich nach Hause.»

«Vielen Dank für dein Angebot, aber nein.» Mit einem letzten Rest von Würde reckte Clara ihren Kopf in die Höhe. «Weisst du, was ich gar nicht ausstehen kann? Wenn ein Mann glaubt, mir sagen zu müssen, was ich tun und lassen soll. Das entscheide ich immer noch selbst. Ich wollte von dir nur wissen, was oder wen ihr bei den Balthasars sucht, schliesslich arbeite ich für diese Familie, und da muss ich orientiert darüber sein, was hier läuft.»

Dass sie daran gedacht hatte, daraus einen guten Bericht für die Zeitung zu schreiben, würde sie ihm garantiert nicht auf die Nase binden.

«Ich möchte selbst nach Hause fahren.» Sie stellte die Füsse auf den Boden und war sich plötzlich der Nacktheit ihrer Beine bewusst. Verlegen zog sie eine Ecke der Decke darüber.

«Es macht mir nichts aus, den Chauffeur zu spielen», versicherte Beni ihr mit leiser Stimme. Er wirkte ehrlich besorgt um sie.

«Geh du nur und mach deine Polizeiarbeit, ich kann mich gut um mich selbst kümmern.»

«Himmel, bist du ein widerspenstiges Frauenzimmer», brummte Beni. Er stand auf und verabschiedete sich mit einem kurzen Nicken von ihr, bevor er aus dem Zimmer verschwand. Clara hörte seine Stiefel auf der Treppe, als er die Stufen hinunterpolterte.

Dem hatte sie gezeigt, wie man mit ihr umzugehen hatte! Sie stand auf und fühlte dabei das Zerren in ihrem Rücken, das ihr nicht erlaubte, aufrecht zu stehen. Im grossen Spiegel des Kleiderschrankes erblickte sie ihre Silhouette. Sie hatte mehr mit der buckligen Hexe von Hänsel und Gretel gemeinsam, als ihr lieb war.

Wie dumm, dass sie Benis Angebot nicht angenommen hatte. Nun musste sie sich zu ihrem Auto quälen und es irgendwie nach Sarnen schaffen. Stolz konnte ein verdammt unangenehmer Zeitgenosse sein.

ZWÖLF

Kaum zu glauben, dass es schon mehr als sieben Monate in meinem Keller sitzt.

Als ich mich ihm nähere, sehe ich, dass es schläft. Es hat mir den Rücken zugewandt und liegt auf der Seite. An seinem Bein ist die Hose hochgerutscht und gibt den Blick auf seine rechte Wade frei. Eine böse Wunde hat es sich zugezogen, mindestens handtellergross. Ich kann ein Stück weissen Knochens inmitten von zündrotem Gewebe erkennen. Etwas irritiert mich, lässt mich den Blick nicht abwenden. Ich beuge mich darüber und zucke sogleich wieder zurück. Im Fleisch bewegt sich etwas. Winzige Maden, die sich die Bäuche füllen.

Vielleicht höre ich sie schmatzen, wenn ich ganz leise bin.

Magensäure füllt meine Kehle, ich schlucke schwer. Selten habe ich so etwas Ekelerregendes gesehen, das mich zugleich fasziniert. Aber mein Opfer wird bei lebendigem Leib aufgefressen, das ist gar nicht gut.

Es muss so lange durchhalten, bis ich weiss, wo das letzte Schätzchen ist. Ich muss mich beeilen, sonst stirbt es, bevor ich das Ziel erreicht habe.

Es soll mir endlich sagen, was ich wissen will.

Nein, es schüttelt den Kopf, es will nicht.

Es ist nicht nur widerlich, sondern auch noch widerspenstig.

Immer noch.

Es will das Geheimnis nicht verraten. Sonst hätte ich keinen Grund mehr, es am Leben zu lassen.

Ich muss eingestehen, dass eine gewisse Logik dahintersteckt.

MEMORO – 24. April 1945
Balthasar war mir ins Behandlungszimmer gefolgt und deutete nun auf eine Schublade zu seiner rechten, wo er eine Auswahl an Werkzeugen aufbewahrte.

«Nehmen Sie das Skalpell ganz links, das ist am schärfsten.»

Mit der Klinge trennte ich nun die innere Naht der ausgebreiteten Jacke auf, bis ein etwa zwanzig Zentimeter langer Schnitt entstand. Ich legte das Skalpell auf die Seite und griff mit Daumen und Zeigefinger hinein. Das Bündel, ungefähr fünfzehn Zentimeter im Quadrat und zum Schutz in dünnes Leder gewickelt, war von allen Seiten durch das Jackenfutter geschützt worden und wirkte unversehrt.

«Hiermit präsentiere ich das kostbarste Schätzchen. Es wird das letzte sein, das Sie von mir erhalten.»

Ich legte das kleine Paket auf den Behandlungstisch vor uns, machte einen Schritt zurück und nahm Haltung an. Rücken gerade durchgestreckt, Kinn nach oben, Beine geschlossen. Gleichzeitig konnte ich mir ein Schmunzeln nicht verkneifen. Gierig streckte Balthasar die Hände aus und begann, die schützende Lederhülle abzuwickeln. Ich hatte ihn am Haken.

Ich versuchte, mich aufrecht zu halten, den Blick auf die gegenüberliegende Wand gerichtet, während ich dem Sammler die Zeit gab, das Schätzchen ausgiebig zu entdecken. Ich selbst erinnerte mich nur zu gut an den Tag, als ich es in die Finger bekam, und wie ich mich damals gefühlt hatte.

Gleich zu Beginn des Krieges, 1939, war ich bei einer der Hausdurchsuchungen auf diese Kostbarkeit gestossen. In einem imposanten Münchner Stadthaus präsentierte es sich in einer Umgebung, die ihm in keiner Weise würdig gewesen war. Ich musste es retten, es war schlicht und einfach meine Pflicht gewesen. Der Gedanke daran, dass es in den folgenden Kriegsjahren beschädigt oder gar zerstört werden könnte, hatte mir Bauchschmerzen verursacht.

«Erlauben Sie mir eine Frage?», wandte ich mich an den Sammler.

«Nur zu.»

«Warum stellt sich jemand einen Operationstisch in den Keller?»

Er runzelte die Stirn, schien nicht glücklich über die Frage zu sein, dann gab er sich einen Ruck und erklärte: «Rund um die Schweiz tobt der Krieg, das wissen Sie selbst nur zu gut. Wer weiss, wie lange unsere Grenzen noch halten? Ich habe vorgesorgt und einen Raum einrichten lassen, in dem medizinische Notfälle versorgt werden können. Wenn es so weit ist, wird uns ein befreundeter Arzt helfen. Medizin, Nahrungsmittel und Devisen, das braucht es, um in Krisen überleben zu können.»

«Und Ihre Schätzchen!», warf ich lachend ein, um die Situation aufzulockern.

***

Die zwanzigminütige Fahrt von Hergiswil nach Sarnen hatte sie gestern Abend mehr schlecht als recht überstanden. Da der Krampf in ihren Rückenmuskeln immer stärker wurde und sie nicht in der Lage war, aufrecht zu sitzen, war sie gezwungen, sich weit über das Steuerrad zu beugen. Endlich in Sarnen angekommen, kletterte sie die Treppenstufen bis zu ihrer Wohnung in der dritten Etage auf allen vieren hoch. Noch im Flur zog sie sich bis auf die Unterwäsche aus, stellte sich unter die Dusche und legte sich anschliessend sofort ins Bett. Mit einer heissen Wärmflasche im Rücken und dem Schmerzmittel Tramadol im Blut schlief sie unverzüglich ein.

Sie erwachte früh am nächsten Morgen und fühlte sogleich, dass die verkrampften Muskeln sich über die Nacht zwar etwas gelöst hatten, sie jedoch alles andere als fit war. Noch gestern Abend hatte sie Joker bei ihrem Nachbarn Remo abgegeben, da an Gassigehen nicht zu denken gewesen war. So konnte sie sich heute Morgen mehr Zeit lassen. Vorsichtig setzte sie sich auf, dehnte ihren Rücken in alle Richtungen. Entweder wurde der Schmerz noch immer durch die hohe Medikamentendosis zurückgedrängt, oder sie hatte das Gröbste bereits überstanden. Spätestens am Mittag würde sie wissen, woran sie war. Auf keinen Fall würde sie heute in die Villa fahren und ihre Arbeit mit den Fundstücken weiterführen. Heute musste sie sich noch schonen.

Sie schlurfte in die Küche und bereitete sich ein frisches Birchermüesli zu. Mit den Cerealien und dem Naturjoghurt gab sie einen Apfel, den sie an der Reibe klein gehobelt hatte, in eine Schüssel und dekorierte das Ganze mit einer Handvoll Mandeln und Himbeeren. Während sie darauf wartete, dass der Laptop hochfuhr, brühte sie den ersten Kaffee auf. Genau so hatte ein Tag zu starten. Schön langsam, mit einer gewaltigen Dosis Koffein und einem leckeren Müesli, das Messer im Rücken dank der Schmerzmittel in den Tiefschlaf versetzt. Sie setzte sich hin und begann zu essen, während sie die digitale Ausgabe der Zeitung las.

Über den Polizeieinsatz bei den Balthasars wurde kein Wort verloren. Entweder war er zu wenig wichtig, als dass darüber berichtet werden sollte, oder die Polizei hatte sich bemüht, unter dem Radar der Journalisten zu bleiben. Mit einem Grinsen dachte Clara daran, dass sie gestern gefilmt hatte, wie die Polizisten einem Mann die Hände fesselten, und wie sie selbst Moser verfolgt hatte. Mit dem Löffel im Mundwinkel langte sie nach ihrem Handy und überspielte den Film auf den Laptop, sodass sie ihn auf einem grösseren Bildschirm sehen konnte.

Obwohl sie aus der Distanz gefilmt hatte, waren sowohl die Beamten wie auch der Verhaftete auf dem Boden gut zu erkennen. Clara drehte die Lautstärke voll auf.

Der am Boden liegende Mann beschwerte sich über seine Verhaftung, aber er weigerte sich, etwas über seine Komplizen zu verraten, obwohl die Beamten ihn immer wieder dazu aufforderten. Auf einmal verwackelte das Bild, unscharfe Aufnahmen vom Boden und grünem Gras waren zu sehen, bis plötzlich eine Frau ins Bild kam. Auf dem Bildschirm wirkten ihre Augenbrauen noch absurder als in Wirklichkeit. Gerade so, als ob sie diese mit einem dicken Filzstift aufgemalt hätte. Als Clara mit dem Handy in der Hand die Verfolgung der Frau aufgenommen hatte, wurde das Filmmaterial zeitweise unbrauchbar. Es waren kaum mehr als Farbflecken zu erkennen, allesamt so verwackelt, dass einem beim Betrachten davon übel wurde.

Etwas enttäuscht nahm Clara den Löffel aus dem Mund und begann, die Müeslischüssel auszukratzen. Auf einmal hörte sie ihre eigene Stimme aus dem Lautsprecher. Sie hatte laut aufgeschrien, als sie den Misstritt auf die Strasse gemacht hatte, dessen war sie sich gar nicht bewusst gewesen. Vermutlich war die Frau deshalb auch stehen geblieben und hatte zurückgeschaut. Die Bilder auf dem Bildschirm gewannen an Schärfe, und Moser blickte sie direkt an. Als die Frau den ausgestreckten Zeigefinger vor den Mund hielt und gleichzeitig mit der anderen Hand eine Waffe aus der Jackentasche zog, drückte Clara auf Stopp. Das hier war gut, sehr gut sogar!

Sie öffnete ein neues Dokument und notierte sich den Ablauf des gestrigen Nachmittags, ohne auf Rechtschreibung und Stil zu achten. Es galt, so viele Details wie möglich aufs Papier zu bringen, solange sie sich noch daran erinnern konnte.

Eine halbe Stunde später hatte sie es geschafft. Ihr Kopf schwirrte, aber sie betrachtete zufrieden ihr Werk. Nun eine Dusche, danach wollte sie sich an die Überarbeitung des Textes machen und vor allem bei der Kantonspolizei Nidwalden nach weiteren Informationen zum Einsatz fragen. Je mehr verifizierte Fakten sie unterbringen konnte, desto glaubwürdiger war ein Text, alles andere war lediglich ein Bericht über ein subjektives Erlebnis.

Unter der Dusche liess sie sich vom Wasserstrahl die schmerzenden Muskeln massieren und brauste den ganzen Körper zum Schluss eiskalt ab. Im Treppenhaus hörte sie Joker bellen, der es anscheinend kaum erwarten konnte, bis Remo seine Schuhe angezogen hatte und mit ihm nach draussen ging, um zu spielen. Sie brühte sich einen weiteren Kaffee, dann setzte sie sich wieder an die Arbeit.

Bevor sie bei der Pressestelle der Kantonspolizei Nidwalden nachfragte, die auch für Hergiswil zuständig war, wollte sie von Spichtig wissen, ob die Zeitung in der Zwischenzeit eine Meldung über den Einsatz erhalten hatte. Sie wählte das Mailprogramm und begann zu schreiben, als sie bemerkte, dass in der Zwischenzeit eine neue Nachricht eingegangen war. Der Absender war ihr unbekannt, noreply@anonymousemail.me, aber die Betreffzeile machte sie neugierig: «Wie geht's dem Rücken?»

Die Nachricht war an ihre Mailadresse bei der Zeitung gerichtet, die öffentlich einsehbar war.

Wider besseres Wissen, Mails ohne sicheren Absender niemals zu öffnen, um sich keinen Virus auf dem Computer einzufangen, klickte sie die Nachricht an.

«Hallo, brauche hilfe. Treffpunkt morgenmitag unter achereggbrüke. Bitte komm allein. N.M.»

Verdutzt las Clara die Mail ein zweites Mal. Dies war mehr als ein Spam, hier ging es nicht um Werbung. Diese Person bat sie um ein Gespräch unter vier Augen, und die Nennung des konkreten Ortes zeigte auf, dass sie Ortskenntnisse hatte. Clara kam nur eine Person in den Sinn, die sich hinter den Initialen N.M. verstecken konnte: Nicole Moser, die von der Polizei gesucht wurde. Die Frau, die Clara gestern eine Waffe unter die Nase gehalten hatte, bevor sie das Weite gesucht hatte. Warum wollte sie sich ausgerechnet mit Clara treffen?

Es gab genügend vernünftige Gründe, die Bitte abzuschlagen. Immerhin war die Frau bewaffnet und auf der Flucht. Clara kannte sie nicht und fühlte sich ihr gegenüber zu nichts verpflichtet, und doch war es die Erinnerung an ihren Blick, der sie zögern liess. Moser hatte zwar die Waffe aus der Jackentasche gezogen, allerdings hatte sie dabei alles andere als selbstsicher gewirkt, ganz im Gegenteil. In ihrem Blick hatte auch ein Funken Hilflosigkeit gelegen.

Bevor Clara es sich anders überlegen konnte, schrieb sie Moser zurück, dass sie kommen werde, und gab ihre Handynummer durch. Sie blickte auf die Uhr, es war bereits zehn Uhr. Moser hatte die Nachricht noch gestern Abend verschickt, als Clara von Schmerzmitteln betäubt in einem komatösen Schlaf gelegen hatte. Da Moser die Zeitangabe «morgenmitag» benutzt hatte, bedeutete es, dass Clara noch zwei Stunden bis zu ihrem Treffen hatte.

Sie las noch einmal die Nachricht durch. Moser hatte es geschafft, eine Unmenge an Rechtschreibfehlern in der kurzen Mail unterzubringen. Entweder sie hatte von Orthografie keine Ahnung, oder aber sie hatte unter grossem Stress gestanden.

Sollte sie sich wirklich mit einer Person treffen, die ihr gänzlich unbekannt und zudem bewaffnet war? Clara griff nach ihrem Handy, um Beni eine Nachricht zu hinterlassen, denn sicher war sicher, und schliesslich konnte man nie wissen, was Moser im Schilde führte. Clara hatte die Buchstaben bereits eingetippt und schwebte mit dem Finger über dem Display. Senden oder nicht?

Sie entschied sich kurzerhand dagegen. Moser hatte geschrieben, dass Clara allein kommen solle, und ganz bestimmt würde sie nicht auftauchen, wenn ein Polizist dabei wäre. Also würde dies ein Treffen ohne Netz und doppelten Boden sein.

Die restliche Zeit verbrachte Clara damit, in ihrer Wohnung herumzutigern und sich im Geiste auf das Treffen vorzubereiten. Sie kam sich vor wie eine Spionin auf Mission, mit dem grossen Unterschied, dass sie von der Arbeit einer Geheimagentin keine Ahnung hatte.

Endlich war es so weit, und sie fuhr mit ihrem Wagen in Sarnen auf die Autobahn. Um zur Achereggbrücke zu gelangen, musste sie in Alpnachstadt die Ausfahrt nehmen, um den Lopper nicht durch den Tunnel zu durchqueren, sondern auf der Haupttrasse am Vierwaldstättersee entlangzufahren. Vor dem Tunnelbau war die enge und kurvige Lopperstrasse für alle Fahrzeuge der direkteste Weg gewesen. Clara erinnerte sich daran, wie ihre Mutter von einem schrecklichen Autounfall in der Familie berichtet hatte. Ihr Grossvater und ihr Onkel waren mit ihrem Lieferwagen von der Fahrbahn abgekommen und in den See gestürzt. Ob der Tod durch die fehlenden Sicherheitsgurte oder aber durch Ertrinken geschehen war, daran vermochte sie sich nicht mehr zu erinnern. Auf jeden Fall hatte Clara immer, wenn sie diese Strecke fuhr, ein unsicheres Gefühl.

Der Vierwaldstättersee verjüngte sich am Fuss des Loppers zu einem schmalen Durchlass, den die zweihundert Meter lange Achereggbrücke überspannte. Hier ging der Vierwaldstättersee in den Alpnachersee über. Moser hatte gut gewählt, denn der Treffpunkt unter der Brücke war an Trostlosigkeit kaum zu überbieten, weshalb sich hier niemand länger als nötig aufhielt. Über dem Kopf donnerten die Fahrzeuge auf der A 2 in Richtung Gotthard, und auch die Lopperstrasse, auf der Clara hergefahren war, diente nur dem Zweck, von einem Ort zum anderen zu gelangen. Niemand wollte in diesem Schattenloch bleiben.

Clara stellte den Wagen in einer Parkbucht ab und ging die letzten hundert Meter zu Fuss zum Treffpunkt. Das Rauschen der Lastwagen über ihrem Kopf legte einen ohrenbetäubenden Klangteppich. Vom Vierwaldstättersee wehte eine kühle Brise, die Clara frösteln liess. Sie suchte die Strasse nach Moser ab, sah aber niemanden. Trotzdem war sie sich sicher, dass die Frau sie genau im Blick hatte und jeden ihrer Schritte beobachtete.

Ihr Handy vibrierte und meldete den Eingang einer Nachricht.

«Geh weiter die strase entlang bis zur treppe.»

Clara sah in einiger Entfernung einen schmalen Turm, der hoch zur Autobahn führte. Ein Notausgang, vermutete sie. Schon oft war sie diese Strecke gefahren, und bislang hatte sie diese Treppe keines Blickes gewürdigt.

Vor der untersten Stufe blieb sie stehen und schaute in den schmalen Treppenaufgang hoch. Die Wände waren zugemauert, sodass von aussen nicht zu sehen war, wer sich im Innern aufhielt.

«Nicole Moser?», rief sie ins Dunkel hinein.

Sie hörte das Scharren von Füssen, dann eine Stimme, die rief: «Bist du allein?»

«Ja, wie Sie verlangt haben.»

«Komm hoch.» Die Stimme hallte von den Wänden des Turms.

Clara biss sich auf die Unterlippe. Sollte sie in dieser Finsternis hochsteigen zu einer Person, von der sie wusste, dass sie gefährlich war? Geistesgegenwärtig schaltete sie nun die Aufnahmefunktion ihres Handys an.

«Nein, das möchte ich nicht», rief sie stattdessen. «Nicht, solange ich nicht weiss, was Sie von mir wollen.»

«Klingt einleuchtend», antwortete Moser. «Ich komme dir etwas entgegen, und du steigst einige Stufen hoch, sodass du von aussen nicht mehr zu sehen bist. Okay?»

«Na gut.» Clara zögerte zuerst, aber als sie hörte, dass jemand die Stufen heruntertstieg, setzte auch sie sich in Bewegung.

Sie hatte kaum drei Stufen erklommen, als sie einen Schatten erblickte.

Nicole Moser war auf der Zwischenetage stehen geblieben und sah auf sie herunter. Nervös wechselte sie von einem Bein auf das andere. In der Hand hielt sie ein Handy, das sie nun in die Gesässtasche ihrer Jeans steckte.

«Keine Polizei?»

Clara drehte sich im Kreis. «Wie Sie sehen, bin ich allein hier.»

Moser seufzte tief auf. «Ich geh hier ein verdammtes Wagnis ein, weisst du? Wenn die mich dabei erwischen, bin ich tot.»

«Von wem sprechen Sie?», fragte Clara. «Von der Polizei?»

«Bullshit, die doch nicht.»

«Und trotzdem wird nach Ihnen gefahndet.»

«Die Polizei ist mein kleinstes Problem.» Moser lachte leise auf, sie klang traurig. «Tu mir einen Gefallen und nenn mich Nicole. Schliesslich sitzen wir im selben Boot, wenn du dir anhörst, was ich zu sagen habe. Die Polizei sucht mich wegen kleineren Delikten, nichts Weltbewegendes. Nein, die wollen mit mir sprechen wegen einer Zeugenaussage. Aber wenn ich bei denen auspacke, dann kann ich gleich mein eigenes Grab schaufeln. Sag mal, kennst du Tobler?»

«Benedikt Tobler? Ja, das ist ein Bekannter von mir», antwortete Clara.

«Vertraust du ihm?» Nicole zündete sich eine Zigarette an und inhalierte die ersten Züge auf Lunge.

Clara zögerte. Kannte sie Beni wirklich so gut, dass sie ihm restlos vertraute? «Nun ja, so gut man einem Bekannten eben vertrauen kann.»

Nicoles Lachen klang heiser. «Clevere Antwort. Er hat versucht, durch mich an Informationen über unsere Gruppierung zu kommen. Natürlich hat er mir nicht gesagt, dass er Polizist ist, aber wir haben es natürlich herausgefunden und den Spiess umgedreht. Ich habe Interesse an ihm gezeigt, so sollte ich herausfinden, was die Polizei weiss. Zudem habe ich mich geschmeichelt gefühlt, dass er Interesse an mir gezeigt hat. Schöner Mann, verstehst?»

«Also, weshalb hast du mich hierherbestellt», fragte Clara nach. «Hier ist kaum der richtige Ort, um einen gemütlichen Schwatz über Männer zu halten.»

Nicole zog ein letztes Mal an der Zigarette, dann warf sie sie auf den Boden und trat sie aus.

«Sagt dir der Name ‹Hammerjugend› etwas?»

«Nein, keine Ahnung. Was ist das?»

«Das ist der Grund für meine kleineren Vergehen, wegen denen ich von der Polizei gesucht werde. Sagen wir es mal so, wir leben eine politische Gesinnung aus, die in der heutigen Schweizer Politik nicht gern gesehen wird. Dabei ist sie das einzig Richtige, um die Schweiz vor dem Untergang zu bewahren. Verstehst?»

«Nicht so wirklich», gestand Clara.

«Du hast die Videos im Netz gesehen, schliesslich hast du darüber berichtet. Wie wir den Negern gezeigt haben, dass sie in unserem Land unerwünscht sind.»

«Wow, das kam von euch? Das Gespräch nimmt eine Richtung, die mir nicht gefällt, Nicole», unterbrach Clara sie. «Wenn es darum geht, dass ich mir deine rechtsradikalen Ansichten anhören soll, dann bin ich kaum die richtige Person.»

«Das brauchen wir nicht hier und heute auszudiskutieren. Aber wenn wir einmal mehr Zeit haben, dann kann ich dir anhand konkreter Beispiele aufzeigen, weshalb es unserer Schweiz immer schlechter geht wegen all dieser Ausländer.»

Nicole atmete tief ein, dann stieg sie die Treppe zu Clara hinunter, wo sie sich auf die letzte Stufe setzte. Clara blieb in einem Meter Abstand stehen, lehnte sich jedoch an die Wand, um zu signalisieren, dass sie vorhatte, zu bleiben und zuzuhören. Im Halbschatten waren Nicoles Augenbrauen kaum zu erkennen, und auf einmal wirkte ihr Gesicht zart. Eigentlich ist sie sogar ziemlich hübsch, dachte Clara.

«Nehmen wir mal an, dass einige aus der Gruppe begonnen haben, weiter zu gehen, und nehmen wir mal an, dass mir dies nicht gefällt. Verstehst du?»

Clara nickte ihr zu. «Du meinst die körperliche Gewalt gegenüber Kidane Kudus?»

«Blödsinn, der hatte es nicht anders verdient», raunte Nicole. «Wäre er in Afrika geblieben, wäre ihm nichts passiert.»

Es fiel Clara schwer, diese Aussage kommentarlos hinzunehmen, und trotzdem tat sie es, damit Nicole endlich zum Kern der Sache kam.

«Verstehst du, wenn ich Tobler erzähle, was die machen, dann rückt ein Grossaufgebot der Bullen an. Der Einsatz bei der Parkettfabrik ist erst der Anfang gewesen, und die Hammerjugend will mir schon das in die Schuhe schieben. Wenn ich die Leute jetzt bei den Bullen verpetze, dann machen die mich platt.»

«Wer sind *die*?», fragte Clara. «Gib mir die Namen der Leute.»

«Es ist besser, wenn du sie nicht weisst.»

«Na gut, lassen wir das für den Augenblick», lenkte Clara ein. «In der Mail hast du geschrieben, dass du Hilfe brauchst.»

Nicole kramte die nächste Zigarette aus der Schachtel, zündete sie an und nahm einen Zug. «Sagen wir, dass ich etwas gesehen habe, das gar nicht gut ist.»

«Schlimmer, als einen Menschen halb totzuprügeln?»

«Viel schlimmer.»

«Sprich weiter.» Claras Puls ging schnell, seit sie aus dem Auto gestiegen war. Nun raste er.

Nicole zögerte kurz, dann sagte sie: «Wenn ich damit zur Polizei gehe, dann killen die mich. Aber wenn du etwas herausfindest und es in der Zeitung veröffentlichst, dann geschieht mir nichts.»

«Aber dann ist die Hammerjugend, wer auch immer das sein soll, hinter mir her», protestierte Clara.

«Nein, eben nicht!» Nicole zupfte einen Tabakkrümel von der Lippe. «Nicht, wenn du es vorher in der Zeitung bringst. Verstehst du? Dann wäre es für sie zu gefährlich, dir etwas anzutun. Sie würden sich damit selbst verraten.»

So ganz überzeugt war Clara noch nicht. «Warum ist es dir so wichtig, dass ich darüber berichte, Nicole? Was springt dabei für dich heraus?»

Die junge Frau nickte anerkennend. «Du bist ein smarter Kopf. Das gefällt mir, dich könnten wir bei uns gebrauchen. Bist du sicher, dass du nicht mitmachen willst?»

«Nein danke, eure Einstellung könnte der meinigen nicht entgegengesetzter sein. Aber zurück zum Thema. Du sagtest, dass die Tat schlimmer sei, als einen Menschen zu verprügeln. Willst du sagen, es geht um Mord?»

«Ja, auch.»

Clara blickte sie entgeistert an und fragte: «Auch?»

«Es ist kompliziert», antwortete Nicole.

«Sag mal, können wir uns nicht irgendwo unterhalten, wo es etwas behaglicher ist?», bat Clara. Fröstelnd rieb sie sich die Oberarme. Sie hätten sich an keinem gottverlasseneren Ort treffen können.

«Fuck, das ist viel zu gefährlich. Aber nun stell mal dein Handy ab, das, was ich dir nun erzähle, darfst du nicht aufnehmen.»

«Du hast gemerkt, dass ich unser Gespräch aufzeichne?»

Nicole lachte sie aus. «Denkst du, ich bin blöd? Du bist eine Journalistin, und ich biete dir eine Story an. Du hast sogar bei unserem Wettrennen gestern Nachmittag das blöde Ding nicht aus der Hand gelegt. Da muss man nicht studiert haben, um zu bemerken, dass du alles aufzeichnest.»

Clara nahm ihr Handy aus der Jackentasche, schaltete die Aufnahmefunktion aus und hielt Nicole zum Beweis das Display entgegen. «Zufrieden?»

Dann begann Nicole zu erzählen. «Mein Freund ist der Anführer, den Namen brauchst du noch nicht zu wissen. Er hat die Hammerjugend aufgebaut, er ist unser Gehirn. Er bestimmt, wer was zu tun hat. Weisst du, er ist wirklich sehr gut, darum folgen ihm die Leute. Er kann reden wie kein anderer. Er ist ein talentierter Redner, und alle hängen ihm an den Lippen. Bei ihm tönt alles voll easy.» Sie seufzte leise auf. «Wenn er so vor uns steht und erklärt, wie die Schweiz unter den Staatsschmarotzern zu leiden hat, dann hat das schon seine Wirkung. Wir folgen ihm, weil er etwas an sich hat, das uns anzieht. Verstehst du?»

Clara blickte sie zweifelnd an. «Was versteht denn dieser Mann unter ‹Staatsschmarotzern›?»

«Ach, du weisst schon, die Asylanten, die Linken, die Homos und die Juden. Das Gesocks halt.»

Schweigend biss sich Clara auf die Lippen, sie wollte Nicoles Redefluss nicht unterbrechen, obwohl es ihr schwerfiel.

«Wir sehen uns als die junge Gruppierung der Nationalen Aktionsfront. Die Idee, uns Hammerjugend zu nennen, stammt von unserem Anführer. Ich finde, er hat den Namen super ausgewählt. Klar, denn wir sind jung und schlagen zu, wenn es sein muss. Wir treffen uns regelmässig im Saal des alten Fabrikgebäudes Balthasar. Ausser mir sind keine weiteren Frauen dabei, der Rest der Mitglieder ist ausnahmslos männlich. Die Männer sagen, dass Frauen schmückendes Beiwerk sind.»

Für einen Moment war es still im Treppenhaus. Von draussen hörte man den Verkehr über die Brücke brausen.

«Weisst du, Clara, ich habe ihn wirklich geliebt und alles für ihn getan, was er wollte, schliesslich wollte ich ebenfalls Teil der Sache sein. Ich bin auch wichtig für die Hammerjugend. Dann habe ich angefangen, Fehler zu machen. Fuck, das hat er nicht akzeptiert. Er musste mich bestrafen, das habe ich natürlich eingesehen, aber er hat damit nicht mehr aufgehört.»

Nicole zog den Ärmel ihrer Jacke nach hinten und präsentierte einen Kranz blauer Flecken an ihrem Unterarm. Jemand musste sie so kraftvoll festgehalten haben, dass sie Hämatome davongetragen hatte.

«Ich bin eine waschechte Helvetierin. Eine Frau mit tadellosem Stammbaum und reinem Blut. Für so eine Frau müssen die Männer Sorge tragen. Wir dürfen nicht geschlagen werden.

Ich wollte ihn vor einigen Monaten verlassen, aber wohin hätte ich schon gehen können. Verstehst du?»

«Nun, da gäbe es schon Möglichkeiten», begann Clara. «Hast du denn keine Eltern oder Freundinnen, bei denen du hättest unterkommen können? Zumindest für eine Weile?»

Nicole gab keine Antwort.

«In Luzern gibt es ein Frauenhaus, wo gefährdete Frauen untertauchen können. Die Beratungsstellen sind hervorragend, und sie kennen sich mit gewalttätigen Männern aus. Ich kann dir helfen, die Kontaktdaten herauszusuchen.»

Nicole lachte frustriert auf. «Spinnst du? Da sitzen doch die ganzen Ausländerinnen mit ihrer Kinderschar, das weiss man doch. Das tue ich mir nicht an.» Sie schniefte, dann sprach sie weiter. «Ich habe beschlossen, bei ihm zu bleiben. Ich komme einfach nicht von ihm los. Irgendwie hat er etwas an sich, das mich immer wieder weich werden lässt. Zumindest war es so. Kommt dazu, dass mein gesamter Freundeskreis bei der Hammerjugend ist, ich verbringe meine ganze Freizeit mit ihnen. Kontakt zu meinen Freundinnen von früher habe ich nicht mehr, sie haben nicht verstanden, um was es bei uns geht. Irgendwie wurde ich denen zu extrem. So ist das halt, wenn man sich mit Leib und Seele für etwas einsetzt. Wenn ich nicht mutterseelenalleine zu Hause sitzen will, dann muss ich mich mit seinem Verhalten arrangieren. Weisst du, ich habe mich wirklich nicht gut verhalten. So gesehen war eine Bestrafung durchaus richtig.»

«Pfui, das stimmt doch nicht», empörte sich Clara. «Kein Mensch verdient es, geschlagen zu werden.»

«Ach, das ist doch linkes Psychogeschwätz! Wenn man einen Bock geschossen hat, dann muss man dafür geradestehen. So einfach ist das.»

Clara schüttelte wortlos den Kopf. Diese Diskussion führte zu nichts.

«Nachdem mein Freund es mir erklärt hat, habe ich es verstanden», fuhr Nicole fort. «Weisst du, ich habe mir auch das Recht herausgenommen, bei den Zusammenkünften der Hammerjugend meine Meinung zu sagen, und das geht einfach nicht. Das sehe ich ein, denn mit meinem Verhalten habe ich sein Ansehen geschwächt. Es ist wichtig, dass dem Anführer nicht widersprochen wird, vor allem nicht von seiner Freundin. Meine Aufgabe ist es, mich um seine Bedürfnisse zu kümmern, und das habe ich bislang sehr gut gemacht, hat er mich gelobt. Ich habe dann versucht, eine bessere Freundin zu sein. Verstehst du? Ich habe alles gemacht, was er gesagt hat, trotzdem hat er nicht mehr aufgehört, mich zu schlagen. Fuck, das ist nicht richtig.»

«Das stimmt», antwortete Clara bedrückt.

«Ich habe versucht, mich zurückzuhalten. Bei den Zusammenkünften habe ich mich im Hintergrund gehalten. Zwar habe ich die Ohren gespitzt und allem gelauscht, was die Männer debattierten, aber ich habe mir meine Sache nur gedacht, und ich habe kein Wort dazu gesagt. Brav bin ich gewesen, so wie er es von mir verlangt. Habe ihm jeden Wunsch von den Augen abgelesen. Mich sogar um den neugierigen Kriminalpolizisten gekümmert, um ihm so Sand in die Augen zu streuen. Das ist der Plan der Männer gewesen, und ich habe ihn ausgeführt. Wenn ich etwas für die Sache tun kann, dann mache ich das.»

Nicole knipste die Fingernägel aneinander. Das Geräusch hallte surreal laut von den Betonwänden wider.

Clara sah sie an und gab sich dann einen Ruck. «Was du erlebst, ist nicht gut, Nicole. Du lebst in einer zutiefst toxischen Beziehung. Wenn du möchtest, dann kann ich dir helfen auszusteigen.»

Nicole seufzte schwer. «Dazu ist es zu spät.»

Irritiert hielt Clara inne, dann erinnerte sie sich an Nicoles Worte zu Beginn des Gesprächs. «Du meinst den Mord?»

«Eigentlich will ich die Hammerjugend gar nicht verlassen. Ich war sicher, irgendwann sieht auch der Anführer ein, dass er sich mir gegenüber anders verhalten muss. Wenn ich keine Fehler mehr mache, dann wird er sich ändern. Jedenfalls habe ich mir das lange eingeredet, aber jetzt sehe ich das anders.»

«Solche Männer ändern sich nie. Verlasse ihn.»

«Wenn ich gehe, dann nicht deshalb.»

«Warum dann?», fragte Clara.

«Ich wurde Zeugin von etwas, das ich nicht vergessen kann. Was er getan hat, hat nichts mehr mit der Hammerjugend zu tun. Das war ein persönlicher Feldzug von ihm. Damit will ich nichts zu tun haben.»

Auf einmal schwieg Nicole. Sie hatte alles gesagt, was sie im Moment zu sagen bereit war. Hatte ihre Seele entblösst und war dabei bei Clara auf Abneigung gestossen.

«Ich will, dass du über ihn schreibst. Dann fliegt er auf und wird gefasst. Nur so werde ich ihn los. Die Hammerjugend ist dann gestorben, aber wir lassen sie einfach unter einem anderen Namen auferstehen, diesmal auch mit Frauen an der Front. Du bist meine einzige Chance. Verstehst du jetzt, weshalb ich dich hergerufen habe?» Nicole seufzte tief auf. Sie schien erleichtert, dass Clara ihr immerhin bis zum Ende zugehört hatte.

«Ich muss das zuerst verdauen», antwortete Clara, während sie ihre kalten Arme rieb. «Ich denke, ich fahre jetzt nach Hause.»

Nicoles trauriges Lachen war ihr Antwort genug, obwohl es aufgesetzt wirkte.

«Erreiche ich dich unter der Nummer, unter welcher du dich gemeldet hast?», fragte Clara.

Nicoles Stimme war lange nicht mehr so selbstbewusst wie zu Beginn ihres Treffens. «Warte nicht zu lange.»

«Sag mal ...» Clara gab sich einen Ruck und stellte die Frage doch noch, die in der letzten halben Stunde an ihren Nerven gezerrt hatte. «Was lief da zwischen dir und Beni?»

«Du meinst Tobler?» Nicole lachte laut auf. «Ob wir im Bett waren, willst du wissen? Du kannst die Dinge ruhig beim Namen nennen. Ja, waren wir. War ganz okay, obwohl ich eigentlich mehr von ihm erwartet hätte, so gross und stark, wie er aussieht. Willst du Details?»

«Nein danke, das genügt mir schon als Antwort», wehrte Clara ab.

Sie hatte sogar mehr Informationen erhalten, als ihr lieb war. Wenn ein Polizist in einem verdeckten Einsatz mit der Verdächtigen sexuell verkehrte, dann hatte Clara kein Interesse daran, den Kontakt mit ihm zu intensivieren. Dabei hatte Laetitia, seine Schwester, von ihm in den höchsten Tönen gesprochen. Nun ja, was wussten Schwestern schon?

«Na, dann ist ja für den Moment alles klar.» Nicole sprang auf. Auf einmal schien sie es eilig zu haben, von hier wegzukommen. «Wir kontaktieren uns wie abgemacht!» Dann verschwand sie auf der Treppe nach unten. Clara blieb alleine zurück und dachte über das soeben Gehörte nach.

Was Nicole erzählt hatte, hätte sich Clara niemals ausdenken können. Fassungslos hatte sie neben der jungen Frau auf der betonierten Treppenstufe gesessen und ihren Worten gelauscht, die eine Welt beschrieben, die Clara bislang so nicht gekannt hatte.

Ein Paralleluniversum, das im Verborgenen existiert und doch einen immer stärker werdenden Einfluss auf unser Leben hat, dachte Clara, und ein Schauer jagte ihren Rücken hinunter. Es wäre zu einfach gewesen, dies als Hirngespinst einiger weniger Phantasten abzutun. Tief in ihrem Innern wusste Clara, dass auch in der vermeintlich heilen Schweiz der Hass und die Angst sich verbreiteten wie ein Krebsgeschwür, das sich durch gesundes Fleisch frass. Der Krebs, der sich unaufhaltsam ausstreckte und alles seiner Kraft beraubte, bis kein Quäntchen Gesundheit mehr dagegen aufzubegehren vermochte.

Clara stand auf, sie wollte diesen Ort so schnell wie möglich verlassen. Da sah sie, dass Nicole etwas verloren hatte.

DREIZEHN

Es war in der Zwischenzeit aufgewacht und hatte den Oberkörper mir zugewandt. Die Beine bewegte es nicht, was mir recht war.

Nicht, dass noch eine dieser Maden aus der Wunde fiel und zu mir gekrochen käme.

Jetzt kommt der wichtige Teil, es muss mir weiterhin gut zuhören.

MEMORO – 1945
Im letzten Halbjahr hatte ich kaum mehr etwas entdeckt, das von Wert gewesen wäre. Und wer ausser den Schweizern hatte noch Geld, um Kunst zu kaufen?

Wenn es ums nackte Überleben ging, zählten handfestere Währungen. Nahrungsmittel, Brennholz oder Medikamente. Kunst hatte im Kampf um die eigene Existenz keinen Platz.

Da nützte das schönste Stillleben an der Wand in der guten Stube nichts, wenn vom Haus keine Wand den Bomben standgehalten hatte.

Ein trockenes Paar Wollsocken, Aspirin, etwas Kohle für den Ofen, das war unbezahlbar geworden. Eine Leinwand mit einigen Kleckser Ölfarbe darauf konnte man nicht essen.

Der Mann, dessen Wohnung wir 1939 stürmten, er hiess wohl Mendel oder Mandel, so genau erinnere ich mich nicht mehr, hatte sich damals schützend vor seine Familie gestellt.

Diese drängte sich im Wohnzimmer an die Wand und blickte die SS-Männer in ihren schwarzen Uniformen ängstlich an. Der Esstisch war mit Porzellan, Weingläsern und Silberbesteck auf einem weissen Tischtuch reich gedeckt, darauf brannten zwei Kerzen in ebenfalls silbernen Ständern. Das Bild dieses Reichtums brannte sich damals in meine Netzhaut ein.

Ein herrlich duftender Hefezopf schaute unter einer bestickten Decke hervor. Ein Soldat machte einen Schritt nach vorne, ignorierte den empörten Aufschrei der Frau, als er sich über den

Tisch beugte und ein grosses Stück Brot abbrach. Er nickte ihr anerkennend zu, als er provozierend laut schmatzend ass. Die Frau, die ein langes blaues Kleid und ein zum Dreieck gefaltetes Tuch über den Schultern trug, drückte ihre beiden Söhne an sich. Anstatt die Knaben zu kräftigen und mutigen Männern zu erziehen, verhätschelte die Mutter sie.

Beides schlaksige Bohnenstangen mit viel zu langen Hälsen, und man sah ihnen schon in diesem jugendlichen Alter an, dass auch sie dieselbe hohe Intellektuellenstirn entwickeln würden wie ihr Vater. Ich erinnerte mich gut daran, was ich damals dachte: wie hässlich die beiden Buben seien.

Der Vater hatte sich ebenso unmöglich verhalten wie seine Frau. Was der sich eingebildet hatte, als er sich breitbeinig vor den Soldaten aufstellte! Anstatt mannhaft und würdevoll zur Seite zu treten, stellte er sich vor den SS-Männern auf, mit nichts als seinen leeren Händen und einem schwachen Brustkorb. Als ob sich die SS von einem klein gewachsenen Bankier bei der Enteignung des Haushalts aufhalten liesse.

Wir hatten uns angewöhnt, am Freitagabend zuzuschlagen, denn da bereiteten sie sich für den Sabbat vor und waren deshalb mit grosser Wahrscheinlichkeit anzutreffen. Einer der Soldaten hämmerte mit der Faust an die Tür, anschliessend stürmten die SS-Männer die Wohnung.

Ich zog es vor, im Hintergrund zu warten, zumindest bis das erste Geschrei abgeklungen war. So auch diesmal. Ich sehe noch immer das Treppenhaus vor mir, in dem ich mich derweil aufhielt. Eigenartig, dass sich mir diese Bilder so sehr ins Gedächtnis gebrannt haben. Vielleicht, weil es der Tag gewesen war, an dem ich mein Lieblingsschätzchen gefunden hatte.

Schon im Treppenhaus war erkennbar gewesen, dass die Bewohner des Hauses wohlhabend sein mussten. Das Geländer war mit einem reich verzierten Metallmuster versehen, der Boden mit einem Terrazzomuster aus farbigen Steinen. Über diesen Boden lief niemand mit dreckigen Stiefeln. Wer ein bisschen Achtung vor dem Handwerk hatte, streifte sich den Schmutz vor dem Haus von der Sohle.

Schliesslich trat auch ich in die Wohnung, wartete mit der genauen Inspektion aber, bis die Soldaten die Familie aus dem Haus führten, was nicht ohne Schreie ablief. Wie ich es hasste, wenn Menschen die Kontrolle über sich verloren. Mir waren sie lieber, wenn sie schweigend die Treppen hinunterstiegen. Als die Familie endlich verschwunden war, schloss ich die Haustür und ging auf die Suche.

Bei den Säuberungen hatte ich keine offizielle Funktion inne, weshalb ich mich stets zurückhielt. Aber allen schien klar zu sein, dass ich auf besonderen Befehl von oben dabei war. Ein Wink von mir, und die Soldaten salutierten, bevor sie mich allein in der Wohnung zurückliessen.

Sobald all die Räumlichkeiten menschenleer waren, begann meine eigentliche Arbeit. Sichtbar waren die echten Preziosen kaum mehr, denn die Juden hatten sich angewöhnt, ihre Wertsachen zu verstecken.

Mir gefiel es, in fremden Wohnungen zu stöbern, bis ich fündig wurde. Es erinnerte mich an früher, als ich mit meinen Freunden im Hinterhof auf Schatzsuche gegangen war. Aber anstatt glitzernder Kieselsteine oder mal einer grünen Scherbe einer Bierflasche lockte hier nun weitaus Vielversprechenderes.

Den Trick mit der eingebauten Wand hatte ich schon nach der zweiten Wohnung raus, die ich durchsuchte. Die Juden dachten tatsächlich, dass wir zu dumm wären, dies zu bemerken. Man musste lediglich die Abstände zwischen Wand und Fenster vergleichen, um zu bemerken, wenn die Proportionalität des Zimmers nicht mehr gegeben war. Ein kräftiger Schlag mit dem Hammer gegen die Wand und der Hohlraum dahinter präsentierte sich mit einem schwarzen Loch. Wie ich das Gefühl liebte, durch die eingeschlagene Öffnung hineinzukriechen und mit der Taschenlampe den Verschlag abzuleuchten!

In einer Ecke hatte die Familie Mandel oder Mendel ihr Silberbesteck aufgestapelt, dazu Kristallvasen und drei aufgerollte Orientteppiche. Allesamt Dinge, die mich nicht sonderlich interessierten, die sich aber prinzipiell zu Geld machen liessen. Teppiche waren allerdings umständlich zu transportieren, Vasen gingen viel zu schnell zu Bruch, und Silberbesteck hatte ich schon mehr als genug gefunden. Man konnte es immerhin einschmelzen und das Silber weiterverkaufen. Mein Herz jedoch schlug für etwas anderes. Ich drehte mich suchend um, und da war es. Das wertvollste Schätzchen, das ich jemals entdeckt hatte. Ganz unscheinbar hing es an einem Nagel an der Rückwand des Verschlags.

Das Gemälde, das ich die ganzen sechs Kriegsjahre hindurch sorgsam gehütet hatte, sollte mir nun die Flucht nach Südamerika ermöglichen. Es wegzugeben schmerzte mich sehr. Ich fühlte mich, als ob ich mich von einem Finger trennen müsste.

In der Wohnung der Mandels oder Mendels stand ich ihm zum ersten Mal von Angesicht zu Angesicht gegenüber.

Zwei Pferde, eines dem Betrachter zugewandt, das andere in Rückenansicht, die auf einer Wiese grasten. In der rechten oberen Ecke, als ob ein Kindergartenkind es gemalt hätte, ein Kreis, die Sonne. Selbst im fahlen Licht des Verschlags schrie mir sein Orange laut entgegen. Sämtliche Flächen bestanden aus geometrischen Figuren, die Farben entsprachen in keiner Weise der natürlichen Farbgebung. Rote und gelbe Pferde neben einem blauen Adler, wo hatte man denn so etwas schon gesehen?

Ich nahm das Bild von der Wand und kletterte mit ihm durch die Lücke in der Wand zurück ins Wohnzimmer. Fassungslos setzte ich mich auf einen Stuhl und betrachtete es. Noch nie hatte mich ein Gemälde so sehr gefesselt. Was war es, das mich derart faszinierte?

Auch später, nach all den Jahren, in denen es in meinem Besitz war, vermochte ich es nicht in Worte zu fassen. Waren es die aussergewöhnlich kräftigen Farben oder die Motivwahl? Beides hatte ich in anderen Gemälden auch schon gesehen.

Ich fuhr mit meinem Zeigefinger sachte über die Leinwand, spürte dem Pinselstrich nach. An einigen Stellen realisierte ich sogar die Eindrücke einzelner Pinselhaare. Was es auch sein mochte, das Bild war ein Gesamtkunstwerk. Ich musste es haben. Den Gedanken, dass ich es weiterverkaufen und das Geld meinem Vorgesetzten übergeben sollte, war mir unerträglich. Es musste bei mir bleiben. Das war ein Schätzchen, wie man es nur ein Mal im Leben in die Hände bekam.

Entartete Kunst war es, was ich damals in den Händen hielt. Und doch war sie so unfassbar schön, dass sie mein Herz berührte. Davon würde ich meinem Vorgesetzten nichts verraten, beschloss ich spontan. Sie würden sich mit den anderen Funden in der Kammer begnügen müssen. Sollten sie doch die Teppiche, das Silber und den anderen Plunder behalten, solange ich nur dieses Bild haben konnte.

So sah meine Arbeit aus, die ich über mehrere Kriegsjahre hinweg betrieb. Ich bekam von einem Offizier den Tipp, wann wieder eine vielversprechende Wohnung von der SS durchsucht werden sollte, dann war ich an diesem Tage vor Ort und ging auf Schatzjagd.

Ich schreckte aus meinen Gedanken auf, als Balthasar das Leder zur Seite zog und das Bild sich in all seiner Schönheit präsentierte. Ein leises Stöhnen entwich ihm.

Schmunzelnd lehnte ich mich zurück. Ich wusste genau, was er empfand.

Mein Kopf schmerzte, und das Atmen wurde immer mühsamer.

Nur für einen kurzen Augenblick die Augen schliessen, dann würde ich mich besser fühlen.

***

Der Schaum türmte sich hoch auf ihrem Kopf. Sie hatte viel zu viel Shampoo aus der Flasche gedrückt, da sie mit ihren Gedanken noch immer beim Gespräch mit Nicole festhing. Sie stellte sich unter den Wasserstrahl und brauste sich ab.

Clara erinnerte sich an die verschlossene Tür im Obergeschoss des alten Fabrikgebäudes, als sie bei ihrem ersten Rundgang über das Gelände der Familie Balthasar gestreunt war. Sie hatte durch ein eingelassenes Fenster in der Tür geschaut und dabei die Überreste eines Saufgelages entdeckt, liegen gebliebene Bierflaschen, verstellte Stühle und volle Aschenbecher. Niemals wäre sie damals auf die Idee gekommen, dass sich hier regelmässig Rechtsradikale trafen, um über das Schicksal der Schweiz zu philosophieren.

Etwas Seife war ins Auge gekommen, und Clara rieb sich die schmerzende Stelle. Wobei «philosophieren» bedeutet, dass man alle Seiten einer These betrachtet, korrigierte sie ihre Gedanken. Die Gruppierung tat nichts dergleichen. Ihre Gesinnung berief sich auf die Ideologie des Dritten Reiches und auf die strikte Verleugnung historisch belegter Ereignisse. So viel hatte sie zumindest aus Nicoles Erzählungen geschlossen. Einmal mit dem Reden angefangen, war die junge Frau kaum mehr zu bremsen gewesen, und Clara hatte Mühe gehabt, zwischen politischen Verschwörungstheorien und tatsächlich Geschehenem auf Balthasars Grundstück zu unterscheiden. Bewusst hatte sie darauf verzichtet, mit Nicole über Politik und ihre fremdenfeindlichen Äusserungen zu diskutieren. Nicole war zu aufgewühlt gewesen, als dass sie sich eine andere Meinung in Ruhe angehört hätte.

Ob sich Nicole wegen der Gewalt an ihrem Freund rächen und ihn deshalb in den Schmutz ziehen wollte, fragte sich Clara. Nicole hatte ausgerechnet dann das Gespräch abgebrochen, als es am interessantesten wurde. Sie hatte zweimal darauf hingewiesen, dass sie Bescheid wusste über einen Mordfall, war jedoch nie mit der Sprache herausgerückt. Ob sie sich auf den Todesfall von Rosa Kammer bezog?

Clara wickelte sich das Frottiertuch um und öffnete das Fenster, um die Feuchtigkeit aus dem Badezimmer zu lassen. In der Küche setzte sie sich an den Tisch und schaute auf den Gegenstand vor sich. Das Handy steckte in einer dicken schwarzen Gummihülle, die das Gerät von allen Seiten her schützen sollte.

Nicole war vorhin so schnell aus dem Treppenhaus verschwunden, dass sie offenbar nicht gemerkt hatte, wie das Handy aus ihrer Gesässtasche auf die Stufe gerutscht und dort liegen geblieben war. Bei dieser engen Jeans kein Wunder, dachte sich Clara, die das Telefon aufgehoben und das Treppenhaus ebenfalls verlassen hatte, aber Nicole war nicht mehr zu sehen gewesen. Sie hatte wohl eiligst das Weite gesucht. Schulterzuckend hatte Clara das Gerät in ihre Tasche gesteckt.

Nun lag es vor ihr auf dem Küchentisch. Sollte sie es anstellen oder nicht? Clara beugte sich über das Display, schubste es mit dem Zeigefinger an. In fremden Telefonen schnüffeln, das tat man nicht. Beim Gedanken, dass sie etwas über die Hammerjugend erfahren könnte, siegte die Neugier über die Vernunft, und sie drückte auf den schmalen Knopf an der rechten Seite des Handys. Sofort sprang das Display an.

Sechzehn verpasste Anrufe, vierundzwanzig eingegangene WhatsApp-Nachrichten. Nicole schien gefragt zu sein.

Was sollte sie nur damit anstellen? Clara rieb sich mit beiden Händen über das Gesicht, fühlte sich unwohl dabei. Das Hintergrundbild war schwarz, in der Mitte prangten zwei Zahlen leuchtend rot, zwanzig und vier. Vierundzwanzig, was das wohl zu bedeuten hatte, wunderte sich Clara. Vielleicht Nicoles Geburtstag oder ihr Alter, das käme in etwa hin.

Sie nahm das Gerät in die Hand, um besser damit hantieren zu können. Mit seiner dicken Hülle wirkte es schwer und massiv. Nichts, was sich eine junge Frau aussuchen würde. Nicole liebte Glitzer, Kunstpelz und leuchtende Farben, wie an ihrer Kleidung unschwer zu erkennen war, aber die Handyhülle stand dem komplementär gegenüber.

Clara drückte versuchshalber auf das Display – das Handy war nicht verschlüsselt. Der Eigentümer musste sich seiner Sache sehr sicher sein, dass er darauf verzichtete, oder jemand hatte die Tastensperre bereits herausgenommen.

Schon beim Lesen der ersten Nachricht wurde ihr klar, dass etwas nicht stimmen konnte.

«Alter, wieso antwortest du nicht?»

Sie begann, die anderen Nachrichten zu lesen, und begriff allmählich, dass das Handy einem Mann gehören musste, dessen Kollegen sich wunderten, weshalb er nicht zurückschrieb. Wie war es in Nicoles Besitz gekommen? Hatte sie es gestohlen, oder war es ihr anvertraut worden? Clara beschloss, sich zuerst anzukleiden und dann herauszufinden, wer der Besitzer des Geräts war.

Bald darauf hatte Clara in Erfahrung gebracht, dass das Handy einem gewissen Sebastian Haller gehörte, der auf Heavy Metal stand, mehrere Fitness-Apps heruntergeladen hatte und eine Vorliebe für devote, sexy Blondinen mit Silikonbrüsten hatte. Letzteres schloss Clara aus den gespeicherten Bildern mit eindeutig pornografischem Inhalt. Wem es gefällt, dachte sie und konnte sich ein Schmunzeln nicht verkneifen.

Was sie hier in den Händen hielt, war nichts anderes als das abgebildete Leben dieses Mannes. Und er kam ihr seltsam bekannt vor. Sie wählte ein Bild aus, auf dem er ausnahmsweise keine schwarze Sonnenbrille trug, und zoomte das Gesicht näher heran.

Verdammt, das war Basti, der Kerl, der ihr im Pub das halbe Bier über die Jacke geschüttet hatte! Ob er auch zur Hammerjugend gehörte? Wenn es so wäre, dann hätte sie sich einen Abend lang mit ihm amüsiert und nicht gemerkt, wie er in Wirklichkeit tickte. Noch schlimmer würde es Laetitia ergehen, wenn sie davon erfuhr. Auf Claras Nachfrage hatte sie zwar nicht bestätigt, die Nacht mit Basti oder Sandro oder allen beiden verbracht zu haben, allerdings hatte sie es auch nicht dementiert. Bei Laetitia war alles möglich.

Wenig später hatte Clara zumindest über Bastis politische Einstellung Klarheit. Er liebte es offenbar, sich selbst zu fotografieren oder fotografiert zu werden, und die Bilder, die sie in einem der Alben seiner Handykamera entdeckte, liessen keinen Zweifel zu. Mal posierte er auf einem Schiesstand mit einem schwarzen Sturmgewehr vor der Brust, den rechten Arm hielt er ausgestreckt zum Hitlergruss in Richtung Kamera. Auf einem anderen Bild salutierte er mit einer Bierflasche in der linken Hand vor einem Bild Adolf Hitlers. Eine ganze Serie von Aufnahmen existierte von einem Fackelumzug in der Nacht. Die Gesichter der Frauen waren nur schemenhaft zu erkennen, diejenigen der Männer überhaupt nicht. Über den rechten Ärmel der weissen Hemden waren Binden mit dem Hakenkreuz drapiert. Die Frauen trugen ihre langen Haare in kunstvollen Flechtfrisuren. Clara war sich sicher, auf mindestens einem Bild Nicole zu erkennen. Wären die Fotografien in Schwarz-Weiss gewesen, sie hätten aus der Zeit vor dem Zweiten Weltkrieg stammen können.

Schlussendlich fand Clara auch heraus, was die beiden Zahlen des Hintergrundbildes bedeuteten: Die Zwanzig und die Vier standen für Hitlers Geburtsdatum, den 20. April. Ein Anflug von Übelkeit befiel sie.

Sie fühlte sich nicht wohl beim Betrachten dieser Bilder. Zwar hatte sie immer noch ein schlechtes Gewissen, weil sie die privaten Fotos einer anderen Person durchsuchte. Noch schlimmer war aber die Tatsache, dass sie hier eine rechtsextreme Weltanschauung kennenlernte, die sie bislang in der Schweiz nicht offen zu sehen bekommen hatte. Klar wusste sie, dass es hier auch Rechtsradikale gab, aber sie traten kaum öffentlich auf oder taten das so dezent, dass eine unaufmerksame Person dies nicht bemerken würde. Ein wenig schämte Clara sich daher auch wegen ihrer Naivität. Sie schaltete das Handy aus.

Sebastian Haller, alias Basti, war alles andere als ein unbeschriebenes Blatt und bestimmt kein Traum einer Schwiegermutter. Dabei war es an jenem bierseligen Abend in dem irischen Pub ziemlich lustig mit ihm gewesen. Ein wenig aufdringlich war er gewesen, aber ansonsten völlig okay.

VIERZEHN

Es hatte es nicht geschafft, sich hinzusetzen, und war stattdessen in einer embryonalen Haltung liegen geblieben, aber ich merkte ihm an, dass es wach war und mir zuhörte.

Nicht mehr lange und es hatte die ganze Geschichte gehört.

Dann war seine Zeit abgelaufen.

Ich glaube, mittlerweile ist es ihm egal. Anfangs hat es noch um Hilfe geschrien, nachdem ich ihm den Klebestreifen vom Mund gerissen hatte, unterdessen macht es keinen Mucks mehr. Eigentlich bräuchte ich es nicht einmal mehr zu knebeln.

Aber warum sollte man lieb gewonnene Angewohnheiten ändern?

Es läuft ab wie immer. Sessel, Lampe, Tagebuch.

MEMORO – 2. Mai 1945
Von meiner Schönheit war nicht mehr viel übrig geblieben. Die Augenringe hatten sich tief eingegraben, auch meine volle Haarpracht begann sich zu lichten, was mich noch viel mehr schmerzte. Der Anblick im Spiegel machte mich traurig. Mir blickte ein alter, erschöpfter Mann entgegen.

In meine einstmals blonden Haare hatte sich ein unansehnliches Grau geschlichen. Die Frauen liebten es, mit den Fingern durch meine dichten Haare zu fahren, wenn sie sich auf meine Knie setzten. Hatten es geliebt, korrigierte ich mich wehmütig. Es dünkte mich, als ob die Besuche in den Tanzlokalen in einem anderen Leben stattgefunden hatten.

Ich griff nach dem Seifenblock. Echte Seife! Nur schon der Duft nach Veilchen brachte das Gefühl von Zivilisation zurück. Die Seife schäumte ich mit etwas Wasser in einer kleinen Schale auf, tunkte den Rasierpinsel darin und massierte damit mein Gesicht. Mit dem Rasiermesser schabte ich die langen Bartstoppeln ab.

Balthasar war ein Gastgeber, der mich zwar spüren liess, dass er über den Besuch nicht erfreut war, trotzdem war er darauf bedacht, dass es mir an nichts fehlte. Er hatte nicht nur dafür gesorgt, dass ich wieder zu Kräften kam, sondern mir auch zwei Garnituren Kleider überreicht. Zwar waren mir die Sachen zu weit und schlackerten an der Taille, aber ich war froh, überhaupt Wäsche zum Wechseln zu haben.

Über die Wasserschüssel gebeugt, wusch ich mir das Gesicht. Blindlings tastete ich nach dem Handtuch und rubbelte mich damit trocken, bis die Haut rot glühte. Mein Körper fühlte sich noch immer so empfindlich an. Ich blickte meinem Spiegelbild entgegen, das nun immerhin wieder erahnen liess, welcher Mann sich hinter dem ausgemergelten Äusseren verbarg. Erstaunlich, was eine Rasur ausmachte!

Ich hauste seit einigen Tagen in den Kellerräumen der Villa Balthasar, wo ausser dem Hausherrn und seiner Frau niemand Zutritt hatte. Jedenfalls war mir niemals eine andere Person begegnet. Die Tage unter der Erde waren lang.

Die vielen Nächte, die ich auf der Flucht vor den Alliierten draussen verbracht hatte, forderten ihren Tribut. Vor allem in den ersten Nächten im Keller überkam mich der Schlaf der Erschöpften. Tief, durch nichts aufzuwecken, aber ohne morgens erholt aufzuwachen. Denn dann kamen die Alpträume.

Das tiefe Brummen der amerikanischen Flieger, dann der Aufprall der Bomben in der Stadt. Die Angst, unter der eigenen Zimmerdecke zu ersticken. Druck auf der Brust durch die schweren Holzbohlen, der Staub im Mund, die tränenverklebten Augen.

Die langen Menschenschlangen, die sich im unendlich weit entfernten Horizont verloren. Von Dachau kamen sie her. Männer, Frauen und Kinder. Hintereinander herlaufend. Einer ausgezehrter als der andere. Der Tod auf zwei Beinen. Leben steckte kaum mehr in diesen wankenden Gestalten. Das Ziel sollte irgendwo in Südtirol sein. Eine lebende Basis für die Verhandlung mit den Alliierten sollten diese Gefangenen aus Dachau sein. Jedenfalls hatte sich die Führung das so vorgestellt. Menschen im Austausch für die eigene Unschuld. Die Bilder hatten sich in mein Gedächtnis eingebrannt. Ich wollte sie nicht, gab mir grosse Mühe, nicht daran zu denken und sie für immer zu vergessen. Spätestens im Schlaf holten sie mich wieder ein.

Das Aufwachen war jedes Mal grauenhaft. Es dauerte Stunden, bis ich mich wieder beruhigte.

Meine Fingernägel hatte ich bis auf die Fingerkuppe abgekaut. Die Nagelhaut war eingerissen, weil ich es nicht unterlassen konnte, daran herumzubeissen. Noch vor einigen Monaten war ich ein stattliches Mannsbild gewesen, nach dem die Frauen sich umdrehten und vor dem die Männer respektvoll salutierten. Und heute? Nichts als ein Haufen Elend. Eine degenerierte Person, die den Ansprüchen des Führers bestimmt nicht genügte. Ich sollte mich schämen.

Die Welt, die ich mit ganzem Herzblut verteidigt hatte, lag nun in Trümmern. Im wahrsten Sinne des Wortes. Es war nichts mehr übrig geblieben vom grossen Reich und von unseren Träumen. Welche Erfolge wären möglich gewesen! Ich konnte immer noch nicht glauben, dass nun alles vorbei war. Die ganze Arbeit umsonst. In meinem Kopf herrschte Chaos. Was war richtig, was falsch? An welchen Massstäben galt es zu messen?

Das Einzige, was ich sicher wusste, war die Tatsache, dass ich aus Deutschland verschwinden musste, wenn ich überleben wollte. Zwar hatte ich nur in Notwehr oder auf Befehl zur Waffe gegriffen, aber wie sollte ich beweisen, dass mein einziges Verbrechen gewesen war, mich an der Kunst der Reichsfeinde zu bereichern?

Das weibische Jammern brachte mich nicht weiter. Eine Leibeswäsche, den Magen gefüllt, und ich wäre bereit für die Weiterreise ins Tessin. Unser Mann in Bern hatte alles organisiert, so wie er das bereits für viele von uns gemacht hatte. Der Halt bei Balthasar war nur gedacht, um das letzte Schätzchen zu Geld zu machen. Dass mein Körper einige Tage Erholung brauchte, war überraschend gekommen. Die Flucht aus München über die Grenze bis in die Innerschweiz hatte ihren Tribut gefordert, und ich war nur mit viel Glück an einer Lungenentzündung vorbeigeschlittert. Damit war nie zu spassen! Der Husten liess nach, und es war an der Zeit, weiterzuziehen.

Der Plan war denkbar einfach, und trotzdem barg er auf jedem Meter die Gefahr, von den Alliierten doch noch entdeckt und gefangen genommen zu werden. Wie gut, dass ich in der Schweiz in Sicherheit war.

Eine Fahrt mit dem Auto bis an die Küste von Italien und danach rund eine Woche auf dem Schiff für die Fahrt über den Atlantik bis nach Buenos Aires. Dort warteten die anderen bereits auf mich.

Noch ein letztes Geschäft mit Balthasar, und dann nichts wie ab nach Südamerika.

***

Sollte sie Beni über die Hammerjugend informieren? Wahrscheinlich wusste er bereits darüber Bescheid. Schliesslich hatte er ihr erzählt, dass sie seit längerer Zeit eine Gruppierung in der rechten Szene beobachteten und deshalb das Fabrikgebäude der Balthasars im Auge behielten.

Clara warf den vollgesabberten Tennisball über die Wasseroberfläche, und Joker flitzte los. Das Handy eines aktiven Mitglieds der Hammerjugend in den Händen zu halten und Beweise daraus zu gewinnen, wäre sicher nochmals eine andere Nummer. Das könnte sogar den Durchbruch für die Polizei bedeuten. Die Verlockung war gross für Clara, den Fund Beni zu präsentieren und sich eine Portion Lob dafür abzuholen. Aber hatte sie das nötig?

War sie angewiesen auf die Würdigung eines Mannes, der ihr schöne Augen machte und dabei gleichzeitig mit einer anderen Frau anbandelte? Eigentlich sollte sie sich solche Fragen nicht stellen, denn hier ging es um den Kampf gegen Nazis, schalt Clara sich. Verflixt, ihr Stolz war von beachtlicher Grösse, und er hatte ihr schon mehr als einmal das Leben schwer gemacht.

In einiger Entfernung picknickte eine Familie. Die Eltern versuchten hektisch, dem Kind Sonnencreme aufzutragen, während der Knirps lauthals plärrte und nicht stillhalten wollte. Wenn die geahnt hätten, mit welchen Schweinereien unter dem

Deckmantel der Politik sich Clara auseinandersetzte, dann wären sie froh gewesen, sich nur um einen Trotzkopf kümmern zu müssen.

Sie schaute Joker zu, wie er fröhlich durchs knietiefe Wasser hüpfte. Beni gefallen oder die eigene Karriere in Schwung bringen? Was sollte sie tun?

Über diese Fragestellung musste sie laut auflachen. Nein, so nötig hatte sie die männliche Begleitung dann doch nicht. Selbst war die emanzipierte Frau. Klar, es gab einsame Momente in ihrem Leben. Das lag aber eher daran, dass sie ihren Freundeskreis ganz bewusst auf eine Handvoll Menschen eingegrenzt und sich nicht an einen Mann für Tisch und Bett gebunden hatte. Wollte sie körperliche Entspannung, gab es zwei Methoden, die bislang einwandfrei funktionierten: Tinder und *do it yourself*.

Joker schwamm ans Ufer zurück, schüttelte sich, legte den Ball vor ihre Füsse und wartete auf eine neue Runde. Der Föhn, ein warmer Fallwind, der meist vor dem grossen Sturm durch die Alpentäler fegte, bescherte dem einen oder anderen Obwaldner heftige Kopfschmerzen. Sobald er zusammenfiel, folgte kühle Nässe. Die zielstrebigen Mütter trieben ihre Kinder deshalb nochmals nach draussen, Senioren befanden sich bereits auf der zweiten Spazierrunde des Tages, und die Jogger hatten eine Stunde früher Feierabend gemacht, um noch im Trockenen Sport zu treiben.

Clara bückte sich nach dem Ball und warf ihn erneut ins Wasser. Jokers gesundes Ohr flatterte im Wind, als er hinterherjagte. Sie trocknete die nasse Hand an ihrer Jeans. Wenn sie Beni das Handy übergab, dann wäre das zugleich schlecht für Nicole, überlegte sie, denn diese war ebenfalls auf den Fotos zu sehen.

Die junge Frau hatte davon gesprochen, ihr zeigen zu wollen, was der Anführer der Hammerjugend getan hatte. Clara wollte gar nicht daran denken, was das bedeuten konnte. Was war schlimmer, als die Judenvernichtung während des Zweiten Weltkriegs zu verleugnen oder gar gutzuheissen? Was war schlimmer, als einen flüchtenden Mann bewusst zu jagen und danach zusammenzuschlagen und dabei dessen Tod in Kauf zu nehmen?

Clara befand sich in einem Dilemma, und sie hatte keine Ahnung, wen sie um Rat fragen konnte. Das musste sie mit sich selbst ausmachen und schliesslich eine Entscheidung treffen. Wenn sie all ihre Informationen Beni und somit der Polizei übergeben würde, dann liefe sie Gefahr, dass die Situation für Nicole nicht mehr zu kontrollieren war. Nicht nur die Polizei hätte sie dann im Verdacht, sondern auch die anderen Mitglieder der Hammerjugend. Bestimmt würden sie an ihr ein Exempel statuieren, weil sie annahmen, dass Nicole sie verraten hatte.

Wenn Clara auf Nicole vertraute und sich von ihr alles zeigen liesse, dann könnte sie im Anschluss immer noch zur Polizei gehen, und es bestand die reelle Möglichkeit, dass Nicole Polizeischutz bekäme. Nicole ihrerseits war der Meinung, dass wenn die Reportage über die Hammerjugend, die sie Clara gebeten hatte zu schreiben, erst in der Zeitung veröffentlicht worden war, kein Mitglied es wagen würde, sie anzugreifen. Denn sie würden sich damit nur selbst belasten.

Clara war sich da nicht so sicher, im Gegenteil, es bestand die Möglichkeit, dass die Hammerjugend sich in der Folge gezielt an Nicole rächen würde. Das kannte man unter anderem auch von anderen extremen Gruppierungen wie der Mafia oder den Hells Angels, die jeden erbarmungslos bestraften, der mit der Polizei sprach.

Ganz egal, wie Clara sich entschied, sie war niemandem Rechenschaft schuldig. Nur sich selbst. Aber sie würde es sich nie verzeihen, das Leben von Nicole gefährdet zu haben. Die Entscheidung stand also fest: Sie würde sich nochmals mit ihr treffen und erst im Nachhinein Beni informieren.

Wie ein Hamster hatte Joker den Tennisball in die Wange geschoben, damit er zusätzlich einen Ast aus dem See bergen konnte. Clara setzte sich auf einen Stein am Ufer und blickte über das Wasser, das sich im Wind kräuselte. Sie mochte den Sarnersee lieber als den Vierwaldstättersee. Er war sehr viel kleiner und ruhiger als sein grosser Bruder, der es gerne stürmisch trieb. Die Windsurfer waren auf dem Vierwaldstättersee zu Hause, während das Schweizerische Ruderzentrum nicht ohne Grund Sarnen als Trainingsort gewählt hatte.

Clara leinte Joker an und machte sich gemütlich auf den Heimweg. Noch hatte sie Zeit, sich umzuentscheiden, sie war erst heute Abend um elf mit Nicole verabredet. Die junge Frau hatte sie angeschrieben und ein erneutes Treffen vorgeschlagen. Eine leichte Unruhe befiel Clara. Was würde Nicole ihr erzählen?

Zu Hause machte sie sich die Mühe, die Fotos von Sebastians Handy auf eine anonymisierte Cloud zu laden. Sie wollte Nicole das Gerät zurückgeben, aber trotzdem noch immer Zugriff auf die Daten haben. Man konnte nie wissen, was noch kommen würde, und sie fühlte sich sicherer mit einem Trumpf in der Hand.

Ihr eigenes Telefon klingelte. Clara las, dass Beni der Anrufer war, und drückte ihn weg. Was, wenn er fragte, ob sie sich heute Abend treffen könnten? Sie wollte ihn nicht anlügen.

Das Abendessen liess sie aus. Ihr Magen hatte sich vor Nervosität zusammengezogen, das grosse Nervenflattern war im Anmarsch. Eine körperliche Reaktion auf Aufregung, die Clara nicht unbekannt war, die sie aber nicht weniger nervte. Sie wäre gerne mutiger gewesen. Um nicht ganz ohne Energie aufzutauchen, zwang sie sich, einen Riegel mit Nüssen und Honig zu essen. Dazu trank sie ein Glas Leitungswasser. Lange würde auch das nicht vorhalten, aber es war besser als nichts.

Sie kam sich vor wie eine Diebin vor der grossen Tour, als es endlich Zeit war, den Rucksack zu packen. Nebst ihrem Handy und demjenigen von Basti packte sie einen Fleecepullover und eine zusätzliche Taschenlampe ein. Zum Schluss steckte sie noch ihr Taschenmesser hinzu. Ein Geschenk ihres Stiefvaters zu ihrem achtzehnten Geburtstag, welches er ihr mit den Worten «Ein echter Schweizer hat immer einen Hegel dabei» überreicht hatte.

Auf der Autobahn begann der Plan erstmals schiefzulaufen. Ihr Opel Corsa, der alte, aber dafür umso treuere Begleiter, stotterte, sobald sie beschleunigte. Mehr als sechzig Stundenkilometer waren nicht drin.

«Verdammt, nicht jetzt!» Clara schlug frustriert auf das Lenkrad.

Sie blinkte und zog den Wagen auf die rechte Spur hinter einen Sattelschlepper, der Keramik aus Italien mit sich führte. Der Abstand zwischen den Fahrzeugen vergrösserte sich. Sogar das schwer beladene Ungetüm fuhr schneller.

Nicole hatte extra betont, wie wichtig es sei, dass Clara zur genauen Zeit erschien.

«Um Punkt elf Uhr! Keine Sekunde früher oder später.»

Clara hatte mit einem Schmunzeln zugestimmt. Weshalb war die Uhrzeit so wichtig für Nicole?

Nun tuckerte sie auf der Autobahn, musste sich von allen Fahrzeugen überholen lassen und kam garantiert zu spät. Sie schielte auf die Uhr am Armaturenbrett: fünf vor elf. Das schaffte sie nie. Bei Alpnachstad verliess sie die Autobahn und nahm die Hauptstrasse entlang des Seeufers. Die Scheinwerfer des Wagens erzeugten ein helles Trapez auf der Fahrbahn vor ihr, ansonsten war alles in tiefes Schwarz getaucht.

Die schroffe Felswand zu ihrer Linken hätte ebenso gut eine Mondlandschaft sein können. Was nicht von den Scheinwerfern erfasst wurde, blieb im Dunkeln. Mehr Mühe hatte sie mit dem tiefschwarzen Wasser des Vierwaldstättersees. Das Auge verlor sich in der Finsternis, konnte sich nicht orientieren und bot so der Phantasie die beste Möglichkeit, sich auszubreiten. Der Föhn peitschte das Wasser ans Ufer, bis hoch zur Strasse. Nervös schaltete Clara die Scheibenwischer ein. Sie begann sich vor diesem dunklen Schlund, der alles verschlingen würde, zu fürchten. Was, wenn sie die nächste Kurve nicht schaffte, geradeaus fuhr, die Sicherheitsplanken durchbrach und dann im Wasser landete? Der Aufprall würde sie wohl nicht töten, dafür war die Höhe zu gering.

Nein, stattdessen würde das Wasser ins Innere des Wagens

gelangen. Langsam strömte es dann durch die Öffnungen hinein, durch die Lüftung, den Motorraum, den Boden. Zuerst wären ihre Füsse nass und kalt. Der See hatte kaum mehr als zwölf Grad, denn er wurde im Juni noch immer von den schmelzenden Schneemassen in den Bergen, die durch die unzähligen Bäche ins Tal gelangten, gekühlt. Dann stiege das Wasser bis über ihre Knie, hoch bis über ihr Becken. Wenn das Wasser erst ihren Brustkorb erreichte, würde der Druck darauf zunehmend schwerer. Das Wasser stiege dann noch weiter. Bis zum Hals, zum Kinn und danach bis an ihre Lippen.

Clara zwinkerte nervös. Nur eine kleine Panikattacke, versuchte sie sich einzureden. Kein Grund durchzudrehen. Sie hielt das Steuerrad in ihren verkrampften Händen und beugte sich nach vorne, um die Strasse besser sehen zu können. Sie hörte, wie eine SMS eintraf, getraute sich aber nicht, die Hände zu lösen, um nach dem Handy zu greifen. Auch wenn der Wagen schneller hätte fahren können, sie selbst wäre nicht dazu in der Lage gewesen. Hinter ihr fuhr ein Motorrad auf, versuchte, sie zu überholen, bremste vor der nächsten Kurve ab und setzte sich wieder hinter sie. Blendete auf, damit sie Platz machte und der Fahrer besser an ihr vorbeikäme.

Himmel, sie war die Strecke tagsüber schon oft gefahren, und noch niemals war ihr aufgefallen, wie viele Kurven es gab. Nur nicht nach rechts sehen. Dort wartete der See, die dunkle Tiefe.

Sie passierte den Turm, wo sie mit Nicole gesprochen hatte. Plötzlich hatte sie es geschafft, und sie fuhr in die Galerie, einen auf der Seeseite offenen Tunnel der Acheregg. Sie wusste, dass über ihrem Kopf die A 2 entlangführte. Schlagartig fühlte sie sich sicherer und schalt sich, so kopflos der Phantasie nachgegeben zu haben. Das Motorrad heulte auf und fuhr an ihr vorbei trotz des Überholverbots. Clara tastete auf dem Beifahrersitz nach dem Handy, schaffte es aber nicht, den Reissverschluss des Rucksacks zu öffnen und es herauszuholen. Sie überfuhr die Mittellinie, erschrak und riss das Lenkrad in die Gegenrichtung, übersteuerte und schaffte es schliesslich, die Spur zu halten. Himmel noch mal, wenn sie so weiterfuhr, landete sie tatsächlich im Wasser.

Sie passierte den kleinen Hafen von Hergiswil zu ihrer Rechten und fuhr ins Dorf hinein, das sich entlang der Brünigstrasse in Richtung Luzern zog. Hier beleuchteten die Strassenlampen das Geschehen, und sie lehnte sich zurück. Ihre Panik von vorhin schien schon fast vergessen. Aber das Shirt klebte schweissnass an ihrem Rücken.

Der Opel knirschte besorgniserregend, als sie vor der Fussgängerampel bremste. Das Dorf wirkte um diese Zeit wie ausgestorben, einzig ein Mann mit einem Hund wollte die Strasse überqueren, ausgerechnet jetzt, wo sie eh schon zu spät war. Clara versuchte, sich in Geduld zu üben, es gelang ihr nicht. Sie biss auf ihre Unterlippe, bis sie den metallenen Geschmack nach Blut in ihrem Mund schmeckte. Der Fussgänger, mit einer roten Outdoorjacke und vernünftigen Schuhen bekleidet, schien älteren Semesters zu sein, ebenso sein vierbeiniger Begleiter. Clara beobachtete, wie der Senior den mässig begeisterten Mops über den Zebrastreifen zog. Endlich hatten sie die gegenüberliegende Seite erreicht, und die Ampel sprang auf Grün. Behände legte Clara den ersten Gang ein, gab etwas Gas und suchte den Schleifpunkt, um loszufahren. Das Auto machte einen Satz vorwärts und blieb dann stehen.

Entnervt stöhnte sie auf. Ausgerechnet jetzt!

Der Senior blickte sich irritiert um und sah ihr zu, wie sie vergeblich versuchte, den Wagen wieder zu starten. Erfreut über die Pause setze sich der Mops hin und begann, seine Kronjuwelen zu lecken. Clara drehte den Schlüssel nochmals im Schloss, mehrmals. Keine Chance, der Wagen hatte beschlossen, genau hier auf der Hauptstrasse das Zeitliche zu segnen.

Der Mann machte eine drehende Armbewegung und forderte sie auf, das Fenster hinunterzulassen, bevor er sich dem Wagen näherte.

«Probleme mit dem Auto?»

Nein, dachte Clara, ich stehe nur so zum Vergnügen mitten

in der Nacht hier rum. Natürlich hatte sie Probleme mit dem Wagen, was für eine dämliche Frage.

Stattdessen beugte sie sich aus dem Fenster und erklärte ihm, was Sache war. «Ich hatte schon auf der Autobahn Probleme damit und hab gehofft, noch nach Hause fahren zu können.»

Warum erzählte sie ihm diese Lüge? Es wäre nicht nötig gewesen. Clara wurde immer nervöser, sie wollte einfach nur so schnell wie möglich zum Treffen mit Nicole.

«Gleich da drüben ist ein freier Parkplatz.» Er zeigte in die Richtung einer blau überdachten Tankstelle, vor der sich ein grosser Parkplatz ausbreitete. «Soll ich Sie schieben?»

«Bleibt uns wohl nichts anderes übrig, nicht wahr?»

Das Gesicht des Seniors begann zu strahlen. «Endlich etwas Abwechslung im Alltagstrott. Meine Frau wird mir niemals glauben, wenn ich ihr erzähle, dass ich einer Blondine in Nöten geholfen habe.» Er lachte aus voller Kehle, dann bückte er sich, um den Mops aufzuheben. «Machen Sie die Beifahrertür auf, dann kann ich Karli auf dem Sitz platzieren.»

Clara beugte sich hinüber und öffnete wie gewünscht. Der alte Mann setzte das Tier vorsichtig ab.

«Bleib schön hier sitzen, Karli.»

Der Mops wusste nicht, was mit ihm geschah und blickte entgeistert umher. Sein Hecheln wurde von einem Schnarchen begleitet. Ein feiner Speichelfaden tropfte von seinem Kinn. Clara wischte ihn mit einem Taschentuch sauber. Sie mochte keine Hunde auf Sitzflächen, die für Zweibeiner gedacht waren. Hunde gehörten in den Kofferraum, aber sie wollte kein Theater machen, schliesslich war der Mann gekommen, um ihr zu helfen.

Gemeinsam gelang es ihnen, den Corsa von der Strasse weg auf den freien Platz der Tankstelle zu stossen, wo Clara ihn vor zwei grauen Abfallcontainern parkte.

«Wie kann ich Ihnen bloss danken?», fragte sie ihren Helfer nach getaner Arbeit.

«Machen Sie sich nichts draus, das war doch selbstverständlich.» Der Mann nahm seinen Hund aus dem Wagen und setzte ihn wieder auf die Strasse. «Das habe ich gerne getan.»

Clara gelang es, ihm seine Adresse abzuschwatzen, weil sie sich morgen bei ihm nochmals anständig bedanken wollte. Er winkte ihr zu und dackelte mit seinem Mops davon.

Erschöpft atmete sie tief aus, wischte sich den Schweiss von der Stirn, dann zog sie den Rucksack aus dem Fussraum der Beifahrerseite und suchte nach ihrem Handy, um nach der Zeit zu sehen. Wie sie befürchtet hatte, elf Uhr war schon lange vorbei. Nicole hatte so sehr darauf bestanden, dass sie sich pünktlich trafen, und nun würde sie zu spät kommen.

Zu spät für was, fragte sich Clara. War Nicole eine Pedantin, die es mit der Uhrzeit allzu genau nahm, oder gab es einen triftigen Grund für ihre Forderung?

Nachdem Clara den Wagen verschlossen hatte, begann sie, in Richtung des Anwesens der Familie Balthasar zu marschieren. Nicole hatte verlangt, dass sie sich um genau elf Uhr an der Lücke in der Mauer trafen. Dort, wo sie sich erstmals begegnet waren. Der Weg war nicht weit, einen bis zwei Kilometer, und Clara beschloss, dorthin zu joggen. Der Rucksack schlug ihr bei jedem Schritt unsanft gegen die Wirbelsäule. Sie trabte an der Glasfabrik Hergiswil vorbei. Die Schaufenster auf der anderen Seite der Strasse waren hell erleuchtet und zeigten die Glaserzeugnisse, die man im Fabrikladen erstehen konnte. Tagsüber wimmelte es hier vor Touristen, die sich mit den Kostbarkeiten eindeckten, jetzt war weit und breit keine Menschenseele zu sehen. Die Kirchenuhr schlug zweimal. Halb zwölf!

FÜNFZEHN

Ohne Pause muss ich weiterlesen, die Zeit drängt.

Ich kann es mir nicht leisten, zu pausieren oder das Projekt gar auf Eis zu legen, denn es steht zu viel auf dem Spiel. So musste ich mich heute Morgen überwinden hierherzukommen, obwohl ich mich nicht gut fühle. Vielleicht habe ich in den letzten Tagen zu viel gearbeitet, mich körperlich übernommen.

Aber wenn die Pflicht ruft, dann hat man zu folgen.

Ich kann es nicht mehr lange hier unten behalten.

Es stinkt nun nicht nur wegen des Schmutzes, den es produziert. Das blanke Fleisch riecht wie eine ausgetrocknete Abwasserleitung mit einer Duftnote nach toter Maus. Ein stechend scharfer Geruch nach Verwesung.

Mein Rücken verkrampft sich, wenn ich zu lange im Sessel hocke, um ihm vorzulesen. Eine Pause gönne ich mir nicht. So kurz vor dem Ziel will ich keine Schwäche zeigen und stattdessen durchhalten. Mein Vater musste viel mehr erleiden, ich muss mir ein Beispiel an ihm nehmen.

Jetzt ist nicht die Zeit zum Jammern.

Meine Augenlider werden schwer, aber ich lasse die Müdigkeit nicht zu. Mit der linken Hand richte ich die Tischlampe auf dem Beistelltisch aus, sodass die Seiten des Tagebuches heller beleuchtet werden.

Es soll gut zuhören, jetzt kommt der Höhepunkt.

Ich will, dass es versteht, wie wichtig das für mich ist, und kicke mit meinem Fuss in seine Seite. Anfassen mag ich es nicht.

Ein leises Stöhnen ist mir Antwort genug.

Ich darf nicht vergessen, den Schuh zu reinigen, mit dem ich es gestossen habe, wenn ich wieder zu Hause bin.

MEMORO – 31. Mai 1945
«Aber es ist Millionen wert!»

«Fünfhundert Schweizer Franken.» Balthasar zog an seiner

Zigarre. «Bar auf die Hand. Mehr kann ich im Moment nicht flüssig machen. Die restlichen vierzehntausendfünfhundert überweise ich Ihnen, sobald Sie mir Ihre Kontaktdaten aus Südamerika zukommen lassen.»

Er stand breitbeinig vor dem Seziertisch, eine Hand lässig in die Hosentasche versenkt, mit der anderen hielt er seine Zigarre. Nach einem weiteren Zug drehte er sich zu mir um und blies den Rauch in meine Richtung. Ein Goldzahn blitzte auf.

Ich glaubte ihm keine Sekunde. Bestimmt hatte er in der Villa einen Tresor, der bis obenhin gefüllt war mit dicken Banknotenbündeln. Dieser elende Schweizer, ein hinterfotziger Betrüger war er! Da hatte ich jahrelang die wertvollsten Kunstwerke aus dem gesamten deutschen Raum über die Grenze bis zu ihm geschmuggelt, und wie verdankte er es? Mit verdammten fünfhundert Schweizer Fränkli.

Der gehörte an die Wand gestellt, wo Diebe wie er mit gezielten Schüssen liquidiert wurden. Ich wedelte den Zigarrenrauch vor meinem Gesicht weg, der Rauch brannte in meiner Lunge, und ich konnte kaum an mich halten, dem Kerl nicht an die Gurgel zu gehen. Ich stellte mir vor, wie es wäre, wenn meine Hände sich um seinen Hals legten und dann zudrückten. Niemand wusste, dass ich hier war. Kein Mensch würde je erfahren, dass ich den Mann getötet hatte.

Balthasar legte die fünfhundert Franken vor mir auf den Tisch, dann deutete er auf die fächerartig ausgelegten Noten.

«Wie gesagt, es gehört Ihnen. Das sollte für die Unkosten während der Überfahrt reichen. Wenn Sie sich in Südamerika eingerichtet haben, schicken Sie mir ein Telegramm, vielleicht besser einen Brief, das ist nicht so auffällig, mit Ihren Bankdaten, und ich werde die Zahlung unverzüglich in die Wege leiten. Seien Sie doch vernünftig! Mit fünfzehntausend Franken kommen Sie in Argentinien oder Chile oder wo auch immer Sie es hin verschlägt, sehr weit.»

Wenn ich Balthasar tötete, nützte das mir nichts, realisierte ich. Ich hatte keine Ahnung, wo er sein Bargeld aufbewahrte, und es würde viel zu lange dauern, jeden Raum in dieser verdammten Villa zu durchsuchen. Die Gefahr, dabei erwischt und nicht nur des Diebstahls, sondern auch des Mordes angeklagt zu werden, war viel zu gross.

Nun hatte ich es bis in die Schweiz geschafft. Eine Woche noch, vielleicht zwei und ich konnte unter anderem Namen ein neues Leben in der Wärme beginnen. Sollte ich diese Zukunft aufs Spiel setzen?

Ich hatte fest damit gerechnet, dass er mir einen sechsstelligen Betrag zahlen würde. Ich hatte das Bild die letzten sechs Jahre sehr sorgfältig gehütet. Nur wenn ich allein gewesen war, hatte ich mir gestattet, das Schätzchen zu betrachten. Ansonsten blieb es im Verborgenen.

Es war eine Schmach, dass ich es jetzt veräussern musste, um an Geld zu kommen, aber die Zollbeamten durchsuchten in Kriegszeiten das Gepäck der Reisenden noch genauer, und auch ein Laie musste erkennen, dass das Gemälde etwas Besonderes war. Ich fürchtete mich nicht davor, mit einem gefälschten Pass die Grenze zu passieren, aber das Schätzchen wollte ich auf keinen Fall gefährden.

Wer garantierte, dass es bei einer Beschlagnahme anständig behandelt wurde? Unsachgemässes Handeln konnte ihm schaden, ja es unter Umständen sogar zerstören. Da liess ich es lieber bei einem Kunstkenner.

So musste sich ein Vater anfühlen, der sein Kind lieber zurückliess, als es der Gefahr auszusetzen, dachte ich in diesem Moment.

Balthasar hatte seine stinkende Zigarre beinahe zu Ende geraucht und blickte mich fragend an. «Haben Sie sich entschieden?»

Immerhin fünfzehntausend. Was war besser, der Spatz in der Hand oder die Taube auf dem Dach?

«Tausend Franken jetzt und die Hand darauf, dass Sie zu Ihrem Wort stehen.» Ich brachte kaum die Zähne auseinander, als ich antwortete.

«Siebenhundert. Der Rest, sobald mich Ihre Nachricht er-

reicht.» Balthasar streckte mir die Hand entgegen. «Und Sie verschwinden noch heute von hier.»

«Abgemacht!»

***

Gleich hatte sie es geschafft, noch zwanzig Meter, dann konnte sie die Brünigstrasse verlassen und in die Seitenstrasse einbiegen. Sie war viel zu spät dran! Dabei hatte sie alles so gut geplant, um rechtzeitig zu erscheinen. So, wie Nicole das verlangt hatte. Wer hatte schon ahnen können, dass der Wagen ausgerechnet heute den Geist aufgab?

Der Föhn hatte an Kraft zugelegt und liess nicht angebundene Blumentöpfe, Bälle und Gartenstühle durch die Luft fliegen. Dabei war es unangenehm warm. Als ob man in einen Haartrockner atmen würde.

Claras Lungen pfiffen, sie hatte grausames Seitenstechen. Im Joggen war und blieb sie eine Niete. Keine Chance, noch länger zu rennen. Sie wechselte in ein schnelles Gehen und widerstand der Versuchung, eine Pause einzulegen, um Atem zu schöpfen.

Nicole hatte betont, wie wichtig es sei, dass niemand Claras Erscheinen bemerkte. Clara hielt sich deshalb die Hand vor den Mund, versuchte, ihr keuchendes Schnaufen zu unterdrücken. Das Seitenstechen wurde nur noch schlimmer. Es war nicht mehr weit, sie sah bereits die lang gezogene Hecke, die das Grundstück der Balthasars umspannte. Die Strassenlampen waren hier, am Ende von Hergiswil, spärlicher aufgestellt und bereits für die Nacht gedimmt. Ein schwaches, orangefarbenes Licht musste den Nachschwärmern genügen. Sie blickte über ihre Schulter, noch immer war niemand zu sehen. Ein Plastiksack wurde vom Wind über die Strasse getrieben. Schnell bog sie in die Seitenstrasse ab.

Vorsicht, genau hier hatte sie sich kürzlich den Rücken verdreht, als sie einen Misstritt gemacht hatte. Sie hatte keine Zeit mehr, um auf dem Handy nach der Zeit zu sehen. Egal, sie kam so oder so zu spät. Wo war die Lücke in dieser verdammten Hecke?

Alles sah gleich aus. Überall grünes Gestrüpp, das im Wind raschelte. Bei Tageslicht war es ihr leichter gefallen, sich zu orientieren. Wie viele Schritte war sie damals gelaufen, um von der Hecke zur Strasse zu gelangen? Zehn, zwanzig oder hundert? Clara blieb stehen, sah sich um.

Sie hatte keine Ahnung, wie sie in das Innere des Anwesens gelangen sollte. Nun schaltete sie das Handy doch noch ein: Viertel vor zwölf vorbei. Himmel, sie war mehr als fünfundvierzig Minuten zu spät!

«Pst.»

Clara erschreckte sich so sehr, dass sie beinahe das Handy fallen liess. In der Hecke raschelte es, und einige Schritte vor ihr schien eine Hand aus dem dichten Gewächs zu wachsen. Da war jemand, der ihr zuwinkte. Hier war die Lücke! Sie hatte mehr als vier Meter danebengelegen.

Sie folgte der Hand durch den grünen Vorhang. Wie die Kinder in Narnia, die durch den Kleiderschrank ein geheimes Reich entdeckten. Auf Clara warteten jedoch weder der göttliche Löwe Aslan noch die Hexe Jadis, stattdessen eine sehr wütende Nicole.

«Da bist du ja endlich», schimpfte sie. «Ich musste eine Ewigkeit auf dich warten und wollte schon gehen, als ich das Licht deines Handys sah. Übrigens schnaufst du wie ein Walross, das kann man unmöglich überhören. Geht es vielleicht noch auffälliger?»

Clara streifte die welken Blätter aus ihrem Haar und von den Schultern, nachdem sie sich aufgerichtet hatte. Die Strassenlaternen reichten nicht mehr hinter die Hecke. Vor ihr breitete sich das Grundstück aus bis an das Seeufer. Bis auf wenige Lichtreflexionen auf der Oberfläche des Vierwaldstättersees war es fast stockdunkel. Sie ahnte die Anwesenheit von Nicole mehr, als dass sie sie sah, was vermutlich auch dem Umstand geschuldet war, dass diese komplett schwarz gekleidet war. Auf dem Kopf trug sie eine schwarze Wollmütze, deren Saum sie tief ins Gesicht gezogen hatte. Den Rollkragen hatte sie über den Mund gekrempelt. Clara sah kaum mehr als Nasenspitze und Augen der Frau.

«Hier, nimm!» Nicole setzte Clara eine ähnliche Mütze auf. «Versteck dein Haar darunter, deine blonden Haare leuchten sonst wie die Sonne. Du würdest ein leichtes Ziel abgeben.»

Ein Ziel für wen? Clara verkniff sich die Frage, obwohl sie bei diesen Worten weiche Knie bekam. Was hatte Nicole mit ihr vor? Folgsam stopfte sie ihre Haare unter die Mütze und begann sogleich zu schwitzen. Es war definitiv zu warm für Wolle.

«Fuck, wegen dir haben wir nicht mehr viel Zeit.» Nicole zog sie leicht am Ärmel. «Folge mir einfach und mach keinen Mucks.»

Mit diesen Worten begann sie, in geduckter Haltung über die Wiese zu rennen. Clara setzte sich den Rucksack auf, zog die Riemen straff und folgte ihr. Ihr Rücken liess es nicht zu, dass sie sich ebenfalls so tief bückte, aber wenigstens gelang es ihr, Nicole geräuschlos zu folgen. Sie war noch immer leicht pikiert wegen Nicoles Vergleich mit einem Walross.

Die junge Frau hielt strammen Schrittes auf das alte Fabrikgebäude zu und bog erst kurz davor in einem rechten Winkel ab. Sie versteckte sich hinter einem Baum mit weit ausladenden Ästen und wartete darauf, bis Clara zu ihr aufgeschlossen hatte. Der Föhn zerrte am Holz, liess Laub regnen, fegte durch Bäume und peitschte das Wasser des Sees ans Ufer. Clara konnte den typischen Seegeruch riechen.

«Sie dürfen uns nicht sehen.» Nicole deutete auf die erste Etage, wo drei Fenster hell erleuchtet waren. «Bestimmt ist ihre Sitzung bald zu Ende, und dann kommen sie raus.»

Ausser dem grossen Saal in der ersten Etage, den sie durch das eingelassene Fenster in der Tür erblickt hatte, hatte Clara bislang noch nicht viel vom Fabrikgebäude gesehen. Damals war es ihr nicht gelungen, ihn zu betreten. Heute allerdings schien Leben in diesem Raum zu sein. Sie sah Schatten, die sich im Licht bewegten.

«Was …», begann Clara, aber Nicole war bereits zur Hausmauer gesprintet.

Der leichte Schein aus den Fenstern genügte, damit Clara erkennen konnte, dass sie ihr zuwinkte. So schnell sie konnte, gesellte sie sich zu ihr. Ihr Herz schlug so laut, dass Clara fürchtete, damit alle auf sich aufmerksam zu machen. Stimmengemurmel drang aus dem Gebäude nach draussen. Eine Hand suchte die ihre, drückte sie beruhigend. Langsam wandte Clara ihr Gesicht Nicole zu. Sie standen sich so nahe, dass sie deren Atem auf ihrer Wange spüren konnte.

Nicole hob den Zeigefinger an ihren Mund. «Leise!»

Clara hatte verstanden und nickte.

Schritt für Schritt wagte sich Nicole vor. Sie liess den Haupteingang, durch den Clara bislang die Fabrikruine betreten hatte, links liegen und zwängte sich stattdessen etwas weiter hinten durch ein Loch in der Mauer. Ein Schild mit der Aufschrift «Notausgang» hing an einer aus der Angel gefallenen Tür.

Im Innern der Ruine waren die Stimmen nun deutlicher zu vernehmen. Männerstimmen, die ein Marschlied sangen.

Nicole näherte sich Claras Ohr, bevor sie flüsterte: «Das Nordland-Lied, nun dauert es nicht mehr lange, dann ist die Sitzung zu Ende.»

Sie lauschten dem schiefen, aber dafür umso inbrünstigeren Gesang der Männer.

«Dort lebt ein Volk seit tausend Jahren. Die Augen blau, mit blonden Haaren.»

Clara hob entgeistert die Augenbrauen. Sie fühlte sich in eine andere Zeit versetzt. Eine Zeit, die sie nur aus dem Geschichtsunterricht und aus dem Fernsehen kannte.

«Deutschland, Deutschland, Deutschland. Glaub mir, deine Stunde wird kommen.»

«Los, weiter. Hoffen wir, dass die Männer Sitzleder haben und sich noch einige Humpen gönnen, bevor sie nach Hause wollen. Wenn er mich ruft, und ich bin nicht zur Stelle, dann gnade mir Gott.»

«Wer sind die?»

«Die Hammerjugend, das habe ich dir doch gesagt!» Nicole klang verärgert. Sie wollte so schnell wie möglich weiter.

«Ja, aber wer ist das?»

Statt einer Antwort zog Nicole sie weiter in Richtung der Metalltreppe, die in die erste Etage führte. Clara erinnerte sich daran, wie diese geklappert hatte, als sie bei ihrer Besichtigung hochgestiegen war. Nie und nimmer würde es ihnen gelingen, lautlos die Stufen hochzusteigen. Oder wollte Nicole überhaupt nicht, dass sie unentdeckt blieben?

War Nicole der Lockvogel, der Clara zur Hammerjugend führen sollte? Was machten die Männer dann mit ihr? Clara blieb stehen. Unvermittelt begriff sie, dass kein Mensch wusste, wo sie sich im Moment befand. Ich hätte sicherheitshalber eine SMS an Laetitia schicken sollen, bevor ich mich in dieses Abenteuer wage, dachte sie panisch.

Nicole war auf leisen Sohlen vorausgeschlichen und stand nun vor der Treppe. Ungeduldig gab sie Clara ein Zeichen, wobei sie immer wieder ängstlich nach oben sah.

Als sie realisierte, dass Clara im Begriff war, umzukehren, deutete sie auf die Unterseite der Treppe. Sie bückte sich und verschwand im Schatten der Stufen. Clara hörte ein leises Klicken, dann ein Schaben, als ob etwas über den Boden geschleift wurde.

«Mann, ich muss pissen!»

Die Tür in der ersten Etage hatte sich geöffnet, und jemand trat in den Flur. «Wagt es ja nicht, das Fass ohne mich anzustechen.» Der Mann stiess einen lauten Rülpser aus.

Panisch blickte Clara sich um. Sie stand mitten im Raum, und weit und breit befand sich kein Hindernis, hinter dem sie sich verstecken konnte. Der Notausgang war zu weit weg, sie würde es niemals bis dorthin schaffen, ohne entdeckt zu werden. Eine blasse Hand winkte ihr aus dem Schatten zu.

Clara sprintete los und duckte sich in dem Moment unter die Treppe, als der Mann die oberste Stufe betrat. Das Metallgestell begann zu wackeln.

«Irgendwann kracht hier alles zusammen», murmelte er.

Unten angekommen, stellte er sich an die nächste Wand und öffnete den Reissverschluss.

«Wag es nicht, im Innern zu pissen, du alte Sau!», lärmte eine Stimme von oben zu ihm herab. «Geh nach draussen, wie alle anderen auch.»

Lautes Grölen ertönte und das Klirren von Flaschen, die gegeneinandergestossen wurden.

Clara spürte kalte Finger, die über ihren Nacken glitten, ihren Weg nach vorne suchten. Sie tasteten sich weiter über ihre Wange bis zu ihrem Haaransatz, wo sie nach der Mütze griffen. Langsam rollten sie die Wolle über ihr Gesicht nach unten bis unters Kinn. Clara hatte das Gefühl, keine Luft mehr zu bekommen. Nicole stand direkt hinter ihr, hielt sie an der Schulter fest. Entweder wollte sie Clara damit beruhigen oder sie daran hindern wegzurennen.

Der Mann fluchte, trat jedoch von der Wand weg und ging nach draussen, um sich zu erleichtern.

Clara drehte sich zu Nicole um, schob die Mütze über einem Auge hoch und blickte direkt in ein schwarzes Loch.

«Hier hinein», flüsterte Nicole.

Sie liess Clara keine Wahl und stiess sie hinein. Die Öffnung in der Wand war kaum einen Meter hoch und wurde durch eine in derselben Farbe wie die Wand gestrichene Holztür verborgen. Kein Wunder, dass Clara sie unter den Treppenstufen nicht gesehen hatte. Sie bückte sich, dann liess sie sich auf die Knie nieder und begann zu kriechen. Nach einigen Metern hielt sie inne und sah sich nach Nicole um. Die junge Frau schloss gerade die Tür, ohne dabei ein Geräusch zu verursachen, dann folgte sie ihr.

Kurz darauf öffnete sich der Gang in die Höhe, und Clara erhob sich. Zwar konnte sie nicht ganz aufrecht stehen, aber wenn sie den Kopf ein wenig einzog, dann würde sie zurechtkommen. Stille herrschte, vom Föhnsturm und von dem bierseligen Gejohle der Männer war nichts mehr zu hören. Clara fühlte sich, als hätte sie Watte in den Ohren.

Aufgeregt drehte sie sich zu Nicole um. Nun wollte sie wissen, was hier gespielt wurde, aber diese schnitt ihr das Wort ab.

«Wir sind noch nicht weit genug entfernt. Lauf einfach geradeaus weiter, dann kommst du zu einer Stelle, wo der Gang breiter wird. Dort werde ich dir alles erzählen», flüsterte Nicole ihr zu.

Sie knipste eine Stirnlampe an, und das Licht nahm Clara sofort etwas von ihrer Angst. Sie kramte im Rucksack nach ihrer eigenen Taschenlampe und machte sie ebenfalls an. Zaghaft kroch sie weiter und versuchte, sich nicht vorzustellen, dass sie sich wohl einige Meter unter der Erdoberfläche befanden. Der Geruch erinnerte sie an den in den Stein gehauenen Keller des alten Ferienhauses im Jura, wo sie mit ihrer Mutter mehrere Sommer lang Ferien gemacht hatte.

Fast schien es, als ob der Weg nie ein Ende nehmen würde. Clara schwitzte unter ihrer Mütze und rollte sie wieder über die Stirn hoch, allerdings getraute sie sich nicht, sie ganz abzunehmen. Die Kamera in ihrem Rucksack drückte ihr immer wieder schmerzhaft in die Rippen. Sie versuchte, sie zu verschieben, vergeblich. Sie wurde langsamer, wollte etwas zu Atem kommen, aber Nicole schob sie weiter. Keine Zeit zu verlieren, weiter ging es!

«Ich kann nicht mehr.» Clara hob die Hände kapitulierend in die Höhe.

Ein leises Lachen erklang. «Nur noch fünf, sechs Schritte, dann kannst du dich ausruhen.»

Tatsächlich erweiterte sich der Tunnel, und sie konnten endlich bequem nebeneinanderstehen.

Nicole lehnte sich Clara gegenüber an die Wand, schloss die Augen und atmete tief aus. «Puh, das war knapp.»

«Warum wird der Gang hier breiter?» Clara fuhr mit der Hand über die Wand und spürte den Beton unter ihren Fingern. Wer hatte dies hier gebaut und weshalb?

«Keine Ahnung, ich glaube, hier gibt es eine Abzweigung, aber ich bin sie niemals abgelaufen. Ehrlich gesagt bin ich erst zum zweiten Mal hier unten. Ich kann nicht behaupten, dass dies zu meinen Lieblingsplätzen gehört.»

Clara setzte sich auf den Boden und streckte die Beine, so gut es ging, aus. «Nun raus mit der Sprache. Ich bin dir bis hierhin gefolgt und dabei offensichtlich ein grosses Risiko eingegangen. Jedenfalls schliesse ich das aus deinem heimlichen Verhalten gegenüber der Hammerjugend. Das dürfte dir Beweis genug sein, dass du mir vertrauen kannst.»

«Hast du dein Handy ausgeschaltet?»

«Echt jetzt? Du misstraust mir noch immer?» Clara griff nach ihrem Handy und hielt es Nicole unter die Nase. «Na, zufrieden?»

Nicole winkte müde ab. «Ich muss auf Nummer sicher gehen.»

«Apropos Handy.» Clara zog aus ihrem Rucksack Bastis Handy hervor. «Das hast du bei unserem Treffen unter der Acheregg verloren.»

«Scheisse, *du* hast es!» Schnell griff Nicole danach. «Ich habe schon alles abgesucht nach dem Ding. Hab eine ganze Weile gebraucht, um den Code zu knacken. Hast du darin herumgeschnüffelt?»

«Ja, hab ich.»

«Dann weisst du Bescheid.» Nicole steckte das Handy in die Innentasche ihrer Jacke. «Er hat es verloren, als wir vor den Bullen davongerannt sind. Basti ist viel zu dick, darum war er zu langsam.»

«Ich weiss, dass Basti wie du ein Mitglied der Hammerjugend ist und ihr eine Vorliebe habt für schweres Geschütz, Dehnübungen des rechten Armes und deutsche Volkslieder.»

«Ja, ja, mach du dich nur lustig darüber. Aber die Hammerjugend ist nicht irgendeine Gruppierung, die sich nach den Vorstellungen der Rechten richtet. Nein, das ist eine Truppe, die noch weiter geht, verstehst du? Sie wollen die Schweizer Bevölkerung aufwecken.»

«Ich verstehe nicht. Du bist doch ebenfalls dabei, oder etwa nicht?», fragte Clara.

«Nein, ich helfe nur bei der Ausführung der Pläne. Es ist wichtig, dass die Männer sich auf uns Frauen verlassen können. Wir sind zur Stelle, wenn sie uns brauchen. Ohne uns sind sie nicht stark genug.»

«Das tönt reichlich altbacken. Bist du eingeweiht, was die Hammerjugend vorhat?»

Clara hörte, dass Nicole sich bequemer hinsetzte, ihre Kleidung raschelte. Das Licht der Stirnlampe erzeugte ruckartig Schattenfiguren an den Wänden. «Nein, ich weiss erst Minuten vor der Tat, um was es geht. So zum Beispiel habe ich den Afrikaner hinter den Bahnhof gelockt, den Rest haben dann die Männer getan.»

«Du hast den Lockvogel für Kidane gespielt?»

«Ja, war einfacher, als ich gedacht hatte. Den Pullover nach unten gezogen, damit die Titten schön zur Geltung kommen, und ein wenig mit den Wimpern klimpern. Der war so geil drauf, dass er mir fast in den Ausschnitt gefallen ist. Schlussendlich ticken doch alle Männer gleich.»

«Tut es dir denn nicht leid, was ihm angetan wurde?», empörte sich Clara.

Nicole schwieg lange, dann flüsterte sie: «Sie haben mir gesagt, dass sie ihn durch die Gegend jagen wollen. So wie auf einer Safari in Afrika. Dort machen die doch so was. Vielleicht ein bisschen kloppen. Ein, zwei Stiefeltritte, so was halt. Davon, jemanden spitalreif zu schlagen, war nie die Rede gewesen.»

«Ein, zwei Stiefeltritte, du hast gut reden. Die haben ihn fast totgeschlagen.»

«Und genau hier sind wir an dem Punkt, an dem du ins Spiel kommst, Clara. Du musst es selbst sehen. Ich muss sichergehen, dass du den Ernst der Lage begreifst. Darum sind wir hier.»

SECHZEHN

Heute habe ich keine Lust, ihm vorzulesen.

Nachdem es die Passage über den Verrat an meinem Vater gehört hatte, löste sich bei mir der Druck auf meiner Brust ein wenig. Ein Gefühl, das ich begrüsse.

Ich achte zwar noch darauf, dass es nicht verdurstet, weil ich mir noch nicht gänzlich im Klaren darüber bin, wie lange ich es am Leben behalten soll. Langsam beginne ich aber, seinen Beteuerungen Glauben zu schenken, dass es wirklich nicht weiss, wo das Schätzchen versteckt ist.

Was, wenn ich abreisen muss, ohne es mitnehmen zu können? Der Triumph wäre vernichtend belanglos.

Ein fahler Abklatsch, mehr nicht.

Die Kaffeemaschine leuchtet endlich auf, sie ist vorgeheizt. Ich stopfe die frisch gemahlenen Bohnen in den Kolben und heble diesen in die Maschine. Dann brühe ich mir einen doppelten Espresso, einen caffè doppio. Im Wohnzimmer nehme ich auf dem Sofa Platz, die dampfende Tasse balanciere ich auf der Armlehne. Neben mir liegen die zwei Schulhefte, welche die letzten Erinnerungen meines Vaters beinhalten. Der Umschlag hat an den Rändern an Farbe verloren, dafür sind die Seiten nachgedunkelt. Der Zahn der Zeit hat am Papier genagt. Ich streiche mit der Hand über die kartonierte Vorderseite. Sie fühlt sich trocken an, zerflattert.

Bis nach Argentinien hat es mein Vater nie geschafft. Er ist nicht weiter als bis Monza, einer Stadt vor den Toren von Mailand, gereist, bevor ihn die Lungenentzündung noch einmal ins Bett zwang.

Ja, genau dieses Monza, das in der Welt für die Autorennen bekannt ist. Viel mehr hatte die Gemeinde seinerzeit auch nicht zu bieten. Ein deutscher Mitreisender brachte meinen Vater damals zu Bekannten, die ihn gegen ein kleines Entgelt pflegen sollten, bis er wieder auf den Beinen war und weiterreisen konnte. Das war zumindest der Plan gewesen. Das Schicksal hatte anderes mit ihm vor.

Die Lungenentzündung war keineswegs der Unterkühlung auf der Flucht zuzuschreiben, wie er gedacht hatte, sondern entpuppte sich als Schwindsucht, die ihn bis auf die Knochen abmagern liess und ihm so heftige Fieberschübe bescherte, dass an eine Weiterreise nicht zu denken war.

Tubercolosi, vermutete der Dorfarzt und empfahl der Familie, den Flüchtling so bald wie möglich loszuwerden. Zu gross war die Gefahr, dass dieser alle mit Tuberkulose ansteckte.

Ich habe mich im Internet schlaugemacht. Die Tuberkulose ist eine bakteriell verbreitete Infektionskrankheit, die heutzutage mit einer zünftigen Dosis Medikamente in den Griff zu bekommen wäre. In den Wirren der Nachkriegszeit war sie jedoch alles andere, als einfach zu behandeln.

Die Krankheit hat meinen Vater zwar frühzeitig ins Grab gebracht, ihm zugleich aber auch die glücklichsten Stunden seines Lebens beschert. Zumindest, wenn man den Notizen Glauben schenken mag, die er während seiner Erkrankung einem alten Schulheft in gestochen scharfer Schrift anvertraut hat.

Graziella hiess die älteste Tochter der Familie in Monza, die ihn in einem heruntergekommenen Bauernhof beherbergte. Die Eltern freuten sich über das Kostgeld, das der deutsche Signore ihnen bezahlte und mit dem sie auf dem Mercato, dem wöchentlichen Markt des Wohnquartiers, Kohle zum Heizen besorgen konnten. Dass die Tochter den Kranken je länger, desto liebevoller betreute, bemerkten sie nicht. Bis diese sich morgens übergeben musste und die leichte Wölbung des Bauchs nicht mehr zu übersehen war. Ein unehelich empfangenes Kind liesse sich mit einer schnell organisierten Vermählung unter dem Deckel der Verschwiegenheit halten. Dies war auch im streng katholischen Italien ein Drama, das in den Küchen der Familien lautstark ausdiskutiert wurde, das letztlich aber mit Hilfe des Pfarrers in geregelte Bahnen gelenkt werden konnte. Ein schnelles Ja in der Kirche, einen Ring an den Finger und gut war es.

Graziella hat es ihren Eltern wahrlich nicht einfach gemacht.

Sollte ihre Tochter, ihr über alles geliebtes Kind, einen Kriegsflüchtling heiraten, der unter Umständen sogar gesucht wurde? Einen Deutschen?

Über die Hintergründe seiner Flucht hielt sich mein Vater seinen Gastgebern gegenüber stets bedeckt. Nur, dass er einige Zeit in der Schweiz gewesen war, bevor er über die Grenze nach Italien reiste, erzählte er. Kein Wort über seine Tätigkeit während des Krieges habe er verlauten lassen, notierte er in sein Tagebuch.

Danach fragte man auch nicht. Krieg war per se eine traumatische Erfahrung, und kaum ein Mann kehrte mit reinem Gewissen zurück. Die Väter und Söhne kamen wieder nach Hause, das war das Wichtigste. Was sie als Soldaten getan hatten, wollten die Familien nicht zu genau hören. Die Erzählungen wären zu aufwühlend gewesen, um sie zu begreifen. Man hätte die Worte nicht mit dem Bild, das man von dem geliebten Heimkehrer hatte, in Einklang bringen können.

Die Männer begnügten sich damit, Anekdoten zu erzählen. Was man selbst erlitten hatte, davon konnte man berichten. Abgefrorene Zehen waren keine Seltenheit oder etwa Mehlwürmer in der Suppe, die man dennoch ass, um wenigstens auf diesem Wege etwas Fleisch zwischen die Zähne zu bekommen.

Aber was man getan hatte, das liess sich nicht so einfach wiedergeben. Wie hätten die Zuhausegebliebenen dies verstehen können?

Vereinzelt mag es die eisernen Soldaten gegeben haben, die den Finger gekrümmt am Abzug des Gewehrs hielten und erbarmungslos jeden erschossen, der ihnen vor die Flinte kam. Aber da gab es auf beiden Seiten der Front auch Männer, die vor Angst zitterten. Die kein Interesse daran hatten, dem Gegner aufzulauern, um ihn zu töten. Jemandem eine Pistole an die Schläfe zu halten und ihn hinzurichten, das war kein Thema, das man zu Hause am Küchentisch der Familie erzählte. Das behielt man für sich. Man schwieg.

Das hat wohl auch mein Vater getan, als er in Graziellas Bett lag und darauf wartete, dass das Brennen in seiner Brust nachliess.

Die Tochter der Familie übernachtete auf einem durchgesessenen Kanapee in der Stube, gesellte sich aber jeden Morgen, wenn ihre Eltern in der Fabrik arbeiteten und die jüngeren Geschwister in der Schule waren, zu ihm ins Zimmer. Anfänglich setzte sie sich auf einen Stuhl, den sie aus der Küche geholt hatte, nach zehn Tagen wärmte sie mit ihren Schenkeln seine kalten Füsse. Ihre Kommunikation beschränkte sich auf die wenigen Worte, die sie einander auf Deutsch und Italienisch beibrachten, und doch verstanden sie sich auf Anhieb. Mein Vater beschrieb sie in seinem Tagebuch als das pralle Leben. Er hatte sich Hals über Kopf in sie verliebt.

Ein Hochzeitsfest wurde nicht gefeiert. Der heimlich herbeigerufene Pfarrer traute das Paar in der Dorfkapelle. Graziella im Sonntagskleid der Mutter, ein schwarzes, bodenlanges Kleid, das ihr an der Taille drei Nummern zu gross war. Der Anzug meines italienischen Grossvaters war dem gross gewachsenen Deutschen mit den breiten Schultern viel zu klein. Bei ihm mussten eine gründliche Rasur und ein Haarschnitt ausreichen. Mein Vater notierte diese Tatsache ebenso enthusiastisch wie die Mahlzeiten, die zur Feier des Tages aufgetragen wurden. Eine deftige Zwiebelsuppe mit gewürfeltem Speck, ein Reisgericht namens Risotto mit im letzten Herbst eingelegten Pilzen und dazu in dicke Scheiben geschnittene Wildschweinsalami. In Grossbuchstaben schrieb er, dass dies der glücklichste Tag seines Lebens gewesen sei. Acht Monate später wurde er auf dem Friedhof von Monza beerdigt.

***

«Was soll ich tun?», fragte Clara. «Lass mich eines klarstellen: Ich werde unter keinen Umständen etwas schreiben, was eure politische Gesinnung unterstützt.»

Nicole zögerte, zupfte nervös an ihren Fingernägeln herum. Das klickernde Geräusch verursachte Clara Gänsehaut.

«Ich will, dass mein Freund damit aufhört», begann Nicole zu erzählen. «Gegen seine Politik habe ich nichts, wie du weisst.

Aber nun scheint er die Kontrolle zu verlieren. Er ist doch unser Anführer, und wenn er austickt, dann schadet er der Sache.»

«Du sprichst von den zwei Videos, die er gedreht und ins Netz gestellt hat?»

«Zwei?»

«Ja, da war der Überfall auf Kidane und das Video vom Mittelaltermarkt, als die Männer die beiden Frauen schikaniert haben.»

«Ach das.» Nicole lachte leise. «Das war doch harmlos. Nein, ich spreche *davon*.»

Clara hörte das Rascheln von Stoff, und eine helle Fläche erschien im schummrigen Licht der Taschenlampe. Nicole hielt das Licht so, dass es ihren nackten Bauch beleuchtete. Sie hatte den schwarzen Rollkragenpullover bis über die Schlüsselbeine hochgeschoben. Die blasse Haut war übersät mit Blutergüssen in den verschiedensten Blautönen, und da, wo der BH die Haut nicht bedeckte, waren rote Striemen über der Brust zu erkennen.

Clara zog die Luft scharf ein, als sie die Hämatome sah. «Nicole! Das muss unglaublich schmerzen. Warum hast du vorher nichts gesagt? War das dein Freund?» Sie musste sich zurückhalten, um die Wunden nicht zu berühren. «Er wird nie aufhören!»

«Na, du kennst ihn. Gut sogar.» Nicoles hysterisches Lachen ging in ein Weinen über. «Ich habe Sandro im letzten Herbst kennengelernt.»

«Pardon, sagtest du ‹Sandro›?»

«Ja, der hilfsbereite, gut aussehende Sandro. Er hat mich umgarnt und war wirklich ein sehr aufmerksamer Freund. Natürlich hat es mir auch geschmeichelt, als ich begriffen habe, dass er zur Nationalsozialistischen Partei der Schweiz gehört und im Begriff war, eine eigene Organisation aufzubauen. Verstehst du, ich war die Freundin des Anführers, somit respektierten mich alle.»

Clara stand auf und zog dabei Nicole mit sich in die Höhe. Sie steckte der Frau den Pullover wieder in den Hosenbund und hielt sie dann an den Schultern fest. Was Clara gesehen hatte, waren nicht nur die Spuren von Faustschlägen gewesen. Nein,

Sandro musste zudem einen Gegenstand benutzt haben, um Nicole zu bestrafen.

Clara fror es bei diesem Gedanken. «Dass Sandro dein Freund ist, wusste ich nicht. Auf mich machte er stets einen netten und hilfsbereiten Eindruck. Hätte ich gewusst, dass er ein Nazi und Frauenschläger ist ...»

«Was dann, Clara, was macht man dann?» Nicoles Stimme ging in ein Flüstern über. «Seine Masche ist einfach. Nach aussen hin gibt er das Bild des perfekten Schwiegersohnes ab, so kann er verdeckt seine Aktionen planen. Er erscheint niemals vor der Kamera, hast du das schon bemerkt? Nein, er ist der Kopf, der plant. Seine Gefolgsleute machen dann die Drecksarbeit und fühlen sich sogar noch gut dabei, weil er ihnen immer wieder versichert, wie wichtig sie für die Organisation seien. Aber Sandro will mehr. Er will zu den Mächtigen der Szene gehören. Sein Ziel ist es, die Hammerjugend an die mächtigen Gruppierungen wie die Nationale Aktionsfront anzubinden. Diese wiederum richtet sich nach den ganz grossen Fischen. Schon mal was von Combat 18 oder Blood and Honour gehört?»

«Ich bin mir nicht sicher», zögerte Clara.

Nicole lockerte ihre Schultern. «Ich habe keine Zeit, dir das jetzt zu erklären. Merk dir, was ich gesagt habe.»

Sie zeigte in den finsteren Tunnel, der vor ihnen lag. In den letzten Minuten war Clara klar geworden, dass sie sich in dem Teil des Tunnels befanden, den sie schon einmal abgelaufen war. Der Eingang durch den Gartenschuppen musste Nicole unbekannt sein, sonst hätte sie bestimmt den kürzeren Weg gewählt.

«Ich muss dir etwas zeigen, dann muss ich so schnell wie möglich wieder an die Oberfläche. Hier unten habe ich keinen Empfang. Wenn Sandro mich anruft, damit ich ihn abhole, und ich nicht ans Telefon gehe, dann wird er nicht zufrieden sein mit mir.»

Ohne sich dessen bewusst zu sein, rieb sich Nicole eine offenbar schmerzende Stelle oberhalb ihrer Brust. Dann marschierte sie los, in den finsteren Tunnel hinein.

Clara folgte ihr. Sie wusste nun, wohin sie unterwegs waren, und erinnerte sich mit Schauern an die eiserne Liegefläche im Keller. Ein Seziertisch, hatte sie damals vermutet, und auch jetzt fühlte sie leichtes Grauen, wenn sie daran dachte.

Von Nicole sah Clara nicht viel mehr als den Rücken, als sie ihr hinterherlief. Was die junge Frau erzählte, machte aus ihrer Sicht durchaus Sinn. Nur verdrängte sie dabei den Gedanken, was Sandro mit Clara machen würde, wenn er sie hier unten antraf.

Aber jetzt war sie schon so weit gekommen, dass sie sich auch ansehen konnte, was Nicole ihr zeigen wollte, sprach sie sich selbst Mut zu. Wie und ob sie Sandro bei der Polizei anschwärzen würde, konnte sie sich in aller Ruhe überlegen, wenn sie wieder zu Hause war.

Nicole blieb stehen, Clara prallte gegen ihren Rücken.

«Wir sind da.»

Beide leuchteten mit den Taschenlampen in den Raum, der sich vor ihnen auftat. Clara erinnerte sich daran, wie sie sich das letzte Mal hier versteckt hatte, als eine Person eingetreten war. Ob das damals Sandro gewesen war?

Wie gut, dass er sie bei dieser Gelegenheit nicht entdeckt hatte. Nicht auszudenken, was er dann mit ihr gemacht hätte. Nachdem sie Nicoles Wunden gesehen hatte, wollte sie sich nicht vorstellen, das Gleiche durchmachen zu müssen.

Sie waren vor dem grossen Schrank, der die Metalltür hinter sich verbarg, stehen geblieben. Nicole gab sich einen Ruck und begann, ihn nach vorne zu ziehen.

«Leuchte mal», bat Nicole. Sie scheiterte am Versuch, den Schlüssel ins Schloss zu stecken und gleichzeitig die Taschenlampe zu halten.

«Woher hast du den Schlüssel?», fragte Clara.

«Ich habe ihn Sandro aus der Jackentasche geklaut, dieser hat ihn Balthasar abgeluchst. Der Alte ist ja so gaga, dass er gar nicht merkt, was um ihn herum geschieht. Nicht einmal, dass sich die Hammerjugend regelmässig auf seinem Grundstück trifft. Aber wenn Sandro herausfindet, dass der Schlüssel fehlt, bin ich am Arsch. Auch deshalb muss ich so schnell wie möglich wieder zu ihm hoch.»

Clara kam hinzu, und nachdem das Schloss geöffnet war, zogen sie gemeinsam an der schweren Tür. Beim Öffnen schob sie sich schwer über den Kellerboden und hinterliess einen Halbkreis im Staub. Wieder schlug ihnen nun kühle Luft entgegen, die den Geruch von Chemikalien in sich trug.

«Sag mir nicht, dass ihr hier Doktorspiele veranstaltet», versuchte Clara, ihre Nervosität zu überspielen. Dass sie schon einmal hier gewesen war, behielt sie für sich.

Statt einer Antwort schwieg Nicole lange.

Clara realisierte, dass sie mit ihrer Aussage genau ins Schwarze getroffen hatte. «Verzeih mir, ich wollte dir nicht zu nahe treten.»

«Das ist doch pervers!», flüsterte Nicole. «Ich wusste ja, dass er auf eher ausgefalleneren Sex steht, aber das, was er mit mir gemacht hat ... Er hat eine Grenze überschritten. Er rief mich an vor etwa einem Monat und verlangte, dass ich sofort zu ihm komme. Danach sind wir nach Hergiswil gefahren, und er hat mich hierhergeführt. Ich musste mich ausziehen. Er behielt seine Kleidung an. Danach musste ich mich auf den Operationstisch legen und dann hat er ...»

Sie brauchte nicht auszusprechen, was Sandro getan hatte, Clara verstand auch so, dass es für Nicole zu viel gewesen war.

Nicole deutete mit dem ausgetreckten Arm einen Halbkreis an. «Du kannst dir nicht vorstellen, wie er mich gedemütigt hat. Danach musste ich noch alles reinigen. Mein Blut und seinen Urin.» Nicole seufzte schwer. «Ich war wie gelähmt an jenem Abend und habe es nicht geschafft, mich zu wehren. Nicht einmal ‹Stopp!› konnte ich sagen. Das darf nie mehr geschehen, Clara. Keine andere Frau soll das erleben müssen.»

«Du meinst, Sandro wird zu einer Gefahr?»

Im fahlen Licht erkannte sie, dass Nicole nickte. «Er wird nicht zu einer Gefahr, er ist längst eine. Welcher normale Mensch stellt sich einen Operationstisch in den Keller?»

Clara machte einen Schritt auf Nicole zu, wollte sie in den

Arm nehmen und trösten, aber Nicole wehrte ab. Sie wollte kein Mitleid.

Clara versuchte sich abzulenken, indem sie nach Sandros Motiv fragte.

«Und ich dachte, du willst mir etwas im Zusammenhang mit der Hammerjugend zeigen.»

«Du musst mir besser zuhören, Clara.» Nicole wirkte immer gestresster. «Ich habe dir schon einmal erzählt, dass Sandro immer gewalttätiger wird, seit er bei der Hammerjugend ist. Das wirkt sich natürlich auch auf sein Privatleben aus.» Sie rieb sich über das Gesicht, bis die Wangen rot aufleuchteten. «Du kannst dir nicht vorstellen, wie viel Schmerzen ich danach hatte. Was, wenn Sandro dabei auf den Geschmack gekommen ist? Er steht voll auf Machtspiele im Bett, wenn du weisst, was ich meine. Ein bisschen Bondage und so ist ja okay, aber irgendwie habe ich das Gefühl, dass er auf der Suche ist nach einem grösseren Kick. Stundenlang ist er auf dem Anwesen herumgestromert und hat sich dabei von niemandem helfen lassen. Keine Ahnung, was er sucht, aber ich bin sicher, er geht dafür über Leichen.»

«Apropos: Meinst du, er hat Rosa Kammer umgebracht?»

«Wenn das die Frau ist, die hier im Garten gestorben ist, dann könnte das sein, aber ich weiss es nicht sicher. Er hat jedenfalls nichts davon gesagt …»

Clara überlegte: «Wunden habe ich nicht gesehen, allerdings war sie vollständig bekleidet, als wir sie gefunden haben. Daher wäre es durchaus denkbar. Dann hätte jedoch die Polizei viel schneller herausgefunden, dass es Mord gewesen war.»

Nicole zuckte mit den Schultern, sie hatte anscheinend wirklich keine Ahnung, wer das Opfer war.

«Du bist der Meinung, dass Sandro immer gewalttätiger wird. Nicht nur in der Hammerjugend, sondern auch dir gegenüber. Bist du denn bereit, in einem Interview davon zu berichten? So könntest du ihn auffliegen lassen.»

Nicole schniefte. Sie weinte, stellte Clara fest. Die Nerven der Frau begannen zu flattern. Erstaunlich, dass dies erst jetzt geschah, mit der Hetze auf die Ausländer schien sie keine Probleme gehabt zu haben. Nun, da sie selbst von Sandro verletzt worden war, hatte sie ihre Meinung wohl geändert. Vermutlich verharrte sie seit Monaten in dieser Angst und verwendete all ihre Energie darauf, sich Sandro gegenüber nicht zu verraten.

«Nein, das kann ich nicht. Vielleicht später einmal. Ich habe es ja noch nicht einmal geschafft, einen Arzt aufzusuchen, nachdem Sandro mit mir fertig war. Allerdings frage ich mich schon lange, ob er auch andere Frauen missbraucht hat. Sieh dich doch um, das ist der perfekte Ort dafür. Niemand hört die Schreie, niemand kommt per Zufall vorbei.» Sie nickte, um ihren Worten Nachdruck zu verleihen. «Wir müssen den Raum absuchen. Zu zweit sind wir schneller. Hier irgendwo muss etwas zu finden sein. Wenn hier was passiert ist, dann sind sicherlich noch Spuren vorhanden. Bestimmt hat er etwas übersehen. Wenn du nur pünktlich gewesen wärst, hätten wir mehr Zeit zur Verfügung.» Nicoles vorwurfsvoller Ton entging Clara nicht.

«Dann lass uns keine Zeit mehr verlieren», sagte sie und begann, mit der Taschenlampe den Raum abzusuchen. Die Metallschränke hatte sie das letzte Mal schon begutachtet. Was war sonst noch da?

Die metallene Liege in der Mitte des Raumes, darüber eine Operationslampe. Alles peinlich sauber, man hätte hier sofort einen medizinischen Eingriff vornehmen können. Nun erkannte sie auch, was den Geruch verursachte: scharfe Reinigungsmittel, gepaart mit Chlorreiniger. Tötete garantiert alle Spuren und beseitigte auch die hartnäckigsten Flecken. Der Boden war makellos gewischt, kein Stäubchen war zu sehen, kein Papierschnipsel, der übersehen worden wäre.

Die Wände waren vollgestellt mit den Metallschränken. Kein Bild, kein Poster, nicht einmal ein Wandkalender oder eine Fotografie. Ein unpersönlicher Raum, dachte Clara. Ein Zweckraum, aber wofür? Das war hier die Frage.

Sie beobachtete, wie Nicole die Schranktüren mit Sandros Schlüssel nacheinander öffnete und einen nach dem anderen durchsuchte. Auf den offenen Regalen darüber erkannte sie die beschrifteten Behälter, die sie beim letzten Mal durchgesehen hatte. Damals hatten ihr die Worte darauf nichts gesagt, aber in der Zwischenzeit hatte sie diese im Internet nachgeschaut. Aurum stand für Gold, so viel wusste sie noch. Aber auch die Bezeichnung für Werkzeuge wie Pinsel, Spachtel und Leinwand.

Sie verzichtete darauf, Nicole zu helfen, stattdessen legte sie einer Eingebung folgend die Hände flach auf die Oberfläche der Schränke und tastete sie ab. Sie strich darüber, suchte nach Unregelmässigkeiten, die nicht da sein durften. Sie hatte bereits zwei Seiten kontrolliert, als ihr kleiner Finger in einer schmalen Versenkung hängen blieb. Der Schmerz unter dem Fingernagel war kurz, aber nicht weiter schlimm. Sie steckte den Finger in den Mund und saugte leicht daran, während sie mit der Taschenlampe die Rille beleuchtete. Sie war kaum zu sehen, nur einige Millimeter breit. Sie versuchte, die Schränke auf beiden Seiten zu verschieben. Sie bewegten sich nicht. Schwer und träge standen sie auf dem Boden. Mit der Hand tastete sie die Rille ab, von unten nach oben. Schwach, ganz schwach meinte sie, einen leichten Luftzug zu spüren. Dahinter musste es einen weiteren Raum geben. Je mehr sie darüber nachdachte, desto überzeugter wurde sie. Soeben wollte sie sich zu Nicole wenden, als diese plötzlich herumfuhr.

«Versteck dich, da kommt jemand!»

Clara sah sich entsetzt um. Wo sollte sie hin? Da gab es nichts, wohinter sie sich hätte verbergen können. Nicole ging es ähnlich. Panisch blickten sie sich an. Und jetzt?

Ein Husten drang aus dem Gang, jemand war tatsächlich auf dem Weg hierher.

Auf einmal drehte Nicole sich um und öffnete eine der unteren Schranktüren.

«Hier rein!»

Clara beeilte sich. Der Schrank war leer. Sie setzte sich hinein, zog die Knie bis an ihre Ohren hoch, versuchte, möglichst nicht zu atmen. Platzangst befiel sie, als Nicole die Schranktür von aussen zustiess. Nicht abschliessen, flehte Clara lautlos. Schliess den Schrank nicht ab. Das Klicken des Schlosses blieb aus.

«Was zum Teufel machst du denn hier?»

Die Stimme war tief. Der Sprecher wirkte weniger erbost als vielmehr verblüfft. Nicole hatte keine Zeit mehr gehabt, sich ebenfalls zu verstecken. Clara realisierte, dass die Frau ihr das einzig mögliche Versteck im Raum überlassen hatte. Ein schlechtes Gewissen beschlich sie. Nicole stellte sich dem Mann alleine.

Claras Haltung im Schrank war äussert unbequem. Mit der Nase berührte sie die angezogenen Knie, und die Hände umfassten ihre Knöchel. Den Rucksack hatte sie sich vor den Bauch geklemmt. Die Atmung wurde dadurch auf ein oberflächliches Luftholen begrenzt. Ein Krampf in der linken Wade kündigte sich an. Sie presste das Gesicht auf den Oberschenkel, fühlte den rauen Jeansstoff, versuchte, den Schmerz wegzuatmen.

«Sandro.» Nicoles Stimme klang viel zu hoch. «Hast du mich erschreckt. Ich wollte nur sichergehen, dass wir bei unserer Putzaktion nichts übersehen haben.»

«Also hast du den Schlüssel genommen?»

«Ja, ich wollte dich nicht stören in der Sitzung, für eine solche Kleinigkeit.» Sie sprach viel zu schnell.

Beruhige dich, wollte Clara ihr zuflüstern, hielt sich aber still. Der merkt sonst, dass hier was oberfaul ist. Bestimmt ist er schon misstrauisch, weil er dich hier unten antrifft.

«Das ist doch schon lange her! Ich will nicht, dass du hier herumschnüffelst. Du hast hier nichts zu suchen, ist das klar?»

Sandros Stimme war lauter geworden. Die Silben kamen ihm schleppend über die Zunge. War er betrunken?

Clara hörte Schritte auf dem glatten Boden. Sandro schien aufgeregt hin und her zu gehen, dazwischen schnaubte er immer wieder laut aus. Plötzlich vernahm Clara etwas wie ein Klatschen auf Haut, dann Nicoles Aufschrei. Sandro hatte sie offenbar geschlagen. Tränen der Verzweiflung traten Clara in die Augen. Was sollte sie tun?

Leises Schluchzen drang an ihr Ohr. Nicole weinte. Ob dies nun der Zeitpunkt war, das Versteck zu verlassen und ihr zu helfen? Zu zweit kämen sie vielleicht gegen den Mann an. Gerade als Clara die Hand ausstreckte, um die Tür aufzustossen, hörte sie, wie Nicole zu sprechen begann.

«Aber Schatzi, du hast doch gesagt, dass ich alles gründlich putzen soll.» Nicoles Schluchzen wurde lauter. «Und da habe ich gedacht, dass ich hier nochmals nach dem Rechten sehen will. Verstehst du? Du hast mir doch erst gestern Abend gezeigt, wie wichtig es für mich ist, keine Fehler mehr zu begehen. Das habe ich mir zu Herzen genommen und mir überlegt, was ich hätte besser machen können. Darum bin ich hier. Ich will sicher sein, dass du zufrieden mit mir sein kannst.»

Hoffentlich ging ihr Sandro auf den Leim, flehte Clara stumm.

«Schatzi, ich schwör dir ...», lockte Nicoles Stimme. Sie flüsterte etwas, das Clara in ihrem Versteck nicht verstehen konnte. Die Frau hatte Nerven wie Drahtseile, staunte Clara. Nicole schaffte es selbst in dieser Situation, ihrem Freund eine eiskalte Lüge aufzutischen. Oder sie war die Schläge bereits gewohnt.

«Komm her.» Sandros Stimme wurde leiser. Nicole hatte es anscheinend mit ihren Tränen geschafft, das männliche Ego zu erweichen. «Überlass das Denken mir und mach nur, was ich dir sage. Dann fühlst du dich gleich besser, nicht wahr? Bislang sind wir doch gut damit gefahren.»

«Ja, Schatzi.»

«Ich bin für das Denken zuständig, und mit deiner Schönheit lässt du mich dabei noch gut aussehen. Das ist doch die perfekte Arbeitsteilung. Ist es nicht so? Lass uns zu den anderen gehen, bevor die Typen das ganze Bier wegsaufen. Wir wollen ja nicht, dass du dich hier noch verirrst. Nicht wahr?»

Irritiert lauschte Clara der Stimme, in der sich neben dem Liebreiz auch eine leichte Drohung versteckte. Ob er wusste, dass sie sich nur wenige Zentimeter neben seinem Bein verbarg?

Clara umgriff die Knöchel noch fester, um zu verhindern, dass sie sich durch eine unbewusste Bewegung verraten würde. Der Krampf hatte mittlerweile den Oberschenkel erreicht. Verdammt, lange würde sie diese Position nicht mehr halten können. Sie schwitzte, bildete sich ein, hinter der zugezogenen Schranktür zu wenig Luft zu bekommen.

Was würde Sandro machen, wenn er sie hier entdeckte? Sein

Friedensangebot Nicole gegenüber sah sie nun in einem anderen Licht. Sie hoffte, dass Nicole dies auch begriff und sich so schnell wie möglich aus dem Staub machte.

Die Tür kratzte über den Kellerboden, als Sandro mit Nicole offenbar den Keller verliess und die Tür hinter sich zustiess. Ängstlich wartete Clara auf das Geräusch des Schlüssels, der sich im Schloss drehte. Das Einzige, was sie hörte, war Nicoles flehende Stimme, die immer leiser wurde. Trotzdem zählte Clara still auf dreihundert, bevor sie sich getraute, den Schrank zu öffnen. Gierig atmete sie die kühle Luft ein. Noch nie hatte ein Atemzug sie so sehr erfreut. Im Raum war es stockdunkel, sie sah die Hand vor Augen nicht. Noch immer zusammengekrümmt in ihrem Versteck kauernd, holte sie vorsichtig ihr Handy hervor und leuchtete damit alles ab. Sie war tatsächlich alleine zurückgelassen worden.

Mit einem gequälten Seufzer streckte Clara die Beine aus, liess das Blut zirkulieren und rieb sich die protestierenden Muskeln. Der Krampf hinderte sie daran, aufzustehen. In der Finsternis krabbelte sie aus dem Schrank, lehnte sich gegen die Liege und begann mit Dehnübungen der Beine.

Wie dumm von ihr, sich auf Nicoles Angebot einzulassen, ohne für eine Rückendeckung zu sorgen! Sie hätte nur Laetitia oder Remo über ihre Pläne für heute Nacht zu informieren brauchen. Oder Spichtig, doch dann hätte der auf eine möglichst schnelle Abgabe des Berichts gepocht.

Clara wusste, dass sie dank Nicole einer grossen Sache auf der Spur war, vielleicht einer zu grossen. Immerhin war sie keine ausgebildete Journalistin, sondern schrieb lediglich in unregelmässigen Abständen für eine Lokalzeitung. Nix investigative Journalistin. Nur ein kleiner Schreiberling, der mit der Nase auf eine Horde Nazis gestossen war. Trotzdem wollte sie die Spur weiterverfolgen.

Nachdem der Schmerz endlich etwas nachgelassen hatte, machte sie sich auf den Rückweg. Sie wollte so schnell wie möglich von hier verschwinden.

Als sie den engen Gang entlanglief, kam sie zu der Abzweigung, wo sie mit Nicole eine Pause eingelegt hatte. Sie hatte viel von ihr erfahren heute Abend. Noch gelang es Clara nicht, alles einzuordnen, und vor allem hatten sie Nicoles Verdacht gegenüber Sandro noch immer nicht verifiziert. Was hatte er in diesem Keller wirklich getan?

Kurz entschlossen wählte sie den rechten Gang, durch den sie beim ersten Besuch herabgestiegen war. So käme sie beim Gartenschuppen heraus und konnte die Fabrikruine meiden. Sie hatte keine Lust, den besoffenen Nazis in die Arme zu laufen. Arme Nicole.

***

Sie hatte mehrere Fingernägel abgekaut, an Schlaf war nicht zu denken. Das erste Licht des Tages vertrieb die Schwärze der Nacht. Vor lauter Nervosität hielt sie es kaum mehr aus. Wo war Nicole, und vor allem, wie ging es ihr?

Clara erinnerte sich mit Grausen an den Anblick der Blutergüsse auf dem Brustkorb der jungen Frau. Vom Dunkelblau in allen Schattierungen bis zum leuchtenden Rot und kurz vor dem Abheilen zu einem Gelbgrün waren alle Arten von Flecken auf der hellen Haut zu sehen gewesen. Clara schauderte es, wenn sie darüber nachdachte, was die Ursache dafür gewesen war.

Sandro musste Nicole mit der harten Faust oder mit einem Gürtel geschlagen haben. Ein Schlag mit der flachen Hand vermochte wohl kaum solche Hämatome zu hinterlassen. Wer machte so was, fragte sich Clara. Was für ein krankes Gehirn schlug auf seine Freundin ein und missbrauchte sie?

Clara sass auf ihrem Balkon im fünften Stock des Gebäudes auf einem Gartenstuhl, die Beine hatte sie auf das Geländer vor sich gelegt. Wenn sie den Geräuschpegel von Sarnen ausblendete, konnte sie sich der Illusion hingeben, sie befände sich allein in der Kleinstadt.

Seit einer Stunde kaute sie abwechselnd an ihren Fingernägeln oder inhalierte die Zigaretten tief auf Lunge. Sie hatte schon viel zu viele davon geraucht, sie spürte das Brennen in ihrer Brust, war das nicht mehr gewohnt. In ihren jungen Jahren hatte sie locker eine Packung pro Abend konsumiert, aber sie schien aus der Übung zu sein. Der Schlafmangel und das noch immer in ihrem Körper tobende Adrenalin liessen sie zu einem Vulkan kurz vor der Explosion werden. Am liebsten wäre sie aufgestanden, hätte sich an das Balkongeländer gestellt und ihre Verzweiflung in die Welt geschrien. Sie verspürte solch eine Wut auf Sandro! Wie hatte sie sich in ihm so täuschen können?

Sie erinnerte sich an die Szene, als sie ihm das erste Mal begegnet war. Auf dem Anwesen der Familie Balthasar war das gewesen, als sie den katastrophalen Zustand der Wohnung der verstorbenen Schwester Charlotta zum ersten Mal in Augenschein genommen hatte. Inmitten einer Müllhalde war er aufgetaucht und hatte sie aus seinen stahlblauen Augen angeschaut. Ein Adonis, hatte Clara damals gedacht. Eine wunderschöne Hülle, die einen zutiefst stinkenden, verdorbenen Kern zu beherbergen schien.

Sie hörte das Signal der Barriere, die sich zum ersten Mal an diesem Tag senkte für den Zug, der die frühen Pendler nach Luzern abholte. Es war zwanzig nach fünf.

Nach ihrer Flucht aus dem Tunnel war sie bis zum Parkplatz am anderen Ende von Hergiswil gerannt, wo sie ihr Auto geparkt hatte. Beziehungsweise, worauf sie es mit der Hilfe des Seniors geschoben hatte. Keine Menschenseele war zu sehen gewesen, nur das Klackern der Leinen an den Stangen der Segelboote hatte die Stille der Nacht gestört. Wider besseres Wissen hatte sie mehrere Versuche gemacht, den Motor des Wagens zu starten, und doch einsehen müssen, dass nichts zu machen war. Der altersschwache Gefährte machte keinen Wank mehr. Mit ihrem Handy hatte sie ein Taxi gerufen und sich im Auto eingeschlossen. An der frischen Luft zu warten hatte sie sich nicht getraut. Eine tiefe Angst hatte sie beschlichen, seit sie im Schrank gekauert und Nicoles Schmerzensschreie gehört hatte. Da fühlte sie sich nur in einem verschlossenen Auto sicher. Das brach keiner so schnell auf.

Clara zog die Strickjacke enger um sich. Der Morgen nahte, aber es war empfindlich kalt in Sarnen. Das Grauen von letzter Nacht war sie noch immer nicht losgeworden, obwohl sie sich in ihrer Wohnung doch sicher hätte fühlen können. Sie hatte bei ihrer Rückkehr darauf geachtet, sowohl die schwere Haustür im Erdgeschoss als auch die Wohnungstür fest hinter sich zu verschliessen. Trotzdem hielt sie ihr Handy in greifbarer Nähe, um im Notfall Hilfe zu rufen. Drei kleine Zahlen und die Polizei wäre vor Ort. Der Polizeiposten in Sarnen war kaum mehr als einen Kilometer von ihrer Wohnung entfernt. Wie lange mochte es dauern, bis die Beamten hier wären? Clara rieb sich mit beiden Händen über das Gesicht, versuchte, das grausige Gedankenkarussell zu unterbrechen.

Lenk dich ab, sprach sie sich zu. Bald ist es taghell, und die Welt wirkt nicht mehr so bedrohlich. Es hatte eine Zeit gegeben, damals, nachdem ihre Mutter gestorben und ihr Bruder beerdigt worden waren, da hatte sie sich unter ihrer Bettdecke verkrochen und auf das Ende aller Tage gewartet, wenn ihr alles zu viel wurde. Die Zeit unter der Daunenhöhle war lang gewesen, und sie hatte sich damals von allen Menschen zurückgezogen, aber es war nötig gewesen, um die Pein in ihrem Innern zu lindern. Na gut, die eine oder andere Tablette hatte wohl auch ihre Finger im Spiel gehabt dabei. Und der Whisky, der auch. Wenn es ganz schlimm geworden war, dann hatte sie eine angstlösende Pille mit schottischem Alkohol hinuntergespült und war dann unter die Bettdecke gekrochen. Es hatte niemals lange gedauert, bis die erhoffte Ohnmacht eingetroffen war. Sie war nicht schlecht gefahren damit, bis sie sich einmal in der Dosierung vertan und viel zu lange geschlafen hatte. Es hatte nicht viel gefehlt, und sie wäre überhaupt nicht mehr aufgewacht. Damals hatte sie sich geschworen, dass die Zeiten unter der Bettdecke vorbei waren und sie anders mit Problemen umgehen musste. Deshalb sass sie seit zwei Stunden verfroren auf ihrem Balkon und biss sich die Finger wund, weil sie Angst davor hatte zu schlafen. Sie würde gezwungen sein, sich während des Tages hinzulegen, dabei hatte sie doch ihre Erlebnisse notieren wollen. Automatisch wanderten ihre Gedanken wieder zur letzten Nacht zurück.

Die Taxifahrt von Hergiswil nach Sarnen hatte sie eine Stange Geld gekostet, aber war ihr jeden Rappen wert gewesen, und der Fahrer, ein schnauzbärtiger Endsechziger mit Bauchansatz, hatte instinktiv gespürt, dass sie zu Small Talk nicht imstande war, und stattdessen das Reden übernommen, ohne auf ihre Antwort zu warten. Clara hatte ihn plaudern lassen, war froh um die Ablenkung gewesen, die sie den Bezug zur Realität wenigstens ein bisschen erhalten liess.

In Sarnen war sie mit weichen Knien aus dem Taxi gestiegen. Seitdem sass sie hier wie auf glühenden Kohlen und wartete auf ein Lebenszeichen von Nicole. Über den Dächern von Sarnen sah sie in weiter Entfernung das Stanserhorn, hinter dem das Morgenlicht seinen orangefarbenen Gruss ausstrahlte. Nicht mehr lange und in den Schlafzimmern klingelten die Wecker, oder hungrige Säuglinge erinnerten ihre von der Nacht erschöpften Eltern mit lieblichem Schmatzen und anschliessendem lautstarkem Gebrüll an den Tagesbeginn. Clara hatte weder das eine noch das andere. Sie konnte so lange schlafen, wie sie es für gut befand. Kein Chef, der ihre Arbeitszeit überwachte, keine Kinder, die ihr Frühstück einforderten. Allerdings war da auch niemand, neben den sie sich hätte legen können, wenn die Angst zu gross war, um allein zu schlafen.

Heute wäre sie froh um ein wenig Ablenkung von ihren düsteren Gedanken. Das nagende Gefühl der Angst war allgegenwärtig. Es war nicht nur die eigene Sicherheit, um die sie sich sorgte, sondern auch diejenige von Nicole.

Clara wagte es nicht, ihr eine SMS zu schicken. Was würde geschehen, wenn Sandro den Eingang der Nachricht hörte und Nicoles Handy kontrollierte? Wenn Nicole die Nummer von Clara unter deren Namen gespeichert hatte, würde er aus den hin- und hergeschickten Nachrichten folgern können, dass die Frauen sich bereits zweimal getroffen hatten. Nicole hatte getextet, dass sie Clara etwas zeigen wolle. Sandro war nicht dumm. Nein, er war sogar ein sehr intelligenter Mann, dem es keine Probleme bereitete, andere für seine Zwecke zu manipulieren. Er hatte schliesslich eine Gruppe junger Männer dazu gebracht, einen Mann durch Luzern zu jagen und halb totzuschlagen.

Frustriert blickte Clara auf das Handy. Ihr blieb nichts anderes übrig, als abzuwarten, bis Nicole sich von selbst meldete, und zu hoffen, dass diese schlau genug gewesen war, ihre Telefonnummer verschlüsselt zu speichern.

Ein Geräusch vor ihrer Wohnungstür liess sie zusammenfahren. Clara stand auf, blieb im Flur stehen und blickte ängstlich auf die Tür, das Handy griffbereit in der Hand. Drei Zahlen nur, dann wäre die Polizei da … Sie schaltete das Gerät ein, wählte die Notrufnummer. Zögerte einen letzten Moment, bevor sie auf den grünen Hörer drückte. Ein kratzendes Geräusch, dann ein Flüstern. Ob Sandro doch herausgefunden hatte, dass sie Bescheid wusste? Was machte er vor ihrer Tür? Ihr wurde schlecht. Das Herz pochte schmerzhaft hinter ihren Rippen. Sie rannte in die Küche, zerrte die Besteckschublade auf. Eine Waffe, dachte sie, ich brauche eine Waffe. Hier, ein Messer. Zu klein, zu unscharf. Sie griff nach dem Brotmesser mit der gezackten Klinge, hielt es wie einen Degen vor sich.

Ein Klingeln liess sie zusammenfahren. Himmelherrgott, war das laut! Sandro musste wohl beim Knacken des Schlosses gescheitert sein und beschlossen haben, sie an der Tür zu überraschen. Nein, sie würde nicht so blöd sein und ihm selbst öffnen.

«Was willst du?», rief sie stattdessen. «Es ist halb sechs morgens.» Den Arm mit dem Messer weit von sich gestreckt.

Die Antwort war ein entzücktes Bellen, gefolgt von hektischem Geflüster.

«Remo?» Clara senkte das Messer und trat näher an die Tür und legte das Ohr dagegen, um besser hören zu können.

«Ja, verdammt.» Remo klopfte gegen das Türblatt. «Mach auf, bevor der verrückte Kerl noch das ganze Haus weckt.»

Clara schaffte es gerade noch, den Schlüssel zu drehen, bevor ihre weichen Knie sie zwangen, sich hinzusetzen. Joker stürmte herein und begann hingebungsvoll, ihr Gesicht abzulecken. Um ihn nicht zu verletzen, hielt sie das Brotmesser senkrecht in die Luft. Remo stolperte lachend über das Gewirr von Vierbeiner und Frauengliedern, bis es ihm schliesslich gelang, die Tür zuzuziehen.

«Was ist denn mit dir los? Du bist kreidebleich.»

Er streckte Clara die Hand hin, um sie hochzuziehen, als er das Messer in ihrer Hand erblickte. «Sag mal, du blutest ja!»

Erstaunt blickte Clara auf ihre blutverschmierten Hände. Sie musste sich an der Klinge geschnitten haben. Das wäre im Ernstfall eine schöne Verteidigung gewesen, wenn sie es sogar schaffte, sich selbst zu verletzen.

In der Küche spülte sie die verblutete Hand sauber und klebte sich ein Pflaster über den Schnitt, der sich als nicht allzu schlimm herausgestellt hatte, dann schaltete sie die Kaffeemaschine an. Während diese aufheizte, bot sie Remo einen Platz am Küchentisch an und setzte sich ebenfalls, bevor sie fragte, weshalb er so früh auf den Beinen war.

«Das musst du diesen Kerl hier fragen», versuchte Remo die Schuld von sich zu weisen, dann lachte er auf. «Ich geb's ja zu. Wir zwei hatten gestern einen Männerabend und haben uns dabei Cervelats geteilt. Tja, und dann rief heute Morgen seine Verdauung. Danach wollte er auf keinen Fall mehr zurück in meine Wohnung. Ich versteh das nicht, das war bislang doch noch nie ein Problem.»

Clara blickte auf Joker hinunter, der seinen Kopf schwer auf ihrem Oberschenkel ruhen liess. Doch, sie verstand sehr wohl, dass der Hund gespürt hatte, dass es ihr nicht gut ging. Sie liebte den kleinen Kerl mit seinen zwei unterschiedlichen Ohren. Während sie ihre Finger durch das dichte Fell gleiten liess und die Wärme seines Körpers spürte, kamen die Emotionen der letzten Stunden hoch, und sie konnte die Tränen nicht mehr zurückhalten.

«Oh Mann», stöhnte Remo auf. «Frauentränen! Vor dem ersten Kaffee schaff ich das nicht.»

Wider Willen musste Clara grinsen.

Remo stand auf, liess für beide einen Kaffee aus der Maschine und sagte dann: «Schiess los. Ich bin ganz Ohr.»

Clara erzählte ihm von Rosa Kammer. Von Nicole und Sandro. Von der Villa Balthasar und den Funden mit den Symbolen des Nationalsozialismus. Nur von Beni erzählte sie nichts.

Obwohl sich Remo und Clara zu Beginn ihrer Nachbarschaft nicht ausstehen konnten, hatten sie zu einer Art Waffenstillstand gefunden, der in eine Freundschaft übergegangen war. Remo war freiwilliger Feuerwehrmann und sah sich gerne als Retter in der Not, allerdings durchschaute Clara sein Gebaren und wusste, dass er einige Charaktereigenschaften hatte, die in der Gesellschaft nicht gerne gesehen wurden. So pflegte er des Nachts durch die Ortschaften zu streifen und durch die Lamellenstores den Schlafenden zuzusehen. Fand er auf seinen finsteren Wanderungen ein feminines Wäschestück, nahm er es mit und verstaute es zu Hause nach Datum und Fundort sortiert in einem Karton. Remo war in der Tat ein Mann mit einer unheimlichen Obsession, aber Clara hatte gelernt, damit umzugehen. Seit einem Jahr kam er immer mal wieder in weiblicher Begleitung nach Hause, was Clara durch die Wand der angrenzenden Wohnung mehr als deutlich zu hören bekam. Remo schien ruhiger geworden zu sein.

Nun sah er sie mit weit aufgerissenen Augen an, die Tasse noch immer in der Hand. Der Kaffee war in der Zwischenzeit kalt geworden.

«Oh Mann, da bist du ganz schön in etwas hineingeraten. Und nun willst du wissen, wie es Nicole geht.» Er stützte sich mit beiden Unterarmen auf der Tischplatte auf. Er wirkte unausgeschlafen, auf seinem Kinn entdeckte Clara einen Bartschatten, und seine Haare standen in alle Himmelsrichtungen, seitdem er sein Käppi ausgezogen hatte.

«Ja, aber wie soll ich das denn machen? Ausser ihrem Namen und ihrer Handynummer kenne ich sie kaum. Ich weiss nicht einmal, wo sie arbeitet.»

«Ist sie auf Instagram, Facebook, Tiktok, Snapchat?»

Joker hatte sich erhoben und begann herumzulaufen.

«Er muss mal», stellte Remo fest. «Schon wieder. Läck, die Verdauung deines Hundes gleicht einem Durchlauferhitzer. Gib mir mal Namen und Nummer von Nicole durch. Während du mit dem Hund Gassi gehst, durchsuche ich die sozialen Netzwerke nach ihr. Ich bin Meister darin, jemanden aufzuspüren.»

Mit einem Ächzen stand Clara auf und griff nach der Hundeleine. «Will ich wissen, warum du das so gut kannst?»

«Nein, willst du nicht.»

«Spionierst du den Frauen immer noch nach, Remo?»

«Nun hau schon ab.» Er wedelte mit der linken Hand in ihre Richtung, dann begann er blitzschnell mit beiden Daumen auf seinem Handy zu tippen. «Und bring auf dem Rückweg frische Gipfeli mit.»

Eine halbe Stunde später quetschten sie sich auf Claras Balkon und frühstückten gemeinsam am wackligen Klapptisch. Das Croissant war noch warm, der Honig zerfloss und tropfte über die Finger. Die Geräuschkulisse im Hintergrund zeugte vom erwachenden Leben um sie herum. Der Verkehr im Zentrum Sarnens hatte zugenommen, die Sarner waren auf dem Weg zur Arbeit. Auf der hohen Tanne sassen Amseln und wetteiferten mit ihren Pfeifkünsten um die Gunst der Weibchen. Das Telefon klingelte, und Clara ging ran. Der Chefmechaniker der Autowerkstatt informierte sie darüber, dass ihr Wagen von Hergiswil nach Sarnen gebracht worden sei. Nun werde man nachsehen, weshalb er stehen geblieben war. Clara legte seufzend auf, sie befürchtete eine teure Rechnung.

Remo schrieb seinem Chef eine SMS, dass er später käme, er müsse noch einer Frau in Nöten helfen. Clara verdrehte die Augen, als er ihr die Nachricht vorlas, war aber trotzdem erleichtert, dass er sie in dieser Situation nicht allein liess. Die Brünigbahn fuhr in den Bahnhof ein. Sie hörten das Rattern der Räder auf den Gleisen.

«Du hast sie tatsächlich gefunden?», fragte Clara und stellte die Kaffeetasse auf den Unterteller.

Remo nickte mit vollen Backen und musste zuerst hinunterschlucken, bevor er antwortete: «Na ja, ich weiss, wo sie wohnt, beziehungsweise, wo ihre Eltern wohnen, aber ob sie sich zurzeit dort aufhält, weiss ich natürlich nicht. Könnte durchaus sein, dass sie mittlerweile zu ihrem Superfreund gezogen ist.»

«Du meinst Sandro.»

«Pass bloss auf, dass du dem nicht mehr unter die Augen trittst.» Er wischte die Krümel von seiner Hand auf den Boden, wo Joker freudig den Staubsauger mimte. «Musst du nochmals nach Hergiswil zu diesem Balthasar?»

Clara blickte etwas frustriert in die leere Tasse. «Tatsächlich muss ich hin, um die letzten Arbeiten zu beenden und mit Balthasar alles zu besprechen. Sandro werde ich allerdings nicht unbedingt zu sehen bekommen. Meistens ist er irgendwo auf dem Grundstück und bessert etwas aus.»

Remo leckte sich die Finger sauber, dann stand er auf und sagte: «Ich muss langsam los. Am Abend werden wir deiner Nicole mal einen Besuch abstatten.»

«Spinnst du?», fuhr Clara auf. «Das ist viel zu gefährlich. Was, wenn Sandro zu dieser Zeit bei ihr ist?»

«Keine Sorge, ich weiss, wie wir uns unbemerkt anschleichen können.»

«Ach ja, ich vergass, dein Hobby. Sag mir wenigstens die Adresse, bevor du gehst.»

Remo tippte etwas auf seinem Handy. «Ich habe sie dir soeben geschickt.»

Er winkte ihr zum Abschied zu und verliess die Wohnung. Entweder hatte er nicht begriffen, wie brutal die Hammerjugend und Sandro sein konnten, oder er freute sich tatsächlich auf den geplanten Ausflug heute Abend, überlegte Clara kopfschüttelnd.

Sie räumte das Frühstück vom Tisch und blickte dabei von ihrem Balkon nach unten auf das Trottoir. Die Kinder liefen gruppenweise in die Schule, nicht wenige benutzten ein Kickboard. Alle waren in Gespräche vertieft und schenkten der Umgebung und dem Verkehr kaum Beachtung. An einer Stelle des Ortes war die Brünigstrasse so schmal, dass von einem

Trottoir kaum mehr die Rede sein konnte. Das Wirtshaus Obwaldnerhof, das an die Strasse grenzte, erlaubte den Kindern, die Abkürzung über die Restaurantterrasse zu nehmen, um zu verhindern, dass sie sich in die gefährliche Situation begeben mussten. So kam es, dass zur Mittagszeit die Kinder zwischen den Beinen des Servicepersonals wuselten, das den wartenden Gästen bereits das Menu eins servierte.

Clara griff nach ihrem Telefon und wählte Spichtigs Nummer. Sie wollte mehr Fakten über die Situation in Bezug auf rechtsradikale Gruppierungen in der Schweiz wissen, und vielleicht hatte der Zeitungsredakteur einen Tipp, wen sie diesbezüglich kontaktieren konnte.

«Spichtig hier, wer stört so früh am Morgen?», raunzte er in den Hörer.

Clara grinste, sie wusste, dass er immer zeitig im Büro war, um den Tag zu planen.

Sie erläuterte ihr Anliegen. «Ich bin da einer ganz heissen Sache auf der Spur, die mit dem Überfall auf den Mann in Luzern zu tun hat.»

«Tönt gut. Sprich weiter.»

«Ich habe mit einer Informantin gesprochen, die zwar nicht direkt beteiligt war an der Gewalt gegenüber Kidane, die aber zu dieser Gruppe gehört. Sie wusste einiges zu berichten.»

«Hast du das Gespräch aufgenommen, Fotos gemacht?» Spichtig war nun hellwach und eindeutig interessiert.

«Noch nicht», erklärte Clara. «Sie ist untergetaucht. Ich weiss nicht, ob ihr Freund, der mutmassliche Kopf der Bande, ihr auf die Schliche gekommen ist. Ich werde im Verlaufe des Tages zusammenstellen, was ich von ihr erfahren habe. Nun brauche ich eine Fachperson für Rechtsextremismus in der Schweiz, wenn es denn so etwas überhaupt gibt. So kann ich meinen Bericht glaubhaft untermauern.»

Spichtig brummelte, und sie hörte, wie er die Tastatur bearbeitete. «Wir haben eine, die wir in diesem Thema stets um Auskunft bitten. Ich mail dir gleich die Kontaktdaten von Rochat Manon. Da kannst du alles fragen.»

«Vielen Dank!»

Sie schwiegen einen Moment, während Spichtig weiterhin tippte.

«So, erledigt. Die Adresse wurde soeben an dich gesandt.» Er hielt kurz inne, dann sprach er leiser weiter: «Ich bin mir nicht sicher, ob mir der Weg gefällt, den du da einschlägst.»

Clara fragte verdutzt nach: «Wie soll ich das nun verstehen?»

«Das ist ein gefährliches Pflaster. Diese Leute haben bereits bewiesen, dass sie vor Drohungen und Gewalt nicht zurückschrecken.»

«Keine Sorge, ich bin vorsichtig», versuchte Clara ihn zu beruhigen, obwohl es in ihrem Magen zu kribbeln begann. Ganz falsch lag Spichtig mit seiner Einschätzung nicht.

Spichtig schnaufte in den Hörer, anschliessend redete er jovial weiter. «Gib mir die Nummer deiner Informantin, und ich setze einen erfahreneren Journalisten darauf an. Wir machen eine grössere Reportage draus, und dann muss das alles hieb- und stichfest sein. Der Mann weiss, was er tut.»

«Meine Informantin will nur mit mir sprechen», wehrte Clara empört ab.

«Du hast bislang über gesellschaftliche Anlässe geschrieben, Clara. Ein Streetfoodfestival ist etwas anderes als diese Nazitruppe. Wer weiss, vielleicht haben wir es sogar mit aktiven Terroristen zu tun.»

«Nun mach mal halblang», rief Clara aus. «Ich melde mich, wenn ich was habe. Ich verspreche, Hilfe zu holen, wenn mir die Sache über den Kopf wachsen sollte.»

Sie spürte, wie die Wut in ihr hochstieg. Was bildete sich der alte Mann überhaupt ein? Er hatte nicht einmal gefragt, welche Informationen sie bereits gesammelt hatte, sondern war direkt davon ausgegangen, dass ihr Kollege, notabene ein Mann, das besser konnte. Die leise Stimme der Vernunft in ihrem Kopf flüsterte ihr zu, dass dieser Kollege unter Umständen tatsächlich über mehr berufliche Erfahrung verfügte als sie, aber sie konnte, nein, sie wollte sich nicht beruhigen. Spichtig gab ihr nicht einmal eine Chance.

Sie schaffte es, sich einigermassen anständig von ihm zu verabschieden, bevor sie das Gespräch beendete und das Handy auf den Tisch warf. Wie konnte er es wagen, sie von der Sache abziehen zu wollen! Das war *ihr* Thema, und Nicole war *ihre* Informantin, das war sie nicht bereit zu teilen. Noch nicht. Sie setzte sich an ihren Laptop und schrieb Manon Rochat eine Mail mit ihrem Anliegen.

Schon kurze Zeit später meldete sich Rochat per Facetime, und das Gesicht einer etwa sechzigjährigen Frau mit markanter schwarzer Brille erschien auf dem Bildschirm.

«Bonjour», sagte Rochat. *«Vous avez des questions?»*

Clara schnappte nach Luft, sie hatte nicht damit gerechnet, dass sie das Gespräch auf Französisch führen musste.

«Bonjour, Madame Rochat.» Die Wörter wollten ihr nicht einfallen. *«Parlez-vous allemand?»*

«*Oui, bien sûr.* Ich bin zweisprachig.» Rochat lachte, als sie Claras Erleichterung bemerkte. «Ich habe mitgeholfen, die Informationsplattform gegen rechtsextreme Gruppierungen in der Schweiz aufzubauen. Allerdings ziehe ich mich altershalber Schritt für Schritt aus dem Berufsleben zurück. Was möchten Sie denn wissen?»

Rochat sprach mit rauchiger Stimme und einem starken französischen Akzent. Ihr Gesicht erschien teilweise ruckelig auf dem Bildschirm, wahrscheinlich ein Problem mit dem Internet. Die Frau hatte ein überzeugendes Auftreten, und Clara fasste schnell Vertrauen in ihre Kompetenz.

«Im Rahmen meiner Nachforschungen bin ich auf den Begriff ‹Combat 18› gestossen. Können Sie mir mehr dazu sagen, bitte?»

Sie wollte Rochat nicht von Nicole und der Hammerjugend erzählen. Je weniger Personen von Nicole wussten, desto besser für sie.

«Oh, Madame Grünenstein, da stechen Sie aber in ein Bienennest. Sagt man das nicht so?» Rochat seufzte auf.

«Wespennest», korrigierte Clara. Sie sah, wie Rochat sich auf dem Bürostuhl zurücklehnte und eine Zigarette anzündete.

«*Alors*, Combat 18 oder schlicht C18 ist eine Gruppierung, die in Grossbritannien gegründet wurde. Das war 1992, wenn ich mich recht erinnere. Das Wort ‹Combat› könnte man am ehesten mit ‹Kampftruppe› übersetzen, und die Zahl 18 ergibt sich aus der Reihenfolge des Alphabets.»

«Die Eins für den Buchstaben A und die Acht für H.» Clara musste nicht lange überlegen. «Adolf Hitler.»

«Genau! Combat 18 war gedacht als Schutz, wenn die rechtsextreme British National Party sich traf. In Kanada gilt Combat 18 übrigens als Terrororganisation, und in Deutschland ist sie seit 2020 verboten. Man geht davon aus, dass die Ermordung des deutschen Politikers Walter Lübcke auf ihr Konto ging. Im Grunde gehen die Kameraden, wie sie sich nennen, von Combat 18 davon aus, dass es eine Vorherrschaft der weissen Rasse gibt, die man mit aller Gewalt verteidigen muss. Ihr Einfluss breitete sich schnell von Grossbritannien auf die ganze Welt aus. In Europa gilt Combat 18 nun als der bewaffnete Arm der Neonazi-Szene. Sie sind äusserst gewalttätig, und einige Terroranschläge werden ihnen zugeschrieben. Allerdings bekannten sie sich meist nicht dazu.» Rochat nahm einen tiefen Zug von der Zigarette und sprach dann weiter. «Wissen Sie, die Mitglieder des engeren Kreises verüben eher selten solche Straftaten. Sie lassen das sogenannte Mitläufer erledigen.»

Clara hatte es die Sprache verschlagen. Klar hatte sie geahnt, welches Gedankengut die Hammerjugend vertrat, aber dass Sandro sich an Combat 18 orientierte und einen Zusammenschluss anstrebte, war eine ganz andere Sache. Hier ging es um rechtsextremen Terrorismus.

«Sie sagten, dass Combat 18 in Deutschland verboten ist», sagte sie. «Wie ist die Gesetzeslage in der Schweiz?»

Mit einem müden Lächeln schnippte Rochat die Asche der Zigarette in eine leere Tasse und antwortete: «Ja, ja, die Schweiz und ihre Gesetze. Sie bietet viele Schlupflöcher. Es kommt eigentlich nicht vor, dass die Schweiz eine gewaltextreme Gruppierung verbietet. Das Verbot kann nur vom Bundesrat direkt ausgesprochen werden. In der Schweiz ist Combat 18 durchaus aktiv.»

«Das gibt es doch nicht», rief Clara aufgeregt.

«Durchaus, und nicht nur das. Der Schweizer Ableger von C18 unterstützt die Kameraden aus Deutschland und Frankreich. Stellen Sie sich vor, die machen sogar Aufnahmeprüfungen für Neumitglieder. Schiesstests und Sport. In der Schweiz nennen sie sich allerdings ‹Brigade8› und ‹Kameradschaft Heimattreu›.»

Clara rieb sich mit ihren Händen den Nacken. Hier tat sich eine Welt auf, die ihr bislang unbekannt geblieben war.

Rochat unterbrach ihren Gedankengang. «Wenn Sie darüber schreiben, seien Sie vorsichtig, wenn Sie Namen nennen.»

Mit einem Nicken zeigte Clara, dass sie begriffen hatte.

«Für mich ist es das Wichtigste, dass wir die Öffentlichkeit informieren», fuhr Rochat fort. «Dazu gehört nicht nur, darüber zu schreiben, was Combat 18 und andere Gruppierungen machen, sondern auch, was man als betroffene Person gegen Rechtsextremismus tun kann. Dazu gehören natürlich die Opfer selbst, aber auch deren Eltern, Freunde, Arbeitgeber. Die Medien und die zivile Bevölkerung müssen da zusammenarbeiten. Wenn Sie den Link zu unserer Seite in den Bericht schreiben, ist das sehr nützlich. Da finden Betroffene Hilfe.»

Clara versprach, dies nicht zu unterlassen, und verabschiedete sich von Rochat.

Das Gespräch hatte sie aufgewühlt. Sie stand schwer atmend auf dem Balkon, die Arme an den Seiten angewinkelt, wie eine Wettkampfläuferin kurz vor dem Start. Nur langsam beruhigte sich ihr Puls, und sie wurde sich wieder der Welt um sich herum bewusst. Die schreienden Kinder, die Autoschlange vor der geschlossenen Barriere. Arbeiter, die sich in der Bäckerei ihren Nussstängel fürs Znüni besorgten. Alle waren geschäftig auf den Beinen, und niemand erahnte die Schattenwelt, die sich mehr oder weniger im Verborgenen abspielte. All die Gewalt, die verbotenen Schlachtrufe, die Propagandaparolen, die Weltverschwörungstheorien, die man im Alltag nicht zu sehen und hören bekam, die jedoch sehr wohl existierten. Auch hier, im scheinbar friedlichen Herzen der Schweiz. Sie setzte sich an den Tisch und notierte, was sie von Rochat erfahren hatte.

Langsam machte sich die Müdigkeit doch bemerkbar, und Clara beschloss, sich kurz hinzulegen. Mit etwas Glück würde sie einschlafen und die düsteren Gedanken für einen Moment loswerden.

Als sie gegen halb zwölf wieder erwachte, schien die Sonne durchs Fenster, und es war kochend heiss im Schlafzimmer. Benommen rieb sie sich die Augen. Das Shirt klebte an ihrer Brust, die Haare schweissnass im Nacken. Die drei Stunden Schlaf waren zu wenig gewesen, um das Manko von letzter Nacht auszugleichen.

Sie rieb sich über den Bauch – offenbar hatte sie mit Remo zu viel Kaffee getrunken, jedenfalls brannte ihr Magen. Ein Joghurt wäre wohl nun das Beste, um die wogenden Säfte zu beruhigen. Zuerst jedoch stellte sie sich unter die Dusche und liess das Wasser eiskalt auf ihren Kopf regnen. Ohne sich abzutrocknen, ging sie danach in die Küche und löffelte den Joghurtbecher vor der geöffneten Kühlschranktür aus. Eine Dachwohnung hatte durchaus ihre Vorteile. Niemand konnte einen durch das Fenster beobachten, allerdings fühlte sie sich im Sommer regelmässig wie ein Brathähnchen über dem Feuer.

Die angesagte Kaltwetterfront nach dem heftigen Föhnsturm hatte erstaunlich kurz gedauert, und der Sommer stand bereit. Clara freute sich darüber. Sie war ein Sommermensch. Erst bei Temperaturen über fünfundzwanzig Grad fühlte sie sich lebendig und stark genug, die Welt aus den Angeln zu heben. Das Messer im Rücken meldete sich dann kaum. Ganz anders, wenn Petrus die nasskalte Karte ausspielte, was sie regelmässig dazu zwang, sich ins Bett zu legen. Heute aber war das Wetter geradezu perfekt, und sie überlegte, was sie bis zum Nachmittag unternehmen könnte. Sie hatte sich mit Remo erst gegen siebzehn Uhr verabredet, um dann die Suche nach Nicole zu starten.

Sie blickte durch die offene Balkontür auf Joker, der sich im Wohnzimmer auf seiner Decke zusammengerollt hatte und schlief. Sie griff nach dem Zettel, auf dem sie sich die Kontaktdaten des Mopsbesitzers aufgeschrieben hatte. Er hatte sich sehr hilfsbereit gezeigt und sie aus der Bredouille gezogen. Sie beschloss, sich noch heute bei ihm zu bedanken, und griff zum Telefon.

«Huber», meldete sich der Mann mit markiger Stimme.

Clara stellte sich vor und bedankte sich für seine unkomplizierte Hilfe bei ihrer Autopanne.

«Ach, das habe ich doch gerne gemacht, denn endlich lief etwas in diesem Nest. Wissen Sie, der Karli, also der Mops, Sie erinnern sich vielleicht noch an ihn, der leidet unter Verstopfung, und bis er endlich seinen Haufen machen kann, dauert das ganz schön lange. So gesehen haben Sie mir einen Gefallen getan. Läuft denn der Wagen wieder?»

«Ich habe ihn abschleppen lassen, und momentan wird er von einem Automechaniker angeschaut. Der Wagen hat schon länger Probleme gemacht. Ich befürchte, nun wird er nicht mehr zum Leben erweckt werden können.» Einem Impuls folgend, fragte sie: «Sie wohnen doch in Hergiswil, nicht wahr?»

«Ja, ich bin mit Leib und Leben und seit meiner Geburt ein stolzer Hergiswiler.» Er lachte mit einem tiefen Brummen. «Obwohl ich zu meiner Schande eingestehen muss, dass ich keine Einheimische geheiratet habe. Meine Frau stammt aus dem Nachbardorf Stansstad.»

Clara tat ihm den Gefallen und lachte über den Witz, dann bohrte sie nach: «Kennen Sie die Familie Balthasar?»

«Na, wer kennt die hier nicht? Oder besser gesagt, die Familie ist im Ort bekannt dafür, dass niemand sie kennt.»

«Ich verstehe nicht, wie Sie das meinen.»

«Früher einmal ist das anscheinend eine sehr reiche Unternehmerfamilie gewesen, die gerne Gäste in ihre Villa eingeladen hat. Ihre Parkettschreinerei war ein wichtiger Arbeitgeber in Hergiswil. Seitdem die ältere Generation gestorben ist, ging es mit allem bachab. Zuerst verlumpte die Firma, dann zog sich das Geschwisterpaar komplett aus der Öffentlichkeit zurück. Ich glaube nicht, dass sie in den letzten zehn Jahren Kontakt mit jemandem hatten.»

«Ja aber, wie überleben die denn? Sie brauchen doch Nahrungsmittel?»

«Die haben sich alles liefern lassen. Der Gärtner sorgte für die restlichen Dinge, die sie nicht auf diese Art bestellen konnten. Im Dorf gehen schon die wildesten Gerüchte um, was auf dem Anwesen passiert.»

Claras Neugier war nun definitiv geweckt. «Was erzählt man sich?»

«Es soll in der Villa spuken. Der alte Balthasar soll als Gespenst umhergehen, wenn es eine Vollmondnacht ist. Ein anderes Gerücht ist, dass dort wilde Feiern abgehalten werden.» Er zögerte etwas, bevor er weitersprach. «Sexpartys und Ähnliches.»

Ungewollt musste Clara lachen. «Das kann ich mir beim besten Willen nicht vorstellen.»

Sie bedankte sich noch einmal bei Huber für seine Hilfe und verabschiedete sich dann von ihm. Irgendwie konnte sie seine Worte über die Familie Balthasar nicht mit ihren Erfahrungen in Einklang bringen. Sie hatte Balthasar als mehr oder weniger offenen Mann ihr gegenüber erfahren, etwas eigen in seinen Ansichten vielleicht.

***

Sollte sie die ersten Schwimmzüge im See wagen, obwohl die Wassertemperatur erst fünfzehn, allerhöchstens sechzehn Grad betrug? Ein Vergnügen würde das kaum sein, aber dafür die Lebensgeister ungemein wecken. Sie könnte mit Joker in einem der wunderbaren Wälder rings um Sarnen wandern gehen oder sich mit einem Eis an den künstlich gestauten Wichelsee setzen, der inmitten eines Naturschutzgebietes lag. Eigentlich wartete ein Berg Rechnungen darauf, bezahlt zu werden, aber Clara beschloss freimütig, sie zu ignorieren.

Sie zog sich eine kurze Jeans und ein T-Shirt über, verzichtete auf Make-up und band die Haare zu einem legeren Pferdeschwanz zusammen. Bevor sie eingeschlafen war, hatte sie das

Handy auf lautlos eingestellt, weshalb sie erst jetzt bemerkte, dass Remo ihr eine Sprachnachricht hinterlassen hatte.

«Morgen, ich nehme an, dass du noch schläfst, deshalb labere ich nun einfach drauflos, dann kannst du das hören, wenn du wieder wach bist. Also, äh, ich habe im Zug nach Luzern Zeit gehabt und ein wenig über unsere Freundin geforscht. Du weisst ja, wen ich meine, he, he, he. Das Nachforschen ist ja meine zweite Natur, und so habe ich einiges erfahren.»

«Ich wette, das hast du», sprach Clara ins Leere. Sie setzte sich auf die Bettkante und lauschte Remos Äusserungen.

«Sie ist erst vor einem Monat zwanzig geworden. Am 31. Mai, wenn du es genau wissen willst. Sie hat Fotos von sich und ihren Freunden beim Feiern gepostet. Also vor allem von sich und einer Magnumflasche Champagner. Ich sag dir, die Frau präsentiert online ihr halbes Leben. Wahrscheinlich ist sie eine, die tagein, tagaus mit dem Handy vor dem Gesicht herumläuft und Selfies schiesst. Dabei merkt sie wohl nicht, welche Informationen der Hintergrund der Fotos verrät. Früher spielte sie Volleyball, probierte wohl auch Tennis aus. Sie mag lange Acrylnägel, Starbucks und Hollywoodwellen. Äh, ich glaube, Letzteres hat was mit Haaren zu tun. Keine Ahnung, bin ja ein Kerl.»

Im Hintergrund waren Menschen zu hören. Ein Kleinkind, das laut protestierte, eine beruhigende Frauenstimme. Remo liess sich davon nicht beeindrucken und sprach weiter: «Auf einem Bild posiert sie vor einem blank polierten Golf GTI mit Heckspoiler. Weiss nicht, was uns die Info bringen soll, aber man weiss ja nie. Sie hat nach der Oberstufe eine Lehre in einem Jeansgeschäft in der Innenstadt gemacht, wo sie allem Anschein nach noch immer arbeitet.»

Clara staunte, was Remo aus den Bildern herausgelesen hatte, allerdings war da nichts dabei, was sie irgendwie weiterbrachte. Lautes Rauschen übertönte Remos Stimme, als er das Mikrofon richtete.

«Als Kind hat sie in Luzern an der Baselstrasse gelebt, gemeinsam mit den Eltern und ihrem Bruder. Ihre ersten Einträge zeigen eine Geburtstagsfeier auf einem winzigen Rasenstück, das rundum von hohen Mehrfamilienhäusern gesäumt ist. Sie hat darunter die Namen der Eltern, Silvia und Jürg Moser, und den ihres Bruders geschrieben. Er heisst Stefan Moser, ist nur ein Jahr jünger als sie und scheint zu ihrem engsten Freundeskreis zu gehören oder, besser gesagt, schien. Jedenfalls ist er auf den meisten Bildern zu sehen, die vor dem letzten Winter hochgeladen wurden. Danach fehlt er auf den Fotos. Ich schicke dir nachher einen Screenshot von seinem Gesicht. Tja, liebste Nachbarin, der Zug rollt in den Bahnhof, und ich muss mich beeilen. Der Chef tickt sonst noch völlig aus. Also, ich melde mich, sobald ich Feierabend habe. Ach ja, ich kenn dich, deshalb tu bitte nichts, was ich nicht auch tun würde.»

Grinsend öffnete Clara die beigefügten Nachrichten. Eine zeigte das Bild eines jungen Mannes, der in seiner Kleidung im Stil amerikanischer Gangsterrapper zu versinken schien und dessen Gesicht noch die Züge der Jugend trug. Er trug sein Haar sehr kurz geschnitten. Breit lachend blickte er in die Kamera. Dies war also Stefan, der jüngere Bruder von Nicole.

Remos zweite Nachricht bestand lediglich aus einer Zeile: «Nicole hört mit vorliebe rechtsrock. tu es dir nicht an. Lg remo».

Angefügt waren mehrere Links zu Musikvideos. Die Bands trugen Namen wie Amok, Hellvetiva und Weisse Wölfe Terrorcrew. Sie drückte auf den letzten Link, und martialischer Rock, in dem der aggressiv grölende Sänger von hämmerndem Rhythmus und hektischem Bass begleitet wurde, waren zu hören. Joker kam verschlafen um die Ecke und blickte sie verwirrt an.

SIEBZEHN

Ich war das Kind eines Deutschen.

«Il bastardo», der Bastard, riefen sie mir nach, wenn ich von der Schule nach Hause lief und dabei den Kieselsteinen auszuweichen versuchte, die sie mir nachwarfen.

«No, tesoro mio», tröstete mich meine Mutter. So nannte sie mich immer, «tesoro mio». Mein Schatz. Ein Priester habe sie getraut, in der kleinen Dorfkapelle im Quartier, bevor ich auf die Welt kam. Ich sei kein Bastard. Die Kinder wüssten nicht, was sie rufen.

Ihre Worte waren mir kein Trost. Ich war immer «der andere», obwohl ich, wie meine Schulkameraden auch, in Monza geboren wurde.

Er war ein schöner Mann, «un uomo bello», schwärmte meine Mutter über meinen Vater, und die beiden Tanten, Maria und Rosalia, nickten daraufhin mit einem sehnsüchtigen Lächeln. Die drei Schwestern sassen oft bei meiner Mutter am Küchentisch und tranken seufzend den Rotwein aus den Küchentassen, während sie in Erinnerungen schwelgten.

«So gross gewachsen, mit blondem Haar, das sieht man in Italien selten», schmunzelte Maria, die Jüngste. Sie fand ihn auch hinreissend, aber sie war noch viel zu jung, um zu wissen, was Liebe ist.

Die Schwestern brachen in gackerndes Lachen aus, hoben die Tassen in die Höhe und tranken auf die wahre Liebe. Ich hatte damals natürlich keine Ahnung, von was die Frauen sprachen, fühlte mich aber in dieser Phalanx von üppiger Weiblichkeit wunderbar geborgen.

«Er war nicht nur schön, tesoro mio, er war auch ein gescheiter Mann.» Bei diesen Worten blickten mich drei haselnussbraune Augenpaare streng an, und die Frauen rund um den Küchentisch nickten ernst, jedes Mal, wenn meine Mutter mit ihren Erzählungen fortfuhr und mir dabei eintrichterte: «Streng dich an in

der Schule, damit du etwas erreichst im Leben. Lerne Deutsch und dann gehe in das Land deines Vaters. Arbeite fleissig, dann kommst du als reicher Mann zurück nach Monza, und dann lacht niemand mehr über dich.»

***

Seufzend machte Clara sich auf den Weg zur Werkstatt. Der Mechaniker hatte sie kontaktiert und ihr mitgeteilt, dass die Batterie des Wagens demnächst den Geist aufgeben würde, er aber nochmals etwas gezaubert und ihn zum Laufen gebracht habe. Wie lange der Wagen noch durchhalten werde, das stehe in den Sternen. Sie solle sich schon mal nach einem neuen umsehen.

Vor der Haustür leinte sie Joker an und staunte über die Hitze, die sich von einem Tag auf den anderen zwischen den Häusern breitgemacht hatte. Der Frühsommer war endgültig eingezogen. Sie atmete tief ein und wieder aus. Ihre Laune hob sich bis zu jenem Augenblick, als sie begriff, dass sie Geld für einen neuen Wagen brauchte.

Der Opel Corsa, ihre innig geliebte Knutschkugel, stand vor ihrer Autogarage und schien Clara tapfer anzublicken. Er hatte sie über Jahre hinweg überallhin befördert, und nun sollte er aufs Abstellgleis geschoben werden. Sie hatte ein schlechtes Gewissen, schalt sich jedoch im selben Moment deswegen. Nur nicht sentimental werden wegen eines Haufen Blechs.

Der Mechaniker hatte ihr etwas von «Lichtmaschine» und «Schleifkontakte tauschen» erzählt, was sie nicht wirklich interessierte, dann hatte sie sich hinter das Steuer gesetzt, den Motor angelassen und war nach Hause gefahren. Diese Rechnung würde ein schönes Loch in ihre Ersparnisse reissen, und wie lange der Wagen diesmal durchhielt, stand in den Sternen. Dass sie zudem mehrere tausend Franken für ein neues Auto brauchte, verursachte ihr Übelkeit.

Sie sperrte Joker in seine Hundebox im Kofferraum und

fuhr dann nach Luzern, wo sie im Bahnhofparking den Wagen abstellte.

Joker unterliess es nicht, jeden einzelnen Baum zu markieren, der in der Theaterstrasse die Reuss säumte. In diesem Stadtteil gab es viele Bäume, und Clara kam entsprechend langsam voran. Sie hatte beschlossen, nicht in Sarnen auf Remo zu warten, sondern bereits jetzt, am frühen Nachmittag, nach Luzern zu fahren. Es sprach schliesslich nichts dagegen, dass sie sich diese Baselstrasse, wo Nicole Moser aufgewachsen war, einmal in natura ansah. Sie versprach sich keine grossen Erkenntnisse daraus, aber ihr war zu Hause die Decke auf den Kopf gefallen. Die Sorgen um die junge Frau liessen ihr Gedankenkarussell immer schneller drehen, bis ihr allmählich übel davon zu werden drohte.

Bevor sie Sarnen verlassen hatte, suchte sie auf Instagram nach Stefan Moser und schrieb ihn an. Unglaublich, dass Nicole erst zwanzig Jahre alt war!

Clara hörte ein Poltern, als eine Schulklasse über die hölzerne Treppe der Kapellbrücke hinunterstieg. Die Kinder plapperten fröhlich, steckten einander heimlich Süssigkeiten zu und nahmen alle Eindrücke eifrig in sich auf, nur nicht die Ermahnungen des gestresst wirkenden Lehrers, den anderen Personen auch Platz auf der Treppe zu lassen. Clara blieb stehen und liess die Truppe vorüberziehen. Die eine oder andere Kinderhand stahl sich heimlich hervor und kraulte Jokers Kopf. Obwohl der Labrador das sichtlich genoss, war dies ein Verhalten, das Clara viel mehr beunruhigte als das ungezügelte Herumtoben. Nicht alle Hunde mochten es, gestreichelt zu werden, und schnappten unter Umständen zu. Am Ende der Gruppe marschierte eine beleibte Dame mit stramm gezogenen Rucksackriemen. In beiden Händen hielt sie jeweils den Ärmel eines Kindes, sodass die beiden keinen Zentimeter von ihr wegrücken konnten. Der Junge wirkte leicht zerknirscht, während das Mädchen einen Ausdruck äusserster Beleidigung auf dem Gesicht trug.

«Keine Sorge, ich hab's gesehen», wandte sie sich an Clara.

«Das werden wir in der Klasse besprechen. Im Moment bin ich mit der unerlaubten Handynutzung auf Schulreisen beschäftigt», sagte sie und lachte dann laut auf.

Die Frau hat den Laden im Griff, staunte Clara.

Der junge Klassenlehrer versammelte die Kinder vor dem Stadttheater, wo er sie um eine Metallplastik von Rolf Brem einen Kreis bilden liess. Der aus Eisen gefertigte Hirte beeindruckte die Klasse weniger als die drei dazugehörigen Schafe. Die Kinder strichen über das gelockte Fell der Tiere und hielten ihnen spielerisch ein Stück Brot hin.

Clara nahm Joker nun strammer an die Leine – fertig geschnüffelt. Sie blieb am Ufer der Reuss, bis sie das Naturmuseum passierte und rechter Hand die Spreuerbrücke sah. Die Erinnerung an den Abend mit Beni weckte in ihr zwiespältige Gefühle. Zwar hatten sie sich hervorragend verstanden, sie fühlte sich wohl bei ihm und, ja, eine körperliche Anziehung war nicht von der Hand zu weisen, aber die Erfahrungen, die sie in den letzten Tagen mit ihm gemacht hatte, verursachten Unbehagen. Sie konnte es nicht leiden, wenn er bei ihr den Polizisten heraushängte und sagte, was sie zu tun und zu lassen hatte. Auch wenn es zu ihrem Besten sein sollte, wie sie zerknirscht zugeben musste. Doch Panik befiehl sie, wenn sie nicht selbst bestimmen konnte, nicht Herrin der Lage war.

Anstatt über die Brücke zu gehen wie beim letzten Mal, bog sie nun links ab in die Baselstrasse, die mit einer labyrinthischen Kreuzung begann. Da war noch ein Satz von Nicole, der in ihrem Kopf herumspukte. Was hatte sie über Beni gesagt? Ganz okay sei er im Bett gewesen. Nicht die Bewertung seiner Liebhaberqualität war es, was Clara störte, sondern die Tatsache, dass er mit ihr ins Bett gestiegen war. Männer, warum war es mit ihnen immer so schwierig?

Missmutig passierte sie den Lifteingang des Hotel Gütsch, der die Gäste dazu einlud, das märchenhaft über der Stadt thronende Hotel zu besuchen. Obwohl sie Luzern gut kannte, hatte sie es noch nie dorthin geschafft.

Bot die Innenstadt mit dem Hauptbahnhof, dem KKL, dem

alten Postgebäude, das heute eine Bank beherbergte, und den berühmten zwei Brücken das perfekte Fotosujet für die Touristen, so prägte in der Baselstrasse das Leben der weniger gut betuchten Normalsterblichen das Bild. Wer über etwas Geld verfügte, zog von hier weg. Entlang der Strassen reihten sich Imbissgeschäfte aneinander, wobei von den zwei grossen amerikanischen Hamburgerfilialen nichts zu sehen war. Hier wurden türkische Spezialitäten ebenso feilgehalten wie indische und mexikanische. Ein Eldorado für Gourmetnasen.

Clara merkte, wie hungrig sie war, und beschloss, sich beim Asian Shop etwas zum Mitnehmen zu bestellen. Der Laden war vollgestopft mit asiatischen Produkten, von denen Clara die Namen nicht kannte, geschweige denn deren Verwendungszweck. Es roch nach den tropischen Nächten in Bangkok, die Clara auf einer ihrer Reisen erlebt und noch immer in farbiger Erinnerung hatte. Während sie auf den gebratenen Reis mit Gemüse und Poulet wartete, blickte sie auf ihr Handy. Stefan Moser hatte ihre Anfrage auf Instagram angenommen und war ebenfalls online.

Sie tippte eine Nachricht, dass sie sich gerne mit ihm über seine Schwester unterhalten würde. Seine Antwort kam unverzüglich. Wer sie sei und was sie von Nicole wolle, fragte er. Eine berechtige Rückversicherung, dachte Clara und schrieb zurück, sie sei eine Freundin von ihr und mache sich Sorgen um sie. Ob er Zeit habe, sich mit ihr zu treffen. Sie verabredeten sich in einer halben Stunde im Innenhof der nahe gelegenen Sentimatt.

«Fried Rice, chicken, vegetable. Löffel, Gabel, Servietten bitte nehmen.» Durch den Akzent war die alte Thailänderin hinter dem Tresen kaum zu verstehen, aber ihr freundliches Lächeln machte alles wett. Sie war offensichtlich stolz auf ihr Geschäft und das gekochte Essen.

Clara ass am Stehtisch vor dem Laden, der bei jeder Bewegung wackelte, und versuchte, das Atmen einzustellen, wenn die grossen Trolleybusse der Verkehrsbetriebe Luzern an ihr vorbeirauschten und dabei eine Wolke von Abgasen hinter sich herzogen. Trotzdem war der Fried Rice das Beste, was sie seit Langem gegessen hatte.

Als es Zeit wurde, machte sie sich auf den Weg. Die Züge donnerten im Minutentakt auf dem Hochgleis über ihrem Kopf hinweg. Die Bewohner im Quartier der Baselstrasse kannten den Begriff «verkehrsberuhigte Lage» nur aus der Theorie.

Die Sentimatt war eine Dependance der Pädagogischen Hochschule, welche mondän hinter dem KKL gelegen war. Dieses Gebäude hier war weitaus weniger teuer gebaut und wirkte trotzdem gemütlich. Im Innenhof, der durch die umliegenden Gebäudeteile begrenzt wurde, sorgten ausladende Bäume für genügend Schatten. An den lang gezogenen Tischen sassen Studenten, die Laptops vor der Nase aufgeklappt hatten, und diskutierten miteinander. Nicht wenige rauchten, praktisch alle hatten eine Metallflasche vor sich stehen. Plastikflaschen schienen verpönt.

Clara blieb stehen und blickte sich suchend um. Am Ende des Hofes ging eine Hand in die Höhe und winkte ihr zu. Im Gegensatz zu Nicole wirkte Stefan genau so jung, wie er war. Neben sich auf der Bank hatte er sein Skateboard platziert, weshalb Clara ihm gegenüber Platz nahm. In seinem blassen Gesicht waren die Spuren der pubertären Akne noch nicht ganz verschwunden. Die kurz geschnittenen roten Haare bissen sich mit seinem gelben T-Shirt und standen vom Kopf ab, gerade so, als sei er morgens mit dieser Frisur aus dem Bett gekrochen.

«Stefan?», fragte sie den jungen Mann, und als er nickte, stellte sie sich ebenfalls vor. «Du bist also Student.»

Er sah sie aus schmalen Augen an. Bereits, als Clara auf ihn zugegangen war, hatte er sie genau gemustert.

«Scheint so», antwortete er knapp. «Nenn mich Steff.»

Clara versuchte, das Eis zu brechen. «Schau, ich verstehe, dass du misstrauisch wirst, wenn eine wildfremde Person etwas über deine Familie wissen will. Das ist sogar mehr als menschlich, schliesslich will man seine Liebsten schützen. Aber genau deshalb bin ich hier.»

Steff nestelte an seinem dicken Kopfhörer, den er wie einen

Kriegerschmuck um den Hals trug. «Na dann, leg los.» Er kramte in einem Lederbeutel und zog eine selbst gedrehte Zigarette heraus, die er nochmals zwischen den Händen rollte, bevor er sie anzündete. Das Zittern seiner Hände verriet, dass er keineswegs so cool war, wie er vorgab.

«Deine Schwester und ich, wir kennen uns, wenn auch noch nicht lange. Ich schreibe für die Obwaldner Zeitung und bin bei meinen Recherchen auf sie gestossen.»

Sie musste vorsichtig sein mit dem, was sie Steff erzählte, schliesslich wusste sie nicht, was er von Nicoles Umgang hielt und ob er vielleicht sogar selbst Mitglied bei der Hammerjugend war.

«Wir haben uns mehrmals getroffen und uns dabei gut unterhalten.» Sie sah ihm eindringlich in die Augen, wollte ihm zeigen, dass sie es ernst meinte mit ihren Worten, aber er vermied jeglichen Blickkontakt. Er zog an seiner Zigarette und sinnierte dem Rauch hinterher, der in den Himmel zog.

«Ich kann sie nicht mehr erreichen», fuhr Clara fort.

«*So what?* Dann will sie vielleicht nicht mit dir reden.»

Sie schüttelte den Kopf. «Nein, das glaube ich nicht. Wir sind unter etwas speziellen Umständen getrennt worden, und ich fürchte, dass sie in Schwierigkeiten geraten ist.»

Endlich hatte sie seine Aufmerksamkeit, er wandte sich ihr direkt zu. «Wow, was hast du angestellt?»

«Ich habe nichts gemacht. Aber ich war Zeugin davon, wie sie von jemandem bedroht wurde.» Ihre Stimme zitterte, als sie weitersprach: «Ich mache mir wirklich grosse Sorgen um sie.»

Steff seufzte auf. «Wer garantiert mir, dass du als Journi nicht einfach hinter einer grossen Story her bist und hier auf die Tränendrüse drückst, um an Infos zu kommen?»

Clara hob verzweifelt die Schultern. «Ich kann dir nicht mehr anbieten als mein Wort, dass deine Schwester mir vertraut hat.»

«Das ist schon etwas spooky.» Steff zog ein letztes Mal an seiner Zigarette und drückte sie dann an seiner Schuhsohle aus. Den Stummel steckte er in ein Tempotaschentuch.

«Bitte was?»

«Nicht so wichtig.» Er seufzte auf, gab sich anscheinend einen Ruck und begann zögerlich zu sprechen. «Wenn Nicole dir vertraut hat, dann muss ich das wohl auch. Sie war mal mein wichtigster Mensch, *you know*? Wir sind kaum vierzehn Monate auseinander auf die Welt gekommen und wie Zwillinge aufgewachsen. Alles haben wir gemeinsam gemacht, alles voneinander gewusst. Dann hat sie mit sechzehn die Lehrstelle nicht bekommen, die sie unbedingt haben wollte. Hochbauzeichnerin wollte sie werden. Sie ist blitzgescheit, *you know*? Da hat sie im letzten Moment zugesagt, die Lehre in einem Jeansshop zu machen, weil sie Torschlusspanik bekommen hat. Sie hat sich unglaublich gelangweilt da. Ich bin dann aufs Gymnasium und hab letzten Sommer die Matura gemacht. Hab mein Leben gelebt und viel mit Kumpels rumgehangen. Nicole und ich haben uns darum etwas aus den Augen verloren. Ja, klar sehen wir uns bei den Eltern, wenn Nicole mal vorbeikommt. Aber da kann man ja nicht frei reden und so.»

Obwohl es schon lange her war, dass Clara bei ihren Eltern ausgezogen war, erinnerte sie sich noch sehr wohl an die Themen der Jugend, die zu peinlich waren, um sie vor Mutter oder Vater zu besprechen.

Sie nickte Steff aufmunternd zu. «Dann hast du in letzter Zeit keinen Kontakt mehr zu ihr gehabt?»

Er knabberte an seiner Unterlippe, zögerte, dann griff er nach seinem Handy. Eine Weile wischte er suchend über das Display, dann hielt er es Clara unter die Nase.

«Das war diesen Winter, an einem Samstag im Januar, das weiss ich noch genau. Da hat Nicole mich mitten in der Nacht angerufen.»

Auf dem Selfie war Nicole zu sehen, mit verweinten Augen und einem verstörten Gesichtsausdruck. Über ihrem linken Auge prangte ein blauer Bluterguss.

«Sie wurde geschlagen», stellte Clara fest.

«Ich nehme an, dass er sie nicht nur geschlagen hat», sagte Steff mit gequälter Miene. «Sie zeigte mir noch andere Blutergüsse an ihrem Oberkörper. Das war nicht nur eine Ohrfeige gewesen, der Kerl hat sie brutal zusammengeschlagen, bis sie nicht mehr selbst aufstehen konnte. Dann ist er einfach aus der Wohnung gegangen und hat sie hilflos auf dem Boden liegen lassen. Sie hat mich um Hilfe gebeten. Ich wollte sie sofort ins Krankenhaus fahren, aber davon wollte sie nichts wissen. So blieb mir nur, ihr dabei zu helfen, aufzustehen und die Fassung wiederzugewinnen. Drei Tage bin ich bei ihr geblieben und habe mich um sie gekümmert. Ihr Freund hat sich in dieser Zeit nicht blicken lassen. Im Shop hat sie sich krankgemeldet, und als sie am Mittwoch wieder arbeiten ging, hat sie die Spuren mit dickem Make-up abgedeckt. Ich hätte kotzen können, als ich ihr dabei zugesehen habe, wie sie sich zugekleistert hat. Wenn nichts zu sehen ist, dann gibt es auch kein Problem. Vogel-Strauss-Taktik eben, *you know*?»

Erneut wühlte er in seinem Lederbeutel nach einer Zigarette, und die Zeit, die es brauchte, um sie anzuzünden und den ersten Zug zu inhalieren, schien ihm zu helfen, sich ein wenig zu beruhigen.

«Warum ist sie nicht nach Hause gekommen?», fragte Clara.

«Denkst du, ich habe sie nicht angefleht, Sandro zu verlassen? Dieser verlogene Scheisskerl hat sie danach auf Händen getragen, ihr teure Geschenke gemacht und ihr versprochen, dass er sich ändern werde.»

Clara seufzte tief auf. «Das hat sie mir auch erzählt. Sie war fest davon überzeugt, dass Sandro sich ändern würde. Aber das hat er nicht getan.»

«Das hat er nicht getan.» Steffs Stimme wirkte kraftlos. Er hatte damals seine Schwester nicht überzeugen können, so wie er sich das gewünscht hatte. Im Gegenteil, er hatte mit angesehen, wie Nicole zu ihrem Peiniger zurückgekehrt war.

«Aber weisst du was?» Clara drückte kurz Steffs Hand. «Sie hat ihm zwar eine zweite Chance gegeben und einsehen müssen, dass Sandro sich niemals ändern wird, aber danach hat deine Schwester eine sehr mutige Entscheidung getroffen. Eine Entscheidung, von der ich befürchte, dass sie Nicole in Gefahr gebracht hat.»

«Keinen Schnall, wovon du sprichst», antwortete Steff.

«Steh auf, es wird Zeit, dass du Remo kennenlernst.» Clara erhob sich und deutete in Richtung Ausgang. «Er wird dir einige Bilder von Sandros Welt zeigen.»

Sie holten Remo am Bahnhof ab und suchten sich einen ruhigen Platz im Inseli Park, wo sie sich auf den Rasen setzten.

Steff war entsetzt, aber nicht wirklich überrascht, als er erfuhr, in welche rechtsradikale Kreise Nicole durch ihren Freund gerutscht war. Sie hatte ihm gegenüber zwar niemals offen ihre politischen Ansichten geäussert, allerdings waren ihr einige verbale Ausrutscher über Ausländer entwichen, die ihm im Gedächtnis geblieben waren. Dass die Schweiz untergehe unter der Last der vielen Asylanten beispielsweise, erklärte Steff. Wirklich ernst habe er das allerdings nie genommen.

«Du kennst ihre Adresse?», fragte Remo.

Steff nickte. «Ja, sie wohnt bei Sandro. Warteggstrasse, hinter dem Eisfeld.»

«Ich weiss, wo das ist.»

Clara ahnte, auf was Remo anspielte. «Meinst du nicht, dass es gefährlich sein könnte, dort einfach so aufzutauchen?»

«Wir können sie telefonisch nicht erreichen. Keiner von euch beiden hat mit ihr in irgendeiner Weise Kontakt gehabt, seit du sie im Tunnel das letzte Mal gesehen hast», erklärte Remo. «Da ist irgendetwas oberfaul. Aber mich kennt dieser Sandro nicht.»

Steff schüttelte den Kopf. «Findet ihr nicht, dass wir die Polizei einschalten müssen? Ich könnte eine Vermisstenanzeige machen.»

Remo wandte sein Gesicht ab, als er widersprach: «Nichts für ungut, aber die Bullen und ich, das ist keine gute Idee.»

Bevor Steff fragen konnte, weshalb, sagte Clara: «Nicole wollte auf keinen Fall, dass ich die Polizei um Hilfe bitte, denn sie fürchtet, dass die Hammerjugend, allen voran Sandro, sie des Verrats verdächtigen. Nicole wusste nicht, wie die Männer dann reagieren würden.»

«Also wenn ich es recht überdenke, ist meine Schwester bereits in Gefahr, sonst hättest du mich nicht aufgesucht.» Steff stand auf. «Ich mache nun etwas, was ich bereits im Winter hätte tun sollen, nachdem dieses Arschloch Nicole halb totgeschlagen hat. Entweder ihr kommt mit, oder ich erstatte die Anzeige ohne euch.»

Noch bevor Clara und Remo antworten konnten, war Steff davongeeilt, als hätte er Angst davor, in letzter Minute den Mut zu verlieren.

«Nun, das wird wohl eher eine Vermisstenanzeige werden», überlegte Remo. «Und da Nicole eine erwachsene und selbstständige Frau ist, wird es eine Weile dauern, bis die Beamten tätig werden. Bei einem vermissten Kind würde sofort Alarm ausgelöst, aber bei einer Frau, die freiwillig bei ihrem Freund geblieben ist …?»

Sie erhoben sich ebenfalls und sahen sich an.

«Denkst du dasselbe wie ich?», fragte Clara.

«Wenn damit gemeint ist, dass wir bei Sandro vorbeischauen sollten, dann ja.» Remo konnte sich ein schiefes Grinsen nicht verkneifen. «Wir könnten heute Abend mal zu seiner Wohnung fahren, aber wie können wir sicher sein, dass er nicht zu Hause ist? Hast du eine Idee?»

Clara überlegte einen Moment, dann antwortete sie: «Ja, fahren wir hin und sehen uns um. Aber erst frage ich Balthasar, wann Sandro arbeitet. Ich könnte ihm erzählen, dass ich vergessen hätte, Sandro etwas zurückzugeben. Ein Buch vielleicht?»

«Nee, glaub nicht, dass der Kerl liest. Jedenfalls nicht dieselbe Lektüre wie du. Sag besser, dass du noch eine Jacke hast, die er dir ausgeliehen hat, als dir beim Ausräumen der Wohnung zu kalt geworden ist.»

Clara griff nach ihrem Handy und rief Balthasar an, aber das Klingeln verhallte ungehört. Er nahm den Anruf nicht entgegen.

***

Gegen achtzehn Uhr, Clara war eben erst auf dem Sofa eingenickt, wurde sie vom Klingeln des Telefons geweckt. Sie tastete nach dem Handy und nahm das Gespräch an, ohne die Augen zu öffnen.

«Hallo?»

«Ich bin's. Hab ich dich geweckt?»

Clara brauchte einen Augenblick, um die Stimme zu erkennen.

«Beni? Ist etwas passiert?» Sie setzte sich auf und beugte sich zur Seite, um das Licht neben dem Bett anzumachen.

«Nein, alles okay. Soweit ich weiss, jedenfalls.»

«Schön, dass du anrufst», murmelte Clara. «Wie geht es dir?»

«Ich hänge immer noch im Büro fest, obwohl ich ehrlich gesagt lieber bei dir wäre.»

«Na, dann komm vorbei.»

Clara hörte Beni leise lachen. «Das geht nicht, ich kann hier nicht weg. Aber ich werde bei Gelegenheit auf dein Angebot zurückkommen.»

«Vergiss nicht, dass solche Angebote ein Ablaufdatum haben.»

Sie schäkerten eine Weile miteinander herum, und Clara fühlte ein glückliches Glucksen in ihrem Magen. Sie hatte Lust auf ein Glas Rotwein, war aber zu faul, um aufzustehen. Stattdessen streckte sie sich wie ein Seestern auf der Matratze aus und plauderte eine gute halbe Stunde mit dem Mann, der bei ihrem letzten Date indirekt abgelehnt hatte, in ihr Bett zu steigen.

«Hör mal, Clara.» Beni zögerte offensichtlich. «Es hat noch einen anderen Grund, weshalb ich dich anrufe, und wahrscheinlich wäre mein Chef nicht glücklich, wenn er davon erfahren würde.»

«Um was geht es denn?»

«Du hast ja bei Balthasar gearbeitet und dabei den Gärtner kennengelernt, nicht wahr?»

«Du sprichst von Sandro Gasser?» Alarmiert erhob sich Clara aus dem Bett und begann aufgeregt hin und her zu gehen.

«Gasser, genau. Nun ist es so, dass wir davon ausgehen, dass er gefährlich sein könnte.»

«Aber es war doch Basti, sein Freund, den ihr bei der alten Fabrik verhaftet habt, nicht wahr?»

«So ist es. Trotzdem bitte ich dich, dich vor Sandro in Acht zu nehmen.»

«Was hat er denn angestellt?» Clara gab sich bewusst ahnungslos.

«Darüber darf ich dir keine Auskunft geben. Hör zu, eigentlich dürfte ich dir gar nichts erzählen, aber wir überprüfen den Mann schon seit Längerem, und heute ist noch eine Tatsache hinzugekommen. Da kann ich wirklich nicht genauer darauf eingehen.»

Das brauchte er auch nicht, Clara wusste auch so, dass Steff seine Worte in die Tat umgesetzt und Anzeige erstattet hatte.

«Ich habe keine ruhige Minute, wenn ich weiss, dass du noch bei Balthasar arbeitest und dabei diesem Sandro begegnen könntest.» Benis Stimme zeugte von seiner Besorgnis.

«Na, dann kann ich dich beruhigen. Ich habe nicht vor, in Hergiswil vorbeizuschauen. Zwar muss ich da noch einmal hin, um die Arbeit definitiv abzuschliessen, aber das kann ich auch erst in einigen Tagen machen. Da hat sich die Lage vielleicht schon wieder beruhigt.»

Sie hörte, wie im Hintergrund ein anderer Mann Beni zurief: «Hör auf, Süssholz zu raspeln, Alter. Es geht los!»

Beni lachte auf und meinte dann: «Ich muss leider auflegen. Schade, es war schön, mit dir zu reden.»

Kaum war das Telefonat beendet, drehte sich Clara auf die Seite und versuchte, nochmals einzuschlafen. Nach zehn Minuten gab sie auf und überlegte, wie sie die Stunden bis zum Treffen mit Remo überstehen konnte, ohne nervös herumzutigern. Sie beschloss, sich ihren Patienten zu widmen, das war eine Tätigkeit, die sie normalerweise sehr entspannte.

Sie vertiefte sich in das Schultergelenk eines antiken Teddybären mit dem berühmten Goldknopf im Ohr. Das Gesicht des Bären hatte sie mit einigen sicheren Stichen ähnlichen Fadens wiederhergestellt, sodass er nun freundlich lächelte, anstatt eine Mundseite hängen zu lassen. Sie gab sich ganz der Arbeit hin und liess ihre Gedanken treiben.

Eine Anekdote berichtete, dass sich ein Stoffbär der Firma

Steiff aus Deutschland einst auf Umwegen am Geburtstagstisch eines Mädchens in Amerika wiedergefunden hatte. Der Tochter des amerikanischen Präsidenten Theodore Roosevelt gefiel das Kuscheltier so gut, dass sie es nach ihrem Vater «Teddy» benannte.

Clara hielt das Exemplar mit beiden Händen vor sich und betrachtete seinen Gesichtsausdruck. Die Augen waren zwar ein wenig zerkratzt, aber nachdem Clara sie poliert hatte, leuchteten sie wieder. Es wäre schade gewesen, sie zu ersetzen, denn gerade sie machten den Charme dieses Spielzeugs aus. Eine frischgebackene Grossmutter hatte den Teddy eingeschickt mit der Bitte, ihn so zu restaurieren, dass er wieder bespielt werden konnte.

Da schlugen nun zwei Herzen in der Brust einer Restauratorin. Sollte der Teddy seiner eigentlichen Daseinsberechtigung, dem Spiel, zugeführt werden, oder war es vernünftiger, dieses mittlerweile unter Sammlern gefragte Spielzeug in einer Vitrine auszustellen, damit es nicht noch mehr Schaden nehmen konnte?

Clara griff nach einem sehr feinen Stopfholz, das wie ein Dirigentenstab geformt war, und richtete die Füllung im Innern des Bären. Einen Teddy zu flicken, stellte Clara selten vor grosse Herausforderungen, die Besitzer waren entsprechend dankbar. Viel anspruchsvoller waren Arbeiten auf der Basis von Porzellan oder Pappmaché. Hier musste sie sich zuerst um den Untergrund kümmern, der oft im Sich-Auflösen begriffen war. Sie fädelte einen zum Fell passenden Faden in die Nähnadel ein und schloss die Naht. Nun war der Prachtkerl bereit für seine Rückreise nach Hause. Sie verpackte ihn in Seidenpapier gewickelt in einen Karton, legte die Rechnung dazu und schrieb die Adresse auf.

Nach dem Gespräch mit Steff heute Nachmittag war sie mit Remo zurück nach Sarnen gefahren, und sie hatten über ihre Pläne gesprochen.

«Was ist, wenn wir der Polizei in die Arme laufen?», fragte Clara noch immer zögernd.

«Dann tischst du ihnen dieselbe Lüge auf, die du Balthasar geben könntest», antwortete Remo. «Du sagst einfach, dass du noch eine Jacke von ihm hast, die du ihm gerne zurückgeben wolltest.»

«Stimmt, aber damit es echt wirkt, müsste ich zuerst eine Jacke haben. Ich lauf jetzt nicht los und kaufe eine Herrenjacke, nur damit mein Alibi echt wirkt.»

Remo winkte ab. «Lass mal gut sein, ich habe sicherlich noch irgendwo eine alte Jacke rumliegen, die längst in die Altkleidersammlung müsste.»

Clara kramte ihr Handy aus der Tasche. «Am besten ist es, ich versuche noch einmal, Balthasar zu erreichen und nachzufragen, wann Sandro arbeitet. Dann wissen wir, dass er zu dieser Zeit nicht in seiner Wohnung sein kann.»

Sie wählte die Nummer von Balthasar, erreichte ihn aber wieder nicht. Stattdessen antwortete diesmal ein altmodischer Anrufbeantworter. Clara sprach ihr Anliegen bezüglich Sandros Jacke auf das Band und bat anschliessend um einen Rückruf.

Kurz bevor sie zu Hause ankamen, meinte Remo: «Es ist sowieso noch zu früh, um sich ohne lästige Beobachter vor einer fremden Wohnung umzusehen.»

«Na, wenn du das sagst, dann muss das ja stimmen», lachte Clara.

«Wir fahren um zweiundzwanzig Uhr hier los, dann begeben wir uns zu Sandros Wohnung und sehen uns vor dem Haus etwas um. Wenn alles dunkel ist bei ihm, besteht die Chance, dass er nicht zu Hause ist. Zur Sicherheit klingeln wir, ehe wir uns Zutritt verschaffen», sagte Remo, bevor sie ins Haus gingen und er seine Wohnungstür aufschloss. «Versuche, noch etwas zu schlafen.»

Dem hatte Clara Folge geleistet, bis Beni sie mit seinem Anruf geweckt hatte.

Der Ordner mit den Aufträgen war erfreulich gefüllt, denn während ihrer Arbeitszeit auf dem Grundstück der Balthasars hatte sich einiges angestaut. Nun musste Clara sich ranhalten, wenn sie ihre Kundschaft nicht verärgern wollte. Sie griff nach ihrem nächsten Patienten, einer wirklichen Kostbarkeit. Die Biskuitpuppe aus Porzellan war eine Bouche fermée, sie wurde so genannt, weil ihr Mund geschlossen und nicht lächelnd aufgemalt war. Bei grossen Puppen wie dieser war das eine Ausnahme und entsprechend gefragt. Das Puppenmädchen war aus einem Stück gefertigt, und auf dem Brustkorb waren tiefe Risse im Porzellan zu erkennen. Die aufgemalten Haare und Gesichtszüge waren zwar verblasst, aber noch gut erkennbar. Da war Zurückhaltung gefragt, Clara würde die Farbe nur ganz leicht auffrischen. Hier stellte sich nicht die Frage, ob dieses Spielzeug nochmals in Kinderhände gegeben werden sollte, dafür war es viel zu exquisit.

Als das Telefon läutete, hoffte sie im ersten Moment, dass Beni ihr Gespräch fortsetzen wollte, aber auf dem Display las sie Balthasars Namen. Na, endlich.

Seufzend meldete sie sich.

«Guten Tag, Frau von Grünenstein», antwortete er beflissen. «Ich hoffe, ich störe Sie nicht beim Abendessen?»

«Nein, alles in Ordnung. Eine kleine Pause kommt mir gerade recht.»

«Nun, Sie haben mir auf den Telefonbeantworter gesprochen und gefragt, wann Sandro arbeitet, damit Sie ihm die Jacke zurückgeben können. Nicht wahr?»

«Ja, genau so ist es», antwortete Clara leicht beschämt über diese Lüge.

«Nun, ich wollte Sie nur informieren, dass er sich für morgen abgemeldet hat. Sie brauchen sich also nicht herzubemühen.»

«Vielen Dank für diese Nachricht, Herr Balthasar. Sie ersparen mir so viel Zeit. Wissen Sie, wo ich ihn stattdessen antreffen könnte?»

Balthasar zögerte erst. Als er weitersprach, hörte man die Verlegenheit in seiner Stimme. «Sie brauchen es nicht an die grosse Glocke zu hängen, das wäre ihm sicher nicht recht. Die Polizei hat ihn für morgen vorgeladen. Sandro hat mich soeben angerufen, um mir mitzuteilen, dass er nicht arbeiten komme, aber er wollte nicht mit der Sprache herausrücken, weshalb die Polizei mit ihm reden will.»

«Du meine Güte», rief Clara aus und hoffte, dass ihr Entsetzen einigermassen glaubwürdig rüberkam. «Haben Sie eine Ahnung, was er ausgefressen hat?»

«Nein, das weiss ich nicht.» Balthasar räusperte sich. «Vielleicht hat es etwas mit Rosa Kammers Tod zu tun. Schliesslich war es Sandro, der die arme Frau gefunden hat. Wussten Sie eigentlich, dass sie eine sehr bekannte Künstlerin gewesen war? Sie hatte Ausstellungen auf der ganzen Welt.»

«Ja, das wusste ich. Ich habe mit ihrem Bruder ein Interview geführt für die Zeitung. In ihrem Atelier hängen noch viele ihrer Kunstwerke. Sie sind einfach zauberhaft gearbeitet. Man mag kaum glauben, dass sie aus Garn gehäkelt wurden. Aber was hatte Sandro mit ihr zu tun?»

«Vielleicht könnte ich mir eines der Werke zulegen, quasi als Investition. Was meinen Sie dazu?», fragte Balthasar und wich damit ihrer Frage aus.

Clara runzelte die Stirn. «Das kommt wohl darauf an, wie viel Geld Sie beim Verkauf der Objekte aus Ihrer Villa generiert haben. Wenn wir schon beim Thema sind, Herr Balthasar: Haben Sie die Nazi-Fundstücke aus der Kommode nun verkauft?»

«Oh, Frau von Grünenstein, das wollen Sie nicht wissen», antwortete er bestimmt. «Sie werden besser schlafen, wenn ich Ihnen nichts davon erzähle.»

Nein, er brauchte Clara nicht zu erzählen, dass er die Gegenstände verkauft hatte, sie konnte auch zwischen den Zeilen lesen. Verdammt, ich hätte den Scheiss doch zerstören sollen, ohne ihn darüber zu informieren, dachte sie erbost.

Sie verabschiedete sich von ihm und nahm danach ihre Arbeit wieder auf, wobei sie mit dem Kopf bei den Tellern, Tassen und Tischtüchern war, die sie damals aus der Kommode gezogen hatte. Bestickt, bemalt oder graviert waren die Stücke gewesen. Die Bedeutung der Symbole für Kenner sehr offensichtlich. Das Runenzeichen für die schwarze Sonne, das eigentümlich schön anzusehen war und doch heutzutage wegen seiner Geschichte nicht mehr verwendet werden konnte. Clara seufzte auf, als sie sich an das Symbol erinnerte. Wo hatte sie es schon einmal gesehen? Sosehr sie sich zu konzentrieren versuchte, sie kam nicht darauf.

Gegen zwanzig Uhr streckte Clara ihren verspannten Rücken, sie hatte gar nicht gemerkt, wie lange sie gearbeitet hatte. Sie liebte diese Tätigkeit und wünschte sich keinen anderen Beruf, obwohl es manchmal ganz schön einsam werden konnte, allein in der Werkstatt zu sein. Ihre erste Arbeitsstätte in Bern war sehr zentral gelegen gewesen, und sie hatte sich oft über den Mittag mit Freunden getroffen. Nicht selten waren sie sitzen geblieben, ganz in die Gespräche über Gott und die Welt vertieft. Sie vermisste diese spontanen Treffen sehr. Wenn sie nun ihre alten Freunde besuchen wollte, dann musste zuerst umständlich ein Termin ausgemacht werden, was schwieriger war als gedacht. Heutzutage hatten alle einen prall gefüllten Kalender aufzuweisen, und zwischen Cardiotraining, Tai-Chi und den obligatorischen Elternbesuchen schien kaum einer mehr Zeit für den anderen zu haben. Hatten sie erst mal Kinder, war auch ein abendlicher beziehungsweise nächtlicher Ausgang kaum mehr planbar. Spätestens um zehn Uhr abends sanken die Augenlider der jungen Eltern auf halbmast, die Energie war raus.

Das Gespräch mit Beni am frühen Abend hatte Clara sehr gefreut. Wohl mehr, als sie sich selbst eingestehen wollte. Die leise Stimme in ihrem Hinterkopf, die an Nicoles Worte erinnerte, verlor stetig an Lautstärke. Vielleicht war da doch nicht so viel dran gewesen an ihrer Behauptung, dass sie und Beni eine Beziehung gehabt hätten. – Nein, so hatte sie es gar nicht gesagt, erinnerte sich Clara. Nicole hatte damit geprahlt, mit dem Polizisten im Bett gewesen zu sein. Von da war es noch ein meilenweiter Weg bis zu einer Beziehung.

Die nächste Stunde verbrachte Clara mit Joker am See, wo sie ihn mit Ballwürfen müde machte. Pünktlich um zehn Uhr abends traf sie sich dann mit Remo, der ein schwarzes Bündel in die Luft hielt.

«Hab's nicht vergessen.»

«Was ist das?», fragte Clara und schloss die Wohnungstür hinter sich ab.

«Meine alte Sportjacke. Sie hat ein Loch unter der Achsel, und ich trag sie schon lange nicht mehr.» Er grinste sie an. «Ich habe mich durch den Kleiderschrank gewühlt, weil ich wusste, dass ich sie noch hatte. Nun kannst du notfalls sagen, das sei Sandros Jacke, die du ihm zurückgeben willst.»

«Na, dann hoffen wir, dass es nicht dazu kommt. Mir ist es lieber, wenn wir niemanden antreffen», murmelte Clara und stopfte die Jacke in ihren Stoffbeutel, den sie sich anschliessend über die Schultern hängte.

Remo warf einen Schlüssel in die Luft und fing ihn wieder auf. «Wir nehmen mein Motorrad, das fällt weniger auf als deine Schrottkarre, und die Parkplatzsuche mitten in der Stadt ist auch einfacher so. Falls du nichts dagegen hast, dich auf meine Höllenmaschine zu setzen und dich an meinen gestählten Mister-sexy-Körper zu pressen.»

Clara lachte laut auf und vergass für einen kurzen Augenblick ihre Nervosität.

Remo fuhr auf der Autostrasse nach Luzern zurückhaltend und verzichtete auf gewagte Überholmanöver. Obwohl Clara ihm nichts gesagt hatte, schien er bemerkt zu haben, dass sie sich nicht wirklich wohlfühlte auf dem Sozius des Motorrads. Der Helm presste ihre Wangen zusammen, der Fahrtwind rauschte so laut, dass an ein Gespräch nicht zu denken war. Bei jeder Bewegung pressten sich ihre Innenschenkel an Remos Hüfte. Sie hielt seinen Oberkörper fest umklammert und sehnte den Augenblick herbei, wo er den Blinker setzte und bei Kriens die Ausfahrt nahm und in die Stadt hineinfuhr.

Obwohl bereits die Nacht hereingebrochen war, flanierten noch immer erstaunlich viele Leute auf den Strassen umher. Die Sehnsucht nach den ersten lauen Abenden war gross, und man zögerte die Heimkehr noch ein wenig heraus. Schlafen konnte man wieder im Winter oder an einem der verregneten Sommertage, die in der Schweiz leider nicht selten vorkamen.

Im Stadtzentrum war Remo gezwungen, das Tempo drastisch zu reduzieren, und Clara konnte die Fahrt zum ersten Mal geniessen. Sie blickte zu den einstmals prächtigen Stadthäusern und staunte über die Kunst, die man den Fassaden vor rund hundert Jahren zugestanden hatte. Da war noch Geld in die Hände genommen worden, um über den Fenstern filigrane Stuckaturen anzubringen oder einen Erker besonders herauszuarbeiten. Dieses Quartier stand im krassen Gegensatz zu der Baselstrasse, wo sie sich mit Nicoles Bruder Steff getroffen hatte. Hier pisste niemand in die Hauseingänge. Es stank nicht nach Zwiebeln, die aus Dönern gezupft und danach weggeworfen wurden. Graffitis wurden sogleich mit Hochdruckreiniger abgespült.

Remo benutzte die kleinen Strassen durch die Wohnquartiere, die Häuser wurden kleiner und auch einfacher in der Ausstattung. Hier ging es nicht mehr um das Prestige der Hausbesitzer, sondern um einen Platz zum Wohnen. An einer Kreuzung hielt Remo vor einer roten Ampel an. Clara klappte das Visier hoch und roch sein Aftershave, das Leder seiner Jacke. Sie beobachtete, wie ein junger Mann im italienischen Restaurant gegenüber die Stühle auf die Tische stellte und danach zum Wischmopp griff. Bald würde er seinen verdienten Feierabend antreten können. Die Personen, die hier noch auf den Trottoirs zu sehen waren, schritten nun zielstrebig nach Hause. Es war Zeit, ins Bett zu kommen, morgen war wieder ein langer Arbeitstag angesagt.

Remo fuhr erneut an und legte sich in eine Rechtskurve. Clara hatte nicht aufgepasst und prallte mit ihrem Helm gegen seinen Rücken. Sie durfte sich nicht ablenken lassen, schliesslich hatten sie noch etwas Grosses vor heute Nacht.

Endlich sah sie den Wegweiser «Eiszentrum» vor sich, nun war es nicht mehr weit bis zu Sandros Adresse. Linker Hand passierten sie zuerst ein Fussballfeld, dann das lang gezogene und knallig rot gestrichene Eiszentrum. Eine leichte Steigung, die Ahnung eines kleinen Waldes, dann hatten sie das gesuchte

Wohnquartier erreicht. Remo bremste ab, sodass sie die Strassennamen lesen konnten. Richard-Wagner-Weg, Langensandstrasse, schlussendlich die Warteggstrasse.

Die Quartierstrasse war beidseitig mit vielen Bäumen bepflanzt, die zwei- und dreigeschossigen Reihenhäuser waren von einfacher Bauweise, aber jedes einzelne liebevoll herausgeputzt. Die Fensterläden rot gestrichen, in den Vorgärten blühte der Rhododendron, die kniehohen Holzzäune waren eher eine optische Abgrenzung des eigenen Grundstücks denn eine wirksame Abwehr. Die Häuser schienen mehr in ein Dorf zu passen als in ein Stadtquartier, das nur einen Steinwurf entfernt von einem der grössten Schweizer Tourismus-Spots lag. Clara konnte sich sehr gut vorstellen, einmal hier zu wohnen. Sie fragte sich, wie teuer die Wohnungen waren. Bestimmt waren sie sehr gesucht. Wie Sandro wohl zu dieser Adresse gekommen war, und vor allem, wie konnte er sich das mit dem Gehalt eines Gärtners leisten?

Sie entdeckte einen geeigneten Parkplatz vor einer Turnhalle und deutete Remo die Richtung. Er nickte und hielt an, damit Clara absteigen konnte, bevor er das Motorrad unter einen Velounterstand schob.

Nach einem Blick auf die Uhr beschloss Remo, dass es noch zu früh sei, um direkt zu Sandros Wohnung zu gehen. «Lass uns erst einmal rund um den Wohnblock gehen. Die Lage checken und so.»

«Lernt man das im Ausbildungscamp der Spanner?», frotzelte Clara, während sie ihre Haare ausschüttelte, die der Helm zusammengedrückt hatte.

«Wir bevorzugen die Begriffe ‹Beobachter› oder ‹Forscher›», knurrte er mit zusammengebissenen Zähnen.

«Nun denn, erforschen wir das Leben von Sandro Gasser.» Sie band die Haare mit einem Gummi am Hinterkopf zusammen. «Wenn ich ehrlich sein soll, dann habe ich ganz schön Schiss.»

«Was soll uns denn schon geschehen?», fragte Remo. «Im schlimmsten Fall ist Sandro zu Hause, und dann übergibst du ihm einfach die Jacke. Er wird natürlich sehen, dass es nicht seine ist, dann stellen wir das Ganze einfach als Missverständnis dar. Lass mich nur reden, damit kenne ich mich aus.»

«Nein, das meine ich nicht, Remo. Ich habe Angst um Nicole. Sie hätte sich längst bei mir melden sollen. Wenn sie dazu in der Lage wäre, hätte sie alles dafür getan. Die Tatsache, dass ich noch immer nichts von ihr gehört habe, ist kein gutes Zeichen. Solange ich mich nicht mit ihr abgesprochen habe, gehe ich nicht zur Polizei. Die Gefahr, dass sie deswegen von diesen Nazis zur Rechenschaft gezogen würde, ist viel zu gross.»

Remo legte seinen Arm über ihre Schulter und zog sie an seine Seite. «Genau deswegen sind wir hier, nicht wahr? Wir kontrollieren, ob sie bei ihrem Schlägerfreund ist. Im Übrigen hat ihr kleiner Bruder uns versprochen, dass er bei der Polizei eine Vermisstenmeldung aufgibt. Viel mehr können wir im Moment auch nicht tun.»

Clara spürte, wie seine Worte und die Umarmung ihr Sicherheit vermittelten. Zudem hatte Beni am Telefon etwas in diese Richtung angedeutet. Sie gab sich einen Ruck und schritt voran. «Und hey, wenn alles vorbei ist, dann habe ich die Story meines Lebens, die ich in den Medien gross herausbringen werde.»

Schweigend schritten sie nebeneinander das Trottoir entlang zu Sandros Adresse.

«Nummer fünfzehn, hier ist es», flüsterte Clara und zeigte auf ein dreigeschossiges Mehrfamilienhaus.

ACHTZEHN

Ich ging zwar als Achtzehnjähriger nach Ingolstadt in Bayern, aber ich fand weder das grosse Geld noch die Familie meines Vaters. Stattdessen stand ich tagelang an den Fliessbändern einer Fabrik und schraubte Autos zusammen. Abends trafen sich die italienischen Gastarbeiter im Centro, einem zu einem Restaurant umfunktionierten Keller, um heimwehgeschwängerte Lieder zu singen.

Obwohl ich bereits zwei Jahre in Deutschland arbeitete, war mein Deutsch mehr schlecht als recht, da ich immer nur mit meinen Landsleuten verkehrte. Die Deutschen sahen es nicht gerne, wenn wir uns unter das Volk mischten, was ich an ihren abschätzigen Blicken sehr wohl erkannte. Meine Schuhe waren abgetragen, und das abgewetzte Leder versuchte ich mit Farbe zu überdecken. Unter dem Jackett trug ich die handgestrickten Pullover, die mir meine Mutter und die Tanten schickten. Lösten sich die Fäden durch das viele Tragen auf, lernte ich mühsam, sie zu flicken.

Wir Italiener sahen anders aus als die Deutschen, das beschränkte sich nicht nur auf Kleidung und Schuhe. Anscheinend benahmen wir uns auch anders. Nicht wenige Italiener bekamen den Zorn eifersüchtiger Männer zu spüren, wenn sie einem jungen Mädchen hinterherriefen. So gerne wollte ich mich in das Land meines Vaters integrieren, und ich bemühte mich sehr, mich anzupassen, aber das Fremde in mir wurde ich nicht los.

Das änderte sich mit Andrea. Durch sie wurde ich in die deutsche Gesellschaft eingeführt und lernte so, die feinen gesellschaftlichen Unterschiede kennen. Da sie kein Italienisch sprach, musste ich deutsch mit ihr sprechen, und ich tat es mit einer grossen Hingabe. Ich wollte die Sprache meines Vaters möglichst akzentfrei beherrschen, um ihm auf diese Weise nahe zu sein. Denn nur so konnte ich in die deutsche Gesellschaft eintauchen, ohne sofort als «Spaghettifresser» abgekanzelt zu werden.

Sie schenkte mir zuerst ihr Herz, dann einen Sohn und schlussendlich ihre Schulden, als sie nach drei Jahren mit einem Arzt durchbrannte. Was wollte ich mit meinen einundzwanzig Jahren und dem mickrigen Fabrikarbeiterlohn da schon ausrichten? Wenn ich arbeitete, brachte ich meinen Jungen, Leonardo, genannt Leo, in die Kindertagesstätte der Fabrik, und abends erzählte ich ihm beim Abendessen von Italien.

Er lernte seine Grossmutter, meine Mutter, nicht mehr kennen. Sie starb, als er fünf Jahre alt war. Zur Beerdigung reisten wir beide mit dem Zug durch die Schweiz bis nach Monza, und obwohl ich gehofft hatte, es würde sich ein Gefühl der Vertrautheit einstellen, je näher ich der Heimat kam, traf dies nicht zu. Zwar freute ich mich darauf, meine Tanten zu sehen, aber ich empfand nichts, als ich durch die Quartierstrassen spazierte. Kein Mensch ausser meinen Tanten empfing mich mit offenen Armen oder auch nur mit einem Händeschlag. In mir stiegen keine nostalgischen Erinnerungen an eine glückliche Kindheit hoch, wenn ich über die Plätze schlenderte. Nichts hatte sich seitdem geändert. Eine tiefe Traurigkeit überkam mich, als ich begriff, dass ich zu einem Heimatlosen geworden war.

Eine Holzkiste mit Erinnerungen an meine Mutter, klein genug, dass ich sie mir beim Gehen unter den Arm klemmen konnte, war alles, was ich von zu Hause mitnahm, als ich nach der Beerdigung zurückkehrte. Meine Stadt, vielmehr mein Viertel, hatte mir in meiner Kindheit schon mehr als deutlich zu verstehen gegeben, dass ich unerwünscht war und es für immer bleiben würde.

Ein Knirps, der nicht berechtigt war, bei den Jungenspielen mitzumachen. Ich war derjenige, der auf einem Ast im Baum sitzen und den anderen beim Herumtoben zusehen musste.

Die deutsche Hälfte meiner Herkunft reichte aus, um meine Existenz in Monza in Frage zu stellen, trotzdem war ich dank meiner Mutter, meiner Grosseltern und meiner hinreissenden Tanten nicht nur unglücklich gewesen. Sie lebten mir vor, dass man den Menschen nicht nach seiner Herkunft beurteilen solle.

Es glich einem Wunder, dass meine Grosseltern ihre Tochter nicht davongejagt hatten, nachdem sie ihnen gestand, dass sie sich von einem Deutschen hatte schwängern lassen.

Hinter vorgehaltener Hand raunten mir die Tanten damals zu, dass der Grossvater als junger Mann von Sizilien nach Mailand gekommen war, um hier zu arbeiten. Er stammte aus dem entlegensten Ort der Insel. Wenn Italien auf der Landkarte wie ein Stiefel aussah, dann wäre der Heimatort meines Grossvaters am Nagel des grossen Zehs. Dort gab es für ihn keine Möglichkeit, ausser als Kleinbauer am Hungertuch zu nagen, weshalb es ihn in den Norden zog. Hier wollte er sich eine Zukunft aufbauen, die mehr bot als einige ausgemergelte Ziegen und getrocknete Tomaten. Reich wurde er zwar nicht, aber er fand immerhin die Frau fürs Leben. Die Eltern meiner Grossmutter hatten mit ihrer Tochter gebrochen, als sie sich mit dem Bauernsohn aus Sizilien verlobte. Das Argument der wahren Liebe liessen sie nicht gelten.

Die Tanten erzählten mir die Geschichte, als ich alt genug war, um zu verstehen, dass auch mein deutscher Vater kein Wunschkandidat für die Verlobung gewesen war. Im Gegenteil, einen deutschen Flüchtling zu heiraten, versprach ein Leben voller Demütigung und Probleme. Die Geschichte schien sich zu wiederholen.

Amor che muove il sole e le altre stelle.

Die Liebe bewegt die Sonne und die anderen Sterne.

***

Sie gaben sich die grösste Mühe, wie ein Pärchen zu wirken, das noch einen Abendspaziergang machte, aber einem gewissenhaften Beobachter wären die Unstimmigkeiten zwischen ihnen aufgefallen. Die Lücke zwischen ihren Oberkörpern, obwohl sie Arm in Arm flanierten. Ihre Schritte, die nicht ganz synchron waren, und die seltsam steife Haltung der Frau, die sich in der Situation nicht ganz wohlzufühlen schien.

Langsam, fast schon schlurfend, wandelten sie die Quartierstrasse entlang, ab und zu hielten sie an und wandten sich einander zu, was Remo die Gelegenheit gab, über Claras Schulter hinweg das Haus zu beobachten. Die Rückseite des Gebäudes hatte ihnen nicht viel verraten, die Bäume waren zu dicht gepflanzt. Sie verzichteten für den Moment darauf, durch das Gestrüpp dazwischen zu robben. Clara fühlte, dass die Enttäuschung hochstieg, sie mochte es nicht, so langsam an eine Sache heranzugehen. Sie waren schon fast um das Gebäude herumgegangen, als Remo wieder stehen blieb.

«Ich sollte dich öfters mitnehmen», sagte er lächelnd. «Zu zweit macht es definitiv mehr Spass, und man fällt weniger auf. Ein alleinstehender Mann, der in der Gegend spaziert, weckt immer das Misstrauen.»

«Was siehst du?», fragte Clara. «Kannst du etwas erkennen?»

«Sieht so aus, als ob in allen sechs Wohnungen Leben ist.» Er stockte. «Nein, warte. In der mittleren Wohnung rechts ist alles dunkel. Bei allen anderen ist mindestens ein Licht an. In den Erdgeschosswohnungen flackert der Fernseher.»

«Weisst du, in welcher Etage Sandro wohnt?»

«Nein, aber das lässt sich leicht herausfinden.» Er legte wieder den Arm über ihre Schulter und lenkte sie zum Eingang, wo neben der Tür eine Klingelanlage montiert war. Drei Reihen von jeweils zwei Namen. Weisse Buchstaben auf schwarz lackiertem Grund. Eine Lampe über ihren Köpfen erhellte den Eingang. Sie waren ausgestellt wie in einem Schaufenster, bemerkte Clara unbehaglich.

«Das ist er», sagte Remo und deutete auf das mittlere Schild in der rechten Spalte. «‹S. Gasser›, das muss die Wohnung sein, in der kein Licht brannte. Erinnerst du dich?»

«Ja, es war die in der Mitte, da hast du recht.»

«Tu so, als ob du nach deinem Schlüssel suchst», forderte er sie auf.

«Was?»

Remo kramte in seiner Bauchtasche, und Clara sah, wie er ein kleines Etui hervornahm. «Nun mach schon.»

Hektisch suchte Clara ihre Jacke ab, kontrollierte sämtliche Taschen ihrer Jeans und registrierte entgeistert, wie Remo einen feinen Metallstift aus dem Etui nahm und vor dem Schloss in die Hocke ging. Sie stellte sich vor ihn hin, sodass er von der Strasse aus nicht gleich zu sehen war, und tat weiterhin, als ob sie nach ihren Schlüsseln suchte. Unter sich hörte sie Remo leise murren, als er nach einem weiteren Werkzeug griff.

Clara wurde immer nervöser. «Schaffst du das?»

«Das ist ein altes Schloss, nicht besonders schwierig», erklärte er ihr in einer so ruhigen Stimme, als ob er über seine Einkäufe berichtete. «Leider schon etwas ausgeleiert.»

Ein leises Klicken tönte in der stillen Nacht.

«Na, wer sagt's denn.»

In seiner Stimme schwang Triumph mit, als das Schloss nachgab. Clara war erleichtert, endlich aus dem Licht des Eingangs verschwinden zu können.

Sie verzichteten darauf, den Aufzug zu nehmen, und stiegen das Treppenhaus hoch. In den Zwischengeschossen klammerten sich Topfpflanzen verzweifelt ans Leben, reckten ihre Blätter den Milchglasscheiben zu. Es roch nach Curry und den vergammelten Turnschuhen, die jemand vor der Wohnungstür ausgezogen hatte.

Endlich standen sie vor Sandros Wohnung.

«Und jetzt?» Clara wandte sich verunsichert an Remo. Am liebsten hätte sie die Aktion abgebrochen und wäre nach Hause gefahren. Nur die Angst um Nicole hielt sie davon ab.

Remo drückte auf die Klingel unter Sandro Gassers Namensschild. Während sie warteten, ob jemand öffnete, bekam Clara die Gelegenheit, sich umzusehen. Nichts liess darauf schliessen, dass hier jemand wohnte. Keine Schuhe vor der Tür, kein in der Ecke deponierter Regenschirm, geschweige denn eine Willkommensdekoration an der Tür. Die gegenüberliegende Wohnung hingegen schrie einem rein optisch schon entgegen, dass hier eine Familie mit kleinen Kindern wohnte. Die winzigen Gummistiefel purzelten über Sandalen und Turnschuhe in derselben Grösse. An der Tür klebte etwas Selbstgebasteltes, das wohl einen Baum mit Frühlingsblüten darstellen sollte.

«Niemand zu Hause», konstatierte Remo. Er griff probehalber nach der Klinke. «Abgeschlossen. Tu mir einen Gefallen und halt den Spion an der Nachbarstür zu, nicht dass uns noch jemand beobachtet.» Seine Stimme war kaum mehr als ein Flüstern.

«Den was?»

«Na, das Guckloch, durch das man vom Wohnungsinnern ins Treppenhaus sieht, um zu kontrollieren, wer vor der Tür steht. Aber sei bloss leise, nicht dass wir die Nachbarn noch aufwecken.» Kaum hatte er fertig gesprochen, ging er schon in die Hocke und machte sich zum zweiten Mal an diesem Abend an einem Türschloss zu schaffen.

Clara legte unterdessen die flache Hand auf den Spion. Die Tür fühlte sich erstaunlich kühl an.

«Dieser Hausverwaltung würde ich was husten in puncto Sicherheit», murmelte Remo. «Das ist ja Billigstware. Da wird gespart, wo man es nicht sieht.»

Er ruckelte an der Klinke, und die Tür sprang auf. Clara starrte in den schwarzen Türspalt, wartete darauf, dass ein wutentbrannter Sandro ihnen entgegensprang. Was, wenn er eine Waffe hatte? Man könnte es ihm nicht einmal vorwerfen, schliesslich drang mitten in der Nacht jemand in seine Wohnung ein! Entgeistert beobachtete sie, wie Remo der Tür einen kleinen Schubs gab, sodass sie weiter aufschwang.

«Hallo, jemand zu Hause?», sprach Remo in die Dunkelheit, während er gleichzeitig eintrat. Aus seiner Gürteltasche kramte er zwei sehr schmale Taschenlampen, optisch einem Kugelschreiber nicht unähnlich, wovon er eine Clara hinhielt.

Ihre Nerven waren aufs Äusserste gespannt, als sie in die Stille lauschte. Aus der Wohnung war kein Geräusch zu vernehmen. Ob Sandro schlief?

Sie hinderte Remo daran, als Erster die Wohnung zu betreten, und drückte sich an ihm vorbei durch die Tür.

«Sandro?» Ihre Stimme klang laut, hallte vom hellen Plattenboden wider.

Hinter der Tür war eine Garderobe an der Wand angebracht. Eine schwere schwarze Winterjacke hing daran. Eine Sammlung Baseballcaps stand in Reih und Glied auf dem oberen Regal. Clara leuchtete mit der Taschenlampe in die Wohnung hinein. Vom Flur aus ging rechts ein Zimmer ab, dessen Tür offen stand. Geradeaus musste ein Badezimmer sein, das Porzellan des Waschbeckens reflektierte den Lichtstrahl der Lampe. Der Flur bog nach links ab und öffnete sich zu einem kleinen Wohnzimmer mit integrierter Küche. Sämtliche Möbel glänzten in hochweissem Lack und Silber. Nachdem sie die Wohnungstür geschlossen hatten, sahen sie sich in der Wohnung genauer um. Remo begann mit dem Schlafzimmer, Clara wollte das Wohnzimmer in Angriff nehmen. Ihre Schritte hallten auf den Platten. Alles stand perfekt organisiert an Ort und Stelle, kein Stäubchen trübte die Sicht, und doch fühlte Clara, dass etwas fehlte.

Es schien, als ob hier sogleich ein Fotoshooting für einen Möbelkatalog gemacht werden könnte. Nichts Persönliches war zu sehen, das etwas über den Bewohner verraten hätte. Keine Zeitschrift, die auf dem Sofa liegen geblieben war. Keine vergessene Tasse, keine Fotos von Freunden oder Familie. Dasselbe Bild bot sich ihr in der Küche, wobei hier vor allem eine Armada von grossen Plastikboxen, die eine gesamte Wand einnahm, ins Auge stach. Hyper Mass versprach eine Zunahme von Muskelmasse innerhalb von vierundzwanzig Stunden. Es gab Produkte für den Muskelaufbau in der Nacht und solche für tagsüber. Clara schüttelte den Kopf und öffnete den Kühlschrank. Einige Literflaschen Wasser, mehrere Verpackungen fettarmes Hühnchen, vorgekochter Reis. Eine Flasche Prosecco lag im Gemüsefach. Wohl für unverhofften Damenbesuch, vermutete Clara.

«Clara, komm schnell her», rief ihr Remo aus dem Schlafzimmer zu.

«Hast du Nicole gefunden?», fragte sie flüsternd und beeilte sich, zu ihm zu gelangen.

Remo hatte die Stores vor dem Fenster geschlossen und dann das Deckenlicht angemacht. Von Nicole keine Spur, stattdessen deutete er auf ein mit schwarzem Satin bezogenes, perfekt gemachtes Bett. «Na?»

Clara hob die Schultern. «Ich habe keine Ahnung, auf was du hinauswillst.»

«Bemerkst du, was fehlt?» Er zog an der Bettdecke und deutete auf das schwarze Spannlaken. «Noch nie auf Satin geschlafen?»

«Was ist das für eine schräge Frage?», ärgerte Clara sich. Sie wollte Nicole so schnell wie möglich finden und hatte keine Lust auf Remos sexuelle Andeutungen.

«Auf Satin flutschst du herum wie bei einer Schlittenfahrt.» Er grinste sie schelmisch an und ignorierte, wie Clara die Augen verdrehte. «Und auch die klitzekleinsten Spuren sind auf dem Laken zu sehen. Nach einer Turneinlage zu zweit ist das niemals sauber. Schau doch, Clara, die Bettwäsche ist makellos. Der hat sämtliche Spuren beseitigt, die ihn mit Nicole in Verbindung bringen könnten.»

«Halt mal den Rand, vielleicht hat er einfach nur die Bettwäsche gewaschen, so wie das alle machen. Im Übrigen ist die ganze Wohnung peinlichst sauber. Gut möglich, dass er einen Putzfimmel hat.»

Remo begab sich zum Wandschrank. «Sag ich doch! Hier ist es so sauber, weil er alle Fingerabdrücke, alle Haare und möglicherweise auch Blut entfernt hat.»

Claras Magen schmerzte noch mehr bei dem Gedanken. Am liebsten hätte sie sich über der Toilettenschüssel übergeben.

«Ach du Kacke!»

Remo hatte den Schrank geöffnet, aber anstatt auf eine Auswahl von Hemden, Pullovern und Hosen zu stossen, blickten sie in ein weltweit bekanntes Gesicht mit dem zweifingerbreiten Oberlippenbart. Erschrocken hielt sich Clara die Hand vor den Mund. Sie hatte gewusst, dass Sandro ein Neonazi war, aber dem Hitlerporträt gegenüberzustehen, überforderte sie im ersten Moment.

Die rückseitige Schrankwand war ausgekleidet mit einem weissen Stoff, auf den ein schwarzer Kreis gedruckt war. Von seinem Zentrum gingen zwölf gezackte Strahlen ab.

«Das ist die schwarze Sonne», sprach Clara ihren Gedanken

laut aus. Sie erinnerte sich daran, was sie nach dem Kellerfund in der Villa Balthasar im Internet darüber gelesen hatte. «Die Schutzstaffel der Nationalsozialisten, kurz SS genannt, hat sich dieses Zeichens bedient.»

Remo griff nach dem Sturmgewehr, das in eine Ecke des Schranks gestellt war. «Nichts Besonderes, nur das Gewehr, das jeder Schweizer Soldat ausgehändigt bekommt, wenn er in die Rekrutenschule einrückt.» Er kontrollierte das Magazin. «Okay, ich nehme meine Worte zurück. Die Waffe ist geladen und schussbereit, was eigentlich strengstens verboten ist. Die Munitionsbüchse darf nicht geöffnet werden. Aber sieh mal!»

Er zeigte seine Handfläche, auf der einige goldfarbene Patronen lagen. Remo legte alles wieder zurück, so wie er es vorgefunden hatte, dann ging er ins Wohnzimmer, um dort weiterzusuchen.

«Wie beruhigend.» Claras Stimme troff vor Ironie, als sie Remo zurief. «Die Idee, dies alles in einem verschliessbaren Kleiderschrank aufzubewahren, macht durchaus Sinn, so kann er ihn einfach zumachen, wenn er Besuch hat, und läuft nicht Gefahr, aufzufliegen.»

Auf den Regalbrettern standen die Fotos, die sie im Wohnzimmer vermisst hatte, und nun war nachvollziehbar, weshalb er sie dort nicht haben wollte. Sandro mit zum Hitlergruss erhobenem rechten Arm, Sandro in einer Art Uniform mit einer roten Armbinde, auf der das Hakenkreuz zu sehen war. Eine Gruppe junger Männer in schwarzen Kapuzenpullovern, die Gesichter vermummt, stand in einer Reihe, die Arme verschränkt. Auf den Pullovern waren Schriftzüge in Frakturschrift zu erkennen. Clara bückte sich, um sie genauer lesen zu können. «Arische Bruderschaft», «Braun im Herzen», «Old School Racist», «Hammerjugend» und schlussendlich auch «Combat 18». Hier war der eindeutige Beweis, dass Sandro einen Bezug hatte zur Welt der europäischen Neonazis. Claras Blick fiel auf zwei Paar Springerstiefel, deren weisse Schnürsenkel ihr seltsam bekannt vorkamen. Wo hatte sie diese schon einmal gesehen?

Plötzlich ging das Licht aus. Clara hörte ein Ploppen. Dann wurde sämtliche Luft aus ihrer Lunge gepresst.

***

Sie schwebte in der Luft. Alles war eins. Oben wie unten, rechts wie links.

Ich fliege durchs Weltall, dachte sie. So kalt, es ist so kalt.

Die Atmosphäre surreal, hier war sie noch nie gewesen. Um sie herum ein grosses, tief dunkelblau gefärbtes Nichts. Ich bin hier, ich existiere. Guck, ich fliege!

Sie griff nach den silbernen Wolken aus gehäkeltem Garn, aber ihre Finger krümmten sich vergebens. Luft lässt sich nicht greifen, du Dummerchen.

Ein leises Kichern drängte ihre Kehle hoch, es gelang ihr nicht, laut zu lachen, die Muskulatur wehrte sich dagegen. Das Weltall zog sich immer mehr zusammen, schrumpfte zu einer Kugel, die winzig klein in ihrem Kopf Platz fand.

Alles ist in meinem Kopf. Das Universum. Das Licht. Ich bin alles, und alles ist ich.

Erst langsam dämmerte es ihr, dass sie komplett bewegungslos auf einer kühlen Oberfläche lag. Ihre Gedanken hatten sie irregeführt. Vorsichtig zog sie die Finger und Zehen zusammen, was ihr einigermassen gelang. Ein Kribbeln in diesen Gliedmassen verriet ihr, dass ihr kalt gewesen sein musste. Nun zu den Beinen, spornte sie sich an. Nein, sie konnte sie zwar beugen, jedoch nicht seitwärts auseinanderziehen. Sie konnte sich nicht konzentrieren, sie spürte, wie sie wieder abdriftete ins Jenseits, oder war es doch das Weltall? War sie ein Alien?

Auf einmal war alles wieder klar, sie spürte mehr, als dass sie es wusste, dass ihre Situation nicht gut war.

Was ist denn hier los, verdammt noch mal?, versuchte sie zu schreien, aber es kam kein Laut über ihre Lippen. Sie waren gelähmt. Sie spannte ihre Arme an. Etwas, wahrscheinlich ein Strick, hielt ihre Handgelenke fest umschlossen, aber es gelang ihr letztlich, die Arme zu beugen. Immerhin.

Sie blinzelte, sah aber nur eine tiefe Schwärze. Bin ich doch im All? Lichtjahre von der Erde entfernt? Die Augen täuschten ihr Lichtblitze vor, die nicht sein konnten. Sterne?

Sie fühlte einen schweren Druck auf ihrem Brustkorb, das Atmen fiel ihr schwer. Die anfängliche Leichtigkeit ihrer Gedanken ging über in eine profunde Angst. Sie drehte den Kopf leicht auf die rechte Seite, und ein heftiger Schmerz durchzuckte sie. So musste es sich anfühlen, wenn einem von einer Axt der Schädel gespalten wurde. Sie wartete, bis die Welle der Übelkeit vorüber war, dann blickte sie nochmals um sich. Langsam, ganz vorsichtig.

Sie musste eine Verletzung am Hinterkopf haben, begriff sie. Bei ihrem ersten Versuch, den Kopf nach rechts zu drehen, hatte sie ein Licht gesehen. Nicht viel, nur einen kleinen Streifen. Oder war es wieder nur eine Täuschung des Auges gewesen?

Sachte bewegte sie erneut ihren Kopf, sie spürte, wie ihre Haare über den harten Untergrund strichen. Ihr Hinterkopf fühlte sich feucht an und sehr kalt.

Da! Sie hatte doch recht gehabt. Rechts von ihr erblickte sie einen weissen Lichtstrahl. Was war das? Welcher Gegenstand leuchtete in dieser Art und Weise? Ein elektronisches Gerät mochte es nicht sein, da wäre kaum mehr als ein roter oder grüner Punkt zu erkennen gewesen. Eine Lichterkette so tief unten machte auch keinen Sinn. War es der Boden? Wo endete die Seitenwand, wo begann der Fussboden? Vielleicht hatte sie gar nicht halluziniert, und sie befand sich tatsächlich im Weltall und schwebte von einem Planeten zum anderen. Ihr wurde schwindlig davon. Schlafen, ich muss schlafen. Nur einige Sekunden.

Mit einem Ruck schreckte sie hoch, sie musste tatsächlich eingenickt sein. Eher bewusstlos geworden, korrigierte sie sich. Wie lange sie weg gewesen war, konnte sie unmöglich sagen. Wie auch? Wenn man in vollkommener Dunkelheit das Gefühl hatte zu fliegen, war der gesunde Menschenverstand in den

Ausstand getreten. Es konnten mehrere Stunden, aber auch nur einige Minuten gewesen sein. Sie atmete tief ein und wieder aus. Ihr Bewusstsein war deutlich wacher als zuvor, und auch der pochende Schmerz am Hinterkopf hatte ein wenig nachgelassen, zudem fühlte sich die Stelle nicht mehr kalt an.

Ihr Rücken protestierte gegen die kalte Liegefläche. Sie spannte ihre Bauchmuskeln an und begab sich in eine Sitzposition. Sofort verspürte sie einen heftigen Schwindel. Da beide Hände zusammengebunden waren, konnte sie damit nur auf eine Seite greifen, um sich etwas abzustützen. So wartete sie ab, bis der ärgste Schwindel ein wenig abflachte. Das Material unter ihren Fingern war kalt und sehr hart. Fast wie eine Badewanne, dachte sie, einfach ohne Seitenwände. Langsam verschwand das Drehen in ihrem Kopf, und sie konnte sich wieder konzentrieren.

Ich muss die Hände frei bekommen, dann kann ich mich besser bewegen.

Sie versuchte, nach den Fesseln zu greifen, aber mehr, als nur mit den Fingerspitzen darüberzustreichen, gelang ihr nicht. Kurz entschlossen hielt sie die Gelenke vor ihren Mund und spürte mit den Lippen ein raues Gewebe. Instinktiv zuckte sie zurück, das war unangenehm, verletzte die zarte Haut an ihrem Mund. Es musste ein Strick sein aus Sisal oder Hanf, folgerte sie, bestimmt kein Plastikband. Sie überwand sich und begann, mit ihren Zähnen an den einzelnen Strängen zu ziehen, bis sie bei einem spürte, dass er sich zu lockern begann. Wer hatte sie damit gefesselt? Ein kräftiger Mensch musste es gewesen sein, schliesslich hatte er sie hierhergebracht. Wo auch immer sie sich befand. Sie versuchte, sich zu erinnern, was geschehen war, aber sie wusste nur noch, dass sie mit Remo unterwegs gewesen war. Auf einem Motorrad, daran konnte sie sich erinnern. Danach war nur noch schwarzes Rauschen in ihrem Kopf.

Sie grub ihre Schneidezähne fest in das Gewebe, bis es gegen ihr Zahnfleisch drückte und sich der metallene Geschmack von Blut in ihrem Mund ausbreitete. Sie ignorierte den Schmerz und zog weiter am Strick, bis sie ihn ganz durch den Knoten gezogen hatte. Danach ging alles schnell, und ihre Hände waren frei. Wer auch immer sie gefesselt hatte, musste in Eile gewesen sein oder ein Dilettant.

Ihre Lendenwirbel protestierten knirschend, als sie sich nach unten beugte und auch die Fussfesseln aufband. Geschafft, sie war frei.

Vorsichtig fühlte sie mit den Fingerspitzen die Kanten der Liegefläche entlang. Es gab eine senkrechte Kante, dann bog sich das Objekt gute zehn Zentimeter nach unten, bis es auf einmal aufhörte. Darunter war nur leerer Raum. Sofort hatte sie wieder das Bild der Schwerelosigkeit im All vor sich. Schwebte sie tatsächlich? Wie weit war der Boden entfernt – nur einige Handbreit oder befand sie sich auf grosser Höhe?

Sie setzte sich so hin, dass ihre Beine über die Kante baumelten, und trotzdem erreichten ihre Füsse den Erdboden nicht. Mit einem tiefen Atemzug nahm sie allen Mut zusammen und liess sich an der Kante hinuntergleiten. Es schien eine Ewigkeit zu dauern, bis ihre Zehen endlich etwas spürten. Sie stellte ihre Füsse fest auf den Boden und stand auf. Nun verstand sie, dass sie nicht in schwindelerregender Höhe gelegen hatte. Die Oberfläche des Tisches, wenn es denn überhaupt ein Tisch war, reichte ihr bis zur Höhe ihres Bauchnabels. Normale Esstische waren nicht so hoch.

Was jetzt?, fragte sie sich. Sicherheitshalber hielt sie sich noch immer fest. Der ganze Raum war stockdunkel. Im Stehen war es noch schwieriger zu begreifen, wo der Boden aufhörte und wo die Wand begann. Ihre Sinne begannen sie zu täuschen, und sie spürte, dass ihre Knie weich wurden. Was, wenn sie hier nie mehr herauskam? Sie würde in dieser Finsternis sterben, jeglicher Orientierung beraubt. Wo war ihr Handy? Ohne Telefon kein Kontakt nach aussen, kein Licht. Sie würde im Dunkeln sterben. Alleine.

Sie sank zu Boden, breitete ihre Hände aus. Auf allen vieren fühlte sie sich sicherer. Sie stemmte die Handfläche gegen den Untergrund, als ob sie so den Raum daran hindern konnte, sich zu drehen. Mit weiten Wischbewegungen suchte sie den

Raum vor sich ab, fand jedoch keinen Widerstand. Alles war noch immer eine grosse leere Fläche. Erst als sie sich drehte und hinter sich griff, prallte sie mit ihren Fingern gegen etwas. Der Nagel ihres rechten Zeigefingers begann zu pochen. Verdammt, da war sie zu heftig vorgegangen. Sie ignorierte den stechenden Schmerz und folgte dem Umriss.

Er stellte sich als ein Sockel heraus mit einem Durchmesser von ungefähr sechzig Zentimetern. Sie stand langsam auf und erhob sich aus der Hocke, wobei sie die Hände nicht von dem Sockel löste. Er ging in eine Platte über, die sich unter ihren Fingern kalt anfühlte. Hierauf hatte sie gelegen, was aber war es?

Sie klopfte mit den Fingerknöcheln auf das Material, was ein blechernes Geräusch erzeugte. Das war keine Badewanne, wie sie zu Beginn gedacht hatte, auch kein normaler Ess- oder Arbeitstisch. Sie hatte auf dem Seziertisch gelegen!

Sie musste sich im Kellerraum unter der Villa Balthasar befinden, wo sonst gab es einen solchen Einrichtungsgegenstand? Mit der Zunge machte sie ein schmatzendes Geräusch und achtete dabei auf die Akustik im Raum. Der Ton hallte wider, es gab anscheinend nicht viel, was ihn hätte schlucken können. Keine Vorhänge, keine Teppiche, keine Bücher oder Holzmöbel. Sie erinnerte sich an das letzte Mal, als sie hier gewesen war. Damals hatte Nicole ihr den Keller gezeigt und ihr dabei erzählt, was Sandro gemacht hatte.

Seitdem hatte Clara nichts mehr von ihr gehört. Ob sie noch lebte? Claras Herz wurde schwer, und das lenkte sie für einen kurzen Moment von ihrer eigenen Lage ab.

Da sie schon einmal hier gewesen war, müsste sie sich eigentlich auch blind orientieren können. Sie stellte sich aufrecht hin, hielt sich mit einer Hand noch immer am Seziertisch fest und versuchte, sich zu erinnern. Die veränderte Position liess sie spüren, dass ihre Blase kurz vor dem Platzen war und sie nicht darum herumkommen würde, in den nächsten fünf Minuten zu pinkeln. Zwei Minuten, wenn nicht sogar noch weniger. Nein, sofort! Hier befand sich weit und breit kein Klo, und sie war sicher, dass es ihr nicht gelingen würde, sich in so kurzer Zeit aus dem Raum zu befreien. Kurz entschlossen zog sie den Hosenbund nach unten und hockte sich hin. Wenn sie sich nun weiterhin im Keller umsah, dann würde wenigstens der Gestank nach Urin eine gewisse Orientierung bieten.

Erleichtert stand sie wieder auf, richtete ihre Kleidung und beschloss, einfach in eine Richtung zu gehen. Aus ihrem Gedächtnis hatte sie den Grundriss des Kellerraums herausgekramt, und dabei war ihr eingefallen, dass der Operationstisch in der Mitte des Raumes stand. Die Wände waren vollgestellt mit Metallschränken, so wie sie das schon einmal in einer älteren Arztpraxis gesehen hatte.

Die Tür, sie musste die Tür finden, dann kam sie hier raus. Sie drehte sich im Kreis, dann sah sie den Lichtstreifen, der ihr aufgefallen war, als sie aus ihrer Ohnmacht erwacht war. Dorthin also! Sie streckte die Arme weit aus, sodass sie sich nirgends den Kopf stossen konnte, und schlich Schritt um Schritt in diese Richtung, bis sie endlich angekommen war. Sie wagte sich nicht vorzustellen, was sich hinter der Tür befand. Ihre Situation konnte allerdings kaum schlimmer werden, als sie ohnehin schon war. Wie eine Motte wurde sie vom Licht magisch angezogen.

Der Lichtstreifen befand sich weit unten, direkt über dem Boden. Sie kniete sich davor hin und hielt die Hand dagegen. Ein leichter Luftzug war spürbar. Mit der Hand glitt sie an der Unterkante entlang, bis sie bemerkte, dass diese in einem rechten Winkel nach oben abbog. Eine Tür! Das war bestimmt eine Tür, und dahinter musste sich ein Raum befinden, in dem das Licht brannte. Sie musste da durch, sie hatte keine andere Wahl. Wie eine Süchtige nach ihrem Stoff suchte sich immer hektischer nach einer Möglichkeit, die Tür zu öffnen, aber da war nichts. Keine Türklinke, kein Schloss, kein Riegel, nur ein glattes Türblatt. Das konnte doch nicht wahr sein!

Sie stellte sich auf die Zehenspitzen und suchte am Türbalken über ihrem Kopf nach einer Unregelmässigkeit. Da! Was war das gewesen? Sie glitt mit ihren Fingerkuppen nochmals einige Zentimeter zurück, bis sie einen kleinen Knopf spürte. Er liess sich in keine Richtung bewegen, nach oben also. Vielleicht funktionierte er so wie der Knopfverschluss bei einer Autotür. Sie zog leicht daran, nichts bewegte sich. Noch einmal ziehen, diesmal weitaus fester. Ein leises Klicken war zu hören, und die Tür bewegte sich eine Winzigkeit in Claras Richtung. Hätte sie nicht darauf geachtet, wäre es ihr entgangen.

Vorsichtig zog sie das Türblatt auf sich zu und schlüpfte hindurch.

Kurz darauf wünschte sie, sie hätte diese Tür niemals aufgemacht.

NEUNZEHN

Nirgendwo zu Hause, nirgendwo erwünscht.

So fühlte ich mich, als die Ehe mit Andrea scheiterte. Ich beschloss, meine Zelte in Ingolstadt abzubrechen und in der Schweiz neu anzufangen. Das Land nahm arbeitswillige Italiener gerne auf, und ich sehnte mich nach einem Neuanfang. Andrea war froh, dass ich den Jungen mitnahm, denn er war ihrer zweiten, diesmal wohl standesgemässen Ehe im Wege.

Leo gefiel es in der Schweiz, und er blühte auf, ja es dauerte nur einige Monate, und er sprach den schweizerischen Dialekt akzentfrei, bei mir sollte das Jahre dauern. Niemand nannte ihn «Spaghettifresser» oder «Mafioso». Er hatte sich so gut angepasst, dass die Einheimischen vergassen, dass er Ausländer war.

Wir fanden am Vierwaldstättersee, diesem von der Natur so eigenartig geformten See, eine neue Heimat. Ich arbeitete mich vom Hilfsmechaniker in einer Autogarage empor, bis ich eine eigene Fiat-Garage eröffnen konnte. Das kaufmännische Wissen dazu büffelte ich abends nach den langen Tagen in der Garage. Auf Leos Wunsch hin liessen wir uns sogar einbürgern, als die Zeit dazu gekommen war. Wenn meine Mutter noch gelebt hätte, sie wäre bestimmt stolz auf mich gewesen. «Tesoro mio, komm als reicher Mann zurück nach Monza, dann wird dich niemand mehr auslachen.»

Das hat sie mir mehr als einmal gesagt. Reich bin ich zwar nicht geworden, aber wir können gut leben. So weit ist es also mit mir gekommen, wer hätte das von dem kleinen, verschüchterten Schuljungen in Monza gedacht, der täglich von seinen Schulkameraden gehänselt wurde? Ich bin zur Hälfte Deutscher, zur Hälfte Italiener und wurde schlussendlich ein waschechter Schweizer.

Trotzdem überkommen mich meine Wutanfälle in letzter Zeit immer häufiger. Als Kind habe ich alles in mich hineingefressen, jede Beleidigung, jede Schmach, bis mein Kopf zu explodieren drohte. Erst wenn ich alleine war, erlaubte ich mir, Dampf ab-

zulassen. Mehr als einmal warf ich Steine gegen Fensterscheiben oder schlitzte den einen oder anderen Fahrradreifen auf.

Diese wütenden Phasen gingen etwas zurück mit meinem Heranwachsen, und als ich als junger Mann in Deutschland lebte und mich danach in der Schweiz ansiedelte, waren sie eine Zeit lang sogar gänzlich verschwunden.

Mein Berufsleben habe ich nun hinter mir, ich habe die Firma Leo übergeben. Dessen Sohn, mein Enkel, soll diese in Zukunft in dritter Generation weiterführen, aber bis es so weit ist, ist es noch ein langer Weg. Der soll seine wilden Jahre noch etwas geniessen, bevor er ans Geschäft gebunden sein wird.

Anstatt dass ich es mir nun gut gehen lasse und die Früchte der getanen Arbeit geniessen könnte, ist die Wut mit der Kraft eines Schnellzuges zurückgekommen. Es gibt Momente, da tauche ich ein in eine tiefrote Aggressivität, aus der ich kaum mehr einen Ausweg finde.

Alles hat wieder angefangen, als ich diese Tagebücher gefunden habe.

Ich bin so wütend, dass ich am liebsten mit der Faust in eine Wand schlagen würde. Noch habe ich es Leo nicht erzählt, ich möchte nicht, dass für ihn eine Welt zusammenbricht. Ich muss es ihm scheibchenweise beibringen. Kontrolle, darum ging es im Leben. Alles unter Kontrolle zu haben und so das Beste zu erreichen.

Wenn meine Mutter nur nicht so stur gewesen wäre. Vielleicht war es der sizilianische Dickschädel meines Grossvaters, der in ihren Genen weiterlebte. Hätte sie mir früher mehr über meinen Vater erzählt, dann wäre mir vieles erspart geblieben.

Niemand, der mir in meiner Kindheit Pferdeäpfel nachgeworfen hätte. Keine alten Frauen, die vor meinen Füssen auf den Boden spuckten oder mit den Fingern das Zeichen gegen den bösen Blick formten, keine gestopften Wollpullover. Wir hätten es uns leisten können, umzuziehen an einen Ort, wo niemand wusste, wessen Sohn ich war.

Mein Vater hatte für mich vorgesorgt, es jedoch unterlassen, dies meiner Mutter mitzuteilen.

Vielleicht wusste sie es ja, aber sie fürchtete die Konsequenzen. Wer kann das nach all den Jahren schon so genau sagen?

Nun ist meine Zeit gekommen. Ich will nicht mehr warten. Der rote Punkt in meinem Kopf zwingt mich zu handeln. Der Druck ist kaum mehr auszuhalten, die Schmerzen machen mich krank.

Wenn ich mein Ziel erreicht habe, ist alles wieder gut.

Dann wird der rote Punkt kleiner, ganz klein.

Bis er schlussendlich verschwindet.

***

Sie öffnete die Tür und schlüpfte durch den Spalt. Der fahle Schein einer Nachttischlampe tauchte das Zimmer in ein jämmerliches Dämmerlicht. Einzelheiten waren kaum erkennbar. An der gegenüberliegenden Wand stand ein wackelig wirkendes Metallbett mit einer versifften Matratze. Darauf befand sich ein Berg alter Kleider und Lumpen, von denen ein atemberaubender Gestank nach Exkrementen und Verwesung ausging.

Links der Tür ein kniehoher Salontisch in der typischen Nierenform der vierziger Jahre. Der Stoffbezug des dazugehörigen Sessels war auf der Sitzfläche aufgerissen, die Füllung quoll heraus. Clara sah nach rechts, wo ein aufgerollter Teppich in einer Ecke lag. Trotz des Gestanks war die Luft merklich frischer hier drin, nicht nur, was die Temperatur anging. Sie lauschte angestrengt und meinte, ein leises Rauschen zu hören. Vielleicht gab es zu diesem Zimmer eine eigene Lüftung.

Ein Schaben liess sie innehalten – was war das? Sie bewegte sich nicht, lauschte stattdessen angestrengt, suchte mit ihrem Blick hektisch jedes Detail ab. Schon wieder! Ein Rascheln, sehr leise zwar, aber sie war nun davon überzeugt, dass sie sich nicht getäuscht hatte. Bestimmt waren Ratten hier. Hoffentlich hatte keines dieser Mistviecher sie gebissen, während sie ohnmächtig im anderen Raum gelegen hatte. Nein, der Sockel des Seziertisches war aus glattem Metall, den hätten die Ratten mit ihren Pfoten nicht hochklettern können. Zudem verspürte sie keine Schmerzen, die von einem Biss stammen könnten. Nur ihr Kopf hämmerte noch immer, und sie büsste jede hektische Bewegung mit einer Welle von Übelkeit.

Der Kleiderberg bewegte sich, wackelte, das Rattennest darunter musste riesig sein. Sie ekelte sich davor, den Viechern zu begegnen, und schlich deshalb in einem weiten Bogen um das Bett herum.

Mit einem Mal kam der Kleiderberg ins Rutschen, Schicht um Schicht löste sich und schlitterte auf den Boden. Clara hielt sich die Hand vor Nase und Mund, um den Würgreflex zu unterdrücken. Wo waren die Ratten? Sie ging rückwärts, stiess an den Teppich und stellte sich darauf. Sank knöcheltief darin ein, zog das Bein erschrocken wieder hoch und vernahm dabei ein Knistern. Zu wackelig, sie verlor das Gleichgewicht und stolperte auf den Boden zurück.

Die Ratten waren nicht zu sehen. Keine nackten Schwänze, keine dunklen Tierkörper, kein Kratzen von Krallen auf dem nackten Betonboden. Stattdessen ein durch und durch mit Schmutz bedeckter menschlicher Körper, von dem ein leises Stöhnen ausging.

Das war das Geräusch gewesen, das sie gehört hatte! Clara hielt sich beide Hände vor den Mund, kniff die Augen fest zusammen und schrie panisch auf. Der Anblick war zu viel auf einmal, sie fühlte sich wie in einem drogeninduzierten Trip gefangen. Ihr Atem ging viel zu hektisch, sie pumpte grosse Mengen an Sauerstoff in ihren Körper. Ihr wurde schwindelig. Mit einem letzten Rest an logischem Denken erkannte sie, dass sie hyperventilierte.

Es dauerte lange, bis sie sich wieder ein wenig beruhigt hatte und es ihr gelungen war, ihre Atmung zu kontrollieren. Die ganze Zeit über ging ein Zittern durch den Körper auf dem Bett, leise Töne waren zu hören. Ein Mensch. Das war ein Mensch!

Weder Ratten noch ein auferstandener Wiedergänger. Angeekelt machte sie einen Schritt nach vorne, sodass sie besser sehen konnte, dann einen weiteren Schritt. Sie streckte die linke

Hand aus und richtete die Lampe auf dem Salontisch so aus, dass sie das Bett beleuchtete. Das Erste, was ihr auffiel, war ein Augenpaar, das sie mit einer unendlichen Müdigkeit ansah. Erneut das Geräusch, das Clara nun genau zuordnen konnte. Über dem Mund des Menschen war ein Klebestreifen befestigt, der sich an einer Ecke etwas gelöst hatte und zischendem Atem Platz zum Entweichen gab.

War es ein Mann, eine Frau? Clara hätte es unmöglich sagen können. Das Gesicht war so verdreckt, dass die natürliche Farbe der Haut nicht mehr zu erkennen war. War das ein Bart, der durch den Schmutz zu sehen war? Die Haare klebten in verfilzten Büscheln am Schädel.

Das Zittern in ihrer Hand war so stark, dass sie es fast nicht schaffte, eine Ecke des Klebebandes zu fassen. Angeekelt wich sie zurück, als sie aus Versehen die Haut daneben berührte. Sie war eiskalt und schuppig. Langsam, ganz langsam löste sich der Knebel, und die Lippen darunter begannen zu bluten. Hautfetzen waren am Klebeband haften geblieben und hatten diese Wunden verursacht.

«Entschuldigung, Entschuldigung», flüsterte Clara, die Worte wie ein Mantra wiederholend. «Es tut mir so leid.»

Mit einem letzten Ruck war das Band ab, und sie blieb fassungslos vor dem Menschen stehen. Und jetzt? Sie war hoffnungslos überfordert. Was tat man in einer Situation wie dieser?

Ihr Gegenüber streckte ihr beide Hände entgegen, und Clara begriff, dass diese mit einem Strick zusammengebunden und an einem Haken an der Wand festgemacht waren. Was, wenn es einen Grund dafür gab, dass dieser Mensch gefesselt war? Vielleicht war er gewalttätig oder verrückt und griff sie an, sobald er befreit war.

«Wrrr.»

Clara schüttelte den Kopf, sie hatte es nicht verstanden.

«Wrr, wrrr …»

«Ich verstehe Sie nicht, was wollen Sie mir sagen?»

Statt eines weiteren Versuches zu sprechen, wurden Hände ausgestreckt, die in Richtung Salontisch deuteten. Darunter erblickte Clara erst jetzt ein Sechserpack Mineralwasser. Schnell ergriff sie eine der PET-Flaschen und hielt sie an die Lippen der Person. Die ersten Tropfen erreichten den ausgedörrten Mund nicht, perlten über das Kinn und verwischten das frische Blut in einen rosa Streifen. Endlich gelang es ihr, einige Schlucke zu trinken. Prompt ertönte ein Husten.

«Vorsichtig, nicht zu schnell.» Clara wollte die Flasche zurückziehen, aber der feste Griff zweier Hände nahm ihr diese ab.

«Wasser, endlich», ertönte eine Stimme knisternd wie Seidenpapier.

Das war es gewesen, was sie die ganze Zeit hindurch gehört hatte, die einfache Bitte nach Wasser. Sie zog den Sessel heran und liess sich hineinfallen. Ihre Knie drückten schmerzhaft gegen den Metallrahmen des Bettes, aber sie war zu müde, um die Position zu ändern. Sie war so unglaublich müde und erschöpft. Das Pochen an ihrem Hinterkopf nahm wieder zu, schmerzte, hinderte sie am Denken. Sie nahm sich ebenfalls eine Wasserflasche und trank sie in einem Zug zur Hälfte aus. Mit einem Ohr hörte sie noch, dass der Mensch im Bett etwas zu ihr sagte, dann versank sie in eine willkommene Ohnmacht.

Sie wurde wach, als eine Hand sie an der Schulter berührte. Erschrocken fuhr sie in die Höhe, büsste diese Abruptheit mit einem gewaltigen Stechen in ihrem Kopf. Das war nicht genug Ruhe gewesen, sie brauchte noch mehr. Mindestens zwei Stunden, eine Nacht, ein Jahr. Ihr Kopf sank erneut nach unten, und sie begrüsste die Anzeichen des Schlafs.

«Nein, nicht schlafen.»

Das Rütteln an der Schulter wurde langsam lästig. Clara versuchte den Störenfried abzuschütteln. Ihr Kopf tat wieder weh.

«Müssen weg. Bleib wach.»

Clara schlief trotzdem wieder ein.

Erwachte mit schmerzender Wange. Rieb sich die Stelle mit der Hand. Was war das gewesen?

Eine Stimme drang zu ihr durch. «Endlich.»

«Sie haben mich geschlagen!» Claras Augen wollten nicht offen bleiben. Es kostete sie viel Kraft, aufzuwachen.

«Ja. Mach Augen auf. Jetzt!»

In ihren Schläfen pochte der Puls. Hatte sie sich doch eine Gehirnerschütterung eingefangen? Warum sonst war sie schon wieder in Ohnmacht gefallen?

Noch nie hatte diese winzige Bewegung eine solche Kraft eingefordert, aber schlussendlich tat Clara wie geheissen. Sie öffnete die Augen und sah ihr Gegenüber an. Vor ihr sass ein uralt aussehender Mann an der Bettkante, der sich sichtbar bemühte, das Gleichgewicht nicht zu verlieren. Er hatte sich die Haare aus dem Gesicht gewischt, und Clara sah, dass sein Bart weiss war. Die Gelenke seiner Hände traten knotig hervor, als er sich an der Matratze festkrallte, um nicht umzukippen. Alles an ihm war ausgemergelt und schmutzig. Wie lange hauste er schon unter diesen Bedingungen?

«Wir müssen raus. Schnell», sagte er und hielt ihr seine gefesselten Hände entgegen. Clara hatte einige Mühe, die Knoten zu lösen, aber schlussendlich schaffte sie es.

Seine Stimme war noch immer heiser, das Sprechen schien ihm grosse Schmerzen zu bereiten, aber Clara verstand genug.

«Wer sind Sie?», flüsterte Clara.

Sie war von der Situation komplett überfordert und hatte Mühe zu begreifen, was sich gerade abspielte. Sie konnte sich nicht vorstellen, dass sich jemand freiwillig hier unten von der Welt abschottete. Das würde aber bedeuten, dass jemand diesen Mann eingesperrt hatte und ihn so versorgte, dass er am Leben blieb. War es derselbe Täter gewesen, der sie bewusstlos geschlagen und hierhergebracht hatte? Die Wahrscheinlichkeit dafür war beängstigend gross. Was, wenn auch sie nun tagelang eingesperrt bliebe? Sie schaute in die erschöpften Augen, die tief im Gesicht des alten Mannes eingegraben waren, und Panik überfiel sie. Nein, das würde sie nicht überleben.

Sie begann, sich ängstlich umzuschauen, und wandte sich dann an ihn: «Wir kommen hier nicht raus. Dieses Zimmer hat offenbar keine andere Tür, und im anderen Raum ist ein Operationstisch. Da bringen mich keine zehn Pferde mehr hinein. Ich will nicht darauf aufgeschnitten werden.»

«Sie irren.» Er räusperte sich angestrengt, bevor er weiterfuhr. «Auf dem Tisch wurde noch nie ein Mensch operiert.»

Er wirkte zwar kraftlos, trotzdem strahlte er eine Ruhe aus, als ob er genau wüsste, was zu tun sei. Aber konnte sie ihm wirklich vertrauen?

«Woher wollen Sie das wissen?»

Clara setzte die Wasserflasche an und trank den Rest aus. Ein bisschen wacher fühlte sie sich schon. Vielleicht gelang ihnen doch die Flucht.

Der Mann lachte leise auf. «Weil ich den Tisch selbst benutzt habe.»

«Wie bitte?» Clara sah ihn verdutzt an. «Ich verstehe kein Wort. Wer sind Sie, und weshalb werden Sie hier gefangen gehalten wie ein Untier?»

Der Alte stemmte seine Arme auf und erhob sich mit wackligen Beinen. «Keine Zeit für Geschwätz. Er ist seit mehr als zwei Tagen weggeblieben. Das ist in den letzten Monaten zwar auch schon vorgekommen, aber schlussendlich ist er immer wieder aufgetaucht. Ich bin kostbar für ihn, musst du wissen.» Er lachte leise. «Im wahrsten Sinne des Wortes.»

Er stand nun halbwegs aufrecht und streckte seinen Arm nach ihr aus, damit er sich an ihren Schultern abstützen konnte. Aus dieser Nähe war sein Gestank überwältigend. Clara zwang sich dazu, durch den Mund zu atmen. Für den ersten Meter brauchten sie eine gefühlte Ewigkeit, dann schien sich der Körper des Mannes an das Gehen zu erinnern, und sie kamen etwas schneller vorwärts.

«Habe ich richtig gehört», fragte sie entgeistert. «‹In den letzten Monaten›? Sie sind in diesem Loch seit mehreren Monaten?»

Was, wenn sie ebenfalls gezwungen war, monatelang in Gefangenschaft zu leben? Nein, zu vegetieren.

«Genau», antwortete er keuchend.

Der aufrechte Gang forderte seine letzten verbliebenen

Kräfte. «Aber ich hab mir vorgenommen, unter freiem Himmel zu sterben und dabei mein Schätzchen in den Armen zu halten.»

Es war nicht einfach, zu zweit durch die Tür zu gelangen, aber mit seitlichen Trippelschritten gelang es ihnen doch, und auf einmal standen sie in der Dunkelheit, vor der sich Clara so sehr gefürchtet hatte. Obwohl der Mensch neben ihr alles andere als kampfbereit und stark war, fühlte sie sich in seiner Gegenwart nicht mehr so ängstlich. Er schien sich hier auszukennen.

Kaum einige Schritte in den Raum getan, hatte Clara die Orientierung verloren. Der fahle Schein aus dem Zimmer reichte nicht aus, um das Innere zu erhellen.

«Wo geht's lang?»

Prompt stiess sie sich ihre Hüfte schmerzhaft. Sie griff mit der freien Hand nach unten und ertastete kaltes Metall. Der Operationstisch, der anscheinend keiner war. Sie befanden sich genau in der Mitte des Raumes. Der Geruch nach Urin stieg in ihre Nase.

Der Arm des Alten drückte schwer auf ihren Nacken. Es wäre ein Wunder, wenn er so lange durchhielt, bis sie wieder an der Oberfläche waren. Der Kellergang nach draussen, an den sie sich plötzlich ebenso wieder erinnerte wie an jene Metalltür, durch die sie bei ihren ersten zwei Aufenthalten hier unten den Raum mit dem Seziertisch betreten hatte, war lang und nicht breit genug, dass sie nebeneinander gehen konnten. Ich muss ihn ablenken, beschloss sie.

«Warum haben Sie den Raum nicht einfach verlassen?»

«Lässt sich nur von aussen öffnen.» Die letzten Worte waren kaum mehr als ein Flüstern, er verlor rapide an Energie.

Nur noch zwei Meter, dann waren sie bei der Tür, durch die sie in den Kellergang kämen. Ob er noch so viel Kraft hatte, um das zu schaffen?

Aber wie öffnete man eine massive Metalltür ohne Schlüssel?

«Hab damals Sicherung eingebaut», stöhnte der Alte.

Sie musste ihren letzten Gedanken laut ausgesprochen haben, ohne es zu merken.

«Lass mich hier stehen. Kann mich am Tisch festhalten.» Er liess ihren Arm los. «Geh zur Tür.»

Clara streckte ihre Arme aus und ging zügig los, bis ihre Handflächen gegen Metall stiessen. «Ich bin da. Ich fühle das kalte Metall.»

«Sehr gut. Nun nach links, bis zu einem Schrank.»

Clara folgte seinen Worten. Sie tastete das Möbel vor sich ab. Unten mussten Schränke sein, in Hüfthöhe gab es eine freie Stellfläche und darüber die offenen Regale mit den Glasbehältern. Auf Kopfhöhe ertastete Clara weitere Schränke.

«Hier ist etwas.»

«Öffne es.» Sein keuchender Atem übertönte die Stimme fast komplett. Clara hatte Mühe, ihn zu verstehen. «Da sind zwei Regale. Greife beim unteren ganz hinein, bis du die Rückwand ertastest.» Der Alte stöhnte auf, hustete, dann fuhr er fort: «Ein Knauf, es fühlt sich an wie ein Knauf.»

Hektisch tat sie, was ihr aufgetragen worden war. Tatsächlich, da war ein grosser runder Knopf. Sie versuchte, ihn zu drehen, aber nichts bewegte sich. Mit aller Kraft drehte sie nach links, dann nach rechts. Vergebens, das Ding war eingerostet. Sie hörte ein Ächzen in ihrem Rücken, ein Rascheln, dann einen unheilverheissenden Knall.

«Hallo?», rief Clara in die Dunkelheit hinein, bekam jedoch keine Antwort mehr. «Sie müssen mir helfen. Ich kriege diese verdammte Tür nicht auf!»

Der Alte schwieg weiterhin. Was war mit ihm los? War er zusammengekracht? Vielleicht war er bewusstlos und drohte zu sterben. Und sie wusste noch immer nicht, wer er war und warum er hier unten gefangen gehalten wurde. Alleine im Dunkeln, ohne das Tageslicht noch einmal gesehen zu haben. Die Tränen traten ihr in die Augen.

«Sie müssen wach bleiben, hören Sie!»

Schluchzend ging sie in die Knie und versuchte, den Boden hinter sich zu ertasten, ohne das Regal loszulassen. Das wagte sie nicht. So nahe war sie dem Ausgang und somit der Flucht nicht gewesen, seit sie hier eingesperrt worden war. Der Alte war zu weit weg, sie erreichte ihn nicht. Nein, so durfte es nicht enden. Nicht so! Frustriert erhob sie sich wieder und drehte erneut am Knauf. Dass so ein blödes Ding sie davon abhielt, herauszukommen. Sie schrie in die Dunkelheit hinein. Haute mit der Faust auf das Regal, bis ihre Faust zu schmerzen begann. Zog und zerrte, was ihr unter die Finger kam. Sie war panisch vor Angst und agierte hirnlos. Raus, sie wollte nur noch raus.

Ein leises Klicken liess sie in ihrer Raserei innehalten. Was war das gewesen?

Sie versuchte, sich etwas zu beruhigen, hörte jedoch nichts mehr. Stattdessen fühlte sich der Knauf unter ihren Händen anders an. Sie hatte ihn in ihrer Verzweiflung zu sich gezogen und dabei den Mechanismus ausgelöst, der die Metalltür öffnete. Das war die Sicherung gewesen, von der der Alte gesprochen hatte.

Schnell, sie hatte keine Zeit mehr zu verlieren. Sehnte sich nach frischer Luft. Und Licht. Niemals hätte sie gedacht, dass Dunkelheit sie dermassen fertigmachen könnte. Einen Schritt nach rechts, dann noch einen und sie war bei der Tür, welche sich tatsächlich geöffnet hatte. Nicht viel, nur einen Zentimeter vielleicht, aber das Schloss war aufgesprungen. Sie war frei!

Endlich liess sich die Tür so weit öffnen, dass sie hindurchschlüpfen konnte. Mit beiden Händen stemmte sie sich gegen den davorstehenden Holzschrank. Schwer atmend betrat sie den Vorraum, der von einer schwachen Glühbirne mehr schlecht als recht erleuchtet wurde. Diesen Raum kannte sie! Obwohl sie noch immer keine Ahnung hatte, wer sie hierhergebracht hatte, wusste sie, dass sie durch den engen Gang ins Freie gelangen konnte.

Sie drehte sich um und blickte in den dunklen Raum hinter sich. Durch die offene Tür fiel ein Streifen Licht hinein, und sie sah den Alten auf dem Boden liegen. Aus einer Wunde am Kopf war etwas Blut gesickert. Er rührte sich nicht, aber sie sah, dass sein Brustkorb sich hob und senkte. Er atmete, was durchaus beruhigend war. Was sollte sie mit ihm machen? Sie konnte ihn unmöglich den ganzen Weg nach oben tragen, dazu fehlte ihr die Kraft. Am besten war es, sie beeilte sich und rief möglichst schnell Hilfe. Nur so hatte er eine Chance zu überleben.

Sie überwand ihre Angst und begab sich noch einmal in die Finsternis, um ihn in eine stabile Seitenlage zu drehen. Obwohl er nicht aus seiner Bewusstlosigkeit erwachte, dünkte es Clara, dass ihm das Atmen nun etwas leichter fiel.

Zwar war die Wahrscheinlichkeit gross, dass er sie nicht hörte, trotzdem wollte sie nicht gehen, ohne ihm einige beruhigende Worte zu sagen. «Halten Sie durch! Ich gehe nach oben und versuche, jemanden zu finden, der Ihnen helfen kann.» Sie erhob sich und strich über seinen Rücken. «Am besten ist es, wenn ich Herrn Balthasar bitte, die Rettung zu rufen.»

Während sie den Raum verliess, vernahm sie ein leises Stöhnen hinter sich. Anscheinend hatte der Alte sie doch gehört. Sie liess die Metalltür offen stehen und schob auch den Schrank, der den Eingang verbarg, nicht mehr davor. Der Mann sollte sich nicht mehr eingesperrt fühlen.

Schnell lief sie durch den Flur in Richtung Ausgang. Als sie diesen Weg zum ersten Mal abgelaufen war, war er ihr endlos vorgekommen, aber sie wusste unterdessen, dass es zwei Möglichkeiten gab, ins Freie zu gelangen. Eine befand sich in der Gartenhütte, die sich unweit der Villa befand, die andere lag etwas weiter weg. Sie erinnerte sich gut daran, wie Nicole ihr die kleine Tür unter der Metalltreppe in der Fabrikhalle gezeigt hatte.

Wegen ihrer raschen Schritte begann ihr Kopf erneut zu schmerzen, vor allem die Stelle, wo sie die Beule ertastet hatte, war sehr empfindlich. Es blieb ihr nichts anderes übrig, als langsamer zu gehen und die rechte Hand an den Hinterkopf zu halten. Durch den Gegendruck hielt sich das Pochen in Grenzen. Je weiter sie sich vom Keller entfernte, desto dunkler wurde es wieder im Gang. Hier gab es keine installierte Beleuchtung, und Clara dachte sehnsüchtig an ihre Taschenlampe zurück. Was gäbe sie in diesem Moment dafür!

Der Schmerz zwang sie, stehen zu bleiben. Sie lehnte sich gegen die Mauer und versuchte sich mit tiefem Ein- und Ausatmen etwas Linderung zu verschaffen. Eine leichte Übelkeit beschlich sie, eine Reaktion ihres Körpers auf heftigste Schmerzen, die sie nur zu gut kannte. Wenn die Nervenschmerzen in ihren Lendenwirbeln zu schlimm tobten, hatte sie nicht selten mit Brechreiz zu kämpfen. Nur einen kleinen Moment stehen bleiben und den Kopf still halten, dann sollte es wieder gehen, sprach sie sich selbst Mut zu. Sie stand bewegungslos, konzentrierte sich auf ihre Atmung, und nur deshalb hörte sie das Geräusch, das sie in diesem Moment auf keinen Fall hatte hören wollen. Schritte! Schnelle Schritte, die in ihre Richtung zu kommen schienen.

Das Kopfweh war vergessen, in ihr erwachte der Überlebensinstinkt. Was, wenn es die Person war, die sie bewusstlos geschlagen und dann hierhergebracht hatte? Dieselbe Person, die den alten Mann monatelang gefangen gehalten hatte? Sie musste hier weg, sonst war alles vergebens gewesen! Auf leisen Sohlen drehte sie sich um und lief zurück in den Keller.

Hier hatte sie sich schon einmal versteckt, erinnerte sie sich. Linker Hand stapelte sich noch immer allerlei Gerümpel aus dem Keller, und sie wollte mit langen Schritten darüber hinwegsteigen, um sich dahinter zu verstecken, aber die Zeit reichte nicht mehr aus. Wo sonst, wo konnte sie hin? Sie kauerte sich schliesslich in einer Ecke in den Schatten. Mit viel Glück sah er sie bei diesem schlechten Licht nicht. So wartete sie auf den Unbekannten.

Ein Husten verriet ihr, dass er schon fast hier war. Dann betrat er den Raum. Clara zwang sich dazu, nur oberflächlich zu atmen.

«Verdammt noch eins, was ist das?»

Er musste die offene Tür bemerkt haben, begriff Clara. Der Mann stand kaum eine Armlänge entfernt von ihr. Sie roch sein Aftershave, gemischt mit frischem Schweiss. Sie öffnete die Augen ein wenig und erblickte Sandro. Erstaunt war sie nicht, im Gegenteil, sie hatte sogar erwartet, dass er der Täter war.

Aber ihm so direkt gegenüberzustehen und ihre Befürchtungen bestätigt zu sehen, war etwas ganz anderes.

Sandro wackelte an der Tür, zog sie hin und her, als ob er nicht glauben konnte, dass sie offen stand.

«Wie hat das Weibsbild das geschafft?»

Gerade als Sandro sich umdrehen wollte, begann der Alte zu stöhnen. Keinen Augenblick zu spät! Wenn Sandro sich suchend im Raum umgeschaut hätte, hätte er Clara entdeckt. Der Alte hatte sie davor gerettet.

Fluchend trat Sandro ein. «Was machst du denn hier?»

Clara hörte das Rascheln von Kleidung, dann ein Stöhnen, das ihr durch Mark und Bein ging. Das war die Gelegenheit! Noch war Sandro abgelenkt. Sie preschte aus der Ecke und gab der Tür einen kräftigen Stoss, sodass sie zufiel.

Schnell den Schlüssel drehen, den Sandro schon ins Schloss gesteckt hatte. Zu, die Tür war zu! Ein unpassendes Glücksgefühl befiel Clara. Sandro war hinter Schloss und Riegel!

«Lass mich raus! So kommst du mir nicht davon!» Sandro polterte mit seinen Fäusten gegen die Metalltür.

Clara wich erschrocken einige Schritte nach hinten. Was, wenn er den Mechanismus, der die Tür von innen auch ohne Schlüssel öffnen liess, ebenfalls kannte? Hektisch blickte sie sich um, griff dann beherzt nach einem Besenstiel, der zwischen dem Gerümpel lag, und verkeilte ihn unter der Klinke der Metalltür. Sicherheitshalber schob sie den Wandschrank ebenfalls zu. Das war besser als nichts, würde wohl aber nicht ewig halten.

Nun liess sie sich nicht einmal mehr von den Kopfschmerzen bremsen. So schnell sie konnte, rannte sie durch den Gang, bis sie zur Abzweigung kam. Sie wandte sich nach rechts, und nur einige Meter weiter stiess sie auf die steilen Stufen, die nach oben führten. Mit wackligen Knien stieg sie die Stufen hoch und presste dann von unten beide Hände nach oben, um den Deckel zu heben.

Endlich stand sie im Gartenhäuschen! Nichts wie raus in den Garten. Das Tageslicht schmerzte in ihren Augen, sie taumelte.

Nicht ohnmächtig werden, ermutigte sie sich, du musst Hilfe holen.

«Was machst du hier?»

Clara lief direkt auf Benedikt zu, der im Hinterhof der Villa auf dem Parkplatz stand und sie erblickt hatte. Während er ihr entgegenlief, zog er den Klettverschluss seiner schusssicheren Weste enger. Hinter ihm stiegen weitere Polizeibeamte aus einem Kleinbus.

Es gab keine andere Person, die Clara in diesem Augenblick lieber gesehen hätte. Sie erzählte ihm, was sie erlebt und wen sie im Kellerraum eingesperrt hatte, dann wurde sie weggeführt und in ein Einsatzfahrzeug der Polizei gesetzt.

***

Es roch sauber. Nach Desinfektionsmittel und gekochten Karotten. Ein leises Piepen drang an ihr Ohr, ansonsten war es still. Sie blinzelte, getraute sich nicht recht, die Augen zu öffnen, aus lauter Angst vor den Schmerzen. Nichts geschah, das Kopfweh blieb aus. Erstaunt sah sie sich um. Sie lag in einem Bett, über ihrem Kopf baumelte ein Haltegriff. Die Wände waren weiss gestrichen, die Fensterfront mit hellem Holz umrahmt. Sonnenlicht fiel durch die Scheibe auf ihre gebauschte Daunendecke.

«Na endlich», ertönte eine Stimme neben ihr. «Entschliesst du dich doch noch aufzuwachen, du Schlafmütze!»

Clara drehte den Kopf und sah Remo zu ihren Füssen auf einem Besucherstuhl sitzen, den er aus der Sonne weg in den Schatten entlang der Zimmerwand geschoben hatte. Er sass an einem kleinen Tisch, vor sich ein Tablett mit Essen.

«Rindsroulade mit Kartoffelstock und gedämpften Karotten», sagte er schmatzend. «Schmeckt gut. Ich dachte, da du ja schläfst, wäre es schade, das Essen kalt werden zu lassen. Nicht wahr?»

Das Besteck klapperte, als er es neben den Teller legte. Er wischte sich mit der Serviette den Mund sauber und verzog dabei leicht das Gesicht. Seine Haare waren zerzaust, eine böse

Schürfung zierte seine linke Gesichtshälfte. Er war keineswegs so ruhig, wie er den Anschein zu wecken versuchte, bemerkte Clara.

«Tu dir bloss keinen Zwang an», murmelte Clara und richtete sich im Bett auf. Sie trug ein Krankenhaushemd über ihrer eigenen Unterwäsche, stellte sie fest. An ihrem linken Arm klebte ein grosses Pflaster, unter dem ein Infusionsschlauch verschwand.

«Wie bin ich denn hier gelandet?»

Ihre Stimme klang heiser, und sie versuchte, das Glas Wasser auf dem Beistelltisch zu erreichen.

Das Metallgestell des Stuhls rutschte quietschend über den Boden, als Remo sich erhob, um ihr zu helfen. Erst nachdem Clara das ganze Glas ausgetrunken hatte, wurde ihr bewusst, wie durstig sie gewesen war. Sie blickte zum Infusionsständer hoch.

«Was geben die mir hier?»

«So viel ich mitbekommen habe, nur etwas zur Kreislaufstabilisierung und Schmerzmittel.» Er deutete auf ihren Hinterkopf. «Hast eine schöne Gehirnerschütterung davongetragen. Tut's noch fest weh?»

Sie verneinte. «Die Medikamente scheinen ihren Dienst zu tun. Ich fühle mich eigentlich ganz okay. Ein bisschen groggy vielleicht. Du musst mir alles erzählen, was ich verpasst habe. Aber zuerst das Wichtigste.»

Sie schob ihre Beine über die Bettkante und streckte eine Hand nach Remo aus.

«Was hast du vor?»

Sie hielt sich an seinem Arm fest, während sie sich erhob. «Klo, es gibt grad nichts Wichtigeres auf dieser Welt.»

«Oh nein, ich will das nicht sehen. Kann ich die Augen zumachen dabei?» Jammernd schlich Remo neben Clara her, während sie zur Toilette wankte.

«Tu nicht so zimperlich, mein Held», neckte sie ihn. An der Badezimmertür liess sie ihn los. «Ich glaube, das schaffe ich alleine.»

Remo wartete im Zimmer und beantwortete durch die verschlossene Tür hindurch Claras Fragen.

«In welchem Krankenhaus bin ich eigentlich?»

«Im Kantonsspital Sarnen. Du bist im Polizeiwagen zusammengekracht, nachdem du den Beamten alles erzählt hast.»

Aus dem Badezimmer war das Rascheln von Kleidung zu vernehmen, dann wieder Claras Stimme.

«Haben sie den Alten gefunden?»

Zögernd hielt Remo inne. «Bist du sicher, dass du schon darüber reden solltest? Vielleicht ist es noch zu früh, und du solltest dich zuerst etwas erholen. Immerhin hast du eine gewaltige Beule am Kopf.»

«Ich fühl mich erstaunlich fit», lachte sie. «An diese Medikamente könnte ich mich echt gewöhnen. Die geben einem den guten Stoff.»

Die Toilettenspülung ertönte, dann das Plätschern von einem Wasserhahn, schliesslich öffnete Clara die Tür und schritt stolz vor Remo her ins Bett. «Siehst du? Zurück schaffe ich es sogar ohne Hilfe.»

Remo lachte laut auf. «Ja, du bist wirklich zäh, das kann dir keiner abstreiten.»

Sie setzte sich im Schneidersitz auf die Matratze und sah ihn an. «Jetzt aber Spass beiseite, Remo. Ich weiss noch, dass ich aus dem Tunnel gekommen und einem Polizisten in die Arme gelaufen bin.»

«Du bist direkt in Benedikt gelaufen.»

«Ach ja, stimmt, das ist Beni gewesen», überlegte sie. Sie erinnerte sich an seine Stimme und an das Gefühl, dass sie nun in Sicherheit war.

«Du konntest den Beamten erzählen, dass es einen Gang gibt, der von der alten Fabrik unterirdisch bis in ein Kellergeschoss führt. Zum Glück hast du auch den zweiten Eingang durch das Gartenhäuschen erwähnt, sonst wären die Beamten wohl zu spät gekommen.»

Clara beschlich eine Gänsehaut – wofür zu spät? «Was meinst du?»

Remo stellte sich vors Fenster und blickte hinaus, während er fortfuhr: «Du kannst von Glück reden, dass du noch lebst.»

Es war einen Augenblick still im Zimmer, während er die Schwere der Worte sacken liess. Clara bemerkte seine verspannte Nackenmuskulatur.

«Sandro hat uns in seiner Wohnung überrascht, als wir sie durchsucht und dabei unsere Rückendeckung vergessen haben. Ich mache mir grosse Vorwürfe deswegen, Clara. Das war ein Anfängerfehler, der niemals hätte passieren dürfen. Tut mir echt leid!»

Sie winkte ab. «Schon gut. Es spricht für dich, dass du dich als unfähiger Einbrecher entpuppst.»

«Ich habe ein Geräusch gehört, dann hast du laut aufgestöhnt. Natürlich bin ich sofort aus dem Wohnzimmer zu dir gerannt. Du lagst zwischen Bett und einem Wandschrank. Über dir dieser Muskelkerl mit einem Totschläger in der erhobenen Hand. Ich bin mit Anlauf in seinen Rücken gesprungen, dann haben wir uns geprügelt.»

«Tönt heftig, davon wusste ich nichts», unterbrach ihn Clara. «Sag, hast du dich dabei verletzt?»

«Ich weiss, dass ich mir das Gesicht am Bettrahmen gestossen habe, aber der Kerl hat mich zusätzlich an der Schläfe erwischt. Da gingen bei mir die Lichter aus.»

Er deutete auf sein Auge, und erst jetzt bemerkte Clara das Veilchen und die blutige Hautschürfung an seiner Schläfe, was er bislang unter seinen Haaren verborgen hatte.

«Als ich wieder zu mir gekommen bin, war er bereits weg und von dir keine Spur mehr. Du kannst dir nicht vorstellen, welche Panik ich geschoben habe. Ich habe den Notruf gewählt und gesagt, in welcher Wohnung wir überfallen wurden. Die Zentrale schien bereits über Sandro Bescheid zu wissen und hat Ambulanz und Polizei geschickt. Allen voran erschien ein aufgebrachter Benedikt. Die Polizei hatte bereits entschieden, Sandro für den nächsten Tag vorzuladen, weil sie in einem Vermisstenfall ermitteln.»

«Nicole», flüsterte Clara.

«Ja, genau. Anscheinend konnten sie ihm nichts nachweisen und mussten ihn wieder gehen lassen. Beni wusste ja, dass Sandro bei der Familie Balthasar arbeitet, und musste nur noch eins und eins zusammenzählen, nachdem ich ihm von unserem Verdacht, dass Sandro seiner Freundin etwas angetan haben könnte, erzählt habe», sagte Remo. «Die Polizei wusste jedoch nicht, wo auf dem Grundstück Sandro dich hingebracht hatte. Verdammt, ich hatte ja keine Ahnung, dass man innerhalb der Gemeinde Hergiswil ein so grosses Anwesen besitzen kann. Da hätten unzählige Einfamilienhäuser drauf Platz.»

«Und dann bin ich aufgetaucht und konnte den Beamten den Weg zeigen.» Sie stand auf und stellte sich neben Remo ans Fenster.

Die Aussicht auf den Pilatus war traumhaft, fast schon kitschig. Zwar war die weisse Schneekappe bereits weggeschmolzen, aber die Wälder an den Berghängen zogen langsam ihr Sommerkleid an. Die roten Wagen der Brünigbahn durchzogen das satte Grün der Matten, auf denen Rinder grasten. Auf dem Platz vor dem Krankenhaus zog eine Frau in Gummistiefeln ein Seil hinter sich her, an dem sich links und rechts Kleinkinder festhielten. Konnte es ein unschuldigeres Bild geben als neun Kinder im Tatzelwurm, die dem vorbeifahrenden Zug winkten?

«Weisst du, was ich mich schon die ganze Zeit frage, Clara? Wieso ist Sandro das Risiko eingegangen und hat dich aus seiner Wohnung verschleppt? Die Möglichkeit, dabei gesehen zu werden, war immens hoch», überlegte Remo.

«Diesen Gedanken versuche ich zu verdrängen, seit ich in diesem verdammten Loch aufgewacht bin», fluchte Clara. «Was wollte er von mir?»

«Und was wollte er von dem alten Mann?», fügte Remo hinzu. «Stimmt es, dass er schon eine ganze Weile gefangen gehalten wurde?»

Clara nickte. «Hm, mir sagte er, es sei schon mehrere Monate her. Den Gedanken finde ich grauenhaft. Da wird man eine Ewigkeit eingesperrt, bekommt das Tageslicht nie zu sehen, und just im Moment der Befreiung verstirbt man. Das Schicksal hat manchmal einen seltsamen Humor. Dabei wollte er unbedingt noch einmal sein Schätzchen in den Armen halten und frische Luft atmen.»

«Nein, Clara, so ist das nicht», unterbrach Remo ihre trüben Gedanken. «Er lebt. Sein Zustand ist zwar ernst, aber ich vermute, er liegt nur einige Zimmer weiter den Gang hinunter.» Er machte eine unbestimmte Handbewegung in die Richtung. «Jedenfalls nehme ich das an, denn ich habe gesehen, wie Benedikt dort ein Zimmer betreten hat, als ich einmal auf dem Weg zur Cafeteria war, um mir ein Sandwich zu holen.»

«Bist du dir sicher?»

Remo nickte. «Eigentlich schon. Gut, es könnte schliesslich auch sein, dass Benedikt noch an einem anderen Fall arbeitet und dafür ebenfalls Zeugen befragen muss, die in Spitalpflege sind. Aber das wäre doch ein grosser Zufall, nicht wahr? Was tust du da?»

Clara hatte begonnen, das Pflaster an ihrem Arm abzuziehen. «Das ist sehr unwahrscheinlich.»

Endlich löste sich die Klebefläche von der Haut. Clara atmete tief ein, zog die Nadel aus der Vene und drückte dann ein Taschentuch auf die Wunde, um die Blutung zu stoppen.

«Sag mal, hast du sie noch alle?» Eine gefährliche Blässe erschien auf Remos Gesicht. «Das kannst du doch nicht selbst tun, dafür musst du jemanden von der Pflege rufen!»

Clara klatschte sich mit beiden Händen auf die Wangen, um den Kreislauf in Schwung zu bringen, bevor sie den Wandschrank öffnete und ihre Kleidung herauszog. Dem Stoff haftete noch immer die Feuchtigkeit des Kellers an, wie sie angewidert feststellte. Aber wenn sie hier rauswollte, blieb ihr nichts anderes übrig, als darüber hinwegzusehen. Sie schlüpfte aus dem Krankenhauskittel und zog sich die stinkenden Kleider an. Sie wollte lieber nicht daran erinnert werden, wie der Alte gerochen hatte.

«Ich will mit ihm sprechen», erklärte sie, den Kopf noch im Pullover steckend. «Er wird mir sagen können, weshalb Sandro mich verschleppt hat. Bevor ich das nicht weiss, habe ich keine ruhige Minute mehr.»

Sie drehte sich zu Remo um. «Entweder du kommst mit, oder du legst dich hier ins Bett und wartest, bis ich wiederkomme.» Sie fuhr sich mit den Fingern durch die Haare und versuchte, sie in einen Scheitel zu legen.

«Du bist einfach unglaublich, weisst du das?», stöhnte er auf.

Clara wusste nicht, ob das als Kompliment gemeint gewesen war. Sie öffnete die Zimmertür und schaute in den Krankenhausflur, an dessen Ende ein mannshoher Wagen mit darin gestapelten Servicetabletts geparkt war. Es roch nach abgestandenem Essen, was Clara leichte Übelkeit verursachte. Irgendwo plärrte ein Radio eine hypermotivierte Werbung. Niemand war zu sehen, weder Patienten oder Besucher noch jemand vom Personal. Alle schienen mit der Verdauung des Mittagessens beschäftigt zu sein.

«Wo hast du Beni gesehen?», fragte Clara.

Remo deutete in Richtung Treppenhaus. «Die übernächste Tür müsste es sein.»

Obwohl es ihm offensichtlich nicht recht war, ein Krankenzimmer unerlaubt zu betreten, folgte er Clara.

Der Raum war abgedunkelt, da die Stores wegen des Tageslichts heruntergelassen worden waren. Ein lautes Schnarchen tönte unter der aufgebauschten Daunendecke hervor. Schnell schlüpften sie hinein und schlossen die Tür gleich wieder, um nicht von einer Pflegeperson daran gehindert zu werden.

Clara trat neben das Bettgestell und blickte auf den Mann hinunter.

Sein Gesicht war glatt rasiert, die Haare gewaschen und die dicke Schmutzschicht verschwunden. Seine Hautfarbe unterschied sich kaum von der hellgelben Bettdecke. Alles an dieser Person wirkte sauber und steril. Wenn Clara es nicht besser gewusst hätte, hätte sie behauptet, ihn noch nie in ihrem Leben gesehen zu haben. Eine Infusion tröpfelte in seine Venen, Kabel schlängelten unter seinem Nachthemd hervor bis zu einem

Monitor. Clara blickte darauf und sah regelmässige Zacken. Anscheinend wurde das Herz des Mannes kontrolliert.

Unvermittelt schlug er die Augen auf. Seine Pupillen brauchten einen Moment, um sich zu orientieren, aber als er die Besucher bemerkte, breitete sich Panik in seinen Zügen aus, und er holte tief Luft, wahrscheinlich, um nach Hilfe zu schreien. Reflexartig hielt Remo ihm die Hand auf den Mund. Der Patient begann zu zappeln, schlug den Kopf heftig hin und her, als fürchtete er um sein Leben.

«Schauen Sie mich an», drängte Clara. «Sie kennen mich. Sie haben mir geholfen, aus dem Keller zu kommen.»

Die Zacken auf dem Monitor schlugen wild aus, ein Piepen ertönte. Gleich würde die Pflegerin ins Zimmer stürzen, war sich Clara sicher.

«Nimm endlich deine Finger von ihm, das ist im Moment nicht hilfreich», fuhr sie Remo an.

Dieser löste seine Hand, die er anschliessend verstohlen an der Bettdecke trocken wischte.

«Was? Was tun Sie da? Was wollen Sie von mir?» Aufgeregt blickte der alte Mann um sich, offenbar in der Hoffnung, die Situation zu begreifen. Er richtete sich auf und machte den halbherzigen Versuch, seine Haare zu glätten, aber jede Bewegung schien ihm Schmerzen zu bereiten. «Was erlauben Sie sich, mich zu überfallen? Ich werde jemanden rufen!» Er griff nach dem Klingelknopf, aber Clara fasste ihn sanft am Arm.

«Bitte tun Sie das nicht! Entschuldigen Sie, dass wir Sie so unsanft geweckt haben», begann sie, während Remo mit einem zerknirschten Gesicht neben ihr nickte. «Schauen Sie mich an, dann erinnern Sie sich bestimmt an mich. Wir haben uns schon einmal getroffen. Sie haben mir geholfen, aus dem Keller zu fliehen.»

Dieses Mal schienen ihre Worte den Mann zu erreichen, und er liess den Klingelknopf los.

Clara fuhr schnell fort, bevor er es sich anders überlegte: «Ich bin so froh, Sie hier zu sehen. Meine Güte, ich habe schon das Schlimmste befürchtet, nachdem ich Sie bewusstlos in diesem

Keller zurücklassen musste.» Ein dicker Kloss hinderte sie am Sprechen, und sie musste mehrmals leer schlucken, bevor sie weitersprechen konnte. «Mein Kollege hier ist etwas übereifrig, entschuldigen Sie bitte.»

Der alte Mann hatte seinen Kopf wieder schwer ins Kissen fallen lassen, aber seine Augen blickten Clara noch immer kritisch an. Dennoch schien er sie erkannt zu haben. Er nickte schwach.

Erleichtert fragte Clara: «Wäre es möglich, dass Sie mir einige Fragen beantworten würden? Ich muss gestehen, dass mich die Angst nicht loslässt, noch einmal verschleppt zu werden, solange ich nicht weiss, was genau der Grund dafür gewesen ist. Na ja, ich habe mich sicherlich Sandro gegenüber nicht korrekt verhalten, weil ich in seine Wohnung eingebrochen bin, aber das ist noch lange kein Grund, jemanden bewusstlos zu schlagen und in einen Keller zu sperren.»

Sie war sich nicht sicher, ob sie dem Mann gegenüber von Nicole Moser erzählen sollte, war die Frau doch der Grund gewesen, weshalb sie zusammen mit Remo in Sandros Wohnung eingedrungen war. Clara kannte den Mann vor ihr im Spitalbett eigentlich nicht, wusste nicht einmal seinen Namen. Sie hatten nur die Gemeinsamkeit, in diesem Keller gefangen gehalten worden zu sein.

Was, wenn er ebenfalls zu Sandros Freunden gehörte oder dessen politische Ansichten teilte? Allerdings hätte Sandro den Mann in diesem Falle wohl nicht monatelang eingesperrt.

Nach einem tiefen Seufzer gab Clara sich einen Ruck und schilderte, was sie von Nicole erfahren hatte. Wie Sandro gegenüber Nicole zuerst ein zuvorkommender Freund gewesen war, danach jedoch immer weiter in die rechtsradikale Szene abrutschte. Zu dieser Zeit hatte er auch begonnen, seine Freundin zu misshandeln. Clara schloss mit den Worten, dass Nicole verschwunden sei und sie um das Leben der Frau fürchtete.

«Er ist ein Monster», flüsterte der Mann und hielt die Augen einen Moment lang geschlossen. Die Erinnerungen waren ihm unerträglich. «Sie wissen nicht, mit wem Sie es hier zu tun haben.»

«Erzählen Sie uns von ihm», verlangte Clara drängend.

«Was soll ich sagen? Er heisst Gasser Sandro, und er meldete sich bei mir mit ausgezeichneten Zeugnissen. Ich brauchte jemanden, der sich um das Anwesen kümmerte. Wissen Sie, auf meine alten Tage wollen meine Knochen nicht mehr so wie früher. Nachdem mein früherer Gärtner, Hans-Ueli Zumbühl, auch noch ausfiel, weil er sich bei einem Sturz auf dem nassen Laub einen Oberschenkelhalsbruch zugezogen hatte, musste ich eine neue Hilfe haben. Das Anwesen ist so weitläufig, da brauchte ich Unterstützung, wenn nicht alles noch weiter verwildern sollte.»

Remo kippte das Fenster, um etwas frische Luft hereinzulassen, und setzte sich dann auf den Besucherstuhl. «Wie heissen Sie eigentlich?», fragte er den alten Mann.

Der richtete sich, so gut es eben ging, stolz auf. «Ich denke, das sollte längst klar sein, nicht wahr?» Verwirrt blickte er Clara an. «Schliesslich haben Sie mich in meinem eigenen Haus angetroffen.»

«Wie bitte?» Clara blieb der Mund offen stehen.

«Mein Name ist Gustav Balthasar. Wussten Sie das nicht?»

Clara und Remo schwiegen verblüfft.

«Wie geht es meiner Schwester?»

ZWANZIG

Ludovico Schmitt faltete die Neue Zürcher Zeitung zusammen und liess sie auf dem Plastiksitz im Wartebereich des Flughafens liegen. Er brauchte sie nicht mehr, denn er hatte alles erfahren, was er zu wissen brauchte. Der Artikel war nicht gross aufgemacht gewesen, und er hatte bis fast ans Ende der Zeitung blättern müssen.

Ein junger Luzerner, Sandro G., war laut einer Polizeimeldung in Untersuchungshaft, weil er verdächtigt wurde, eine rechtsextreme Gruppierung namens Hammerjugend gegründet zu haben. Zudem wurden ihm mehrere rassistisch motivierte Gewaltdelikte und Freiheitsberaubung zugeschrieben. Es wurde ebenfalls untersucht, ob er in Verbindung stand mit den in ganz Europa agierenden rechtsextremen Gruppierungen wie Combat 18. Am schwersten wog jedoch der Verdacht eines Mordversuchs.

Nun, da schien Leo in der Erziehung seines Sohnes, Ludovicos Enkel, einiges verkehrt gemacht zu haben, überlegte er verstimmt. Wo war der Junge falsch abgebogen, was hätte Leo anders machen können?

Leo hatte Sandros Mutter nie geheiratet, weshalb er einen anderen Familiennamen trug. Die Mutter hatte den Jungen nach Strich und Faden verwöhnt, und sein Vater hatte Erziehung mit finanzieller Zuwendung verwechselt. Er hatte ihm alles gekauft, was er haben wollte, und er überwies bis heute einen ansehnlichen Betrag auf Sandros Konto, aber wirklich interessiert hatte er sich an seinem Jungen nicht gezeigt. Mal mit dem Buben auf eine Wanderung oder gemeinsam fischen? Fehlanzeige. Leo war es wichtiger, seine Firma zu optimieren, damit noch mehr Geld in die Kasse gespült wurde. Fette Autos, Designerkleider, Ferien in Ländern, die Ludovico gar nicht aussprechen konnte. Das Leben seines Sohnes war ihm fremd, seine Prioritäten lagen ganz woanders. Er liebte eher die leise Kunst. Sein Enkel Sandro hatte sich von seinem Vater blenden lassen.

Die letzten Tage forderten ihren Tribut, die Muskeln in Schmitts Rücken waren verkrampft. Er reckte den Oberkörper in die Höhe, um sich etwas Linderung zu verschaffen. Vielleicht war auch der Koffer zu schwer gewesen, aber er hatte ihn niemandem sonst anvertrauen wollen. Langsam atmete er aus, um seinen rasenden Puls zu bremsen.

Schmitt erinnerte sich an seine Kindheit. Er selbst war ohne Vater aufgewachsen, und aus ihm war dennoch etwas Rechtes geworden. Obwohl er geschäftlich zuunterst angefangen hatte, war es ihm gelungen, seinem Sohn ein erfolgreiches Unternehmen zu übergeben. Nein, zu arbeiten brauchte er wirklich nicht mehr.

Sein Enkel Sandro hingegen stellte sich immer mehr als Reinfall heraus. Weder war Sandro gescheit genug, um die Firma übernehmen zu können, noch hatte er über die erforderliche Disziplin und Zurückhaltung verfügt, um die geplante Tat umzusetzen. Nein, der Dummkopf hatte nichts Besseres zu tun gehabt, als mit seinen saublöden Filmchen die Aufmerksamkeit der Polizei auf sich zu ziehen.

***

Clara sass neben Beni am Ufer des Vierwaldstättersees auf einer Bank, die Verkehrsgeräusche der geschäftigen Hauptstrasse von Hergiswil waren kaum mehr zu hören. Der Wind spielte mit der Oberfläche des Wassers und liess immer wieder kleine Wellen darüber tanzen. In der Mitte des Sees flitzten Windsurfer vorbei. Das Schweigen dauerte schon länger, als es gebraucht hatte, um den mitgebrachten Kaffee auszutrinken.

«Und dir ist nie in den Sinn gekommen, mich einzuweihen?» Beni hatte sich einen Ruck gegeben und das Gespräch gestartet. Wenn es nach Clara gegangen wäre, hätten sie noch eine lange Zeit still nebeneinandergesessen. Sie wusste, nun musste sie auf den Tisch legen, was sie verbockt hatte.

«Nicole konnte sehr überzeugend sein», begann sie. «Schliesslich lag sie auch richtig mit ihrem Verdacht, was Sandro anbelangte. Nur dank ihr konnte alles aufgeklärt werden.»

«Na, also ganz korrekt ist das nicht», wehrte sich Beni. «Ihr seid uns einfach zuvorgekommen. Ich bin sicher, dass wir in ein, zwei Tagen ebenfalls diesen Kellerraum gefunden hätten. Der Nachrichtendienst des Bundes hatte Sandro Gasser schon länger auf dem Schirm. Dass er die Hammerjugend gegründet hat, blieb zwar zunächst noch unbemerkt, aber als er direkten Anschluss an die grossen rechtsextremen Organisationen in der Schweiz und in Deutschland gesucht hat, ist er unseren Leuten aufgefallen. Wir beobachten die Szene intensiv, aber die Rechtslage bei uns ist deutlich lascher als im Ausland. Es wird schwierig, diesbezüglich Gasser etwas Illegales nachzuweisen. Mit den rassistischen Filmen allerdings hat er Menschen gezielt diskriminiert, da konnten wir anknüpfen. Wir wollten ihn jedoch nicht nur wegen dieser Filme drankriegen. Deshalb haben wir auch das Anwesen der Balthasars beobachtet, da die Treffen der Hammerjugend ja dort stattfanden. Die versteckten Mikros haben genügend Material geliefert, um die Männer wegen Diskriminierung dranzukriegen. Als wir nach Nicole fahndeten, hast du uns ganz schön reingepfuscht.»

«Da wusste ich noch nicht, in welcher Liga sie spielte», wehrte sich Clara halbherzig, obwohl sie genau wusste, dass sie damals Nicole die Flucht ermöglicht hatte.

Beni räusperte sich und sprach dann weiter. «Zwar hatten wir die Familie Balthasar ebenfalls unter die Lupe genommen, aber wir wären nie im Traum darauf gekommen, dass Sandro Gassers Grossvater vor sechs Monaten den echten Gustav Balthasar im Keller des Gebäudes einsperrte und sich als er ausgab. Wie wir herausgefunden haben, lautet sein Name Ludovico Schmitt. Er muss seit einiger Zeit das ältere Geschwisterpaar beobachtet und folglich gewusst haben, dass sie äusserst zurückgezogen lebten. Nur so ist es nicht aufgefallen, dass sich plötzlich ein anderer Mann als Balthasar ausgab.»

Clara horchte auf. «Wurde Charlotta etwa auch umgebracht?»

«Nein», entgegnete Beni. «Sie verstarb tatsächlich so, wie Schmitt es dir erzählt hat. Die Frau litt bereits seit Jahren an einer schweren Alkoholerkrankung, und irgendwann konnte ihr Körper nicht mehr. Der Rest von dem, was Schmitt dir sagte, war allerdings erstunken und erlogen. So war er zum Beispiel niemals in einer Kur. Das war nur eine Ausrede, falls jemand doch noch nach Balthasar gefragt hätte.»

«Unglaublich, dass er alle täuschen konnte. Für den echten Balthasar wäre es allerdings fast zu spät gewesen. Er hätte keine weiteren vierundzwanzig Stunden dort überlebt, hat die Ärztin im Spital gesagt. Warum habt ihr nicht früher zugegriffen?»

«Mag sein, dass du recht hast, aber wir müssen uns an die Vorschriften halten, und die besagten, dass wir auf den Durchsuchungsbefehl der Staatsanwaltschaft warten mussten, bevor wir eingreifen konnten. Dass in den Kellerräumen der echte Balthasar gefangen gehalten wurde, konnte schliesslich niemand ahnen.»

«Nicole hat etwas geahnt», widersprach Clara. «Sie war überzeugt davon, dass Sandro Schlimmes vor ihr verbarg.»

«Nicole, Nicole. Stell diese Frau bloss nicht auf einen Sockel, schliesslich gehört sie einer rechtsradikalen Organisation an.»

«Das hat dich aber nicht davon abgehalten, in ihrem Dekolleté zu versinken», scherzte Clara.

Beni rückte etwas von ihr ab, um ihr besser ins Gesicht blicken zu können. Entrüstet fragte er: «Sag mal, von was sprichst du hier eigentlich?»

«Du brauchst dich nicht zu verstellen, Beni. Nicole hat mir erzählt, dass ihr im Bett gewesen seid.»

Beni japste nach Luft, dann sprang er auf und verstellte Clara die Sicht auf den See. Vor Aufregung färbten sich seine Wangen rot. «Jetzt hör mir mal gut zu. Ich habe die Nähe zu Nicole gesucht, um mehr über die Gruppe zu erfahren, aber ich habe sie niemals angefasst. Das wäre absolut unprofessionell gewesen.»

«Warum behauptete sie denn, dass zwischen euch etwas gewesen sei?», fragte Clara. Sie hatte die Arme vor der Brust verschränkt und lehnte sich zurück. So einfach wollte sie es Beni nicht machen.

«Was weiss ich?», verteidigte er sich. «Vielleicht hat sie es sich gewünscht, oder das Lügen ist ihr schon zur zweiten Natur geworden. Es ist aber auch möglich, dass sie nicht wollte, dass du mit mir sprichst, nachdem sie begriffen hatte, dass ich zur Polizei gehöre.» Er nickte heftig. «So muss es gewesen sein. Sie fühlte sich von mir verraten, weil ich sie belogen habe, und gleichzeitig wollte sie verhindern, dass du der Polizei, also mir, verrätst, was ihre Pläne waren.»

Clara stand auf und stellte sich neben Beni. So nahe, dass sich ihre Schultern beinahe berührten. «So könnte es gewesen sein», sagte sie leise. «Ich muss dir wohl einfach glauben.»

«Das beste Argument, um meine Unschuld zu beweisen, habe ich dir noch gar nicht gesagt.»

«Da bin ich ja mal gespannt.»

«Hast du ihre Augenbrauen gesehen? Das törnt jeden ab, der mehr als zwei Gehirnzellen hat.»

Beni legte seinen Arm auf ihre Schultern.

EINUNDZWANZIG

Angefangen hatte es damit, dass Sandro sich überreden liess, ein Konzert der Band Glatzkopf in Winterthur zu besuchen. Welche Musik da gespielt wurde, war in den folgenden Wochen in Sandros Wohnung nicht zu überhören gewesen, jedes Mal, wenn man ihn besuchte. Die Texte trieften vor menschenverachtenden Parolen und würden definitiv niemals im Radio gespielt werden. Schmitt hatte das als jugendlichen Leichtsinn abgetan und darauf gehofft, dass Sandro selbst zur Vernunft kommen würde.

Schmitt, der sich noch gut an seine Kindheit erinnern konnte und wie es sich angefühlt hatte, als «Tschingg» ausgelacht zu werden, war fassungslos, dass sein Enkelsohn diesen Weg eingeschlagen hatte. Sandro, der in der Schule und im Beruf nicht wirklich glänzte, tauchte nun ein in eine Welt, in der übertriebene Maskulinität und dominantes Auftreten grossgeschrieben wurden. Er futterte irgendwelches Pulver, das seine Muskeln aufblies, sein Kinn kantig werden liess und seine Gehirnzellen vernebelte. Neue Kleidung, die seinen gestählten Körper betonte, Tätowierungen, ein schicker Wagen, natürlich alles mit Vaters Geld bezahlt. Eine Zeit lang hatte Sandro sich sogar als Veganer versucht, dies jedoch in eine Ernährungsweise abgeändert, in der Fleisch der Hauptbestandteil war. Alles nur, um Kraft und Überlegenheit den anderen gegenüber zu erreichen.

Als Grossvater stand er diesem Körperkult zwar kritisch entgegen, akzeptierte ihn jedoch. Der Junge hätte weitaus Schlimmeres tun können. Drogen konsumieren zum Beispiel oder ein junges Mädchen schwängern. Auch als Sandro begann, sich immer stärker für die Schweizer Politik zu interessieren, empfand Schmitt dies zunächst noch als positiv, ja er war sogar ein bisschen stolz auf ihn. Der Junge übernahm Verantwortung und machte sich Gedanken über die Gesellschaft und die Zukunft des Landes. Bei Gesprächen liess sich Sandro jedoch nie in die

Karten schauen und meinte lapidar, er könne sich nicht entscheiden, mit welcher politischen Partei er sympathisiere. Schmitt machte sich grosse Vorwürfe, dass er nicht genauer hingeschaut hatte.

Schmitt seufzte zu laut auf, die Geschäftsfrau auf dem Sitzplatz neben ihm schaute irritiert herüber. Das war nicht gut, niemand sollte sich an ihn erinnern. Verlegen nestelte er ein Taschentuch aus seinem Veston und schnäuzte sich. Sie sollte glauben, dass er geseufzt hatte, weil er ein wenig erkältet war. So einfach war das. Mit der Masse der Menschen mitschwimmen, ohne bemerkt zu werden. Darin hatte er Erfahrung, und dann, wenn der richtige Moment gekommen war, peng, schlug man zu und räumte ab. Das Schmunzeln, das sich auf sein Gesicht schlich, versteckte er hinter seinem Taschentuch.

Aus den Augenwinkeln betrachtete er die Frau. Sie mochte über vierzig sein, vielleicht schon fünfzig, und sie war eine Vielfliegerin, so viel stand fest. Obwohl das Boarding kurz bevorstand und sich die ersten Touristen bereits ungeduldig vor dem Schalter versammelten, sass sie seelenruhig da und tippte auf ihrem Laptop. Sie trug eine elegante Stoffhose, den Blazer hatte sie über den Stuhl daneben gelegt. Nichts störte sie in ihrer Konzentration, sie war voll auf das Beantworten von Geschäftsmails konzentriert. Mit anderen Worten, sie würde sich nicht an ihn erinnern. Himmel, sein Puls raste immer noch. Er hätte nicht gedacht, dass das Erreichen seines Ziels ihn so mitnehmen würde. Eine leichte Übelkeit befiel ihn, vor seinen Augen tanzte ein Punkt hin und her. Nur die Aufregung, redete er sich ein. Sobald das Flugzeug in der Luft war, würde er sich einen Schnaps bestellen, der die Magensäfte beruhigte.

Als er herausgefunden hatte, dass sein Enkel ein Neonazi war, war es bereits viel zu spät gewesen, um den Jungen mit vernünftigen Gesprächen davon abzubringen. An jenem Abend, als Sandro ihm geholfen hatte, einen Oldtimer zu restaurieren, war Schmitt zum ersten Mal die Tätowierung auf der rechten Schulter aufgefallen. Weil ihm wegen der Arbeit warm geworden war, hatte Sandro sein Shirt ausgezogen. Der Junge wollte ihm nicht verraten, was die Zahl «2004» zu bedeuten hatte, und gutgläubig war Schmitt davon ausgegangen, dass sein Enkel sich verliebt hatte und die Jahreszahl eine Bezeugung dieser Liebe war.

Eine leise Stimme hatte Schmitt tags darauf aber eingeflüstert, eine Internetsuche zu dieser Zahl zu machen, und er war fast vom Stuhl gefallen, als er endlich begriffen hatte. Mit «2004» war sehr wohl ein Datum gemeint, jedoch war dessen historischer Hintergrund keineswegs so romantisch, wie er zunächst angenommen hatte. Vielmehr stellte es einen Bezug dar zum 20. April, Hitlers Geburtstag, den Personen aus dem rechtsradikalen Milieu immer noch zu feiern pflegten. Sandro trug also stolz einen Hinweis spazieren, der sich auf einen Diktator bezog, der verantwortlich gewesen war für den Tod von Millionen von Menschen.

Lange war Schmitt in seinem Bürostuhl versunken dagesessen und hatte in den Bildschirm gestarrt. Sein ganzes Weltbild war ins Wanken geraten. Der rote Punkt, der ihn sein Leben lang begleitet hatte, explodierte.

Eine unfassbare Wut hatte ihn überrannt, der er nicht mehr hatte beikommen können. Seine eigene Brut konnte ihm nicht diametraler gegenüberstehen. Sein gesamtes Blickfeld war in feuriges Rot getaucht, die Möbel um sich herum sah er nicht mehr. Nur mit grosser Anstrengung war es ihm damals gelungen, die Fassung so weit wiederzuerlangen, um zu bemerken, dass sein Herz gefährlich raste. Er hatte die flache Hand auf seine linke Brust gepresst und sich gezwungen, kontrolliert ein- und auszuatmen.

Dann hatte er es doch nicht mehr ausgehalten und war aus dem Stuhl hochgeschossen. Er hatte sich den Zweitschlüssel von Sandros Wohnung geschnappt, den dieser für Notfälle bei ihm deponiert hatte, und im dortigen Schlafzimmerschrank das ganze Ausmass entdeckt.

Eines dieser elektrischen Fahrzeuge, die Gehbehinderte im weitläufigen Flughafengelände transportierten, sauste an Schmitt vorbei und zog ihn aus seinen Erinnerungen in die

Gegenwart zurück. Auf dem Wagen sass ein hochbetagtes Pärchen, das sich ängstlich an den Sitzlehnen festhielt. Schmitt hatte sein Unternehmen dem Sohn übergeben, bevor die mit Elektrizität betriebenen Autos in Mode gekommen waren, was ihm gerade recht gewesen war. Mit Motoren kannte er sich perfekt aus, aber von Strom liess er die Finger.

Das Gate begann sich zu füllen, nicht mehr lange und sein Flug wurde zum Boarding aufgerufen. Zu den anderen Passagieren hielt er Abstand, vermied sogar den Blickkontakt. Mit seiner blauen Jeans und dem dunkelgrauen Pullover reihte er sich modisch ein in die nichtssagende Durchschnittlichkeit eines Mannes in den Siebzigern.

Anstatt dass Sandro nun neben ihm sass und auf den Flug nach Buenos Aires wartete, hockte dieser in U-Haft und wurde von Kriminalbeamten wieder und wieder verhört. So war das nicht geplant gewesen. Sandro hätte bei Balthasar zum Schein gärtnern und in Wahrheit bei der Suche nach dem Schätzchen behilflich sein sollen. So schwer konnte das doch nicht sein, verdammt noch mal! Der Junge hatte ihm hoch und heilig versprochen, während dieses einen Jahres keine Aufmerksamkeit zu erregen. Von wegen! Der Intelligenzbolzen war keineswegs unter dem Radar geflogen, sondern hatte seine Aktivitäten in der Neonazi-Szene sogar so weit ausgebaut, dass die Sicherheitsbehörde auf ihn aufmerksam geworden war. Hammerjugend nannte sich die Gruppierung, deren Vorsitz Sandro innehatte. Seit er wusste, dass sein Urgrossvater ein Nazi gewesen war, begeisterte er sich erst recht dafür.

Nur mit Mühe hatte Schmitt verhindern können, dass die Polizei seine eigenen Machenschaften bei den Balthasars bemerkte. Sandro hatte ihn am gestrigen Abend angerufen und mit Panik in der Stimme erzählt, dass er Clara in Begleitung eines jungen Mannes in der Wohnung überrascht und reflexartig zugeschlagen habe. Beide lagen bewusstlos auf dem Boden. Es war offensichtlich gewesen, dass sie herumgeschnüffelt hatten. Schmitt hatte Sandro befohlen, beide in den Keller der Villa einzusperren und danach zu vergessen. Bis Clara und der Mann gefunden werden würden, wären sie längst in Südamerika.

Leider war Sandro zu langsam gewesen. Zwar hatte er Clara in den Keller der Villa gebracht, aber als er in seine Wohnung zurückkehrte, hatte der junge Mann in der Zwischenzeit das Bewusstsein wiedererlangt und war geflohen. Dass Sandro wahrscheinlich angeklagt werden würde, kümmerte Schmitt bemerkenswert wenig, wie er erstaunt feststellte. Ihm selbst war es nie um Politik gegangen. Er hatte damit nichts am Hut. Er wollte lediglich das Erbe seines Vaters, das der alte Balthasar gestohlen hatte, zurückholen.

Die Lautsprecheransage liess ihn zusammenzucken. Die Passagiere wurden gebeten, die Tickets für das Boarding bereitzuhalten. Eine adrette Angestellte in hellblauem Kostüm öffnete die Schranke zur Gangway.

Schmitt stand auf, zog seinen kleinen Rucksack am Riemen über eine Schulter und begab sich in ihre Richtung. Das Ticket hielt er bereit, sein Herz raste. Als er an die Reihe kam, scannte er den QR-Code. Das kleine Licht an der Apparatur blinkte grün, danach konnte er passieren.

Nur mit Mühe konnte er seine Freude unterdrücken, als er durch den tunnelartigen Gang zum Flugzeug hinunterlief. Sein lang ersehntes Ziel war nur noch einige wenige Schritte entfernt, fast bekam er weiche Knie. Er hatte es tatsächlich geschafft! Sein Blick fiel auf die Destination, die auf dem Ticket stand und die immer noch fremd auf ihn wirkte. Buenos Aires, Argentinien! Wie gut, dass er Sandro das Reiseziel noch nicht gesagt hatte, so konnte der ihn auch nicht der Behörde verraten.

Vor der Flugzeugtür stoppte die Kolonne der Passagiere, und es kam zu einer kleinen Wartezeit, was Schmitt die Gelegenheit bot, aus dem Fenster zu sehen. Er betrachtete das Flugzeug, eine Boeing 777-300ER. Sie würde ihn in seine Zukunft bringen. Dort im Bauch, gleich unter den Sitzen, flog sein Schätzchen im doppelten Boden des Koffers mit.

Fast ein Dreivierteljahr hatte Gustav Balthasar kein Wort

darüber verloren, wo das Bild versteckt war, dabei war es die ganze Zeit in seiner unmittelbaren Nähe gewesen. Ja, Schmitt hatte sogar darauf gesessen, als er dem Gefangenen aus den Tagebüchern vorgelesen hatte. Der alte Balthasar, Gustavs Vater, hatte das Bild in den fünfziger Jahren dort versteckt, im Sitzpolster des Salonsessels, weil er es mit niemandem teilen wollte. Er wollte sichergehen, dass es für immer ihm gehörte. Auch war er es gewesen, der den unterirdischen Gang von auswärtigen Arbeitern hatte anlegen lassen. Der Mann hatte es faustdick hinter den Ohren gehabt. Machte ein Vermögen mit den Nazis und hatte es geschafft, dass er in der Schweiz niemals deswegen zur Rechenschaft gezogen wurde. Glücklicherweise hatte er seinem Sohn Gustav in einem Akt von Sentimentalität davon erzählt. Dieser hatte monatelang geschwiegen und nichts verraten, bis Sandro die Angelegenheit in die Hand genommen und den zusammengerollten Teppich zu Gustav in den Keller geschleppt hatte. Sandro war der Meinung gewesen, dass es Zeit war, die Zelte in Hergiswil abzubrechen und zu verschwinden.

Schmitt war bei der Unterhaltung zwischen Sandro und Gustav nicht dabei gewesen, aber Sandro hatte Gustav mit dem Teppich einen solchen Schrecken eingejagt, dass dieser ihm verraten hatte, wo sich das Schätzchen befand. Ausgerechnet in dem Polstersessel, auf dem Schmitt stundenlang gelesen hatte. Ein Schnitt mit dem Messer, dann konnte Sandro das Gemälde herausziehen.

Das war erst einige Stunden her, und das Schicksal hatte es weiterhin gut mit Schmitt gemeint, da er so kurzfristig einen Flug hatte buchen können. In seinem ganzen Leben war er nie so glücklich gewesen wie in diesem Augenblick.

Endlich gab ihm die Flight Attendant mit einer Geste zu verstehen, dass er sich nun zu seinem Sitzplatz begeben konnte. Ihr Lächeln wirkte aufgesetzt, in ihrem Mundwinkel war der korallenrote Lippenstift verlaufen. Schmitt hatte bewusst einen Fensterplatz reserviert, weil er zusehen wollte, wie er sich immer mehr von Europa entfernte.

Weder in Italien, wo sie ihn als Hurensohn beschimpft hatten, noch in Deutschland, wo er der dumme Hilfsarbeiter gewesen war, dem die deutsche Frau weglief, noch in der Schweiz war er willkommen gewesen. Erst nachdem er bewiesen hatte, dass er ein Händchen für Motoren und seine Ausbildung im kaufmännischen Bereich mit Erfolg abgeschlossen hatte, begannen die Schweizer, ihn zu akzeptieren, und die anfängliche Distanz löste sich in Wohlgefallen auf. Das war auch die Zeit gewesen, in der sich der rote Punkt kaum bemerkbar gemacht hatte. Trotzdem war es ihm niemals gelungen, zu vergessen und sich an einem Ort heimisch zu fühlen.

Schmitt wollte die Reise seines Vaters zu Ende bringen. Ein Vorhaben, das diesem aufgrund des frühen Todes nicht gelungen war. Die Ungerechtigkeit, die seinem Vater in der Schweiz durch die Familie Balthasar widerfahren war, hatte er, Ludovico Schmitt, nun gerächt. Durch den Verkauf der Antiquitäten, die diese resolute Obwaldnerin für ihn begutachtet hatte, war eine beachtliche Summe zusammengekommen.

Aber erst als Schmitt das Schätzchen in den Fingern hielt, konnte er seine sieben Sachen packen und verschwinden. Denn dies war das letzte Kunstwerk gewesen, das sein Vater aus Deutschland in die Schweiz geschmuggelt hatte und mit dem er seine Reise nach Argentinien hatte bezahlen wollen. Der Sammler Balthasar senior hatte die Gunst der Stunde gewittert und einen Mann in Not gnadenlos über die Klinge springen lassen. So ein Halsabschneider! Aber er, Ludovico Schmitt, hatte seinen Vater nicht nur pekuniär gerächt, sondern auch symbolisch. Das Schätzchen gehörte nun ihm!

Jetzt nur noch einige Stunden in diesem Flieger verbringen, und das Erbe seines Vaters war eingefahren. Er hatte Glück, der Sitz neben ihm war frei geblieben, sodass er seinen Ellenbogen auf die Armlehne legen konnte. So gut es ging, streckte er seine Beine aus und versuchte, sich zu entspannen, was ihm aber nur leidlich gelang. Die nervöse Unruhe war noch grösser geworden, die Krämpfe in seinem Rücken konzentrierten sich nun auf seine linke Brust und den Arm. Das Atmen fiel ihm schwer, gerade so, als ob ein dicker Felsbrocken auf seinen Rippen sass, und dieser lästige Punkt flitzte vor seinen Augen hin und her. Er rieb sich die Augenlider, was die Situation leider nicht verbesserte.

Die Crew verschloss die Tür und begann zu kontrollieren, ob die Passagiere sich ordentlich hingesetzt und die Gurte geschlossen hatten. Schmitt schnappte nach Luft, trotzdem gelang es ihm nicht, seine Lungenflügel mit Sauerstoff zu füllen. Es ist nur die Panik, weil du auswanderst, redete er sich ein. Gleich geht es dir besser, und du kannst beginnen, den Rest deines Lebens in Argentinien zu geniessen. Du musst dich nur beruhigen. Die Flight Attendant beugte sich über ihn. Er sah, wie ihr Mund sich öffnete und wieder schloss. Der Lippenstift war noch immer verschmiert, zwei blutende Lippen, die sich bewegten. Der Punkt vor seinen Augen tanzte wild herum, verfiel in Wahnsinn, war kaum mehr zu stoppen, verhinderte klares Sehen. Ihre Worte verstand er nicht, in seinen Ohren rauschte es. Er drehte seinen Kopf in Richtung Fenster und sah sein Spiegelbild. Ein grauer Greis, dessen Gesicht sich vor Schmerzen zu einer Grimasse verzerrte. Das Letzte, was er realisierte, war der rote Punkt, der in seinem Kopf explodierte.

***

Alles in Clara sträubte sich dagegen, den Raum zu betreten und sich zu erinnern.

«Geht es Ihnen gut?» Die taffe Beamtin stand hinter ihr und gab ihr Rückendeckung oder versperrte ihr den einzigen Ausweg nach draussen. Alles war eine Frage der Perspektive. Es war dieselbe Polizistin, die sie vor einiger Zeit im Garten der Balthasars am Weitergehen gehindert hatte. Schon damals war ihr die Frau mit dem Namenschild «S. Jordi» auf der Uniform mit ihrer forschen Art zuwider gewesen. Nun drückte ihr die Frau sogar mit der flachen Hand gegen den Rücken. Am liebsten hätte sich Clara umgedreht, sie weggeschoben und wäre davongerannt, aber sie wusste, dass ihre Arbeit hier noch nicht getan war.

Sie atmete tief ein und machte einen Schritt in den Kellerraum. Im hellen Licht sah die Szenerie nur noch halb so bedrohlich aus, obwohl die stählerne Liege im Zentrum noch immer irritierend war. Ihr Blick fiel auf den Boden, wo ein gelblicher Fleck zu sehen war. Sie spürte, wie die Hitze in ihr Gesicht schoss. Dass sie das Wasser nicht mehr hatte einhalten können, wollte sie dieser Schnepfe nicht unter die Nase reiben, stattdessen erzählte sie, wie sie im Dunkeln und mit gefesselten Händen aufgewacht war.

Ein zweiter Beamter filmte ihre Berichterstattung vor Ort, was Clara peinlich war. Es wäre angenehmer gewesen, nur zu erzählen, was sie erlebt hatte, ohne dabei gefilmt zu werden. Nachdem sie Schritt für Schritt erklärt hatte, wie sie die Fesseln gelöst und die Tür zum Nebenraum gefunden hatte, wechselten sie dorthin. Obwohl die Tür zu diesem Raum bereits einige Stunden offen gestanden haben musste, war der Gestank noch immer atemberaubend. Heftiger Brechreiz befiel Clara, und sie musste für einen Augenblick Nase und Mund zuhalten. Jordi hielt ihr eine Tüte hin, die Clara sicherheitshalber annahm. Mit äusserster Körperbeherrschung schaffte sie es, die Magensäfte zu beruhigen.

Mit den schrecklichen Erinnerungen war das nicht so einfach, sie prasselten unkontrolliert auf sie ein. Der Dreckhaufen auf dem Bett, der sich als Mensch herausstellte. Die weissen Maden, die sich durch sein Fleisch frassen. Der Gestank und die Verzweiflung, die von ihm ausgingen.

Sie gab sich einen Ruck und erzählte mit monotoner Stimme. Nichts liess sie aus. Je genauer und detailreicher sie erzählte, desto kleiner war die Wahrscheinlichkeit, dass sie nochmals darüber Auskunft geben musste. Als alles gesagt war, drehte sie sich noch einmal in dem Raum um.

«Und da drüben lag noch ein zusammengerollter Teppich», ergänzte sie.

Jordi nickte beflissen. «Ja, genau. Darin haben wir Nicole Moser gefunden.»

Clara schaute sie fassungslos an. Im letzten Moment gelang es ihr noch, die Tüte zu öffnen, bevor sie sich übergeben musste.

***

Wer hätte gedacht, dass die «irre Rosa» über alles Bescheid gewusst hatte? Sie hatte Ludovico Schmitt und dessen Enkel Sandro Gasser durchschaut, lange bevor ihnen irgendjemand sonst auf die Schliche gekommen war.

Joker setzte zum Sprung über Claras Beine an, flog mit wehenden Ohren über sie hinweg und landete in der frisch gemähten Wiese, wo Monsieur Neige auf ihn wartete. Hier war sie Rosa Kammer das erste Mal begegnet, und die Frau hatte ihr einen gehörigen Schrecken eingejagt. Mit ihrem eigenwilligen, ganz in Weiss gehaltenen Kleidungsstil hätte sie durchaus als Gespenst durchgehen können.

Joker landete unsanft auf seinen Pfoten, nur um vom Kater mit einem wütenden Fauchen begrüsst zu werden. Monsieur Neige wich keinen Millimeter zurück und verteidigte seinen Platz mit seinem vollen Körpergewicht. Irritiert blickte der Hund die seltsame Katze an, die sich weigerte, das Fangenspielen mitzumachen.

Balthasar hatte Clara bei ihrem zweiten Besuch im Krankenhaus erzählt, dass er und seine Schwester eine Freundschaft mit Rosa gepflegt hatten. Sie war der einzige Mensch gewesen, der die Geschwister hatte besuchen dürfen. Natürlich war es Rosa aufgefallen, als Balthasar plötzlich verschwunden und an seiner Statt ein anderer Mann aufgetaucht war, aber sie war nicht in der Lage gewesen, das jemandem mitzuteilen. Aufgrund des Schädel-Hirn-Traumas hatte sie niemals lesen und schreiben gelernt, und sprechen konnte sie lediglich einige Worte. Für einen so komplexen Sachverhalt hatte ihr Sprachvermögen nicht ausgereicht. Rosa hatte sogar noch versucht, Clara davon zu erzählen. Was hatte sie bei ihrer Begegnung immer wieder gesagt?

«Mafurt, Mafurt.»

Wenn Clara nur ein wenig genauer hingehört hätte!

«Maa furt» war Schweizerdeutsch und bedeutete nichts anderes als «Mann fort». Eine glasklare Aussage von Rosa, die Clara aber nicht verstanden hatte. Clara machte sich Vorwürfe, dass sie nicht genauer nachgefragt hatte. Allerdings hatte auch Rosas Familie, allen voran ihr Bruder, nicht nachvollziehen können, was sie sagen wollte.

Einzig Gasser und Schmitt hatten begriffen, dass sie die Frau gewaltig unterschätzt hatten. Sandro hatte sie deshalb umgebracht, bevor Rosa doch noch einen Weg finden konnte, um sich verständlich zu machen. Und bevor er ihre Leiche hatte wegschaffen können, war Clara aufgetaucht. Ihm war nichts anderes übrig geblieben, als ein Schauspiel abzuziehen, was ihm auch gut gelungen war. Clara schämte sich dafür, dass sie sowohl von Gasser als auch von Schmitt so hinters Licht geführt worden war.

Noch hatte die Polizei Sandro den Mord an Rosa nicht nachweisen können, aber Balthasar beteuerte vehement, dass es so gewesen sei. Sandros Grossvater, Ludovico Schmitt, habe mehrmals in der Woche neben Balthasars Bett im Keller gesessen und mit ihm gesprochen. Dabei habe er auch erwähnt, was Sandro gemacht hatte.

Joker lag mittlerweile vor Monsieur Neige auf dem Boden und präsentierte seine Bauchseite, sein Schwanz wedelte dabei aufgeregt hin und her. Er wollte unbedingt gefallen. Die Katze würdigte ihn keines Blickes, im Gegenteil, sie begann ihre Vorderpfote zu lecken.

Balthasar hatte ein wenig besser ausgesehen, als Clara ihn besucht hatte. Das Kopfteil seines Bettes war hochgestellt, und er blickte sie mit wachen Augen an. Obwohl er Grauenhaftes durchgemacht hatte, überwog für den Moment die Tatsache, dass er überlebt hatte. Die Ärzte hatten ihm angeraten, psychologische Hilfe in Anspruch zu nehmen, aber er verschob das auf später. Flüsternd hatte er Clara verraten, dass er seine Medizin zu Hause aufbewahre. Hinter den Metallschränken im Kellerraum. Dort sei das Erbe gewesen, das er und seine

Schwester von ihren Eltern vermacht bekommen hätten. In einem verschlossenen Brief, in dem alles erklärt wurde, und mit zwei Schlüsseln. Für Charlotta einen und für ihn selbst einen. Ihre Kinderfrau und ein Rechtsanwalt hatten nach dem Tod ihrer Eltern für sie gesorgt und ihnen jeweils an ihrem zwanzigsten Geburtstag Brief und Schlüssel ausgehändigt. So mussten sie nie Not leiden, auch ohne dass sie arbeiteten. Alle paar Jahre verkauften sie eines der Gemälde, und der immens hohe Verkaufswert reichte weit.

Clara blickte in den Himmel und überlegte, was jetzt wohl mit all den Gemälden geschah. Sie hatte nicht vor, Balthasars Geheimnis zu hüten. Sie würde der Polizei den Tipp geben, nach den Kunstwerken zu suchen. Ob diese ihren rechtmässigen Eigentümern zurückgegeben werden konnten, lag nicht in ihrer Hand. Darum musste sich eine Expertenkommission kümmern.

Sandro würde für lange Zeit hinter Gittern sitzen, wie Beni Clara erzählt hatte. Auf Nicoles Körper sowie auf dem Teppich hatte Sandro Spuren hinterlassen, die ihm eindeutig zugewiesen werden konnten. Die letzten Laborergebnisse standen noch aus, aber die bisherigen Indizien wogen zu schwer.

Was wäre gewesen, wenn Nicole niemals auf Clara getroffen wäre? Würde sie dann noch leben? Der Gedanke plagte Clara sehr, auch wenn sie wusste, dass die junge Frau selbst beschlossen hatte, mit ihr zu sprechen. Nicole wollte erzählen, was sie über Sandro herausgefunden hatte. Es war ihre eigene Entscheidung gewesen. Trotzdem fühlte sich Clara miserabel deswegen.

Clara drehte sich im Sitzen um und schaute auf das Anwesen der Familie Balthasar. Welch unermesslichen Reichtum die vergangenen Generationen angehäuft hatten und welch trauriges Ende die Familiengeschichte genommen hatte.

Sie seufzte und wollte aufstehen, um nach Hause zu fahren und nie mehr hierherzukommen, als sie bemerkte, wie Monsieur Neige sich erhob und auf Samtpfoten zu Joker schlich. Dieser hielt still, als die Katze einige Runden drehte, bevor sie sich an seinem Bauch zusammenrollte und genüsslich die Augen schloss. Clara drehte ihren Kopf in die Sonne und beschloss, es den Tieren gleichzutun.

Glossar

Brockenhaus – Gebrauchtwarenhandel
bünzlig – spiessig
carissima – ital., Liebste
contemporary art – zeitgenössische Kunst
Crochet Art – gehäkelte Kunst
Féchy – Weisswein aus dem Kanton Waadt
Finken – Hausschuhe
Fritschivater – Zunftmeister der Safranzunft, eröffnet in Luzern die Fasnacht
Gipfeli – Croissant, Hörnchen
Guggenmusik – Fasnachtsmusik
Hegel – Taschenmesser
hen night – engl., Polterabend der Braut
Läck – Ausdruck des Erstaunens
Luzerner Chügelipastete – Schweizer Spezialität, Pastete gefüllt mit zu kleinen Kugeln geformtem Kalbsbrät
Nonno und Nonna – Grossvater und Grossmutter
Nussstängel – Gebäck mit Nussfüllung
Plättli – aufgeschnittenes Fleisch und Käse auf einem Teller
Sbrinz – Hartkäse aus der Innerschweiz, gilt als eine der ältesten Käsesorten Europas
Schätzeli, Schätzli – Schätzchen, Kosewort
Sechseläutewiese – öffentlicher Platz in Zürich, zweitgrösster Platz in der Schweiz
Spannteppich – Teppichboden
Stutz – schweizerdeutsch für Franken
Tschingg – despektierlich für Italiener
Vögeligärtli – Name eines Stadtparks in Luzern

Anmerkungen

Die junge Mutter mit dem Neugeborenen im Kinderwagen und dem Kleinkind an der Hand, die in der Szene auf dem Mittelaltermarkt den beiden jungen Frauen die Möglichkeit gegeben hat, vor den Neonazis zu flüchten, bin ich gewesen. Ich habe diese Situation mehr oder weniger so erlebt. Noch vierzehn Jahre später rege ich mich darüber auf, dass ich damals nicht besser reagieren konnte. Nur zu gerne hätte ich den Männern meine Meinung gegeigt. Aber mit einem zweijährigen Kleinkind an der Hand und einem Säugling im Kinderwagen fühlte ich nicht die Stärke, die ich gebraucht hätte, und gleichzeitig schäme ich mich dafür. Ich denke noch oft an die zwei jungen Frauen zurück und hoffe inständig, dass sie ihr Leben führen können, ohne ständig Angst haben zu müssen.

Die rechtsradikale Gruppierung namens Hammerjugend existiert nicht. Sie ist ein Produkt meiner Phantasie.

Die Gruppierung Nationale Aktionsfront ist in Deutschland und in der Schweiz aktiv. Sie sehen sich laut ihrer Website vom Mai 2021 als «eine Sammelbewegung völkisch-nationaler Gruppierungen in der deutschen bzw. alemannischen Schweiz».

Blood and Honour ist ein rechtsextremes Netzwerk mit weltweit über zehntausend Mitgliedern. Ihr Ziel ist es, die nationalsozialistische Ideologie zu verbreiten. Combat 18 ist der bewaffnete Arm von Blood and Honour.

Beide Gruppierungen sind in Deutschland verboten. In der Schweiz allerdings nicht, sie werden aber vom Schweizer Nachrichtendienst beobachtet.

Kurz vor Ausbruch des Zweiten Weltkriegs, im Juni 1939, veranstaltete die Luzerner Galerie Fischer eine weltweit beachtete Auktion mit «Entarteter Kunst». Es handelte sich um Werke aus deutschen Museen, die von Nazi-Behörden aus finanziellen

Interessen und propagandistischen Motiven veräussert wurden. Das Basler Kunstmuseum erwarb bei dieser Gelegenheit eine grössere Zahl von Bildern. Georg Schmid, der Direktor, verstand jedes übernommene Bild wie einen «geretteten Emigranten» und fühlte sich verpflichtet, verfemte Kunst wie die deutschen Expressionisten, aber auch Chagall, im eigenen Kulturraum weiterhin allgemein zugänglich zu halten. «Es ging auch darum, dafür zu sorgen, dass nicht alles nach Amerika abwanderte. […] Die Schweiz funktionierte als Drehscheibe für legale und illegale Geschäfte, in der häufigsten Variante für Objekte, die aus einer Notlage die Besitzer wechselten.» (Georg Kreis: «Die Schweiz im Zweiten Weltkrieg», Haymon Verlag, 2020)

Quellenangabe

Die Ausschnitte aus dem Nordlandlied stammen von: www.lyricsondemand.com, *Nordland Lyrics*, 16.5.2021. Das Album der Rechtsrockband Landser steht seit 1993 (Musikkassette) beziehungsweise 1997 (CD) auf dem Index.